Elisabeth Büchle

Hoffnung eines neuen Tages

Über die Autorin

Elisabeth Büchle hat zahlreiche Bücher veröffentlicht und wurde für ihre Arbeit schon mehrfach ausgezeichnet. Ihr Markenzeichen ist die Mischung aus gründlich recherchiertem historischen Hintergrund, abwechslungsreicher Handlung und einem guten Schuss Romantik. Sie ist verheiratet, Mutter von fünf Kindern und lebt im süddeutschen Raum.
www.elisabeth-buechle.de

Elisabeth Büchle

HOFFNUNG
EINES NEUEN TAGES

Roman

Die Meindorff-Saga, Band 3

GerthMedien

Für Berta und Friedrich Büchle

Personenregister

Familie van Campen, Holland:
Erik, Vater, 1908 gestorben
Tilla, älteste Tochter aus erster Ehe (mit einer Meindorff)
   1915 gestorben
Anki, zweite Tochter aus erster Ehe (mit einer Meindorff)
Demy, erste Tochter aus zweiter Ehe
Rika, zweite Tochter aus zweiter Ehe
Erik Feddo, Sohn aus zweiter Ehe

Familie Meindorff, Berlin
Joseph Senior, Familienpatriarch, Inhaber von Meindorff-Elektrik
Joseph Junior, erster Sohn (Ehemann von Tilla)
Hans (Hannes), zweiter Sohn
Albert, dritter Sohn
Philippe, Pflegesohn der Meindorffs, Sohn einer Familien-
   angehörigen des französischen Meindorff-Zweigs

Großbürgertum, Berlin
Anton Daul, früherer Schlafbursche bei Peter, Willi und Lieselotte
Lina Daul, geb. Barna, Freundin von Demy
Margarete Groß, geb. Pfister, Freundin von Demy
Martin Willmann, erfolgreicher Jungunternehmer,
   früherer Geliebter von Tilla

Petrograd[1], Russland
<u>Familie Chabenski:</u>
Ilja Michajlowitsch, Arbeitgeber von Anki, gestorben 1915
Oksana Andrejewna, Arbeitgeberin von Anki, gestorben 1915
Nina Iljichna, älteste Tochter
Jelena Iljichna, zweite Tochter
Katja Iljichna, dritte Tochter
Jenja Iljichna, jüngste Tochter

Weitere Personen in Petrograd:
Ljudmila Sergejewna Zoraw, Freundin Ankis
Oskar Busch, jüngerer Bruder von Robert
Raisa Wladimirowna Osminken, Freundin von Nina
Wladimir Pawlowitsch Osminken, Raisas Vater

Demys »Gäste«
Edith, mit den Töchtern Luisa und Leni, Hannes' Familie
Irma und Pauline, beim Betteln angetroffen
Monika Lisrep und ihr Sohn Markus, flüchtete vor ihrer Mutter
Peter und Willi, Zwillingsbrüder von Lieselotte
Viktor Müller, ehemaliger Patient von Marias Ehemann
Grete, von Philippe aufgefunden

Hannes' Zug, Westfront
Otto Waldmann, Feldwebel
Eisenburg, Dahn, Lasswitz; Unteroffiziere
»Bubi« August Butzmann, lange Zeit das Nesthäkchen des Zugs
Hillgart, Ulrich Unzer, Adrian Oettinger, Wolfgang Göke; Soldaten

Sonstige
Bernhard Walther, Missionar in Deutsch-Südwestafrika (Namibia)
Cecelia Klein, Hilfsschwester bei Edith im Lazarett
Karl Roth/Clément Rouge, ehemaliger Unteroffizier unter Philippe
    in Afrika, Doppelspion für Deutschland und Frankreich
Lieselotte Scheffler, ältere Schwester von Peter und Willi, erste
    Freundin Demys in Berlin.
Theodor Birk, ehemaliger Kadettenkollege und Trauzeuge
    von Hannes
John Howell, britischer Freund von Philippe
Julia Romeike, langjährige Geliebte von Joseph Jr.
Udako, verstorbene Verlobte von Philippe aus Deutsch-
    Südwestafrika

Vorwort

Die Lage
... in Russland, zu Beginn des Jahres 1917

Russland besaß weder die finanziellen noch die technischen Ressourcen, um den Krieg gegen das Deutsche Reich länger durchzuhalten und hatte in diesem bereits mehr Soldaten verloren als in allen vorherigen Kriegen zusammen. Vielen der Soldaten fehlte es nicht nur an Nahrungsmitteln, Munition, Kleidung und Ausrüstungsgegenständen, sondern auch an Waffen. In den russischen Städten verhungerten die Menschen. Streiks, Protestmärsche und Aufstände standen auf der Tagesordnung – und wurden gnadenlos niedergeknüppelt.

Die Elite des Landes hatte 1916 Rasputin ermordet, in der Hoffnung, dass der Zar nach Rasputins Tod seine Politik ändern und längst überfällige politische, wirtschaftliche und soziale Veränderungen herbeiführen würde. Doch Nikolaj II behielt seinen Kurs bei und schlug alle Warnungen in den Wind, selbst den Wunsch der Duma, zumindest eine konstitutionelle Form der Regierung einzuführen. Dies führte zu Plänen der einflussreichen Klasse, eine Palastrevolution durchzuführen, um einem gefährlichen Aufstand der unzufriedenen und aufgepeitschten Massen zuvorzukommen.

Der 3. März (18. Februar lt. julianischem Kalender. Dieser wurde bis 1918 in Russland geführt – deshalb auch der Begriff »Februarrevolution«) begann mit Streiks der Arbeiter im Putilow-Werk, dem damals größten Industriebetrieb Russlands. Am 8. März (24. Februar) schlossen sich den Streikenden Zehntausende von Frauen an, die gegen den Hunger, den Krieg und den Zar demonstrierten. Petrograd (St. Petersburg) befand sich im totalen Ausnahmezustand.

Zar Nikolaj II mobilisierte seine gefürchteten Kosaken, doch die verbrüderten sich mit den Demonstranten.

Am 11. März (27. Februar) befahl der Autokrat der Petrograder Garnison, den Aufstand niederzuschlagen. Einige Arbeiter starben, doch allmählich verbündeten sich auch Teile dieser Soldaten mit dem Volk und weigerten sich, auf ihre Verwandten, Frauen und Kinder zu schießen.

Zu diesem Zeitpunkt löste der Zar die Duma auf. Die Abgeordneten bestätigten das Auflösungsdekret, hielten aber im »Privaten« eine Versammlung ab, aus der heraus das *Provisorische Komitee zur Wiederherstellung der öffentlichen Ordnung* entstand.

Ab dem 12. März (28. Februar) war die Revolution nicht mehr aufzuhalten. Nach und nach verbrüderten sich die Regimenter mit den Aufständischen, die Regierung sah ihre Machtlosigkeit ein und trat zurück. Etwa zu dieser Zeit bildete sich das *Provisorische Exekutivkomitee des Arbeiterdeputiertenrats*, sodass bereits am 13. März. (29. Februar) ein Arbeiter- und Soldatenrat (Sowjet) in Petrograd gewählt wurde.

Lenin und seine kommunistischen Mitstreiter kehrten unter Mithilfe der Deutschen Obersten Heeresleitung aus der Schweiz über das Gebiet des Kriegsgegners Deutschland und über Schweden und Finnland nach Russland zurück. Lenin erreichte im April 1917 den Finnischen Bahnhof in Petrograd. Dort propagierte er die Revolution zur Machtübernahme der Arbeiter, Bauern und Soldaten, forderte umfangreiche Enteignungen und den Sturz der liberalen Übergangsregierung unter Kerenski, die sich schließlich in der Oktoberrevolution vollzog.

... im Deutschen Kaiserreich zu Beginn des Jahres 1917

In seiner Neujahrsbotschaft an die Truppen rief Kaiser Wilhelm II die erschöpften und in eiskalten, schlammigen Schützengräben ausharrenden Soldaten zum unverminderten Kampf gegen die Feinde auf. Wenig später wurde die Bevölkerung durch die Presse aufgerufen, keine Jammerbriefe an die Front zu schicken, um die Soldaten nicht zu demoralisieren. In dieser Zeit entschlüsselte der amerikanische Geheimdienst ein Bündnisangebot Deutschlands an Mexiko – für den Fall, dass die USA dem Deutschen Kaiserreich den Krieg erklären sollten. Dies förderte die Bereitschaft der USA, in den auf dem europäischen Kontinent herrschenden Krieg einzutreten. Dennoch forderte Präsident Woodrow Wilson einen Frieden ohne Sieger, doch die deutsche Regierung lehnte die Friedensbotschaft ab. Als Folge – und wegen des uneingeschränkten U-Boot-Kriegs – brachen die USA Anfang Februar die diplomatischen Beziehungen mit dem Kaiserreich ab.

Unterdessen litten die Bürger unter einer anhaltenden Hungersnot, was in Berlin zur Gründung eines Ministeriums für Lebensmittelversorgung führte. Sogar Fünf-Pfennig-Münzen aus Kupfer wurden für Kriegszwecke eingezogen und durch Münzen aus Aluminium ersetzt; wegen des Kohle- und Holzmangels schlossen im Februar sämtliche Berliner Schulen. Somit hatte der Krieg in jeden noch so kleinen, bisher von seinem Einfluss verschont gebliebenen Winkel des Landes Einzug gehalten.

»Jede Kanone, die gebaut wird, jedes Kriegsschiff, das vom Stapel gelassen wird, jede abgefeuerte Rakete bedeutet letztlich einen Diebstahl an denen, die hungern und nichts zu essen bekommen, denen, die frieren und keine Kleidung haben. Eine Welt unter Waffen verpulvert nicht nur Geld allein. Sie verpulvert auch den Schweiß ihrer Arbeiter, den Geist ihrer Wissenschaftler und die Hoffnung ihrer Kinder.«

Dwight D. Eisenhower (1890–1969, 34. Präsident der USA)

Prolog

1918

Dichte Wolkenberge zogen wie graue Fabelwesen über die Gebäude und ließen die kühle Nacht noch unwirtlicher und bedrohlicher wirken. Schattengestalten, darum bemüht, nicht gesehen zu werden, huschten in dunkle Hauseingänge und unter Hinterhoftorbögen. Das Rascheln ihrer Kleidung und ihre verhaltenen, wie ein Flüstern anmutenden Schritte blieben der einsamen Gestalt nicht verborgen.

Die Stadt war im Aufruhr, die Menschen schwankten zwischen Freude und Demütigung, Hoffnung und Hass. Doch die Triebfeder der einen Person, die über das nasse Pflaster hastete, war eine völlig andere: Angst.

Ein kühler Luftzug erfasste sie und verdeutlichte, dass sie sich wiederum einem Gewässer näherte. Dann sah sie ihn! Er betrat die Brücke über den Fluss, noch immer wie ein Jäger an die Fährte seines hilflosen, womöglich sogar ahnungslosen Opfers geheftet.

Auch die einsame Gestalt war zum Verfolger geworden; sie erkor den Jäger zu ihrer Beute.

Etwa in der Mitte der Brücke hatte sie ihn eingeholt, rief ihn an und forderte eine Erklärung. Der Mann drehte sich um. Ein Messer blitzte bläulich im Mondlicht auf, das sich einmal mehr einen Weg durch Wolken gekämpft hatte.

Sie spürte den Schmerz. Einmal. Zweimal. Dreimal. Doch ihr Wille blieb ungebrochen. Nun, da er zu ihrem Gegner geworden war, versetzte sie ihm einen kräftigen Stoß und entrang ihm das Messer. Rasend vor Zorn, da sie seine Pläne durchkreuzte, stürzte er sich versehentlich in dieses.

Seine weit aufgerissenen Augen starrten sie an. Verwundert, wie es ihr schien. Sie nutzte die letzte ihr verbliebene Kraft und stieß den Mann über die niedrige Steinbrüstung. Vom Mond goldfarben beleuchtet schlugen die Fluten über seinem Körper zusammen. Das Klatschen der Wellen hatte etwas beruhigend Endgültiges an sich. Also hob sie trotz ihrer Schmerzen und des aus ihr fließenden Lebens den Kopf und sah, wie die dritte Gestalt im Schutz der Häuserzeilen aus ihrem Blick entschwand, ohne dem Geschehen in ihrem Rücken irgendeine Bedeutung beizumessen. Der Jäger war tot, das Opfer entkommen. Erleichtert seufzte die zurückbleibende Person auf.

TEIL I

Kapitel 1

Berlin, Deutsches Reich, März 1917

Sie war jung, süß und unschuldig – und eine Gefahr für ihn, denn sie war eine van Campen. Karl Roth lehnte sich auf seinem Stuhl zurück und musterte Rika ungeniert. Die junge Frau bewegte sich auf der Tanzfläche elegant, fast schon beschwingt, allerdings bei Weitem nicht so erotisch wie ihre Landsmännin Mata Hari.

Karl schluckte hörbar. Er war nie an die schöne Mata Hari herangekommen, obgleich er ihr mehrmals begegnet war. Nun besagten die Gerüchte, dass sie in Frankreich verhaftet worden sei. Offenbar war man inzwischen endgültig von ihrer Spionagetätigkeit überzeugt. Ob die Franzosen es wagen würden, eine so schöne und zudem bekannte Frau wie Mata Hari hinzurichten?

Er zuckte mit den Schultern. Es war ihm gleichgültig, denn sie bedeutete ihm nichts. Vielleicht wäre es anders, hätte sie seinen Avancen nachgegeben, doch die ehemalige erotische Tänzerin war zu verwöhnt gewesen, was ihre Liebhaber anbelangte. Oder verschenkte sie ihre Gunst ausschließlich an ranghohe Militärs und Regierungsangehörige, bei denen sie neben Geld, Schmuck und Kleidern auch Informationen für die Gegenseite erwarten konnte? Er jedoch war nur ein unbedeutendes Rad im französischen Geheimdienst gewesen. Unwichtig und unterdessen aussortiert.

Wütend ballte er seine Hände zu Fäusten. Wieder einmal war er wegen einer Nachlässigkeit vor die Tür gesetzt worden. Und wie schon so oft hatte Philippe Meindorff, der Ziehsohn des Berliner Industriellen Joseph Meindorff, dabei eine bedeutende Rolle gespielt. Wie auch damals in Deutsch-Südwestafrika², als Leutnant Philippe Meindorff dafür gesorgt hatte, dass man Karl unehrenhaft aus der Armee entließ.

Karls Unterkiefer knackte, während er eine eigentümliche Mundbewegung ausführte, die die Sperre in seinem Kiefergelenk lösen sollte. Dieses Problem hatte er sich als Jugendlicher zugezogen, damals in der Provence, kurz vor dem Tod seiner Pflegemutter, als er sich wieder einmal mit einigen Jungs geprügelt hatte.

Am Nebentisch lachte eine blonde Schönheit fröhlich auf. Karls Blick wanderte von Rika zu dieser zweiten, absolut aufregenden Frau. Sie hieß Julia, so viel hatte er bereits herausgefunden. Vermutlich wartete sie hier auf einen Mann, der sich jedoch verspätete oder sie versetzt hatte. Ein unverzeihlicher Fehler, wie Karl, aber auch andere Männer fanden, die der schönen Frau vergeblich ein Getränk spendieren oder ihr ihre Gesellschaft anbieten wollten.

Die Musik aus dem Grammophon wurde flotter. Karl, der froh war, keine Marschmusik hören zu müssen, suchte Rika und lächelte anzüglich, als er sah, dass ihr geschlitzter Rock durch ihre schwungvollen Bewegungen großzügige Einblicke auf ihre Beine gewährte. Mit sieben Paaren, die alle piekfein gekleidet waren – die Damen mit kecken Hüten auf dem modisch gekürzten Lockenhaar –, war die Tanzfläche zwischen den schwarzen Stühlen und mit Spitzentischdecken verzierten, runden Tischen überfüllt. Demzufolge pressten sich Rika und ihr uniformierter Tanzpartner unanständig eng aneinander. Schmucklose Lampen verbreiteten über den Tänzern ein helles Licht, wohingegen die Nischen weiter hinten im Raum umso schummriger und lauschiger ausfielen.

Rika lachte ihren Tanzpartner an, doch das ausgelassene Strahlen auf dem mädchenhaften Gesicht verflog so plötzlich, als habe jemand einen Lichtschalter ausgedreht. Ihre blauen Augen weiteten sich entsetzt. Sie befreite sich aus dem Arm ihres verdutzten Verehrers, einem schneidigen Fliegerleutnant.

Karl folgte ihrem Blick und zog sich sofort die Mütze tiefer in die Stirn. Unter der zu grellen Deckenbeleuchtung stand unverkennbar Demy van Campen, Rikas ältere Schwester.

Seit ihrem Zusammentreffen im Sommer 1914 in Paris war Demy deutlich schmaler geworden. Offenbar gingen die Hungerjahre auch an ihr nicht spurlos vorüber. Damals hatte er ihr eine Nachricht an seinen deutschen Spitzelkollegen zugesteckt. Dank einer rührseligen Geschichte von seiner angeblichen Verlobten, von der er sich nicht mehr habe verabschieden können, hatte er sie in sein gefährliches Spionagespiel hineingezogen. Demy van Campen war naiv genug gewesen, ihm die Geschichte zu glauben, sodass er zwei Fliegen mit einer Klappe geschlagen hatte: Zum einen hatte er eine der Töchter seines verhassten ehemaligen Kompagnons Erik van Campen in Schwierigkeiten, wenn nicht sogar in Lebensgefahr gebracht, denn die Geheimdienste ließen nicht mit sich spaßen, und gleichzeitig war er seinen Verfolgern entkommen. Damit war gewährleistet gewesen, dass er noch über mehrere Monate hinweg seine Doppelspionagetätigkeit aufrechterhalten konnte. Aber selbst an diesem Tag hatte Meindorff ihm einen Strich durch die Rechnung gemacht und Demy vor den Häschern des französischen Geheimdienstes gerettet.

Philippe Meindorff! Seit vielen Jahren funkte er ihm immer wieder empfindlich dazwischen und Karls Groll auf ihn wuchs beständig.

Demy erreichte die Tanzfläche und packte ihre jüngere Schwester am Handgelenk, gleichzeitig bedachte sie deren Tanzpartner mit einem wütenden Blick. *Diese Frau hat Mumm*, stellte Karl fest, der nur zu gut wusste, dass die meisten Offiziere aus dem Adel, einige andere aus dem reichen Großbürgertum stammten.

»Was soll ich davon halten?«, fuhr Demy Rika an.

Rika zog einen Schmollmund und erwiderte den Blick der deutlich größeren Demy wütend. »Heute ist mein zwanzigster Geburtstag, da darf ich wohl mal feiern!«, protestierte Rika aufgebracht. »Es ist schrecklich hier! Dieser Krieg, der Verzicht auf alles was Freude bereitet. Du weißt doch genauso gut wie ich, wie sich das anfühlt!«

Karl sah, wie auf Demys gerader Nase kleine Falten entstanden, aber ihr Blick wurde milder.

»Es ist meine Schuld, Demy!«, mischte sich zu Karls Verwunderung nun der Uniformierte ein. »Ich habe Rika hierher eingeladen.«

»Albert, du weißt, dass diese Clubs zwar nicht verboten sind, aber misstrauisch beäugt werden. Wie willst du der hungernden Bevölkerung da draußen klarmachen, dass hier …«

»Fräulein van Campen?« Zu Karls Überraschung wusste auch diese Julia, wen sie da vor sich hatte. »Ich hätte Sie nicht erkannt, wäre da nicht Ihr ungewöhnlicher Vorname.«

Die beiden Frauen maßen sich mit abschätzenden Blicken; Rika und ihr Begleiter sahen sich fragend an.

»Fräulein Romeike?« Die Falten auf Demys Nase vertieften sich, was der aufmerksame Beobachter als Missbilligung interpretierte.

»Mir gehört dieser Club anteilig und ich verspreche Ihnen, dass wir hier nichts ausschenken, das nicht auch in anderen Wirtshäusern zu finden ist.«

»Von denen aber die meisten geschlossen haben, da nicht genug Lebensmittel vorhanden sind.«

Julia zog in einer anmutigen Bewegung die rechte Schulter nach oben und wandte sich Rika und ihrem Begleiter zu. »Mein Name ist Julia Romeike. Fräulein van Campen und ich haben uns auf der Hochzeit von Tilla und Joseph Meindorff kennengelernt. Ich höre viel Gutes über Fräulein van Campen, und da Sie beide noch sehr jung zu sein scheinen, möchte ich Sie bitten, ihrem Wunsch nachzukommen, dass Sie dieses Etablissement verlassen.«

Karl grinste. Diese Julia wollte einen Aufruhr verhindern, da die geschwisterliche Zwistigkeit bereits unerwünschte Aufmerksamkeit auf sich zog.

»Leider konnten wir einander bei Josephs Vermählung nicht vorgestellt werden, da ich in Groß-Lichterfelde[3] zur Offiziersausbildung war. Mein Name ist Albert Meindorff.« Der Fliegerleutnant verneigte sich wie ein geübter Galan.

Karl presste die Zähne zusammen, bis sie knirschten und sein Kiefer erneut dieses grässliche Knacksen von sich gab. Ein Meindorff! Ein Mitglied der Familie, die Philippe aufgenommen, verhätschelt und großgezogen hatte. Der Hass auf diesen Mann und seine Sippe quoll in ihm hoch wie überkochende Milch auf dem Herd. Nur mühsam zwang er sich, still sitzen zu bleiben, denn Demy durfte ihn nicht sehen. Die Gefahr, von ihr als ein gewisser Clément Rouge aus Paris wiedererkannt zu werden, war zu groß.

»Wir gehen«, befahl Demy mit hartem Tonfall, doch Julia wandte sich mit ihrem einnehmenden Lächeln bereits Meindorff zu.

»Sie sind ein Bruder von Joseph?«

»Der Jüngste seiner drei Brüder, ja.«

»Richtig. Da gibt es noch Hans, der eine Arbeiterfrau heiratete.« Ihr Blick huschte für einen Augenblick zu Demy, der ehemaligen Verlobten von Hannes. »Wurde er nicht enterbt? Und natürlich Sie, Albert.« Wieder schenkte sie dem Mann ihr strahlendes Lächeln und dieser starrte die Frau hingerissen an.

Demy griff mittlerweile nach Rikas Hand, als wolle sie ihre Schwester gewaltsam hinter sich her aus dem Lokal zerren.

»Philippe, so heißt der Vierte im Bunde, nicht wahr?«

Albert tat seine Zustimmung durch ein Nicken kund.

»Ein Zögling des Familienpatriarchen, gebürtig von einer Frau aus der französischen Linie der Familie. Sind Sie nicht seit geraumer Zeit mit Philippe verlobt, Fräulein van Campen?«

»Albert, würdest du bitte das Geburtstagskind hinausbegleiten?«, bat Demy in einem Tonfall, der eher einem Befehl gleichkam, obwohl Albert älter war als sie. In jedem Fall aber gehörte er der Familie an, bei der Demy angestellt war.

Karl registrierte alle diese Details aufmerksam. Nicht umsonst war er während seiner Geheimdiensttätigkeit dahingehend geschult worden.

Der jüngste Spross der Meindorffs, noch immer mit einem hingerissenen Lächeln auf dem Gesicht, verabschiedete sich von Julia, bot Rika den Arm und zwängte sich mit ihr an den Tanzenden vorbei in Richtung Ausgang.

Kaum, dass das Paar außer Hörweite war, baute Demy sich vor Julia auf, die unverbindlich lächelte. »Entschuldigen Sie bitte, Fräulein van Campen. Ich wusste nicht, wer die bezaubernde Dame und ihr Begleiter waren, als sie in Gesellschaft einiger anderer Gäste hier eintrafen.«

»Was wäre geschehen, wenn Sie es gewusst hätten?«

»Vermutlich hätte ich Sie telefonisch informiert oder die beiden angesichts des jugendlichen Alters Ihrer Schwester gebeten, den Club zu verlassen.«

»So?«

»Fräulein van Campen, ich schätze Sie wirklich sehr.«

»Das kann ich mir schwer vorstellen. Joseph wird nicht gerade gut über mich sprechen.«

»Joseph?« Julia lachte. »Nein, das tat er nie. Aber falls es Sie tröstet: Er hatte für niemanden ein freundliches Wort übrig. Wir haben ohnehin kaum miteinander gesprochen, wenn Sie verstehen …«

»Ich verstehe sehr gut.«

»Dann sind Sie tatsächlich erwachsen geworden.« Wieder lachte

Julia, und Karl fragte sich, ob sie sich über ihre Gesprächspartnerin lustig machte.

Demy schätzte die Situation wohl ähnlich ein, denn die Falten auf ihrer Nase vertieften sich nochmals, und sie stemmte die Hände in die schlanke Taille.

»Liesl sprach immer sehr gut über Sie«, fuhr Julia fort, ohne auf Demys Geste einzugehen. »Sie erinnern sich sicher an Ihre Freundin aus dem Scheunenviertel? Wenn ich richtig informiert bin, hat sie ihre Zwillingsbrüder bei Ihnen abgegeben, weil sie sich nach dem Tod der Mutter nicht um sie kümmern konnte – oder wollte.«

Von Demy kam lediglich ein nichtssagendes Nicken, was Karl bedauerte, da ihn alle Informationen zum Hause Meindorff brennend interessierten. Immerhin war er auf Rache aus.

»Ich hoffe, Joseph geht es gut?« Julias Frage schien Demy zu überraschen. Auch Karl fragte sich, in welcher Beziehung der Meindorff-Erbe zu dieser Schönheit stand.

»Joseph?«, stammelte Demy, ehe sie sich wieder fasste. »Ich bin davon ausgegangen, dass Sie ihn gelegentlich treffen. Außer auf der Beerdigung meiner Schwester – seiner Ehefrau –, und eines kurzen Besuchs im letzten Winter haben wir ihn nicht zu Gesicht bekommen, seit er an der Front ist.«

»Ich habe Joseph nicht mehr gesehen, seit er ausgerückt ist.«

»Aber …« Demy zögerte und betrachtete ihre Hände, die sie schließlich unsicher hinter ihrem Rücken verschränkte. »Bisher hatte ich angenommen, er kümmere sich um die Geschäfte rund um seine Bierbrauerei, wenn er Sie besucht.«

Julia schüttelte den Kopf und beugte sich zu Demy hinüber. Auch Karl rutschte auf seinem Stuhl nach vorn und missachtete dabei die Gefahr, in die er sich brachte.

Mit Mühe erlauschte er, wie Julia Demy zuflüsterte: »Es geht das Gerücht, dass Joseph die Brauerei verloren hat. Und um Meindorff-Elektrik steht es ebenfalls schlecht.«

Karls Gesicht verzog sich zu einem breiten Grinsen. Diese Informationen sagten ihm zu. Er konnte Philippe Meindorff nicht nur körperlich schaden, sondern er würde ihn zuvor auch noch auf andere Arten quälen. Immerhin war er verlobt! Und bald würde Philippe, ganz ohne sein Zutun, sogar der Grundlage beraubt sein, die ihn so hochmütig machte: die Finanzkraft und Macht der Meindorffs.

Als Demy den Club verließ und Julia durch eine Hintertür verschwand, rieb Karl sich zufrieden die Hände. Eines Tages würde er es Philippe Meindorff heimzahlen, dass er ihm Udako, dieses bezaubernde Nama-Mädchen weggenommen hatte. Sie war dann versehentlich im Kugelhagel der Männer umgekommen, die Karl angeheuert hatte – statt dass, wie geplant, Philippe ein Opfer der Schützen geworden war!

Bald schon würde Philippe für all die Schmähungen und Benachteiligungen bezahlen, die Karl hatte erleiden müssen: in Afrika, später in Frankreich und überhaupt sein ganzes Leben lang. Dieses ungewöhnliche Zusammentreffen zwischen Demy van Campen und Julia Romeike, dessen Zeuge er geworden war, erwies sich für ihn als sehr wertvoll. Es hatte ihm Informationen über die geschäftlichen Belange der Meindorffs geliefert, samt der Tatsache, dass sein ehemaliger Vorgesetzter in der Schutztruppe Deutsch-Südwestafrikas offenbar erneut sein Herz an eine Frau verschenkt hatte: an Demy van Campen.

* * *

Albert, der nach seinem Heimaturlaub zurück nach Metz musste, um dort seine letzte Jagdpilotenprüfung abzulegen, trennte sich noch in der Innenstadt von den beiden Frauen, was Demy erleichterte. Es war nicht alltäglich für sie, dass sie einem Meindorff Befehle erteilte. Vermutlich war es nur seiner guten Erziehung und dem Wunsch, in dem Etablissement nicht negativ aufzufallen, zu verdanken, dass er widerspruchslos darauf eingegangen war.

Nachdem Albert sie verlassen hatte, stapfte Rika auf ihrem langen Weg durch den Tiergarten schmollend neben Demy her. Diese störte sich nicht daran. Sie war damals, als sie mit 13 Jahren und gegen ihren Willen von ihrer älteren Schwester Tilla nach Berlin gebracht worden war, ebenso unglücklich gewesen wie Rika heute. Doch während Rika zunehmend amouröse Abenteuer suchte und gegen alles und jeden aufbegehrte, war Demy aus dem Hause Meindorff mit seinen starren Regeln ausgebrochen, wann immer es ihr möglich war. Sie hatte eine

Freundschaft mit Lieselotte und ihren Geschwistern aus dem heruntergekommenen Scheunenviertel begonnen, drei Arbeiterkindern Unterricht erteilt und eine Geburt mitten auf der Straße miterlebt.

Ein sanftes Lächeln umspielte Demys Lippen. Die van Campen-Geschwister waren nun einmal alle grundverschieden. Ihre älteste Halbschwester Tilla, die ein Jahr zuvor nach einer Abtreibung verstorben war, war immer auf Ansehen und Erfolg aus gewesen und hatte das leichte Leben im Wohlstand genossen. Anki, ebenfalls eine Halbschwester von Demy, Rika und Feddo, lebte nun schon seit über 10 Jahren in Russland. Sie zeichnete sich durch Verantwortungsbewusstsein und ein fast ängstliches Sicherheitsbestreben aus. Deshalb hatte Demy Ankis Entscheidung, praktisch von einem Tag auf den anderen mit einer russischen Adelsfamilie nach St. Petersburg zu ziehen, lange nicht nachvollziehen können. Bis zu dem Tag, als Tilla ihr auf dem Sterbebett von den Übergriffen ihres Vaters auf seine Töchter erzählt hatte ...

Im Augenblick bereitete allerdings Rika Demy Kummer. Tillas Verdacht, dass sie zu spät nach Koudekerke in den Niederlanden zurückgekehrt war, um die jüngste Schwester vor den sexuellen Begierden ihres eigenen Vaters zu schützen, hatte Rika nie bestätigt. Ob aber ihr Hang, Männer zu bezirzen, nicht dafür sprach? Tilla jedenfalls hatte auf die Übergriffe des Vaters genau gegenteilig reagiert. Männer waren für sie beinahe zu einem Feindbild geworden.

Und Feddo? Der Junge war mittlerweile 16 Jahre alt und wusste offensichtlich nicht, was er mit seinem Leben anfangen sollte. Aber wen verwunderte dies? Er war nach dem plötzlichen Tod seines Vaters seinem Zuhause entrissen worden und in einem Haushalt gestrandet, in dem er, wie auch seine Schwestern, als lästiger Anhang von Tilla angesehen wurde. Zwar ging er noch zur Schule, doch seit Kriegsbeginn fand der Unterricht nur unregelmäßig statt, und von Demy ließ er sich inzwischen nicht mehr unterrichten. Er drohte ihr zu entgleiten, ebenso wie Rika.

»Rika?«

Sie ignorierte Demy und zog an dem weit herunterhängenden Ast einer Trauerweide, deren Blätter nach diesem kältesten Winter des noch jungen Jahrhunderts nicht einmal als zarte Knospen zu erahnen waren. Der Ast schnalzte zurück und fuhr über die zaghaft hervorbrechenden, gelben Blüten einer Forsythie.

»Es tut mir leid, Rika, dass ich dir den Spaß verdorben habe. Aber du gehörst nicht in so ein Lokal. Ich weiß nicht, was Albert eingefallen ist, dich dorthin zu schleppen.«

»Ich wollte feiern und tanzen.«

»Wir können heute Abend zu Hause …«

»Zu Hause? Unser Zuhause ist in Koudekerke! Schon vergessen? Wenn ich es hier aushalten soll, möchte ich zumindest die Vorteile genießen, die diese Stadt mir bietet.«

»Du redest wie Tilla«, brummte Demy, der an diesem Tag jegliche Kraft für ein anstrengendes Gespräch fehlte. Dennoch sah sie sich gezwungen, es zu führen.

»Und du wie der alte Meindorff: *Du darfst das nicht, dies ist verboten und jenes schickt sich nicht!*«

»Dieses Thema haben wir bereits genügend ausgeschöpft, dachte ich.« Demy seufzte. Die Verantwortung für ihre Geschwister, die Angestellten im Haus, den kranken Hausherrn und die Personen, die es im Laufe der Kriegsjahre zu ihnen gespült hatte, wog schwer auf ihren Schultern. »Liebst du Albert?«

Rika sah sie mit aufgerissenen Augen an, ehe sie schallend lachte. »Ob ich Albert *liebe*?«

»Was gibt es sonst für einen Grund, dich in der Weise an ihn zu pressen, wie du es beim Tanzen getan hast?«

»Meine Güte, in welchem Jahrhundert lebst du?«, spottete Rika.

»Was spielt das Jahrhundert für eine Rolle, wenn es darum geht, dass Frau und Mann einander mit Bedacht und Respekt begegnen? Ich halte es für ungesund, wenn eine Frau einem Mann mehr anbietet, als sie ihm nachher geben kann und will.«

»Woher willst du wissen, was ich ihm später noch gegeben hätte?«, forderte Rika sie mit einem frechen Grinsen heraus.

»Hoffentlich nichts, das nicht in den geschützten Rahmen einer Ehe gehört.«

Wieder lachte Rika, legte dabei den Kopf in den Nacken und blickte zum wolkenverhangenen Himmel hinauf. »Und das sagt ausgerechnet die Verlobte von Philippe Meindorff! Wie lange ist es jetzt her, seit er Berlin den Rücken gekehrt hat? Mehr als zehn Jahre? Und noch immer tuschelt man hier in Berlin über ihn und seine Frauengeschichten.«

Mit geballten Fäusten starrte Demy in Richtung Schloss Charlottenburg. Es thronte, eingebettet in einen wunderschönen Park, am vorderen Ende der Straße, in der das Haus der Meindorffs stand. »Philippes und meine Verbindung spielt sich in einem Rahmen ab, der ...«

»Du könntest ihn an mich abtreten, diesen Philippe! Er ist so männlich und aufregend! Du bist es ja gewohnt, die verprellte Braut eines Meindorff-Sohnes zu sein.«

Ein Schmerz, fast so stechend wie die sie seit Tagen plagenden Halsschmerzen, ergriff von Demys Herzen Besitz und ließ sie in Schweigen verfallen. Da war es wieder: ihr Stigma. Seit sie Hannes und Edith mit einer Scheinverlobung zu Hilfe gekommen war, galt sie in der Gesellschaft Berlins als versetzte Braut. Aus verschiedenen Gründen, unter anderem um nicht aus ihrem letzten Zufluchtsort – dem Haus Meindorff – geworfen zu werden, hatte sie vor drei Jahren einer Verlobung mit einem weiteren Meindorff zugestimmt. Auch diese Verbindung war eine Farce, weshalb sie Philippe getrost an Rika hätte *abtreten* können, hätte sie nicht gewusst, dass ihre flatterhafte Schwester ihre Schwärmerei für den Ingenieur und Piloten ohnehin bald vergessen haben würde.

»Es entsteht so viel Unglück, wenn die Ehe als unwichtig erachtet wird, liebe Schwester«, murmelte Demy. Wieder lachte Rika und Demy verstummte erneut.

Rika hatte nie erfahren, dass Tilla nicht nur an den Übergriffen ihres Vaters zerbrochen war, sondern auch an der Ungeduld ihres Mannes und seinem Beharren auf dem Verhältnis mit Julia Romeike. Zuletzt hatte Tilla sich auf einen anderen Mann eingelassen, einen früheren Geschäftspartner ihres Schwiegervaters, und war von ihm schwanger geworden. Bei dem Versuch, dieses Kind zu beseitigen, hatte Tilla den Tod gefunden.

Die Schwestern durchquerten den Schlosspark mit seinen Wasserläufen, dem Teich und der sprudelnden Spree und bogen in die Schlossstraße ein. Rika umgab sich noch immer mit einer Mauer aus Trotz und Demy spürte, dass sie mit jedem weiteren Wort alles nur verschlimmern würde. Sie wünschte sich, Anki wäre nicht unerreichbar weit von ihr entfernt in einem Land, das mit dem Deutschen Kaiserreich im Krieg lag, sondern würde ihr bei der Erziehung der jüngeren Geschwister helfend zur Seite stehen.

Sie traten durch das Tor vor dem Anwesen und schon stürmte ihnen Ediths und Hannes' älteste Tochter Luisa entgegen. Die Achtjährige wedelte aufgeregt mit den Händen und rief mit sich überschlagender Stimme: »Tante Demy, Tante Demy, komm schnell! Feddo und Peter prügeln sich!«

»Wo?«, stieß Demy mit heiserer Stimme hervor.

»Im Garten!«

»Rika, nimm bitte Luisa mit hinein.« Ohne darauf zu warten, ob Rika zumindest dieser Anweisung nachkam, raffte Demy ihren grauen Faltenrock und stürmte am Haus vorbei in den rückwärtig gelegenen Garten. Inmitten der frisch umgegrabenen Beete, auf denen sie seit einigen Jahren versuchten, Lebensmittel anzubauen, rangen die zwei Gleichaltrigen miteinander, wobei Feddo tüchtig einstecken musste.

Peter, der Unzugänglichere der Scheffler-Zwillinge, hatte durch seine Vergangenheit auf dem Land und in den gefährlichen Gassen des Scheunenviertels weitaus mehr Kraft und wohl auch Erfahrung, was handgreifliche Auseinandersetzungen anbelangte.

Hilfe suchend sah Demy sich um, doch nicht einmal Peters Zwilling Willi hielt sich in der Nähe auf. Also stapfte sie durch die feuchte, schwer an ihren Schuhen klebende Erde zu den Burschen. »Aufhören! Hört sofort auf damit«, versuchte sie vergeblich, sich Gehör zu verschaffen.

Peter holte aus und ließ seine kräftige Faust mitten in Feddos Gesicht krachen. Blut schoss aus dessen Nase. Dennoch kämpfte er mit zusammengebissenen Zähnen und grimmigem Gesicht weiter und bemühte sich darum, wieder die Oberhand zu gewinnen, was ihm auch gelang. Er wand seinen rechten Arm aus Peters Umklammerung und holte zum Schlag aus.

Demy sprang hinzu und griff in seine Armbeuge. Der Faustschlag ging zwar ins Leere, doch die Wucht, mit der er ausgeführt wurde, riss Demy mit. Sie landete auf den Knien, und lag gleich darauf unter den Streithähnen, die sich über sie hinwegrollten. Sie bekam einige heftige Stöße von Ellenbogen und Knien ab und schrie vor Schmerz und Zorn zugleich auf. Aber die Kämpfenden ignorierten sie, bis sie plötzlich von zwei starken Händen, die keine Gegenwehr zuließen, von ihr fortgerissen wurden. Beide Burschen fanden sich links und rechts von Demy auf der nassen Erde wieder.

Verwirrt richtete Demy sich auf. Sie war über und über mit nasser Erde beschmutzt. Selbst ihre langen schwarzen Locken hingen ihr strähnig und mit Erdklumpen verklebt in das nicht minder verdreckte Gesicht. Aus dem Augenwinkel sah sie, dass Feddo erneut auf seinen Gegner zustürmen wollte. Ein harscher Befehl ließ ihn jedoch innehalten. Mit geballten Fäusten verharrte er nur einen Schritt von ihr entfernt. Demy hörte seinen keuchenden Atem.

Peter kauerte noch auf der Erde und wirkte so teilnahmslos wie meist.

Nun erst wandte Demy sich ihrem Helfer zu – und schrak zusammen. Vor ihr stand nicht wie erwartet Bruno, der Kutscher, sondern Philippe. In dem alten Pullover, den er unter seiner Fliegerjacke trug und unter der schräg aufgesetzten Soldatenkappe, den bei Piloten beliebten Schal um den Hals geschlungen, grinste er sie breit an, ehe er sich mit ernstem Gesicht an die beiden Raufbolde wandte: »Seid froh, dass ich vorbeigekommen bin. Fräulein Demy hätte euch in den Boden gestampft!«

Demy öffnete den Mund, brachte aber keinen Ton heraus. Von Feddos Seite kam ein prustendes Auflachen, während Peter ihr einen Blick zuwarf, der sie wohl um Verzeihung bitten sollte.

»Sie und ihr Spott haben mir gerade noch gefehlt«, knurrte Demy und setzte sich auf. Eilig zerrte sie ihren Rock zurecht, der unschicklich weit über ihre Knie gerutscht war und dort von der nassen Erde festgeklebt wurde.

»Ihre Dankbarkeit ist einmal mehr überwältigend«, konterte Philippe, streckte ihr allerdings die Hand entgegen. Einen Moment war Demy versucht, das Hilfsangebot rundweg auszuschlagen, aber die nasse Erde hing zentnerschwer an ihr. Also ergriff sie seine Rechte und ließ sich von ihm auf die Füße ziehen. Er tat dies mit so viel Schwung, dass sie förmlich gegen ihn taumelte. Bestürzt über seine Nähe wich sie zurück, jedoch ließ er ihre Hand nicht los.

»Sie sind nur noch ein Fliegengewicht! Essen Sie überhaupt etwas? Ihre kleine Anpflanzung hat doch eine ordentliche Ernte eingebracht?« Besorgt glitt sein Blick über ihr schmales Gesicht, und sie nutzte die Gelegenheit, um ihm endlich ihre Hand zu entwinden und sich nach den beiden Übeltätern umzusehen.

Peter und Feddo standen gut drei Meter voneinander entfernt da. Während ihr Bruder keineswegs schuldbewusst aussah, musterte Peter mit gewohnt finsterer Miene seinen Gegner.

»Herr Oberleutnant, ich esse durchaus«, sagte Demy, mehr an die Jungs als an Philippe gerichtet. »Aber Tage wie der heutige rauben mir eine Menge Energie«.

»Es kommt schon mal vor, dass Jungen sich prügeln«, meinte Philippe.

Demy wirbelte zu ihm herum. »Vielen Dank für Ihre wertvolle erzieherische Unterstützung!«

»Gern!«, erwiderte Philippe gelassen und wollte ihr doch tatsächlich einige Erdklumpen aus den Haaren ziehen. Sie schlug seine Finger energisch beiseite, woraufhin er seine Hände hinter dem Rücken verschränkte und sie amüsiert angrinste.

»Was war los?«, wandte sie sich an die Jungen.

Peter senkte den Kopf und begann, mit seinem ohnehin schon halb kaputten Schuh in der Erde zu bohren; Feddo zuckte lediglich mit den Schultern.

»Ich bestehe auf einer Antwort. Und zwar von beiden.«

Noch immer beschäftigte sich der eine Junge mit dem Erdboden, dem anderen verging zumindest das Grinsen.

Demy verschränkte die Arme vor der Brust und blickte über ihre gerümpfte Nase hinweg von Feddo zu Peter.

»Na wunderbar!«, stieß sie schließlich hervor. »Ich finde ja, schon allein dafür, wie ihr mich zugerichtet habt, verdiene ich eine Erklärung. Nun gut. Ihr zwei werdet euch jetzt Gartengeräte holen und dieses Beet in seinen vorherigen Zustand zurückversetzen. Anschließend putzt ihr eure Schuhe und wascht eure Kleidung, danach euch selbst. Ihr könnt euch in der Küche eine Scheibe Brot holen und dann verschwindet ihr für den Rest des Tages auf eure Zimmer.«

»Ja, Demy!«, murmelte Peter.

»Dürfte ich einen anderen Vorschlag unterbreiten?«, mischte Philippe sich ein.

Wieder wirbelte Demy zu ihm herum, wobei ein Schwindelgefühl, das sie völlig unvorbereitet überfiel, sie beinahe niederwarf. Nur mühsam gelang es ihr, aus dem Strudel zu entkommen, der sie in die Tiefe ziehen wollte. Sie bedachte Philippe mit einem aufgebrachten Blick. Was fiel diesem Luftikus ein, sich in ihre verzweifelten Bemühungen einzumischen, den Jungen die Flausen auszutreiben?

»Sie gehen wohl lieber ins Haus und ...«, begann Demy, wurde von Philippe aber unterbrochen.

»Nicht, ehe Sie sich nicht bei mir bedankt haben. So viel gute Kinderstube müsste aus Fräulein Cronbergs Unterricht sogar bei Ihnen hängen geblieben sein.«

Wieder hörte sie Feddo leise lachen und selbst Peter gab einen belustigten Laut von sich.

»Was halten Sie davon, wenn die beiden *mir* von ihren Differenzen berichten und wir uns gemeinsam eine Bestrafung ausdenken?«, schlug Philippe vor.

Zuerst wollte Demy widersprechen, als sie jedoch den hoffnungsvollen Blick von Peter sah, überlegte sie es sich anders. Peters und Willis Vater hatte seine Kinder häufig mit dem Gürtel gezüchtigt. Womöglich war das einer der Gründe, weshalb der Junge so unzugänglich und verschlossen war, aber ihren Anweisungen aufs Wort folgte. Vielleicht würde es ihm guttun, einmal mitzuerleben, wie Erwachsene respektvoll mit Kindern umgingen?

»Kann ich Sie mit den Streithähnen allein lassen oder muss ich befürchten, dass Sie ihnen erlauben, ihre Auseinandersetzung erneut mit den Fäusten auszutragen?«

»Wir haben in dieser Welt genug Krieg, liebe Demy. Gehen Sie sich in aller Ruhe den Schmutz vom Gesicht kratzen, ich kläre das hier.«

Sie ermahnte die Jungen mit einem vorwurfsvollen Blick, den Mann mit einem nicht minder aufgebrachten, und stapfte zur Hintertür. Dort hatten sich inzwischen Willi und Demys Pflegesohn Nathanael eingefunden, und sie wusste nicht zu sagen, wem von beiden das breitere Grinsen im Gesicht stand. Sie wichen jedoch respektvoll zurück, um sie einzulassen. Ausgelaugt lehnte Demy sich an die geschlossene Tür, stützte den Hinterkopf an das Holz und schloss müde die schmerzenden Augen. Sie fühlte sich schwach, ja fiebrig, und die Halsschmerzen, die sie seit Tagen plagten, wurden allmählich unerträglich.

In ihrem desolaten Zustand kam sie nicht umhin, Dankbarkeit für Philippes überraschendes Auftauchen und sein Eingreifen zu empfinden. Eben noch hatte sie sich unendlich allein und überfordert gefühlt, und nun hatte er ihr eine unliebsame Aufgabe abgenommen. »Und dabei mag ich ihn gar nicht«, flüsterte sie halblaut vor sich hin.

In diesem Augenblick gaben ihre Beine nach, und sie rutschte an der Tür entlang zu Boden, wo sie kraftlos liegen blieb. Jede Bewegung, ja jeder Atemzug schien ihr unsäglich schwerzufallen.

Wenig später näherten sich ihr Schritte, und Maria stieß erschrocken hervor: »Demy? Was ist mit Ihnen? Sie sehen fürchterlich aus.« Die Frau ging neben ihr in die Hocke und umfing ihr Gesicht mit ihren Händen, zog sie aber ruckartig wieder zurück. »Sie glühen ja! Sie haben hohes Fieber!«

Kapitel 2

Petrograd, Russland, März 1917

Schwarze Wolkenberge türmten sich über der Stadt, als wollten sie die Paläste, Brücken und Kanäle unter sich begraben und zerquetschen. Vom Finnischen Meerbusen her fegte ein beißend kalter Wind durch die Straßen und Gassen und blähte die roten Flaggen an den Fenstern der Peter und Paul-Festung auf wie wütende, Feuer speiende Drachen.

Robert Busch wechselte seine Arzttasche in die linke Hand und blickte sich besorgt um, ehe er die Nikolaj-Brücke[4] betrat. Seine Schritte wurden zunehmend schneller, beunruhigte ihn doch das durch die Straßen des Admiralitäts-Rajon[5] dröhnende, dumpfe Knallen abgefeuerter Waffen. Er hatte lange genug in einem Frontlazarett gearbeitet, um die Geräusche richtig zu deuten – bevor er von den Russen gefangen genommen, nach Sibirien verschleppt und erst mithilfe von Dr. Botkin, dem Leibarzt der russischen Zarenfamilie, wieder befreit worden war. Für einen Moment verweilten seine Gedanken bei der Zariza, ihren vier Töchtern und dem kranken Zarewitsch. Ob sie in Zsarskoje Selo[6] vor den Übergriffen der aufständischen Bürger in Sicherheit waren? Oder waren sie im Alexanderpalais Gefangene im eigenen Haus? Würde man sie töten, wenn man ihrer habhaft wurde?

Der Deutsche erreichte das Ufer. Die goldene Nadel auf der Admiralität bohrte sich drohend in die tief hängenden Wolken, ohne die grauen und schwarzen Gebilde beeindrucken zu können oder sie davon abzuhalten, auch noch einen Schneesturm über der Stadt abzuladen, die aufgrund der Revolution ohnehin schon brodelte wie ein Hexenkessel.

Robert eilte weiter in den Newskij Prospekt, denn sein Ziel war das Palais der Chabenskis an der Mojka. Dort hoffte er seine Ehefrau Anki und ihre vier Schützlinge anzutreffen, die Töchter der verstorbenen Fürstenfamilie. Ein paar Männer hinter einer Barrikade aus zusammengeschobenen Möbeln und einer Kutsche hielten ihn auf.

»Halt!«, brüllte ihm ein bärtiger Kerl entgegen. In seiner Rechten hielt er eine Pistole, in der Linken einen Besenstiel, an dem ein roter Stofffetzen im Wind knatterte. Wie seine Kameraden trug auch er das rote Band der Revolution um den Oberarm.

Roberts Hand, mit der er seine Tasche umklammerte, wurde schweißnass. Er hatte in russischer Gefangenschaft erlebt, wie gnadenlos Menschen reagieren konnten, wenn man einem Befehl nicht unverzüglich nachkam. Acht Männer, vier von ihnen bewaffnet, musterten ihn mit grimmigen Mienen. Robert widerstand der Versuchung, die Kerle darauf hinzuweisen, dass die Waffen, die sie gegen ihre eigenen Landsleute richteten, den Soldaten an der Front bitter fehlten.

»Wer bist du?«, wurde er von dem Bärtigen angeschnauzt. Offenbar galt er als Wortführer dieser kleinen Revolutionskeimzelle.

Robert zögerte. Als Deutscher wollte er sich ungern zu erkennen geben, ebenso wenig seine guten Beziehungen zu Dr. Botkin offenlegen. Also erwiderte er ausweichend, während ihm trotz der Kälte der Schweiß über den Rücken lief: »Ein Arzt.«

»Wo willst du hin?«

»Dahin, wo ich helfen kann!«, gab er zurück und dachte dabei vor allem an Anki. Welche Ängste musste sie wohl aushalten? Sein Blick verdüsterte sich, als er mehrere Rauchsäulen entdeckte, die über den Dächern aufstiegen und sich mit dem Schwarz der Wolken verbanden.

Zündete das geschundene, im Taumel des erfolgreichen Aufstands überschäumende Volk die Häuser des Adels an? Seine Furcht um Anki wuchs. Sie war zwar nur das Kindermädchen der Chabenskis, aber ihre Schützlinge gehörten als Fürstinnen dem Hochadel an und seine Frau würde sich in jedem Fall schützend vor die Mädchen stellen – und notfalls für sie sterben!

»Er redet seltsam«, brummte einer der Bewaffneten und musterte ihn unter hochgezogenen Augenbrauen. »Deutscher, was?«

Dem Arzt blieb nichts anderes übrig, als zu nicken, woraufhin zwei der Männer ihre Waffen unmissverständlich auf seinen Kopf richteten. Robert kniff die Augen zu schmalen Schlitzen zusammen. Es war nicht das erste Mal, dass er in die Mündung einer Waffe blickte. Aber heute durfte er nicht sterben. Nicht, bevor er nicht alles versucht hatte, um Anki vor dem Mob zu retten. Zorn keimte in ihm auf.

Der Bärtige zischte seine Mitstreiter unwillig an. »Lasst ihn. Ich hörte, dass die Deutschen uns helfen wollen. Und wir können einen Arzt in unseren Reihen gebrauchen! Sascha, gib ihm eine Armbinde und lass ihn durch.«

Der Junge, den er Sascha gerufen hatte, eilte herbei und reichte Robert über ein zertrümmertes Klavier hinweg eine rote Armbinde. Robert band sie sich um den Ärmel seines Mantels und wartete, bis einige ineinander verkeilte viktorianische Stühle mit blassblauem Bezug beiseitegeräumt waren, damit er sich durch die Lücke zwängen konnte. Er wollte sich schnell davonmachen, doch der Bärtige hielt ihn am Arm zurück und flüsterte: »Meiner Frau geht es wieder gut. Und jetzt verschwinden Sie und lassen Sie die Armbinde unter allen Umständen gut sichtbar dran!«

Es gelang ihm nicht, den Mann mit einer ehemaligen Patientin in Verbindung zu bringen. Mit einem verwirrten Nicken eilte er den Prachtboulevard entlang.

Fahnen schwingende, laut singende Jugendliche kamen ihm entgegen. Die Scherben zersprungener Schaufenster lagen wie Tautropfen auf den eisigen Steinen vor den geplünderten Geschäften des Prospekts. Die Spuren des mehrtägigen Aufstands und der Schusswechsel ließen sich nicht verhehlen.

Robert warf einen kritischen Blick an den Himmel und runzelte die Stirn. Dies lag nicht an den düsteren Wolkengebilden, sondern an der zunehmenden Zahl der Rauchsäulen, die ihm verrieten, dass er sich dem Distrikt mit den meisten Adelshäusern näherte.

Heiße Schauer durchliefen seinen Körper. Waren die Plünderer auch in den Palast der Chabenskis eingedrungen? Zerstörten sie in ihrer Wut nicht nur die Einrichtung und nahmen die Wertgegenstände mit, sondern taten auch den Bewohnern des Hauses Übles an?

»Anki!«, stöhnte er und fiel, obwohl er eigentlich nicht auffallen wollte, erneut in einen schnellen Laufschritt. Er bog am Mojka-Kanal ab und rannte in eine Gruppe junger Menschen, die soeben aus einem Haus stürmten. Sie waren mit Schmuck und wertvoller Abendgarderobe behängt. Zwei von ihnen trugen sogar je ein goldgerahmtes Gemälde. Ein Mädchen, Robert vermutete in ihr eine Studentin, zuckte erst zurück, presste dann aber ihren schlanken Körper an seinen, sodass er rückwärtstaumelte und mit dem Rücken gegen die Hausfassade prallte.

»Was für ein hübscher Kerl!«, stieß sie aus und drückte ihre rot geschminkten Lippen auf die seinen. Sie roch nach Alkohol und Zigaretten und war ganz offensichtlich nicht nur trunken von den revolutionären Umtrieben.

»Fräulein, ich ...«, stammelte Robert und verstummte perplex, als er die Hand des Mädchens in seinem Schritt spürte. Grob stieß er sie von sich, sodass sie rücklings zwischen ihre Freunde taumelte. Diese lachten, halfen der Betrunkenen auf die Beine und trollten sich.

Schwer atmend strich Robert seine widerspenstigen Haare aus dem Gesicht und bückte sich nach seiner Tasche, die ihm vor Schreck entglitten war. Dieser blindwütige, siegessichere Taumel der Revolution lockte die widerwärtigsten Seiten der Menschen zum Vorschein, nun, da sie sich von der Knechtschaft der herrschenden Klasse befreit glaubten. Falls einige Männer sich bei Anki ...

Robert brachte den Gedanken nicht zu Ende. Mit wütend zusammengekniffenen Lippen und einem Aufruhr im Herzen, größer noch, als er in den Straßen dieser Stadt tobte, stürmte er vorwärts.

Die gelbweiße Fassade des Jussupow-Palasts kam in sein Sichtfeld. Die Fensterscheiben waren unversehrt, was Roberts rasenden Pulsschlag ein wenig verlangsamte. Waren die marodierenden Horden noch nicht bis hierher vorgedrungen? Oder fielen sie von der anderen Seite an der Mojka ein? Hier galt es niemandem beizustehen, denn Fürst Jussupow war mit seiner Familie nach dem Rasputin-Attentat nach Kursk verbannt worden, und so rannte Robert weiter.

Der Wind blähte seinen Mantel auf und biss ihm mit eisiger Kälte in das vom Laufen erhitzte Gesicht. Seinen Hut hatte er längst verloren, vermutlich bei dem Zusammenstoß mit dem Mädchen. Doch das war alles nebensächlich. Wichtig war nur, den Chabenski-Palast und somit Anki vor den Roten oder dem von ihnen aufgestachelten Volk zu erreichen. Endlich sah er vor sich das orangefarbene Vordach, getragen von den weißen dorischen Säulen. Gleich würde er dort sein. Bei Anki!

* * *

Anki Busch drehte sich einmal um sich selbst. Sie war nie mutig oder abenteuerlustig gewesen, und so fühlte sie sich inmitten der johlenden Menschenmenge, dem Meer aus roten Fahnen und dem offen gezeigten Hass gegen alles, was einen Adelstitel oder Polizeikleidung trug, zutiefst verunsichert. Dennoch schob sie sich entschlossen zwischen den Protestierenden und Feiernden hindurch. Sie musste Nina finden und nach Hause bringen. In Zeiten wie diesen gehörte eine Familie zusammen. Zudem hatte sie der Sechzehnjährigen verboten gehabt, das Haus zu verlassen.

Zorn und Angst mischten sich in Ankis Herzen mit der Liebe, die sie für die Chabenski-Töchter empfand, deren Kindermädchen die Deutsch-Niederländerin seit nunmehr zehn Jahren war.

Anki drückte sich hinter einem Treppenaufgang an eine Hauswand, als ihr eine weitere Horde laut johlender Menschen entgegenströmte. Sie kamen aus der Straße, in der das Haus der Osminkens stand.

Raisa Wladimirowna Osminken, mit ihren 20 Jahren und dank des unkonventionellen Erziehungsstils ihres Vaters ein großes, aber nicht unbedingt positives Vorbild für Nina, war Anki schon lange ein Dorn im Auge. Dass die Baroness es am heutigen Tag gewagt hatte, Nina zu sich zu bestellen, brachte das Kindermädchen noch mehr gegen sie auf.

»Was stehst du da mit trübem Gesicht herum, Hübsche? Komm und feiere mit uns!«

Anki starrte entsetzt den Burschen an, der wie aus dem Nichts vor ihr aufgetaucht war. Sie wollte an ihm vorbei, ohne ihm zu antworten, doch der Kerl packte sie an beiden Handgelenken und hinderte sie so an ihrem Vorhaben. »Nun sei doch nicht so prüde!«

»Bitte, lass mich!«, flehte Anki leise.

»Du hast einen süßen Akzent! Wo kommst du her?« Der Bursche, wohl einige Jahre jünger als sie selbst, trat näher und schaute sie mit seinen grünen Augen interessiert an.

»Niederlande!«, lautete die Antwort, die Robert ihr eingeschärft hatte.

Bei dem Gedanken an ihren Ehemann drohte es ihr den Magen umzudrehen. Vor drei Tagen hatte man ihn zu einem Universitätsprofessor gerufen, der von seinen Studenten verletzt worden war, und seitdem hatte sie nichts mehr von ihm gehört. Was mochte Robert aufgehalten haben? Die Unruhen? War er womöglich als Günstling von Dr. Botkin, der der Zarenfamilie nahestand, erkannt und gefangen genommen, gar getötet worden?

Petrograd war dabei, im Chaos zu versinken. Schon lange lag eine Ahnung in der Luft, wie jetzt die düsteren, schneebeladenen Wolken, dass sich die Frustration des Volkes eines Tages entladen könnte. Dennoch hatten der plötzliche Ausbruch und die Vehemenz, mit der die Revolution über die Stadt hereingebrochen war, alle unvorbereitet getroffen. Eine kleine Flamme – die Streiks der Frauen am Weltfrauentag[7] – hatte ausgereicht, um eine ganze Stadt in Brand zu setzen und auf die umliegenden Gemeinden überzugreifen ... Und was würde übrig bleiben? Schutt und Asche? Tod und Verderben? Eine bessere, gerechtere Regierung? Ein Wandel im Denken der Mächtigen und Reichen?

»Interessant!« Der aufdringliche Kerl beugte sich ihr entgegen.

Anki, die keineswegs gewillt war, sich noch länger aufhalten zu lassen, trat ihm kräftig mit dem Stiefel gegen das Schienbein.

»Bist du nicht ganz bei Trost?«, keuchte der Bursche und lockerte seinen Griff.

»Lass mich auf der Stelle los!« Anki beherrschte es noch, dieses Aufrichten, das Heben und leichte Drehen des Kopfes, das man ihr beigebracht hatte, um Überlegenheit zu demonstrieren und unliebsame Gesprächspartner in die Schranken zu weisen.

Der Bursche wich zurück und sie hörte im Weitergehen, wie er seinen Freunden verunsichert zurief: »He, ich glaube, das ist eine Adelige!«

Anki lief schneller. Sie raffte den schmal geschnittenen Rock höher und sah endlich das schmucke, wenn auch für das Domizil eines Barons ungewöhnlich kleine Haus mit mintfarbenem Anstrich vor sich liegen. In dem Augenblick, als sie die Stufen erreichte, zerplatzte über ihr eine Fensterscheibe. Scherben regneten auf sie herab. Ein Sessel streifte schmerzhaft ihre Schulter und zwang sie in die Knie. Aus dem Inneren drangen die Schreie zweier Frauen.

* * *

Anki krabbelte die Stufen hoch und richtete sich unter Zuhilfenahme ihrer Hände mühsam an der Holztür auf. Ihre Schulter schmerzte und dies erlaubte ihr den linken Arm nur mit Bedacht zu bewegen. Ohne den Klopfer oder die Klingel zu benutzen öffnete sie die Tür und taumelte in den quadratischen Flur, der mit kostbaren Teppichen, exquisiten Möbeln, wertvollem Kristall und einer Flut an Bildern und Ikonen vollgestopft war, offenbar um Besuchern einen Wohlstand zu demonstrieren der, so lauteten die Gerüchte, gar nicht vorhanden war. Selbst Nina hatte einmal angedeutet, dass viele der Zimmer in dem ohnehin nicht geräumigen Haus leer standen.

Der Eingangsbereich wirkte unberührt und ordentlich, was Anki mit Erleichterung wahrnahm. Wären Plünderer eingefallen, hätten sie wohl gleich hier mit dem Stehlen und Zerstören von Wertgegenständen begonnen.

Eilig lief sie in das schmale, verlassen vor ihr liegende Treppenhaus.

Womöglich hatten die Angestellten bei Ausbruch der Unruhen die Stellung bei ihrem gelegentlich gewalttätigen Dienstherrn aufgegeben und sich den Protestmärschen angeschlossen. Wo aber hielt sich der Hausherr auf?

Er verfügte weder über einen Ministerposten in der zaristischen Regierung noch über einen militärischen Rang, sodass seine Anwesenheit weder in einem der Gremien gefordert war, die nun unter Hochdruck arbeiteten, noch bei seiner Garnison.

Wieder erhob sich im ersten Stock lautstarkes Geschrei. Die weibliche Stimme klang jetzt viel mehr keifend als ängstlich. Anki folgte den Stimmen und trat in den Türrahmen eines vollkommen mit Kleidern und Hutschachteln überfüllten Raums. An einer Wand stapelten sich eine unüberschaubare Menge von Schuhen, Spazierstöcken, Regenschirmen und unachtsam abgelegten Handschuhen aller Couleur. In diesem Ankleidezimmer sorgte schon lange keine Zofe mehr für Ordnung, stellte Anki fest, während sie ihren Blick auf Raisas Rücken richtete.

Die Baroness stand ihrem eng geschnittenen Rock zum Trotz breitbeinig da und hielt etwas mit beiden Händen fest, das Anki nicht sehen konnte. Einige Meter entfernt presste sich Ankis Schützling Nina mit vor Angst aufgerissenen Augen an die Wand neben dem zertrümmerten Fenster. Ob Raisa mit dem Stuhl nach ihrer Freundin geworfen hatte?

»*Nein!*«, kreischte Raisa in diesem Augenblick und bewegte sich zur Seite.

Anki schnappte nach Luft. Die Baroness hielt ein langes, im Licht der Deckenlampe blau schimmerndes Schwert in den Händen. Mit diesem drohte sie in Ninas Richtung.

»*Ich* bin deine Familie! Das haben wir doch oft genug besprochen, kleine Nina! Zumal deine Eltern tot sind und diese Njanja[8] deine jüngeren Geschwister nur verdirbt. Du gehörst zu mir.«

»Lass mich bitte gehen«, flehte Nina. »Ich möchte zu meinen Schwestern. Unmöglich darf ich sie in diesem Durcheinander alleinlassen.«

»*Ich* bin deine Schwester!«, schrie Raisa und ließ das Schwert zu Boden sausen, sodass die Spitze im Parkett stecken blieb.

Anki, die vermutete, dass die Waffe dem Mädchen auf Dauer zu schwer war, wagte sich einen Schritt in das Zimmer. Nina entdeckte sie sofort, und die Erleichterung über ihre Anwesenheit war ihr im Gesicht abzulesen. Aber auch Raisa wirbelte herum, wobei sie ihre Waffe wie eine Sense seitwärts führte. Nur durch einen schnellen Sprung rückwärts entkam Anki der blitzenden Klinge. Furcht ergriff sie. Da Raisa ebenso jähzornig war wie ihr Vater, musste sie sich in Acht nehmen.

»Du?«, stieß die Baroness hervor und ihre stahlblauen Augen, denen ihres Vater sehr ähnlich, blitzten Anki kalt an.

»Sind Sie allein im Haus zurückgeblieben, Baroness?«, versuchte Anki mit zittriger Stimme und weichen Knien der chaotischen Situation Herr zu werden. »Dann begleiten Sie Nina und mich zu den Chabenskis. Sie sollten jetzt wirklich nicht allein sein.«

»Sag es ihr, Njanja! Sag Nina, dass ich ihre Familie bin. Du hast das damals selbst zu mir gesagt!«

»Ich sagte damals auf Ninas Geburtstagsfeier, dass Sie herzlich im Hause der Chabenskis willkommen waren und dass Sie dort ein Stück weit das Familienleben erleben durften, das Ihnen, allein mit Ihrem viel beschäftigten Vater, fehlte.«

»Es war aber nie so!«, kreischte Raisa und aus ihrem linken Mundwinkel troff ein Speichelfaden auf ihre Bluse hinab.

»Sie missachteten gewisse Regeln, Baroness Raisa Wladmirnovna. Innerhalb einer Familie geht man rücksichtsvoll miteinander um. Und liebevoll. Sie aber wollten einen Keil zwischen Nina und ihre Eltern, später auch zwischen Nina und ihre jüngeren Schwestern treiben. Dies durften weder das Fürstenpaar noch ich zulassen.«

»Ja, du bist schuld!«, schrie Raisa unbeherrscht. »Du hast dich unaufhörlich in die Familie gedrängt und erreicht, dass die alte Fürstin dir die Erziehung der Kinder überließ, nachdem Ninas Eltern gestorben waren!« Raisa trat näher, die Waffe drohend erhoben, doch ihre Hände zitterten. Die verwöhnte junge Frau war es nicht gewohnt, ein schweres Schwert in ihren zarten Händen zu führen. Dennoch wich Anki wieder einen Schritt zurück. Ein scharfes Schwert war auch in den Händen einer schwachen Frau eine Gefahr.

Der Blick des Kindermädchens huschte zur Fensterseite. Der Platz, an dem Nina eben noch gestanden hatte, war leer. Erleichterung durchflutete Anki. Jetzt musste sie nur noch auf sich selbst achten und versuchen, die Baroness zur Vernunft zu bringen.

»Du hast Angst, nicht, Njanja? Gut so. Die habe ich jeden Tag aushalten müssen.«

»Angst, Baroness?«

»Mein Vater versprach mir Reichtum und Ansehen, sobald wir erst nach Petersburg gezogen seien. Aber er verlor von beidem immer mehr. Irgendwann werden wir nichts mehr haben. Diese Angst meine ich!«

»Aber Baroness …«

»Die Chabenskis schwimmen in Geld, Macht und Ansehen. Sie verkehren mit der Zariza und dem Zaren, mit den Hofdamen am Zarenhof, mit der einzigen Nichte des Zaren und mit ihrem Mann Jussupow. Da wollte ich hin«, brach es aus Raisa heraus. Wieder trat sie einen Schritt nach vorn. Inzwischen ruhte das Schwert auf ihrer linken Schulter, als wolle sie sich ihre Kräfte für den einen entscheidenden Schlag einteilen.

Anki wich in den Flur zurück. Sie spürte bereits die Wand in ihrem Rücken. Ihr Atem ging stoßweise und sie hörte ihren eigenen Herzschlag wie dumpfe Paukenschläge in ihren Ohren. Robert kam ihr in den Sinn. Und die Chabenski-Mädchen. Sie musste doch für sie sorgen! Sie hatte es der sterbenden Fürstin versprochen!

»Wäre Nina ein Mann, hätte ich sie heiraten können!«

»Baroness, selbst wenn Nina ein Prinz wäre, wäre sie noch immer erst sechzehn Jahre alt! Lassen Sie uns jetzt gemeinsam das Haus verlassen. Es sind so viele Menschen auf den Straßen unterwegs, die eine Gefahr darstellen. Sogar die Gefängnisse sind geöffnet worden. Nicht nur die mit den politischen Gefangenen, sondern die, in denen die wirklich üblen Verbrecher inhaftiert waren.«

Die verstörte junge Frau hörte ihr gar nicht zu. »Ja, sechzehn! Genau das Alter, in dem der Fürst für Nina eine gute Partie gesucht hätte. Ebenfalls einen Fürsten, vielleicht sogar ein Mitglied der Romanow-Familie? Mein Plan war, über Nina in Kontakt mit einem Großfürsten zu treten. Ich hätte ihn schon auf meine Seite gezogen und er hätte *mich* geheiratet!« Raisas Stimme wurde schriller. Den letzten

Satz spuckte sie dem Kindermädchen förmlich entgegen. Anki schrie in Gedanken zu Gott um Hilfe.

»Jetzt bricht alles auseinander. Aber es gibt familiäre Bande der Chabenskis und Romanows. In England, in Dänemark, sogar in diesem grässlichen Deutschen Kaiserreich! Sie werden Nina aufnehmen und damit auch mich. Und du wirst das nicht verhindern!« Raisa sprang nach vorn. Der Stahl des Schwertes blitzte hell auf.

* * *

Anki war nicht im Chabenski-Palast! Obwohl sein Innerstes rebellierte, blieb Robert äußerlich ruhig. Sie war zu dieser verzogenen Raisa unterwegs, um Nina zurückzuholen. Er hatte einige unangenehme Zusammenstöße mit fanatischen Russen hinter sich und dabei Beobachtungen gemacht, die ihn bei allem Verständnis für den Befreiungsschlag des Volkes wünschen ließen, alles würde wieder so sein wie zuvor. Auf den Straßen gab es keine Ordnung, kein Gesetz, keinen Anstand mehr. Alles schien erlaubt, die Vernunft schien außer Kraft gesetzt.

Gehetzt wandte Robert sich an die beiden Anwesenden: »Jakow, Nadezhda, wir müssen die Prinzessinnen aus der Stadt schaffen. Ich habe auf dem Weg hierher eine Anzahl Paläste und Häuser einflussreicher Bürger in Flammen aufgehen sehen. Die Gefahr erscheint mir eklatant.«

»Die Chabenskis besitzen ein Landhaus in Zsarskoje Selo«, schlug Jakow vor, vollführte mit seiner von Altersflecken übersäten Hand aber eine abwertende Bewegung.

Roberts Mundwinkel zuckten unwillig. Das Sommerhaus wäre ein angemessener Aufenthaltsort für die Fürstinnen, bis sich die Unruhen in der Stadt gelegt hatten und abzusehen war, in welche Richtung die Weichen des Landes gestellt würden. Allerdings machte die Nähe zum Alexanderpalast, der langjährigen Heimat der Zarenfamilie und nun wohl ihr Gefängnis, diese Fluchtmöglichkeit zunichte.

Anki liebte das Sommerhaus. Würde sie die Kinder dort suchen, falls sie getrennt wurden? Auch Robert erinnerte sich gern an das für ein Adelshaus bescheidene Bauwerk, eingebettet in einen bezaubernd schönen Park. Dort hatte er Anki das erste Mal in den Armen gehalten und geküsst ...

Ein schneidender Schmerz, als habe ihm jemand ein Schwert in den Leib gerammt, durchfuhr ihn. Die Angst um seine Ehefrau wuchs rasant an und raubte ihm für einen Moment die sonst so typische Ruhe und Gelassenheit. Fahrig fuhr er sich mit beiden Händen über das Gesicht und die Haare. Anki strich ihm gern diese frech in seine Stirn fallende Strähne zurück. Wo war sie wohl in diesem Moment? Bei den Osminkens? Befand sie sich dort in Sicherheit vor dem tobenden Mob in den Straßen? Eine innere Stimme drängte ihn, sie sofort zu suchen, sie zu beschützen – vor welcher Gefahr auch immer. Seine Gedanken formten ein Gebet um Schutz für Anki. Mehr konnte er im Moment nicht für sie tun, sosehr es ihn auch dazu drängte.

»Dr. Busch, meine Schwester wohnt in Aleksandrovskaya.« Nadezhda sah ihn fragend an, und er runzelte nachdenklich die Stirn.

Aleksandrovskaya lag in der Nähe von Gorskaja, einer Hafenstadt am Finnischen Meer, nicht allzu weit von Petrograd entfernt, also durchaus erreichbar. Dort könnten sie erst einmal Unterschlupf finden und abwarten.

»Sie nimmt uns bestimmt für eine Weile auf. Es gibt bei ihr ein Wohnhaus und einen Stall.« Die ältere Bedienstete betrachtete zweifelnd das in einem Blumenmuster angelegte, mehrfarbige Parkett, die wertvollen Gemälde an den mit Brokattapeten bezogenen Wänden, die Kronleuchter und die erlesenen Möbel.

»Dein Angebot ist sehr freundlich. Ich denke, wir werden es annehmen«, sagte Robert. »Informiere bitte Marfa. Die Zofe soll die Kinder zum Aufbruch vorbereiten. Mitnehmen können sie nichts. Sie soll darauf achten, dass die Mädchen einfache Kleidung tragen, am besten einen älteren Mantel. Ihre Herkunft darf ihnen nicht anzusehen sein.«

Nadezhda nickte und eilte zur Treppe, die auf die Galerie führte. Diese spannte sich sowohl über das Foyer als auch über den Ballsaal. Von dort gingen die Türen zu den Privaträumen der Fürstenfamilie ab.

»Ich suche Pjotr, den Kutscher«, brummte Jakow. »Alex wäre Anki wohl lieber, aber der Kerl ist seit Beginn der Unruhen verschwunden.

Vermutlich heckt er mit seinen roten Freunden weitere Schandtaten aus.« Der Butler schlurfte mit kleinen, müden Schritten davon.

Robert blieb allein zurück. Zerfressen von der Sorge um Anki knetete er seine Hände. Anki hatte schon früh den Verdacht gehegt, dass Alex einer der im Untergrund agierenden Aufständischengruppen angehörte, und er hatte es ihr offen eingestanden, nachdem sie in einen inszenierten Brotaufstand geraten waren. Allerdings sei er kein Befürworter von Gewalt, hatte er beteuert. Ganz anders als Oskar … Gequält von dem Gedanken ballte er die Hände zu Fäusten. Sein Bruder gehörte einer radikalen Studentenvereinigung an, die sich nicht zu schade war, Aufruhr innerhalb der Bevölkerung zu inszenieren und friedliche Bürger aufzustacheln. Als Anki damals den Tod eines kleinen Jungen mit ansehen hatte müssen, war Oskar dabei gewesen. Er und zwei seiner Freunde hatten die geduldig wartenden Frauen und Kinder erst auf den Gedanken gebracht, man könne sich die knapp bemessenen Lebensmittel mit Gewalt holen. Seit diesem Tag hatten weder Anki noch Robert Oskar wiedergetroffen. Er war wie vom Erdboden verschluckt. Ob er untergetaucht war, um mit seinen Kameraden auf ihre große Stunde zu warten? Diese war jetzt gekommen! Oder hatte die Ohrana[9] ihn verhaftet und eingekerkert? In dem Fall würde er jetzt freikommen.

Mehrere Schüsse und die Detonation eines größeren Geschosses ganz in der Nähe des Chabenski-Palastes ließen die Scheiben in den Fassungen klirren. Robert eilte beunruhigt an ein Fenster und schob den elfenbeinfarbenen, golddurchwirkten Vorhang beiseite, um zum Kanal zu schauen. Rote Fahnen, vom auffrischenden Wind aufgebläht und vor den dunklen Wolkengebilden deutlich abgehoben, ergriffen Besitz von der Straße. Der Heimweg für Anki und Nina war versperrt.

Jakow trat neben ihn, blickte hinaus und runzelte missbilligend die Stirn. Der alte Diener hatte zeitlebens bei den Chabenskis in Diensten gestanden und war von ihnen immer gut behandelt worden. Entsprechend missfiel ihm das Tun der Roten.

»Pjotr spannt hinten den Landauer an.«

»Er soll das Wappen von den Schlägen kratzen.«

»Das sagte ich ihm bereits«, stieß Jakow zwischen zusammengepressten Lippen hervor.

»Besorg rote Armbinden für ihn und dich. Auch für Nadezhda und Marfa. An der Kutsche sollte ebenfalls ein rotes Tuch befestigt sein, denn ohne dieses Zeichen werden wir schwer durchkommen.« Robert fuhr zusammen, als sich jemand von außen gegen die Eingangstür warf. Der dumpfe Schlag wiederholte sich mehrmals in knappen Abständen. Vorsichtshalber zog Robert den Alten vom Fenster fort. Er hatte an diesem Tag genug eingeschlagene Scheiben gesehen.

»Es dämmert bereits. Sobald Marfa die Mädchen fertig hat, geht ihr nach hinten in die Remise. Falls Anki, Nina und ich bis sieben Uhr nicht da sind, versucht ihr euch nach Aleksandrovskaya durchzuschlagen. Wir folgen euch, sobald es uns möglich ist.«

Jakow nickte und drückte kurz Roberts Arm, als Aufforderung, Anki und die Chabenksi-Tochter nur ja zu finden.

An der Tür war es unterdessen wieder ruhig geworden. Vorsichtig spähte Robert durch einen Spalt zwischen Fensterrahmen und Vorhang. Noch immer marschierten Fahnen schwingende Männer und Frauen vorbei. Sie schrien, lachten und sangen. Als Robert es wagte, das Fenster ein Stück weit zu öffnen, drang außer dem kalten Wind auch der Jubelruf zu ihm herein, dass die Regierung zurückgetreten sei.

Zutiefst besorgt um Anki wartete er ab, bis die Kolonne das Palais passiert hatte. Er prüfte, ob die rote Armbinde fest an seinem Mantel saß, bevor er auf die Straße trat. Dann begab er sich auf direktem Weg zum Haus der Osminkens.

* * *

Der schwere Stuhl traf Raisa völlig unvorbereitet. Sie schrie auf, das Schwert polterte klirrend zu Boden und wurde von der samtbezogenen Lehne begraben. Raisa selbst taumelte gegen die Tür und sackte in sich zusammen.

»Schnell, Fräulein Anki, schnell weg«, stieß Nina hervor und fasste die verdutzte Anki an der Hand.

»Aber Raisa ...«

»Die kommt allein zurecht!«, beschloss Nina unbarmherzig und zerrte ihr ehemaliges Kindermädchen hinter sich her, das enge Treppenhaus hinunter in den Eingangsbereich.

In diesem Augenblick zersprangen mit kreischendem Klirren die Fenster neben der Tür. Johlende Jubelrufe wurden laut.

»Jetzt holen wir uns das Pack!«, schrie eine sich überschlagende Frauenstimme.

»Das ist Raisas Zofe«, zischte Nina entsetzt. In ihren Augen stand nackte Angst. Ohne Zögern übernahm Anki die Führung. Sie zog Nina hinter sich her in ein prunkvoll ausgestattetes Wohnzimmer und donnerte die Tür hinter ihnen ins Schloss. »Gibt es einen Hinterausgang?«

»Nur Fenster.«

»Kletter hinaus und versteck dich, Nina.« Anki verfiel in die persönliche Anrede, die sie jahrelang gebraucht hatte, bis Raisa an Ninas sechzehntem Geburtstag darauf bestanden hatte, dass das Kindermädchen die Prinzessin fortan respektvoll mit *Hoheit* und ihrem vollen Namen anzusprechen habe.

»Was haben Sie vor?«, fragte Nina furchtsam, da sie in dem Chaos nicht allein sein wollte.

»Ich kann Raisa unmöglich diesen Leuten überlassen.«

»Raisa hat ihre Zofe immerzu schikaniert und geschlagen. Die ist heute auf Rache aus.« In ihrer Aufregung verfiel Nina in ihre Muttersprache.

»Geh«, befahl Anki, wenngleich ihr das Herz stehen zu bleiben drohte, als sie aus der Halle das Zersplittern von Holz und weiterem Glas hörte.

»Sie versprachen meiner Mutter, sich um Jelena, Katja und Jenja und auch um mich zu kümmern. Und Raisa hat Ihnen das Leben immerzu schwer gemacht!«, argumentierte Nina in dem verzweifelten Versuch, sie umzustimmen.

»Dennoch!«

Die Tür zum Wohnraum flog auf und knallte gegen die Wand. Mehrere dunkel gekleidete Gestalten mit aus allen möglichen roten Materialien hergestellten Abzeichen, Fahnen, Armbinden, Hüten und Federn quollen in das Zimmer. Anki stieß einen Schreckensschrei aus. Es war zu spät, um Raisa zu helfen. Nun galt es vielmehr, sich und ihre Schutzbefohlene zu retten.

Anki drängte Nina zur Fensterfront. Diese reagierte nervenstark und riss sofort eines der Fenster auf. Erstaunlich behände war sie auf dem Fenstersims und sprang hinaus. Anki folgte ihr, hatte aber mehr Mühe, die Fensterbank zu erklimmen. Hinter sich hörte sie nahende Schritte und fordernde Rufe.

Ninas Hände umfassten Ankis Arme und zerrten sie über den Rahmen. Sie fiel schwer auf die gefrorene Erde.

Eilig rappelte sie sich auf und rannte Nina hinterher durch einen winzigen, verwilderten Garten und zwischen den Fassaden zweier Gebäude hindurch auf eine schmale Straße. Hier blieben beide keuchend stehen, wobei sie sich noch immer an den Händen hielten.

»Raisa«, murmelte Anki und drehte sich voll Sorge um. Dunkelgraue Rauchsäulen, die in den noch dunkleren Himmel hinaufwuchsen, deuteten an, wo überall Paläste und Häuser in Brand gesteckt worden waren. Noch war bei den Osminkens alles ruhig.

Nina stellte sich ihr in den Weg und forderte ihre Aufmerksamkeit ein. »Ja, Raisa. Und Ljudmila und Alexej, Anastasia, Tatjana, Marija, Olga und viele andere mehr. Sie können nicht alle retten!«

Anki seufzte und dachte an Roberts schreckliche Erzählungen aus seiner Zeit in der deutschen Armee. Er hatte innerhalb eines Wimpernschlags entscheiden müssen, welcher der verletzten Soldaten eine Chance zum Überleben hatte, wenn er ihn behandelte oder operierte. Die anderen Männer legte man zum Sterben zur Seite. Auch er war nicht in der Lage gewesen, sie alle zu retten, so gern er es getan hätte.

»Lass uns gehen«, beschloss Anki und warf einen letzten Blick auf die vom auffrischenden Wind davongetragenen Rauchsäulen. Schneeflocken, weiß und unschuldig, trieben wie verlorene Wattebäusche umher. Anki stemmte sich gegen den starken Wind an und lief Nina voraus in Richtung Fontanka-Kanal.

* * *

»Wo sind wir hier?«, flüsterte Nina verwirrt, während sie auf die Flammen starrte, die aus einem Palais in den Himmel schlugen.

Anki blieb keine Zeit, sich darüber zu wundern, dass ihr Schützling die Rückseite ihres eigenen Zuhauses nicht kannte. Das Prasseln des

Feuers hörte sich an wie das Fauchen von Myriaden von Dämonen, die ihre Mäuler öffneten, um die Chabenski-Kinder und das Personal zu verschlingen. Eine riesige Faust drohte ihr das Herz zu zerdrücken, als sei es nicht mehr als ein Schwamm.

»Nein! Bitte nicht!«, hauchte sie fassungslos über die Zerstörung, die die Flammen bereits angerichtet hatten. Ein Zittern durchlief ihren Körper, und sie klammerte sich krampfhaft an Ninas Arm. »Jelena! Katja! Jenja!«, schrie sie mit heiserer Stimme gegen das Brodeln, Knacken und Brausen an. Waren sie verloren? Gab es noch einen Weg, ihnen zu helfen?

Entschlossen kämpfte Anki die Panik nieder, die sie zu lähmen versuchte. Sie stürmte auf den Hintereingang zu. Dabei murmelte sie unzusammenhängende Worte, die ein Gebet sein sollten. Aus dem vom Feuer erhellten Dämmerlicht trat ihr jemand in den Weg. Die Person packte sie an den Schultern und hinderte sie am Betreten des Hauses.

Anki schrie auf. Angst und Entsetzen brannten ebenso heiß in ihr wie das Feuer, das den Chabenski-Palast vernichtete. Ihre Mädchen! Was geschah mit ihren Mädchen?

»Anki Busch!«, brüllte ihr Widersacher sie an, und sie gab es auf, sich aus dem unnachgiebigen Griff befreien zu wollen. Vor ihr stand Pjotr.

»Wo sind meine Mädchen?«, stieß Anki hervor und starrte auf die orangefarbenen Flammen, die wie Zungen an den Fensterrahmen leckten.

»Schnell fort von hier! Der wütende Mob ist noch im Haus!«

»Ich kann nicht, Pjotr. Die Mädchen.« Ankis Augen tränten und sie bebte am ganzen Körper. Der Wind verwandelte die Schneekristalle in winzige Geschosse, die wie Feuerfunken auf ihrer Haut brannten.

»Sie sind hier draußen. Kommen Sie!« Pjotr ergriff sie am Handgelenk und deutete in Richtung der Stallungen. Nina ignorierte er völlig.

Anki ließ den Kutscher und Nina stehen und stürmte in das Innere des Stallgebäudes. Heustaub tanzte im Schein der Flammen, der durch die Fenster Einlass fand. Ein warmer Geruch nach Pferd und Dung schlug ihr entgegen. Erhellt vom zuckenden Licht, konnte sie Marfa erkennen, die Jenja fest an sich drückte.

»Jenja, Marfa!«, rief Anki und umarmte beide gleichzeitig. Die Kleine wollte zu ihr, doch Anki eilte zu Katja, Jelena und Nadezhda, um auch diese zu umarmen.

»Jakow hat uns hinausgebracht, aber dann ist er zurück ins Haus gelaufen!«, erklärte Jelena. Ihr Blick lag voll Entsetzen auf den Flammen.

»Dr. Busch war hier«, begann Nadezhda, wurde aber von der herumwirbelnden Anki jäh unterbrochen.

»Robert? Gott sei Dank. Wo ist er?«

»Er wollte Sie und Nina bei den Osminkens suchen.«

»Nein!«, rief Anki aus und ihre Schultern sackten nach unten. Robert war hier gewesen, war endlich zu ihr zurückgekehrt, doch sie hatten sich in dem Durcheinander auf den Straßen verpasst.

»Er sagte, wenn er bis sieben Uhr nicht zurück sei, sollen wir nach Aleksandrovskaya zu meiner Schwester aufbrechen. Er plante, mit Ihnen und Nina nachzukommen.«

Anki holte eine zierliche goldene Taschenuhr aus ihrer Kostümjacke unter dem Mantel und warf einen hastigen Blick auf das Ziffernblatt. Es blieben nur noch wenige Minuten, bis die von Robert gesetzte Frist ablief. »Ihr fahrt, ich suche Robert oder warte auf ihn.«

»Das geht nicht, Anki Busch«, widersprach Pjotr sofort. »Wir brauchen Sie bei den Mädchen. Sie können die richtigen Entscheidungen treffen, nicht wir. Wir sind doch nur einfache Angestellte …«

Anki schüttelte entsetzt den Kopf. Auf keinen Fall wollte sie Robert erneut aus den Augen verlieren. Jahrelang war sie von ihm getrennt gewesen, sie hier in Russland, er im Deutschen Kaiserreich. Selbst als sie erfahren hatte, dass er sich in russischer Gefangenschaft befand, hatte es unendlich viele quälende Monate gedauert, bis sie ihn endlich wieder in die Arme hatte schließen dürfen. Bereits die vergangenen drei Tage, in denen sie nicht wusste, wo er sich aufhielt, waren eine einzige Tortur für sie gewesen.

»Er wird mich suchen. Er wird nicht ohne mich nach Aleksandrovskaya gehen!«, stieß sie verzweifelt hervor.

»Doch, das wird er!«, ermunterte Pjotr sie und warf einen besorgten Blick auf die Flammen, die mittlerweile unbarmherzig am Dachstuhl des herrschaftlichen Gebäudes nagten.

Der Kutscher ergriff Ankis Hand und drückte ihr einen roten Backstein hinein. Anschließend deutete er auf die weiß gestrichene Innenwand der Mauer. Sie umgab den winzigen Hinterhof des Chabenski-Hauses und schützte den Wagenschuppen und den Pferdestall.

Anki verstand seine Aufforderung, das Kommando nicht aus der Hand zu geben. Und er hatte recht, denn sie hatte der sterbenden Fürstin versprochen, auf ihre Töchter achtzugeben.

»Ist die Kutsche angespannt?«

»Sie ist angespannt, Sudarynja[10] Anki. Ich habe auf beiden Seiten versucht, das Wappen zu entfernen. Prinzessin Jelena Iljichna hat das Fahrzeug mit Schmutz bespritzt und auch die Pferde damit eingerieben, damit sie nicht sofort als Rassetiere zu erkennen sind. Wir sind gerüstet.«

Anki atmete noch einmal tief ein und ließ die Luft laut entweichen. Sie blinzelte in die rote Flammenhölle und spannte die Muskeln ihrer Schultern an. »Gut, dann hinaus mit dem Gefährt und die Mädchen, Nadezhda und Marfa hinein.«

»Wir fahren nicht ohne Sie!«, entschied Jelena und stemmte die Hände in ihre Hüften. Die Frauen waren so umsichtig gewesen, den Fürstenkindern einfache Kleidung überzuziehen, stellte Anki erleichtert fest.

»Ich sitze bei Pjotr vorn auf dem Kutschbock.«

»Bei dem Schneesturm?«

»Der Schneesturm ist unser Verbündeter. Vermutlich flüchten die Menschen vor ihm von den Straßen!«

Jelena nickte und drehte sich nach ihrer älteren Schwester um, die der Diskussion wie unbeteiligt beiwohnte. »Dir ist hoffentlich klar, dass dein Verstoß gegen Fräulein Ankis Anweisungen schuld ist, dass ihr Ehemann jetzt irgendwo da draußen herumirrt?«

Für einen Augenblick blitzte Nina Jelena an, zeigte erneut das von Raisa abgeschaute hochmütige Gesicht und wollte die Jüngere in ihre Schranken weisen. Dann aber nickte sie und warf Anki einen entschuldigenden Blick zu. Schweigend stieg sie als Erste in das Gefährt ein, das Pjotr aus dem Gebäude gelenkt hatte.

Anki trat an die Mauer. Sie hoffte, zumindest diese würde stehen bleiben, wie zerstörerisch das Feuer auch im Palais wütete. Mit ungelenken Bewegungen schrieb sie mit dem Backstein auf Deutsch an die

Wand, wobei sie die Buchstaben mehrmals übermalen musste, damit sie überhaupt sichtbar waren: *Alle, auch Anki und Nina.*

Bevor sie das schwere gusseiserene Tor für die Kutsche öffnete, warf sie einen letzten Blick zurück. In diesem rückwärtigen Teil des Gebäudes befanden sich die Wirtschaftsräume und die Zimmer der Angestellten. Sie waren hoffentlich längst alle fort. Und Jakow? Hatte er sich den Eindringlingen entgegengestellt, stolz und starrköpfig, wie er war? Sie konnte nur hoffen und beten, dass die Revolutionäre zumindest einem Greis Respekt erwiesen hatten, der sein Leben damit verbracht hatte, einer adeligen Familie zu Diensten zu sein.

Anki kletterte auf den knarrenden Kutschbock, nahm von Pjotr eine Decke entgegen und hielt sich krampfhaft fest, als der Wagen unsanft anruckte. Die Pferde, obwohl gut geschult, waren nervös und flüchteten nur zu gern vor dem Feuer. Noch einmal sah Anki zum Palast zurück. Er war ihr zehn Jahre lang Heimat gewesen, ein Zufluchtsort. Und nun starb er einen gewaltsamen Tod. Wie schrecklich musste es erst für die Kinder sein, ihr Zuhause zu verlieren? Sie waren hier geboren. Ihre Erinnerungen an die verstorbenen Eltern hingen eng mit diesem Gebäude zusammen … nun wurde ihnen auch das genommen.

Dennoch, es waren nur Steine, Holz, Dachziegel. Selbst die exquisite Einrichtung war nicht mehr als totes Interieur. Die wertvollsten Schätze hatten sie gerettet: Die Töchter der Chabenskis.

Kapitel 3

Berlin, Deutsches Reich, März 1917

Es war unendlich mühsam für Demy, aus dem kalten Wasser der Wanne zu steigen.

Henny rubbelte sie mit einem Handtuch trocken und hüllte sie in ein Laken. Als Demy sich endlich auf einen Stuhl niederlassen durfte, seufzte sie erleichtert auf. Während Henny mit ihrem Haar beschäftigt war, begann sie am ganzen Körper zu zittern. Hitze- und Kälteschauer jagten sich abwechselnd, als stritten sie um die Vorherrschaft in ihrem Körper. Ihre Zähne klapperten lautstark aufeinander, was Henny veranlasste, die Bürste auf den verquollenen Holztisch in der Waschküche zu werfen.

»Ich hatte schon befürchtet, du könntest eines Tages schwer erkranken. Du isst kaum etwas, kümmerst dich laufend um andere, anstatt auch mal nach dir zu sehen und bekommst zu wenig Schlaf.«

»Das trifft dieser Tage auf viele Menschen zu«, erwiderte Demy schwach.

»Und viele von ihnen sind krank. Hast du nicht gehört, wie erschreckend viele Frauen, Alte und Kinder jeden Tag in Berlin beerdigt werden?«

»Mir ist schrecklich kalt«, lautete Demys einziger Kommentar.

»Dann hinauf in dein Bett.« Henny verfiel wieder in einen sanfteren Tonfall und half ihr auf die Beine. Doch sie kamen nur bis zur Tür. Dort sackten Demy erneut die Beine weg und sie verdankte es nur Hennys Reaktionsschnelligkeit, dass sie nicht auf den Steinboden stürzte.

»Das gibt es doch nicht«, flüsterte die Niederländerin und Tränen stiegen ihr in die Augen. Niemals zuvor hatte sie sich so erschreckend schwach und hilflos gefühlt.

Ihre Freundin holte den Stuhl heran und half ihr, sich zu setzen. Nachdem Henny das Laken neu um Demys mageren Körper geschlungen hatte, wandte sie sich der Tür zu. »Ich hole den Herrn Oberleutnant. Er soll dich auf dein Zimmer tragen.«

»Nein!«, stieß Demy entsetzt hervor. Die Vorstellung, von Philippe in ihre Kammer getragen zu werden und dabei lediglich in ein dünnes Laken gehüllt zu sein, widerstrebte ihr zutiefst.

»Bruno ist mit Herrn Müller unterwegs, um Saatgut aufzutreiben. Ansonsten gibt es hier keinen Mann mehr, der …«

»Ich schaffe das allein. Es geht nur etwas langsamer.«

»So ein Blödsinn«, erwiderte Henny derb und verschwand durch die Tür.

Demy presste die Lippen zusammen. Die sich in ihr ausbreitende Schwäche setzte ihr zu, aber dennoch wollte sie sich nicht von Philippe in ihr Zimmer helfen lassen. Also erhob sie sich mühsam und zog die angelehnte Tür auf. Kühle Luft schlug ihr entgegen und verstärkte das Zittern, das ihren Körper schüttelte. Sie stützte sich mit der linken Hand an der Flurwand ab, presste mit der rechten das rutschende Laken gegen ihren Körper und quälte sich Schritt für Schritt mit nackten Füßen über die kalten Steinplatten Richtung Personaltreppenhaus.

Inzwischen lief ihr der Schweiß in kleinen Rinnsalen über Gesicht und Rücken. An die Tür gelehnt gönnte sie sich eine kurze Verschnaufpause. Schließlich öffnete sie diese, schlüpfte durch einen schmalen Spalt und krabbelte mehr die Wendeltreppe hinauf, als dass sie ging. So gelangte sie bis zum ersten Treppenabsatz, doch vor der Tür zum ersten Stock und damit kurz vor ihrem Ziel, sackte sie kraftlos zu Boden. Vor ihren Augen drehte sich alles, dabei sah sie weiße Lichtpunkte auf und ab tanzen. Ihr Hals fühlte sich an, als würden Peter und Feddo ihn und nicht die Beete harken.

»Oh Gott, was ist nur los mit mir?«, stöhnte sie und selbst dies bereitete ihr unsägliche Schmerzen.

* * *

Philippe folgte dem rothaarigen Dienstmädchen durch den Flur bis an die Tür zur Waschküche. Mit einer Handbewegung bat sie ihn, draußen zu warten. Also lehnte er sich mit hinter dem Nacken verschränkten Händen an die Wand. Mit blitzenden Augen fand sich Henny sehr schnell wieder bei ihm ein.

»Sie ist weg!«, fauchte sie und schon klapperten ihre Schuhe über den Boden, als sie den Weg zurücklief, den sie gerade gekommen waren. Nach einigen Metern hatte Philippe die Frau überholt und sprang noch vor ihr die Wendeltreppe hinauf.

Das Erste, was er von Demy sah, war ihr nackter Fuß. Er hing kraftlos über den Treppenabsatz. Philippe stieg über ihre Beine hinweg und hockte sich neben sie. Das Laken, das sie umhüllen sollte, war verrutscht und gab außer ihren knochigen Schultern auch einen Großteil ihres weißen Rückens frei. Demys Gesicht, in seine Richtung gewandt, verschwand unter einer Flut aus feuchten, schwarzen Locken. Erschrocken betrachtete er die ausgelaugte Gestalt. Er kannte

Demy nur voll Elan und Energie und diesem eisernen Willen, mit dem sie scheinbar der ganzen Welt trotzte. Behutsam schob er die Haarpracht beiseite, um in ihr blasses, von kleinen Schweißperlen bedecktes Gesicht zu sehen. Langsam, als läge ein Zentnergewicht auf ihnen, hoben sich ihre Lider mit den langen, dunklen Wimpern und sie sah ihn mit ihren eisblauen Augen verwirrt an. Eine einzelne Träne bahnte sich ihren Weg über ihren Nasenrücken und Philippe wischte sie vorsichtig mit dem Daumen fort.

»Ständig muss ich Ihnen nach irgendwelchen Dummheiten aus der Patsche helfen«, sagte er sanft, berührt von der Hilflosigkeit, die sie im Augenblick ausstrahlte. Erstaunlicherweise schenkte sie ihm ein schwaches Lächeln. Zum Widerspruch war sie momentan wohl nicht in der Lage.

Philippe erhob sich, als auch Henny bei ihnen eintraf, und er wartete, bis sie Demy wieder halbwegs sittsam in das feuchte Tuch eingehüllt hatte.

»Jetzt können Sie Demy aufheben, Herr Oberleutnant«, murmelte Henny und wich zurück, als fürchte sie sich vor ihm.

Philippe registrierte es mit grimmiger Miene. Wenn Henny sich unbeobachtet fühlte, war sie eine fröhliche und zugängliche Frau. Er jedoch kannte sie nur als stille, ja regelrecht verstörte Person, die auf seine Anwesenheit entsprechend reagierte.

»Dann wollen wir mal«, sagte er an Demy gewandt. Folgsam hob sie den Arm, schlang ihn um seinen Nacken und ließ sich von ihm hochheben. Er erschrak über ihr geringes Gewicht. Unter dem eng anliegenden Laken zeichneten sich deutlich die Konturen ihres Körpers ab und brachten die Zerbrechlichkeit der groß gewachsenen Frau zum Vorschein.

Grimmig brummte er: »Es mag großmütig von Ihnen sein, Ihre ohnehin kleinen Essensportionen an Bruno oder die heranwachsenden Jungen abzugeben. Allerdings ist es pures Gift für Ihre Gesundheit und im Hinblick darauf, dass die hier im Haus lebenden Personen auf Sie angewiesen sind, grober Leichtsinn. Also werden Sie gesund, essen Sie mehr und bleiben Sie Ihren Schützlingen erhalten.«

»Sie reden wie Maria und Henny«, hauchte die Gemaßregelte.

»Dann fehlt es den beiden Damen ganz offensichtlich am notwendigen Durchsetzungsvermögen«, sagte Philipp. Dabei warf er Henny, die ihm die Tür aufhielt, einen Blick zu. Diese senkte schnell die Augen. »Du musst dafür Sorge tragen, dass sie mehr isst«, sprach er das Dienstmädchen direkt an, erntete aber lediglich ein Nicken. Ihre Furcht vor ihm stand ihr ins Gesicht geschrieben, und er fragte sich, was er ihr Schlimmes angetan hatte, das sich gänzlich seinem Erinnerungsvermögen entzog.

»Ich komme zurecht, Henny. Ruf bitte Dr. Stilz an. Er soll sich die widerborstige Dame einmal ansehen.«

Demy, die ihren Kopf matt an seine Schulter gelehnt hatte, wollte protestieren, doch Philippe brachte sie mit einem energischen Zischlaut zum Schweigen. Er trat in das Verbindungszimmer, öffnete mit dem Ellenbogen die zweite Tür, lief über den Flur und stieß die Tür zu Tillas ehemaligen Räumen auf. Verwundert registrierte er die zum Schutz vor Staub abgedeckten Möbel. Er war davon ausgegangen, dass Demy inzwischen die beiden größeren Zimmer ihrer verstorbenen Schwester für sich beanspruchte.

Irritiert trat er zurück und ging in den nebenan gelegenen Raum. Er lächelte, als er die einfache Ausstattung, die luftige Helligkeit und den Zugang zum Balkon überblickte. Im Gegensatz zu Tillas überzogen teurem Mobiliar strahlte dieser Raum Behaglichkeit aus. Nun verstand er, weshalb Demy die kleine Kammer noch immer bevorzugte. Tillas Zimmer waren die Räumlichkeiten einer Dame von Welt, passend für die Frau des Hauses und Ehefrau eines Großindustriellen. Demys Raum war dagegen die gemütliche Stube einer im Herzen natürlich gebliebenen, fröhlichen Frau, die keinen Luxus zum Glücklichsein brauchte.

»Kann ich Sie für eine Sekunde auf Ihre eigenen Füße stellen, bis ich Ihr Bett aufgedeckt habe?«, sprach er Demy an. Diese schlug mühsam ihre Augen auf. In ihrer Schwäche war ihr Arm, der vorher in seinem Nacken gelegen hatte, hinuntergerutscht und befand sich nun warm und wenig hilfreich in seinem Rücken, wo er bei jeder Bewegung wie eine Feder auf und ab wippte.

»Sie können mich runterlassen und dann ganz schnell mein Zimmer verlassen«, flüsterte sie, wobei er ihr die Schmerzen im Gesicht abzulesen vermochte.

»Ich werde Ihnen nichts tun. Außerdem sind wir seit einer Ewigkeit verlobt, schon vergessen?«

»Meine Erkrankung könnte ansteckend sein«, gab sie krächzend zurück und wieder schimmerten vor Schmerzen Tränen in ihren Augen.

Philippe presste die Zähne zusammen, setzte sie ab, stützte sie aber vorsichtshalber mit einem Arm, während er ihre Bettdecke zurückschlug. Von ihrem Körper ging eine bedrohliche Hitze aus. Behutsam ließ er sie auf die Matratze gleiten und versuchte dabei das verrutschte Laken zu ignorieren. Schnell hob er ihre Füße hoch und deckte sie zu.

Demy drehte sich zur Seite, sodass sie ihm den Rücken zuwandte, und zog ihre Beine an. Ungewohnt hilflos verharrte Philippe vor dem weißen Bett mit den gedrechselten Pfosten und fragte sich, wie eine so große, dynamische Frau plötzlich so hinfällig aussehen konnte. Da er sie nicht allein lassen wollte, zog er einen Stuhl neben das Bett, legte den darauf abgelegten modisch hellblauen Damenpyjama aufs Fußende des Bettes und setzte sich.

Sorgenvoll betrachtete er die über die Bettkante wallenden schwarzen Locken. Angst um Demys Leben bemächtigte sich seiner. Er wagte nicht daran zu denken, was mit den Menschen in diesem Haus, vor allem auch mit seinem Ziehvater geschehen würde, falls Demy dieser Erkrankung zum Opfer fallen sollte. Für ihn stand fest, dass der Meindorff-Haushalt nur noch funktionierte, weil sie kurz nach Kriegsbeginn das Ruder übernommen hatte, und das wohl keinesfalls freiwillig. Schließlich hatte sie sich in dieser Familie nie willkommen gefühlt, sondern war immer als lästiger Anhang ihrer Schwester und ungebändigter Wildfang angesehen worden. Sie hatte niemals auch nur einen Funken von Aufmerksamkeit, Fürsorge, Dankbarkeit oder gar Liebe erhalten – außer von Hannes, der aber bald schon des Hauses verwiesen worden war.

Selbst das Verhältnis zu ihrer älteren Halbschwester Tilla, die sie damals gezwungen hatte, sie nach Berlin zu begleiten, war nicht besonders herzlich gewesen. Um Demy mit nach Berlin nehmen zu können, hatten Erik van Campen und Tilla das Mädchen für 16 ausgegeben, obwohl sie 1908 erst 13 Jahre gezählt hatte. Demy hatte

Josephs Ehefrau auf unzählige Reisen begleitet, dennoch war der Umgang der Schwestern immer von einer gewissen Zurückhaltung geprägt gewesen.

Demy hatte damals vermutlich unter schrecklichem Heimweh gelitten, zudem vermutete Philippe, dass auch die unbeantwortete Frage, warum Tilla sie unter Schummeleien zu einem Umzug nach Berlin gezwungen hatte, ihr zu schaffen machte.

Ob Demy inzwischen die Antwort kannte? War es vor Tillas Tod noch zu einem klärenden Gespräch zwischen den beiden gekommen? Philippe war dies nicht vergönnt gewesen. Seine Mutter, die ihn im Alter von 5 Jahren bei den Meindorffs abgegeben hatte, galt seit vielen Jahren als tot, und wer sein Vater war, wusste er nicht und offenbar auch niemand aus der weitverzweigten Familie. Der junge Mann lehnte sich an die Stuhllehne und verschränkte die Hände hinter seinem Nacken, seine Beine schob er unter das Bett. All diese Heimlichkeiten und Betrügereien ...

Philippes Blick verdüsterte sich. Erik van Campen hatte die durch die Vermählung seiner ältesten Tochter entstandenen neuen Geschäftsbeziehungen zu den Meindorffs genutzt, um in Deutsch-Südwestafrika eine Diamantschürfstelle aufzutun. Während andere sich nur nach den im Sand und Geröll der Wüste Namib[11] liegenden Rohdiamanten hatten bücken müssen, war van Campens Claim jedoch nicht sonderlich ertragreich gewesen. Philippe, damals Leutnant in der Kaiserlichen Schutztruppe, hatte den Auftrag erhalten, Unruhen und Überfälle innerhalb des Schürfgebietes aufzuklären. Dabei war er auf den Namen van Campen gestoßen. Dieser hatte, gemeinsam mit Joseph Meindorff dem Jüngeren – und davon wusste der alte Meindorff mit Sicherheit heute noch nichts –, das Schürffeld betrieben, die einheimischen Arbeiter schändlich ausgenutzt und war trotzdem nicht reich geworden. Daher war er wohl darauf verfallen, erfolgreichere Schürffelder zu überfallen und auszurauben.

Es hatte lange gedauert, bis Philippe klar geworden war, dass sein eigener Unteroffizier Karl Roth mit van Campen gemeinsame Sache machte. Der hatte Marschbefehle der Schutztruppe verraten und sich sogar an Überfällen auf Schürfstellen und Plünderungen bei Transporten durch die Wüste beteiligt. Irgendwann hatte Roth herausgefunden, dass Philippe ihm und van Campen auf die Schliche gekommen war. Er und einige angeheuerte Männer hatten Philippe angegriffen, und im Kugelhagel war Philippes Verlobte Udako getötet und er selbst schwer verletzt worden. Obwohl Philippe es niemals hatte beweisen können, gab es für ihn keinen Zweifel daran, dass Karl Roth die Bande angeführt und van Campen von dem geplanten Mordanschlag auf ihn gewusst, ihn vielleicht sogar angeordnet hatte. Bis heute war Roth für seine Beteiligung an den Überfällen nicht zur Rechenschaft gezogen worden.

Demy bewegte sich unruhig unter der Decke. Ihr Stöhnen ließ Philippe die Stirn runzeln. Sie drehte den Kopf in seine Richtung und er erschrak über ihre unnatürlich rote Gesichtsfarbe und den glänzenden Schweißfilm, der ihre Züge überzog. Prüfend legte er seine Hand auf ihre Stirn, und seine Augenbrauen zuckten nach oben. Die Frau glühte förmlich.

Sein Blick wanderte zur Tür. Weshalb brauchte diese Henny denn so lange, ehe sie zurückkam? Ob er etwas für die Kranke tun konnte?

Philippe erhob sich, ging zur Waschkommode, tränkte zwei Handtücher in dem bereitgestellten Wasser und wickelte sie um Demys Waden.

Unschlüssig kauerte er vor dem Bett und strich schließlich mit der Hand über die schlanke Fessel ihres rechten Fußes. Demys Haut fühlte sich wunderbar samtig an. Ein vergessen geglaubtes Gefühl stieg in ihm auf und setzte sich heiß in seinem Brustkorb fest. Erstaunt und betroffen zugleich wich er zurück. Die Erinnerungen an Udako schmerzten ihn längst nicht mehr. Sie waren vielmehr einer sanften Melancholie gewichen, die ihn immer dann überfiel, wenn er sich an sie erinnerte. Dennoch brannte in ihm der Wunsch, Roth eines Tages zur Verantwortung zu ziehen. Bei van Campen, Demys Vater, war dies nicht mehr möglich, war er doch kurz nach seiner Rückkehr aus Afrika in einer niederländischen Gracht ertrunken.

Philippe rieb sich über das bartlose Kinn. Er vermutete, dass Roth von van Campen Geld oder Diamanten hatte einfordern wollen, und als dieser sich geweigert hatte zu zahlen, hatte Roth kurzen Prozess mit dem Niederländer gemacht.

Grimmig starrte Philippe auf Demys Arm, der sich unter der Decke hervorgearbeitet hatte, auf die nackte Schulter und das unschuldig wirkende Gesicht. Er wusste von einem Teil ihrer Kapriolen in früheren Jahren und um ihre Heimlichkeiten damals wie heute. Erik van Campen, Tilla und Demy. Heimlichkeiten, ja selbst Betrügereien waren allen dreien nicht fremd. Hieß es nicht: Der Apfel fällt nicht weit vom Stamm?

Ihre Verlobung, vom alten Rittmeister in die Wege geleitet, war ihnen beiden zweckmäßig erschienen. Demy mit ihrem scharfem Verstand und viel Kalkül hatte sogar auf klare Absprachen zwischen ihnen bestanden. Vielleicht musste er sich vor ihr mehr in Acht nehmen, als er bisher gedacht hatte? Sie war längst nicht so hilfsbedürftig, wie sie im Augenblick wirkte.

Entschlossen zog er ihr die Decke über die Beine, erhob sich und öffnete die Balkontür. Die Märznacht trug eine frische Brise mit sich, blähte die Vorhänge und bewegte mit sanftem Rascheln die Papiere auf Demys Sekretär. In diesem Moment klopfte es einmal kurz an der Tür.

Maria trat ein, gefolgt von Henny. »Es war nicht einfach, den Arzt aufzutreiben«, erläuterte Maria mit einem Blick in seine Richtung, ehe sie sich schwer auf den Stuhl fallen ließ, auf dem er eben noch gesessen hatte. »Was machen Sie nur für Sachen, mein Mädchen«, flüsterte sie Demy zu und in ihrer Stimme schwang so viel Zuneigung mit, dass Philippe sich wegen seiner grimmigen Überlegungen Vorwürfe machte. Er durchschritt das Zimmer und schloss die Tür nicht eben leise hinter sich.

Er würde die Zwillinge und Feddo nach Schwerin mitnehmen, so wie er es mit ihnen besprochen hatte – und dies ohne zuerst Demys Erlaubnis einzuholen. Für derlei Gespräche war sie momentan ohnehin nicht in der Verfassung.

Kapitel 4

Entsetzt wanderte Roberts Blick über die zertrümmerten Scheiben des Osminken-Hauses, gleichzeitig vernahm er das wüste Johlen mehrerer Stimmen. Er schüttelte betroffen den Kopf. Weshalb war den Leuten nicht klar, dass sie sich jedes geneigte Mitglied der Adelsdynastien zum Feind anstatt zum Mitstreiter machten, wenn sie ihr Hab und Gut plünderten und zerstörten? Eine provisorische Regierung war errichtet worden, doch es war nicht sicher, ob sie sich installieren lassen würde oder ob sich am Ende nicht dieselben Männer an der Macht befanden wie zuvor. Gab es genug Intelligenz und Führungspersönlichkeiten, die auch politische Ämter bekleiden konnten? Beim Gedanken an seinen Bruder Oskar verdrängte der Arzt diese Überlegung. Sein Bruder war überdurchschnittlich intelligent, aber auch heißblütig und von einer eigenartigen, fast zornigen Unruhe getrieben. Ob Männer wie er ein so großes Volk wie das russische zu führen in der Lage waren?

»Was ist hier los?«, fuhr eine Männerstimme ihn ungehalten an.

Robert, gerade im Begriff das Haus zu betreten, fuhr erschrocken herum. Vor ihm stand Osminken. Der Baron trug zur Hose lediglich ein Hemd mit Weste, allerdings hielt er seinen wertvollen Kaschmirmantel an sich gedrückt, in den er irgendwelche sperrigen Gegenstände eingewickelt hatte. Wie Robert hatte auch er sich das rote Band der Revolution an den Ärmel geheftet.

»Ich fürchte, meine Ehefrau, Nina Iljichna und Ihre Tochter befinden sich in Schwierigkeiten. Gut, dass Sie da sind. Zu zweit können wir mehr gegen die Eindringlinge ausrichten.«

»Was suchen diese nichtsnutzige Njanja und das verzogene Chabenski-Gör in meinem Haus?«

Robert warf dem Mann einen wütenden Blick zu. Er zögerte in Anbetracht des Adelstitels einen Moment, sagte dann aber ungehalten: »Weshalb sind Sie in diesen unruhigen Zeiten nicht bei Ihrer Tochter?« Noch vor dem Hauseigentümer trat er über die knirschenden Scherben in den Flur.

Osminken kam ihm nach, doch ehe er ihm in den ersten Stock folgte, aus dem Lärm und laute Stimmen herunterdrangen, legte er sein Bündel neben eine Kommode im Eingangsbereich, die bereits geplündert worden war.

Robert, von der Angst um Anki getrieben, stürmte die Stufen hinauf und lief dort einem älteren Herrn in den Weg, der jemanden am Arm hinter sich her zerrte. Unschwer erkannte er in der Frau im modischen Glockenrock die Tochter des Hauses.

Raisas Frisur hatte sich aufgelöst, ihr Oberteil war von der Schulter bis zum Unterarm aufgerissen und die Tränen- und Blutspuren in ihrem Gesicht ließen Robert das Schlimmste befürchten.

»Wer bist du denn?«, fragte der Mann ihn und zu Roberts Verwunderung blitzte Angst in seinen Augen auf. Offenbar war es nicht bei allen Aufrührern sehr weit her mit dem neu gewonnenen Selbstbewusstsein und dem Sprengen alter Regeln.

»Busch. Und du lässt sofort die Frau los.«

Sein Gegenüber musterte ihn unverhohlen. »Busch? Oskar Busch? Der, der in den Rat gewählt wurde?«

Robert runzelte die Stirn. In den Fabriken und auf den Straßen waren bereits Bürgerräte aufgestellt worden. Und Oskar war einer von ihnen? Wurde seine Überlegung von eben tatsächlich Wirklichkeit? Robert gedachte, die Gunst der Stunde zu nutzen, und nickte.

Der Alte ließ Raisa los, die kraftlos gegen die Flurwand sank. Zerzaust hingen ihr die Haare ins Gesicht, dennoch konnte Robert ihren prüfenden Blick auf sich gerichtet sehen. Er hoffte, sie durchschaute die Situation und schwieg.

Raisas Vater kam nun ebenfalls die Stufen hinauf. Sein Blick glitt über seine Tochter, dann über die zerstörten Möbel in dem Raum, in dem noch immer einige Männer in Kommoden und Schränken wühlten.

Robert rief: »Sofort aufhören! Die Plünderungen haben ein Ende!«

»Verschwinden wir«, unterstützte ihn der Arbeiter, der eben noch Raisa in seiner Gewalt gehabt hatte, und lief den fünf anderen voran die Stufen hinab.

»Wo ist meine Frau? Und Nina?«, wandte Robert sich unverzüglich an Raisa. Diese blitzte ihn hinter den ihr ins Gesicht hängenden

Haarsträhnen kalt an und zischte: »Als der Pöbel kam, sind sie einfach geflohen und haben mich ihnen als Beute überlassen.«

»Das sieht dieser Njanja ähnlich!«, kommentierte Osminken. Robert hingegen schenkte Raisas Worten keinen Glauben. Ohne wertvolle Zeit mit den beiden zu verschwenden polterte er die Treppe hinab.

Er war Anki und Nina auf seinem Weg hierher nicht begegnet. Erneut brach Angst in ihm auf, sodass er die letzten Stufen mit einem Satz nahm. Dennoch verließ er nicht sofort das Haus, sondern schob mit der Schuhspitze den noch unberührt neben der Kommode liegenden Mantel des Grafen auseinander. Zum Vorschein kamen silberne Kerzenhalter, ein silberner Samowar, besetzt mit funkelnden Edelsteinen, und eine silberne Kanne, auf der unübersehbar das Wappen der Chabenskis prangte.

Robert blickte in das enge Treppenhaus hinein. Hatte der Graf etwa die Wirren dieser Tage ausgenutzt, indem er bei den Chabenskis eingedrungen war und sich dort an ihren Wertgegenständen bereichert hatte? War ihm das wichtiger erschienen, als seine Tochter zu beschützen? Und hieß das, dass der Mob das Chabenski-Palais erreicht hatte und Anki und Nina ihnen vielleicht in die Hände gefallen waren?

Eilig warf er einen Blick auf die Uhr. Die Zeiger standen auf kurz nach 19:00 Uhr. Er hoffte, dass Anki und Nina es rechtzeitig zu den Chabenskis geschafft hatten und nun mit Pjotr und den anderen auf dem Weg zu Nadezhdas Schwester waren!

Ohne sich weiter um die beiden Osminkens zu kümmern trat er auf die Straße und wandte sich in Richtung Fontanka. In diesem Augenblick drang Raisas schrille Stimme aus dem Fenster: »Das ist ein Leibarzt der Zarenfamilie! Packt ihn euch!«

Robert schloss kopfschüttelnd die Augen. Diese Raisa war nicht nur intrigant, sondern handelte auch gedankenlos. Wem würden die Menschen wohl eher glauben? Ihm, dem praktisch gekleideten Mann auf der Straße, oder ihr und ihrem Vater in einem zumindest äußerlich protzig aussehenden Gebäude und in Kleidung, die man eher an einem Festtag erwarten würde als an einen gewöhnlichen Arbeitstag. Ihr Vater gelangte wohl zu einer ähnlichen Auffassung, denn Robert hörte, wie dieser seine Tochter mit Vorwürfen überschüttete.

Robert warf einen Blick auf die vorbeieilenden Passanten. Viele von ihnen gingen geduckt, andere sahen sich furchtsam um. Nicht alle Einwohner Petrograds bewegten sich randalierend oder feiernd durch die Straßen der Hafenstadt. Einige fürchteten die Übergriffe oder standen Ängste um ihre Familienangehörigen aus. Zudem warf die zuvor bedrohlich zusammengeballte Wolkenfront mittlerweile harte Schneegraupel auf die Erde, als wolle der Himmel die Menschen in die Häuser treiben, damit endlich wieder Ruhe einkehrte.

Bevor irgendjemand ein größeres Interesse an ihm entwickeln konnte, drehte Robert sich um und eilte die Häuserreihe entlang. Fürchtete er auch um viele der Adelsfamilien, in deren Häuser er als Arzt Einlass gefunden hatte – um Raisa und ihren Vater hatte er keine Angst. Die beiden würden sich durchschlagen, da war er sich sicher.

Während er sich durch den Schneesturm kämpfte, betete er, dass es Anki gut gehen möge und sie alle zusammen wohlbehalten nach Aleksandrovskaya durchkamen.

* * *

Die braunen Zugpferde ließen ihre Köpfe hängen und versuchten dadurch, den wirbelnden Schneeflocken weniger Angriffsfläche zu bieten. Nass und schwer hingen ihnen die Mähnen über die Hälse.

Anki hüllte sich fester in ihren Mantel und die Decke und warf einen besorgten Blick auf Pjotr. Ihr Kutscher war dem eisigen Wind und den durch die Luft gepeitschten Eiskristallen schutzlos ausgeliefert. Allerdings schien er sich nicht um diesen Angriff der Natur zu scheren, sondern kutschierte seine wertvolle Fracht durch die im Dunkeln liegenden Gassen, über Brücken und Kanäle hinweg – immer weiter fort vom Stadtkern.

Vereinzelt waren noch Menschenansammlungen auf den Plätzen zu sehen, doch die meisten drückten sich in den Schutz irgendwelcher Gebäude oder Mauern. Auf vielen der wichtigen Gebäude, die die Flüchtenden passierten, wie dem Tauridenpalast, zuletzt Sitz der Duma, flatterten rote Flaggen, patrouillierten Männer mit roten Armbändern; einige Hauptwaffenlager waren geplündert worden. Von den

Polizeistationen war oft nicht mehr übrig geblieben als verkohlte Ruinen, die in den nächtlichen Himmel hinaufragten.

Zwei Straßensperren umfuhr Pjtor, zwei andere waren so weit beiseitegeräumt worden, dass sie diese ungehindert passieren konnten. Angesprochen wurden sie nicht.

Eine gespenstische Stille herrschte über Petrograd, nachdem tagelang demonstriert, diskutiert, geschossen, geschrien und schließlich gefeiert worden war. Trog die Stille? War sie nur die sprichwörtliche Ruhe vor einem neuen Sturm? Befand sich die Stadt fest in der Hand des Volkes? Womöglich flohen sie umsonst, da jetzt Ruhe einkehren würde, getragen von dem Gefühl, endlich Gerechtigkeit erlangt zu haben, sich endlich Gehör verschafft zu haben. Durften die Bürger ab sofort ihre Geschicke selbst in die Hand nehmen, anstatt von einem unerreichbaren Zaren und seinen wohlhabenden Beratern regiert zu werden, die niemals auf sie gehört, sich nie für sie interessiert hatten?

Der wirbelnde Schnee fiel auf die Straßen und Mauern, bedeckte das vergossene Blut und die Spuren der Aufstände. Sein Weiß wirkte so rein. Würde auch die Stadt zu neuem Leben erstarken, rein und unschuldig und bereit, in eine neu gestaltete, friedliche Zukunft aufzubrechen?

Anki wusste auf alle ihre Fragen und Zweifel keine Antwort. Sie überstiegen ihren Horizont, ja wohl den eines jeden, selbst wenn er die politischen Umtriebe aufmerksamer verfolgt hatte als sie, das einfache Kindermädchen. Denn wer vermochte schon in die Zukunft zu blicken, wer ahnte, was dem russischen Volk bevorstand? Anki wusste nur eines: Sie musste die vier Chabenski-Mädchen in Sicherheit bringen.

Während Pjotr die Kutsche über das Pflaster rattern ließ und die Hufschläge hohl von den Wänden widerhallten, flehte sie Gott an, Robert schnell wieder an ihre Seite zu stellen.

»Halt!«

Anki schreckte auf. Sie hörte Pjotr entsetzt aufstöhnen. Der Kutscher gehorchte der gebrüllten Aufforderung und brachte die Pferde zum Stehen. Das vom Schnee gedämpfte Aufsetzen der Pferdehufe, das Knarren des Geschirrs und ihr Widerhall von den Hausfassaden verstummten. Stille breitete sich aus. Nur das Schnauben eines Pferdes und das kaum wahrnehmbare Flüstern der fallenden Schneeflocken beherrschte die frühe Abendstunde.

»Wer seid ihr? Wo wollt ihr hin?«, bellte die Stimme erneut, während sich ein stattlicher Schatten von einer Hauswand löste und mit vorgehaltenem Gewehr auf sie zutrat.

»Wir sind aus Aleksandrovskaja. Wir waren zu Besuch bei meiner Schwester in Petrograd, als die Unruhen ausbrachen. Jetzt wollen wir nach Hause!«, gab Pjotr mutig zur Antwort.

»Wie viele seid ihr?«

»Acht, Kamerad. Meine Tochter hier, meine andere Schwester, ihre Tochter und deren vier Töchter und ich.«

Anki saß still, hielt den Kopf gesenkt und ließ den Kutscher reden. Offenbar hatte er sich frühzeitig Gedanken darüber gemacht, was er sagen würde, falls sie angehalten wurden.

Sehr vorsichtig näherte sich ihnen der Mann. Ob er allein war? Ankis Blick suchte die Straße ab, doch Dunkelheit und Schneefall behinderten die Sicht.

Der Bewaffnete blieb unterhalb des Kutschbocks stehen und blinzelte gegen die Schneeflocken, die ihm in die Augen trieben, zu Anki hinauf.

»Du. Absteigen!«, befahl er.

Anki warf Pjotr einen entsetzten Blick zu. Der nickte auffordernd, und sie gehorchte. Sie schälte sich aus der Decke und verließ mit zitternden Knien und unsicheren Bewegungen ihren Sitzplatz.

Dem Mann mit der Waffe dauerte das wohl zu lange, denn er packte mit einer Hand in ihren Mantel und riss sie herunter. Aufschreiend stürzte Anki auf den eisigen Boden. Ihre ohnehin lädierte Schulter sandte erneut einen stechenden Schmerz aus, der ihr in Kopf und Rücken schoss.

Mittlerweile öffnete der Fremde die Kutschtür und befahl den Insassen mit vorgehaltener Waffe auszusteigen.

Jelena war die Erste, die der Aufforderung Folge leistete und Anki, die noch auf dem Boden kauerte, konnte das wütende Aufblitzen ihrer dunklen Augen sehen. Schnell winkte sie das Mädchen zu sich. Sie musste verhindern, dass dieses mutige Kind sich durch eine unbedachte Handlung in Gefahr brachte. Katja, Nina und Marfa mit Jenja auf dem Arm folgten, und zuletzt kletterte Nadezhda aus dem Gefährt.

Der Mann schob mit der Spitze seiner Waffe die Mäntel der Frauen beiseite und inspizierte ihre Kleidung.

Voller Angst hielt Anki den Atem an. Robert hatte Marfa zwar die Anweisung erteilt, die Mädchen in einfache Kleidung zu stecken und auf Schmuck oder die Mitnahme irgendwelcher Wertgegenstände zu verzichten, dennoch war auch diese Garderobe weitaus besser als die der meisten russischen Kinder. Und Nina hatte sich gar nicht mehr umkleiden können.

Schließlich fasste der Angreifer in Katjas geflochtenes Haar und betrachtete die samtene Haarschleife. »Ein bisschen vornehm für ein Bauerntrampel aus einer der Vorstädte«, brummte er.

Es war Nina, die ihrer zitternden Schwester einen Arm um die Schulter legte und erklärte: »Die Kleine hat kürzlich ihren Geburtstag gefeiert. Die schöne Haarschleife war ein Geschenk.«

Anki biss sich auf die Unterlippe. Vielleicht war Raisas Einfluss auf Nina ihnen jetzt eine Hilfe? Dieses freche Selbstbewusstsein war nicht Ninas Art, wohl aber die ihrer älteren Freundin.

Allerdings war der Mann für Anki nicht einzuschätzen. Er trug keine der roten Armbinden, bewegte sich und sprach aber militärisch zackig, wie Oberst Chabenski es getan hatte. Nun beugte er sich zu Katja hinunter und musterte ihre verängstigten Züge, während er noch immer ihren Zopf in seiner Linken hielt. Zumindest hielt er die Waffe ein Stück gesenkt.

»Wie alt bist du denn geworden?«

Katja biss die Zähne zusammen und ihre blauen Augen schwammen in unterdrückten Tränen. Trotz des nassen, blonden Haars wirkte sie mit ihrem fein geschnittenen, rundlichen Gesicht mit dem vollen Kirschmund wie eine ihrer eigenen Porzellanpuppen.

Nina stieß die Schwester auffordernd in den Rücken und endlich stammelte diese unterwürfig: »Ich bin zehn Jahre alt, werter Herr.«

Der Fremde nickte, richtete sich auf und warf einen prüfenden Blick auf die restlichen Anwesenden, ehe er sich den Nacken rieb.

In Anki keimte die Hoffnung auf, dass er ihnen glauben würde und sie ihres Weges ziehen ließ. Allerdings gesellten sich in diesem

Augenblick eine Anzahl weiterer dunkler Gestalten an seine Seite. Einer von ihnen stieß Anki unbarmherzig gegen die Kutschwand und befahl allen, sich dort aufzureihen. Er zerrte Pjotr vom Kutschbock und ließ ihn im schmutzigen Schnee knien. Lautstark wies er ihn an, er solle seine Hände hinter seinem Kopf verschränken.

Anki stützte sich zitternd auf das Rad. Vor Angst konnte sie nur noch flach atmen, sie zwinkerte mehrmals nervös, obwohl ihr in dieser Haltung keine Schneeflocken mehr in die Augen trieben. Eine Kinderhand schob sich in die ihre. Anki warf Jelena einen zärtlichen Blick zu, mit dem sie gleichzeitig auch um Vergebung bat. Momentan war sie nicht in der Lage, die vier Mädchen zu beschützen. Sie waren der Willkür dieser Männer hilflos ausgeliefert.

Kapitel 5

Berlin, Deutsches Reich, März 1917

»Es ist eine ausgewachsene Mandelentzündung, kein Scharlach, auch nicht die in Berlin zuletzt aufgetretenen Pocken oder der Hungertyphus«, diagnostizierte Dr. Stilz und Lina Daul atmete auf.

Sie nickte dem älteren Arzt dankend zu, tastete nach der Klinke der Tür, an der sie abwartend gelehnt hatte, und verließ das Zimmer. Über ihr kantiges, wenig ansehnliches Gesicht huschte ein Lächeln, als sie die kleine Versammlung im Flur entdeckte. Neben Margarete Groß, einer weiteren Freundin von Demy aus dem Großbürgertum Berlins und ihrer Tochter Klara warteten dort Henny und Maria und, bis auf Viktor, der bereits zu Bett gegangen war, auch alle anderen Gäste, denen Demy im Lauf der Kriegsjahre Unterschlupf geboten hatte.

»Was ist mit ihr?«, fragten Pauline und Irma, die unzertrennlichen Freundinnen, wie aus einem Munde.

»Es ist zumindest kein Scharlach, Mädchen«, erwiderte Lina und hörte, wie auch Monika, die 17-jährige Mutter des kleinen Markus, erleichtert aufatmete.

Grete, ein schweigsames Mädchen von 11 Jahren, das Philippe ins Haus gebracht hatte, strahlte Lina dankbar an, als sei diese persönlich dafür verantwortlich, dass Demy von einer schweren Krankheit verschont geblieben war.

»Demy ist einfach sehr geschwächt, weshalb ihr die Krankheit so zusetzen konnte«, vermutete Lina.

»Sie gibt Willi, Peter, Feddo und Bruno immer etwas von ihrer Essensration ab. Das habe ich gesehen!«, erklärte Luisa Meindorff und ihre jüngere Schwester Leni nickte, wobei ihre geflochtenen Zöpfe auf und ab wippten.

»Ich habe es leider nicht bemerkt«, brummte Maria, die sicherlich dagegen vorgegangen wäre. Aus diesem Grund sah Henny sich veranlasst, entschuldigend die Hände zu heben.

»Ich habe es gelegentlich beobachtet, dachte mir allerdings nichts dabei. Die heranwachsenden Jungen brauchen einfach mehr Nahrung als eine junge Frau wie Demy, sagte ich mir.«

»Und Bruno, der Kutscher?«, bohrte Lina nach.

»Er ist ein Mann!«, versuchte Henny, ihr Schweigen zu rechtfertigen.

»Der aber nicht einen Finger rührt, es sei denn, er hat mal jemanden zu kutschieren. Soweit ich weiß, hilft er nicht einmal bei der Bearbeitung der Beete mit!«, begehrte Lina auf.

»Es ist müßig, jetzt darüber zu diskutieren«, schaltete Maria sich ein. »Wir müssen dafür Sorge tragen, dass Demy ab sofort ausreichend isst und sich gelegentlich Pausen gönnt.«

»Darauf können wir achten, sobald sie wieder auf den Beinen ist. Im Augenblick müssen wir eine Person finden, die ihre Aufgaben übernimmt. Und damit meine ich nicht den Unterricht für die Kinder, der darf mal ausfallen.« Margarete blickte mit gerunzelter Stirn in die Runde. Betretene Gesichter und das unruhige Scharren eines Fußes verdeutlichten die Hemmungen der Anwesenden, Demys Aufgaben, vor allem den Umgang mit dem Hausherrn, zu übernehmen. Zwar würde jeder Anwesende die eintreffende Post öffnen können, doch Demy hatte sich zuletzt gemeinsam mit dem Rittmeister auch um die finanziellen Angelegenheiten der Meindorffs gekümmert.

Als das Schweigen beinahe unerträglich wurde, wandte Margarete sich mit sanfter Stimme an Lina. »Du hast doch einen Kopf für derlei Dinge, meine Liebe.«

Lina nickte bedächtig, als müsse sie dies zuerst genau bedenken. Es war weniger die Frage, ob sie die nötige Zeit und Energie aufbringen könnte, die sie umtrieb, als vielmehr die Tatsache, dass sie um die Meinungsverschiedenheiten wusste, die Demy mit dem Familienpatriarchen ausfocht. Trotzdem wollte sie dieser eigenartig zusammengewürfelten Notgemeinschaft helfen und wenn ihre Unterstützung auf diese Weise gefragt war, würde sie sich dazu durchringen. Die Fähigkeiten hierzu hatte sie allemal. Und ihre Wesensart, eine Mischung aus lockerer Unbeschwertheit und ausgeprägtem Selbstbewusstsein, war dabei vermutlich hilfreich. Lina strich sich mit einer raschen Handbewegung einige ihrer braunen Haarsträhnen hinter das Ohr, straffte die Schultern und warf einen Blick in die Runde. Alle Blicke, auch die der Kinder, ruhten auf ihr.

»Ich übernehme das. Nein, ich gehe noch weiter. Wie ihr alle wisst, lebe ich, obwohl verheiratet, bei meinem Vater. Anton weilt ja die meiste Zeit in Döberitz[12]. Da wir, Margarete und ich, ohnehin finanziell für unsere beiden Findelkinder Pauline und Irma aufkommen, euch gern zur Hand gehen, in Demy eine großartige Freundin und in euch allen die Familie gefunden haben, die der Krieg uns geraubt hat, ziehe ich hier ein. Zumindest für die Zeit, die Demy zum Gesundwerden benötigt.«

Leni, die die unkonventionelle, fröhliche Lina längst ins Herz geschlossen hatte und bei jedem ihrer Besuche wie eine Klette an ihr hing, sprang jubelnd in die Höhe und klatschte dabei begeistert in ihre kleinen Hände.

Fragend blickte Lina Maria an. Immerhin wollte sie helfen und keine zusätzliche Bürde sein. Die Haushälterin verstand ihre nicht ausgesprochene Frage und nickte freundlich. »Frau Daul, das ist ein wunderbarer Vorschlag. Wir haben noch genug freie Zimmer.«

»Gibt es davon auch eines für Klara und mich?« Die Köpfe aller drehten sich Margarete zu. Ihre Stimme klang nicht so sicher wie die ihrer langjährigen Freundin und auch in ihrem Blick flackerte Zweifel auf.

Maria trat vor und ergriff die zarte Hand der jungen Witwe. »Einige Zeit nach dem Tode Ihres Ehemannes, Frau Groß, als Demy erfuhr, dass Sie das gemeinsame Haus aufgegeben haben und zurück zu Ihren Eltern gezogen sind, sagte sie mir, wie sehr sie sich wünsche, Sie würden hier einziehen. Ich denke, Sie beide, Frau Groß und Frau Daul, könnten Demy keine größere Freude bereiten. Es wird ihr viel Kraft geben, ihre besten Freundinnen und tatkräftigsten Unterstützerinnen um sich zu haben.«

»Danke! Ich bin ganz gerührt, vielen Dank«, murmelte Margarete und drückte ihre Tochter fest an sich.

»Gut, dann ist das geklärt!« Lina klatschte kräftig in die Hände und wandte sich dem Aufenthaltsraum des Hausherrn am Ende des Flurs zu. Sie war immer dafür gewesen, Unangenehmes nicht lange aufzuschieben, weshalb sie unverzüglich das Gespräch mit dem alten Meindorff suchen würde.

»Ich rede mit dem Herrn Rittmeister, berichte ihm von Demys Erkrankung und konfrontiere ihn mit der Tatsache, dass er nun seine Korrespondenz mit einer anderen Frau erledigen muss.«

»Viel Glück«, murmelte Henny und griff so fluchtartig nach der Türklinke zu Demys Zimmer, dass Lina sie verwundert ansah. Sie gewann den Eindruck, als wolle Henny unter allen Umständen einer Begegnung mit dem Rittmeister aus dem Weg gehen. Ohne nach dem Hintergrund ihres seltsamen Gebarens zu fragen, ließ Lina Henny gehen, zumal das Dienstmädchen sich bereit erklärt hatte, die Pflege der Erkrankten zu übernehmen und von dem Arzt Anweisungen erwartete.

»Margarete, nach meinem Gespräch mit dem Rittmeister lassen wir uns von Bruno, dem wir die Anwesenheit von drei zusätzlichen Personen erklären müssen, nach Hause fahren, um das Nötigste für uns und deine Tochter einzupacken. Sobald wir zurück sind, halten wir mit Frau Degenhardt und Henny Kriegsrat.«

»Gut«, stimmte Maria ihrem Plan zu und scheuchte die Kinder und jungen Damen davon. Zurück blieben Margarete, Lina und die sichtlich erschöpfte Klara. Die beiden Freundinnen sahen sich lange an.

»Es ist die richtige Entscheidung, Margarete. Demy und ihre Gäste brauchen unsere Unterstützung. Wir dürfen das Regiment in diesem Haus unmöglich wieder in die ohnehin stark geschwächten Hände des Rittmeisters legen.«

»Oder in die von Bruno! Er würde alle Kinder, Herrn Müller und vermutlich auch die drei van Campens innerhalb weniger Stunden hinauswerfen.«

Zweifelnd wiegte Lina den Kopf. »Bei den Gästen würde er das wohl tun, aber bei Demy, die immerhin mit Philippe verlobt ist, und bei den anderen Geschwistern der verstorbenen Frau Meindorff wird er das kaum wagen«, überlegte Lina laut. »Ich bin mir nicht einmal sicher, ob er die Gäste davonjagen würde. Die Jungen und Mädchen, vor allem aber der gute Herr Müller arbeiten fleißig im Haushalt, pflegen die Beete und stehen stundenlang an der Lebensmittelausgabe an. Bruno brummt zwar ständig, weiß aber nur zu gut, was er verlieren würde, wenn er ernsthaft gegen Demys wunderbare Gastfreundschaft vorgehen würde.«

»Da magst du recht haben«, räumte Margarete ein und strich sich ihre langen, rotblonden Haare zurück. »Stell dir vor, Lina, Demy übernimmt bereits seit Jahren all diese herausfordernden Ausgaben! Oft genug muss sie sich mit Heimlichkeiten arrangieren oder gegen den Widerstand der Männer in diesem Haus ankämpfen. Das muss für sie ein tagtäglicher Kampf gewesen sein. Frühmorgens steht sie für Lebensmittel an, dann unterrichtet sie die Kinder, schlägt sich mit dem Papierkram herum – und nicht zu vergessen mit dem widerborstigen Rittmeister. Dazu musste sie den Verlust ihrer Schwester hinnehmen, und du weißt ja, was sie uns im Vertrauen über Tillas Verhältnis zu Willmann, die Schwangerschaft und den Abbruch erzählte.« Margarete schüttelte fassungslos den Kopf.

»Und darüber, dass Tilla ihren Vater ermordet hat, damit dieser sich nicht auch noch an ihren Schwestern vergehen konnte«, flüsterte Lina. Hatten sie Demy zu lange mit ihren vielfältigen Aufgaben, ihren äußeren und inneren Kämpfen alleingelassen?

Margarete fuhr fort: »Dazu die schwere Feldarbeit und alle die anderen Aufgaben, Wünsche, Anforderungen, die ununterbrochen an sie herangetragen wurden.« Margarete holte tief Luft und legte ihre Hand wie schützend auf das zarte Haar ihrer fast zweijährigen Tochter. »Und sie war in dieser Zeit immer für mich da, wenn mich die Trauer um Klaus überwältigte. Lina, wir haben sie zwar unterstützt, ihr für

Pauline und Irma Lebensmittel und finanzielle Hilfe angeboten, aber das war einfach nicht ausreichend.«

Lina nickte bekümmert und spürte, wie sich ihr Magen zusammenzog. Also empfand Margarete es ebenso wie sie: Sie waren für Demy keine große Hilfe gewesen. Wieder einmal hatten sie geglaubt, ihr Geld und ihre Ratschläge würden aufwiegen, was sie an tatkräftiger Hilfe fehlen ließen.

»Wir hätten längst hier einziehen, zumindest aber täglich vorbeischauen müssen«, seufzte Lina. »Oftmals kam ich nur zum Plaudern, zwischen meiner Arbeit als Telefonvermittlerin und dem Alltäglichen, von dem mir mein Vater und unsere treue Haushälterin auch noch vieles abnehmen. Ich habe Demy nur ihre Zeit gestohlen.«

»So darfst du das nicht sehen, liebe Lina. In diesen Zeiten hat Demy ihre Arbeit ruhen lassen. Deine Besuche waren ihre kleinen Oasen und deine Heiterkeit hat ihr immer gutgetan.«

»Wie auch immer. Ab heute werden wir hier sein und unsere Verantwortung nicht nur mit Geld- und Lebensmittelzuwendungen wahrnehmen, sondern tatkräftig anpacken.«

Margarete lächelte und drückte Linas Hand. »Möge Gott uns Gelingen schenken – für Demy und für die Menschen in diesem Haus. Und möge er unsere treue Seele schnell genesen lassen!«

Dr. Stilz trat zu ihnen in den Flur, schloss sachte die Tür und stellte die verschrammte Arzttasche auf den Boden. »Diese Henny ist eine patente Frau und mit viel Zuneigung für das Fräuleinchen ausgestattet. Beides hat meine Patientin bitter nötig. Fräulein van Campens Fieber ist bedenklich hoch und lässt sich nicht senken. Ihr Körper bringt kaum die Kraft auf, um gegen das anzukämpfen, was sich in ihr eingenistet hat.«

Lina suchte mit der Hand Halt an der Wand hinter ihr. Eben hatte der Arzt doch noch viel zuversichtlicher geklungen!

Dr. Stilz nahm seine Drahtbrille ab, putzte sie mit einem weißen Taschentuch und setzte sie wieder auf. Ängstliches und betroffenes Schweigen legte sich auf die jungen Frauen und sogar Klara schaute mit großen Augen stumm zu dem Mann auf.

»Ihre Lunge ist nicht frei, womöglich ist es eine beginnende Lungenentzündung.« Ernst sah er zu Margarete, die Klara auf die Arme nahm und ihr Gesicht an deren weiche Wange drückte. Sein Blick wanderte zu Lina und sein spitzer Kinnbart zitterte, als er sagte: »Das Fräuleinchen kämpft um ihr Leben. Wenn das Fieber trotz meiner Medikation und Hennys Pflege nicht bis morgen früh gesunken ist, rufen Sie mich sofort. Und verständigen Sie bitte Fräulein van Campens Verlobten. Er sollte hier sein, wenn es daran geht, Abschied zu nehmen.«

Kapitel 6

Petrograd, Russland, März 1917

Feiste Männerhände tasteten ihren Körper ab und verweilten an delikaten Stellen länger, als es für die Suche nach versteckten Wertgegenständen notwendig war. Angewidert, aber ohne Gegenwehr ließ Anki die Prozedur über sich ergehen. Dabei war ihr Blick auf die nahe gelegene Brücke gerichtet. Ihre Gedanken wollten in die Ferne schweifen, um die demütigende Behandlung ertragen zu können.

Eine gusseiserne Laterne mit einem sechseckigen Glaskörper auf einem schlanken, runden Pfahl beleuchtete in sanftem Orange – durch den Schneefall jedoch nur schemenhaft – einen Abschnitt des Bauwerks, auf dem eine geschlossene Schneedecke lag. Selbst auf dem Brückengeländer, zwischen den Verstrebungen und auf der Lichtquelle saßen weiße Häubchen. Der kräftige Niederschlag und die Dunkelheit verhinderten, dass Anki weiter als bis zu einem wuchtigen Brückenpfeiler sehen konnte, die Welt darum herum verschwand im Schwarz der Nacht. Wie auch ihre eigene kleine Welt.

Anki hatte diese Stadt und ihre Menschen lieben gelernt. Das Haus der Chabenskis war ihr zur Heimat geworden, und seit Robert zurückgekehrt war, war ihr Glück perfekt gewesen. Nun stürzte dies alles wie eine altersschwache, baufällige Brücke in sich zusammen. Das Haus, das ihr vor vielen Stürmen des Lebens Schutz geboten hatte, war verloren. Sie befand sich mit den Kindern, die sie liebte wie ihre eigenen, in einer brisanten Situation, deren Ausgang sie nicht absehen konnte, genau so, wie ihr der Blick auf das Ende der Brücke verwehrt blieb. Ihrer aller Zukunft lag im Dunkeln. Am Schlimmsten wog jedoch die erneute Trennung von ihrem geliebten Mann.

»Nehmen Sie Ihre Hände von mir!« Jelenas Protestruf ließ die in Gedanken versunkene Anki erschrocken auffahren. Der Mann hinter ihr ließ von ihr ab und wandte sich dem aufgebrachten Mädchen zu.

»Jelena!« Nina versuchte, ihre Schwester von einer unbedachten Handlung abzuhalten. Auch sie ließ die Leibesvisitation schweigend über sich ergehen, doch Anki sah im Licht der Brückenlampe Tränen der Demütigung und der Furcht auf ihrem schönen Gesicht schimmern.

»Was ist hier los?«, bellte eine Stimme, deren Klang Anki die Stirn runzeln ließ. Sie kannte den Neuankömmling! Dieser gesellte sich mit weit ausholenden Schritten zu den anderen. Die Angst davor, nun entlarvt zu werden, bohrte sich wie ein brennender Pfeil in Ankis Magen.

»Wir haben eine Kutsche angehalten. Angeblich sind das Leute, die in Petrograd zu Besuch waren.«

»Sie tragen die Farbe der Revolution.«

»Das tat auch die Familie in der Kutsche heute Nachmittag, aus der wir eine Kiste mit Schmuck zogen.«

»Ich schau mir das an.«

Der Mann kam näher und Anki, die die Stimme mittlerweile zuordnen konnte, drehte sich zu ihm um. Alex, der zweite Kutscher der Chabenskis, starrte sie einen Moment fassungslos an, ehe er dicht neben sie trat.

»Anki, was soll das?«

»Das Haus der Chabenskis ist gestürmt worden, wie viele andere Adelshäuser auch. Ich konnte die Mädchen unmöglich dortlassen«, flüsterte sie zurück.

»Es ist einiges aus dem Ruder gelaufen«, gestand Alex ein und rieb ihr tröstend und Wärme spendend über die Arme. »Wo ist dein Mantel?«

»Sie haben uns die Mäntel abgenommen, damit sie uns besser nach versteckten Wertgegenständen durchsuchen können.«

»Tut mir leid, Anki. Sie tun nur, was sie für richtig halten. Der

Reichtum vieler mächtiger Familien beruht auf der Ausbeutung der Bauern, der Soldaten und der Arbeiter. Sie wollen verhindern, dass das Geld aus dem Land geschmuggelt wird.«

Anki nickte und rieb sich nun ihrerseits mit beiden Händen über ihre Oberarme. Die nasse Kälte kroch ihr in die Knochen. Besorgt warf sie der weinenden Jenja und der mit den Zähnen klappernden Katja einen Blick zu.

»Was ist jetzt, Towarisch[13]?«

»Ich kenne diese Frau. Gebt ihnen ihre Mäntel zurück.«

»Du willst sie weiterziehen lassen?«

Alex wandte sich wieder an Anki. »Tragt ihr irgendwelche Wertgegenstände bei euch? Eine größere Menge Geld, Schmuck oder Ähnliches?«

Entschieden schüttelte Anki den Kopf: »Wir sind einfach nur geflohen.«

»Wo ist dein Mann?«

Anki presste die Lippen zusammen, während sie in einer hilflosen Geste beide Schultern hob. »Wir haben uns verpasst. Er war auf der Suche nach mir.«

»Ich kann euch nicht aus der Stadt hinausbegleiten.« Alex ergriff Anki an den Oberarmen und zwang sie, ihn anzusehen. Sie sah zum wiederholten Male den Schmerz in seinen Augen. Seit geraumer Zeit ahnte sie, dass Alex mehr als nur Zuneigung für sie empfand, sich jedoch der Tatsache gebeugt hatte, dass sie einen anderen Mann liebte.

»Ich hoffe, die Plündereien finden bald ein Ende. Sie schaden einem Neuanfang, bei dem wir zumindest auch den Mittelstand in unseren Reihen brauchen.« Alex unterbrach sich und der Druck seiner Hände wurde noch stärker. »Ihr solltet untertauchen und abwarten, was weiter geschehen wird. Auch ich möchte nicht, dass den Mädchen etwas zustößt. Sie tragen keine Schuld an dem, was uns angetan wurde.«

»Danke, Alex. Beten wir für ein friedliches Ende der Unruhen und einen guten Neuanfang für dieses schöne Land.«

Alex verzog das Gesicht und nickte ihr zu, bevor er sie losließ. Marfa reichte Anki ihren Mantel und sie schlüpfte schnell hinein, froh darüber, nicht länger dem beißenden Wind und den auf ihr schmelzenden Schneeflocken ausgesetzt zu sein. Inzwischen sprach Alex mit seinem älteren Kutscherkollegen, und Anki hörte erleichtert, wie er diesem die passierbaren Wege aus der Stadt beschrieb.

Anschließend half Alex ihr auf den Kutschbock. Nachdem sie sich in die jetzt feuchte Decke gewickelt hatte, blickte sie auf ihn hinab. Alex hatte sie nicht einen Augenblick aus den Augen gelassen. »Verzeih mir, Anki.«

»Ich habe dir nichts zu verzeihen. Du tust, was du für richtig hältst und mit vielem von dem, was du mir über eure Bewegung erzählt hast, stimme ich überein. Weißt du noch, als wir damals in diesen Brotaufstand gerieten und der Junge sterben musste ...«

Bei der Erinnerung an diesen sinnlosen, schrecklichen Tod eines Kindes, das lediglich versucht hatte, für sich und seine Familie einen Laib Brot zu ergattern, trieb es ihr die Tränen in die Augen. Nur wenig später und einige Straßen weiter, im Garten ihrer Freundin Komtess Ljudmila Sergejewna Zoraw hatte Anki dann mit ansehen müssen, wie sich die Tische unter den aufgetragenen Köstlichkeiten bogen und wie mit nahezu verächtlicher Gleichgültigkeit mit den wertvollen Lebensmitteln umgegangen wurde.

»Anki, du bist ein herzensguter Mensch. Auch über die Chabenskis hörte ich nichts Schlechtes. Sie waren von hohem Adel, aber stets um das Wohlergehen ihrer Hausangestellten bemüht. Die Fürstin tat gut daran, ihre vier Mädchen in deine Obhut zu geben. Du wirst sie zu wahren Perlen erziehen. Sie werden eines Tages jeden Menschen, ob reich oder arm, ob gesund oder krank, ob erfolgreich oder vom Pech verfolgt, wertschätzen. Ich kann dir nicht versprechen, ob ihr jemals zurückkehren könnt. Die Revolution ist im vollen Gange, doch jetzt wollen verschiedene Strömungen das Machtvakuum füllen. Viele versuchen ihre Hände nach dem vakanten Thron auszustrecken, und es ist ungewiss, wer gewinnen wird. Vielleicht sehen wir uns niemals wieder, meine Prinzessin.«

»Ach, Alex ...«

»Es ist in Ordnung. Ich bin Russe, mit Leib und Seele. Ich gehöre hierher. Dies ist mein Kampf.« Alex gab Pjotr ein Zeichen und der Landauer ruckte an.

Schnell drehte Anki sich um und behielt Alex so lange wie möglich im Blick. Er stand vor dem orange beschienenen, schneebedeckten

Brückenpfeiler, der sich wie aus dem Nichts erhob und irgendwo im nächtlichen Himmel verschwand. Der Kutscher, mit dem sie so viel gemeinsam erlebt hatte, war ein Wortführer geworden.

Anki war erleichtert zu wissen, dass es in all dem Chaos und der Zerstörungswut noch besonnene Stimmen gab.

Die wirbelnden Schneeflocken verschluckten die Brücke mit den Männern davor, sodass Anki sich schließlich umdrehte. Vor ihr lag eine lang gezogene, in Dunkelheit gehüllte Straße, gesäumt von grauen Häuserfassaden. Einmal mehr fragte sie sich, wohin sie diese Reise führen würde, wusste darauf aber keine Antwort. Allen Unsicherheiten und Zweifeln zum Trotz wollte sie die Hoffnung auf eine Zukunft mit den vier Chabenski-Mädchen und Robert an ihrer Seite nicht aufgeben.

Kapitel 7

St. Nicolas bei Courtrier, Belgien, März 1917

Der eiskalte Winter erbarmte sich endlich über die Hunderttausenden von Soldaten in ihren vereisten Schützengräben, die nun zu gefährlichen Schlammgruben wurden. Erste Blüten brachen sich Bahn und versuchten, den tristen Tagen, dem Morast und den von Menschenhand verursachten Verwüstungen zu trotzen. Zwischen eilig dahinziehenden Wolkenfetzen streichelten warme Sonnenstrahlen den Boden, brachten ihn zum Dampfen, lockten Krokusse, Schneeglöckchen und Narzissen hervor und beschienen wohltuend das Gesicht der Rotkreuzschwester.

Edith Meindorff schloss genießerisch die Augen, spürte die Wärme auf ihrer Haut und atmete tief den herben Geruch der nassen Erde ein. Es roch nach Frühling, nach Aufbruch, nach Neubeginn. Für einige Augenblicke blendete sie das geschäftige Treiben des Lazaretts aus ihrer Wahrnehmung aus, vertrieb die Gedanken an die Verletzten und Sterbenden und wandte sie ihren Töchtern Luisa und Leni zu. Ein

Lächeln erhellte ihr rundliches Gesicht mit dem streng zurückgebundenen, braunen Haar unter der weißen Schwesternhaube. Sie hatte ihre Mädchen zuletzt an Weihnachten gesehen und die Zeit mit ihnen und ihrem Mann Hannes in vollen Zügen genossen. Dennoch war sie gern in eines der unzähligen Lazarette hinter der Front zurückgekehrt. Seit Hannes' Verwundung im Jahr 1914, als sie sich in das Feldlazarett hatte versetzen lassen, in dem auch er lag, wusste sie, dass dies der richtige Platz für sie war. Es war ihr wichtig, all ihre Energie für verletzte Soldaten einzusetzen. Ihr Bestreben war es, möglichst viele von ihnen für ihre Ehefrauen, Mütter und Kinder zu retten. Unter den Ärzten und Schwestern war sie als Arbeitsbiene bekannt, doch dieser Ruf, von manchen wohl vielmehr spöttisch gebraucht, störte sie nicht. Sie wollte die Hoffnung der Daheimgebliebenen auf eine Rückkehr ihrer Männer unterstützen. Dass sie viel zu häufig ihren Kampf verlor, verleitete sie nicht zum Aufgeben. Schließlich waren da noch Tausende anderer Männer, die ihrer Aufmerksamkeit und Pflege bedurften.

Vor einigen Wochen war sie aus der Gegend von St. Quentin in Frankreich und damit aus der unmittelbaren Nähe von Hannes und seines Freundes Hauptmann Theodor Birk – der während seiner Aufenthalte in Berlin Demy den Hof machte – hierher nach Belgien versetzt worden.

Seit die Oberste Heeresleitung die Hindenburglinie, einen neu erbauten Frontabschnitt zwischen Neuville Vitasse bei Arras und Cerny, östlich von Soisson, durch russische und französische Kriegsgefangene ausbauen ließ und dabei Verteidigungsanlagen gigantischen Ausmaßes schuf, war klar gewesen, dass ihr frontnahes Lazarett aufgelöst werden musste. In diesen Tagen nun verließen die Truppen den bisherigen Frontverlauf und wichen in die von ihnen als *Siegfriedstellungen* titulierten neuen Schützengräben zurück. Dadurch gab man zwar eine weitläufige Schleife an Front- und Laufgräben auf, doch bei der dabei entstehenden Frontbegradigung wurde eine beachtliche Anzahl an bisher gebundenen deutschen Soldaten freigesetzt. Damit kamen Ludendorff und Hindenburg einem Vorstoß der Briten und Franzosen zuvor, deren Pläne durch deutsche Spione ausgekundschaftet worden waren.

»Schwester Meindorff?«

Edith kostete noch einmal die wärmenden Strahlen auf ihrem Gesicht aus, ehe sie die Augen öffnete und diese auf eine blutjunge neue Hilfsschwester richtete, deren Schürze ein wildes Mosaik aus Schmutz und Blutspritzern aufwies. »Was gibt es, Cecelia?«, fragte sie und drehte sich vom offenen Fenster weg.

Die Hilfsschwester strich sich mit dem Handrücken eine schwarze Haarsträhne zurück und gesellte sich zu ihr in den Sonnenschein. »Der Flieger ist gerade gestorben.« Ihr reizender italienischer Akzent, ein Erbe ihrer Mutter, war nicht zu überhören.

»Das war abzusehen. Das Maschinengewehr im gegnerischen Flugzeug hat nicht nur die Flugzeugflügel zerfetzt, sondern auch ihn. Es grenzt schon an ein Wunder, dass er den Absturz überlebt und bis heute durchgehalten hat.«

Cecelia nickte und machte sich auf die Suche nach zwei Trägern, damit sie den Leichnam des Zweiundzwanzigjährigen aus dem Zimmer entfernten. Edith sah ihr nach und kaute dabei auf ihrer Unterlippe herum. Die deutschen Luftstreitkräfte hatten wieder einen ihrer Piloten verloren. Wie lange es Philippe wohl noch gelingen mochte, Albert, den jüngsten der Meindorff-Brüder, von den Jagdfliegern fernzuhalten?

Philippe hatte die Flugausbildung des Jungen selbst übernommen. Diese hatte jedoch wegen des unwirtlichen Winters nicht zu Ende gebracht werden können. Jetzt, mit Beginn der wärmeren Tage, würden die Flugschüler erneut in ihre Maschinen klettern. Ob Philippes Pläne, Albert als Luftbeobachter fliegen zu lassen, umsetzbar waren? Leider strebte Albert nach dem Ruhm, der den tollkühnen Jagdpiloten allerorten zuteilwurde.

Edith drehte sich um und betrat das Nachbarzimmer. Nebeneinander aufgereihte Metallbetten nahmen jeden zur Verfügung stehenden Zentimeter ein. Nur einige enge Durchgänge für das Pflegepersonal blieben zwischen den Reihen frei. Im hinteren Bereich des Raums beschäftigten sich ein Arzt und eine Schwester mit einem australischen Patienten, sie selbst wandte sich den Männern zu, deren Uniformen sie als Franzosen oder Briten auswiesen.

»Entschuldigen Sie«, sprach ein britischer Captain Edith in gebrochenem Deutsch an und hob dabei seine unverletzte Hand.

Edith nickte ihm zu, als Zeichen, dass sie ihn gehört hatte, legte aber erst dem Patienten neben ihm einen frischen Verband an. Schließlich trat sie an das Lager des Captains, zog sich einen Holzhocker herbei und setzte sich zu ihm.

»Ich möchte Sie nicht von Ihrer Arbeit abhalten, Schwester.«

»Was haben Sie auf dem Herzen?«

»Können Sie mir sagen, wie lange ich schon hier bin?«

»Hier im Lazarett? Mehr als zwei Wochen. Sie haben mehrere schwere Verletzungen.« Edith blickte auf den Verbandsmull an seinem Arm, wo eigentlich seine linke Hand sein sollte.

»Mehr als zwei Wochen?« Zwei blaue Augen richteten sich entsetzt auf sie. »Ich schreibe fast täglich an meine Frau und an meine Schwester. Sie machen sich bestimmt Sorgen«, versuchte er in holprigem Deutsch zu erklären, was ihn umtrieb.

»Sie wurden vermutlich über Ihre Verletzung und Ihre Gefangenschaft unterrichtet.«

»Vielleicht«, murmelte der Mann und schloss vor Schmerzen und umgetrieben von der Angst, seine Lieben könnten alle Hoffnung auf eine Nachricht von ihm bereits aufgegeben haben, die Augen.

Als er nicht weitersprach, erhob sich Edith und blickte auf das schmerzverzerrte, mit blassen Sommersprossen gesprenkelte Gesicht und die zerzausten rotbraunen Haare. Wieder ein von seiner Familie in der Heimat schmerzlich vermisster Mann. Doch seine Chancen heimzukehren standen gut, nachdem er die kritische Zeit kurz nach seiner Einlieferung überlebt hatte. Er würde leben, vorausgesetzt, er überstand die ihm nach seiner Genesung drohende Kriegsgefangenschaft. Interessiert griff Edith nach seiner am Bettende befestigten Karte.

John Howell hieß der Brite.

Edith stutzte und blickte mit gerunzelter Stirn auf den Namen. Ihr war, als hätte sie ihn schon einmal gehört. Kopfschüttelnd schob sie die Krankenakte zurück und widmete sich einem anderen britischen Verletzten. Es gab viele Johns unter den Engländern und deren Nachnamen waren ihr nicht vertraut. Es war ein Leichtes, diese zu verwechseln.

Kapitel 8

Berlin, Deutsches Reich, April 1917

Nach der Abdankung von Nikolaj II. und dem Zarewitsch verzichtete auch der Bruder des vorherigen Zaren, Michail Alexandrowitsch, auf den Thron. Damit endete die über 300-jährige Herrschaft der Romanow-Dynastie. Davon unberührt wurde im Deutschen Reich die Brotration auf 170 Gramm pro Tag und die Kartoffelration auf 2.500 Gramm pro Woche gekürzt. Allerdings versprach Kaiser Wilhelm zur Besänftigung der innerpolitischen Unruhen ein Überdenken des preußische Dreiklassenwahlrechts[14] nach Kriegsende.

An diesem Tag schlug Demy endlich die Augen auf. Über sich erblickte sie eine weiße, mit schlanken Ranken, liebevoll gestalteten Blättern und kleinen Blüten verzierte Stuckdecke. Sie wies winzige Risse auf, denen Demy früher nie Beachtung geschenkt hatte. Ähnlich wie Spinnweben verliefen ihre Linien in einem verwirrenden Muster und fanden sich zu abstrakten Figuren zusammen, schaute man nur lange genug hin. Demy seufzte leise. War ihr Leben nicht ebenso ein Labyrinth aus Möglichkeiten, Träumen und Hoffnungen, gebildet aus den Wegen, die sie bereits gegangen war und denen, die vor ihr lagen? Ihr perfektes Leben hatte an jenem Tag Risse bekommen, als Tilla ihr erklärt hatte, dass sie mit ihr nach Berlin zu ziehen habe. Seitdem hatte sie allzu oft das Gefühl geplagt, den Lauf ihres eigenen Lebens nicht mehr in der Hand zu halten. Andere Menschen bestimmten über sie: Tilla, deren Ehemann Joseph, der Rittmeister und Henriette Cronberg, ihre ehemalige Gouvernante, die sie gemeinsam mit einigen weiteren exquisiten Lehrern ausgebildet hatte. Neuerdings reihte sich auch noch Philippe in diese Liste ein, mit dem sie zwar nur eine Scheinverlobung unterhielt, der jedoch in zunehmendem Maß Einfluss auf sie nahm. Und nun hatte sie auch noch die Kraft verlassen, um gegen alle diese Eingriffe anzukämpfen, sich Entscheidungen entgegenzustellen, die sie nicht akzeptieren wollte.

Matt schloss Demy die Augen. Sie war des endlosen Kämpfens müde. Vielleicht war es an der Zeit, einfach aufzugeben. Sie könnte

Theodor Birk heiraten. Der Hauptmann machte ihr schon lange den Hof, und sie mochte den sensiblen, höflichen Mann sehr.

* * *

Demy erwachte erneut, ohne zu wissen, wie lange sie geschlafen hatte. Noch immer spürte sie dieses unangenehme Kratzen in ihrem Hals, bemerkte, dass die Unbeweglichkeit und Schwere ihrer Gliedmaßen und damit die kleinste Bewegung sie ermüdete.

Ihre Erinnerungen an die vergangenen Tage waren wie konfuse Fäden in ihrem Kopf, die keinen Anfang und kein Ende zu haben schienen. Sie wusste von Philippes Anwesenheit, konnte aber nicht sagen, ob ihr Gehirn den Zeitpunkt seines Besuchs falsch gespeichert hatte. Schließlich war er da gewesen, bevor Dr. Stilz gekommen war, und hatte nicht, wie sie zuerst angenommen hatte, später nochmal bei ihr vorbeigeschaut. Auch meinte sie, dass der Rittmeister einige Minuten an ihrem Bett verbracht hatte. Sie erinnerte sich an Maria und Henny. Beide hatten sie gepflegt und dabei viele Tränen vergossen. Am Erstaunlichsten aber mochte die Tatsache sein, dass Demy sich daran zu erinnern glaubte, dass sie Maria beten gehört hatte.

Maria, die nichts mit Gott zu tun haben wollte, hatte vor ihrem Bett gekniet und um Heilung gebetet?

Demy atmete tief ein, spürte ein unangenehmes Ziehen in ihrer Brust und atmete umso vorsichtiger wieder aus. Ob sie da irgendwelchen Fieberfantasien aufsaß? Aus welchem Grund sollten Philippe oder gar der Rittmeister sie an ihrem Krankenlager aufsuchen und Maria ihre Hoffnung plötzlich auf Gott setzen?

Ihr Blick wanderte zur Zimmerdecke und erneut betrachtete sie die verworrenen Linien zwischen dem Stuck. Ein schwaches Lächeln erhellte ihr eingefallenes, blasses Gesicht. Gleichgültig, wie verwirrend ihr Leben in der Vergangenheit verlaufen war und welche Umwege sie in der Zukunft noch zu gehen haben würde, die Enden dieser Lebensfäden hielt noch immer Gott in seinen Händen. Und genau da waren sie gut aufgehoben!

Demy beschloss aufzustehen. Dass man sie in ihrem Krankenlager allein gelassen hatte, bedeutete sicher eine Besserung ihres Zustandes, also wollte sie einige Schritte wagen.

Nachdem sie sich aufgesetzt hatte, musste sie einige Sekunden reglos abwarten. Ihr Kopf fühlte sich an, als tobe darin ein gewaltiger Sturm. Für einen Augenblick überfiel sie Übelkeit, doch diese legte sich ebenso schnell wieder wie das Durcheinander vor ihren Augen.

Sie unterließ den Versuch, sich anzukleiden, und griff lediglich nach dem dunkelblauen seidenen Morgenmantel, den Tilla bei einer ihrer vielen gemeinsamen Reisen für sie erstanden hatte.

Entschlossen erhob sich Demy, musste aber sofort ihre Arme um den Bettpfosten am Fußende schlingen, um einem Sturz vorzubeugen. Wieder drehte sich das ganze Zimmer vor ihren Augen. Energisch kämpfte sie gegen die Schwäche in ihren Beinen und eine neuerliche Welle der Übelkeit an, bis sie das Gefühl hatte, sicher zu stehen.

Sie tappte zu der in den Flur führenden Tür und war froh, am Rahmen und der Türklinke Halt zu finden. Ärgerlich kräuselte sie ihre Nase. Sie fühlte sich nicht gern so hilflos und schwach wie in diesen Tagen. Ob sie doch noch nicht gesund genug zum Aufstehen war? Aber sie wollte sich endlich bewegen, ihre sich steif anfühlenden Gliedmaßen zum Leben erwecken.

Demy verharrte geraume Zeit mit der Schulter an das weiße Holz der Tür gelehnt, während ihre Rechte die gebogene Türklinke so fest umschloss, dass ihre Fingerknöchel weiß unter ihrer Haut hervorschimmerten.

Als sie sich gestärkt fühlte, öffnete sie die Tür und trat in den Flur. Ihre nackten Füße versanken im weichen, weinroten Läufer und sie richtete ihre Augen auf die wuchtigen Bilder entlang der Flurwände. Sie betrachtete sie ebenso aufmerksam wie neun Jahre zuvor, als sie sich auf den Weg gemacht hatte, um das fremde Haus zu erkunden. Die Jagdszenen, die Hunde und Pferde, die düster und mürrisch dreinschauenden Frauen und Männer wirkten nun farbenfroher und längst nicht mehr so bedrohlich wie damals. Ob sich ihr Blick auf die kleinen Dinge des Lebens gewandelt hatte, nachdem sie so krank gewesen war?

Mutiger ging sie weiter. Zuletzt hatte sie sich ständig überfordert gefühlt. Sie hatte zwar funktioniert, aber keine Freude mehr bei ihren

Aufgaben und keine Liebe für die Menschen um sie her empfunden, für die sie verantwortlich zeichnete. Es war an der Zeit, den wirklich wichtigen Dingen im Leben wieder den richtigen Stellenwert einzuräumen. Und dazu gehörte auch das Treffen von Entscheidungen.

Demy straffte die Schultern, während sie die erste abwärtsführende Stufe betrat. Bei Theodors nächstem Besuch würde sie dem Mann mit dem untadeligen Benehmen mehr Aufmerksamkeit schenken. Und das nicht, weil sie es leid war, als die verschmähte Braut zu gelten, sondern weil sie Theodor wirklich gern hatte und endlich für klare Verhältnisse sorgen sollte.

Heftig atmend und mit zitternden Beinen erreichte Demy die Tür, die ins Foyer führte. Wieder pausierte sie für einige Sekunden, schöpfte neuen Atem und neue Kraft.

Demy betrat die große Halle in dem Augenblick, als ein Mann die Bibliothek verließ. Er ließ die Tür offen und trat, ohne sie eines Blickes zu würdigen, in das angrenzende Handarbeitszimmer. Verwundert sah Demy zu, wie der Eindringling in die Mitte des Raumes ging und dort verharrte. Irritiert folgte sie ihm bis in den Türrahmen.

»Entschuldigen Sie bitte. Was tun Sie hier?«, sprach sie den Mann an, der ihr den Rücken zukehrte und mit prüfendem Blick die Glasvitrine an der Wand musterte.

»Ich schaue mir mein neues Zuhause an und überprüfe das Inventar.«

»Wie bitte?« Demys Nase zierten sofort tiefe Falten. Sie glaubte sich verhört zu haben. »Wer sind Sie überhaupt?«

Der Eindringling drehte sich um und nahm seinen Canotier[15] ab. Sofort fiel ihr der quer über die Wange bis unter das Auge verlaufende Fechtschmiss auf und ließ sie erstaunt die Brauen heben.

»Herr Willmann?«

»Müsste ich Sie kennen?«

»Demy van Campen. Ich bin …«

»Ich erinnere mich. Sie sind Tillas tollpatschige Schwester, die von einem Meindorff-Jungen zum anderen weitergereicht wird.«

Die überhebliche Art und seine Worte, verbunden mit der Erinnerung an Tillas Verhältnis mit ihm und der Tatsache, dass sie sein Kind unter dem Herzen getragen hatte, ließ in Demys Kopf irgendetwas explodieren. »Richtig! Und Sie sind der Mann, der die rosarote Brigitte mit meiner Schwester betrogen hat«, gab sie wütend zurück. Gleichzeitig suchte sie links und rechts an der Türzarge Halt.

Willmann musterte sie ernst. »Ich liebte Ihre Schwester sehr.«

»Und aus diesem Grund ließen Sie Tilla mit dem Kind im Stich, sodass sie keine andere Möglichkeit sah, als es umzubringen?«

»Kind?« Der Mann zögerte und wirkte ernsthaft schockiert, fing sich aber schnell wieder. »Sie sagte mir nichts von einem Kind!«, brummte er. Mit einer fahrigen Bewegung strich er sich das dunkle Haar aus der Stirn. »Es hieß, sie habe ein Kind verloren und sei als Folge dieser Fehlgeburt verstorben«, stammelte er, plötzlich gar nicht mehr der Mann von Welt.

Demy kam nicht umhin, ihm Glauben zu schenken. Ihre Schwester hatte ihrem Liebhaber offenbar nichts von seiner Vaterschaft erzählt. Seine tiefe Erschütterung konnte kaum gespielt sein, zumal ein gewiefter Geschäftsmann wie Willmann wohl niemals eine Rolle spielen würde, zumindest nicht vor einer so unwichtigen Person wie Demy.

»Ihr Tod schmerzte mich sehr, das dürfen Sie mir glauben. Joseph hat diese wunderbare Frau behandelt wie Dreck und Ihr eigener Vater ...«

Entsetzt rümpfte Demy die Nase. Tilla hatte Willmann von den Übergriffen ihres Vaters erzählt?

»Es war ein langer Weg, bis Tilla ihn so weit vergessen konnte, dass sie sich einem Mann gegenüber ...« Der Fünfzigjährige ließ den Rest des Satzes in der Luft hängen. Stattdessen glitten seine Augen über Demys Gesicht, den eng um ihren Leib geschlungenen Morgenmantel bis hinunter zu ihren nackten Füßen.

»Vermutlich sind auch die Gerüchte über Sie falsch, Fräulein van Campen. Sie sind von Hannes nicht sitzen gelassen worden und werden von Philippe nicht endlos hingehalten, nicht? Sie selbst sind es, die die Männer auf Abstand hält! Tilla wollte Sie und Ihre Schwestern vor Ihrem Vater beschützen, litt aber darunter, dass ihr das womöglich nicht rechtzeitig gelungen war.«

Demy war versucht aufzubegehren, doch sie schwieg. Diesen Mann ging es nichts an, weshalb sie nicht längst verheiratet war. Die Frage, ob Tilla ihrem Liebhaber auch erzählt hatte, dass sie ihren Vater eigenhändig in die Gracht gestoßen und damit getötet hatte, drängte sich ihr auf, aber sie stellte sie nicht. »Ich möchte Sie bitten zu gehen.«

»Dieses Haus gehört nicht mehr den Meindorffs, sondern mir. Ebenso wie Josephs Brauerei längst in meine Hände übergegangen ist. Die Überschreibung von Meindorff-Elektrik auf den Namen Willmann ist nur noch eine Frage der Zeit.«

»Was?«, entfuhr es Demy.

Willmann lächelte nachsichtig und näherte sich ihr mit großen Schritten. »Für Sie und Ihre Geschwister tut es mir leid, Fräulein van Campen. Aber Meindorff-Elektrik steckte seit Jahren in finanziellen Schwierigkeiten und der alte Rittmeister hat seiner Bank und zuletzt auch seinem Prokuristen zu blind vertraut. Er war zu wenig präsent, wenn es um schwerwiegende Entscheidungen ging. Das Unternehmen ist maßlos überschuldet und ...«

Demy schüttelte den Kopf und murmelte dabei: »Ich habe alles versucht, was ich konnte. Aber diese Unternehmenswelt ist so komplex und für mich nicht durchschaubar und ...«

Diesmal unterbrach Willmann sie. »Lassen Sie es gut sein. Sie konnten nichts ausrichten, denn selbst wenn Sie mehr Erfahrung in der Geschäftswelt besessen hätten, wäre es bereits zu spät gewesen. Der Karren steckte schon lange im Dreck. Sie haben Philippe, der auf eigenen Beinen steht und nicht vom Vermögen der Meindorffs abhängig ist. Darüber bin ich froh.«

Demy blickte in die grauen Augen des Mannes. Im Augenblick strahlten sie nichts von der Kälte aus, die sie früher darin gesehen und gefürchtet hatte. Ob dieser Mann Frauen gegenüber ein weiches Herz besaß? War Tillas Verhältnis zu Willmann keineswegs so unverständlich, wie sie bisher angenommen hatte? Sie schob diese Überlegungen beiseite und wandte sich wichtigeren Fragen zu: »Was meinten Sie damit, als Sie sagten, Sie würden *Ihr* Haus anschauen?«

»Meindorff konnte dieses luxuriöse Anwesen nicht länger halten«, erklärte Willmann, nun wieder gewohnt knapp und geschäftsmäßig.

»Aber in diesem Haus leben viele Menschen, für die es die einzige Zufluchtsstätte bedeutet.«

»Ihnen bleibt genug Zeit, eine neue Unterkunft zu suchen.«

»Bitte, gehen Sie«, flüsterte Demy. Von einer schrecklichen Schwäche übermannt taumelte sie in das Foyer zurück und sackte dort zu Boden.

Mit schnellen Schritten war Willmann bei ihr und kniete sich sogar neben sie. »Entschuldigen Sie bitte. Ich hätte auf Ihre schwere Erkrankung Rücksicht nehmen sollen. Allerdings muss ich zu meiner Verteidigung anmerken, dass ich weder damit rechnete, Sie hier anzutreffen, noch machten Sie einen geschwächten Eindruck auf mich, vielmehr einen kämpferischen.«

»Das ändert aber wohl nichts an den von Ihnen skizzierten Tatsachen?«

»Nein.« Ein Lächeln umspielte das bartlose Gesicht des Mannes. »Ich würde Ihnen gerne aufhelfen, damit Sie sich in einem der Sessel niederlassen können, bevor ich Ihrem Wunsch nachkomme und das Haus für heute verlasse.«

Demy nickte Willmann zu, und er bot ihr seine Hand. Sie nahm seine Hilfe in Anspruch und ließ sich zu der nächstgelegenen Sitzgelegenheit bringen. Kaum, dass sie saß, verbeugte sich Willmann knapp und verschwand ins kleine Foyer. Wenig später klickte die Eingangstür ins Schloss, und Demy blieb allein zurück.

Stille herrschte in dem großen Haus, was nichts Ungewöhnliches war, allerdings tobte der Sturm in ihrem Inneren umso lauter. Willmann würde sie alle aus dem Haus werfen. Sie, ihre Geschwister, die Gäste, die noch verbliebenen Angestellten und sogar den Rittmeister. Für sie stand fest, dass dies eher früher als später geschehen würde und sie nichts dagegen unternehmen konnte. Wie aber würde es dann mit ihnen allen weitergehen?

Wieder wanderten ihre Gedanken zu Theodor. Wenn sie erst mit ihm verheiratet war, würde er auch die Verantwortung für Feddo und Rika übernehmen, zumal die beiden ja fast erwachsen waren und bald eigene Wege gehen würden.

Was aber war mit Henny, Maria und Bruno? Was würde mit Nathanael, den Zwillingen und den Mädchen geschehen? Für Demy bedeutete es nur einen geringen Trost, dass zumindest Edith und ihre beiden Töchter in das ehemalige Gärtnerhäuschen ziehen konnten, das Hannes einst für sie erworben hatte.

Henny kam durch die Tür zwischen Nebentrakt und Halle. Als sie Demy erblickte, entglitt ihr der Wäschekorb und landete mit einem vernehmlichen Knall auf dem Parkett. »Demy, was tust du hier?« Ihre Stimme überschlug sich vor Entsetzen. Mit hastigen Schritten eilte sie herbei und ging neben Demys Sessel in die Knie. »Du kannst doch nicht einfach aufstehen und spazieren gehen«, rügte sie sanft, während sie besorgt Demys Gesichtszüge musterte.

»Ich kann, wie du siehst.«

Henny lächelte und legte ihre Hände auf Demys. »Du warst schwer krank.«

»Ich weiß.«

»Nein, du weißt gar nichts«, korrigierte Henny sie. »Du hattest hohes Fieber, eine Mandelentzündung und eine Lungenentzündung. Dr. Stilz beauftragte uns, alle zu informieren, die von dir Abschied nehmen möchten! Sogar der Rittmeister bequemte sich dazu, in dein Zimmer zu kommen. Philippe kam mit Feddo, Willi und Peter angereist. Du hättest die Tränen von Luisa und Leni sehen sollen, dann würdest du brav und folgsam in deinem Bett liegen, bis der Herr Doktor dir erlaubt aufzustehen!«

»Ihr dachtet, ich sterbe?« Demy blickte das Dienstmädchen mit großen Augen an. Hatte es denn so schlimm um sie gestanden?

Henny schüttelte den Kopf, als könne sie Demys Unbedarftheit nicht nachvollziehen. Sie ging dazu über, ihr vor Augen zu halten, was sie während ihrer Krankheit alles versäumt hatte: »Lina und Margarete mit ihrem Töchterchen wohnen seit rund drei Wochen in diesem Haus und versuchen, die Löcher zu stopfen, die im Zuge deiner Erkrankung entstanden sind.«

»Drei Wochen?« Demy schrie fast, so entsetzt war sie über die Tatsache, dass sie so lange nicht bei Bewusstsein gewesen sein sollte. Ihre Stimme klang rauchig und aufgrund der Anstrengung wurde sie minutenlang von einem schrecklichen Hustenreiz geschüttelt. Erst als Henny ihr ein Glas Wasser reichte, beruhigte sie sich.

»Lass uns hinaufgehen«, bat Henny eindringlich.

»Warte. Zuerst sagst du mir, was in der Zeit passiert ist. Und was es bedeutet, wenn du sagst, Philippe kam mit den Jungen. Und wie es im Augenblick ...«

Henny legte Demy die Hand über den Mund und brachte sie damit zum Schweigen. »Lina schlägt sich mit dem Rittmeister herum, doch der akzeptiert sie nicht als Helferin. Er wird zunehmend verbohrter und fordert jeden Tag, du sollst endlich wiederkommen.«

Demy verzog das Gesicht, was Henny ignorierte. Ihr Verhältnis zu dem Patriarchen war ohnehin ein gestörtes. »Lina ist ganz gut darin, mit Zahlen zu jonglieren, meinte aber neulich, Meindorff-Elektrik sei dabei, sich in nichts aufzulösen«, fuhr Henny fort.

Demy nickte. Sie hatte vor wenigen Minuten aus erster Hand erfahren, wie richtig Lina mit ihrer Annahme lag. Und sie wusste, wer das Ende des traditionsreichen Familienunternehmens aktiv und zu seinen Gunsten gefördert hatte. Aber sie behielt dieses Wissen für sich, wollte sie doch vor allem zuerst ihre Fragen beantwortet haben.

»Der Herr Oberleutnant hat noch am Tag deiner Erkrankung die Zwillinge und Feddo mit nach Schwerin genommen. Als Bestrafung für die Prügelei im Garten, bei der du unter die Räder gekommen bist.«

»Er wird sie doch nicht zu Piloten ausbilden und …«

»Demy«, fiel Henny ihr ins Wort. »Du solltest nicht so negativ von *diesem* Meindorff denken.«

»Das sagt die Richtige.«

»Lass mich aus dem Spiel. Mein Problem mit den Meindorff-Männern ist ein anderes.«

»Entschuldige.«

Henny nickte und fuhr fort: »Peter, Willi und dein Bruder haben sich von dir verabschiedet, als man dachte, du lägst im Sterben. Es fiel allen dreien sehr, sehr schwer, das kannst du mir glauben. Der arme Peter ist sogar in Tränen ausgebrochen und rannte aus dem Haus.«

»Peter?« Verwundert rümpfte Demy die Nase. Ausgerechnet der verschlossene Peter war über ihr vermeintliches Ende so bekümmert gewesen, dass er seinen Schmerz nicht hatte unterdrücken können?

»Ich fürchte, wir alle verstehen Peter überhaupt nicht. Das meint auch Maria. Aber die drei Jungen schwärmen von Philippe und ihrer Arbeit dort. Sie schuften kräftig beim Flugzeugbau, dürfen Schweiß-

arbeiten und Holzarbeiten erledigen und erhalten dafür einen ange-
messenen Lohn, den Fokker auf Anweisung von Philippe an diesen
Haushalt ausbezahlen lässt.«

»Sie sind ja alt genug«, murmelte Demy, fragte sich aber, wie sich der
Einfluss von Philippe, Anthony Fokker und einer Horde leichtlebiger,
übermütiger Piloten auf die Heranwachsenden auswirken würde.

Hennys nachfolgende Aufzählung darüber, was sie alles verschla-
fen hatte, brachte sie von ihren Überlegungen ab. »Der Herr Hannes
hat seinen Töchtern geschrieben. Es geht ihm gut. Auch von ihrer
Mutter Edith kam Post. Sie wurde nach Belgien an ein anderes Lazarett versetzt und hat dort Leitungsfunktionen übertragen bekommen.
Natürlich bedauert sie es, nicht mehr in der Nähe ihres Ehegatten
arbeiten zu können. Aber offenbar möchte sie eine Rückversetzung in
ein Berliner Krankenhaus nicht.« Henny zuckte mit den Schultern,
ehe sie fortfuhr: »In Russland gab es einen gewalttätigen Aufstand der
Arbeiter. St. Petersburg erlebte die stärksten Unruhen. Der Zar und
seine adelige Regierung sind abgesetzt. Man weiß nicht viel über die
Zustände dort und ob der Zar, seine Familie und die Adelsleute noch
am Leben sind.«

Demy griff entsetzt nach Hennys Hand. Anki! Anki arbeitete seit
geraumer Zeit als Kindermädchen für eine adelige Familie und war ihr
innig verbunden. Ob dieser Familie und damit auch ihrer Schwester
etwas zugestoßen war? Demys Hände begannen zu zittern und ihr
Magen krampfte sich schmerzhaft zusammen.

Henny, die ahnte, wie es nun in Demy aussehen mochte, brachte
ihre Aufzählung schnell zu Ende. »Die deutschen Militärs hoffen
darauf, dass die neue Regierung Russlands den Krieg beendet. Dann
könntest du versuchen, Nachforschungen anzustellen. Allerdings sind
am sechsten April auch die USA in den Krieg eingetreten.«

Demy schwieg lange. Sie versuchte zu verarbeiten, was sie gehört
hatte und sich von der Sorge und Verwirrung nicht das letzte Quänt-
chen Kraft rauben zu lassen, das ihr Körper momentan aufzubringen
bereit war. Da ihre Gedanken sich unmöglich in geordnete Bahnen
lenken ließen, gab sie stattdessen ihr soeben erlangtes Wissen preis:
»Willmann war hier. Er sagte, Meindorff-Elektrik und dieses Haus
würden bald ihm gehören.«

»Du hast den Herrn Willmann in diesem Aufzug und mit deiner zotteligen Löwenmähne begrüßt?«

Demy blickte Henny irritiert an. War ihr Äußeres wirklich Hennys größte Sorge? Endlich wurde ihr bewusst, dass sie nicht nur lediglich ihren Morgenmantel trug, sondern zudem versäumt hatte, einen Blick in den Spiegel zu werfen. Und in diesem Aufzug war sie dem erfolgreichen Industriellen Willmann entgegengetreten und hatte ihn in seine Schranken weisen wollen?

Ein Kribbeln setzte sich in Demys Innerem fest, breitete sich aus und ließ sie schließlich laut loslachen. Ihr ganzer Körper bebte unter ihren Lachsalven. Dabei stützte sie ihren schrecklich schweren Kopf auf Hennys Schultern, die in ihr Lachen mit einstimmte.

»Dürfte ich erfahren, was der Grund für diesen Heiterkeitsausbruch ist?« Marias Stimme klang gewohnt forsch, fast drohend, erreichte jedoch nicht ihr Ziel, die beiden jungen Frauen zum Schweigen zu bringen. Inzwischen liefen Demy die Tränen über das blasse, von ihrer Krankheit gezeichnete Gesicht. Sie konnte letztendlich nicht bestimmen, ob dies Lachtränen waren, Tränen des Schmerzes, denn ihr ausgezehrter Körper wehrte sich immer mehr gegen die ihm zuteilwerdende Behandlung, oder Tränen der Bestürzung, da sie Ängste um Anki und um ihrer aller Zukunft ausstand.

Als Demy erneut von einer Hustenattacke übermannt wurde, griff Maria energischer durch. Sie zerrte Henny von Demy fort und befahl der Patientin, sofort auf ihr Zimmer zu gehen. Die junge Niederländerin gehorchte, fühlte sie sich doch erschreckend schwach.

Als Maria Demys Zimmer verlassen hatte, ließ die Niederländerin ihren Kopf auf das weiße Daunenkissen sinken und zog die leichte Decke bis an ihr spitz zulaufendes Kinn.

Henny setzte sich auf den Stuhl vor dem Bett und strich sich ihre roten Haare aus dem geröteten Gesicht. »Meine Güte, tat das gut.«

»Stimmt«, pflichtete Demy ihr bei, obwohl ihr inzwischen jeder Muskel ihres Körpers zu verstehen gab, wie unvernünftig sie sich verhalten hatte. »Aber weißt du«, begann sie, zog den rechten Arm unter der Decke hervor und griff nach Hennys Hand, »dieser Willmann ist

Frauen gegenüber ein Gentleman. Irgendwie verstehe ich Tilla jetzt besser. Bei ihm hat sie vermutlich das gefunden, was sie bei ihrem Ehemann vergeblich gesucht hatte.«

Henny nickte, wenngleich sie nicht die ganze tragische Geschichte Tillas kannte. Aber sie hatte ihre eigene schwere Vergangenheit und wusste nur zu gut, was Männer Frauen antun konnten, wenn sie über eine gewisse Macht verfügten. Der alte Meindorff hatte Henny über Jahre benutzt wie einen Gegenstand.

Demy drückte die Hand ihrer Freundin, so fest sie imstande war und hoffte, dass Henny eines Tages das Glück erleben durfte, von einem Mann mit Geduld und Liebe behandelt zu werden.

»Können wir etwas gegen diesen Gentleman unternehmen?«, wollte Henny wissen.

»Ich fürchte nein. Die Situation ist bereits zu lange aus dem Ruder gelaufen. Das war schon so, ehe ich bemerkte, dass der Rittmeister seinen Verpflichtungen nicht mehr nachkam und noch ehe Joseph ausschließlich für den Krieg lebte und seine Brauerei im Stich ließ.«

»Wie wird es dann mit uns weitergehen?«

»Darüber mache ich mir später Gedanken.«

»Sobald du wieder völlig gesund bist.«

»Oder vorher?«

»Oder das. Maria wird dich für lange Zeit aller Pflichten entheben, das dürfte wohl klar sein!«

»Also habe ich genug Zeit, um Pläne zu schmieden.«

»Und um ein bisschen zu schlafen!« Henny lächelte.

»Eine Entscheidung habe ich bereits getroffen: Ich werde Theodor Birk heiraten, falls er mich fragt.«

Demy schloss erschöpft die Augen, weshalb ihr der erschrockene Ausdruck auf Hennys Gesicht entging. Nicht einmal ihr Schweigen ließ Demy aufmerken, denn sie schlief fast sofort ein.

Kapitel 9

St. Nicolas bei Courtier, Belgien, Mai 1917

Die britische April-Offensive bei Arras, an der auch 60 Tanks[16] beteiligt waren, schwemmte verletzte Soldaten sogar bis in das Lazarett St. Nicolas. Die britischen Truppen brachen innerhalb von nur zwei Tagen auf 18 Kilometer Breite und etwa 6 Kilometer tief in das Stellungssystem der deutschen 6. Armee ein.

Edith verließ genau in dem Augenblick eines der hastig errichteten Zelte, als über den blauen, mit Schäfchenwolken überzogenen Himmel eine Jagdstaffel donnerte. Die Flugzeuge flogen sehr tief, weshalb das Dröhnen ihrer Motoren lauter als gewöhnlich zu hören war und Edith das Eiserne Kreuz auf den Unterseiten der Flügel deutlich erkennen konnte. Die Krankenschwester gönnte sich die Zeit, sie zu beobachten und ein Gebet für die jungen Piloten zu murmeln. Hinter ihr nahm das Rattern der Pferdewagen auf einem unebenen, mit Wurzeln und Steinen gepflasterten Feldweg an Lautstärke zu und mit ihm auch die Schmerzensschreie der durchgeschüttelten Verletzten auf den Pritschen.

»Es kommen Verwundete von der Front! Ich brauche Ärzte. Die Schwestern müssen aus der Ruhe geholt werden. Falls es mehr als dreißig Soldaten sind, benötigen wir ein zusätzliches Zelt!«, rief sie einer Hilfsschwester und zwei Sanitätern zu. Sie winkte den Kutscher des ersten Wagens vor das nur halb gefüllte Lazarettzelt, wich vor den schweren Kaltblutpferden zurück und wartete, bis er die Bremse festgezogen hatte. »Wie viele Männer bringen Sie?«, rief sie über den Lärm der nachfolgenden Fuhrwerke und Lastwagen hinweg.

»Gut vier Dutzend Soldaten und eine Handvoll Frauen.«

»Frauen? Ist ein anderes Lazarett bombardiert worden?«

»Nein, ein vom Deutschen Reich unterhaltenes Bordell.«

»Es wird ein …« Fassungslos starrte Edith den grobschlächtigen Mann auf dem Kutschbock an.

»Damit halten sie die Offiziere und Soldaten bei Laune; vielleicht beugen sie auch irgendwelchen Ausuferungen vor.«

Endlich gewann Edith ihre Fassung zurück und wies die Fahrer und die den Transport begleitenden Sanitäter an, wo sie die Männer hinlegen konnten. Viele von ihnen blieben zuerst im Freien, bis ein neues Zelt errichtet war. Die Frauen ließ Edith im Haus unterbringen.

Nachdem die Wagen wieder abgefahren waren, betrat Edith den Raum mit den englischsprachigen Verletzten. Ihre Reihen hatten sich in den vergangenen zwei Tagen gelichtet, waren viele doch dem Wundbrand oder ihren Verletzungen erlegen und andere so weit genesen, dass sie in ein Kriegsgefangenenlager gebracht werden konnten. Edith setzte sich an das Lager von Captain Howell und wickelte den Mull von seinem Armstumpf. Zufrieden betrachtete sie die Amputationswunde knapp hinter dem Handgelenk und versorgte sie erneut mit Silbernitrat, ehe sie einen frischen Verband anlegte.

»Sie sehen zufrieden aus«, sprach der Brite sie an.

»Zwischendurch befürchtete ich, dass eine Nachamputation nötig wird. Doch jetzt verheilt die Wunde tadellos.«

»Das ist gut«, seufzte Howell.

Cecelia trat neben sie und streckte Edith einen mitgenommen aussehenden Briefumschlag entgegen. »Schwester Meindorff, ich war so frei, Ihnen Ihre Post mitzubringen.«

»Das ist nett, danke.« Edith griff nach dem Kuvert und betrachtete es glücklich. »Von meinen Kindern aus Berlin«, flüsterte sie lächelnd und schob den Brief in die Tasche ihrer Schwesterntracht.

»Ich frage mich nur, weshalb die Briefe immer wirken, als hätten sie eine Weltreise hinter sich«, murmelte das Mädchen, ehe es sich einem Patienten zuwandte.

Edith wollte sich erheben, wurde aber von dem prüfenden, fast forschenden Blick des Captains zurückgehalten. »Kann ich noch etwas für Sie tun? Ich bedaure, dass Sie mit ansehen mussten, wie ich Post von meiner Familie bekam, während Sie weder einen Brief erhalten haben noch schreiben können.«

»Das ist es nicht.« Der Mann schüttelte sachte den Kopf. Da er erst nach den richtigen Worten suchen musste, fragte er langsam: »Sie heißen Meindorff und stammen aus Berlin? Bitte, ich möchte nicht neugierig erscheinen. So sagt man doch, nicht? Neugierig?« Auf Ediths

Nicken hin fuhr Howell fort: »Gibt es viele Meindorffs in Berlin? Ich kannte vor Jahren in Afrika einen Philippe Meindorff.«

»Sie kennen Philippe?« Edith lachte verwundert und erfreut zugleich auf. War sie also doch keiner Täuschung aufgesessen; sie hatte den Namen des Captains bei einer der Erzählungen Philippes gehört. Aufgeregte Röte überzog Howells Gesicht und ließ die Sommersprossen verblassen.

»Philippe ist mein Schwager – obwohl er nicht wirklich der Bruder meines Mannes ist. Die Familie Meindorff nahm ihn als Kind auf.«

»Philippe sprach davon, ja. Können Sie mir sagen, ob es dem verrückten Kerl gut geht? Ist er einer der Piloten, die unseren Fliegern das Leben so schwer machen?«

»Nein, Philippe ist kein Jagdflieger. Er beteuert immer, er habe in Deutsch-Südwest genug Tod und Verderben gesehen. Allerdings baut er Flugzeuge.«

»Albatrosse? Oder Fokker, AEG, Halberstadt, Rumpler, Siemens, Junker?«

»Ich möchte diese Frage lieber nicht beantworten«, erwiderte Edith vorsichtig, da ihr der Mann zu genau über die deutschen Flugzeughersteller Bescheid zu wissen schien.

»Natürlich, entschuldigen Sie bitte. Es geht ihm also gut? Ich erfuhr von seiner Verwundung in Windhuk und dem Tod seiner Verlobten, ehe ich mit meiner Braut nach England aufbrach.«

»Er sprach nicht viel über seine Verletzung und den Tod dieser Frau. Aber ich weiß, dass er viele Jahre unter ihrem Verlust gelitten hat. Selbst heute ...«

»Er ist nicht verheiratet?«

»Nein«, entgegnete Edith. Sie verschwieg seine Verlobung mit Demy, war diese doch ohnehin nur wieder der Rettungsanker zweier Menschen vor der Einmischung des alten Meindorff. Wie damals, als Demy sich mit Hannes verlobt hatte, um ihm und Edith genug Zeit für eine heimlich arrangierte Trauung zu verschaffen.

John musterte sie mit zusammengezogenen Augenbrauen und lächelte schließlich, ehe er sich für ihre wertvolle Zeit bedankte. Vermutlich las er aus ihren knappen Antworten, wie wenig sie gewillt war, einem ihr fremden Mann gegenüber Einzelheiten preiszugeben, zumal er der gegnerischen Kriegspartei angehörte. »Grüßen Sie ihn bitte von mir, wenn Sie ihn wiedersehen.«

»Gern, Captain Howell. Er wird sich freuen, von Ihnen zu hören.«

»Vielleicht möchten Sie ihm ausrichten, dass es meiner Schwester Jennifer gut geht – und dass sie ebenfalls noch unverheiratet ist. Sie macht übrigens dasselbe wie Sie. Sie arbeitet als Krankenschwester.«

Edith nickte unbestimmt. Ob Philippe mit der Schwester des Captains angebändelt hatte? Dieser Gedanke erschien ihr abwegig, wusste sie doch, wie sehr Philippe um diese Udako getrauert hatte. Allerdings war sein Ruf früher durchaus der eines Charmeurs und Herzensbrechers gewesen …

Edith verließ den Raum und betrat ein deutlich kleineres Zimmer. In dieses hatte man die fünf französischen Frauen gebettet. Mittlerweile hatte sich ein Arzt bei ihnen eingefunden. Eine der Frauen wies gefährliche Brandverletzungen fast über ihren gesamten Körper auf und würde die nächsten Tage nicht überstehen. Zwei andere waren von den Trümmern des einstürzenden Hauses begraben worden, der Vierten fehlten beide Beine und die Letzte hatte ein Ohr und ein Auge eingebüßt. Ihr zuvor sicherlich schönes Gesicht war schrecklich entstellt.

»Schwester Meindorff?« Der Arzt winkte sie zu der Kopfverletzten und bat sie, ihm zur Hand zu gehen. Die Frau verlor nach wie vor viel Blut und war zu Ediths Entsetzen hellwach, während ihre Kolleginnen entweder in einer gnädigen Bewusstlosigkeit lagen oder aber zu sehr unter Schock standen, als dass sie viel von dem mitbekamen, was um sie herum und mit ihnen geschah.

»Was ist passiert? Was ist mit meinem Auge?«, stammelte sie und griff nach den Händen des sie behandelnden Arztes.

»Bitte, Schwester Meindorff«, sagte dieser entnervt.

Edith legte den bereitgehaltenen Verbandsstoff und die Instrumente beiseite und ergriff die zarten, von Blut und Schmutz bedeckten Hände der Patientin. Eisern umklammerte sie diese, doch eigentümlicherweise hielt sie nun still.

»Meindorff?«, flüsterte sie mit einem in ihrem entstellten Gesicht fratzenhaft wirkenden Lächeln. Sie hatte bei der Explosion auch mehrere Zähne eingebüßt. »Ich hatte mal einen Meindorff in meinem

Bett«, meinte sie. »Ich sag euch, der war vielleicht ausgehungert. Fiel wie ein Tier über mich her, war dabei aber nicht grob. Vielmehr ein Gentleman. Und hinterher brach er in Tränen aus. Stammelte etwas von seiner Frau. Deshalb erinnere ich mich gut an den Idioten.« Die süße Stimme mit dem attraktiven französischen Akzent wurde im gleichen Maße lauter und schriller, wie die Schmerzen überhandnahmen. Nun versuchte die Frau, ihre Hände aus Ediths Griff zu befreien, doch die Rotkreuzschwester war ihr kräftemäßig überlegen.

»Wie heißen Sie?«, bemühte sich Edith, die Frau abzulenken und zumindest einige Informationen einzuholen.

»Dorine. Für die Männer bin ich immer nur Dorine.«

»Welchen Namen soll ich auf Ihrem Krankenblatt vermerken?«

»Charlotte Vent«, keuchte sie zur Antwort und gab es auf, gegen Edith anzukämpfen.

Der Arzt stieß die Krankenschwester leicht in die Seite. Sie folgte seiner unausgesprochenen Aufforderung und trat einen Schritt nach links, damit er an ihr vorbei das zerstörte Auge besser erreichen konnte.

»Dieser Meindorff …«, begann die Prostituierte erneut und schrie dann vor Schmerz auf.

Beruhigend sprach Edith auf sie ein, ließ eine ihrer Hände los und griff nach der Glaskolbenspritze und der Ampulle mit dem Morphin. »Haben Sie auf dem Verbandsplatz oder auf der Fahrt hierher etwas gegen Ihre Schmerzen bekommen, Fräulein Vent?«

»Eine Spritze!«, presste Charlotte hervor und hob den Arm. Schnell legte Edith Spritze und Ampulle beiseite und umgriff erneut ihr Handgelenk. »Wir sind nicht in der Lage, Ihnen zu helfen, wenn Sie nicht stillhalten.«

»Ja«, ergab sie sich und fragte dann erneut: »Was ist mit meinem Auge?«

»Sie haben es verloren«, erwiderte der gereizte Arzt gnadenlos, und Charlotte bäumte ihren Oberkörper auf. »Nein!«, schrie sie und versuchte gewaltsam, ihre Hände aus Ediths Griff zu befreien.

»Liegen Sie bitte still, sonst können wir Ihnen nicht helfen«, bat Edith ein zweites Mal, diesmal resoluter.

Hart ließ die Frau sich nach hinten fallen. Ihr Körper erschlaffte. Einen Moment lang glaubte Edith, sie sei endlich ebenfalls in einen ähnlichen Dämmerzustand abgedriftet wie die anderen Frauen. »Ihr seid alle gegen mich, ihr vermaledeiten Deutschen«, stieß sie jedoch plötzlich hervor.

»Das war aber ein französisches Flugzeug mit einer französischen Bombe!«, murmelte der Arzt, was Edith den Kopf schütteln ließ. Musste er die Patientin denn noch mehr aufregen? Es war schon schwierig genug, sie zu behandeln und gleichzeitig zum Stillliegen zu zwingen. Offenbar hatte das Morphin, das man ihr auf dem Verbandsplatz gegeben hatte, keine Wirkung gezeigt.

»Sie ist vermutlich abhängig«, erklärte ihr der Chirurg, als könne er Gedanken lesen, ehe er endlich nach der Spritze griff.

»Und ihr seid alle Schweine! Porcs! Voleurs! Exploiteur! Fileur! Idiot!«

»Wunderbar!«, grinste der Mann und jagte die Nadel in den Oberschenkel der Frau. Diese reagierte nicht im Geringsten darauf, sondern fluchte lauthals weiter.

»Kann ich helfen?« Cecilia erschien im Türrahmen und hinter ihr zwei andere Schwestern. Neugierig betrachteten sie den Kampfschauplatz. In diesem Moment schlug Charlotte mit dem Fuß aus. Der Beistelltisch mit dem Instrumentenkoffer stürzte mit lautem Getöse um. Skalpelle, Sägen, Scheren, Zangen und allerlei weitere Instrumente wirbelten durch den Raum und fielen klirrend auf die grauen Steinfliesen, wo sie wie in einem eigentümlichen Tanz weiterrutschten und -sprangen, bis sie endlich stilllagen.

»Jetzt ist aber Schluss. Sie benehmen sich wie ein ungezogenes Gör!«, brüllte der Arzt die Französin an. Die versuchte nun, dem Mann in die Hand zu beißen.

»Du kannst auf Italienisch dagegenwettern«, schlug Edith Cecilia mehr verzweifelt als gut gelaunt vor, erntete vonseiten der drei Frauen an der Tür jedoch ein Kichern.

Die Französin fixierte Edith mit ihrem einen Auge, dem sämtliche Wimpern fehlten. »Sie spotten über mich? Ich wünschte, Sie würden diesen Meindorff kennen, damit sein Besuch bei mir Ihnen richtig wehtut. Er war ein Leutnant! Sicher ist seine Familie bekannt. Die deutschen Offiziere sind doch so furchtbar wichtige Leute!«, fauchte sie.

Edith blinzelte verwirrt. Sie hatte den Worten der Verwundeten zuvor keine Bedeutung beigemessen, ohnehin wusste sie nicht, wie viele Male der Name Meindorff im Deutschen vertreten war. Ob sie von Joseph sprach? Demy hatte einmal angedeutet, dass der älteste der Meindorff-Söhne seiner Frau nicht treu gewesen sei. Sie fand es verwunderlich, nach einem Bekannten von Philippe nun auch noch eine Prostituierte zu treffen, die womöglich Joseph kannte. Aber das Leben schrieb manchmal verrückte Geschichten, und seit Kriegsbeginn schien die Welt sich ohnehin anders zu drehen. Sie war kleiner geworden, machte Begebenheiten groß, die früher unbeachtet geblieben wären.

Erleichtert stellte Edith fest, dass die Gegenwehr der Französin allmählich erlahmte. Das verbliebene Augenlid fiel mehrmals zu, wurde aber krampfhaft immer wieder aufgerissen. Ihre Stimme war schwach, aber dennoch verständlich, als sie sagte: »Jetzt weiß ich es. Hans. Leutnant Hans Meindorff aus Berlin, so hieß die Heulsuse. Seine Frau hat einen ebenso primitiven, kurzen Namen ...«

Eine Hitzewelle jagte durch Edith hindurch. Sie biss sich auf die Lippe, spürte Schweißperlen auf ihrer Stirn; doch sie gab sich keine Blöße. Diese Hure durfte ihr nicht ansehen, wie tief ihre Worte sie getroffen hatten, wie zielgerichtet sie sich gleich einem flammenden Pfeil in ihr Herz bohrten.

Endlich schlief die Frau ein. Edith ließ sie los, erfüllt von Ekel und Entsetzen, und stürmte über die verstreuten Chirurgieinstrumente hinweg in den Flur und von dort aus dem Haus. Weiter und weiter lief sie, vorbei an den akkurat in einer Reihe stehenden Zelten, an den Weiden mit den grasenden Pferden, den anschließenden Gebäuden und in einen Weidenhain hinein. Dort stolperte sie über eine Wurzel, fiel der Länge nach hin und blieb keuchend liegen.

Hannes war bei dieser Frau gewesen. Einmal? Mehrmals? Vor seiner Verletzung? Oder auch während sie sich in seiner Nähe befunden hatte? Und er hatte dieser Prostituierten *ihren* Namen genannt! Wie konnte er das tun? Edith grub die Finger in die weiche Erde. Sie fühlte sich, als habe jemand auf sie eingeprügelt, als habe *sie* die Detonation einer Fliegerbombe erlebt, nicht diese Dorine-Charlotte!

Über ihr wiegten sich die Weiden im leichten Wind und flüsterten sanft, als wollten sie ihr Trost spenden. Doch in Edith bildete sich ein Schmerz, als sei ihr Herz entzweigerissen worden. Als würde sie vergehen; von der Erde, auf der sie lag, aufgesogen werden. Vielleicht wäre das besser so, denn wie konnte sie weiterleben mit dem Wissen, dass Hannes sie mit dieser Nutte betrogen hatte, die sich unbeherrscht und wie ein giftiges Reptil aufführte?

Langsam, da jede Bewegung sie unendlich viel Kraft kostete, drehte sie sich auf den Rücken und blickte an den grauen Stämmen hinauf in das vom Wind bewegte Blätterdach. Grün und silbern blitzten die kleinen, noch nicht gänzlich entfalteten Blätter in den Sonnenstrahlen auf. Über ihnen zogen träge einige weiße Wolken dahin und nahmen Ediths Träume und die Hoffnung mit sich fort, nach Beendigung des Krieges ihr harmonisches Familienleben wieder aufnehmen zu dürfen.

Kapitel 10

Berlin, Deutsches Reich, Mai 1917

Die Rosenstöcke, die der neuen Nutzung des Gartens nicht zum Opfer gefallen waren, zeigten bereits erste zarte Knospen, während das Geäst des Apfelbaums hinter einem Meer aus zartrosa-weißen Blüten verschwand. Hummeln flogen brummend umher, Kleininsekten tanzten im warmen Licht der Maisonne. Entlang der Hauswand und über den kleinen, aber gut gepflegten Beeten inmitten Berlins flimmerte die Luft, fehlte doch der geringste Hauch eines Luftzugs.

Die beiden Zweijährigen, Markus Lisrep und Margaretes Tochter Klara, saßen im Schatten des Apfelbaums und beschäftigten sich unter der Aufsicht der sichtlich stolzen Meindorff-Schwestern Luisa und Leni mit einem Ball. Margarete, Henny und die älteren Mädchen waren in der Stadt unterwegs, um mithilfe der ihnen zugewiesenen Karten Lebensmittel zu ergattern. Nun, da ihr Vorratskeller fast leer war und die neue Ernte noch ausstand, gestaltete es sich zunehmend schwieriger, die vielen Hausbewohner halbwegs satt zu bekommen.

Demy blinzelte. Das grelle Licht auf den Papieren, die Lina ihr in die Hand gedrückt hatte, blendete sie. Sie fühlte sich ausgeruht und kräftig, doch noch immer behandelten die Freundinnen, Maria und sogar die Mädchen sie wie ein rohes Ei. Allmählich begann der unternehmungslustigen jungen Frau die zwangsverordnete Untätigkeit auf die Nerven zu gehen, und so war sie froh gewesen, als Lina sie gebeten hatte, mit ihr einige Unterlagen durchzugehen, ehe sie sich erneut einem Wutanfall des alten Meindorff aussetzte.

»Du hast recht, Lina. Gleichgültig, wie schwach der Herr Rittmeister auch sein mag, selbst ihm kann nicht entgehen, dass ihm die Fabrik nicht mehr gehört.«

»Er wird mich hochkant aus dem Zimmer werfen, als könnte ich etwas dafür ...«

»Er weiß sehr genau, dass es weder mein noch dein Verschulden ist. Aber wenn du möchtest, kann ich mit ihm sprechen.«

»Das wäre schön!«, seufzte Lina, warf dabei aber einen prüfenden Blick in Richtung Hintertür, was Demy zu einem frechen Grinsen verleitete.

Selbst Lina, die Tochter eines in Berlin anerkannten Physikprofessors, stand inzwischen voll unter der Fuchtel der resoluten Haushälterin, die sich allerdings heute noch nicht hatte sehen lassen. Dennoch war ihre Anweisung, Demy von allen Aufgaben fernzuhalten, wie in Stein gemeißelt.

»Dann werde ich das sofort hinter mich bringen.« Demy drückte dankbar Linas Hand, was dieser wiederum ein Lächeln entlockte. Immerhin war Demy auf dem Weg zu dem von ihr seit Jahren gefürchteten Familienpatriarchen. Sie griff nach den restlichen Papieren auf der Gartenbank und ging ins Haus. Im dunklen Flur kam ihr Nathanael entgegen. Er, den sie damals als Neugeborenes in einer düsteren Gasse Berlins in die Arme gedrückt bekommen hatte, war zu einem schlaksigen, ruhigen, aber sehr selbstständigen Jungen herangewachsen, der seine Nase am liebsten in Bücher steckte.

»Tante Demy?«

»Was gibt es denn?«, erkundigte sie sich unkonzentriert, da sie in Gedanken bereits bei dem anstehenden Gespräch mit dem alten Rittmeister weilte.

»Ich kann Frau Degenhardt nicht finden.«

»Sie wird irgendwo zu tun haben.«

»Aber ich habe das ganze Haus nach ihr abgesucht.« Nathanael sah sie mit seinen wässrig blauen Augen hilflos an.

Die Unterlagen fest an sich gedrückt beugte Demy sich zu ihm hinunter. »Dieses Haus ist so groß, dass du bei deiner Suche bequem an ihr vorbeilaufen kannst, ohne sie zu bemerken.«

Nathanael zuckte mit der linken Schulter, als wolle er ihr nicht widersprechen, sei aber eigentlich anderer Meinung. Dies veranlasste Demy, die Nase zu kräuseln und über Nathanael hinweg in den dunklen Flur zu blicken. Ihr Pflegesohn war von geduldigem Gemüt und brachte ein Anliegen nur vor, wenn er sich wirklich keinen anderen Rat mehr wusste. Vermutlich hatte er mehrmals und sehr gründlich das gesamte Haus nach Maria abgesucht.

»Hast du die anderen gefragt, ob sie Frau Degenhardt gesehen haben oder wissen, wo sie hingegangen ist?«

Nathanael nickte nur.

»Ich muss jetzt zum Herrn Rittmeister. Sobald das Gespräch mit ihm beendet ist, helfe ich dir bei der Suche. Gut?«

Dankbar lächelte Nathanael und drückte sich an ihr vorbei, hinaus in den warmen Sonnenschein. Schmunzelnd sah Demy ihm nach. Sie mochte den bedächtigen Jungen. Obwohl sein Start in dieses Leben erschreckend schlecht gewesen war, gedieh er zu einem großartigen jungen Menschen heran. Wieder einmal verspürte sie Freude darüber, dass sie ihn damals nicht seinem Schicksal überlassen und ihn gegen den Willen der Meindorffs bereits in seinen ersten Lebensjahren im Kinderheim begleitet und schließlich hierhergeholt hatte.

Obwohl sie um die prekäre Situation des Haushalts wusste, lief sie beschwingt die Stufen der Personaltreppe in den ersten Stock hinauf und klopfte an die Tür zum Privatraum des Hausherrn. Hierher hatte Nathanael sich bestimmt nicht vorgewagt und die Chance, Maria bei ihrer unauffälligen Hilfe für den alten Meindorff anzutreffen, war nicht gering.

Demy erhielt keine Antwort. Sie drückte die Klinke hinunter und öffnete die Tür einen Spalt weit. Das Zimmer war verlassen. Sämtliche Fenster standen weit offen und ließen den herrlichen Duft des

Frühlings ein. Das Bett war ordentlich bezogen, ein deutlicher Hinweis für Demy, dass Maria bereits hier gewesen war.

Sekunden später klopfte sie beim Salon am Ende des Flurs. Ein missgelauntes Brummen veranlasste sie, tief Luft zu holen und dann einzutreten.

Der Hausherr trug an diesem Tag eine schwarze Hose, ein weißes Hemd, eine Krawatte und ein Jackett und sah damit auffällig gut gekleidet aus. Er saß auf der geblümten Couch inmitten des von seiner verstorbenen Frau einst verspielt eingerichteten Raums. Einige braune Mappen lagen auf seinem Schoß.

Demy fragte sich, ob er sich kräftig genug fühlte, um selbstständig Arbeit anzupacken, oder ob er nur der Macht der Gewohnheit folgend irgendwelche Papiere durchsah, ohne dabei wirklich produktiv zu sein. Seine dunklen Augen unter den buschigen, bedrohlich wirkenden Brauen musterten sie für einen Sekundenbruchteil, ehe er den Blick wieder auf das Schriftstück in seiner Hand senkte. »Sieh an. Das Fräulein Demy. Ich dachte schon, du seiest meiner überdrüssig geworden.«

»Ich war schwer erkrankt, Herr Rittmeister«, entgegnete sie.

»Ist das ein Grund, mir über einen so langen Zeitraum dieses aufgekratzte Fräulein Barna zuzumuten? Wobei ich zugeben muss, dass sie schneller rechnet als du!«

»Danke, mir geht es viel besser«, gab sie spitz zurück und zu ihrer Verwunderung umspielte für den Bruchteil eines Augenblicks ein Lächeln seine Lippen. Gelegentlich war der Rittmeister genauso schwer zu durchschauen wie sein Pflegesohn Philippe, stellte Demy irritiert fest.

»Woher stammen diese Einzahlungen?« Ohne auf ihre Bemerkung einzugehen streckte er ihr einige Unterlagen entgegen.

»Die Jungen arbeiten inzwischen bei Fokker. Ihr Lohn wird auf das Wirtschaftskonto des Hauses ausbezahlt«, klärte Demy ihn auf.

»Mit *die Jungen* meinen Sie einige dieser Kinder, die Sie hinter meinem Rücken in dieses Haus zu schmuggeln wagten?«

»Richtig.« Demy war bass erstaunt, mit welcher Gelassenheit der Mann über die von ihr aufgenommenen Gäste sprach.

»Dann kommt zumindest ein Teil der Kosten wieder herein, die du für sie ausgibst. Von meinem Geld, wohlgemerkt.«

»All diese wunderbaren Menschen erhalten seit zwei Jahren Ihren Haushalt, Herr Rittmeister«, begehrte Demy auf. »Sie helfen im Haus und sichern durch ihre Arbeit auf den Beeten im Garten eine halbwegs anständige Ernährung, während viele Bürger in Berlin hungern oder sogar verhungern.«

Der Rittmeister brummte einige unverständliche Worte in seinen Bart, der von Bruno an diesem Tag besonders sorgfältig gestutzt worden war. Sein ordentliches Äußeres und die Tatsache, dass er sich mit finanziellen Angelegenheiten beschäftigte, ließ in Demy die Hoffnung keimen, dass der alte Herr gerade dabei war, sich aufzurappeln. Womöglich vermochte er die Geschäfte wieder selbst in die Hand zu nehmen? Allerdings gab es nicht mehr viel zu verwalten.

»Was gibt es?«, fragte Meindorff prompt.

»Sie wissen, dass die Bierbrauerei nicht mehr dem Herrn Oberleutnant Meindorff gehört?«

»Dieses nervöse Wesen sagte so etwas«, kommentierte der Mann mit grimmigen Gesichtszügen.

»Ihr Sohn muss das Unternehmen bereits vor dem Krieg verloren haben.« Wieder brannte sein Blick auf ihrem Gesicht. Sie spürte die unausgesprochenen Vorwürfe, die er ihr machte, weil sie aussprach, was er niemals hätte erfahren sollen: Sein ältester, von ihm so hoch geschätzter Sohn hatte versagt. Demy fühlte ihre Knie zittern, doch sie war entschlossen, seine heutige Wachheit auszunutzen, um ihm endlich schonungslos die Wahrheit zu offenbaren.

»Auch Meindorff-Elektrik gehört Ihnen im Grunde nicht mehr. Ich verstehe nicht viel von diesen geschäftlichen Transaktionen, doch soweit ich informiert bin, hat Martin Willmann sowohl die Brauerei als auch Meindorff-Elektrik aufgekauft.«

Ein Zischlaut ließ sie innehalten. Besorgt musterte sie das schlaffe, sich nun rötende Gesicht des Mannes.

»Es tut mir sehr leid. Ich konnte es nicht verhindern.«

»Du?« Ihr Gesprächspartner lachte hart auf. »Natürlich konntest du das nicht. Du bist eine Frau. Dazu nicht einmal zur Familie gehörend. Joseph …« Der Alte unterbrach sich und wischte seinen Gedankengang mit einer Handbewegung beiseite, als verscheuche er eine lästige Fliege.

»Herr Willmann hat uns kürzlich einen Besuch abgestattet. Ich traf ihn unten im Foyer, als er – wie er sagte –, sein neues Haus inspizierte. Ich fürchte, damit wollte er ausdrücken, dass auch dieses Anwesen nicht mehr lange in Ihrem Besitz sein wird.«

»Niemals!«, brüllte Meindorff. Er wollte sich erheben, doch ihm fehlte die Kraft dazu, sodass er nur leicht hochschnellte und dann zurück in das Polster sackte.

Demy war sofort bei ihm und kniete sich neben seinen Füßen auf den weichen Perserteppich. Trotz ihrer Sorge um ihn fuhr sie fort, endlich das auszusprechen, was der Mann längst wissen sollte: »Hinzu kamen die Kriegsanleihen, die Sie getätigt haben und deren realer Wert dem Haushalt empfindlich fehlt, und dann noch die für den Bürger verpflichtende Goldablieferung in diesem März, damit die Reichsbank das Defizit ihrer Goldbestände mindern konnte … Es tut mir sehr leid. Ich hätte gern mehr getan …«

»Ach!«, zischte er abfällig, und sie presste die Zähne zusammen. Trotz der in ihr brodelnden Wut über seine Abwertung ihrer Bemühungen schwieg Demy, ahnte sie doch, wie demütigend die schlechten Nachrichten für den ohnehin geschwächten Mann waren.

»Ich hätte Joseph zum Bleiben zwingen müssen. Nicht alle Söhne müssen ihre Pflichten für das Land erfüllen.«

»Oder Hannes …«

»Hans? Er ist nicht Manns genug, um ein Unternehmen wie Meindorff- Elektrik zu führen.«

»Entschuldigen Sie bitte, Herr Rittmeister. Aber Joseph ist doch derjenige, der sein Unternehmen verloren hat«, begehrte Demy auf. Sie war entrüstet und entsetzt zugleich über die Ungerechtigkeit, die noch immer im Herzen dieses Mannes wohnte. »Außerdem ist Hannes im Krieg an den Aufgaben gewachsen, die ihm übertragen wurden. Ich weiß das von einem Adjutanten und Hauptmann der zweiten Armee persönlich. Ihr Sohn ist ein vorbildlicher Vorgesetzter und trägt die Verantwortung für die ihm unterstellten Soldaten mit einer ausgewogenen Mischung aus Mut und Vorsicht.«

»Du klingst ja beinahe, als wärst du in ihn verliebt. Warum hast du ihn diese unmögliche Person heiraten lassen?«, fuhr der Mann sie an.

»Weil er für mich wie ein Bruder ist! Mehr nicht. Ich bin stolz auf ihn und das sollten Sie auch sein! Zudem liebt er Edith und seine beiden reizenden Töchter von Herzen, und sie erwidern diese Liebe, die er unbedingt verdient hat.«

»Was hast du da für Unterlagen und Post?«

»Warum müssen Sie jetzt ablenken? Ihre Familie sollte Ihnen wichtiger sein als geschäftliche Transaktionen, zumal Ihr Unternehmen ohnehin nicht zu retten ist – wohl aber Ihre Familie und Ihr Seelenheil!«

»Was erdreistest du dich, so mit mir zu sprechen, du kleine, närrische Person?«

»Weil es bisher offenbar niemals jemand gewagt hat! Sehen Sie denn nicht, dass Sie im Begriff sind, alles zu verlieren, was wirklich zählt? Die Liebe und den Respekt Ihrer Söhne? Die fürsorgliche Zuneigung Ihrer Schwiegertöchter? Die wohltuende Bewunderung der Enkelkinder? Sie werden bald ein armer, bedeutungsloser Mann sein, ein einsamer Mann sind sie schon lange!« Mit diesen aufgebracht ausgesprochenen Worten, deren Direktheit Demy im Nachhinein selbst erschreckte, sprang sie auf, drehte sich um und ging zur Tür. Mit der Hand an der Türklinke hörte sie, wie Meindorff die Papiere von seinem Schoß und der Couch wischte. Die Blätter flogen auf und verteilten sich, begleitet von einem sanften Rascheln über den Boden.

»Ich bin ein alter, kranker Mann. So kannst du nicht mit mir sprechen!« Meindorff klang vorwurfsvoll, aufgebracht und zugleich erschreckend hilflos.

Demy drehte sich halb zu ihm um. Bedauern lag in ihrem Blick, ihr Herz hämmerte wild, hatte sie sich doch viele Jahre lang vor diesem Mann gefürchtet. Sie zögerte und wog ab, ob sie einfach wortlos gehen sollte, doch dann sprach sie aus, was ihr im Kopf herumging: »Ja, Sie sind ein herzkranker Mann und das in zweifacher Hinsicht. Im medizinischen Sinne kann Dr. Stilz Ihnen sicher helfen; im menschlichen Sinne können Sie das nur selbst. Vermutlich ist in dieser Hinsicht Heilung nur mit Gottes Hilfe möglich.«

Demy verließ den Raum, schloss leise die Tür und lehnte sich dann am ganzen Körper zitternd an das mit Intarsien verzierte Holz.

Womöglich hatte sie gerade sich selbst und ihre Schützlinge auf die

Straße befördert. Wäre es nicht besser gewesen, sich zu ducken und zu schweigen, so wie es alle in diesem Haus über viele Jahre gehandhabt hatten? Wie aber sollte ein Mann wie Joseph Meindorff seine starrsinnige und zerstörerische Haltung erkennen, wenn sie ihm nicht einmal deutlich vor Augen geführt wurde? Viele Gelegenheiten, Frieden mit sich selbst, seinen Familienangehörigen und mit Gott zu schließen, würden ihm wohl nicht mehr vergönnt sein.

Traurig stieß Demy sich ab und ging mit langsamen Schritten den Flur entlang. Am liebsten wollte sie sich jetzt in ihr Zimmer zurückziehen und darüber nachdenken, ob sie sich entschuldigen und den Rittmeister damit besänftigen sollte. Aber sie hatte Nathanael versprochen, mit ihm nach Maria zu suchen. Anschließend würde sie sich Gedanken darüber machen, wo sie ihre Gäste unterbringen konnte, falls der Rittmeister sie aus dem Haus jagte – oder Willmann. Ihr banges Herz schlug kräftig, da die Zukunft ein weiteres Mal völlig unklar vor ihr lag.

* * *

Nathanael und Demy hatten über eine Stunde lang nach Maria gesucht und waren zu dem Schluss gekommen, dass sie das Haus verlassen haben musste. Allerdings befremdete es Demy, dass die sonst so gewissenhafte Haushälterin niemandem Bescheid gegeben hatte, wohin sie gehen wollte.

Henny und die anderen Frauen kehrten mit einer erschreckend mageren Ausbeute an Lebensmitteln aus der Stadt zurück, teilten aber die Erfahrung, dass die hungernde Bevölkerung inzwischen rabiat gegen ihre Mitbürger vorging, um sich einen Vorteil beim Einlösen der Lebensmittelmarken zu verschaffen. Monika hatte mit angesehen, wie zwei Frauen mit ihren Handtaschen aufeinander einschlugen. Dies hatte ein größeres Handgemenge zur Folge gehabt und letztlich zwei Wachmänner auf den Plan gerufen. Da die junge Frau fürchtete, dass ihre Mutter nach ihrem Verschwinden die Polizei eingeschaltet hatte, war sie schnell in eine angrenzende Straße geflohen. Mit einem entschuldigenden Schulterzucken reichte sie Henny ihre nicht genutzten Lebensmittelmarken.

»Ist schon gut«, tröstete das Dienstmädchen und legte die Marken zurück in die Schuhschachtel, in der Maria sie aufbewahrte.

»Hat Maria jemandem von euch gesagt, wo sie heute hinwollte?«, erkundigte Demy sich bei den müden Rückkehrern.

Nahezu synchron schüttelten sie die Köpfe, und während Pauline und Irma die wenigen Lebensmittel zu einer kargen Abendmahlzeit verarbeiteten, zog Demy Henny aus der geräumigen Küche in den Flur des Wirtschaftsflügels.

»Wo steckt Maria nur?«, fragte die Niederländerin beunruhigt, wobei ihr Akzent deutlicher als sonst zutage trat, und rümpfe dabei die Nase.

»Sie wollte sich uns heute nicht anschließen, weil sie sich nicht wohlfühlte. Hast du mit Nathanael alle Räume abgesucht? Seid ihr auch in ihrem Zimmer gewesen?«

»Wir haben einige Male angeklopft.«

»Aber nicht die Tür geöffnet?«

»Du weißt, dass Maria es nicht schätzt, wenn man in ihre Privatsphäre eindringt.«

»Das sollte uns jetzt nicht davon abhalten, es doch zu tun«, sagte Henny, wieder einmal ungewohnt entschlossen und tatkräftig. Sie eilte Demy voraus zur Wendeltreppe.

Kurze Zeit später klopften sie an die massive Holztür und riefen Marias Namen. Ohne Erfolg. Schließlich war es Demy, die die Initiative ergriff und die Klinke drückte.

Die dicken, dunkelbraunen Vorhänge waren vorgezogen, sodass kaum Licht in das Zimmer drang, dennoch sahen die Frauen Maria sofort. Sie lag komplett angezogen auf ihrem Bett.

Während Henny das Licht anknipste, lief Demy mit pochendem Herzen zu der Haushälterin. Die Angst, die sie erfasste, ließ tiefe Querfalten auf ihrer Nase entstehen.

Marias Augen waren geschlossen, ihre Gesichtszüge wirkten entspannt, aber wächsern. Ihrer rechten Hand war ein Rosenkranz entglitten, der nun wie ein Fragezeichen auf der weißen Überdecke lag.

Bei allem Erstaunen darüber, dass Maria einen Rosenkranz besaß, beruhigte sich Demys Herzschlag bei seinem Anblick auf eigentümliche Weise. Es gab also berechtigten Grund zu der Hoffnung, dass

Maria nicht ohne einen wieder erstarkten Glauben vor ihren Schöpfer getreten war!

»Ist sie …?« Henny sprach den Satz nicht zu Ende und auch Demy war zu keiner Antwort in der Lage. Ein Nicken war alles, was sie zuwege brachte. Erneut durchbohrte sie der altvertraute Schmerz der Verlassenheit. Maria war neben Henny viele Jahre lang die einzige Person in diesem Haus gewesen, die Demy Zuneigung und Anerkennung entgegengebracht hatte. Für Demy war die so gebieterisch wirkende Frau ihr Zufluchtsort gewesen. Und nun war sie von ihr gegangen. Völlig überraschend und ohne dass sie Abschied hatte nehmen dürfen. Sie konnte sich bei ihr nicht mehr für ihre liebevolle Fürsorge bedanken, ihr nicht mehr sagen, dass sie sie liebte wie eine Tochter ihre Mutter.

Ein kalter, schwerer Stein schien sich auf Demys Herz zu legen und erschwerte ihr das Atmen. Wie eine eiskalte Welle schlug das Gefühl der Einsamkeit und der Heimatlosigkeit über ihr zusammen, das sie bei ihrem Eintreffen in Berlin das erste Mal empfunden hatte. Sie wollte weinen, schreien und klagen, aber sie packte ihre Gefühle einmal mehr in ein Gefäß aus hartem Granit und vergrub es irgendwo tief in ihrem Inneren.

Minutenlang standen die beiden Frauen schweigend vor Maria, wobei ihre Arme sich berührten. Sie betrachteten das friedliche Antlitz und nahmen leise Abschied.

»Wir müssen es den anderen sagen«, murmelte Henny irgendwann mit erstickter Stimme in die Stille hinein.

»Ja«, gab Demy tonlos zurück.

Die Freundinnen wandten sich von der Toten ab und verließen den Bedienstetentrakt, gingen nebeneinander zur Treppe in das Foyer. Es war, als wollten sie sich auf keinen Fall trennen – sie, die sie wohl am meisten an Maria gehangen hatten und ihr unendlich viel verdankten.

In der Halle trafen sie zu ihrem Erstaunen auf Hauptmann Theodor Birk. Er unterhielt sich mit der schüchtern antwortenden Grete. Als das Mädchen die Frauen eintreten sah, lächelte sie erleichtert und flüchtete eilig in Richtung Küche.

»Wie schön, Sie zu …« Theodor hielt inne, blickte von Henny zu Demy und wieder zurück. Sein Feingefühl funktionierte offenbar hervorragend, wie Demy feststellte. Der stattliche Mann eilte ihnen entgegen, umfasste sowohl Demys als auch Hennys Ellenbogen und führte die beiden zu einer Sitzgruppe mit ausladenden Sesseln.

»Was ist geschehen?«, fragte er leise, wobei seine Augen besorgt auf Henny ruhten.

»Maria …«, begann Demy, doch ein Schluchzen, das sich direkt aus ihrem Herzen zu lösen schien, hinderte sie am Weitersprechen.

»Frau Degenhardt?«

Demy nickte nur, und schließlich war es Henny, die mit bebendem Kinn berichtete, wie sie die Haushälterin vorgefunden hatten.

»Das tut mir sehr leid. Ich gewann den Eindruck, dass Frau Degenhardt Ihnen beiden sehr zugetan war und Ihnen viel Halt bot. Leider hatte ich nur wenig mit ihr zu tun, doch sie schien mir sehr kompetent und auf ihre herbe Art liebevoll.«

Seine Anteilnahme sprengte den Granitpanzer um Demys Gefühle. Sie wandte sich schnell ab und presste ein Taschentuch vor ihre Augen. Theodor hatte genau die richtigen Worte gefunden. Erneut wurde Demy klar, wie gut sie sich vorstellen konnte, gemeinsam mit ihm ein Leben aufzubauen. Allerdings vertrieb sie diesen Gedanken sofort. Jetzt war nicht die Zeit, um über eine Eheschließung nachzudenken oder zu sprechen. Ein späterer Zeitpunkt würde sich finden müssen.

Als Demy aufsah, eilte Theodor mit zwei Gläsern Wasser auf sie zu. Sie hatte nicht einmal bemerkt, dass er sich entfernt hatte.

Mit einem dankbaren Nicken nahm sie ein Glas und beobachtete, wie er das zweite dem Dienstmädchen reichte. Erstaunt registrierte sie, dass Henny errötete und ihre Hand so hastig zurückzog, dass einige Tropfen aus dem gut gefüllten Glas auf ihren Rock spritzten. Litt sie noch immer so sehr unter der Erinnerung daran, was der alte Rittmeister ihr jahrelang angetan hatte, sodass sie auf die zufällige Berührung eines Mannes dermaßen heftig reagierte?

»Wie kann ich helfen?«, erkundigte Theodor sich nach einer langen Zeit des Schweigens. »Wäre es Ihnen recht, wenn ich den Arzt und einen Bestatter informiere und Ihnen die organisatorischen Angelegenheiten abnehme?«

Henny schwieg und Demy sah sich gezwungen, eine Entscheidung zu treffen. »Das wäre sehr hilfreich, Herr Hauptmann. Ich informiere den Herrn Rittmeister und erbitte von ihm entsprechende Adressen. Henny, könntest du bitte Bruno, die Meindorff-Mädchen und unsere Gäste zusammenrufen?«, bat sie mit brüchiger Stimme. Dabei fragte sie sich, wie sie den anderen die traurige Nachricht übermitteln sollte, ohne vor ihnen in Tränen auszubrechen. Henny nickte hastig, stellte das Glas ab und sprang auf.

»Ich helfe Ihnen, Fräulein Henny. Immerhin sind das Haus und der Park recht weitläufig.« Theodor erhob sich eilfertig, überholte Henny kurz vor der Tür zum Verbindungszimmer und hielt sie ihr höflich auf.

Leicht irritiert beobachtete Demy, wie er Henny ein aufmunterndes Lächeln schenkte, das diese, da sie den Kopf schüchtern gesenkt hielt, gar nicht sah. Doch der Gedanke, dem Hausherrn schon wieder unter die Augen treten zu müssen, nach dem, was sie ihm erst an diesem Morgen an den Kopf geworfen hatte, vertrieb die Überlegungen, die sich ihr unwillkürlich aufzudrängen versuchten.

Sie straffte die Schultern und eilte die Stufen zu den Räumen der Familie hinauf, wo sie den Patriarchen schlafend in einem Sessel vorfand. Wieder einmal lag leichter Uringeruch in der Luft, den Demy zu ignorieren wusste. Nun musste auch geklärt werden, wer ab jetzt diskret die Spuren der Schwäche beseitigte, die den Familienpatriarchen getroffen hatte.

Demy ging neben dem Sessel in die Hocke, stützte ihren Arm auf die Lehne und räusperte sich leise. Erschrocken fuhr der Rittmeister hoch und taxierte sie mit missbilligend zusammengezogenen Augenbrauen. »Was? Du schon wieder?«, herrschte er sie an und seine Stimmbänder klangen, als bestünden sie aus porösem Holz.

»Frau Degenhardt ist verstorben, Herr Rittmeister«, brachte Demy ihr Anliegen vor. Der Schmerz des Verlustes, der in ihrem Inneren wütete, war kaum mehr zu ignorieren.

Ungläubig sah der Mann sie an. Dann richtete er die Augen auf seine im Schoß gefalteten Hände. Diese zitterten wieder einmal kräftig. Demy widerstand der Versuchung, ihre Hand auf die seinen zu legen, in der Hoffnung, dass das unkontrollierte Zittern damit aufhörte. Ihr Gegenüber konnte nicht gut damit umgehen, wenn andere seine Unzulänglichkeiten bemerkten.

»Zumindest hinterlässt sie keine Angehörigen, die sie vermissen werden«, lautete sein Kommentar.

»*Ich* werde sie vermissen, Herr Rittmeister!«, rief Demy verletzt aus. »Und ganz bestimmt auch Albert, Hannes, Philippe und Edith, Luisa und Leni. Maria mag keine eigene Familie mehr gehabt haben, aber sie hatte Herzenskinder!«

»Rührseliges Weibergetue«, kommentierte Meindorff ihre Worte.

Demy atmete tief durch, um Ruhe zu bewahren. Die Erwiderung, dass Maria ihre Seele gestreichelt hatte, während andere – wie der Rittmeister – auf ihr herumgetrampelt hatten, kam ihr in den Sinn. Sie schluckte sie in dem Wissen hinunter, dass der greise Mann sie ohnehin nicht verstehen würde. Er war ein Opfer seiner Erziehung, seines vorgezeichneten Lebensweges als Erbe einer Familiendynastie und seiner eigenen Entscheidungen. Vermutlich war Liebe für ihn nicht mehr als die abstrakte Definition eines unbestimmten Gefühls. Und diese bemitleidenswerte innere Kälte hatte er an seinen Sohn Joseph weitergegeben. Womöglich auch an Hannes und Albert? Und an Philippe?

Wie einsam und arm musste dieser Mann trotz all seiner gesellschaftlichen und geschäftlichen Erfolge, seines Einflusses und seines Vermögens sein Leben lang gewesen sein! Demy fühlte Mitleid in sich aufkeimen, dennoch forderte sie ihn erneut heraus: »Verzeihen Sie bitte, dass ich Sie mit der Nachricht vom Tode Ihrer langjährigen verdienten Haushälterin belästigt habe!«

»Verschwinde! In meinem Arbeitszimmer findest du Unterlagen für diese Fälle. Eine Holzkiste im Aktenregal, nicht zu verfehlen.«

»Danke.«

Fluchtartig verließ Demy den Raum, wobei die Tür ungewollt laut hinter ihr ins Schloss fiel. Wieder traten ihr Tränen in die Augen, fielen auf ihre sandfarbene Bluse und hinterließen dort dunkle Spuren. Sie stürmte in ihr Zimmer und warf sich auf ihr quietschendes Bett. Zuerst musste sie sich ausweinen und begreifen, dass Maria niemals mehr aufmunternd, tröstend aber auch fordernd für sie da sein würde, bevor sie in die Augen der anderen Hausbewohner schauen und ihnen die traurige Nachricht überbringen musste.

Wie sehr sehnte sie sich nach einer Schulter zum Anlehnen! Doch weder Henny noch Rika waren die Richtigen dafür. Anki vielleicht. Aber ihre Schwester befand sich fast 2.000 Kilometer weit von ihr entfernt in Russland. Wer also blieb ihr? Theodor? Philippe?

Fast zornig über ihren Schmerz und die Welle der Sehnsucht, die sie wie eine heiße Flut umspülte, bat sie Gott in stammelnden Worten um seinen Beistand, wie auch immer er ausfallen möge.

Kapitel 11

St. Nicolas bei Courtier, Belgien, Mai 1917

Während die in der Nähe landenden Flugzeuge so knapp über das als Lazarett genutzte Gebäude donnerten, dass die Fensterscheiben verhalten in ihren Fassungen klirrten, trug Edith mit gerunzelter Stirn die stündlich steigende Temperatur John Howells in die Fieberkurve ein, klappte die Mappe zu und schob sie zurück an das Fußende des Bettes.

Sie konnte nicht sagen, wo der Entzündungsherd steckte, der den Mann, der eigentlich auf dem Weg der Besserung war, nun erneut niederrang. Besorgt betrachtete sie den Briten, der mit geschlossenen Augen reglos dalag. Er war für sie kein Fremder mehr, und sie wusste, dass ihr Schwager nicht viele Menschen seine Freunde nannte. Die beiden verband etwas Besonderes, vielleicht ein gemeinsam durchlebtes Abenteuer?

Hinter Edith entstand Unruhe. Mehrere Ärzte in Militärkleidung drängten herein und schritten die Reihen der verletzten Kriegsgefangenen ab, während ein Adjutant eine Liste führte. In dem überfüllten Lazarett wurde eine Auslese getroffen. Einige der eigenen Soldaten plante man in die Heimat zu verlegen, andere waren so weit genesen, dass sie hinter der Front leichte Arbeiten in der Etappe übernehmen konnten, ehe sie wieder aktiv zu den Waffen geschickt wurden. Die Engländer, Australier und Franzosen würden in eines der nicht minder überlaufenen Gefangenenlager oder zu einem Arbeitseinsatz im

Straßenbau, im Schützengrabenbau, in der Landwirtschaft oder in Fabriken geschickt werden.

»Howell, John, Captain«, verlas der Adjutant und der Oberarzt beugte sich über das bleiche Gesicht des Verletzten.

»Gefangenenlager.«

Edith räusperte sich erschrocken, und noch ehe sie darüber nachdenken konnte, was sie tat, trat sie vor. Mehrere Augenpaare richteten sich auf sie. »Entschuldigen Sie bitte, aber der Mann hat hohes Fieber. Die Verlegung in ein Gefangenenlager überlebt er nicht.«

»Schwester Meindorff, Ihre Fürsorge in Ehren, aber wir benötigen den Platz für deutsche Soldaten.« Mit diesen Worten nickte ihr Vorgesetzter dem Adjutanten zu, der einen entsprechenden Vermerk in seiner Liste tätigte. Wenige Minuten nachdem die kleine Prozession den Raum betreten hatte, verließ sie ihn wieder.

Edith umfasste mit beiden Händen das Bettgestell. Der englische Patient war wach und folgte mit den Augen den Uniformierten, die sich nun über Weinanbau unterhielten.

»Es tut mir leid«, flüsterte sie.

»Danke für Ihren Versuch«, gab er leise zurück, schenkte ihr ein schwaches Lächeln und schloss ergeben die Augen.

»Aber ich konnte nichts erreichen«, stammelte sie unglücklich und verließ den Raum. Es war wohl weniger eine Frage, *ob* John ein Gefangenenlager überstehen konnte, als vielmehr die, *wie lange* er vom Fieber geschwächt überleben würde. Sein Tod würde sie schmerzen, auch für Philippe … Ob es noch eine Möglichkeit gab, den jungen Offizier vor der Verlegung zu retten, die sein Todesurteil bedeutete? Nachdenklich ging sie an dem Zimmer mit den verletzten Frauen vorüber, von denen zwei inzwischen verstorben waren. Sie blendete deren Wimmern aus und umschloss ihr schmerzendes Herz mit einem Schutzwall aus Zorn und Resignation. Sie wollte nicht länger über Hannes und diese französische Hure nachgrübeln. Viel wichtiger erschien ihr im Moment die Gefahr, in der Philippes Freund schwebte.

Kapitel 12

Anthony Fokker krempelte die Ärmel seines Hemdes hoch, ehe er eine Fliege von seinem vor Schweiß glänzenden Gesicht verscheuchte. Soeben hatte er sich nach einem weiteren Probeflug mit dem Prototypen einer neuen Flugzeugreihe aus der warmen Fliegermontur geschält. Ob ihm einfach nur heiß war oder ob er so aufgelöst wirkte, weil ihn die Flugeigenschaften des Dreideckers nicht befriedigten, konnte Philippe nicht abschätzen.

Der Blick des Niederländers blieb an den Zwillingen Peter und Willi hängen. Die beiden Burschen bearbeiteten mit einer Feile je einen Holzpropeller. Während Willi immer mal aufsah, eine kurze Bemerkung zu einem anderen Arbeiter hinüberwarf oder über einen Scherz lachte, beschäftigte Peter sich mit absoluter Konzentration und feinen, weichen Bewegungen mit seinem Werkzeug und dem Holz. Dieses nahm unter seinen Händen präzise Formen an und glänzte, als genieße es die ihm zuteilwerdende liebevolle Zuwendung.

»Die drei von dir angeschleppten Lehrbuben machen sich gut«, kommentierte Anthony seine Beobachtung.

»Feddo liebt das Schweißen und die beiden hier haben ein Händchen für Holz.«

Anthony grinste und deutete mit dem Kinn auf den in sich gekehrten Zwilling. »Würden wir es Peter erlauben, wären sämtliche von ihm bearbeiteten Holzteile mit Schnitzereien und Insignien verziert. Er sollte einen entsprechenden Beruf erlernen.«

»Ich werde es Demy vorschlagen.«

»Ah, Fräulein Demy. Ich habe sie lange nicht mehr gesehen.«

Philippe nickte, und ihn beschlich wieder dieses eigentümliche Gefühl, das er inzwischen oft beim Gedanken an sie verspürte und das zwischen freudiger Erregung und Furcht schwankte. Er hatte sich große Sorgen um Demy gemacht, als man ihn benachrichtigt hatte, dass es mit ihr möglicherweise zu Ende ging. Lange Zeit hatte er an ihrem Bett verbracht und Gedanken wie: *Gott, ich habe doch schon eine Verlobte hergeben müssen*, hatten ihn ebenso verwundert wie die Erkenntnis, dass er diese bemerkenswerte junge Frau sehr vermissen würde. Mit einem Kopfschütteln rief er sich in die Gegenwart zurück und wandte sich seinem Arbeitgeber zu. »Wie sieht es mit der Steigfähigkeit der Maschine aus?«

»Ganz gut für einen Motor mit nur 110 PS. Sie ist nicht so schnell wie die anderen, ihre Wendigkeit dagegen enorm. Allerdings denke ich, wir könnten noch mehr aus ihr herauskitzeln. Komm, suchen wir Platz.«

»Er war nicht erpicht darauf, einen Dreidecker zu konstruieren«, setzte Philippe das Gespräch fort, als er mit Anthony in die nächste Werkshalle wechselte.

»Ich musste ihn zu diesem Schritt beinahe zwingen, doch jetzt plant und werkelt er begeistert an dem Flugzeug herum.« Anthony zeigte sein typisches freches Schmunzeln, während er die Blicke über die Arbeiter gleiten ließ.

Von links näherte sich ihnen Albert. Der jüngste Meindorff hatte am Vortag erfolgreich seine letzte Pilotenprüfung abgelegt und wartete nun auf seinen Einsatzbefehl. Philippe hatte ihn als Beobachter vorgeschlagen, was ihm einigen Unmut vonseiten seines jungen Ziehbruders eingebracht hatte. Aber dann hatte Anton Daul Albert angesprochen, der Ehemann einer Freundin von Demy, der in Döberitz daran arbeitete, Luftbildkameras in ein kleineres Format zu bringen und gleichzeitig zu verbessern. Es schien, als sei es dem Physiker gelungen, den wagemutigen Piloten auf seine Seite zu bringen und ihn als Fritz[17] in seiner Maschine zu akzeptieren. Dieses Bündnis würde zwar nicht von langer Dauer sein, denn Daul wollte seine Errungenschaften nur kurz persönlich an der Front testen, um anschließend in die Versuchsanstalt zurückzukehren. Dennoch bedeutete das Arrangement, dass Albert zumindest noch für einige Wochen von den Jagdstaffeln ferngehalten wurde. Die deutschen Piloten hatten zwar mittlerweile eine etwas höhere Lebenserwartung, während Richthofen und sein Fliegender Zirkus die Überlebenszeit der gegnerischen Piloten von 205 auf 92 Flugstunden reduziert hatten. Da aber auch die Franzosen und Engländer fleißig ihre Flugzeuge und Waffen weiterentwickelten, war es nur eine Frage der Zeit, bis diese ihnen die Vorherrschaft in der

Luft wieder streitig machen würden. Allerdings nur – da war Anthony sicher –, bis er seine V1[18] vervollkommnet und an die Luftwaffe verkauft hatte.

Albert begrüßte die beiden Männer und wandte sich an seinen Ziehbruder. »Ein Telegramm von Edith an dich ist gekommen, Philippe. Da das so ungewöhnlich ist, dachte ich, ich bringe es dir sofort.«

»Ich hoffe, es sind keine schlechten Nachrichten«, brummte Fokker und fügte hinzu: »Komm nach.«

Philippe fragte sich, wie Edith einen Armeefunker hatte überreden können, eine private Nachricht abzusetzen und griff alarmiert nach dem Papier. Er faltete es hastig auf, und noch während er die Worte las, zog er die Augenbrauen zusammen. J.H. aus Afrika verletzt. Braucht deine Hilfe. Bei mir.

J.H. aus Afrika? Irritiert fuhr Philippe sich mit der Hand über die knisternden Bartstoppeln. Vermutlich meinte Edith mit diesen Kürzeln einen seiner ehemaligen Kollegen aus der Kaiserlichen Schutztruppe in Deutsch-Südwest. Doch welcher der Soldaten von damals würde um Philippes Hilfe ersuchen, weil er verwundet in Ediths Lazarett lag? Wozu benötigte er seine Hilfe überhaupt, es sei denn, er wollte vor den – wie Philippe gehört hatte – manchmal sehr resoluten Schwestern fliehen?

»Warum grinst du?«, unterbrach Albert seine Überlegungen, doch Philippe hob nur abwehrend die Hand. Ein Name mit den passenden Initialen war ihm eingefallen: sein alter Freund John Howell. Ihn hatte er zwar nicht in Afrika kennengelernt, aber dort mehrmals getroffen. Falls er in einem deutschen Feldlazarett lag, konnte er Hilfe durchaus gebrauchen, denn die Gefahr in ein Gefangenen- oder Arbeitslager abgeschoben zu werden war nicht von der Hand zu weisen.

Oder schrieb Edith gar von Johns Schwester Jennifer? Er hatte sie im Haus der Howells in Walfischbay[19] kennen und schätzen gelernt. Viele Jahre lang hatte er auf seinen Flügen den Pullover getragen, den sie damals eigenhändig für ihn gestrickt hatte. Arbeitete sie als Rotkreuzschwester bei den britischen Truppen und war den Deutschen verletzt in die Hände gefallen?

Philippe zerknüllte das Telegramm und schob es in die Tasche seiner Uniformhose. Sein Entschluss stand fest. Er ließ Albert einfach stehen und lief Anthony nach, den er zwischen den Holzhallen einholte.

»Ich brauche zwei freie Tage, Anthony. Ein Freund steckt in Schwierigkeiten, womöglich in Lebensgefahr.«

»Ausgerechnet in der jetzigen Entwicklungsphase?«

»Es ist dringend.« Philippe hatte nicht vor, sich aufs Bitten zu verlegen. Notfalls würde er seine Arbeit hinschmeißen. Für ihn würde es nicht schwer sein, in einem der anderen Flugzeugwerke eine Anstellung zu finden.

Anthony presste die Lippen zusammen und nickte unwillig. »Also gut. Immerhin schuftest du fast Tag und Nacht. Willst du die VI nehmen?«

Philippe schlug das Angebot aus. Der Jagdflieger war ein Einsitzer und falls Edith ihn wegen John oder Jennifer um Hilfe gebeten hatte, brauchte er womöglich einen zweiten Platz in seinem Fluggerät. »Ich fliege meine alte Lady. Die ist vermutlich schon mächtig eifersüchtig.«

»Bestimmt, zumal du ihr kürzlich ein stärkeres Herz eingebaut hast«, frotzelte Anthony und ließ Philippe stehen.

Auf dem Weg zu den Landkarten im Büro gesellte sich Albert an seine Seite. Der Junge kannte ihn gut genug, um ihm keine bohrenden Fragen zu stellen, sah ihm aber aufmerksam über die Schulter, als er sich die Strecke nach St. Nicolas ansah. »Du fliegst zu Edith?«

Philippe nickte, klappte die Karte wieder zusammen und räumte sie in den entsprechenden Ständer.

»Soll ich dich begleiten? Vielleicht kannst du Hilfe gebrauchen – bei was auch immer?«

Für einen Moment erwog Philippe seinen Vorschlag, entschied sich aber, Albert nicht in die Sache hineinzuziehen. Er hatte den Verdacht, dass Albert vor allem die Nähe der Front und die dort stationierte Jagdstaffel Richthofens lockte. Außerdem vermutete Philippe, dass Albert wenig Verständnis dafür aufbringen würde, wenn er einen britischen Staatsbürger aus der Hand der deutschen Militärs befreite.

»Ich brauche dich hier. Zum einen, damit du mich raushauen kannst, falls ich in Schwierigkeiten gerate, zum anderen als Ansprechpartner für die drei Jungen, für die ich die Verantwortung übernommen habe. Sie sind zwar in einem Alter, in dem sie allein bei einem

Lehrherrn arbeiten und leben könnten, doch Demy darf man keinen Grund bieten, sich über mangelndes Verantwortungsgefühl aufzuregen.«

»Weil sie noch nicht vollkommen genesen ist?«

Philippe lachte kurz auf. »Nein, weil sie Konfrontationen nicht scheut – vor allem nicht die mit mir!«

Alberts Grinsen geriet etwas schief. Philippe vermutete, dass der Bursche nicht einschätzen konnte, wie das Verhältnis der beiden seit Jahren Verlobten tatsächlich aussah. Vielleicht erahnte er die Zweckdienlichkeit dieses Arrangements. Philippe hatte nicht vor, ihm seine und Demys Beweggründe zu erklären, zumal ihn erneut ein kaum mehr zu ignorierendes Gefühl der Sehnsucht überfiel. Er hob grüßend die Hand und machte sich auf den Weg zu seiner Unterkunft, um dort seine Fliegermontur überzuziehen. Beschäftigung bedeutete, sich nicht weiter mit diesen verwirrenden Gefühlen auseinandersetzen zu müssen!

Nur wenige Minuten später saß Philippe in seinem Automobil und fuhr in Richtung Flugplatz Görries.

* * *

Grüne Wälder und Ortschaften, die aus der Luft deutlich zu erkennen waren, wechselten sich mit Feldern, Wiesen und Flüssen ab. Schließlich durchbrach ein Grabensystem die Landschaft, das wie die Spur eines riesigen urzeitlichen Reptils die Erde aufriss. Der Pilot schwenkte ab, da er nicht auf eine Konfrontation mit den Abwehrraketen der feindlichen Bodentruppen aus war und keine Waffe mitführte. Er überflog das zumindest noch teilweise unberührte Hinterland, ehe sich das Flugfeld in sein Sichtfeld schob.

Er umkreiste das Gelände mehrmals, beobachtete, wie sich die aufgeregt aufspringenden und umherrennenden Personen beim Anblick der deutschen Kokarde beruhigten und ihm entgegeneilten, kaum dass er gelandet war.

»Hey, Philippe!«, rief ein bis über beide Ohren strahlender Pilotenkollege ihm zu und riss sich seine Fliegerkappe vom Kopf.

Philippe grinste, entledigte sich seiner Fliegermontur und schüttelte dann Ernst Würth und einigen weiteren ehemaligen Flugschülern die Hände.

»Was treibt dich hierher?«

»Fliegst du jetzt in unserer Staffel?«

»Ganz ehrlich, ich dachte, Richthofen hätte dich schon lange für seinen Fliegenden Zirkus beansprucht!«

Philippe ging auf die Bemerkungen nicht ein. »Entschuldigt, dass ich euch aufgeschreckt habe.«

»Eine interessante Fokker-Variation, dieses Flugzeug«, meinte ein ihm unbekannter Pilot und betastete den Rumpf.

»Ach, das schadet nichts, Philippe. Zurzeit sind wir nicht übermäßig gefordert«, lachte Ernst. »Ich fürchte, einige von uns sind sogar enttäuscht, dass du dich als Fehlalarm herausgestellt hast.«

»Kann ich meine Lady hier unterstellen?«, fragte Philippe wie immer nicht sehr gesprächig. »Zudem bräuchte ich einen fahrbaren Untersatz.«

»Ich habe mein Automobil hier, das darfst du dir gern leihen. Und deine hübsche Freundin schieben wir einfach zu unseren Geliebten.«

»Ich würde niemandem raten, sie bei einem Einsatz zu fliegen. Derjenige könnte in der Luft überrascht feststellen, dass ihr die MGs fehlen.«

Die Piloten lachten und schoben eigenhändig sein Flugzeug neben eine Reihe Albatrosse und Fokker-Maschinen.

»Willst du etwas essen? Du kannst uns nebenbei von Fokkers neuesten Entwicklungen berichten.«

Einen Augenblick zögerte Philippe. Er wusste, wie hervorragend die Piloten versorgt wurden, während in Schwerin die Lebensmittel streng rationiert waren. Aber die Unruhe darüber, was mit John – oder Jennifer – los sein mochte, trieb ihn dazu, das Angebot auszuschlagen. Zudem dämmerte es bereits und er wollte vor Einbruch der Dunkelheit das Lazarett erreichen. »Danke, für die Einladung, Ernst. Ein anderes Mal. Aber ich möchte auf dein Angebot zurückkommen, mir dein Automobil zu borgen.«

Ernst nickte und deutete auf einige Lagerschuppen. Beide verloren sie kein Wort darüber, dass es ein nächstes Zusammentreffen womöglich nicht geben würde.

»Wie geht es Demy?«

»Gut, soweit ich weiß.«

»Soweit du weißt? Ihr seid doch verlobt!?«

»Das sagt noch nichts darüber aus, wie häufig wir uns zu Gesicht bekommen«, erwiderte Philippe ausweichend und in seinem gelegentlich sehr praktischen, ruppigen Tonfall. Prompt schnitt Ernst eine Grimasse und murmelte: »Ja, die Zeiten sind schlecht für Liebende, Herr Oberleutnant.«

In einer versöhnlichen Geste klopfte Philippe dem jungen Mann auf die Schulter und dieser dankte es ihm mit einem Grinsen.

Das Automobil, das wie die meisten Privatfahrzeuge in den Fuhrpark der Armee übergegangen war, stellte sich als ein feuerroter, völlig verdreckter Fiat heraus, der deutlich machte, dass die Piloten die Vorteile eines Automobils zwar nutzten, ihre gesamte Zuneigung und Leidenschaft jedoch ihren Flugzeugen galt.

»Ich danke dir«, sagte Philippe. »Wenn ich spät in der Nacht zurückkomme, stelle ich den Wagen einfach auf dem Gelände ab, ja?«

»Die Halle bleibt auch nachts offen, wird aber bewacht. Ich sage dem Wachhabenden Bescheid, dass du eventuell auftauchst.«

Philippe kletterte hinter das Steuer, ließ sich von Ernst den Motor ankurbeln und fuhr über die extrem schlechte, mit Schlaglöchern und Wurzeln übersäte Waldstraße in Richtung St. Nicolas.

Kapitel 13

St. Nicolas bei Courtier, Belgien, Mai 1917

Die Erinnerungen überfielen Philippe mit solcher Macht, dass er vor dem Zelt innehalten musste. Wieder sah er die toten Kameraden vor sich im Wüstensand liegen, die sterbenden Schwarzen, die verendenden Pferde und Kamele unter der heißen Sonne Afrikas, als sei er erst am Vortag aus dem von Aufständen geschüttelten Land zurückgekehrt. Der Gestank von Exkrementen, Blut, Schweiß und Arzneimitteln vereinigte sich zu einer unvergesslichen Essenz des Todes.

»Herr Oberleutnant? Suchen Sie einen Ihrer Fliegerkameraden? Ich denke, die Piloten sind alle im Haus untergebracht.« Eine Rotkreuzschwester, die aussah, als müsse sie eigentlich noch die Schulbank drücken, und deren Haube schief auf dem streng zurückgekämmten schwarzen Haar saß, wies mit ihrer blutverschmierten Hand auf ein großes Gebäude. Auf den Stufen saßen mehrere Soldaten mit Verbänden um verschiedene Körperteile und rauchten genüsslich Zigaretten.

»Ich suche eine Ihrer Kolleginnen. Edith Meindorff.«

»Schwester Meindorff? Warten Sie bitte, ich hole sie.« Das Mädchen mit dem italienischen Akzent eilte davon.

Es dauerte nicht lange, bis sie in Begleitung von Edith zurückkam. Hannes' Ehefrau schenkte ihm ein erleichtertes Lächeln. Sie schickte die Hilfsschwester zurück an die Arbeit, hängte sich bei ihm ein und zog Philippe in Richtung eines Weidenhains.

»Es ist gut, dass du gekommen bist!«

»Ist alles in Ordnung mit dir?«

»Ja. Aber dieser englische Captain, John Howell …«

»Also geht es um John! Ist er schwer verletzt?«

»Wir mussten ihm einige Kugeln aus dem Leib holen und seine linke Hand amputieren. Er war auf dem Wege der Besserung, doch seit letzter Nacht fiebert er und ich finde weder die Ursache, noch kann ich einen Arzt dazu bewegen, sich den *Feind* nochmal genauer anzusehen, zumal er jetzt auf der Transportliste in ein Kriegsgefangenenlager steht. Ich fürchte, das wird er nicht überleben.«

»Und was soll ich da machen?«

Erschrocken über seinen barschen Tonfall sah Edith ihn an. Sie zog ihren Arm zurück und senkte beschämt den Kopf.

Philippe zog ein Gesicht. Es war nicht leicht für ihn, aus seiner vor Jahren als Selbstschutz aufgebauten Grobheit auszubrechen. Manchmal hatte er das Gefühl, dass von den Vertretern des weiblichen Geschlechts nur Demy und die kleine Grete damit umzugehen wussten.

»Das weiß ich leider auch nicht, Philippe. Ich dachte, du wüsstest vielleicht einen Weg, um ihn zu retten. Zumindest war es mir wichtig, dass du weißt, dass er hier liegt. Er fragte in seinem etwas holprigen

Deutsch nach dir und erzählte von seiner Schwester Jennifer, die noch immer unverheiratet ist und als Rotkreuzschwester arbeitet.«

Philippe blickte nachdenklich über die kleine Frau hinweg in Richtung des Hauses, in dessen Fensterscheiben sich die gelben und blassblauen Farben des Abendhimmels spiegelten.

»Ich habe einen Fehler begangen, nicht?«, flüsterte Edith schließlich.

Philippe sah ihr ihre Unsicherheit an. »Nein. Es war richtig, mich zu informieren. John ist ein guter Freund. Allerdings weiß ich im Augenblick auch nicht, wie ich ihm helfen kann.«

Edith nickte verstehend. Ihr war bewusst, dass sie sich des Verrats schuldig machten, wenn sie einem britischen Offizier zur Flucht verhalfen. »Ich fürchte, ich habe völlig unüberlegt gehandelt. Das ist sonst nicht meine Art.«

»Du hast dein gutes Herz unter Beweis gestellt. Am besten wird sein, du kehrst an deine Arbeit zurück, damit dich niemand mit mir sieht.«

»Was wirst du tun?«

»Das weiß ich noch nicht, aber falls es schiefgeht, möchte ich dich nicht mit hineinziehen.«

»Ich war es aber doch, die …«

»Edith, bitte. Du hast einen Ehemann und Kinder.«

Sie starrte ihn aus weit geöffneten Augen an, und er glaubte, Schmerz in ihrem Gesicht zu sehen, den er auf ihre lange Trennung von Hannes und ihren Kindern schob. Auffordernd wies er mit dem Kinn in Richtung Lazarett.

Ohne ein weiteres Wort eilte Edith davon. Ihre weiße Schürze wirbelte um ihre Beine und die Haube hüpfte auf ihrem Haar auf und ab, so eilig hatte sie es, von ihm fortzukommen.

Philippe nickte grimmig und drehte sich ebenfalls um. In Gedanken versunken marschierte er einen ausgetretenen Fußpfad entlang, tiefer in einen Mischwald hinein. Er könnte an Fokker telegrafieren und ihn bitten, jemanden beim Obersten Luftfahrtkommando aufzutreiben, der John Howell wegen seiner besonderen Kenntnisse über den britischen Flugzeugbau anforderte. Allerdings würde diese Seifenblase spätestens dann platzen, wenn sich herausstellte, dass John über keinerlei spezifisches Wissen dahingehend verfügte. Doch dann wäre er bereits in Berlin und würde dort für den Rest des Krieges inhaftiert bleiben statt in einem überfüllten, unter übelsten hygienischen Bedingungen geführten und schlecht versorgten Gefangenenlager irgendwo im Deutschen Reich.

Eine andere, etwas abenteuerliche Möglichkeit war, einen Wagen des Roten Kreuzes an sich zu bringen, diesen nach dem Beladen der Gefangenen in unübersichtlichem Gelände abzustellen und John in das Automobil von Ernst umzuladen.

Philippe blieb stehen und strich sich die Haare aus der Stirn. In der Ferne war das tiefe Dröhnen von Flugzeugmotoren zu vernehmen. Dem Geräusch nach handelte es sich um einige schwere Bomber.

Er spielte soeben eine dritte Variante nicht durchführbarer Fluchtpläne durch, als fünf dunkle Schatten, begleitet von ohrenbetäubendem Lärm über ihn hinwegglitten. Die Nadelbäume neigten sich wie zu einem ehrfurchtsvollen Gruß, während die Blätter der Laubbäume aufgeregt flatterten und ein Zischen von sich gaben, als wollten sie ihn warnen. Zwischen den Baumwipfeln entdeckte Philippe kastenförmige Flugzeuge mit riesigen Flügeln, die unteren kleiner als die oberen, aber noch immer von enormem Ausmaß. Er zog die Augenbrauen zusammen. Waren das britische *Handley Page O/100*[20]? Was wollten die Bomber hier im Tiefflug? Doch nicht etwa das Lazarett bombardieren!? Wohl vielmehr einen Bahnhof oder eine andere für die Deutschen wichtige militärische Einrichtung in der Nähe?

Das vertraute Aufjaulen eines PS-starken Motors ließ Philippe erneut den Kopf heben. Eine deutsche Jagdfliegereinheit schoss über ihn hinweg, den Handleys nach. Die Piloten, mit denen er eben noch gesprochen hatte, befanden sich auf der Jagd!

Philippe hastete den Weg zurück Richtung Lazarett. Inzwischen war es im Wald fast völlig dunkel, und er stolperte über Wurzeln und Bodenunebenheiten. Über seinen keuchenden Atem und die Geräusche des Waldes hinweg hörte er das Stakkato der MGs und das Aufheulen und Abflauen der Motorengeräusche von mehreren Dutzend Flugzeugen. Offenbar kamen einige britische Jagdpiloten ihren bedrohten Bombern zu Hilfe.

In dem Augenblick, als sich der Wald vor ihm lichtete, erhellte ein gewaltiger Feuerball die Landschaft. Vor diesem sah Philippe die Silhouetten der deutschen und britischen Jäger, die sich mit tollkühnen Flugmanövern gegenseitig jagten und einander auswichen. Wie ein Schwarm Schwalben tanzten sie über den abendlichen Himmel. Teile des zerstörten Bombers fielen glühend zu Boden. Die letzten hellgelben Streifen am Horizont boten das einzige Licht, und Philippe war lange genug Pilot, um zu wissen, wie schwierig diese Lichtverhältnisse für die Flieger waren. Selbst für den Beobachter am Boden war es eine Herausforderung, mit den Augen den Flugbahnen der Maschinen zu folgen, zumal sie in verwirrendem Knäuel aufeinander zustießen, feuerten, die Maschinen zur Seite kippten, fallen ließen oder steil anstiegen, um nicht getroffen zu werden. Eine Bristol mit rauchendem Heck verlor ihren linken Flügel und schmierte unter wildem Trudeln ab. Nur wenige hundert Meter von Philippe entfernt schlug die britische Maschine in die Wiese ein. Er spurtete los. Das Stahlgerüst des Flugzeugs war eine einzige verbogene und zerschossene Masse, der intakt gebliebene Flügel hatte Feuer gefangen, brannte in Sekunden herunter.

Philippe kämpfte sich entschlossen durch die scharfkantigen und rauchenden Trümmer bis zu dem Piloten vor, der noch angeschnallt in seinem völlig zerstörten Flugzeug saß. Seine Augen blickten Philippe leblos und vorwurfsvoll zugleich an. Womöglich nicht zu Unrecht, hatte doch eine Fokker ihm die Flügel gestutzt und ihn vom Himmel geholt.

Ein schrilles Aufjaulen ließ Philippe erschrocken den Kopf heben. Eines der Flugzeuge klang wie ein weidwundes Tier. Fassungslos wurde Philippe Zeuge, wie eine getroffene Handley Treibstoff durch die Luft pustete, beständig an Höhe verlor und über dem Lazarett plötzlich unkontrolliert absackte.

»Zieh sie hoch!«, brüllte Philippe. Sekunden später krachte die schwere, mit Bomben bestückte Maschine in das Gebäude. Glas splitterte, Steine barsten und kreischten dabei beinahe menschlich. Metall knirschte und heulte erbarmungswürdiger als ein getretener Hund. Das Heck der Maschine sank auf die Wiese, als versuchte es, das geschundene Gebäude zu stützen. Schließlich herrschte Stille. Eine Sekunde. Zwei Sekunden. Dann zerschnitt mit lautem Donnern eine blaugelbe Feuerzunge die Nacht und schoss in den Himmel. Sie riss eine Albatros in ihren Sog und verschlang diese gierig, ehe sie in sich zusammenfiel.

Die restlichen Bomber waren verschwunden und mit ihnen ihre Wachhunde. Auch die deutschen Jagdflieger drehten ab. Die Piloten würden einige Kilometer entfernt landen, die Mechaniker die Maschinen auf Vordermann bringen und ein Offizier eine Nachricht an eine verzweifelte Mutter schreiben.

Philippe richtete seine Aufmerksamkeit wieder auf das Lazarettgebäude. Rote Flammen schlugen aus den Fenstern und der Wunde, die das Flugzeug in das Gemäuer geschlagen hatte. Er rannte los. Als er vor dem Haus eintraf, wurden bereits die ersten Verwundeten hinausgetragen, darunter befanden sich auch einige Schwestern und Ärzte.

Das Mädchen mit dem italienischen Akzent taumelte ihm auf der Treppe entgegen. Blut lief ihr aus einer Platzwunde an der Stirn in das verrußte Gesicht. Philippe ergriff sie, nahm sie auf den Arm und trug sie zu den anderen Verletzten, die einfach auf die feuchte Wiese gebettet wurden.

Kaum, dass er sie abgelegt hatte, forschte er nach: »Haben Sie Edith gesehen? War sie im Haus?«

»Ich weiß es nicht«, stammelte die Hilfsschwester.

Zügig erhob sich Philippe. An seine Stelle kniete sich ein Arzt, der aus mehreren Schnittwunden blutete, dies aber ignorierte. Mit dem Gedanken an Hannes und die Mädchen, die unsagbar leiden würden, falls Edith in den Trümmern des Hauses starb, stürmte Philippe zurück zur Treppe. Er flehte Gott um Hilfe an, während er sich zwischen den hinausströmenden Menschen hindurch in das Innere des Gebäudes zwängte. Weißer Qualm waberte vom oberen Stockwerk in das Treppenhaus hinein. Er würde bald alle Helfer vertreiben und den unglücklichen Zurückgebliebenen die Luft zum Atmen rauben. Hilferufe und Schmerzensschreie erfüllten die Räume. Das Gebälk knarrte in seiner verzweifelten Bemühung, dem zusätzlichen Gewicht des Bombers und der Hitze des Feuers standzuhalten.

Um ihn herum drängten die Menschen hierhin und dorthin, halfen Verletzten oder suchten ihr Heil in der Flucht. Wie sollte er in diesem Durcheinander Edith finden? Jemand packte ihn kräftig am Arm und zog ihn mit sich. Es war Edith! Erleichterung durchflutete ihn. Sie war am Leben!

»Wir müssen hier raus!«, rief er ihr gegen den Stimmenwirrwarr und das zunehmende Brausen des Feuers über ihnen zu.

»Du musst zuerst etwas anderes tun«, zischte sie und zerrte ihn in einen Raum. Mehrere Verletzte robbten über den Boden, dem rettenden Ausgang zu. Weshalb half ihnen niemand? Englische und französische Hilfeschreie drangen an sein Ohr. Nun verstand er auch, was Hannes' resolute Frau im Sinn hatte.

»Hilf du diesen Männern«, wies er Edith an.

Sie nickte und deutete auf ein Feldbett, auf dem, als habe er sich in sein Schicksal gefügt, eine reglose Gestalt lag. Sekunden später hatte Philippe Edith bereits aus den Augen verloren, zumal sich der Raum mehr und mehr mit Rauch füllte. Er hustete trocken. Mehr als ein paar Atemzüge blieben ihm nicht.

Der Mann auf der Pritsche war unverkennbar John, wenngleich er mit seinem ausgezehrten, fiebernassen Gesicht nur noch ein Schatten seiner selbst war. Entschlossen trat Philippe der Pritsche die instabilen Beine ab, packte das Metallgerüst am Kopfende und zog es hinter sich her über die Türschwelle zum Ausgang.

»Ich helfe Ihnen«, bot sich ein Sanitäter an und hob das über den Boden schleifende Fußteil an.

Philippe betete, dass der Mann in dem Chaos nicht darauf achtete, wen er da die Stufen hinuntertrug und zu den anderen Verletzten auf die Wiese bettete.

Edith gesellte sich zu ihnen und herrschte Philippe und seinen Helfer an: »Doch nicht hier mitten in den Weg! Und Sie gehen nachschauen, wo Sie helfen können!« Energisch schickte sie den Sanitäter fort, ergriff selbst das Fußende der Pritsche und gemeinsam trugen sie John aus dem Lichtschein des Feuers, von dort auf die Zufahrtstraße und zu dem Automobil, mit dem Philippe gekommen war. Dort zerrten sie den verletzten Briten unsanft in den Fond des Fiats.

»Danke, Edith. Am besten, du gehst sofort zurück.«

»In diesem Durcheinander fällt meine Abwesenheit überhaupt nicht auf. Was auch immer du vorhast, sei vorsichtig. Er wird hier als verstorben geführt werden. Allerdings darf er nicht so leichtsinnig sein, seiner Familie eine Mitteilung zukommen zu lassen. Den Worten des Captains entnahm ich, dass dieser Wunsch in ihm sehr groß ist. Sorge also um deinetwillen dafür, dass er das bleiben lässt.«

»Ich überlege, ihn nach Frankreich zu schaffen.«

»Mit einem Flugzeug?« Edith schaute ihn zweifelnd an, während hinter ihr Millionen gelber Funken in den Himmel stoben. »Du hast das schon einmal gewagt. Denkst du, du kommst ein zweites Mal durch – jetzt, da die Fronten viel intensiver von den Luftstreitkräften beider Seiten überwacht werden?«

Philippe zuckte mit den Schultern. Er war in der Zwischenzeit mehr als einmal in Frankreich gewesen, doch davon durfte niemand wissen. Und er hatte nicht die Gelegenheit gehabt, sich Gedanken darüber zu machen, was er mit John tun wollte, falls es ihm gelingen sollte, den Freund zu befreien. Die Ereignisse hatten ihn überrollt.

»Es geht ihm sehr schlecht. Du kannst ihn nicht einfach irgendwo absetzen. Er braucht intensive medizinische Betreuung.«

Grimmig nickte Philippe. »Mir wird schon etwas einfallen. Geh zurück, Edith.«

Ohne sich zu verabschieden eilte sie davon und verschwand in der von gelben Feuerzungen erhellten Nacht.

Kapitel 14

Berlin, Deutsches Reich, Mai 1917

Im Haus der Meindorffs war es still. So still wie früher, als hier nur die Familie lebte; bevor der Krieg die vielen Menschen in das Gebäude gespült hatte. Die Gespräche waren verstummt, ebenso das fröhliche Kinderlachen. Gleichgültig ob jung oder alt, alle trauerten um Maria.

Demy, die wie nach dem plötzlichen Tod ihrer Schwester erneut in Schwarz gekleidet war, hob den Kopf, als sich ihr feste Schritte über das Parkett näherten. Es war noch früh am Morgen, und während die ersten Sonnenstrahlen über die Dächer der Millionenstadt hinweghuschten, sich in Glasfenstern spiegelten, Messingverkleidungen zum Aufleuchten brachten und einen schönen Maitag ankündigten, war das große Foyer noch in tristes Dämmerlicht getaucht. Weder die weißen Stuckverzierungen entlang der Decke noch das Kristall der Kronleuchter oder das warme Holz der Wandvertäfelung zeigten ihre erlese Schönheit. Zu dieser frühen Stunde war es nicht mehr als ein kalter, unpersönlicher und viel zu großer Raum in einem Haus, das jahrzehntelang lediglich eine leere Hülle gewesen war. Es war mit dem Einzug der Gäste zum Leben erwacht ... um nun den Tod zu beherbergen.

Theodor hielt seine Kopfbedeckung in der einen, die Tasche in der anderen Hand und trat zu ihr. »Ich hoffe, Sie kommen zurecht, Fräulein van Campen?«

»Bestimmt. Vielen Dank für Ihre Hilfe.«

Theodor lächelte. »Sicher kommen Sie zurecht. Welch eitle Frage von meiner Seite.«

»Sagen Sie das nicht, Herr Hauptmann. Sie waren mir eine große Hilfe.«

»Sie sind eine starke Frau. Auch ohne mich hätten Sie die Situation erfolgreich gemeistert, dessen bin ich mir sicher.«

»Dieser Krieg verlangt uns Frauen viel ab. Wir lernen und reifen, so wie meine Freundin Lieselotte und ihre Frauenrechtlerinnen es immer von uns gefordert haben. Wenn die Männer eines Tages aus dem Krieg zurückkehren, werden sie eine veränderte Situation vorfinden. Und sowohl die Frauen als auch die Männer werden dann ihren eigenen, neuen Platz finden müssen. Leider zeigt die jüngste Geschichte, wie ungern manche Männer die Frauen in ihre Domänen eindringen sehen. Ihr rohes Vorgehen gegen diese Vorreiterinnen förderte in ihnen zunehmend radikalere Ansichten. Ich hoffe, die Kriegsheimkehrer gehen gnädiger mit diesen neuen, starken Frauen um, und ich hoffe, dass die Frauen untereinander gnädig sind.«

»Die Frauen untereinander?«

»Vermutlich strebt nicht jede Frau an, ihre jetzt zwangsweise übernommene Arbeit länger als nötig fortzuführen. Sie könnten von den starken, dominanten Frauen als Schwächlinge, gar als Verräterin an ihrer Sache angesehen werden.«

»Selbst mir als Mann fällt es nicht ein, eine Frau nur dann als stark und selbstständig zu bezeichnen, wenn sie darum kämpft, in männliche Domänen vorzudringen. Es gibt durchaus Frauen, die ihren Platz in althergebrachten Aufgaben sehen. Deshalb sind sie noch lange nicht schwach, dumm oder gar einfältig.«

»Sagen Sie das mal Lieselotte!« Demy lachte trocken auf, hob daraufhin aber entschuldigend die Hand. »Wir Frauen sind so verschieden wie die Fische im Meer. Viele von uns wollen nicht mehr nur über einen Kamm geschoren werden. Aber ich denke, wir müssen ein wenig aufpassen, dass wir bei all unseren Bemühungen um Gleichstellung unsere Vielfältigkeit nicht verlieren.«

Theodor nickte und fügte hinzu: »Nicht alle Frauen sind als Vorreiterinnen geeignet, in Männerberufen zufrieden und erfolgreich.«

»Trotzdem stehe ich hinter der Forderung, dass uns Frauen ein Wahlrecht zur politischen Regierungsbildung zusteht«, sagte Demy. »Und diejenigen, die sich in einem Anstellungsverhältnis befinden, sollten denselben Lohn nach Hause bringen wie ihre männlichen Kollegen. Aber lassen wir doch bitte die Frauen, die gern einem Haushalt vorstehen und ihre Kinder mit aller Aufmerksamkeit und Fürsorge großziehen wollen, diesen Wunsch und die Möglichkeit, dies zu tun. Auch ihnen sollte unsere Anerkennung gelten!«

Theodors Lächeln brachte Demy zum Schweigen. Einen Moment überlegte sie, ob er sich über sie lustig machte, doch da dies nicht seinem Wesen entsprach, verwarf sie den Gedanken wieder.

»Ich wäre der Erste, der eine Petition für ein Wahlrecht für Frauen unterzeichnen und ihnen mehr Rechte einräumen würde, was ihre Finanzen und familiäre Stellung sowie die berufliche Gleichstellung angeht.«

Demy senkte den Kopf und lächelte auf ihre Hände hinunter, die sie ordentlich gefaltet vor ihrem Rock hielt. Sie hatte von Theodor nichts anderes erwartet.

»Ich muss los, Fräulein van Campen. Sie sind eine Kämpfernatur und es freut mich zu sehen, dass Sie sich nach all den schweren Jahren Ihr goldenes Herz bewahrt haben. Ich halte das nicht für selbstverständlich.«

»Dieses Kompliment gebe ich gern zurück. Trotz Ihrer wichtigen Position in der Armee sind Sie so voller Mitgefühl und Fürsorge. Ich schätze das sehr.« Demy zögerte und überlegte, ob sie endlich einmal mehr sagen, mehr wagen durfte. Aber es erschien ihr eigentümlich falsch. Lag es an ihrer Trauer um Maria oder an dem Wissen, dass sie Theodor zwar sehr schätzte, ihn im Grunde aber nicht so liebte, wie eine Frau ihren Ehemann lieben sollte? Doch wusste sie überhaupt, wie diese Liebe sich anfühlen musste? Womöglich täuschte sie sich hier einfach in ihrer Unerfahrenheit.

»Herr Hauptmann …«, begann sie. In diesem Augenblick öffnete sich die Verbindungstür zum Nebentrakt. Mit offenem, wild wallendem rotem Haar erschien Henny im Türrahmen und zögerte beim Anblick der beiden Personen im Halbdunkel der Halle.

Auf Theodors Gesicht legte sich ein Lächeln. Er drehte Demy den Rücken zu und eilte dem Dienstmädchen entgegen, um sich von ihr zu verabschieden. Irritiert beobachtete Demy die Szene. Dann, als habe sie es irgendwo tief in ihrem Herzen längst gewusst, begriff sie: Theodor Birk kam schon lange nicht mehr ihretwegen in dieses Haus. Sein Interesse galt Henny! Sollte sie den beiden grollen, nun, da ein weiterer potenzieller Heiratskandidat für sie verloren war?

Demy lächelte und verspürte nur ein freudiges Hochgefühl über diese Entwicklung. Sie gönnte Henny diesen wunderbaren, sensiblen Mann mehr als jedem anderen in der Welt. Ihr zuvor so beschwertes Herz beschleunigte seinen Rhythmus.

Demy strahlte Theodor an, der sie etwas unsicher musterte, als er sich von ihr verabschiedete. Als die schwere Eingangstür hinter dem Adjutanten ins Schloss gefallen war, stürmte Demy auf Henny zu und ergriff sie an beiden Händen. »Er mag dich sehr!«, rief Demy aus und wollte Henny an sich ziehen, doch diese wand sich aus ihren Armen.

»Was sagst du da?«

»Der Herr Hauptmann liebt dich. Sag bloß, das hast du noch nicht bemerkt?«

Henny senkte den Kopf, wandte sich ab und fiel förmlich mit der Schulter gegen die Wand. Überrascht über diese Reaktion lehnte Demy sich neben ihr an die beigefarbene Tapete. »Doch, ich habe es gemerkt. Er ist zwar sehr zurückhaltend in seinem Werben, aber trotzdem …«

Zu Demys Entsetzen liefen der jungen Frau plötzlich große Tränen über die erhitzten Wangen. »Henny? Warum weinst du denn?«

»Verstehst du nicht? Ich kann ihn nicht lieben.«

»Meine Güte, weshalb denn nicht? Weil ich gesagt habe, ich würde ihn heiraten? Das vergiss mal ganz schnell.«

»Das ist es nicht. Du liebst ihn nicht, das wusste ich immer. Du brauchst einen anderen Mann. Einen, der dich herausfordert, mit deiner manchmal dickköpfigen Willensstärke zurechtkommt. Vielleicht einen Draufgänger wie Philippe, oder …«

Demy stieß einen entrüsteten Zischlaut aus, beließ es aber dabei. Sie und Philippe! Welch ein irrwitziger Gedanke. Das prickelnde Rumoren in ihrer Bauchgegend ignorierte sie lieber. »Deinen Worten entnehme ich, dass der Herr Hauptmann dir nicht gleichgültig ist.«

»Nein. Ich fürchte, ich liebe ihn.« Neue Tränen rollten über Hennys sommersprossiges, zartes Gesicht.

»Aber?«

»Das weißt du doch genau!«, fuhr Henny sie barsch an, hob aber sofort entschuldigend die Hand und presste die Stirn an die Tapete.

»Es ist wegen des Rittmeisters, nicht?«

»Er hat mich jahrelang benutzt. Wie könnte ich das jemals vergessen oder dem Herrn Hauptmann berichten, ohne dass er sich voller Ekel vor mir abwendet?«

»Ich denke, wenn Theodor davon wüsste, würde er dich sofort heiraten, damit du nicht einen Tag länger unter einem Dach mit deinem Peiniger leben musst.«

»Wer will schon so eine verbrauchte Frau heiraten?«

»Wenn ein Mann mehr als genug Liebe, Vergebungsbereitschaft, Verständnis und Geduld besitzt, dann Theodor Birk.«

Wildes Kopfschütteln war die Antwort. »Berührungen von Männern sind mir unangenehm.«

Demy erinnerte sich gut an Hennys Zurückzucken, wenn ein Mann sie auch nur versehentlich berührte. Ihr erstes Aufeinandertreffen mit Philippe kam Demy in den Sinn. Damals hatte Henny ihm ein Getränk gereicht und er hatte dies als Einladung verstanden, ihr über den Arm zu streicheln. Ob Henny in diesem Haus auch von anderen Männern als dem Patriarchen belästigt worden war? Kein Wunder, dass sie solche Scheu vor Männern empfand!

Leise sagte Demy: »Ich vermute, Männer wie Philippe wussten gar nicht, was sie dir mit ihren unbedachten Handlungen antaten.«

»Für mich waren all diese Situationen wie Schläge ins Gesicht. Der Rittmeister missbrauchte mich und seine Söhne verschlossen die Augen, verhielten sich vielmehr ebenfalls so, als sei ich Freiwild.«

»Ob sie überhaupt davon wussten?«

Henny stieß wütend die Luft aus. »Du hast es doch auch bemerkt.«

»Ich habe das mehr zufällig herausgefunden. Außerdem hatte ich, entgegen der herrschenden Regel in diesem Haus, viel Kontakt mit dir und suchte deine Freundschaft. Denkst du nicht auch, dass meine Wahrnehmung von dir ganz anders war als die der Meindorff-Söhne, denen beigebracht worden war, dich zu ignorieren?«

»Mag sein«, gestand Henny leise ein und wischte sich mit beiden Händen die Tränen aus dem Gesicht.

»Aber was tun wir jetzt?«, sinnierte Demy.

»Nichts.«

»Nichts?« Verblüfft starrte die Niederländerin ihre Freundin an. »Das lasse ich nicht zu! Du darfst nicht wegen der grässlichen Taten des Rittmeisters an deinem Glück vorbeilaufen! Willst du dein Leben lang ohne die Zuneigung und Liebe dieses guten Mannes bleiben und damit auch ihn ins Unglück stürzen? Wie soll er deine Ablehnung denn verstehen?«

»Er wird annehmen, dass ich ihn nicht liebe.«

»Das wäre eine Lebenslüge!«, rief Demy entsetzt aus. »Das kannst du nicht wirklich wollen!«

»Von wollen kann keine Rede sein! Aber ich weiß nicht, ob ich jemals die Umarmung eines Mannes genießen oder auch nur ertragen könnte. Und ich bin mir sehr sicher, dass ein Mann wie der Herr Hauptmann keine Frau möchte, die auf diese Weise geschändet wurde.«

»Das kannst du nicht wissen, ohne es ihm gesagt zu haben.«

»Ich tue nichts in diese Richtung!«, rief Henny entsetzt. In diesem Augenblick klang die Türglocke laut und tief durch die Halle und ließ beide Frauen zusammenzucken.

»Vielleicht ist das nochmal der Herr Hauptmann«, überlegte Demy laut. Das Zuknallen einer Tür veranlasste sie erschrocken herumzuwirbeln. Henny hatte die Flucht ergriffen.

Demys Schritte klangen zögernd, als sie sich dem Vorfoyer und schließlich dem Eingangsportal näherte. Sie durfte nicht gegen Hennys Willen agieren. Oder doch? Wenn sie selbst schon dazu bestimmt zu sein schien, allein durchs Leben zu gehen, so konnte sie nicht auch noch tatenlos zusehen, wie zwei Menschen, die sich ganz offensichtlich liebten und wie füreinander geschaffen waren, ihre Chance auf das große Glück verpassten!

Vor der Tür stand einer dieser heruntergekommenen Halbwüchsigen, die für wenig mehr als einen Händedruck als Boten fungierten. Seine zerlumpte Kleidung schlackerte um seinen mageren Körper, was Demy veranlasste, ihn hereinzubitten. Misstrauisch folgte der Bursche ihrer Aufforderung und reichte ihr ein Telegramm.

»Warte einen Augenblick«, bat sie ihn und eilte mit schwingendem Rock und sich schon wieder aus ihrer Frisur lösenden, flatternden Haarsträhnen in die Küche. Dort nahm sie einen noch warmen Laib Brot vom Regal, halbierte ihn, schlug die eine Hälfte in Papier ein und überreichte ihn dem verblüfften Jungen.

Der bedankte sich mit einem reichlich schiefen Lächeln und einer steifen Verbeugung, ehe er fluchtartig das Grundstück verließ, als fürchte er, sie würde es sich anders überlegen und ihm den wertvollen Schatz wieder abjagen.

Zufrieden lächelnd schloss Demy die Tür und öffnete das an sie adressierte Telegramm. Darin wurde sie von Philippe einmal mehr gebeten, ihn in Schwerin aufzusuchen. Offenbar war seine Sorge, ihr könne auf der Zugfahrt von Berlin nach Schwerin etwas zustoßen, mittlerweile verflogen. Aus einer trotzigen Haltung heraus war sie versucht, wieder einmal über seinen Wunsch oder vielmehr seine Anweisung hinwegzugehen. Weil sich aber ihr Bruder und die Zwillinge ebenfalls in Schwerin aufhielten und sie die Jungen lange nicht gesehen hatte, machte sie sich doch auf die Suche nach Henny, um ihr anzukündigen, dass sie verreisen werde.

Kapitel 15

Es nieselte, als Demy mit eiligen Schritten vom Bahnhof in Richtung der Fokker-Werkshallen am Schweriner See spazierte. Die beinahe schwarzen Wolken gingen weiter östlich in einen dünn bewölkten Himmel über. Einige schräg einfallende Sonnenstrahlen ließen die Hoffnung auf ein paar warme Stunden zu.

Demy führte keinen Schirm mit sich, und sie machte sich wenige Illusionen darüber, wie wild ihr Haar sich unter ihrem breitrandigen schwarzen Hut hervorlockte. Mit einem Schulterzucken tat sie es ab. Sich über ihr Kraushaar aufzuregen änderte nichts, viel lieber wollte sie die Stunden außerhalb Berlins nach Kräften genießen. Frei von ihren nie endenden Aufgaben und den drückenden Alltagssorgen atmete sie förmlich auf. Sie freute sich auf ein Wiedersehen mit Feddo, Willi und Peter. Und … mit Philippe?

Dieser Gedanke kam ihr spontan und wirkte seltsam fremd auf sie, wenngleich sich in ihrem Inneren ein unruhiges Ziehen ausbreitete, das sie nicht recht einzuschätzen vermochte. Fürchtete sie sich vor der Begegnung mit ihm? War es sein Wunsch, sie unverzüglich zu treffen, der sie beunruhigte? Immerhin wusste sie nicht, was der Anlass dafür war. Oder sehnte sie sich womöglich danach, ihn wiederzusehen? Und dies, obwohl er vermutlich erneut seine streitlustige Seite oder gar diese beängstigend schlechte Stimmung hervorkehren würde, mit der er ihr das Gefühl vermittelte, er trage ihr eine Schuld nach?

Demy schob diese Gedanken von sich wie der Wind die Wolken über den Himmel scheuchte, und blickte sich suchend um. Sie spazierte zwischen Halle 22 und 23 hindurch und fragte sich, wie viele dieser feuergefährdeten Holzhallen Anthony wohl noch zu errichten plante. Aus den verschiedenen Werkstätten drangen die unterschiedlichsten Geräusche, dazwischen hörte sie Stimmen, Gelächter und auffordernde Zurufe. Möwen kreisten über dem Gelände und fügten sich mit ihren heiseren Schreien in die Geräuschkulisse ein.

Zwei Frauen in derben Arbeitshosen und ledernen, fest geschnürten Schürzen kamen ihr entgegen. Ihre Gesichter waren bis auf kreisrunde Ausschnitte um die Augen geschwärzt. Das ließ darauf schließen, dass sie bei ihrer Arbeit Schutzbrillen trugen.

»Entschuldigen Sie bitte«, sprach Demy die Arbeiterinnen an. Während die eine breitbeinig stehen blieb und die Hände in die Hüften stemmte, schenkte die Schmalere von ihnen ihr ein scheues Lächeln.

»Was willst du denn?«, fragte die Robuste. Ihre Stimme klang, als versuche sie sich an einer Imitation einer rauen Männerstimme.

»Ich suche Feddo van Campen, Willi und Peter Scheffler oder Oberleutnant Philippe Meindorff.«

»Die Süße sucht ja eine Menge Jungs.« Das Lachen der Frau klang grob.

Demy hegte den Verdacht, dass sie sich krampfhaft darum bemühte, sich der Männerwelt um sie her anzupassen, auch in ihren Gesten, ihrer Sprache und wohl auch ihrem Wesen.

»Willi und Peter sind draußen in Görries. Feddo gehört zu uns Schweißern. Sie finden ihn irgendwo hier auf dem Gelände.« Die zurückhaltende Frau lächelte sie erneut an.

»Der Herr Ingenieur ist mal hier, mal da. Heute habe ich ihn noch nicht zu Gesicht bekommen, was aber nicht verwunderlich ist. Er hat nicht viel mit uns Schweißern zu schaffen, schaut nur ab und an nach Feddo.«

Demy bedankte sich und sah den Frauen nach. Die eine eilte an der Hallenwand entlang, auf der Suche nach ein bisschen Schutz vor dem leichten Niederschlag, während die andere mit weit ausholenden Schritten wie ein Seemann auf Landgang mitten durch die Pfützen davonstapfte. Noch immer planlos trat Demy durch das offen stehende Tor einer der Werkshallen. Gelbe und blaue Lichtblitze wie von einem Feuerwerk lockten sie an.

Einige Schweißer, geschützt durch ähnliche Brillen, wie die Piloten sie trugen, arbeiteten an einem Flugzeugrumpf. Ein langer, hagerer Kerl grinste Demy an und trat zu ihr. Erst auf den zweiten Blick erkannte sie in dem Jungen mit der grauen Arbeitskleidung, der Schutzbrille auf dem Haar und dem leicht rußigen Gesicht ihren Bruder.

»Feddo?«, stieß sie überrascht hervor und erntete ein spöttisches Grinsen.

»Fang jetzt nur nicht damit an dich darüber auszulassen, wie erwachsen ich geworden sei.«

»Allein dieser Ausspruch disqualifiziert dich für eine solche Aussage«, gab sie reaktionsschnell zurück, denn ganz ähnliche Worte hatten ihr tatsächlich auf der Zunge gelegen. Offensichtlich hatte Philippe recht behalten: Das Leben unter erwachsenen Männern und eine regelmäßige Arbeit hatten Feddos Entwicklung sprunghaft vorangetrieben.

»Du siehst grässlich aus, große Schwester. Aber ich bin froh, dass es dir wieder besser geht.«

»Wirst du ordentlich behandelt?«

»Aber natürlich. Mir geht es gut. Das Essen könnte etwas reichhaltiger sein. Aber das Problem hatten wir ja auch in Berlin.«

»Du musst anpacken wie alle anderen?«

»Ungefähr. Aber selbst hier tauchen gelegentlich Arbeitsrechtler auf und überprüfen, ob alles mit rechten Dingen zugeht.«

»Bist du zufrieden?«

»Sag mal, liegt es daran, dass Philippe mir diese Stellungen angeboten hat, dass dir mein Aufenthalt hier nicht behagt?«

»Was hat mein Interesse an deinem Wohlbefinden mit dem Oberleutnant zu tun?«

Feddos Grinsen wurde noch eine Spur breiter. »Ich dachte nur. Immerhin hat er mich und die Zwillinge mit hierhergenommen, als du nicht in der Lage warst, dich gegen seine Idee zu sträuben. Du warst damals zu krank.«

»Womöglich wäre ich mit Wohlwollen auf seinen Vorschlag eingegangen!«

»Du? Mit Wohlwollen? Auf einen Vorschlag, der von *Philippe* stammt? Aus Prinzip nicht!«

Demy zog eine Grimasse, konnte Feddo aber schwerlich widersprechen. Seit ihrer ersten Begegnung war die Beziehung zwischen Philippe und ihr von Konfrontationen geprägt. Dies war einer der Gründe, weshalb sie auch die verschwommene Erinnerung an seinen Besuch an ihrem Krankenbett so irritierte. Das Gefühl, er habe sich nur schweren Herzens von seiner im Sterben liegenden Zwangsverlobten verabschiedet, konnte stimmen, aber ebenso eine Täuschung sein, der sie in ihrem Fieberwahn aufgesessen war. »Wo steckt dieser Oberleutnant eigentlich?«

»Er hat zwei Tage frei und ist mit seinem Privatflugzeug weggeflogen. Wohin, weiß ich nicht. Allerdings müsste er demnächst wiederkehren, vielleicht ist er ja schon draußen in Görries.«

»Er kann doch nicht einfach wegfliegen. Immerhin trägt er für dich und die Zwillinge die Verantwortung!«

»Wir kommen durchaus auch einige Tage ohne ihn zurecht«, brummte Feddo. In diesem Moment rief jemand mit deutlicher Ungeduld in der Stimme seinen Namen.

»Ich muss zur Arbeit, Schwesterlein. Wir sehen uns später noch?«

»Ich denke, ja«, murmelte Demy. Sie war nicht darauf eingestellt gewesen, Feddo so schnell wieder gehen lassen zu müssen.

Feddo spürte wohl ihre Irritation, denn er zog sie kurz, aber kräftig in seine muskulös gewordenen Arme. Auch glaubte sie Bartstoppeln auf seiner Wange zu spüren, und sie sah ihm verwundert nach, als er in der von Glühbirnen erhellten Holzhalle verschwand.

»Er wird erwachsen«, flüsterte Demy vor sich hin und war nicht sicher, ob sie sich darüber freuen oder sich Sorgen machen sollte.

»Es war dringend nötig, ihn und die beiden Scheffler-Jungen aus den Händen der Frauen zu reißen, die sie unnötig verwöhnten«, lachte eine tiefe Stimme hinter ihr und ließ sie herumwirbeln.

Philippe lehnte an der von Sonne und Regen dunkel verfärbten Holzwand, hatte wie gewöhnlich die Arme hinter seinem Nacken verschränkt und zwinkerte ihr verschwörerisch zu. Er trug die vorschriftsmäßige Armeehose, aber dazu einen Strickpullover, dessen Ärmel er hochgekrempelt hatte. Von einer Uniformjacke war nichts zu sehen. Er zog grüßend seine Mütze, die wie bei allen Fliegern leicht schief saß und eigentümlich unförmig wirkte, und verbeugte sich knapp in ihre Richtung.

»Von verwöhnen kann keine Rede sein, Herr Oberleutnant. Es besteht ein Unterschied zwischen verwöhnen und verantwortlich anleiten. Und offenbar gestalten Sie Letzteres recht nachlässig!«

»Ich sehe, es geht Ihnen wieder gut, obwohl Sie schrecklich blass und abgemagert aussehen. Sie finden bereits wieder Vergnügen daran, sich mit mir anzulegen.«

»Und Sie sind uncharmant wie immer. Wie kommen Sie dazu, die Jungen zwei Tage allein zu lassen.«

»Allein?« Philippe lachte belustigt. »Hier arbeiten Hunderte von Menschen.«

»Und in dieser Masse tauchen drei sechzehnjährige wilde Burschen gern mal unter und niemand hat einen Blick auf sie.«

»Erstens, Fräulein Demy, sind Feddo, Peter und Willi alt genug, um für ihre Schandtaten selbst geradezustehen oder, noch besser, ihren Kopf zu benutzen, bevor sie etwas aushecken. Zweitens arbeiten sie hier wie ganze Männer und sind abends zu müde, um noch groß Blödsinn anstellen zu wollen und drittens hatte ich einen Mann hier und einen in Görries gebeten, ein wachsames Auge auf Ihre verhätschelten Buben zu haben.«

Demy musterte den Mann, der noch immer gelassen an der Hallenwand lehnte, sie aber mit gerunzelter Stirn unfreundlich anschaute. Ein Gedanke schoss ihr durch den Kopf und dieser zauberte ein Schmunzeln auf ihr Gesicht, woraufhin Philippe die Augenbrauen fragend in die Höhe zog.

»Sie taten das meinetwegen, nicht wahr?«

»Aber selbstverständlich. Ich rechnete nämlich mit Vorwürfen dieser Art und wollte auf diese Weise einer Diskussion mit Ihnen über ein völlig irrelevantes Thema vorbeugen.«

»Die Jungen sind für Sie also irrelevant?«

»Demy, bitte!«, stöhnte Philippe, stieß sich ab und deutete in Richtung See.

Sie folgte seiner Einladung, auch wenn sie sich damit erneut dem sanften Nieselregen aussetzte.

Als sie an Halle 26 vorbei und entlang der Bahnschienen zum See schritten, riss die Wolkendecke endgültig auf. Ein silberner Fleck erschien auf dem dunklen Wasser, breitete sich in Sekundenschnelle aus und erhellte schließlich den ganzen See. Das Ufer wurde in Sonnenlicht getaucht und endlich trafen die Strahlen auch auf die beiden Spaziergänger.

Demy hielt inne, schloss die Augen und reckte ihr Gesicht dem

Himmel entgegen. Genießerisch ließ sie sich von den Sonnenstrahlen wärmen.

Ein Schatten fiel auf sie und ließ sie die Augen öffnen. Doch es war keine Wolke, die die Sonne verdunkelte, sondern Philippe. Er war dicht vor sie getreten und musterte sie eindringlich. Erschrocken über seine plötzliche Nähe und den fast bohrenden Blick aus seinen blauen Augen wich sie einen Schritt zurück.

»Sie sind für mich immer noch ein wandelnder Widerspruch«, sagte er leise, fast sanft.

»Ein Widerspruch?«

»Eine Mischung aus Mut und Leichtsinn, Kratzbürste und Geheimnisträgerin, Fürsorglichkeit und Verletzlichkeit, Naturkind und Nervensäge. Habe ich etwas vergessen?«

»Darf ich mir aussuchen, ob ich Ihre Worte als Kompliment oder als Beleidigung auffassen soll?«

»Das steht Ihnen frei.« Philippe grinste, drehte sich weg und trat an den Ufersaum des Schweriner Sees.

Demy folgte ihm, durch seinen Blick und seine Worte zutiefst verunsichert. Eines jedenfalls beruhte zwischen ihnen auf Gegenseitigkeit: Auch sie wurde aus ihm noch immer nicht schlau. »Bevor Sie mir erzählen, weshalb ich so dringend herkommen musste …«

»Vielleicht wollte ich Sie einfach wiedersehen?«, sagte er in Richtung des silbrig glänzenden Wassers, und Demy bedauerte, dass sie sein Gesicht nicht sehen konnte. Meinte er seine Worte ernst oder foppte er sie nur wieder? Das aufgeregte Flattern in ihrer Magengegend jedenfalls ärgerte sie. Sie wollte sich doch nicht von diesem Filou beeindrucken lassen! Philippe war ihr gegenüber oft schroff und kaltschnäuzig, liebte offenbar seinen lockeren Lebenswandel und ließ sich niemals wirklich in die Karten blicken. Andererseits kannte sie auch seinen Charme, seine Hilfsbereitschaft und seinen feinen Humor. Außerdem gab es da dieses afrikanische Mädchen, dem all seine Liebe gegolten haben musste. Denn anders ließ sich nicht erklären, weshalb seine Haltung zu Frauen sich so dramatisch verändert hatte. Vielleicht war er, entgegen allen Gerüchten, doch fähig, tief und treu zu lieben …

Erschrocken darüber, wohin ihre Überlegungen abdrifteten, trat sie

neben ihn und vollendete den Satz, den er unterbrochen hatte: »…
muss ich Ihnen eine traurige Nachricht übermitteln.«

Philippe wandte sich ihr zu, doch sie hielt den Blick starr auf den
See gerichtet, beobachtete angestrengt die Wellen und ein gemächlich
dahingleitendes Schwanenpaar und kämpfte die heiß in ihren Augen
brennenden Tränen nieder.

Philippe ergriff die naturfarbene Zierspitze am Ärmel ihrer schwarzen Bluse. Sie war das einzig Helle an ihrer Garderobe, die äußerlich
ihre Trauer zeigte. Fast zärtlich ließ er sie durch seine Finger gleiten,
ehe er die Hand zurückzog und schweigend abwartete.

»Maria Degenhardt ist gestern verstorben. Vermutlich an einer
unentdeckten Herzschwäche.«

»Degenhardt?« Seine Stimme brach und Demy schaute ihn überrascht an. Der Schmerz in seinen Augen erschreckte sie; niemals hatte
sie damit gerechnet, dass der Tod der Haushälterin ihm so nahegehen
würde. Einem Impuls folgend streckte sie ihre Hand aus und ergriff
die seine. »Es tut mir sehr leid. Ich … Sie haben ja viele Jahre gemeinsam mit ihr unter einem Dach verbracht«, stammelte sie.

Sein Blick verlor sich irgendwo hinter ihr. »Sie haben selbst erlebt,
wie Degenhardt …« Diesmal vollendete er den Satz nicht.

»Sie war eine liebevolle, fürsorgliche Frau. Eine Art Mutterersatz
für mich – und auch für Sie?«, forschte sie vorsichtig nach.

»Ich war fünf, als ich nach Berlin kam«, lautete seine leise, über das
zischende Geräusch der Wellen über den Kies kaum zu verstehende
Antwort. »Meiner Ziehmutter in Frankreich waren zwei Jungen zu
viel, also brachte meine leibliche Mutter mich zu ihren deutschen Verwandten. Dort wurde ich aufgenommen, doch ich blieb immer ein
Fremdkörper …« Er wandte sich ab, ließ jedoch ihre Hand nicht los.
Vielleicht halfen ihm ihre Berührung und der Trost, der von ihr aus-
ging, und Demy gewährte beides gern.

Da sie hoffte, endlich mehr über Philippes Vergangenheit zu erfahren, hakte sie vorsichtig nach: »Zwei Jungen? Sie haben einen Bruder?«

»Blödsinn«, zischte er, ließ ihre Hand los und wandte ihr demonstrativ den Rücken zu. Ob er gern einen Bruder gehabt hätte? Wieder
einmal befremdete sie sein Verhalten. Kämpfte er gegen Erinnerungen und den Schmerz mehrerer Trennungen an und damit verbunden

auch gegen das Gefühl, nicht gewollt zu sein? Sie kannte diese bohrende, furchtbare innere Leere gut, allerdings war sie bereits dreizehn Jahre alt gewesen, als sie zum ersten Mal erfahren musste, was es hieß, unerwünscht und einsam zu sein. Ihn hingegen hatte dieses Schicksal bereits als kleines Kind ereilt. Ließ sich dadurch seine frühe Auflehnung gegen die strengen Regeln der Meindorff-Familie erklären? Seine oberflächliche, wohl auch vergebliche Suche nach Liebe bei den Frauen?

Den Schmerz, den er beim Verlust seiner Verlobten empfunden haben musste, konnte sie nur erahnen. In ihr schien er endlich gefunden zu haben, was er sein Leben lang gesucht hatte. Und dann war ihm diese Liebe vor seinen Augen durch die Schüsse grausamer Männer geraubt worden ...

»Es tut mir sehr leid, Herr Oberleutnant. Maria war ein wunderbarer, warmherziger Mensch. Sie wird auch mir unendlich fehlen.«

Sie sah, wie Philippe nickte, dabei aber seine Hände zu Fäusten ballte. Der auffrischende Wind spielte mit seinem schwarzen Haar und zerrte an seinem blauen Strickpullover. Im Augenblick wirkte er auf Demy so verletzlich, dass sie beinahe fürchtete, die eigentlich sanften Böen würden ihn umwerfen.

»Die Beerdigung ist arrangiert?«, fragte er nach einer langen Zeit des Schweigens.

»Morgen um zehn Uhr. Die Bestatter in Berlin sind durch den Krieg rar geworden und die, die es noch gibt, haben eine Menge zu tun. Der Krieg, der Hunger ...«

»Wie steht es im Meindorff-Haus?«

»Die Lebensmittel sind knapp, aber wir halten bis zu unserer nächsten Ernte aus.«

Philippe schenkte ihr über die Schulter ein freudloses Lächeln. »Daran zweifle ich nicht«, bekundete er und Wärme schwang in seiner Stimme mit. »Ich fahre Sie später mit dem Automobil nach Berlin zurück.«

Demy nickte. Er wollte an der Beerdigung teilnehmen.

»Kommen Sie, ich begleite Sie nach Görries hinaus, damit Sie Willi und Peter begrüßen können. Dort dürfen Sie dann Ihren Landsmann davon überzeugen, mich noch für einen weiteren Tag zu beurlauben.«

»Ich versuche es«, erwiderte Demy und blickte in sein verwundertes Gesicht. Hatte er auf Widerworte gewartet?

»Gut, gehen wir.« Mit großen Schritten ging er an ihr vorbei, doch sie hielt ihn mit der Hand am Unterarm zurück. Überdeutlich spürte sie die Wärme seiner Haut und ließ ihn erschrocken los.

»Bitte?«

»Ich wüsste immer noch gern, weshalb Sie mich hierherbaten. Dass Sie mich lediglich wiedersehen wollten, nehme ich Ihnen nicht ab.«

»Und schon fahren Sie wieder Ihre Stacheln aus.«

»Das tue ich nicht!«, empörte Demy sich. »Aber ich werde ja wohl erfahren dürfen, warum ich den unbequemen und weiten Weg auf mich genommen habe!«

»Ich zeige Ihnen den Grund, nachdem Sie mit Peter und Willi gesprochen haben.«

»Was soll diese Geheimniskrämerei?«

»Ich möchte ungern wegen Verrats vor einem Militärgericht landen!« Mit diesen Worten ließ er sie stehen.

Verblüfft starrte Demy Philippe nach, wie er in Richtung der Werkshallen marschierte und dabei die Arbeiter grüßte, die ihm auf dem Weg dorthin entgegenkamen.

»Sie verwirren mich, Herr Oberleutnant«, flüsterte sie und trat zwischen die Schienenstränge, um von einer der eng beieinanderliegenden Holzschwellen zur nächsten zu gehen. Schon wieder musste sie sich eingestehen, dass dieser Mann sie nicht nur in einer Hinsicht verwirrte. Und damit konnte sie gar nicht umgehen.

* * *

»Demy!«

Willi warf sein Werkzeug auf eine Holzbank, sprang über einen Werkzeugkasten und stürmte so eilig auf sie zu, dass sie befürchtete, er würde sie umwerfen. Doch er bremste kurz vor ihr und Philippe ab und schüttelte ihr nur kräftig die Hand.

Im Gegensatz zu Feddo hatte Willi sich kaum verändert. Er war nach wie vor der jugendliche Überschwang in Person und berichtete sofort begeistert von seinem Leben in Schwerin, seiner Bewunderung für die Piloten und von seiner Arbeit.

Demy ließ Willi erzählen, doch während sie seinen aufgeregten Worten lauschte, glitt ihr Blick zu seinem Zwillingsbruder. Dieser hatte ihre und Philippes Ankunft nicht einmal wahrgenommen. Noch immer widmete er sich intensiv dem sanft schimmernden Holzpropeller vor sich. Zu guter Letzt legte er seine Arbeitsutensilien ordentlich in die Werkzeugkiste, zog die Handschuhe aus und strich mit einer zärtlichen Geste über das Holz. Als er keine Unebenheit fand, packte er das Werkstück sorgfältig in eine mit Stroh ausgelegte Holzkiste. Erst dann hob er den Kopf. Sein Blick ging zu Willis Arbeitsplatz, und da er diesen verwaist sah, forschte er nach, wohin sein Bruder verschwunden sein mochte. Dabei trafen sich Demys und seine Blicke.

Peter richtete sich auf und schenkte ihr ein schüchternes Lächeln. Es freute sie zu sehen, wie er seine Arbeitskleidung sauberklopfte, seine Hände an einem weichen Tuch abwischte und erst dann zu ihr kam. Erstaunt stellte Demy fest, dass Peter seinen Zwillingsbruder um fast einen Kopf überragte und damit größer war als sie.

»Peter, wie schön, dich zu sehen«, sagte sie und streckte ihm ihre Rechte entgegen. Er ignorierte diese, trat näher und umarmte Demy, wenn auch nur flüchtig. Demy musste mit den Tränen kämpfen. Ausgerechnet dieser in sich gekehrte Junge schenkte ihr eine so liebevolle Begrüßung?

»Ich freue mich, dass du da bist«, sagte er einfach und schüttelte Philippe daraufhin ohne Scheu die Hand.

Demy kam aus dem Staunen gar nicht mehr heraus. Die Monate in Schwerin hatten aus Peter einen zwar noch immer ruhigen, zurückhaltenden jungen Mann geformt, der aber endlich zu entscheiden vermochte, wem er vertrauen durfte. Seine Entwicklung zeigte sich nicht nur in seinem körperlichen Wachstum, sondern auch in einer Wesensänderung, die Demy fast wie ein Wunder anmutete.

»Geht es dir gut?«, fragte sie leise und hakte sich bei ihm unter. Gemeinsam verließen sie die Halle und näherten sich dem Flugfeld. Motorenlärm schlug ihnen entgegen, da das freundlichere Wetter von den Piloten ausgenutzt wurde.

»Mir geht es sehr gut, danke der Nachfrage. Ich arbeite gern mit

Holz, und das Wissen, gute Arbeit abzuliefern, erfüllt mich mit Zufriedenheit.«

»Ich freue mich für dich!«, sagte Demy und konnte dabei nur schwer ihre Begeisterung im Zaum halten.

Willi kam angerannt und hakte sich auf Demys freier Seite unter. »Und? Hat er dir schon von Elsbeth erzählt?«

Demy lächelte in sich hinein, verkniff sich aber jede Frage, da sie Peter nicht zwingen wollte, ihr sein kleines Geheimnis preiszugeben.

»Das hätte ich noch getan«, rügte Peter seinen vorlauten Bruder ruhig. »Elsbeth ist die Tochter des hiesigen Pfarrers. Sie ist so alt wie Willi und ich, und ich mag sie sehr gern.«

»Und sie dich auch?«, hakte Demy nach, die erneut mit den Tränen kämpfte. Welch wunderbare Wandlung hatte der verstörte Junge durchgemacht!

»Natürlich. Ich verschenke meine Zuneigung doch nicht an eine Person, der ich gleichgültig bin.«

»Da haben Demy und ich aber Glück gehabt«, foppte Willi ihn.

»Möchtest du Elsbeth kennenlernen, Demy? Ich treffe sie heute Abend.«

»Das wird leider nicht gehen«, seufzte Demy. »So lange kann ich nicht bleiben. Aber bei meinem nächsten Besuch melde ich mich rechtzeitig an und wir vereinbaren ein Treffen.« Einen Augenblick überlegte sie, ob sie die Jungen bitten sollte, an Marias Beerdigung in Berlin teilzunehmen, ließ den Gedanken jedoch fallen. Alle drei würde die Nachricht von Marias Tod schwer treffen, doch sie hatten nie eine so enge Beziehung zu ihr aufgebaut gehabt wie Demy oder Henny. Und Philippe …

»Das ist eine schöne Idee. Ich versuche seit Wochen, Lieselotte zu schreiben. Die Briefe schreibe ich an Minna Cauers Adresse, erhalte aber nie eine Antwort.«

Demy nickte bedrückt. Die Freundin aus ihrer ersten Zeit in Berlin hüllte sich also selbst ihren Brüdern gegenüber in Schweigen. Leise teilte sie den Brüdern die traurige Nachricht von Marias Tod mit und die beiden versprachen ihr, auch Feddo darüber in Kenntnis zu setzen, da Demy dazu keine Zeit mehr gefunden hatte.

Wenig später gesellte sich Anthony zu ihnen. Auch er lobte die Arbeit der drei Lehrbuben, bot Demy dann seinen Arm und führte sie voller Stolz in eine Flugzeughalle zu seiner Neuentwicklung, einem Jagdflieger mit drei Flügeln übereinander.

»Sie sieht imponierend und stabil aus«, kommentierte Demy etwas verunsichert seine in ihrer Muttersprache geführten Erläuterungen und erntete ein zustimmendes Lächeln. Anthony trat einen Schritt näher und stützte seine Hand dicht neben ihrem Kopf gegen den Flugzeugrumpf. Ihr Blick wanderte Hilfe suchend zum Hallentor. Erleichtert stellte sie fest, dass Peter und Willi zwar an ihre Arbeit zurückgekehrt waren, Philippe Anthony und ihr jedoch gefolgt war und nun in seiner üblichen Haltung am offenen Tor lehnte.

»Herr Fokker, wir hatten leider einen Todesfall im Haus Meindorff«, begann sie.

»Wie schrecklich. Mein Beileid!«

»Danke. Ich wollte Sie bitten, mir den Herrn Oberleutnant heute als Chauffeur zu überlassen, damit ich ihn morgen auf der Beisetzung in Berlin am meiner Seite habe.«

»Ach, richtig«, erwiderte er und trat zurück, als sei ihm soeben erst eingefallen, dass seine Gesprächspartnerin ja mit dem Mann verlobt war, der sie beobachtete.

»Darf ich dies als Zustimmung deuten?«

»Aber selbstverständlich, Fräulein van Campen«, sagte er, warf Philippe aber einen finsteren Blick zu. Demy spürte den Anflug eines heiteren Gefühls in ihrem Inneren und nahm es dankbar wahr. Auch nach Marias Tod würde das Leben weitergehen. »Ich danke Ihnen.«

»Dass Philippe gelegentlich die Gesellschaft einer Frau den Flugzeugen vorzieht, erstaunt mich.«

Demy lächelte unverbindlich und hoffte, dass sie nicht rot wurde. Sie fragte sich selten einmal, was die Leute wohl über ihre Beziehung zu Philippe dachten. Vermutlich war inzwischen nicht nur Philippes Ruf ruiniert. Um eine Weiterführung des Gesprächs zu vermeiden, ging sie auf ihren vermeintlich zukünftigen Ehemann zu und schenkte ihm ein eher bissig anmutendes Lächeln, das dieser mit einem Schulterzucken quittierte.

Demy fragte sich ohnehin, wie lange sie diese Scharade noch aufrechterhalten mussten. Interessierte es den alten Rittmeister überhaupt noch, was Philippe weit entfernt von Berlin tat oder in welchem Verhältnis sie zueinander standen? Von einer Eheschließung zwischen ihr und Philippe hätte Meindorff doch gar keinen Nutzen mehr. Allerdings scheute sie sich, die Verlobung offiziell zu lösen. Da Theodors Herz unübersehbar für Henny schlug, gab es für sie keine Veranlassung mehr, diesen Schritt voranzutreiben.

Demy verabschiedete sich von einem schon wieder in seine Arbeit vertieften Anthony und kurz darauf auch von Willi und Peter. Sie ließ sich von Philippe zurück zu seinem Wagen geleiten. Als er ihr die Tür aufhielt, blieb sie eisern vor dem Fahrzeug stehen. »Und jetzt möchte ich bitte den Grund erfahren, weshalb Sie mich hierherbeordert haben.«

»Steigen Sie bitte ein, ich bringe Sie zu ihm.«

»Nein. Sie sagten, Sie wollten mich einweihen, sobald ich mit Willi und Peter gesprochen hätte.«

»Demy, bitte steigen Sie ein und zügeln Sie für einen Moment Ihre überschäumende Neugier. Die Fahrt dauert nur fünf Minuten.«

»Warum überkommt mich erneut das Gefühl, dass ich Ihnen nicht trauen sollte? Ihre Geheimniskrämereien, Ihre heimlichen Aufenthalte in Frankreich und …« Demy brach ab, als Philippes Gesicht sich verdüsterte. Ihr Misstrauen ihm gegenüber hielt sich in Grenzen. Letztlich war es ihr als gebürtiger Niederländerin einerlei, ob der Mann für die Deutschen, für die Franzosen oder womöglich für beide Seiten spionierte. Nur, wenn er sie – wie er es in diesem Moment tat – mit diesem vorwurfsvollen, ja feindseligen Blick betrachtete, überkam sie ein Anflug von Furcht.

»Ich habe Ihnen noch nie einen Grund geboten, mir zu misstrauen, junge Dame. Umgekehrt sieht die Sache völlig anders aus. Ihnen, oder besser Ihrer gesamten Familie gegenüber, ist eine gehörige Portion Vorsicht wohl angebracht.«

»Wie kommen Sie nur immer wieder dazu, mir derlei an den Kopf zu werfen«, gab Demy aufgebracht zurück. »Gut, Tilla hat mit meinem Alter geschummelt und sie war bei ihrer Hochzeit mit Joseph nicht so vermögend, wie ihr Ehemann und der Rittmeister das annahmen. Aber gleichgültig, welche Auseinandersetzung Sie mit meinem Vater in dieser afrikanischen Kolonie ausgefochten haben, sie betrifft wohl kaum mich oder meine Geschwister! Und nach seinem Tod ...« Schnell brach sie ihren Redefluss ab. Beinahe hätte sie ausgeplaudert, dass ihre Schwester das plötzliche Ableben ihres Vaters herbeigeführt hatte. »... nach seinem Tod dürfte jeglicher Groll doch hinfällig sein.«

»Sie haben keine Ahnung!«, zischte er und ließ sie einfach stehen. Er löste den Dekompressionshebel und kurbelte das Auto an. Anschließend stieg er ein und schlug die Tür zu, während sie dastand und sich zu beruhigen versuchte. Erst nach einer ganzen Weile beugte sie sich in den Wagen und entgegnete: »Wie kann ich eine Ahnung von dem haben, was Sie mir vorwerfen, wenn Sie sich in Schweigen hüllen, mich aber immer wieder wie eine Verbrecherin behandeln? Ich habe das nicht verdient!«

Philippe stieg wieder aus, ging um das Automobil herum und stellte sich ihr gegenüber auf die andere Seite der niedrigen Wagentür. Er stützte beide Hände auf und beugte sich leicht zu ihr hinunter. Für einen Augenblick schien es, als wolle er ihr tatsächlich berichten, was ihn so gegen sie oder vielmehr gegen ihre Familie aufbrachte, doch dann schüttelte er mit zusammengepressten Lippen den Kopf und richtete sich wieder zu seiner stattlichen Größe auf.

»Entschuldigen Sie bitte, Demy. Mein Verhalten war nicht angemessen.«

»Angemessen für was?«, bohrte sie nach. Sie fühlte einen Anflug von Schmerz in sich, den sie nicht recht einordnen konnte. Rührte er daher, dass Philippe ihr noch immer sein Erlebnis mit ihrem Vater in Deutsch-Südwest vorenthielt oder dass er sich ihr gegenüber noch immer verschloss? Beide Möglichkeiten versetzten sie in Unruhe.

Philippe strich sich mit einer fahrigen Bewegung durch das kurz geschnittene, schwarze Haar, bevor er die Arme vor der Brust verschränkte, als baue er einen Schutzschild auf. Hielt er sie denn für gefährlich? Dieser Gedanke belustigte sie und ein schiefes Lächeln verdrängte die kleinen Falten auf ihrer Nase.

»Sie ...«, begann er und wandte sich halb aufgebracht, halb irritiert ab, um sich gleich darauf wieder zu ihr umzudrehen. »Sie verwirren mich mit Ihren ständigen Stimmungsschwankungen.«

»Glauben Sie mir, Herr Oberleutnant, Ihre sind nicht weniger irritierend.«

»Dann ist es wohl das Beste, wir ignorieren das fürs Erste und ich erzähle Ihnen, weshalb ich Sie hierherbat. Wobei ich dies nach meinem Verhalten Ihnen gegenüber fast nicht mehr wage.«

»Aus Ihren Worten schließe ich, dass Sie eine Gefälligkeit von mir einfordern?«

Philippe nickte, stützte sich erneut auf die Wagentür und kam mit seinem Gesicht dem ihren beunruhigend nahe. Leise berichtete er: »Ich habe etwa einen Kilometer von hier entfernt einen verletzten Soldaten untergebracht. Er benötigt dringend eine Unterkunft und gute Pflege.«

»Moment.« Demy hob die Hand. Wieder rümpfte sie ihre Nase, kamen ihr die Worte des Oberleutnants doch suspekt vor. »Ein verletzter Soldat liegt normalerweise in einem Feldlazarett, und wenn die Verwundung schwerwiegender ist, kommt er in ein entsprechend ausgerüstetes Krankenhaus in der Heimat.«

»Genau die Vorgehensweise ist für diesen Soldaten nicht möglich.«

Demy musterte Philippe. Seine blauen Augen waren offen auf sie gerichtet, die leicht gefurchte Stirn zeigte ihr, wie wichtig die Angelegenheit für ihn war.

»Sie haben Freunde in Frankreich und in England, soweit ich weiß auch in Kanada und den Staaten«, überlegte sie laut, und sein Nicken bestätigte ohne ein zusätzliches Wort ihren Verdacht. »Sie möchten von mir, dass ich mich um einen verletzten *feindlichen* Soldaten kümmere?« Fassungslos starrte Demy in sein kantiges Gesicht, das nicht nur unrasiert, sondern übernächtigt aussah. »Deshalb also Ihr großherziges Angebot, mich mit dem Automobil nach Berlin zurückzufahren? Wissen Sie eigentlich, was Sie da von mir verlangen? Allein der Gedanke daran, diesen Mann in das Herz Preußens schaffen zu wollen, ist Irrsinn!«

»Ich kann ihn aber unmöglich hier im Wald liegen lassen.«

»Wie ist er überhaupt hierhergelangt?«

»Ich habe ihn mit dem Flugzeug abgeholt.«

»Von wo?«

»Courtier in Belgien.«

»Courtier? Hat etwa Edith damit zu tun?« Demys Verwunderung wuchs mit jedem Detail, das sie erfuhr.

Philippe nickte erneut, legte nun die Ellenbogen auf die Beifahrertür und kam ihr somit noch näher. Er flüsterte: »Edith hat ihn gepflegt. Bei einem Gespräch stellte sich heraus, dass sie einen gemeinsamen Bekannten haben: mich. Es war geplant, ihn in ein Gefangenenlager zu verlegen, obwohl sein Zustand äußerst kritisch ist. Edith meinte, er würde das nicht überleben.«

Zweifelnd kniff Demy die Augen zusammen. Hatte sich die besonnene Edith wirklich auf ein so gefährliches Spiel eingelassen? Das entsprach überhaupt nicht der Art dieser geradlinigen Frau. Ob Philippe sie mit dieser Geschichte irgendwie zu täuschen versuchte?

»Edith beherrscht weder die französische noch die englische Sprache«, wandte sie ein, dabei klang ihre Stimme vor unterdrücktem Zweifel und aufkeimendem Misstrauen gereizt.

»John spricht ein wenig Deutsch.«

»John?«

»Captain John Howell. Ich habe ihn vor vielen Jahren in London kennengelernt, seine Frau und seine Schwester dann später in der britischen Walfischbay in Afrika.«

»Ein englischer Soldat also? Sie verlangen von mir, einen britischen Offizier mitten in Berlin zu verstecken und gesund zu pflegen? Hoffen Sie darauf, dass die niederländische Regierung einschreitet, falls ich verhaftet werde und mir die Hinrichtung wegen Landesverrats droht?«

»Ich wusste, ich muss Ihnen den Mann zuerst vorstellen, bevor ich mit meinem Anliegen herausrücke«, seufzte Philippe, stieß sich ab und ging zurück zur Fahrerseite. »Steigen Sie bitte ein, ich fahre Sie wie versprochen nach Berlin.«

Demy gehorchte, ließ sich auf dem unbequemen Sitz nieder und schlug die Tür zu. Während Philippe den Wagen auf der engen Zufahrtstraße wendete, beobachtete sie sein mit dunklen Bartstoppeln übersätes, müdes Gesicht. Hatte Edith tatsächlich das Wagnis auf sich genommen, Philippe heimlich einen ihrer Patienten zuzuspielen? Er hatte sich dabei wohl wieder mal eine Nacht im Flugzeug um die Ohren geschlagen und war nun gewillt, sie die nicht unerhebliche

Strecke nach Berlin zurückzufahren – auch ohne seinen Freund auf der Rückbank?

Ihre Gedanken wanderten zu Hannes, der vor gar nicht langer Zeit schwer verletzt in einem Lazarett um sein Leben gekämpft hatte. Für Edith und die Mädchen, ja auch für sie, die Hannes wie einen älteren Bruder liebte, wäre sein Tod schrecklich gewesen. Dieser John Howell hatte eine Ehefrau und eine Schwester. Die Frauen standen jetzt gewiss furchtbare Ängste um ihn aus!

»Dann stellen Sie mich mal Ihrem besonderen Freund vor«, sagte sie schließlich zaghaft in das unbehagliche Schweigen hinein.

Philippe sah sie an; lange und prüfend. Er tat das so intensiv, dass Demy nach vorn zeigte, um seine Aufmerksamkeit auf die Straße zu lenken.

»Ich möchte Sie nicht zu diesem Schritt zwingen«, sagte er, den Blick wieder geradeaus gerichtet.

»Ich habe mich doch ausgiebig dagegen gewehrt! Jetzt ist es meine Entscheidung. Sie zwingen mich also zu nichts.«

»Sind Sie sicher, dass Sie ein Mitglied der Familie van Campen sind?«

Demy überhörte seine Frage, auch weil Philippe kaum erahnen konnte, was er in ihr auslöste. Schließlich kannte er die schrecklichen Geheimnisse der van Campens nicht. Und die Frage, was er mit ihrem Vater in Afrika erlebt hatte, wagte sie nicht noch einmal zu stellen. Zu zerbrechlich war der neue Frieden zwischen ihnen. Zudem wollte sie nicht diesen John Howell unter ihren Zwistigkeiten leiden lassen, denn wenn Edith für ihren Patienten einen so großen und gefährlichen Aufwand betrieb, musste er jede Hilfe wert sein.

Ihr Chauffeur lenkte das Automobil entlang des Flugplatzes zu einem Waldstück und parkte dort bei einem kleinen Bachlauf inmitten von im Wind rauschenden Buchen. Behände sprang er aus dem Wagen, eilte um ihn herum und öffnete Demy die Tür. Er bot ihr sogar seine Hand beim Aussteigen.

Demy raffte den schwarzen, eng anliegenden Rock, nahm seine Hilfe in Anspruch, trat in das kniehohe Gras und wollte ihm ihre Hand sofort wieder entziehen. Er hielt sie jedoch unnachgiebig fest.

Fragend wanderte ihr Blick von dem satten Grün des Mischwaldes zu ihrer schmalen Hand in seiner kräftigen und anschließend zu seinem Gesicht hinauf.

»Sie sind eine mutige, hilfsbereite Frau. Ich stehe tief in Ihrer Schuld.«

»Das tun Sie ohnehin!«

»So?«

Demy verscheuchte mit ihrer freien Hand eine Biene. »Was denken Sie, wie lange wir diese Farce von Verlobung noch aufrecht halten müssen? Der Herr Rittmeister hat kaum noch Interesse an dem, was außerhalb seiner beiden Privaträume geschieht.«

»Es mag stimmen, dass ich keinen Nutzen mehr aus diesem Arrangement ziehe«, gab Philippe grinsend zu, was Demy schon wieder gegen ihn aufbrachte, »Sie hingegen schon.«

»So?«, erwiderte diesmal sie. Dieser Mann war einfach … aufregend! Und das in mehrerlei Hinsicht.

»Sie genießen in Berlin bei all Ihren Umtrieben den Schutz des Namens Meindorff. Denken Sie, Sie wären in der Lage, im Auftrag des Rittmeisters zu handeln, wenn die Leute nicht davon ausgehen würden, dass Sie bald eine Meindorff sein werden? Zudem hindert sein eigenes Arrangement – und sein Stolz – den Rittmeister daran, Sie mit all Ihren Gästen und Ihren aufreibenden Eigenheiten aus dem Haus zu werfen. Immerhin lebt seine Schwiegertochter, Ihre Halbschwester, nicht mehr. Aber als meine Verlobte …«, er beendete seine Ausführung mit einem lässigen Schulterzucken.

»Und nun bürden Sie mir eine neue aufreibende *Eigenheit* auf?«

»Ich werde mich hüten, Sie deshalb mit meinem Spott zu überziehen.«

»Dafür bin ich Ihnen unendlich dankbar!«, lachte Demy kopfschüttelnd und entzog ihm endlich ihre Hand.

Mit schnellen Schritten und wehendem Rock folgte sie Philippe über einen von weißen und violetten Blumen gesäumten Waldpfad. An seinem Ende gelangten sie zu einem primitiven Unterstand aus Holzbalken, derb zugesägten Brettern und dicken, teils zerbrochenen Ästen. Philippe zog einige Äste beiseite und legte eine Lagerstatt frei, in der sich ein junger Mann befand. Das helle Haar hing dem Leutnant verschwitzt in sein eingefallenes Gesicht, auf dem die Sommersprossen erschreckend grau wirkten.

Demy zwängte sich an Philippe und einem morschen Stützpfosten vorbei und kniete sich zu dem Briten in das feuchte Moos. Sie sprach ihn auf Englisch an: »Captain Howell, ich bin Demy van Campen. Ihr Freund hier«, sie deutete mit dem Daumen hinter sich auf Philippe, »bat mich, Ihnen zu helfen.«

»Sie sind Niederländerin? Neutral! Können Sie mich in Ihre Heimat schaffen? Von dort kann ich zu meiner Familie gelangen.« Johns Worte kamen sehr leise über seine aufgeplatzten Lippen.

»Zuerst einmal müssen wir für Ihre Genesung sorgen. Weitere Schritte planen wir, wenn Sie wieder kräftig genug für ein Abenteuer sind. Aber vielleicht können wir über die Niederlande eine Nachricht an Ihre Familie weiterleiten lassen? Ihre Lieben sollen erfahren, dass Sie am Leben sind, nicht wahr?«

Ein schmerzliches Lächeln traf sie, ehe sie sich erhob. Ihre Augen funkelten, als sie sich Philippe zuwandte. »Dem Mann geht es furchtbar schlecht. Ich weiß nicht, ob ich ohne Marias Hilfe viel für ihn tun kann. Er braucht einen Arzt!«

»Zumindest hat er im Meindorff-Haus größere Überlebenschancen als in einem überfüllten, unhygienischen Gefangenenlager.«

»Da mögen Sie recht haben«, pflichtete Demy ihm bei und warf dem flach atmenden Mann unter dem Schutzdach einen besorgten Blick zu. »Wie ist es Ihnen gelungen, ihn allein in den Wald zu schaffen?«

»Auf einer selbst gebauten Trage.« Philippe trat hinter den Unterstand und zog ein schmales Gestell aus zusammengebundenen, dicken Ästen hervor. Ohne lange zu fragen half sie Philippe, den Kranken auf die spartanische Trage zu hieven, und gemeinsam schleppten sie ihn zum geparkten Automobil.

Die Sonne stand bereits weit im Westen, brachte aber dennoch die feuchte Walderde zum Dampfen, sodass sich eine schwüle Hitze unter dem Blätterdach sammelte. Entsprechend erleichtert begrüßte Demy die frische Brise, die vom See zu ihnen wehte, kaum dass sie den Wald verlassen hatten.

Es dauerte geraume Zeit, bis sie John im Fond des Wagens halbwegs bequem und von außen nicht auf den ersten Blick sichtbar untergebracht hatten. Während Demy ihm etwas Wasser einzuflößen versuchte, versteckte Philippe die Trage wieder hinter dem Unterstand.

»Können wir starten?«, fragte er schließlich, und Demy bejahte. Sie hoffte und betete, dass sie unterwegs nicht angehalten würden. Wenn John erst hinter den stabilen Mauern des Meindorff-Anwesens verschwunden war, drohte ihm wohl keine Gefahr mehr. Doch auf der Fahrt von Schwerin nach Berlin durfte er von niemandem gesehen werden.

Kapitel 16

Berlin, Deutsches Reich, Mai 1917

Demy schloss das Tor hinter Philippes Automobil, das er ausnahmsweise direkt vor die Treppe chauffiert hatte, und blickte auf das im Dunkeln liegende Haus.

Die schwarzen Silhouetten der Bäume reckten sich in den Himmel, an dem nur hin und wieder ein hell blinkender Stern zwischen den langsam ziehenden Wolken aufleuchtete. War es wirklich richtig gewesen, den verletzten britischen Soldaten nach Berlin zu schaffen? Die Fahrt war reibungslos verlaufen, niemand hatte sie gesehen oder angehalten. Nun konnten sie den Patienten unbemerkt ins Haus tragen.

Aber was dann? Der Mann wurde von hohem Fieber geschüttelt, gegen das Demy sich machtlos fühlte. Wie konnte sie Philippes Freund helfen? Was sollte sie tun, wenn er trotz all ihrer Bemühungen starb? Mussten sie ihn dann schlichtweg im Garten der Meindorffs verscharren? Diese Vorstellung, begleitet von dem klagenden Ruf eines Kauzes, jagte ihr ein Frösteln über den Rücken. Voller Zweifel gesellte sie sich zu Philippe. Er öffnete die hintere Tür seines Wagens. »Wenn Sie bitte die Eingangstür aufschließen und sich Gedanken darüber machen würden, in welches Zimmer wir John legen, suche ich derweil etwas, das sich als Trage eignet.«

Ohne darauf zu achten, ob sie seiner Anweisung Folge leistete, ging er vor dem Rücksitz in die Hocke, um einige Worte mit seinem Freund zu wechseln, erhob sich aber unvermittelt noch mal und drehte sich dabei nach ihr um. Da sie dicht neben ihn getreten war, wurde sie zwischen der Karosserie, der offenen Wagentür und Philippe eingekeilt. Unsicher sah sie zu ihm auf.

Die Bartstoppeln ließen sein gebräuntes Gesicht noch dunkler erscheinen, und trotz des schwachen Lichts konnte sie deutlich seine Augen erkennen. Täuschte sie sich oder ruhte sein Blick ungewohnt sanft auf ihr? Sie kannte ihn fast nur zynisch; zwar verhielt er sich ihr gegenüber meist höflich, aber stets mit einer Spur von Kälte und einem unterschwelligen Vorwurf. Allerdings war ihre Unterhaltung auf der langen Fahrt nach Berlin ungewohnt angenehm verlaufen. Dieser Mann war und blieb für sie ein einziges, aufreibendes Rätsel.

Demy zuckte leicht zurück, als Philippe seine Hand an ihre linke Wange legte. »Ich weiß, dass ich Ihnen hiermit eine schwierige Aufgabe aufhalse.«

»Ich habe mich aus freien Stücken dazu entschieden«, betonte sie. Zu ihrem Bedauern klang ihre Stimme nicht halb so selbstsicher, wie sie es gern gehabt hätte. Seine Berührung wühlte ihr Innerstes auf. Was geschah nur mit ihr?

»Das ist Ihnen wichtig, nicht? Ihre Unabhängigkeit? Ihrem eigenen Willen zu folgen?«

Demy zuckte lediglich mit den Schultern. Die Jahre, in denen ihr Vater, Tilla und die Meindorffs über ihr Leben hatten bestimmen wollen, hatten sie wohl in diese Richtung geformt.

»Ist es dieser Drang nach Selbstbestimmung, der Sie bisher von einer ernsthaften Liaison abhielt?«

Ihr Herz schlug Kapriolen. Bisher? Ahnte er, dass sie gerade dabei war, sich zu verlieben? Und zwar in ihn? Sah er so tief in sie hinein? Dieser Gedanke, der sich da heimlich eingeschlichen hatte, brachte sie noch mehr durcheinander. War es denn so? Brachte sie Philippe mehr als nur diesen Mischmasch aus Bewunderung, Unverständnis und gelegentlichem Zorn entgegen? Wie sollte sie damit umgehen?

Immerhin hatte sie als Dreizehnjährige schon beschlossen, dass sie Philippe Meindorff nicht ausstehen konnte!

Philippes Gesicht näherte sich dem ihren, und sie sah ein Funkeln in seinen Augen. Die Sanftheit war aus ihnen verschwunden, vielmehr las sie jetzt Übermut darin. Was hatte er vor? Sie trat einen Schritt zurück, war aber zwischen dem Wagen und der Tür gefangen.

»Mein Leben wurde viele Jahre lang von anderen diktiert, Herr Oberleutnant!«, fauchte sie ihn mehr hilflos als wütend an und unterdrückte den Wunsch, ihn beiseitezuschubsen. Wenigstens nahm er nun seine Hand von ihrer Wange und stützte sie stattdessen auf die Tür.

»Sie haben immer rebelliert, Demy. Heimlich und öffentlich. Genau wie ich.«

»Was wissen Sie schon über mich?«

»Mehr als Sie annehmen. Dank Edith und Hannes. Und dank Maria!«

Entrüstet funkelte sie Philippe an, was ihn nicht daran hinderte, seinen Unterarm neben ihrer Schulter auf das Fahrzeug zu stützen und ihr dadurch noch näher zu kommen.

»Trotzdem weiß ich nicht genug. Denn Ihre Familie ...«

»Casanova«, unterbrach ihn eine schwache Stimme aus dem Wageninneren. »Wenn du die junge Dame noch mehr gegen dich aufbringst, wirst du mich wieder mitnehmen müssen.«

Philippe grinste und sogar Demy spürte eine Spur Erheiterung in sich, die, anders als das Durcheinander in ihrem Herzen, sehr schnell wieder verschwand. Casanova! Genau diese Art Mann war Philippe viele Jahre lang gewesen, und ganz offensichtlich wusste er noch immer, wie man Frauen beeindruckte. Wobei sie zugeben musste, dass sie sich im Grunde selbst in diese missliche Lage manövriert hatte. Philippe wich zurück und ihr gelang es, wieder freier zu atmen.

Schnell trat sie die Flucht zur Haustür an, wo sie mit zitternden Fingern den großen Schlüssel in das Schloss steckte. Nachdem sie den Türflügel in das Innere des dunklen Foyers geschoben hatte, drehte sie sich um. Philippe war verschwunden. Er hatte sich wohl ebenfalls auf seine Aufgabe besonnen. Erleichtert rieb sie sich über die Nase und versuchte ihre flatternden Nerven zu beruhigen.

Einige Minuten später kam er mit einem langen Holzbrett aus Richtung der Nebengebäude zurück. Er half seinem Freund behutsam aus dem Wagen, bettete ihn auf das unbequeme Brett und winkte Demy herbei. Sie folgte der Aufforderung, wenn auch mit kräftig klopfendem Herzen und deutlich sichtbaren Rillen auf ihrer Nase, die ihren Widerwillen kundtaten.

»Versuchen wir es, Demy. Wenn Ihnen die Kraft ausgeht, sagen Sie es bitte rechtzeitig, und wir setzen John ab. Eigentlich müsste ich Bruno wecken, aber da er auf Sie und Ihre ins Haus geschleusten Gäste nicht gut zu sprechen ist, würde ich das gern vermeiden.« Seine Worte klangen nüchtern freundlich. Wahrscheinlich hatte seine Annäherung von eben keinerlei Bedeutung für ihn. Nur sie dummes Küken reagierte darauf so heftig.

Wütend auf sich selbst griff Demy unter das Brett. Auf Philippes Kommando stemmten sie es in die Höhe. Der Brite war so ausgezehrt, dass er nicht mehr viel wog, und da Demy ohnehin die leichtere Seite mit den Beinen trug, glaubte sie, es schaffen zu können.

Allerdings stellte die Außentreppe und schließlich die wenigen Stufen zwischen den beiden Foyers ihr Vorhaben bereits auf die Probe. Obwohl die Nacht kühl war, lief ihr vor Anstrengung der Schweiß über das Gesicht.

»Wohin nun?«, erkundigte Philippe sich knapp.

»Tillas Zimmer.«

»Was?« Philippe wandte den Kopf und musterte sie unter zusammengezogenen Augenbrauen.

Streitlustig fragte sie: »Irgendwelche Bedenken, Herr Oberleutnant?«

»Es ist nur …«

»Immerhin ist der Mann krank und braucht meine ungeteilte Aufmerksamkeit.«

Philippe brummte etwas Unverständliches vor sich hin, näherte sich aber der in der Holzverkleidung eingelassenen Tür zum ersten Stock. Als er versuchte, die Türklinke mit dem Ellenbogen zu drücken, neigte sich das Brett bedenklich, und Demy sah sich kaum in der Lage, die Neigung abzufangen, geschweige denn, das Brett noch länger zu halten. Ihre Hände schmerzten, zudem hatte sie sich einige Splitter zugezogen.

Endlich sprang die Tür auf. Vor ihnen lag die Treppe, die über zwei Absätze nach oben führte, in vollkommener Dunkelheit.

»Ich glaube nicht, dass ich das schaffe«, gestand Demy keuchend.

»Absetzen«, kommandierte Philippe mit ruhiger, aber befehlsgewohnter Stimme. Seine Führungskompetenz war eine weitere Sache, die Demy schon immer verwirrt hatte. Es hieß, dass Philippe in Deutsch-Südwestafrika ein brillanter und beliebter Kommandeur gewesen sei. Das mochte gar nicht zu dem Bild passen, das man in Berlin von ihm hatte und sich lange Zeit auch mit ihren Eindrücken gedeckt hatte.

Demy schalt sich selbst, da sich ihre Gedanken schon wieder um Philippe drehten. Gleichzeitig setzten sie das Brett auf das Parkett vor der Tür ab.

Demy richtete sich erleichtert auf und betrachtete prüfend ihre schmerzenden Handinnenflächen, soweit das im Dämmerlicht möglich war. Inzwischen betätigte Philippe den Lichtschalter im Treppenhaus. Die Lampen flammten auf, was beide Helfer zum Blinzeln brachte.

»Ich gehe Bruno wecken«, beschloss Philippe und trat auf sie zu. »Wir geben John als einen niederländischen Vetter von Ihnen aus.«

»Ich soll die Leute in diesem Haus belügen?«

»Darin sind Sie ja nicht ganz ungeübt, oder?«

Aufgebracht stemmte Demy die Hände in die Hüfte. »Was berechtigt Sie, so unverschämt zu mir zu sein.«

»Unverschämt? Wer hat denn die Meindorffs jahrelang mit seinem Alter getäuscht?«

»Das war nicht meine Idee, sondern die meiner Schwester. Und sie hatte einen guten Grund dafür.«

»Und der wäre?«

»Ähnlich wie dieser«, erwiderte Demy und deutete mit der Hand auf den Verletzten, der sie aus zusammengekniffenen Augen musterte.

»Sehen Sie, wieder eines Ihrer gut gehüteten und mich misstrauisch stimmenden Familiengeheimnisse.«

»Bitte, ich kann die Stufen bestimmt schaffen«, unterbrachen gepresste englische Worte ihren neuerlichen Disput.

Demy ließ Philippe stehen und kniete sich neben den Verwundeten. »Entschuldigen Sie bitte, Mr Howell. Für Sie ist unser Benehmen vermutlich sehr unangenehm. Glauben Sie mir, es geht hierbei nicht um Sie. Der Herr Oberleutnant ist einfach ein schwieriger Zeitgenosse.«

Ein Lächeln verschob für einen Augenblick die Sommersprossen auf dem Gesicht des Verletzten. »Der schwierige Zeitgenosse soll mich stützen, dann gehe ich selbst die Stufen hoch!«, schlug John vor.

»Wir stützen Sie beide. Und solange er befürchten muss, Sie zu Fall zu bringen, wird sich der Herr Oberleutnant auch mir gegenüber gesittet benehmen.«

Ein trockenes Auflachen hinter ihr ließ Demy schmunzeln und dem Briten zuzwinkern.

»Philippe, ich fürchte, die Dame streitet gern mit dir.«

»Sag das bitte nicht, mein Freund. Ich dachte immer, sie empfinde eine gehörige Portion Respekt vor mir.«

»Den, Herr Oberleutnant, haben Sie sich noch nicht verdient«, konterte Demy und half John, seinen Oberkörper aufzurichten. Die Blässe in seinem Gesicht und der Schweißfilm, der dieses sofort überzog, ließ sie besorgt die Nase kräuseln. Ob sie nicht doch besser Bruno einweihen sollten?

»Es wird gehen«, flüsterte John grimmig und um sich selbst Mut zuzusprechen.

Philippe und Demy zogen den Mann auf die schwachen Beine. Mühsam und mit mehreren Pausen schleppten sie John in Tillas Zimmer. Dort ließen sie ihn keuchend in einen mit einem weißen Tuch abgedeckten Sessel sinken und schoben ihn bis an das zuvor von Demy hastig aufgedeckte Himmelbett.

»Leider ein überaus weibliches Ambiente, Mr Howell. Das Zimmer gehörte meiner verstorbenen Schwester. Aber da meine Kammer gleich nebenan liegt, halte ich es für eine praktische Lösung, Sie hier unterzubringen. Zudem ist dies der letzte Raum, in dem jemand einen britischen Offizier vermuten würde.«

»Danke. Ich werde immer in Ihrer Schuld stehen.«

Demy winkte ab und wandte sich an den etwas hilflos dastehenden Philippe. »Sie kleiden Ihren Freund aus und waschen ihn. Ich sehe nach, was Marias Hausapotheke hergibt.« Damit verschwand sie durch die Flügeltür in den Flur, huschte jedoch zuerst nach nebenan in ihre Kammer, um sich der unbequemen Schuhe und des Reisemantels zu entledigen. Dabei verzichtete sie darauf, die Deckenlampe einzuschalten. Ein schmaler Lichtstreif verriet ihr, dass die Verbindungstür zu Tillas ehemaligem Zimmer nicht vollständig geschlossen war. In dem Moment, als sie die Hand nach der Klinke ausstreckte, hörte sie Johns schwache Stimme.

»Eine tolle Frau. Mir gefällt vor allem, dass sie dir den Kopf zurechtrückt. Ich glaube, das haben bisher nicht viele Frauen gewagt.«

»Da hast du recht. Sie hingen vielmehr wie Kletten an mir. Da ist sie eine angenehme Abwechslung.«

»Nur eine Abwechslung?«

Als Philippe schwieg, griff Demy erneut nach der Klinke, wurde aber von Johns Worten unterbrochen. »Wir hatten nie die Gelegenheit über Udakos Tod und die Vorfälle in Afrika zu sprechen, mein Freund. Ich bedaure das sehr.«

»Wir holen das nach, sobald es dir besser geht. Im Moment gebe ich Demy recht: Ich muss dich aus diesen verdreckten Sachen holen. Und du wirst der resoluten jungen Frau Folge leisten und zusehen, dass du schnell gesund wirst.«

»War ihr Angebot ernst gemeint, über die Niederlande eine Nachricht an meine Familie zu schicken?«

»Demy meint meist ernst, was sie vorschlägt. Das bringt sie gelegentlich in die von ihr offenbar geschätzten Schwierigkeiten. Sprich sie noch mal darauf an. Sie war viele Jahre lang fern ihrer Heimat, eine ihrer Schwestern lebt in Russland; der Kontakt ist seit Kriegsbeginn abgebrochen. Sie weiß, was Einsamkeit bedeutet und wie schrecklich es ist, keine Informationen über Angehörige zu erhalten.«

»Weiß sie eigentlich über deinen weichen Kern Bescheid, *Herr Oberleutnant?*«, fragte John und imitierte bei der Anrede den spöttischen Tonfall, den Demy gern benutzte.

Wieder versagte Philippe dem Mann eine Antwort, und Demy nahm das zum Anlass, endlich die Tür zu schließen und nach Marias Medikamenten und Verbandszeug zu suchen. Wie sehr wünschte sie sich, die Haushälterin und verwitwete Arztfrau sei an ihrer Seite! Wegen John, aber auch wegen ihres durcheinandergeratenen Gefühlslebens. Deutlich stand ihr vor Augen, wie viele schwere Tage ihr bevorstanden, in denen sie Maria schmerzlich vermissen würde.

* * *

Karl Roth verließ den Schutz der Bäume, warf dabei aber vorsichtshalber noch mal einen Blick auf das Haus der Meindorffs. Diese Seite des Gebäudes war nach wie vor in Dunkelheit getaucht, was ihm verdeutlichte, dass Meindorff und Demy van Campen sich mit der Person, die sie hineingetragen hatten, im privaten Wohnflügel aufhielten.

Wie ein Schatten huschte Karl zum Tor, öffnete es, zwängte seine füllige Gestalt durch einen Spalt und schloss es sorgfältig wieder hinter sich. Nun konnte er vom Haus aus nicht mehr gesehen werden. Vergnügt grinste er vor sich hin. Niemand der im Haus lebenden Menschen ahnte, wie gut er sich darin inzwischen auskannte. Allerdings verwunderte ihn die Anzahl der Bewohner. Er hatte sich eingehend umgehört und es hieß, dass der alte Meindorff seit vielen Jahren verwitwet sei. Seine Schwiegertochter war ebenfalls gestorben und die drei Söhne befanden sich im Krieg, wobei der mittlere Sohn samt Ehefrau und zwei Töchtern verstoßen worden war, diese sich also nicht im Stadthaus der Meindorffs aufhielten.

Zudem kursierte das der Wahrheit wohl sehr nahe kommende Gerücht, dass der Alte seine Geschäfte nicht mehr zu regeln imstande war und inzwischen nicht mehr Eigentümer seines Unternehmens, ja nicht einmal mehr des Hauses sei. Der Rittmeister hatte fast alle Angestellten entlassen, bis auf eine Haushälterin, ein Dienstmädchen und den Kutscher. Also müssten bei ihm momentan nur die drei Geschwister der verstorbenen jungen Frau Meindorff wohnen, Demy, Rika und Feddo. Wer aber waren dann diese Kinder, Frauen und der Mann, die er im Garten und auch im Haus beobachtet hatte?

Wie so oft drifteten seine Überlegungen zu seinem ehemaligen Vorgesetzten ab. Philippe Meindorff war zum Oberleutnant befördert worden und baute, wie Karl erfahren hatte, inzwischen bei diesem Niederländer Fokker Flugzeuge. Das erklärte, wie Philippe nach Kriegsbeginn so schnell aus Paris hatte fliehen können – ebenso wie bei ihrem zweiten unfreiwilligen Zusammentreffen in Frankreichs Hauptstadt. Der Mann musste mit einem der neumodischen Fluggeräte die Grenze und die Frontlinien überquert haben!

Wieder loderte der heiß verzehrende Zorn in ihm auf. Seit Jahren trug er ihn mit sich herum. Gelegentlich kühlte er ab, vor allem in Zeiten, in denen er nichts mit Philippe zu tun hatte und auch nichts von ihm hörte. Doch heute war er so stark wie vor Udakos Tod und bei ihren unangenehmen Aufeinandertreffen in Paris.

Keuchend lehnte Karl sich an die Außenmauer des Grundstücks, während sein Blick in Richtung Charlottenburger Schloss wanderte, ohne tatsächlich etwas wahrzunehmen. Sein Unterkiefer knirschte, als er ihn zu lockern versuchte. Er würde diesen arroganten Gecken an seiner empfindlichsten Stelle treffen, schwor er sich ein weiteres Mal. Doch wer war der Mann gewesen, den er und diese van Campen vom Automobil ins Haus getragen hatten? Offenbar hatten sie ihn aus einem Krankenhaus oder Lazarett hierhergeholt. Handelte es sich um einen der Meindorff-Söhne, die der Oberleutnant als seine Brüder betrachtete?

Bei diesem Gedanken brodelte der Zorn noch heißer in ihm auf. Dieser Philippe war keinen Deut besser als er; ebenfalls ein Bastard! Dennoch war er in einer angesehenen Berliner Familie untergekommen, hatte Reichtum und Annehmlichkeiten genossen, während Karl …

Wieder knackte sein Kiefer, und er vollführte eine eigenartige Mundbewegung, um ihn zu lösen. Für ihn galt es jetzt herauszufinden, wer die vielen Menschen im Meindorff-Haus waren und welcher Sohn als Krüppel von der Front zurückgekehrt war. Hier konnte er die Finger in die Wunde legen und Philippe empfindlich treffen und bestrafen. Oder er versuchte dieses Ziel über Philippes Verlobte zu erreichen. Es gab das Gerücht, dass Philippe nur als Ersatz für einen seiner *Brüder* hatte herhalten müssen, da dieser die Frau wegen einer anderen sitzen lassen hatte. Aus diesem Grund, so hieß es, bestand die Verlobung seit Jahren, ohne dass von einer anstehenden Vermählung die Rede war. Allerdings hatte Karl gesehen, wie dicht sie am Automobil beieinandergestanden hatten. Die körperliche Nähe und die Intensität, mit der sie sich unterhalten hatten, deuteten auf eine enge, vertraute Beziehung hin. Vermutlich war es nur der Anwesenheit des Krüppels geschuldet, dass sie nicht übereinander hergefallen waren.

Seine ungestillte Begierde nach Udako und Mata Hari kam ihm in den Sinn und steigerte seinen Hass auf Philippe, der immer alles bekam, was er erstrebte.

Mit einem Knurren stieß Karl sich von der Mauer ab und eilte zurück in seine kleine Berliner Wohnung. Er wollte endlich seine Genugtuung, seine Rache! Er würde Philippe leiden lassen wie einen Hund, indem er ihm erneut die Geliebte nahm – obwohl Udakos Tod damals ein nicht geplantes Unglück gewesen war. Dieses Mal würde er gezielt gegen die Frau in Philippes Leben vorgehen. Und falls es ihm nicht mehr genügte, den Kerl leiden zu sehen, konnte er ihn noch immer töten.

* * *

Schwerer Lavendelduft lag in der Luft. Die schlanken Halme mit den winzigen violetten Blüten waren in kleinen Säckchen ausgehängt oder offen ausgelegt worden, um die Stoffe des ungenutzten Raums vor Mottenbefall zu schützen. Philippe erinnerte der Geruch schmerzlich an seine ersten Lebensjahre. Unkonzentriert stellte er die Schüssel mit dem ohnehin noch zu heißen Wasser auf die Glasplatte des eleganten Nachttischs ab und öffnete alle sechs Fensterflügel und auch die beiden im angrenzenden Ankleidezimmer. Kühle Nachtluft drang ein und bauschte die leichten Gardinen. Am Fenster stehend rief er sich das Bild seiner Pflegemutter in Erinnerung. Die pausbackige Frau mit den lustigen Knopfaugen war auf die Sechzig zugegangen und hatte ihn geliebt wie ihr eigenes Kind. Er erinnerte sich vage an die französischen Lieder, die sie ihm abends am Bett gesungen hatte, ebenso wie an die Hitze in dem kleinen Haus außerhalb eines Dorfes inmitten der Provence. Er dachte an ihre schmackhaften Mahlzeiten, die langen Spaziergänge zwischen den Lavendelreihen, an das Zirpen der Grillen des Nachts und die fröhlichen Vogellieder tagsüber. Dann,

Philippe mochte gerade vier Jahre alt gewesen sein, war ein zweites Kind zu ihr gebracht worden. Der einjährige Calle hatte die meisten Nächte durchgeweint, Amelies Gesang zum Trotz. Er war ein schwieriges Kind; immer nörgelnd, niemals zufrieden. Sogar Philippes Mutter hatte bei einem ihrer Besuche versucht, auf das unzufriedene Kind einzuwirken. Sie hatte wohl bemerkt, wie wenig Zeit Amelie nur noch für Philippe blieb. Doch schließlich hatte sie es aufgegeben, Philippe eines Tages mit sich genommen und nach Berlin gebracht.

Dort war es ruhiger, gesitteter, strukturierter zugegangen, aber ihm fehlte die tröstende Nähe von Amelie, ihre Lieder, ihre Umarmungen, ihr aufmunterndes Lächeln. Und er hatte seine Mutter niemals mehr wiedergesehen.

Einzig Maria Degenhardt hatte die Stirn gehabt, die Regeln zu brechen. Sie hatte sich während ihrer Arbeit mit ihm unterhalten, ihm das Gefühl gegeben, wertgeschätzt und geliebt zu sein. Und nun war sie tot.

Hatte er ihr jemals gesagt, wie sehr er die Augenblicke in ihrer Küche, in ihrer Gegenwart genossen hatte? Dass sie sein Rettungsring im kalten Meer des Unternehmerhaushalts gewesen war? Er wusste es nicht, und das bereitete ihm Kummer.

Hatte er Udako jemals auch nur ansatzweise deutlich genug gesagt, wie sehr er sie liebte? Ein verzweifeltes Seufzen drang über seine Lippen, als er an ihr wunderschönes Lächeln, den Trost ihrer Berührung, den Klang ihrer Stimme dachte. Der Schmerz über ihren Tod und die zerstörerische Wut in seinem Inneren hatte er dank seines geistlichen Mentors, dem Missionar Walther, loslassen können, bevor beides seine Seele wie ätzende Säure zerfressen hatte.

Aber nie zuvor in diesen vielen Jahren hatte er so deutlich gespürt wie heute, dass er sich wieder nach einer Frau sehnte. Er brauchte ein Gegenüber, das ihn spiegelte und ihm widersprach; seine Sorgen und seine Freude mit ihm teilte. Er brauchte eine Frau, für die er sorgen konnte und die er umarmen, küssen und lieben durfte. Lag es daran, dass er heute mehrere Stunden in der unmittelbaren Gegenwart einer Frau verbrachte hatte? Demy war sicher nicht die geeignete Frau, um seine Sehnsüchte zu stillen, zumal ihr Vater den Tod von Udako mit verschuldet hatte und ihre Familie einige Geheimnisse mit sich herumtrug. Dennoch konnte er nicht leugnen, wie stark er sich zu ihr hingezogen fühlte.

Sie war die erste Frau seit Langem, der er erlaubte, Teil seines Lebens zu sein. Er mochte ihren Akzent, ihren Humor, ihren Kampfeswillen und die Tatsache, dass sie sich nicht von seinem Äußeren, seinem Status als einer der wenigen Piloten weltweit oder anderen Oberflächlichkeiten dazu verleiten ließ, ihn anzuhimmeln. Das hatte er zu Genüge erlebt und es hatte ihn schrecklich gelangweilt.

Ja, sie war eine interessante Persönlichkeit – mehr aber auch nicht! Philippe schüttelte den Kopf über seine eigenen Argumente. Wen versuchte er zu täuschen? Er fühlte sich zu Demy hingezogen. Mehr, als es gut für ihn war.

»Philippe?« Johns raue Stimme brachte ihn in die Realität zurück. Er warf einen letzten Blick über das in Dunkelheit gehüllte Berlin, ging zurück in den Salon und schenkte dem verletzten Freund seine Aufmerksamkeit. Das vormals heiße Wasser war nur noch lauwarm, doch John kümmerte es nicht. Mit schmerzverzerrtem Gesicht ließ er sich von ihm entkleiden, waschen und schließlich zudecken. Gerade noch rechtzeitig, ehe Demy klopfte.

Philippe öffnete den rechten der oben abgerundeten Türflügel und trat beiseite, damit sie mit ihrem Holztablett eintreten konnte. Darauf befanden sich eine Schüssel mit würzig duftender Suppe, deren Dampf sich in einer weißen Spirale in die Höhe wand, zwei Gläser Wein, der im Licht der Deckenlampe feuerrot schimmerte und verschiedenes Verbandmaterial und Tinkturtiegel.

»Zwei Gläser Wein«, spottete Philippe und fragte sich selbst, weshalb er die friedliche Atmosphäre, die im Automobil geherrscht hatte, nicht aufrechterhalten konnte. Lag es daran, dass er sie zu nahe an sich herangelassen hatte?

»Richtig. Mr Howell und ich werden doch unser Kennenlernen ein wenig feiern dürfen.«

»Er ist verheiratet, schon vergessen?«

Demy warf ihm einen Blick zu, den er nicht zu deuten brauchte. Prompt sagte sie: »Das hat Sie früher auch nie gekümmert …«

»Da sind Sie falsch informiert. Vor dem Bund der Ehe habe ich den größten Respekt.« Noch während er sprach, war ihm klar, dass

Amelie diesen Respekt in ihm angelegt hatte, nicht seine Mutter. Sie war nie verheiratet gewesen, hatte aber viele Männer geliebt. Seine Pflegemutter hingegen hatte ihm unzählige Geschichten über ihren längst verstorbenen Mann erzählt und selbst in seinen jungen Jahren hatte er gespürt, wie sehr sie ihn geliebt hatte.

»Ohnehin glaube ich, dass Sie über meine Jahre in Berlin falsch informiert sind.« Philippe wandte sich ruckartig ab. Er ärgerte sich, dass er plötzlich den Wunsch verspürte, Demy die Wahrheit über seinen früheren Lebenswandel darzulegen. Was war nur mit ihm los? Er konnte und durfte diese Frau nicht lieben!

»Glauben Sie mir, das ist mir völlig gleichgültig«, gab sie zurück und setzte das Tablett auf einen runden, mit bunten Mosaiksteinchen verzierten Metalltisch. Nahtlos sprach sie ihren Patienten in Englisch an: »Ich verbinde jetzt Ihre Wunden neu. Anschließend soll der *Herr Oberleutnant* Sie beim Essen der Suppe unterstützen und ein Glas Rotwein mit Ihnen trinken. Der Wein wird Ihnen guttun. Sie sind vermutlich nicht zum Reden aufgelegt, aber womöglich weiß der *Herr Oberleutnant* außer Frauengeschichten auch etwas zu erzählen, das Sie von Ihren Schmerzen ablenkt.«

»Sie haben eine furchtbar schlechte Meinung von mir«, warf Philippe auf Deutsch ein.

»Ja, warum nur?«

»Sie dürfen einen Mann nicht nach den Gerüchten verurteilen, die über ihn kursieren.«

»Dann hätte er diese nicht fördern sollen«, gab sie zurück, wobei sie ihm noch immer demonstrativ den Rücken zuwandte. »Und jetzt benötige ich Ihre Hilfe beim Verbandswechsel. Morgen werde ich Henny bitten, mir zur Hand zu gehen, aber ich denke, wir brauchen sie nicht um ihren wohlverdienten Schlaf zu bringen.«

Wortlos befolgte Philippe ihre Anweisungen, dann verabschiedete sie sich mit knappen Worten und verschwand durch die unscheinbare Verbindungstür im Nebenzimmer.

Die beiden Männer blieben schweigend zurück. Philippe starrte die Tür an, hinter der Demy verschwunden war, während John, von heftigen Schmerzen geplagt, die Augen geschlossen hielt. Dennoch war es der Brite, der zuerst das Wort ergriff. »Ich konnte nicht jedes Wort verstehen, Freund. Aber ich gewinne immer mehr den Eindruck, dass du dir diese Frau einfangen solltest. Und jetzt gib mir etwas von diesem Wein und erzähl mir, was mit dir geschehen ist, seit wir uns damals in der Walfischbay getrennt haben. Wie viele Jahre ist das jetzt her? Acht? Neun?«

Philippe griff nach dem Kristallglas. Mit einem zweiten Blick auf die Verbindungstür wurde ihm klar, dass es an der Zeit war, sein Herz erneut einer Frau zu öffnen. »Ich gestatte diese räumliche Nähe zu Demy übrigens nur, weil ich weiß, dass du deine Mary liebst und ihr treu bist.«

»Ich wusste es!«, sagte John triumphierend.

Obwohl Philippe noch immer die Tür mit seinen Blicken zu durchbohren versuchte, ahnte er, dass der Brite breit grinste, und er lächelte ebenfalls. Es war gut, einen Vertrauten zu haben, mit dem er über sein unstetes, planloses Leben und vielleicht auch über das Gefühlschaos in seinem Inneren sprechen konnte, selbst oder gerade weil der sich vorerst aufs Zuhören beschränkte.

TEIL 2

Kapitel 17

Aleksandrovskaja, Russland, Oktober 1917

Der Sommer 1917 brachte keine signifikanten Veränderungen an den Fronten, jedoch tausendfach den Tod. Und dies nicht nur auf den Schlachtfeldern, sondern auch an den Heimatfronten, wo Krankheiten und Hunger wie leise bedrohliche Gespenster umgingen und ihren Tribut forderten. Dennoch fanden die Frauen bei der Reichsfrauenkonferenz der Sozialdemokraten in Berlin die Energie, offiziell das Wahlrecht für Frauen einzufordern. Ihre Kameradinnen jenseits des Kanals feierten den Triumph ihres langjährigen Kampfes bereits wenige Tage später: In Großbritannien wurde das Wahlrecht für Frauen ab dem 30. Lebensjahr eingeführt.

In Petrograd hingegen fand sich der erste gesamtrussische Kongress der Arbeiter- und Soldatenräte ein, auf dem die Bolschewiki nur zehn Prozent der Delegierten stellten. Schließlich kam auch Griechenland nicht umhin, auf der Seite der Alliierten in den Krieg einzutreten. Beim größten deutschen Luftangriff auf London, der mit rund 20 Maschinen geflogen wurde, starben im Juli 47 Menschen, einige Tage später räumte der deutsche Reichskanzler Bethman Hollweg für Georg Michaelis sein Amt und kam damit einer entsprechenden Forderung von militärischer Seite durch Hindenburg und Ludendorff zuvor.

In dieser Zeit flackerten in Petrograd immer wieder bewaffnete Massenaufstände gegen die provisorische Regierung auf, woraufhin bolschewistische Zeitungen verboten wurden. Lenin, gegen den ein Gerichtsverfahren wegen Hochverrats angestrengt wurde, was eine Todesstrafe nach sich ziehen konnte, floh nach Finnland. Mitte August erklärte schließlich China Österreich-Ungarn den Krieg.

Die meisten dieser Veränderungen bekamen die Buschs in ihrer kleinen russischen Enklave gar nicht zu Gehör, doch die Nachrichten, die ihnen zugetragen wurden, reichten aus, um sich ernsthaft Sorgen um die Zukunft zu machen.

»Ich befürchte, dieses Nebeneinander der provisorischen Regierung

Kerenskis und der Arbeiter- und Soldatenräte, die sich selbst Sowjets nennen, wird nicht bis zu der geplanten verfassungsgebenden Versammlung Ende November Bestand haben. Dafür sind ihre Interessen zu unterschiedlich, ihr Überlebenswille zu groß und die zunehmenden Einflüsse vonseiten Lenins – unterstützt durch Zahlungen der Deutschen – zu stark.«

Anki hob den Kopf von Roberts Brust und schaute zu ihm auf. Sein Blick war an die schiefe, rissige Schlafzimmerdecke gerichtet.

»Zahlungen durch die Deutschen?«, fragte sie leise und fuhr ihm mit dem Zeigefinger über Kinn und Adamsapfel bis in die Halsgrube. Er umfasste ihre Hand mit der seinen und warf ihr einen vorwurfsvollen Blick zu. »Ich dachte, du wolltest dich über unsere prekäre Situation unterhalten.«

»Tun wir das nicht?«

»Nicht mehr lange, wenn du deine Hände nicht bei dir behältst.«

Anki kicherte leise, hielt nun aber still. Sie war es, die dieses Gespräch gewünscht hatte, denn sie ahnte, dass sie dringend eine Entscheidung treffen mussten, die ihr Leben und das ihrer Schützlinge immens beeinflussen würde.

Seit über einem halben Jahr lebten sie in Aleksandrovskaja und Anki war noch immer dankbar, dass Robert sich nur einen Tag nach ihnen dort eingefunden hatte. Sie bewohnten inzwischen ihre eigene kleine Kate und Robert verdiente als Arzt genug, zumindest an Naturalien, sodass sie und die vier Chabenski-Mädchen ein angenehmes Leben führten. Jelena und Katja gingen in die Dorfschule, Nina beaufsichtigte ihre jüngste Schwester Jenja und ließ sich, wenn auch zumeist widerwillig, von Anki in die Geheimnisse der Haushaltsführung einweihen. Mittlerweile nähte das Mädchen recht gern und es gab hin und wieder Gelegenheiten, bei denen die Prinzessin und ihre Erzieherin unbekümmert miteinander lachten.

Allerdings waren in den letzten Wochen dunkle Wolken über ihrem kleinen Glück aufgezogen. Das Vorgehen von Lenin und seinen Getreuen bereitete ihnen Sorge, obwohl, so munkelte man, Lenin inzwischen in Finnland untergetaucht war. Das hungernde, ausgebeutete Volk rutschte politisch nach links. Der Krieg war von

Kerenski und seinem Parlament noch immer nicht beendet worden, da sie keine Gebiete an das Deutsche Kaiserreich abtreten wollten, zumal die deutschen Truppen nicht mehr weit von den Toren Petrograds entfernt standen. Und so blutete das vor allem landwirtschaftlich geprägte Land vollkommen aus. Die Soldaten desertierten in Scharen. Sie wollten endlich zu ihren leidenden Familien heimkehren.

Die Familie Romanow war nach der Abdankung Nikolajs, der gleich für Alexej mit abgedankt hatte, mitsamt ihren Gefolgsleuten im Alexanderpalast unter Hausarrest gestellt worden. Zu ihnen gehörte auch Ankis Freundin Ljudmila.

Seit Anna Wyrubowa, die engste Vertraute der früheren Zariza, unter dem Verdacht der Spionage für das Deutsche Reich in der Peter und Paul-Festung einsaß, fürchtete Anki zunehmend um die Sicherheit ihrer Freundin. Immerhin stand Ljudmila den Romanow-Töchtern sehr nahe und ihre langjährige Freundschaft zu der Deutsch-Niederländerin war kein Geheimnis.

Kerenski, wohl um die Unversehrtheit der Romanows besorgt, hatte erwogen, die Zarenfamilie nach Großbritannien zu schicken, als Nikolajs Vetter König Georg V ein entsprechendes Angebot übermittelt hatte. Doch die britische Regierung befürchtete Aufstände in England, falls man die ungeliebte Zarenfamilie aufnahm und das Asylangebot wurde zurückgenommen. So hatte man im August die Familie Romanow mitsamt Gefolge nach Tobolsk in Sibirien gebracht.

In diesen Tagen war Robert und Anki erneut vor Augen gehalten worden, wie gefährdet die vier Chabenski-Mädchen in der unmittelbaren Nähe Petrograds waren. Robert zog Anki näher an sich und sprach leise, da er von den im angrenzenden Zimmer schlafenden Kindern nicht gehört werden wollte: »Es geht das Gerücht um, dass die deutsche Regierung sowohl die Einreise Lenins aus der Schweiz organisiert als auch eine gehörige Menge Geld in den roten Apparat geschleust hätte. Sie hoffen, Lenin und seine Bolschewiki werden zügig die Macht übernehmen. Unter ihrer Federführung würde Russland den Krieg beenden und die deutschen Soldaten könnten alle an die Westfront gegen die Amerikaner, Briten und Franzosen geworfen werden. Außerdem auf den Balkan, in die Kolonien und den Nahen Osten.«

»Du glaubst also nicht, dass es zu einer friedlichen Wahl im November kommt?«

»Von Tag zu Tag weniger, meine Liebe. Wir sitzen auf einem Pulverfass. Die Zündschnur glimmt und die Explosion wird gewaltiger ausfallen als die im Februar.«

»Und was bedeutete das für uns?«

»Wir müssen Russland verlassen. So schnell, wie es uns nur möglich ist.«

»Aber Robert, die Kinder … Ich kann sie unmöglich ihrer Heimat berauben.«

»Sie sind dir anbefohlen. Ihre Heimat ist da, wo du bist. Oder du musst sie zu ihrer Großmutter bringen.«

»Sie steht unter strenger Beobachtung, das weißt du doch«, widersprach Anki heftig.

Sie schloss die Augen, drückte ihr Gesicht an die Brust ihres Ehemanns und lauschte seinem beruhigenden Herzschlag. Zu lange schon kämpfte sie gegen das Wissen an, dass Nina, Jelena, Katja und Jenja ihrer russischen Heimat den Rücken kehren mussten, wenn die Lage sich nicht bald entspannte. Mit den Neuigkeiten über eine Zuspitzung der Situation durfte sie sich nicht länger gegen eine Flucht aus der ihr vertrauten Umgebung sträuben. Das Leben ihrer Schützlinge stand auf dem Spiel! Ihre dringendste Frage musste nun wohl heißen: auf welchem Weg konnten sie Russland verlassen?

Immerhin herrschte noch immer Krieg und die Mädchen waren nun einmal, was sie waren: Fürstenkinder, weitläufig verwandt mit den Romanows, Mitglieder der Aristokratie, die von einem Großteil der russischen Bevölkerung mittlerweile als ihre ärgsten Feinde angesehen wurden. Hatte Anki in ihrer Angst vor Veränderungen ihre Abreise zu lange hinausgezögert?

»Wir könnten in zwei, drei Tagen aufbrechen, meine Liebe. Bis dahin habe ich alles organisiert. Am besten, wir reisen über Finnland und von dort mit einem Schiff nach Großbritannien.«

»Finnland?« Anki seufzte. »Bis Helsinki sind es gut vierhundert Kilometer.«

»Bis zur finnischen Grenze deutlich weniger.«

»Robert, wir haben doch gar kein Geld für so etwas.«

»Deshalb benötige ich ja ein paar Tage zur Vorbereitung.«

»Wo willst du in diesen Zeiten die nötigen Mittel auftreiben?«

»In Petrograd, aber das lass bitte meine Sorge sein. Außerdem können wir von Großbritannien aus nach Holland und von dort in meine Heimat einreisen.«

Anki spürte, wie eine eisige Furcht um das Leben ihres Mannes Besitz von ihr ergriff. Ihre Trennung während seines Aufenthaltes in Tübingen, seiner Zeit im deutschen Heer und seiner russischen Kriegsgefangenschaft war ihr erschreckend lebendig in Erinnerung. Niemals wieder wollte sie von ihm getrennt sein. Dieser Wunsch hatte sich tief in ihre Seele eingegraben und nochmals verstärkt, als sie während der Revolution erneut voneinander getrennt worden waren. Stand ihr nun Ähnliches erneut bevor? Anki fühlte die Angst vor der drohenden Gefahr in ihrem Inneren wachsen und ahnte, dass dies nur ein leiser Vorgeschmack auf das war, was sie womöglich erwartete …

»Robert, ich möchte dich nicht in Gefahr wissen. Nicht schon wieder!«, brachte sie mühsam hervor.

»Wir stehen seit Monaten in dieser Gefahr. Und sie wird zunehmen, glaub mir. Also muss ich endlich handeln! Noch leben einige Familien in Petrograd, die mir und Dr. Botkin zu Dankbarkeit verpflichtet sind.«

»Vergiss nicht, was du bist: Ein Deutscher, ein ehemaliger Kriegsgefangener, ein Protegé Dr. Botkins, ein Mann, der vier russische Adelige versteckt.«

»Ich bin ein Mann, der seine Frau liebt und sie in Sicherheit bringen will«, fügte er hinzu und küsste sie leidenschaftlich. Ob er sie ihre Angst vergessen lassen wollte? Oder fürchtete er, dies könnte die letzte Nacht sein, die er gemeinsam mit ihr verbringen durfte? Diesen Gedanken ließ Robert Anki nicht mehr zu Ende führen.

Kapitel 18

Petrograd, Russland, Oktober 1917

Das Grau in Grau der tief hängenden Wolken mit ihrem immer wiederkehrenden Regen und ein kalter Wind hatte Petrograd und das Umland unbarmherzig im Griff. Bereits um 15:00 Uhr brach nach nur fünf Stunden Tageslicht die Dämmerung herein. Die vorherrschende Dunkelheit spiegelte deutlich das Dasein der Menschen in dieser wichtigsten Stadt des Landes wider: Unsicherheit, Angst und Misstrauen regierten und brachten das normale Tagwerk fast gänzlich zum Erliegen.

Raisa zog sich die Mütze ihres Regencapes vom Kopf und betrachtete mit gerunzelter Stirn den schmucklosen Raum. Als ihr Blick auf die derben Holzstühle, die Petroleumlampe auf einem schief stehenden Tisch und die verschmutzten Fenster fiel, verzog sie angewidert das Gesicht und fragte sich, ob sie hier richtig war. Wenn die Roten dabei waren, die Macht zu übernehmen, weshalb mussten sie sich dann in einer dermaßen schrecklichen Absteige treffen? Oder entsprach das primitive Ambiente ihrer Vorstellung vom Leben? Die Einfachheit, die Gleichstellung mit den Arbeitern und Soldaten? Gehörte sie wirklich hierher oder sollte sie nicht lieber wie ihr Vater ihr Glück im adelsvernarrten Amerika versuchen?

Gleichgültig zuckte sie die Schultern. Ihr Vater hatte sie während der Februarrevolution schmählich im Stich gelassen. Er hatte hingenommen, dass sie vergewaltigt und geschlagen wurde, nur um bei den Chabenskis eine Handvoll Silber zu stehlen. Er war immer ein Verlierer gewesen, und er würde es auch bleiben, falls er es zuwege brachte, in die Vereinigten Staaten zu gelangen. Aber bei seinem unbeherrschten und unintelligenten Wesen war es wahrscheinlicher, dass man ihn noch in Russland aufgriff und in ein Gefängnis warf. Vielleicht würde er auch als auf der Flucht begriffenes Mitglied der Aristokratie hingerichtet werden, obwohl er nur ein verarmter Graf war, der es nicht zuwege gebracht hatte, seine Tochter erfolgreich zu vermählen. Da war es doch besser für Raisa, wenn sie sich bei den kommenden Herren

Russlands anbiederte. Hier konnte sie Macht und Einfluss erlangen und ihr gewohntes Leben im Wohlstand fortsetzen. Allerdings kamen ihr beim Blick in den Raum, in den man sie geführt hatte, erhebliche Zweifel.

»Wer bist du, Towarisch?«

»Raisa Wladimirowna Luki.« Es fiel ihr leicht, den Mädchennamen ihrer Mutter als den ihren auszugeben.

»Du sagtest, du hättest wichtige Informationen über im Untergrund lebende zarentreue Adelige?«

»Sie verstecken sich, leben von dem Reichtum, den sie der arbeitenden Bevölkerung, den Soldaten und Bauern unseres geliebten Vaterlandes verdanken. Sie verkehren mit Deutschen. Wer weiß, ob sie nicht sogar militärische Details an den Feind weitergeben?« Raisa lächelte die drei Männer an. Sie fühlte sich großartig, spielte sie doch gekonnt die rote Revolutionärin.

»Deutsche sagst du, ja?«, hakte ein grobschlächtiger Kerl nach, der kaum älter als sie selbst war. Er klang misstrauisch, fast so, als wären die Deutschen neuerdings ihre Verbündeten.

Ein heißer Schauer durchfuhr Raisas Körper und trieb ihr trotz der Kälte in dem unwirtlichen Raum kleine Schweißperlen auf die Stirn. Mit zittriger Hand fuhr sie sich über das Haar, das sie nach der neuesten Mode burschikos kurz trug. Ein weiteres Opfer, das sie für ihre Tarnung und zum Erreichen ihrer neu gesteckten Ziele gebracht hatte.

Raisa hatte sich nie für Politik interessiert. All die komplizierten Zusammenhänge waren ihr zuwider. Sie wollte leben und lieben. Das allein hatte gezählt! Bis jetzt. Nun rächte sich ihr Desinteresse. Womöglich hätte sie sich eingehender mit der Thematik befassen sollen, überlegte sie verzweifelt, während die drei Männer sie misstrauisch musterten. Der Größte von ihnen, ein schlanker junger Mann von vielleicht Mitte 20, hatte ein schön geschnittenes Gesicht. Sie wandte sich mit einem Lächeln an ihn. Anders als seine beiden Begleiter war er auffallend modisch gekleidet und wirkte gebildet. Noch vor wenigen Monaten hätte er ein passables Mitglied der russischen Aristokratie abgegeben. Sein helles Haar und die dunklen Augen standen in einem interessanten Kontrast zueinander. Allerdings wich der Mann ihrem Blick aus, was Raisa die Lippen schürzen ließ. Ob dieser

Kerl, vermutlich der Wichtigste in dieser Runde, Frauen gegenüber etwas schüchtern war? Das machte ihn für sie nur noch reizvoller. Vielleicht konnte er ihr den Weg an die Spitze der Macht ebnen! Oder zumindest die ersten Schritte.

»Wer bist du?«, fragte der Dritte, ein schmächtiger und unansehnlicher Kerl, den eine Brille mit enorm dicken Gläsern noch unattraktiver wirken ließ, als er in ihren Augen ohnehin war.

»Ich war Küchenmagd bei der adeligen Familie Chabenski«, setzte Raisa ihre Geschichte fort, wobei ihr klar wurde, dass bisher keiner der drei Männer ihr seinen Namen verraten hatte.

Wieder wanderte ihr Blick zu dem Gutaussehenden. Sein Gesichtsausdruck wirkte misstrauisch, düster. Glaubte er ihr nicht? War ihre Wortwahl nicht einfach genug, obwohl sie den Frauen in den Gassen gut zugehört hatte und jetzt versuchte, deren Art zu reden nachzuahmen?

»Also hört mal, Kameraden«, sagte sie mit dem ihr eigenen Selbstbewusstsein, selbst wenn sie gerade viel lieber die Flucht ergreifen wollte. »Ich möchte mit jemandem sprechen, der was zu sagen hat. Offenbar seid ihr da nicht die Richtigen.«

Zwei Augenpaare richteten sich auf den großen Blonden und unterstrichen Raisas Vermutung, dass er ein größeres Rädchen im Getriebe dieser Bewegung war.

»Komm mit«, wies er sie an und drehte sich zu einer Tür um, die im Dämmerlicht des Raums und der fast schwarz verkohlten Wände bisher ihrer Aufmerksamkeit entgangen war.

Zufrieden in sich hineinlächelnd kam sie seiner Aufforderung nach. Er öffnete die Tür für sie. Hinter dieser befand sich ein deutlich besser eingerichteter Raum, der ein Bett, einen Tisch, Stühle und ein gewaltiges, mit Büchern vollgestopftes Regal aufwies. Der Mann bot ihr galant die Hand, da die Schwelle gut 30 Zentimeter hoch war, und sie nahm das Hilfsangebot aus Gewohnheit an. Er behielt ihre Hand länger als nötig in der seinen, und ihr Blick wanderte zu dem Bett. War sie bereit, sich wieder einem Mann hinzugeben? Gleichgültig, für wie gewieft sie sich hielt, die Vergewaltigungen waren nicht spurlos an ihr vorübergegangen. Aber welche andere Möglichkeit blieb ihr auf ihrem Weg in das Machtzentrum Russlands? Auf ihr politisches Wissen war dabei kein Verlass! Sie wusste nur, dass diese Bolschewiki früher oder später die Herrschaft über Russland an sich reißen würden. Unklar war Raisa allerdings, ob sie das weiterhin auf parlamentarischem Wege versuchten oder durch eine erneute Revolution. Kerenski und seine sozialdemokratische Trudowiki-Partei waren zu geschwächt und durchdrungen von Männern, die zu sehr an der Idee einer konstitutionellen Monarchie hingen. Ihnen brachte das einfache Volk kaum Vertrauen entgegen. Zudem beendete Kerenski den Krieg nicht; unter Lenin würde dies jedoch geschehen, das wussten inzwischen selbst die Bauern, Arbeiter und Soldaten.

Der Blonde ließ sie los und schloss die Tür hinter ihnen. Während Raisa an den Tisch trat und ihre Hände um eine Stuhllehne krallte, lehnte er sich mit dem Rücken an den einzigen Ausgang. Das Kribbeln in ihrem Nacken, das sie zuerst für Aufregung oder gar Vorfreude gehalten hatte, nahm an Intensität zu und demaskierte sich als unterschwellige Furcht.

Kapitel 19

Aleksandrovskaja, Russland, Oktober 1917

Der Eisregen durchnässte den großen Mann bis auf die Knochen. Fluchend drückte er sich an die Hauswand des unscheinbaren Gebäudes, das diese Raisa ihm genannt hatte. Der Lichtschein einer einzelnen Kerze fiel aus einem der winzigen, windschiefen Fenster auf den vom Regen durchtränkten Boden, ansonsten umgab ihn absolute Dunkelheit. Die Stille überraschte ihn. In Petrograd war es niemals vollständig still.

Ein breiter, beinahe bewegungsloser Schatten zeichnete sich im hellen Viereck des Fensters ab. Robert Busch, mit Schreibarbeit beschäftigt, vermutete er. Der Arzt und seine Frau versteckten also die vier Chabenski-Kinder bei sich, wobei diese Raisa behauptet hatte, Nina, die Älteste, werde von ihnen praktisch gefangen gehalten. Die

Prinzessin solle sich, so Raisa, schon vor Monaten der Bewegung der Arbeiter und Soldaten angeschlossen haben. Sie hatte ihn mit Tränen in den Augen gebeten, Nina nicht mit den anderen gefangen zu nehmen, sondern zu ihr zu bringen. Gemeinsam wollten sie der großen Sache dienen.

Der heimliche Beobachter umrundete das Haus und fragte sich bei dessen heruntergekommenem Anblick, ob in diesen Mauern tatsächlich der Reichtum der Chabenskis versteckt sein konnte. Er überprüfte mit einer Hand den Sitz seiner Pistole im Halfter und klopfte an das verrottende Holz der niedrigen Eingangstür.

Mit einem Blick auf das quadratische Abbild des Fensters, das auf den Vorplatz geworfen wurde, beobachtete er, wie der Schatten sich erhob und verschwand. Kurz darauf öffnete sich die Tür und Robert starrte ihn einen Augenblick erschrocken an, ehe er zurücktrat.

»Komm herein!«, lud er ihn ein.

Oskar folgte seinem älteren Bruder durch einen engen Flur in das spartanisch eingerichtete Wohnzimmer. Auf einem Sekretär direkt am Fenster brannte die Kerze, ansonsten lag der Raum, wie auch der Rest des Hauses, in friedlichem Schlaf.

»Ich bereite dir einen heißen Tee zu und besorge dir eine Decke. Leg besser schnell die durchnässte Kleidung ab.« Roberts Gesicht spiegelte deutlich das Befremden über Oskars überraschendes Erscheinen wider. Er verschwand in einen angrenzenden Raum, und Oskar hörte, wie er mit jemandem flüsterte, daraufhin knarrte ein Bett. Offenbar scheuchte der durch sein Eintreffen alarmierte Robert seine Frau und die Mädchen auf!

Oskar nickte anerkennend. Sein Bruder dachte mit und war auf der Hut. Er folgte der Aufforderung des Arztes und schlüpfte nicht nur aus dem nassen Mantel und dem Hemd, sondern zog auch seine Hose aus. Die Kleidungsstücke legte er über den zwar erloschenen, aber noch Wärme spendenden Ofen.

Es dauerte einige Minuten, bis Robert mit zwei Tonbechern mit heißem, duftendem Tee zurückkam. Sein Blick wanderte zu der vor sich hin tropfenden Hose auf dem Ofen und seine Gesichtszüge entspannten sich. Ein Mann, der ihm oder seiner Familie Böses wollte, würde sich wohl kaum seiner Hose entledigen.

Oskar nahm das Gefäß mit beiden Händen entgegen und stellte es auf dem schmalen Fenstersims ab. Der heiße Dampf des Getränks ließ sofort die Scheibe beschlagen. Rasch wickelte er sich in die Decke, die sein Bruder ihm reichte, und setzte sich auf den Stuhl, auf dem Robert zuvor gesessen hatte. Dieser zog sich einen Sessel herbei und ließ sich ihm gegenüber nieder.

»Es ist gut, dich zu sehen«, begann Robert ein Gespräch.

»Obwohl mein Kommen nichts Gutes bedeutet.«

»Das dachte ich mir.«

»Du, deine Frau und die Chabenski-Mädchen müssen noch heute Nacht verschwinden. Am besten, ihr verlasst Russland.« Oskar beobachtete aufmerksam das Gesicht seines älteren Bruders. Dieser behielt seine ihm eigene Gelassenheit bei. Offenbar war der Gedanke, mit den Aristokratentöchtern fliehen zu müssen, nicht überraschend für ihn. Gut so!

»Lenin und seine Roten?«

»Lenin poltert und tobt von Finnland herüber. Ich weiß nicht, ob ihm die Vorgänge im Land und der politische Wandel zu langsam gehen oder ob er die Macht an sich reißen möchte; an seine Person binden ...«

»Was bedeuten würde, dass das Volk wieder nicht seinen Willen kundtun darf und wieder nicht die Regierung stellt.«

Oskar nickte. Nun, da Robert aussprach, was ihn seit Längerem bedrückte, fühlte er sich entsetzlich müde. Er war den Kampf leid, seit er nicht mehr eindeutig wusste, wofür er eigentlich kämpfte. Der Sturz des Autokraten und seiner adeligen Gefolgsleute war vonnöten gewesen. Aber jetzt traten verschiedene Gruppierungen und auch Einzelpersonen ins Rampenlicht, die das Machtvakuum füllen wollten, und zwar meist ohne dem Volk eine Mitsprachemöglichkeit zu gestatten. Diese Gefahr hatte Oskar viel zu lange unterschätzt.

»Komm mit uns, Oskar. Du bist ein intelligenter Bursche, mit Abstand der Jüngste, der hier in Petrograd sein Medizinstudium abgeschlossen hat. Es gibt so viel Leid und Krankheit in dieser Welt, gegen die du deine Energie, deine Kräfte und deinen Kampfeswillen einsetzen kannst.«

Oskar grinste und nahm einen vorsichtigen Schluck des dunklen

Gebräus. Sein Bruder durchschaute ihn noch immer viel zu gut. Während der ältere Sohn die Ruhe und Gelassenheit des Vaters geerbt hatte, war Oskar immer auf der Suche nach Idealen, für die es sich einzusetzen lohnte. »Ich wäre ein Arzt mit zweifelhafter Vergangenheit, Robert. Ich habe Menschen verprügelt und verletzt, sie gegeneinander aufgewiegelt und zugesehen, wie mein Tun ihr Leben zerstörte.«

»Nichts von dem, was du getan hast, kann nicht vergeben werden. Du kannst neu anfangen.«

»Du weißt, dass ich deinen Glauben an einen vergebenden Gott nicht teile.«

Robert nickte und wirkte dabei bekümmerter als eben, nachdem Oskar ihm gesagt hatte, er müsse mit seiner Familie fliehen.

»Hör zu, heute Nachmittag war eine …« Oskar unterbrach sich, glaubte er doch eine Bewegung im Türrahmen auszumachen. Als er weder ein Geräusch noch den Schatten einer lauschenden Person entdeckte, fuhr er fort, zumal er Anki und die Mädchen im Zimmer über ihnen leise rumoren hörte. » … gewisse Raisa Wladimirowna bei uns.«

»Raisa«, brummte Robert und schüttelte den Kopf.

»Ein Opfer der fortwährenden Inzucht innerhalb der Adelsfamilien?«

»Oskar, bitte.«

»Wie du schon sagtest, ich habe ebenfalls Medizin studiert«, Oskar grinste. »Ich konnte diese Raisa separieren, bevor die anderen mehr Details hörten. Anhand ihrer Aussprache und der weichen, gepflegten Hände war mir schnell klar, dass ich nicht das ehemalige Küchenmädchen der Chabenskis vor mir hatte, wie sie behauptete. Sie verriet, dass die Töchter des verstorbenen Ehepaars bei Deutschen untergekommen seien, und bezichtigte euch des Landesverrats. Allerdings bat sie mich, die älteste Tochter, die ihr aus ihrem Versteck geschrieben hatte, nicht zu inhaftieren. Sie will, dass ich sie zu ihr bringe. Diese Nina sei ebenfalls seit Monaten eine Bolschewiki, sagte sie.«

Robert fragte nüchtern: »Wenn sie das nur dir migeteilt hat, eilt es nicht, Russland den Rücken zu kehren. Ich muss dringend nach Petrograd, um irgendwo Geld aufzutreiben.«

Oskar nickte. Demnach hatten die Chabenski-Kinder das Familienvermögen nicht mitnehmen können. Auch darin hatte Raisa gelogen, oder sie hatte es nicht besser gewusst. »Diese Raisa wird keine Ruhe geben. Sobald sie meinen mangelnden Einsatz euch gegenüber bemerkt, wird sie sich an jemand anderen wenden. Und sie wird offene Türen finden. Sie ist sehr hübsch, hat sich mir praktisch als Gespielin angeboten. Glaub mir, sie wird ihren Willen durchsetzen.«

Robert senkte den Kopf und rieb sich mehrmals über die Stirn, in die ihm schon als Kind diese vorwitzige Haarsträhne gefallen war. Oskar seufzte innerlich. Was war nur aus ihnen geworden? Er, ein Deutscher, der für die Sache des russischen Volkes bereit gewesen wäre zu töten und jetzt zwischen allen Stühlen saß. Und Robert, ein erfolgreicher Arzt, der nun mit einer Schar Kinder belastet war, denen man nach der Freiheit, wenn nicht gar nach dem Leben trachtete und die noch nicht einmal seine eigenen waren.

»Es sind *Kinder*, Oskar«, seufzte nun auch Robert, als hätte er seine Gedanken gehört.

»Das macht für viele keinen Unterschied. Sie sind Aristokraten. Das Feindbild schlechthin. Ihre Mutter war mit den Romanows verwandt, wenn auch nur weitläufig. Ihr Vater war ein Offizier der russischen Armee. Auch die Nachkommen von Nikolaj und Alexandra sind Kinder.«

Roberts Kopf ruckte in die Höhe. »Weißt du etwas über sie? Oder über Dr. Botkin und die Hofdame Ljudmila Sergejewna Zoraw?«

»Sie genießen trotz ihrer Gefangenschaft noch immer gewisse Privilegien. Falls Kerenski seine Macht einbüßt, verlieren sie allerdings die schützende Hand über sich. Dann würde ich für nichts mehr garantieren. Nicht einmal mehr für die einfachen Zofen und schon gar nicht für die treuen Hofdamen und den Leibarzt.«

»Mein Gott …«, murmelte Robert und vergrub das Gesicht in seinen Händen. Wieder glaubte Oskar, an der Tür eine Bewegung wahrzunehmen. Diesmal stand er auf und trat an den Türrahmen. Nebenan klickte eine Tür ins Schloss.

»Robert?«

Sein Bruder hob den Kopf und gesellte sich eilig neben ihn.

»Jemand hat unser Gespräch belauscht.«

»Vielleicht Jelena. Das Mädchen ist sehr neugierig und eine Abenteurerin.«

Oskar nickte. Die Chabenski-Töchter interessierten ihn nicht.

»Ich meinte es ernst, als ich sagte, dass ihr noch heute Nacht fliehen müsst. Deine Frau und die jungen Damen hast du ja ohnehin aus den Betten gescheucht.«

»Zur Vorsicht.«

»Sie wird dein wichtigster Begleiter sein. Lasse nie in deiner Aufmerksamkeit nach.«

»Ich brauche Geld«, seufzte Robert verzweifelt.

»Ich gebe dir, was ich habe. Für den Rest wirst du deine Dienste als Arzt anbieten müssen. Damit kommt ihr sicher durch. Aber ihr müsst fort! Auf der Stelle! Ich traue dieser Raisa nicht. Sie ist skrupellos.«

»Wir hatten vor, nach Finnland hinauf zu …«

»Auf diesem Weg versuchen alle Adeligen, mitsamt ihren Reichtümern im Gepäck dem Land den Rücken zu kehren. Nehmt eine andere Route. Sie ist länger, wird aber weitaus weniger kontrolliert. Die deutschen Truppen stehen nicht mehr weit von Petrograd entfernt. Wenn ihr bis zu ihnen durchdringen könnt, seid ihr sicher.«

»Komm mit uns«, bat Robert.

Traurig schüttelte er den Kopf. »Ich kann nicht.«

»Warum nicht? Was hält dich hier? Du sagtest doch selbst, dass du im Zweifel darüber bist, wie sich Lenin, Trotzki und all die anderen Bolschewiki verhalten werden.«

»Ich habe den Wandel mit heraufbeschworen. Ich bin ein Teil dieses Umbruchs und ich werde weiter meinen Mann stehen. Es gibt Menschen, die mir ihr Vertrauen erwiesen haben und mich wählten. Ich kann sie nicht im Stich lassen. Vielleicht ist es gut, wenn ich den von dir genannten Herren auf die Finger schaue.«

»Werde ich dich wiedersehen?«

Oskar zog die Schultern in die Höhe. Wer konnte diese Frage schon beantworten? »Grüße die Eltern von mir.«

Robert nickte, und auch Oskar beließ es dabei. Er war froh, dass sein Bruder ihn nicht weiter bedrängte, sondern ihm die Freiheit ließ, zu seiner Entscheidung zu stehen.

Mit wenigen Schritten ging er zurück in das kleine Wohn- und Arbeitszimmer, ergriff seinen Mantel und zog aus seinen Taschen je ein Bündel Rubel. Dann fasste er in die Innentasche und entnahm dieser noch eine Rolle mit amerikanischen Dollars und Schweizer Franken. Sein Bruder, dem er das Geld in die Hände drückte, starrte ihn fassungslos an. Zuletzt griff er noch in die Tasche seiner klammen Beinkleider und holte ein kleines Ledersäckchen hervor, in dem er winzige Diamanten wusste. Roberts anhaltende Sprachlosigkeit veranlasste ihn zu den Worten: »Frag nicht. Und jetzt seht zu, dass ihr unbehelligt davonkommt.«

»Oskar, ich danke dir.«

»Du bist mein Bruder. Und deine Anki ist ein nettes Mädchen.«

»Gib auf dich acht.«

Oskar nickte und legte die Decke ab. Während er sich anzog, holte Robert seine Frau und die Mädchen in den Flur und bat sie mit erstaunlich gelassener Stimme, sich gute Schuhe und ihre warmen Mäntel überzuziehen.

Oskar verließ ohne Abschied das Haus. Er kam jedoch nur einige Schritte weit. Mehrere dunkle Gestalten traten aus dem Schatten der Büsche und Bäume hervor. Sie hatten sich in vom Regen nass glänzende Mäntel gehüllt und waren mit Pistolen und Gewehren bewaffnet.

»Na, Oskar. Hatte Raisa also doch recht und du steckst mit denen unter einer Decke? Wie gut, dass ihr noch dein deutscher Akzent und die Ähnlichkeit zu dem Aristokratendoktor aufgefallen ist.«

Oskar rauschte das Blut in den Ohren. Sein Herzschlag verdoppelte sich, kalter Schweiß brach ihm aus. *Ich muss Robert warnen!*, schoss es ihm durch den Kopf. Da er wusste, wie übereifrig seine Freunde oft handelten und dass sie nicht zögern würden, das Feuer zu eröffnen, zog er mit einer deutlich sichtbaren Bewegung seine Waffe.

Mündungsfeuer blitzte auf. Ein heißer Schmerz in der Schulter warf ihn rücklings gegen die Mauer, ein zweiter in der Magengegend ließ ihn zu Boden gehen. Oskar keuchte. Dass sie direkt auf ihn zielen würden, damit hatte er nicht gerechnet. Aber er hatte sein Ziel erreicht: Robert war gewarnt! Oskar robbte in Richtung Tür. Er fuhr erschrocken hoch, als ihn jemand von hinten packte und ins Haus schleifte.

»Idiot! Verschwinde mit deiner Frau und den Kindern nach hinten raus, solange ihr noch könnt«, zischte er Robert an.

»Du bist getroffen.«

»Ich wollte, dass du gewarnt bist«, fuhr er seinen Bruder erneut an. Der musste endlich begreifen, dass er die verbliebene Zeit nutzen musste!

»Oskar!«, stieß Robert verzweifelt hervor.

Der Angesprochene sah in die vor Schreck aufgerissenen, dunklen Kirschaugen einer jugendlichen Dame. Sie faszinierten ihn, trotz des Schmerzes, der wie eine Feuerwalze durch seinen Körper rollte. Zu seinem Leidwesen schob sich der blonde Lockenkopf einer etwa Zehnjährigen vor die Kirschaugen. *Wie eine Porzellanpuppe*, schoss es ihm durch den Kopf. Aber er wollte wieder das ältere Mädchen mit den faszinierenden runden Augen ansehen. An ihrer statt beugte sich ein vielleicht zweijähriges Kind über ihn.

Oskar krümmte sich, nicht nur vor körperlichem Schmerz. So jung waren die Chabenski-Mädchen noch? »Verschwindet!«, stieß er hervor und kämpfte gegen den Schwindel an. Er spürte, wie jeder Herzschlag einen Blutschwall aus seiner Schusswunde pumpte, fühlte die ruhigen Bewegungen seines Bruders, der verzweifelt versuchte, die Blutung zu stillen.

»Ein Bauchschuss, Robert. Du weißt, was das heißt. Vor allem hier! Rette deine Familie.«

»Ich lasse dich nicht zurück.«

»Robert!« Oskar packte die blutüberströmten Hände seines Bruders und zog ihn unter Aufbietung seiner letzten Kräfte näher zu sich. »Ich habe die Waffe gezogen, damit du gewarnt bist. Also nutze die wertvollen Sekunden!«

Mit diesen Worten stemmte er sich herum und schoss sein Magazin durch das Fenster leer. Die Scheibe zerbarst; spritzte in Millionen von kleinen Scherben auseinander.

Als er sich wieder umwandte, trieb Robert endlich die Kinder und Anki in den rückwärtig gelegenen Raum. Das Mädchen mit den wunderschönen Kirschaugen drehte für einen Augenblick den Kopf, blickte ihn mit ihren dunklen Augen an und schenkte ihm ein dankbares Lächeln.

Geh, bevor sie hinter dem Haus sind, wollte er ihr zurufen, doch seine Stimme gehorchte ihm nicht mehr.

Kapitel 20

Berlin, Deutsches Reich, Oktober 1917

Graue Wolken zogen so tief über Preußens Hauptstadt hinweg, dass Demy befürchtete, sie könnten sich in den Kirch- und Palasttürmen verfangen. Zwischen ihnen und den Hausdächern flatterten graue, weiße, schwarze und buntgesprenkelte Tauben von einem Hausdach zum nächsten, während die Rauchfahnen über den Kaminen verrieten, wer in der Stadt noch über einen Brennholz- oder Kohlevorrat verfügte.

Die Wolken drückten den Rauch des Nachbarhauses herunter, sodass Demy das Fenster schloss und sich zum Rittmeister umwandte. Der Mann saß auf dem geblümten Sofa und las Zeitung, wobei seine Hände so stark zitterten, dass er sicher beträchtliche Mühe dabei hatte, die Zeilen zu entziffern.

»Was ist schon diese USPD[21]?«, raunzte er und schüttelte die knisternden Seiten. »MSPD[22], USPD. Die sind nichts und aus denen wird nichts. Geifern vor dem Krieg, dass sie ihn nicht wollen, und stimmen doch den Kriegskrediten zu. Das hat sie entzweit. Nun sind sie wieder aufgefordert, einheitlich aufzutreten … Ah, und jetzt haben sie auf ihrem Parteitag in Würzburg die Verwirklichung der Sehnsucht des deutschen Volkes nach Demokratie verlangt«, polterte der Mann. »Die unverzügliche Durchführung des gleichen Wahlrechts in Preußen und die entscheidende Mitwirkung des Reichtages sind für das deutsche Volk lebensnotwendig«, las Meindorff weiter und lachte trocken auf. Doch dieses Lachen ging sehr schnell in einen Hustenanfall über. Demy wartete, bis er sich wieder beruhigt hatte, ehe sie zur Tür ging.

»Humbug«, wetterte der Mann weiter. »Das deutsche Volk ist nicht dazu gemacht, sich selbst zu regieren. Viele von ihnen können ja kaum zwei Zahlen addieren oder logische Zusammenhänge erfassen. Sie brauchen eine starke Hand!«

»Sie haben ein schrecklich schlechtes Bild von Ihren Landsleuten, Herr Rittmeister. Die Kinder gehen doch alle zur Schule. Und wenn die Schüler verschieden gut ausgebildet sind, liegt das vielleicht an den Unterschieden zwischen Land- und Stadtschulen oder daran, dass die bessere Schulbildung für viele Familien nicht erschwinglich ist.«

»Was weißt du denn über die Kinder und die Ausbildung in diesem Land?«

»Ich lebe seit fast zehn Jahren hier«, konterte Demy ruhig, fügte aber hinzu: »Und ich habe sehr früh angefangen, Kinder zu unterrichten, die in dieser Stadt durch das System fielen. Sie haben alle wunderbar gelernt, waren fleißig und intelligent.«

Ein kurzer Seitenblick traf sie. Der Mann hatte die Augenbrauen wie gewohnt zusammengezogen, und Demy bemerkte, wie angestrengt er in seinem Gedächtnis danach suchte, ob er über diese Tätigkeit Bescheid wusste, sie gar autorisiert hatte. Letztlich wandte er sich wieder seiner Zeitung zu. Ob ihm ihr damaliges Vergehen unterdessen gleichgültig war oder seine Erinnerung nicht bis dahin zurückreichte, blieb ungeklärt.

»Ha! So weit wird es nie kommen!«, spottete er schließlich, warf Demy erneut einen Blick zu und las dann: »*Bei der Lösung der Aufgaben in Staat und Gemeinde müssen die Frauen ein Mitbestimmungsrecht erhalten!* USPD und MSPD, wer sind die schon? Ein uneiniger Haufen, der bald wieder in der Versenkung verschwinden wird.«

»Das nehme ich nicht an. Zufällig weiß ich, dass die Parteien vielen deutschen Bürgern aus dem Herzen sprechen.«

»Sie sind auch eine von den Weibern, die bei Aufgaben von Staat und Gemeinde mitbestimmen wollen, nicht wahr?«

»Ich bin sehr wohl in der Lage zu lesen, zuzuhören, mir eine Meinung zu bilden und darüber zu entscheiden, was ich für gut oder für falsch halte. Und deshalb würde ich mir auch zutrauen, einem Wahlrecht gerecht zu werden, Herr Rittmeister.«

»Raus!«, brüllte er unbeherrscht. Sie folgte seiner Aufforderung, wobei ein belustigtes Lächeln ihre Lippen umspielte. Dieser Mann forderte sie fortwährend heraus und knabberte dann lange an ihren für ihn nicht immer einfach zu akzeptierenden Antworten. Aber anscheinend brauchte er diese Herausforderung wie die Luft zum Atmen, womöglich, um seinen inzwischen stark eingeschränkten Alltag füllen zu können.

Demy schloss die Tür und zuckte erschrocken zusammen, als Rika wie aus dem Nichts auf sie zusprang und sie an beiden Unterarmen packte. Ihr Haar, sonst immer sorgfältig frisiert, war zerzaust und über ihr Gesicht zog sich eine Tränenspur.

Zu Demys eigener Irritation fragte sie sich zuerst, woher die feine Kohlestaubschicht auf Rikas Gesicht stammte, als dass sie sich um den offensichtlich bekümmerten Zustand ihrer Schwester sorgte. Lag es daran, dass Rika sich zunehmend von ihr entfremdete? Sie war nicht mehr das kleine Mädchen, das sie zu beschützen hatte, sondern eine junge Frau von 20 Jahren. »Was ist denn los?«

»Albert hat Ärger.«

»Albert? Ich dachte, er sei mit Linas Mann Anton zur Luftaufklärung irgendwo an der Ostfront?«

»Sie sind gestern zurückgekehrt.«

»Weiß Lina davon?«

Rika zuckte mit den Schultern und sah dabei ihre ältere Schwester entnervt an. »Das weiß ich doch nicht. Die beiden müssen mit ihrem Privatleben schon allein zurechtkommen.«

»Und du mit deiner Beziehung zu Albert?«

»Beziehung?« Rika lachte nervös.

»Du triffst dich noch immer häufig mit ihm. Wie soll ich das sonst nennen?«

»Freundschaft?«

Demy zog die Nase kraus, was Rika einen ärgerlichen Brummton entlockte. »Behandle mich nicht wie ein kleines Kind.«

»Wenn du dich aber wie eins benimmst …«

»Das sagt die Richtige. Wann hast du Philippe zuletzt gesehen? Als er den Verletzten in Tillas Zimmer geschleppt hat? Das dürfte jetzt fünf Monate her sein. Was glaubst du eigentlich, wie lange du den Mann noch hinhalten kannst?«

»Ich wüsste nicht, dass dich meine Beziehung zu Philippe irgendetwas angeht.«

»Eben, und meine zu Albert geht *dich* nichts an. Wenn ich schon Philippe nicht haben kann, dann eben die jüngere Ausgabe von ihm.«

Diesmal verdrehte Demy die Augen. »Nur weil Albert jetzt ebenfalls Pilot ist und seinen älteren Pflegebruder verehrt, wie übrigens alle Männer, die in diesen klapprigen Kisten sitzen, ist er noch lange keine Kopie von ihm. Ich halte diese Schwärmerei ohnehin für falsch. Er muss seine eigene Persönlichkeit entwickeln.«

»Du klingst wie, wie ... Tilla!«, empörte Rika sich lauthals.

Demy zuckte mit den Schultern und wollte an ihrer Schwester vorbei, wurde aber durch ihre kühle Hand auf ihrem Arm erneut aufgehalten. »Du musst mir helfen. Bitte«, fügte Rika schnell hinzu.

»In welchen Schwierigkeiten steckt Albert denn?«

»Du kennst doch dieses versteckt gelegene Lokal? Du hast mich und Albert dort einmal angetroffen.«

Demy nickte. Ungern erinnerte sie sich an die verschwenderische Ausgabe von Alkohol, Zigaretten, Naschereien und wertvollen Lebensmitteln, während die Menschen der Stadt hungerten. Argwöhnisch dachte sie an die geheimnisvollen, unerlaubten Wege, die die Luxusgüter bis dorthin genommen haben mussten. Ärger stieg in ihr auf, als sie an die Miteigentümerin des Etablissements dachte, Julia Romeike.

»Wir haben Alberts Rückkehr gefeiert und jetzt kann er nicht bezahlen. Er wollte sich nicht einmal herausreden, sondern nach Hause gehen und seinen Vater um Geld bitten, doch man untersagte ihm das.«

»Und da hat er dich geschickt?«

Rika nickte und senkte zumindest beschämt den Blick.

»Der Herr Rittmeister ist hier in seinem Salon«, merkte Demy an. Sie deutete auf die Tür des Zimmers, das sie eben verlassen hatte, und wandte sich erneut zum Gehen.

Wieder hielt Rika sie zurück. »Bitte, Demy. Ich kann da nicht hineingehen und den Herrn Rittmeister um Geld für Albert bitten. Ich fürchte mich vor dem Mann.«

»Das hättet ihr beiden euch wohl früher überlegen müssen.«

»Kannst du mir nicht das Geld geben?«

»Ich?« Demy lachte.

»Du bekommst doch Geld. Von den drei Jungen, die bei Fokker arbeiten, von der geheimnisvollen Person, die einmal in der Woche etwas Geld an der Hintertür ablegt. Und von Tilla müsste doch auch noch etwas da sein. Immerhin hat sie einen ausschweifenden Lebenswandel bestritten. Dieser wurde ihr sicher nicht ausschließlich von diesen knausrigen Meindorffs bezahlt.«

Demy atmete tief durch und ermahnte sich zur Ruhe, ehe sie antwortete: »Das Geld von Anthony Fokker gehört Feddo, Willi und Peter. Sie arbeiten hart dafür. Ich nehme davon nur, was wir wirklich dringend benötigen. Den Rest gebe ich ihnen, sobald der Krieg vorbei ist. Vor allem Peter wird es brauchen, da er bald heiraten möchte.« Rika verdrehte die Augen, aber Demy ließ sie nicht zu Wort kommen. »Das Geld dieser unbekannten Person geht in Lebensmittel und andere lebenswichtige Güter. Ich vermute ohnehin, dass es von Lieselotte kommt. Es ist ihr Beitrag für den Unterhalt ihrer Brüder. Lieselotte ist nicht der Typ Mensch, der sich etwas schenken lässt.«

»Einmal, nur dieses eine Mal.« Rika verlegte sich nun aufs Betteln, doch Demy wusste, dass sie das unbedachte Verhalten der beiden unternehmungslustigen jungen Leute nicht unterstützen durfte. Sie tat, als habe sie Rikas Flehen nicht gehört. Dabei fühlte sie sich plötzlich sehr alt, obwohl sie und Rika lediglich zwei Jahre trennten.

»Von Tilla ist kein Geld übrig. Woher sollte sie es denn haben?« Ihre Vermutung, dass ihr Liebhaber, Willmann, Tilla großzügig unterstützt hatte und sie zugleich ihren Ehemann mit dem Wissen um seine Geliebte, eben diese Julia Romeike, ausgenommen hatte, behielt sie lieber für sich.

»Du *musst* mir helfen, Demy. Bitte.«

»Was geschieht sonst mit dem Zechpreller?«

»Der Eigentümer will die Polizei holen. Oder jemanden von der Armee, so genau habe ich das nicht verstanden. Albert meint, dann könne er seine Ambitionen, Jagdflieger unter Richthofen zu werden, aufgeben.«

Demy grinste in einem Anflug von Heiterkeit vor sich hin. Womöglich gefiel einem Draufgänger wie Richthofen ja Alberts Auftreten. Bei Philippe könnte sie sich so etwas durchaus vorstellen. Waren diese Piloten nicht alle als leichtsinnige Helden verschrien, die dem Tod und der Gefahr ins Gesicht lachten? Aber offenbar setzten sie sich lieber einem Luftkampf gegen feindlich gesinnte Piloten und ihre Maschinengewehre aus als einem Wirt, dem sie die Auslagen nicht bezahlen konnten.

»Ich habe kein Geld übrig. Und der Herr Rittmeister auch nicht.«

»Du willst nur nicht«, schalt Rika und zog einen Schmollmund.

Dieses Mal war es Demy, die ihre Schwester kräftig am Arm ergriff und sie damit zwang, sich zu ihr umzudrehen. »Richtig, ich will nicht, selbst wenn ich könnte! Bereits bei unserem letzten Zusammentreffen in diesem zweifelhaften Etablissement sagte ich euch, was ich davon halte: nämlich nichts. Während dort übermütig getanzt, gegessen und getrunken wird, verhungern einige Häuser weiter Kinder. Sie sterben an Krankheiten, die aus Mangel an Medikamenten nicht behandelt werden. Oder es sind Epidemien, die sie dahinraffen, die womöglich gar nicht erst ausgebrochen wären, wenn die Familien mehr auf Hygiene achten könnten. Wir müssen nicht aus Sympathie und Anteilnahme mit ihnen hungern, aber wir dürfen unseren Status als Geschenk betrachten, nicht als Freibrief, diese Möglichkeit überzubelasten.«

»Du nervst mich mit deinen Belehrungen.«

»Du wolltest doch etwas von mir, oder nicht? Du und Albert, ihr beiden seid es, die sich in Schwierigkeiten manövriert haben. Ich gehe mit dir dorthin und wir versuchen gemeinsam, sie aus der Welt zu schaffen. Mehr kann ich dir nicht anbieten. Denn ich sehe nicht ein, dass die Meindorff-Mädchen oder die Gäste dieses Hauses, die ihre Lebensmittelmarken mit uns teilen, den Sommer über die Beete bestellt haben und für ein Nichts an Lohn harte Arbeit verrichteten, für euer zweifelhaftes Vergnügen hungern müssen.«

»Sie sind dir also wichtiger als deine eigene Schwester.«

»Mir geht es darum, dass du begreifst, wie sehr wir alle aufeinander angewiesen sind. Das, was du tust, hat unweigerlich auch Auswirkungen auf andere. Manchmal lässt es sich nicht vermeiden, dass Schwierigkeiten auftauchen oder etwas furchtbar schiefgeht. Aber das, was du und Albert getan haben, war überflüssig und dumm.«

Rika ließ sich so kräftig mit dem Rücken gegen die Wand fallen, dass ein dumpfer Schlag durch den Flur hallte. »Ich dachte, er hat das Geld«, murmelte sie leise und zerknirscht.

Lächelnd lehnte sich Demy neben sie. »Ich denke, er nahm das ebenfalls an. Aber die Preise steigen täglich. Und wie ich dieses Etablissement einschätze, legt es keinen Wert darauf, seine Gäste darauf hinzuweisen.«

»Du würdest wirklich mit mir hingehen?«

»Ja, das tue ich. Und dann sehen wir, was wir tun können. Vermutlich werdet ihr beide den Ausstand abarbeiten müssen.«

Rika nickte, holte tief Luft und stieß sich ab.

»Wir bitten Lina und Margarete, uns zu begleiten. Mir ist nicht wohl bei der Vorstellung, allein durch die Straßen zu laufen. Die Namen Barna und Pfister-Groß zählen noch etwas in Berlin. Niemand, nicht einmal Julia Romeike oder ihr Geschäftspartner, werden es wagen, sich mit diesen Damen anzulegen.«

»Soll mir recht sein«, erwiderte Rika. Sie wand sich ein wenig, wohl, weil es ihr unangenehm war, dass noch mehr Menschen in ihre peinliche Situation einbezogen wurden.

Die Schwestern eilten zum Treppenhaus, liefen die Stufen mit polternden Schritten hinab, holten im kleinen Foyer ihre Mäntel und verließen gemeinsam mit Lina und Margarete, die sie in der Bibliothek angetroffen hatten, das Haus. Draußen umfing sie eine pechschwarze Dunkelheit, die Demy zurückschrecken ließ. War es bereits so spät?

»Kommt ihr?«, drängte Rika.

»Die Zeiten sind nicht dafür geeignet, dass Frauen des Nachts durch dunkle Straßen irren«, beschwerte sich die zarte Margarete, hängte sich aber bei Lina ein und signalisierte damit ihre Bereitschaft, Demys Schwester beizustehen.

»Mit Demy an unserer Seite geschieht uns nichts«, lachte Lina gewohnt übermütig und nahm Demys Hand.

»Weshalb bist du manchmal so schrecklich aufsässig und dann wieder ein freundliches, liebenswertes Mädchen?«, murmelte Demy ihrer Schwester zu, während sie das Anwesen hinter sich ließen.

Die vier Frauen lenkten ihre Schritte in Richtung Charlottenburger Schloss. Die Bäume links und rechts ihres Weges neigten sich im auffrischenden Wind und bunte Blätter wirbelten in wildem Tanz durch die Luft.

»Ich versuche doch nur, meine eigene Persönlichkeit zu entwickeln«, gab Rika nach langem Schweigen zurück.

»Habe ich das auch unter so heftigen Kontroversen getan?«

Rika zuckte mit den Schultern. »Das weiß ich nicht. Als Tilla uns nach Berlin brachte, warst du schon ziemlich …«, Rika zögerte einen Moment, ehe sie fortfuhr, »… du selbst. Deine Persönlichkeitsentwicklung lief wohl deutlich früher ab als meine.«

»Das liegt daran, weil Demy sich allein durch das ihr fremde Umfeld in Berlin schlagen musste«, mischte Lina sich in das Gespräch der Schwestern ein.

»Möglicherweise. Aber wir van Campens sind auch alle ganz unterschiedliche Charaktere, nicht? Das meint zumindest Albert.«

»Der Zechpreller? Der wird es wissen!« Linas Lachen hallte von den Hauswänden zurück. Rika lachte ebenfalls laut auf, schlug sich aber schnell ihre freie Hand auf den Mund.

»Magst du ihn sehr?«, hakte Demy nach, unsicher darüber, ob sie eine Beziehung zwischen ihrer Schwester und einem Meindorff gutheißen konnte.

»Irgendwie schon.«

»Irgendwie?«

»Manches Mal macht er mir etwas Angst. Er kann so aufbrausend sein. Vielleicht ein Erbe seines Vaters? Dann wiederum ist er lustig und höflich wie Hannes oder verwegen und eigenbrötlerisch wie Philippe. Von Joseph hat er nichts, aber ich glaube, das ist ganz gut so. Ich konnte Tillas Ehemann nie leiden.«

»Da bist du nicht allein«, sagte Lina und erhielt von Margarete einen warnenden Schubs.

»Überstürze bitte nichts, bis du dir deiner Gefühle sicher bist«, warnte Demy leise.

»So wie du es mit Philippe handhabst? Der Mann tut mir wirklich leid«, verlegte Rika sich nun aufs Spotten.

»Vielleicht ist es an der Zeit, dir zu erklären, dass Philippes und meine Verlobung eine rein zweck-«

»Denkst du, das weiß ich nicht? Aber ich habe Augen im Kopf und durchaus bemerkt, wie er dich ansieht. Damals, bei unserem gemeinsamen Weihnachtsfest. Oder im Frühjahr bei Marias Begräbnis. Bei dir mag das zutreffend sein, aber von seiner Seite aus steckt mehr dahinter als nur eine von seinem Ziehvater arrangierte Vereinbarung.«

Demy schwieg, brachte ihr heftig schlagendes Herz ihr Inneres doch genug in Aufruhr. Ob Rika mit ihren Beobachtungen richtig lag? Dieser Gedanke löste noch mehr Unruhe in ihr aus, also schüttelte sie ihn gewaltsam ab. Mit einem prüfenden Seitenblick zu Lina und Margarete wurde ihr bewusst, dass die beiden sie mit einem Schmunzeln im Gesicht beobachteten. Entrüstet blieb sie stehen, stemmte die Hände in die Hüften und sagte: »Er schaut mich nur so an, weil er etwas gegen mich hat. Ich glaube, unser Vater hatte damals in Afrika ein unerfreuliches Zusammentreffen mit dem Leutnant der Kaiserlichen Schutztruppe.«

»Frag ihn doch danach«, schlug Rika vor.

»Ich werde mich hüten, das Thema nochmals zur Sprache zu bringen.«

»Mich sieht er nicht so an, und Feddo hat er sogar mit nach Schwerin genommen. Du irrst dich, Schwesterlein, da bin ich mir ganz sicher.«

»Müssen wir nicht links abbiegen?«, fragte Demy in diesem Augenblick und zog Rika mit sich, tiefer in den in unheimliche Finsternis getauchten Tiergarten hinein.

»Du willst nur von diesem absolut interessanten Thema ablenken«, vermutete Lina.

»Ja«, gab Demy unumwunden zu.

Wieder säumten Bäume und hohes Buschwerk den Weg, sodass die Dunkelheit um sie herum nahezu vollkommen war. Die jungen Frauen schwiegen, jede in ihre Gedanken versunken. So nahmen sie die Einsamkeit und die klamme Luft deutlicher wahr als noch zuvor. Sie klammerten sich aneinander und lauschten auf das Rauschen der Blätter und das Knistern des trockenen Schilfs, begleitet vom Lecken der Wellen am Ufersaum und dem Knirschen der Steine unter ihren hastigen Schritten.

Einmal glaubte Demy hinter sich Stimmen zu hören. Aber als sie sich umwandte, war niemand zu sehen. Da gab es nur die schwarzen Baumriesen, die vom Wind bewegten Büsche, die lautlos fallenden

Herbstblätter und den weißen Nebel, der allmählich von den Wegen, Straßen und Plätzen Besitz ergriff.

Dennoch wurde sie das Gefühl nicht los, dass ihnen jemand folgte.

∗ ∗ ∗

Lina öffnete die Tür des Clubs, der in einer unscheinbaren Seitenstraße zwischen Scheunenviertel und Stadtmitte lag und trat als Erste ein. Ihr folgte Demy, schließlich die zögernde Margarete und zum Schluss Rika. Abgestandene, warme Luft, vermischt mit Bierdunst und Schweiß, schlug ihnen entgegen. Dazu kam der teils beißende, teils würzige Geruch von Tabak, der in blauen Schwaden um die bunten Schmucklampen waberte.

Fassungslos betrachtete Margarete zwei Uniformierte, die gleich neben der Tür auf einer mit weinrotem Stoff bezogenen Couch schliefen. Zu ihren Füßen standen wie eine Anzahl wachhabender Untergebener mehrere leere Flaschen. »Wer verkehrt hier?«, stieß sie entsetzt aus.

»Leute mit Geld, Ansehen oder guten Beziehungen«, klärte Lina sie auf und deutete auf einen gut gefüllten Obstkorb auf der blank polierten dunklen Theke.

»Ob es den Soldaten erlaubt ist, sich hier aufzuhalten?«, fragte Margarete und zog angewidert die Stirn in Falten.

»Ob das Etablissement überhaupt eine Genehmigung besitzt?«, hakte Lina kampflustig nach und betrachtete unverhohlen die im Eingangsbereich sitzenden Anwesenden. »Sieh an, Professorenkollegen meines Vaters«, sagte sie kein bisschen leise und deutete auf zwei ältere, distinguiert wirkende Herren, die jeweils eine Dame an ihrer Seite hatten. Beide Frauen waren Anfang 20 und weder die Ehefrauen noch die Töchter der Universitätslehrer.

Aus dem Hintergrund, der in gedämpftes Licht getaucht war, drang schallendes Männergelächter, in das sich Frauenstimmen mischten.

Demy ließ ihren Blick ebenfalls über die von ihrem Standpunkt aus einsehbaren Nischen gleiten. Ob Julia sich hier aufhielt? Und wo befand sich der unglückliche Albert? Sie wollte sich fragend an

Rika wenden, doch ihr Blick blieb an Lina hängen. Diese fixierte mit offenem Mund eine Person, was ihrem wenig attraktiven Äußeren fast bizarre Züge verlieh. Und dieser Jemand nahm sich wohl besser in Acht, denn ihre Augen glitzerten angriffslustig. Neugierig folgte Demy ihrem Blick und entdeckte zu ihrem Schrecken Linas Ehemann Anton unter den Gästen. Er saß zwischen mehreren anderen Uniformierten, darunter viele mit Fliegerabzeichen, an einem der größeren Tische.

In diesem Augenblick hob er den Kopf und erblickte seine Ehefrau. Sein Lächeln verblasste und machte einer betroffenen Miene Platz. Mit dem Ellenbogen stieß er seinen Sitznachbarn an, der ihn aus der Bank ließ. Eilig kam er auf die vier Frauen zu und ergriff Linas Hand.

Sie entzog sie ihm jedoch und verschränkte die Arme vor ihrer Brust. »Sag mal, was tust du hier? Ich dachte bis vorhin, dass du und Albert an der russischen Front seid. Nachdem ich erfuhr, dass Albert hier in Schwierigkeiten steckt, ging ich davon aus, du seiest nach Döberitz zurückgekehrt! Wann bitte hättest du dich dazu bequemt, deine Ehefrau zu begrüßen?«, überschüttete sie ihn mit Fragen und Vorwürfen gleichermaßen.

Anton sah sich peinlich berührt um. Die Geräuschkulisse, allen voran das Gelächter aus dem hinteren Teil des Raums, verhinderte, dass jemand, außer ihm und den drei Frauen in Linas Begleitung, ihre aufgeregte Unterhaltung mit verfolgte.

»Einige Piloten und Erfinder aus der Versuchsanstalt haben Albert und mich mit nach Berlin genommen und uns hierher eingeladen.«

»Wunderbar! Wenn sie euch einluden, dürfen sie auch die Zeche begleichen«, warf Demy ein und erntete von Anton einen irritierten Blick.

»Es tut mir leid, liebe Lina. Das ist so eine Soldatengeschichte. Wir müssen zusammenhalten, und da gehören gemeinsame private Unternehmungen dazu. Selbstverständlich wäre ich in den nächsten Minuten aufgebrochen, um dich aufzusuchen«, beteuerte er.

»Aber sicher doch!«, fauchte Lina, drehte sich um, reckte das Kinn und stolzierte in Richtung Tür davon.

»Lina, du kannst nicht allein zurückgehen«, stieß Margarete entsetzt hervor. »Sei froh, dass Anton hier bei dir ist. Und das, nachdem er einige gefährliche Beobachtungsflüge in diesen wackeligen Kisten über Feindesland absolviert hat. Darüber musst du dich glücklich schätzen und dich mit ihm aussprechen und …« Margaretes Worte gingen im Geräuschpegel der Bar unter, als sie Lina folgte.

»Warum seid ihr überhaupt hier?«, wandte sich Anton betroffen an Demy.

»Wir müssen deinen Piloten retten. Er hat sich in eine ähnlich ungünstige Situation manövriert wie du selbst.«

Anton schüttelte den Kopf. Nun wirkte er wieder wie der Bursche aus dem Scheunenviertel, der zwar genau wusste, was er wollte, doch keine Chance sah, sein Ziel zu erreichen. »Was mache ich denn jetzt?«

»Lina liebt dich«, lachte Demy. »Geh den beiden nach. Sie sollten ohnehin nicht zu zweit in den nächtlichen Straßen unterwegs sein. Sie wird sich irgendwann beruhigen und dann kannst du vernünftig mit ihr sprechen.«

»Ja, das mache ich wohl!«, sagte Anton, ließ Demy stehen und stürmte aus der Tür.

»Verliebte Männer können sich wie Idioten benehmen«, kommentierte Rika trocken, was ihr einen vielsagenden Blick ihrer Schwester einbrachte.

»Ja, und wo steckt nun *dein* verliebter Idiot?«

Das Mädchen zuckte mit den Schultern. In diesem Moment drang erneut schallendes Gelächter zu ihnen. Die muntere Gesellschaft im hinteren Bereich des Clubs hob Bierkrüge und Schnapsgläser in die Höhe und spritzte ihren Inhalt dabei teilweise über ihre Hemden oder Uniformen. Einer der lustigen Gesellen brüllte lauthals einen Toast auf die wagemutigen Kapitäne der Lüfte.

Demy kräuselte die Nase und schritt zwischen den Tischen und Stühlen hindurch zu der aus mehreren Tischen bestehenden langen Tafel, an der die Gäste lautstark ihre Heiterkeit bekundeten.

In ihrer Mitte entdeckte sie Albert. Er hatte den Uniformrock aufgeknöpft, die Ärmel hochgekrempelt, die Uniformmütze schief auf dem Kopf und hielt in jeder Hand eine leere Bierflasche aus der Brauerei, die einmal seinem Bruder gehört hatte.

Seit ihrem letzten Zusammentreffen hatte Albert sich einen akkuraten Schnauzbart stehen lassen. Sein Gesicht war, obwohl der Kalender

bereits Oktober zeigte, leicht gebräunt und die Abdrücke der Fliegerbrille, unter die keine Sonnenstrahlen hatten dringen können, waren
deutlich zu erkennen.

Demy zwängte sich zwischen einer älteren Dame mit übergroßem
Hut und einem Uniformierten hindurch und sah zu, wie Albert beide
Flaschen anhob. Dabei kommentierte er mit sich überschlagender
Stimme seine Bewegungen: »Richthofen stößt also von oben, direkt
mit der Sonne im Rücken, auf den Briten zu. Der sieht ihn im letzten
Moment kommen und feuert. Richthofen weicht mit einer scharfen
Rechtskurve aus, legt das Flugzeug zur Seite, damit er zwischen ihm
und einem anderen Briten hindurchtauchen kann, und gibt gleich-
zeitig das Schussfeld für seinen Bruder Lothar frei.«

Albert öffnete den Mund, um den weiteren Verlauf der Luftschlacht
zu schildern, entdeckte dabei aber Demy. Die Flaschenflugzeuge
wurden unsanft auf dem Tisch abgestellt, während sich auf Alberts
jugendlichem Gesicht ein verlegenes Grinsen abzeichnete. Doch er
fing sich schnell, deutete auf sie und prahlte: »Seht nur! Das ist die
Verlobte von Oberleutnant Philippe Meindorff. Er ist ein erstklassiger
Ingenieur und baut bei Fokker Flugzeuge. Zudem ist er ein exzellenter
Fluglehrer und Pilot. Einmal, bereits nach Kriegsbeginn, flog er mit
seinem Flugzeug über die feindlichen Linien bis kurz vor die Tore von
Paris, um dort Geheiminformationen über feindliche Flugzeuge zu
erlangen. Und natürlich musste er auch wieder zurück. Ich sage euch,
das war ein Höllenflug. Erst die französischen Feindflieger und dann
nahm ihn doch tatsächlich Immelmann persönlich aufs Korn. Der
konnte ja nicht wissen, wen er da vor sich hatte!«

Demy versuchte vergeblich, Albert zum Schweigen zu bringen,
doch er reagierte weder auf ihre warnenden Blicke noch auf ihre
Handzeichen. Viel zu sehr konzentrierte er sich auf die Ausschmü-
ckung seiner Geschichte und die gebannten Zuhörer.

Abwechselnd von heißen und kalten Schauern übermannt fragte
Demy sich, wie Albert dazu kam, in einer zwielichtigen Spelunke wie
dieser lauthals über eine geheime Aktion zu prahlen. Wusste er denn
nicht, dass ein Mann wie Philippe – immerhin mit französischen
Wurzeln – ganz schnell in den Verdacht rücken konnte, auch für die
Franzosen zu spionieren? Er gefährdete Philippes Sicherheit, zumal

Demy vermutete, dass dieser inzwischen noch mehr dieser delikaten Aufträge durchgeführt hatte. Zugleich ärgerte sie sich über Philippe. Weshalb vertraute er sein Abenteuer überhaupt einem Luftikus wie Albert an, verwandtschaftliche Beziehungen hin oder her?

Da Albert noch immer nicht auf ihre Bemühungen reagierte, schritt sie schließlich resolut ein. »Und ich dachte, ich finde hier einen völlig geknickten Burschen, der vom Eigentümer dieses Etablissements im Nacken gepackt und geschüttelt wird, da er seine Zeche nicht begleichen kann.«

Johlen und Gelächter unterbrachen den jungen Leutnant. Er zog schuldbewusst den Kopf ein.

»Ob der Junge wirklich fliegen kann sei dahingestellt, aber seine Erzählkunst ist brillant. Ich habe mich lange nicht mehr so königlich amüsiert. Gern übernehme ich seine Getränke!«, übertönte ein Mann in feinem Zwirn das Gelächter, den Demy von ihrem Standpunkt aus nicht sehen konnte. Allerdings erkannte sie ihn sofort an der Stimme. Sie gehörte keinem anderen als Martin Willmann, dem früheren Geliebten ihrer Schwester, der es sich auf die Fahne geschrieben hatte, Meindorff zu vernichten.

»Was noch übrig bleibt, geht auf meine Kosten!«, meinte ein Herr in Uniform, der offenbar nicht zurückstehen wollte.

Albert grinste breit. Doch auch dieses Grinsen verging ihm schnell, als er in Demys wütendes Gesicht sah. Prompt erhob er sich, bedankte sich galant für die Einladung und den vergnüglichen Abend und zwängte sich zwischen seinen Zuhörern hindurch. Diese taten lautstark ihr Bedauern über seinen Weggang kund.

»Wir gehen!«, zischte Demy ihm zu.

Albert nickte, wobei er einen starken Alkoholdunst verströmte, und folgte Rika in Richtung Tür. Auch Demy eilte zügig an den Tischgruppen vorbei. Dabei fiel ihr Blick auf eine schlanke Frau mit offenem, platinblondem Haar. Ihre Arme lagen auf dem Tisch, das Gesicht in ihnen vergraben. Bei ihrem Anblick zuckte Demy zurück. Tiefe Rillen gruben sich in ihre Nase, doch sie rang sich dazu durch, in die Nische einzutreten und sich auf einem Stuhl der Frau gegenüber niederzulassen. Die Blondine hob langsam den Kopf und Demy sah ihren Verdacht bestätigt: Bei der Frau handelte es sich um Julia Romeike.

Demy fragte sich, ob sie die einstige Schönheit auch ohne ihr auffälliges blondes Haar erkannt hätte. Seit ihrem letzten Wiedersehen, das immerhin erst einige Monate zurücklag, hatten sich im einstmals perfekt modellierten Gesicht der Frau tiefe Linien um die Mundwinkel und die Augen eingegraben. Ihre grünen Augen lagen in tiefen Höhlen und wurden von dunklen Rändern beschattet.

»Fräulein Romeike?«, sprach Demy die Frau mit sanfter Stimme an, da ihr Blick an ihr vorbeiging und eigenartig abwesend wirkte.

Die Augen der Frau suchten sie, und ihr Blick blieb für einen winzigen Moment an ihr hängen, ehe er wieder wegdriftete. Dennoch erhellte ein Lächeln die eingefallenen Gesichtszüge. »Demy van Campen«, murmelte Julia erschreckend undeutlich.

»Ihnen geht es nicht gut«, stellte Demy hilflos fest und legte unbeholfen die Hände nebeneinander auf die glatte Tischplatte. Noch nie zuvor war ihr ein Mensch begegnet, dessen Äußeres sich in so kurzer Zeit so auffällig verändert hatte. In ihrem Herzen kämpften die Abneigung gegen die Geliebte von Joseph gegen ihr neu entflammtes Mitleid.

Julia schüttelte den Kopf, griff nach einem leeren Glas und starrte wütend hinein. Inzwischen hatten Albert und Rika Demys Fehlen bemerkt. Sie traten an den Tisch und setzten sich nach einigem Zögern neben sie.

»Sie sollten nach Hause gehen, Fräulein Romeike.«

»Ich habe kein Zuhause mehr. Nicht einmal dieser Laden gehört mir mehr«, lallte die Frau. »Willmann hat ihn mir weggenommen.«

»Nennt der Mann bald ganz Berlin sein Eigen?«, brummte Demy vor sich hin und ärgerte sich doppelt, dass Willmann Alberts Auslagen übernommen hatte.

»Fast«, pflichtete Julia ihr bei, hob den Arm und ließ ihre Hand schwer auf Demys fallen.

»Sie sind betrunken, womöglich auch krank und sollten sich hinlegen«, versuchte Demy erneut, die Frau dazu zu bewegen, die Bar zu verlassen.

»Ich habe kein Bett mehr«, unterstrich die Frau ihre Aussage von zuvor, was Demy nicht länger am Wahrheitsgehalt ihrer Worte zweifeln ließ.

Willmann war gnadenlos, wenn er seinen Willen durchsetzen wollte. Und offenbar hatte er gerade die Muße dazu. Dies ließ Demy umso vehementer fürchten, dass auch sie alle bald kein Dach mehr über dem Kopf haben würden. Außerdem versteckte der englische Leutnant sich immer noch in Tillas Zimmer. Falls Willman noch einmal ohne Anmeldung in das Haus einzudringen plante, das ihm im Prinzip bereits gehörte, könnten sowohl John als auch sie und alle anderen im Haus Lebenden in unübersehbare Schwierigkeiten geraten.

Demy musste dringend Kontakt zu Philippe aufnehmen! Seit John die in ihm wütende Entzündung überwunden hatte, war er jeden Tag stärker geworden. Zuletzt hatte er sogar bei der Kartoffel- und Rübenernte geholfen. Er konnte getrost zu seinen Truppen zurückkehren oder versuchen, sich zu seiner Familie nach London durchzuschlagen. Vielleicht war es auch von Vorteil, wenn Philippe erfuhr, wie leichtsinnig Albert seine brisanten Geheimnisse ausposaunte.

»Demy, wollten wir nicht gehen?«, riss Rikas Flüstern sie aus ihren Überlegungen.

»Natürlich«, erwiderte sie fahrig, erhob sich und griff über den Tisch hinweg nach Julias zitterndem Arm. »Haben Sie einen Mantel? Draußen ist es kalt und feucht.«

»Wohin sollte ich denn gehen wollen?«, lautete die Antwort.

»Vorerst kommen Sie mit uns. Sie können sich in einem der Gästezimmer des Meindorff-Anwesens ausschlafen, dann sehen wir weiter.«

»Oh, darf ich in Josephs Bett schlafen?«, kicherte Julia, stand auf und taumelte gegen Demy. Es war Alberts raschem Eingreifen zu verdanken, dass die beiden Frauen nicht stürzten.

Julias Mantel stellte sich als ein exquisiter Pelz mit buschiger Kapuzenumrahmung heraus, den Rika voller Bewunderung betrachtete. Offenbar war ihr Bild von der betrunkenen Frau ein diffuses, denn kaum, dass sie dem Gebäude den Rücken gekehrt hatten, hakte sie sich bei Demy unter und fragte flüsternd: »Die Frau muss doch jede Menge Geld besitzen. Und sag mal, was hat das mit ihrer Frage auf sich, ob sie in Schwager Josephs Bett schlafen dürfe?«

Demy wollte etwas Belangloses antworten, doch Julia, von der frischen Nachtluft ernüchtert, kam ihr zuvor. »Haben Ihre Schwestern es Ihnen nicht erzählt, Kleine? Joseph war viele Jahre lang mein ganz spezieller Begleiter. Früher sprach er sogar von Heirat. Aber das arme Mädchen aus einem winzigen Nest bei München war nicht standesgemäß. Da bekam Tilla van Campen den Vorzug. Nur, wie sich nach der Hochzeit herausstellte, besaß *ich* zum Zeitpunkt der Eheschließung ein größeres Vermögen als die gute Tilla, die ihren Mann dann nicht einmal im Bett zufriedenstellen konnte.« Julia kicherte wie eine alberne Vierzehnjährige und suchte an Alberts Schulter Halt.

»Das reicht«, unterbrach Demy den Redefluss der Frau.

»Du wusstest davon?«, brachte Rika mühsam hervor. »Du wusstest, dass Tillas Mann ein Verhältnis hatte?«

»Ihre Schwester, mein Schätzchen, weiß noch viel mehr. Sie ist umgeben von kleinen und großen Geheimnissen, Gefahren und düsteren Gesellen. Einer von ihnen ist dieser Kerl, der sich bei mir nach ihr erkundigt hat. Oder Willmann. Und vermutlich auch dieser mysteriöse Philippe, wobei der ein schneidiger Mann ist.« Julia zwinkerte Demy zu und fuhr fort, ohne deren zornigen Blick zu beachten: »Wussten Sie, dass Ihre Schwester sich in jungen Jahren heimlich im Scheunenviertel herumgetrieben hat?«

»Selbstverständlich weiß ich das«, gab Rika hochmütig zurück, ließ Demy los und hakte sich bei Albert unter. Damit zwang sie Julia, mehr Abstand zu dem Piloten einzuhalten, was dieser erneut ein albernes Kichern entlockte.

»Dann ist Ihnen auch bekannt, dass Tilla ihren Ehemann mit Willmann betrog und dennoch die Dreistigkeit besaß, sich ihr Schweigen über Josephs Verhältnis mit mir von ihm bezahlen zu lassen?«

Auf Rikas wie auch auf Alberts Gesicht zeichnete sich das blanke Entsetzen ab.

»Wenn Sie nicht auf der Stelle Ruhe geben, lassen wir Sie hier allein auf der Straße stehen«, drohte Demy zornig. Hitzewellen durchfluteten ihren Körper und sie ballte die Hände zu Fäusten. Julia breitete unbarmherzig all ihre Geheimnisse aus, die sie so gut gehütet hatte, um nicht nur Feddo und Rika zu schützen, sondern auch Tilla nach ihrem Tod vor einem schlechten Ruf zu bewahren. Was dachte Rika nun von ihrer älteren Schwester? Wie konnte die junge Frau damit umgehen, dass offenbar jedes Mitglied dieser miteinander verwobenen Familien Liebschaften unterhielt? Wie sollte sie noch an die liebevolle Beziehung zu einem Mann glauben, dem sie sich ganz schenken konnte? War diese Chance nicht verspielt, dadurch, dass ihr nahestehende Menschen ein völlig anderes Leben führten?

»Mich hier allein stehen lassen, Fräulein van Campen? Mir würde das nichts ausmachen, aber Ihnen mit Ihrem weichen Herzen bestimmt«, konterte Julia.

Demy schüttelte den Kopf. Die Frau war gleichermaßen benebelt und klar zugleich. Ehe Demy erneut etwas einwenden konnte, fuhr Julia unbeirrt fort, Familiengeheimnisse auszuplaudern. »Dann wussten Sie auch nicht, dass das Kind, das Tilla wegmachen ließ, nicht von Joseph, sondern vielmehr von Willmann sein musste?«

Demy drehte sich in einer drohenden Geste zu der Sprecherin um. Diese beugte sich aber völlig ungerührt an ihr vorbei, um in das Gesicht der entsetzten Rika zu sehen. »Ich kenne die Hebamme gut, die damals den Eingriff vornahm, der Ihre Schwester das Leben kostete.«

Unvermittelt traf Demys rechte Faust Julias Gesicht und sie fiel seitwärts auf das feuchte Pflaster. Rikas erschrockener Aufschrei hallte zwischen den hohen Gebäuden der Straße Unter den Linden wider.

Julia hielt sich ihre Wange, schaute aber ruhig zu Demy, Rika und dem fassungslosen Albert auf. »Sie kämpfen seit Jahren gegen die Ungerechtigkeit an, die Ihnen und Ihren Geschwistern widerfuhr, setzen sich für das Überleben der Familie Meindorff ein, die Ihnen im Grunde nichts bedeutet, Ihnen aber so viel geraubt hat, und sprachen niemals mit Ihrer Schwester darüber?«

»Wie Sie so trefflich bemerkten, Fräulein Romeike: Es waren meine Kämpfe, teilweise auch die meiner älteren, aber nie die meiner jüngeren Geschwister«, erwiderte Demy kalt. Dabei rieb sie ihre schmerzende Hand.

Zu ihrer Überraschung ergriff Rika ihren Arm. »Das ist aber doch nicht richtig, Demy! Du hast dich für Feddo und für mich eingesetzt und über deine Schwierigkeiten und deinen Schmerz immer geschwiegen? Ich wusste von all dem nichts. Und vermutlich weiß diese unmögliche Person längst nicht über alles Bescheid, was du mir verheimlicht hast! Ich halte dich seit Jahren für eine herrische Frau, die mich unterdrücken und nach ihrem Willen formen will, die mir keine Freiheiten gönnt und nur auf ihren Vorteil schaut. Deshalb war ich schrecklich neidisch auf Feddo, als Philippe ihm die Freiheit verschaffte, die ich mir ersehnte. Nur aus diesem Grund war ich in letzter Zeit so aufmüpfig, so gemein zu dir.« Rika holte tief Luft, in ihren Augen schimmerten Tränen der Wut, aber auch der Trauer. »Warum hast du mir nie erzählt, wie schwer das alles für dich war und vor wie vielen Gefahren, Streitereien und Ungerechtigkeiten du uns bewahrt hast? Du hast das alles allein getragen!« Rikas Worte kamen immer schneller und lauter über ihre Lippen. »Mein Gott, Demy. Ich bin zwanzig Jahre alt. Traust du mir denn gar nichts zu? Hättest du mich nicht einen Teil der Herausforderungen mittragen lassen können, zumindest in den letzten Jahren?«

»Ich wollte euch beschützen, so wie Tilla Anki und mich unter ihre Fittiche nahm, ja es sogar noch bei dir und Feddo versuchte«, schluchzte Demy, entsetzt über den Abgrund an Missverständnissen, der sich zwischen ihr und Rika aufgetan hatte. Ihr war es bei ihrer letzten Aussprache mit Tilla kurz vor deren Tod genauso ergangen!

»Da ist noch viel mehr, nicht wahr? Noch mehr Geheimnisse, die du nie mit mir geteilt hast und von denen du auch Philippe oder Lina, Margarete, Henny und Maria nichts erzählen wolltest!«

»Nun ist es aber genug«, ging Albert dazwischen. »Bei euren Worten könnte man ja annehmen, wir Meindorffs seien allesamt Verbrecher.«

»Das ist Unsinn, Albert. Und das weißt du auch. Du tätest gut daran, dich nicht immer so wichtig zu nehmen«, stauchte Rika den jungen Mann zusammen.

»Können wir jetzt einfach unseren Weg fortsetzen?«, murmelte Demy, überfordert von all den lange unterdrückten Wahrheiten und Gefühlen, die jetzt an die Oberfläche quollen wie Lava aus Vulkangestein. Sie streckte Julia ihre schmerzende Rechte entgegen.

Mit einiger Mühe kam die Frau auf die Beine und betrachtete missmutig ihren verschmutzten Pelz. Schließlich hob sie den Blick und sagte, nun erstaunlich klar: »Das wollten Sie schon lange tun, nicht wahr?«

»Nicht mehr, seit ich das vierzehnte Lebensjahr vollendet habe. Aber zugegeben: Es war für einen Augenblick ein gutes Gefühl.«

»Ich bin entsetzt«, kam es vonseiten des einzigen Mannes in der Runde.

»Es wird Sie noch mehr entsetzen, Meindorff, wenn ich Ihnen sage, dass ich Fräulein van Campens Verhalten als absolut gerechtfertigt betrachte.« Julia wandte sich an Demy: »Morgen, wenn ich nüchtern bin, werde ich mich angemessen bei Ihnen entschuldigen.«

»Kommen Sie, sehen wir zu, dass wir weiterkommen.«

»Ich sagte Joseph immer, was für ein großartiges Mädchen Sie seien. Er nannte Sie eine Plage, konnte mich aber nie von meiner Meinung abbringen. Gibt es ihn eigentlich noch oder hat der Krieg ihn inzwischen ebenfalls gefressen? Aber nein, das wüsste ich. Vom Tod des Meindorff-Thronfolgers hätte man in Berlin gehört.«

Demy nickte, beeilte sich aber, den düster vor ihnen liegenden Tiergarten zu betreten. Sie wollte in ihr Zimmer und allein sein. Sie musste sich auf eine bald anstehende Aussprache mit Rika vorbereiten. Und über irgendetwas nachdenken, das Julia zwischen all den grässlichen Offenbarungen geäußert hatte, das aber nicht in ihrem Gedächtnis haften geblieben war. Sie wusste nur: Es war etwas gewesen, das für einen kurzen Moment ein tiefes Gefühl von Furcht in ihr hervorgerufen hatte.

Kapitel 21

Finnischer Meerbusen, Russland, Oktober 1917

Der Morgen kündigte sich mit einem hellen Schimmer über dem aufgewühlten, grauen Wasser an. Dieser breitete sich schnell aus, verfärbte sich zu einem sanften Gelb und spiegelte sich auf den Wellen der Ostsee. Innerhalb von wenigen Minuten verschluckten jedoch die Wolken, die wie gejagt über den Himmel zogen, den Hoffnung symbolisierenden Farbschimmer am Horizont.

Anki seufzte leise, hatte sie doch auf ein Aufklaren des Wetters gehofft. Zitternd vor Kälte hüllte sie sich tiefer in ihren Mantel und schmiegte sich an Roberts Rücken. Ihr Mann saß vor ihr auf der Kaimauer des Fischerhafens und bot ihr dadurch Schutz vor dem kalten Wind. An Anki gelehnt kauerten die vier Mädchen, wobei die erstaunlich stille, fügsame Nina die schlafende Jenja im Arm hielt, während Katja müde blinzelte. Nur Jelena war gewohnt munter und neugierig. Sie erkundete mit ihren dunklen Augen jedes Detail der Handvoll sich wie vor dem scharfen Wind duckenden Fischerhütten aus Holz, Stein und Lehm.

Anki folgte Jelenas Blick über die primitive Hafenanlage mit den aufgerollten Tauen und Netzen auf den Kaimauern, über der unzählige Möwen kreischend ihre Runden drehten. Auf den Wellen schaukelten farblose Fischerboote, die eben erst von ihrer nächtlichen Fahrt zurückgekehrt waren.

Robert ergriff Ankis Hand, um ihr zu signalisieren, dass er aufstehen wollte. Nur ungern rückte sie von ihm ab, zumal sie nun, da er sich von ihr entfernte, der geballten Kraft des nach Salz und Tang schmeckenden Windes ausgesetzt war. Ihr Ehemann hatte vor, einen der Fischer zu bitten, sie mit dem Schiff zumindest einige Kilometer an der Küste entlangzuschippern, lieber noch bis über die Grenze nach Finnland oder aber hinüber in Richtung Gouvernement Livland[23]. Er war zuversichtlich, einen der rauen Seeleute für ein solches Unterfangen gewinnen zu können, denn das Leben der Fischer war hart und ihr Verdienst gering. Nun stand ihnen ein schneereicher Winter mit schweren Stürmen und Minustemperaturen im zweistelligen Bereich bevor. Dank Oskar verfügte Robert über eine beträchtliche Menge an Geld, dazu die wertvollen Diamanten. Mithilfe dieser Reichtümer musste sich einfach einer der Fischer locken lassen, die Familie überzusetzen.

Robert kam nur wenig später unverrichteter Dinge zurück. Sein Blick war ungewohnt hart. Er kauerte sich vor seine Frau und raunte ihr zu: »Es wird schwieriger, als ich dachte. Die Männer wittern in uns Aristokraten, die vor den Unruhen in Petrograd fliehen. Nicht einmal die Tatsache, dass wir bis auf eine einzige Tasche kein Gepäck mit uns tragen, konnte die Männer dazu bringen, uns ihre Hilfe angedeihen zu lassen.«

»Das Misstrauen ist groß, die Missgunst noch größer. Wer könnte es ihnen verübeln?«

Robert nickte und ließ sich auf einen mit feuchtem Moos bewachsenen Steinquader fallen. Er stützte die Ellenbogen auf die Oberschenkel und vergrub das Gesicht in den Händen. Mitfühlend betrachtete Anki seinen gebeugten Rücken.

Er kämpfte noch immer mit seinen Selbstvorwürfen, weil er seinen jüngeren Bruder verletzt in der Kate zurückgelassen hatte. Obwohl keine Aussicht auf Rettung für Oskar bestanden hatte, wäre es seiner Ansicht nach seine Pflicht als Arzt gewesen – die als Bruder ohnehin –, bis zu seinem Ende an seiner Seite auszuharren. Doch die außer Kontrolle geratene Situation hatte ihm eine schreckliche Entscheidung abverlangt. Er hatte sich gegen sein Gewissen, sein Pflichtgefühl und seine Bruderliebe und für das Leben seiner Frau und der vier Kinder entschieden. Sein Verstand sagte ihm, dass dies nicht nur Oskars ausdrücklicher Wunsch, sondern auch die einzig richtige Option gewesen war, dennoch blutete sein Herz.

Einige Nachzügler machten ihre Boote am Kai fest und die Möwen flogen erneut kreischend auf, entfernten sich aber nicht weit von den zum Trocknen ausgelegten, nach Fisch riechenden Netzen und den kleinen Leckereien, die sich noch immer darin befanden.

Anki achtete nicht auf die rauen Fischer. Ihre Rufe, die dumpfen Geräusche, wenn die Bootsrümpfe an den Kai stießen und das Aufklatschen der Fische an Land waren nur nebensächliche Begleitmusik zu ihren Überlegungen und dem Anblick, der sich ihr weit draußen auf dem Meer bot. Dort hatten einige Sonnenstrahlen die dichte, bedrohliche Wolkendecke durchbrochen, trafen in schrägen Bahnen auf das graue Wasser und zauberten auf eine fast kreisrunde Fläche ein silbriges Glitzern. Für Anki war dies ein Gruß aus einer anderen, besseren Welt. Wollte Gott ihr signalisieren, dass es Licht in der sie umgebenden Dunkelheit gab, dass er einen Ausweg für sie bereithielt?

Hoffnungsvoll schloss sie die Augen und bat Gott darum, Licht und Weg erkennen zu dürfen. Sie schreckte auf, als sich eine kalte Kinderhand auf die ihre legte. Jelena war vor sie getreten und hielt die vor Kälte zitternde Katja an ihrer Hand.

Wie lange hatte sie so in sich versunken ausgeharrt? Irritiert blinzelte Anki das Mädchen an und stellte mit einem flüchtigen Seitenblick fest, dass die grauweiße Wolkenmasse wieder Herr über die Ostsee war.

»Der ältere Fischer dort drüben nimmt uns mit«, raunte Jelena Anki zu.

»Was?«

»Seine Frau ist vor Kurzem gestorben. Er hat eine Tochter, die wohnt in einem kleinen Fischerdorf in Richtung Riga. Er meinte, die Überfahrt könne für Landratten wie uns ungemütlich sein, aber ich versicherte ihm, dass wir sehr tapfer seien.«

»Jelena, wie hast du das nur zuwege gebracht?« Robert blickte das Mädchen fassungslos an.

Diese lächelte zu ihm auf und ihre Augen blitzten unternehmungslustig. »Welcher Deduschka²⁴ kann einer fürsorglichen Fünfzehnjährigen widerstehen, die ein frierendes Püppchen von Schwester an der Hand hält? Dass er ohnehin vorhatte, diesem Fischerdorf den Rücken zu kehren, weil er bei seiner Tochter und den Enkeln leben möchte, konnte ich natürlich nicht ahnen.«

Robert schüttelte leise lachend den Kopf, erhob sich und eilte zu dem alten Mann, der in seinem über die unruhigen Wellen stampfenden Boot wartete. Jelena setzte sich auf seinen verwaisten Platz, nahm die zitternde Katja auf ihren Schoß und lehnte sich mit dem Rücken gegen Anki. »Ich dachte, ich versuche es einfach mal. Das russische Volk liebt seine Kinder.«

»Das hast du großartig gemacht«, flüsterte Anki zurück. Sie strich über Jelenas Oberarme, während ihr Blick von ihrem Mann und dem Fischer zur aufgewühlten See wanderte. War dies ihre Gebetserhörung?

Ein Frösteln, das nicht von dem eisigen Wind herrührte, bemächtigte sich ihrer. Wie gefährlich mochte es sein, mit einem kleinen Fischerboot hinaus auf die sturmgepeitschte Ostsee zu schippern? Wog dieses Risiko leichter als die Gefahr, in der sich die Mädchen in ihrem Heimatland befanden?

Schnell rief sie sich Oskars Worte in Erinnerung: Lenin und Trotzki wollten es nicht auf eine Wahl ankommen lassen. Sie planten einen weiteren Umsturz und damit die gewaltsame Absetzung der Übergangsregierung. Dazu brauchten sie ihre eigenen militärischen Truppen. Die vielen Anschläge der vergangenen Jahre, ja Jahrzehnte auf die Zaren, den Adel und die Regierungsbeamten zeugten davon, dass es unter den Anhängern der Bolschewiki gewaltbereite, skrupellose Menschen gab. Sie hassten die Aristokratie und waren bereit, gnadenlos gegen sie vorzugehen. Ihr und Robert blieb keine andere Wahl, als die Chabenski-Mädchen aus ihrem Einflussbereich zu bringen.

Ankis Gedanken wanderten zu der Zariza und ihren vier reizenden Töchtern und dem inzwischen entthronten Zarewitsch – und zu Ljudmila und dem fürsorglichen Dr. Botkin. Sie befanden sich allesamt in Sibirien. Würde man sie außer Landes lassen, falls dieser radikale Flügel unter Lenin die Macht ergriff? Robert befürchtete sogar einen Bürgerkrieg, ausgetragen zwischen den Roten und den Anhängern des Zarenregimes.

Ihr Mann eilte mit großen Schritten auf sie zu. »Der Fischer, Michail, möchte unverzüglich aufbrechen. Er ist auf dem Weg in sein Haus, um sein persönliches Hab und Gut zu holen. Wir sollen uns bereithalten.«

»Ob wir uns nicht besser Schwimmwesten besorgen?«

»Die wirst du in einem Fischerdorf wie diesem nicht finden, meine Liebe. Aber er sagte, er werde für die kleinen Mädchen zwei Decken mitbringen. Sie seien alt und löchrig, würden aber wärmen.«

»Das ist gut.« Anki lächelte. Trotzdem fühlte sie die Furcht vor der Fahrt auf dem Meer wie wild wucherndes Unkraut in sich wachsen.

Robert ging vor ihr in die Knie und umfing ihre Taille. »Michail befährt dieses Gewässer seit mehr als fünfzig Jahren. Bereits als kleiner Junge ist er mit seinem Vater aufs Meer gefahren. Er sagte vorhin, er kenne es besser, als er seine Frau gekannt habe. Aus diesem Grund bestand er auf dem sofortigen Aufbruch. Das Wetter ist heute und morgen gut. Später erwartet er Stürme und eisigen Wind. Er rechnet auch mit viel Treibeis in diesem Jahr.«

»Ist schon gut, Robert. Du weißt, ich bin ein ängstlicher Mensch. Ich werde Michail vertrauen müssen.«

»Ihm und Gott. Außerdem magst du eine ängstliche Natur haben, aber du hast in den vergangenen Jahren oft genug sehr viel Mut bewiesen!«

Anki betrachtete das unrasierte Gesicht ihres Mannes, auf das sich nun sein hinreißendes Lächeln legte, begleitet von den unwiderstehlichen Grübchen in den Wangen. Ein angenehm warmes, tiefes Gefühl machte sich, der äußeren Kälte zum Trotz, in ihrem Inneren breit. »Ich liebe dich, Robert Busch.«

Robert beugte sich vor und küsste sie, bis das Kichern der Mädchen zu ihnen durchdrang. Sein Gesicht entfernte sich um einige Zentimeter von dem ihren und sie sah sein fröhliches Augenzwinkern. Halb belustigt, halb beschämt schloss sie für einen kurzen Moment die Augen. »Du lässt mich alle Unsicherheit, alle Trauer und jede Furcht vergessen«, raunte er ihr zu, ehe er sich aufrichtete.

Anki sah in die grinsenden Gesichter von Jelena und Katja. Jenja schlief noch immer in Ninas Armen, doch diese betrachtete sie aufmerksam. Zu Ankis Erstaunen konnte sie in ihrem Blick weder Spott noch Abneigung erkennen. Nina wirkte ruhig, nahezu gelassen, und Anki fragte sich, was in den vergangenen Tagen geschehen sein mochte, damit aus diesem verwöhnten, rebellischen Mädchen eine hilfsbereite und nachdenkliche junge Frau geworden war? Lag es daran, dass sie endlich den Ernst ihrer Situation erkannte? Hatte sie erfasst, dass Anki und Robert alles dafür gaben, ihr und ihren Schwestern die Freiheit zu erhalten, dass sie ihnen womöglich das Leben retteten, obwohl sie sich dabei selbst in Gefahr brachten?

Anki lächelte Nina an, die schnell den Blick auf das schlafende Mädchen in ihren Armen senkte. Ein erster Schritt fort aus dem Einflussbereich von Raisa war getan; einen Schritt heraus aus der überbehüteten, von der Realität der Mitmenschen entrückten Welt, in der die Chabenski-Mädchen wie alle Töchter des russischen Adels aufgewachsen waren. Nun war Nina gefordert weiterzugehen und ihr neues Leben zu gestalten. In diesem Augenblick erkannte Anki, dass die Chance für Nina, Mitgefühl und Nächstenliebe zu erlernen, nie zuvor so groß gewesen war wie in diesen bedrohlichen Zeiten des Umbruchs. Die Veränderungen im Heimatland ihrer Schutzbefohlenen, so schrecklich sie auch waren, konnten also auch Gutes nach sich ziehen, wenn man es zuließ. Nina, die in den vergangenen Jahren zunehmend schwieriger und oberflächlicher geworden war, hatte die schmale Brücke betreten, die sie aus einem behüteten Umfeld in die harte Wirklichkeit brachte. Ging sie aus eigenem Antrieb und mit der Hilfe Gottes voran, würde sie den Weg mit all seinen Herausforderungen und Gefahren bestehen; verließ sie aber diesen schmalen Pfad wieder, bestand die Möglichkeit, dass die geballte Härte ihres zusammengebrochenen Lebens sie gnadenlos mit sich herunterreißen würde.

Anki hob den Kopf, als sich ein Paar ausgetretene, an der Spitze beinahe durchgewetzte Stiefel in ihr Blickfeld schoben. Vor ihr stand Michail. Mit dunklen, wachen Augen musterte er die zusammengewürfelte Familie, wobei sich die Linien in seinem wettergegerbten Gesicht noch tiefer einzugraben schienen. Bereute er beim Anblick der verfrorenen Schar seinen Entschluss, sie mitzunehmen?

Schnell erhob Anki sich und stellte sich und die Kinder vor. Jenja, aus dem Schlaf gerissen, begann leise zu weinen.

»Kommt, wir brechen auf«, sagte der Fischer mit markanter Bassstimme, bei der Anki das Gefühl überkam, der Mann könne gegen die wütendsten Stürme anschreien und sich bis weit über das Meer hinweg Gehör verschaffen. Der Fischer steckte in einer einfachen, weiten Hose und einem fadenscheinigen Hemd, dessen Ärmel trotz der niedrigen Temperatur hochgekrempelt waren. Sie offenbarten vernarbte, behaarte und starke Arme. Über der Schulter trug er einen halb gefüllten Seesack – das war offenbar alles, was er sein Eigen nannte.

Die kleine Gruppe folgte dem Seemann zu seinem von Salz und Sonne ausgebleichten Kutter, dessen winzige Kajüte eine schräg in den Angeln hängende Tür aufwies. Taue verschiedener Stärken, Netze, graue Korkbojen, verbeulte Metalleimer und Werkzeuge, deren Nutzen Anki fremd war, lagen entlang der Bordwand. Der Fischer warf seinen Seesack hinüber auf die Schiffsplanken und Robert tat es ihm mit ihrer Reisetasche gleich. Beide Männer zogen das Fischerboot an die Kaimauer, sicherten es mit je einem Bein und halfen erst den Mädchen und dann Anki an Bord.

Das Schlingern des Schiffs verursachte ein unbehagliches Gefühl in Ankis Magengegend. Ängstlich überlegte sie, ob sie wohl seekrank werden würde; andererseits hatten ihr die Dampferfahrten auf der Neva nie etwas ausgemacht. Schnell setzte sie sich auf ein Holzfass und zog Katja an sich. Jenja schluchzte noch immer, wobei sie die Augen nicht von dem Fischer abwendete, als wüsste sie, dass vom Können dieses Fremden ihr Leben abhing.

Ohne dass Anki Nina oder die abenteuerlustige Jelena dazu auffordern musste, kauerten sie sich neben sie auf den feuchten Boden. Nina verzog angewidert das Gesicht. Anki legte sich beruhigende Worte zurecht, benötigte diese jedoch nicht, denn Nina atmete nur tief durch und lehnte sich mit der Schulter an die Dollwand. Sie ließ ihren Blick über das winzige Fischerdorf gleiten, als suche sie dort Hilfe.

Erleichtert atmete Anki auf. Sie wollte ungern den Fischer zum Zeugen einer ihrer Auseinandersetzungen werden lassen, nun, da er gewillt war, mit ihnen eine Reise über das Meer anzutreten.

Michail wies Robert unterdessen in die wichtigsten Handgriffe ein, und es dauerte nicht lange, bis sie die Leinen von der bröckelnden, mit nassem Seetang überzogenen Kaimauer lösten und das Boot hinaus auf die Ostsee glitt.

Sie hatten kaum die schützende Umfassung der Hafenbucht verlassen, da erfassten Wind und Wellen den Fischkutter. Das Wasser schlug klatschend gegen die Bordwand, kletterte zischend an ihr in die Höhe und besprühte die Passagiere. Das Holz knarrte, die Bojen kullerten von links nach rechts. Anki und die Mädchen klammerten sich ans Dollbord, an die Kajütenwand oder aneinander.

Der alte Mann und Robert richteten den Mast auf, zurrten das quadratische Segeltuch fest, und der braune Stoff bauschte sich auf. Das Fischerboot wurde wie von unsichtbarer Hand vorwärtsgetragen, fügte sich in die Wellen ein und lag nun ruhiger als zuvor im Wasser.

»Jetzt geht es voran«, rief der Fischer mit seiner dröhnenden Stimme den Passagieren zu und schenkte Anki ein zahnloses Lächeln. Anki wandte sich wie Nina der Küste zu, die sich Meter um Meter entfernte. Ob das älteste der Chabenski-Mädchen etwas Ähnliches fühlte wie sie? Diese Mischung aus Erleichterung und Schmerz, in die sich bald schon Heimweh schlich?

Für einen Moment war Anki versucht, die Hand zum Abschied zu heben. Über zehn lange Jahre hinweg war Russland ihre Heimat gewesen. Hier hatte sie Freude und Schmerz, Liebe und Hass erlebt und war von einem unerfahrenen Mädchen zur Frau gereift. Jetzt verließ sie das Land mit vier Kindern, die ihrer Geburtsstätte, ihrem Zuhause und den Gräbern ihrer Eltern den Rücken kehren mussten.

Nina fühlte sicher den Verlust ihres bisherigen Lebens sehr deutlich. Jelena mochte ihn ebenfalls spüren, doch ihre Abenteuerlust und ihr heiteres Wesen würden schnell siegen und sie fröhlich in die Zukunft schauen lassen. Auch Katja war mit ihren zehn Jahren alt genug, um den Abschied zu begreifen und Heimweh zu empfinden. Aber Jenja? Die Zweijährige würde keine Erinnerung an ihr Geburtsland und ihr einstiges Zuhause in ihrem Herzen bewahren. Ob die Chabenski-Töchter irgendwann in ihre Heimat zurückkehren durften? Eines Tages, wenn die Welt wieder zur Vernunft gekommen war, wenn in Russland die Wogen geglättet und die Verhältnisse geklärt waren?

Wehmütig und mit von unterdrückten Tränen glänzenden Augen betrachtete Anki die grüne Küstenlinie, den braunen Uferstreifen davor, die vereinzelten, immer kleiner werdenden Häuser und den über Feldern und Wiesen aufsteigenden Dunst.

»Fräulein Anki?« Jelenas Stimme drang leise in ihre Überlegungen und sie nickte nur, fürchtete sie doch, das aufgeweckte Mädchen könne ihr ansehen, wie ihr zumute war.

»Ich vermisse Jakow, Marfa und Nadezhda.«

Anki nickte erneut. Auch Jelena fiel es schwer, die Menschen zu verlassen, die sie über Jahre begleitet hatten, zumal in der Ungewissheit, ob sie sich jemals wiedersehen würden. Jakow, der stolze, stille Butler und Nadezhda waren nicht mehr die Jüngsten. Marfa war nur wenige Jahre älter als Anki und hatte die Mädchen seit ihrer Geburt betreut und umsorgt. Sie fehlte ihnen besonders.

»Es tut mir unendlich leid«, flüsterte Anki zurück.

»Sie können ja nichts dafür. Es gab zu viel Ungerechtigkeit in Russland. Aber ich bin sehr froh, dass Sie bei uns sind. Ob Gott damals auf unserer Reise durch die Niederlande schon wusste, wie dringend wir Sie einmal brauchen und wie fest wir Sie in unsere Herzen schließen würden?«

Anki ergriff Jelenas Hand und drückte sie kräftig. Ihre Augen waren weiterhin auf die entschwindende Küste gerichtet, der Wind blies ihr kalt ins Gesicht. Eine einzelne Träne löste sich aus ihrem Augenwinkel und bahnte sich einen Weg über ihr Gesicht. Jelena hatte völlig recht. Es war Gott, der ihren Lebensweg in seinen Händen hielt. Darauf wollte sie vertrauen, auch in diesem winzigen, von Wind und Wellen bedrängten Fischkutter.

Kapitel 22

Berlin, Deutsches Reich, November 1917

Der November des Jahres 1917 brachte nicht nur nasskalte, dunkle Tage, sondern auch umwälzende Veränderungen. Bereits im Oktober war dem neuen Reichskanzler durch die Mehrheitsparteien das Vertrauen entzogen worden, weshalb er, wie sein Vorgänger im Juli, zurücktrat. Der Kaiser ernannte daraufhin den bayrischen Ministerpräsidenten Georg Graf von Hertling zu seinem Nachfolger. Unterdessen versprach der britische Außenminister den Juden eine Heimstätte in Palästina, was in rechtsgerichteten Kreisen Deutschlands zu antisemitischen Agitationen führte. Die deutsch-österreichische Kriegszielkonferenz beschloss die Vereinigung des russischen Teils Polens und Galiziens mit dem Königreich Polen sowie die Angliederung von Kurland und Litauen an das Deutsche Reich. In Russland befahl die Übergangs-regierung die Besetzung bolschewistischer Zeitungsbüros und löste damit den bewaffneten Aufstand der Bolschewiki aus. All dies beka-men die Bewohner des Meindorff-Hauses nur am Rande mit; hatten sie doch mit ihren eigenen Herausforderungen zu kämpfen.

»Ich verstehe es einfach nicht«, brummte Henny, stellte den Topf mit lautem Klappern auf die Spüle und blickte in den regnerischen Tag hinaus.

»Und ich verstehe deine Vorbehalte nicht. Seit sie hier ist, for-derst du täglich, dass wir sie aus dem Haus weisen. Wir mögen ihren

Lebenswandel nicht, da sind wir uns einig. Aber sie ist ein hilfsbedürftiger Mensch.«

»Sie hat deiner Schwester sehr viel Leid zugefügt.«

»Sie war einer von vielen Faktoren, die meiner Schwester Leid zufügten.«

»Aber sie hatte ihren Anteil daran.«

Demy zog die Schultern in die Höhe und warf einen unsicheren Blick auf Hennys Rücken. Dennoch argumentierte sie: »Wir kennen Fräulein Romeikes Geschichte nicht. Und sie wird, solange sie hier im Haus ist, niemandem zu nahe treten. Da bin ich mir sicher.«

»Wem auch, bis auf Bruno und den Rittmeister gibt es keine Männer hier«, fauchte Henny, und drückte die Stirn an die kühle Fensterscheibe.

»Was ist nur los mit dir. So kenne ich dich gar nicht. Wir haben noch keinen Hilfsbedürftigen abgewiesen.«

»Das waren Menschen in wirklicher Not, wie der alte Viktor oder Monika mit ihrem Neugeborenen oder die halb verhungerte Grete.«

»Uns steht ein kalter Winter ins Haus und die Romeike hat alles verloren, einschließlich ihrer Wohnung.«

»Sie wird ein warmes Plätzchen finden, glaub mir!«, schnaubte Henny geringschätzig, was Demy erneut die Nase kräuseln ließ. Noch immer war sie nicht dahintergekommen, warum Henny ihren neuen Gast so rigoros ablehnte. Natürlich war Julia eine zusätzliche Person, die ihren Teil der raren Lebensmittel beanspruchen würde. Aber bisher hatte Henny meist nur kritisch angemerkt, es könne knapp werden, wenn Demy, Margarete oder Lina einen neuen Gast aufnahmen. Der gegenwärtig stattfindende Aufruhr vonseiten ihrer Freundin befremdete Demy.

»Die Romeike kann sich wieder einen Mann aufgabeln, aber nicht hier«, sagte das ehemalige Dienstmädchen, ohne sich umzudrehen.

Demy legte den Kopf leicht schief und musterte die kleine, zarte Gestalt vor sich, ehe sich ein Lächeln auf ihr Gesicht schlich. »Daher weht also der Wind! Du fürchtest um den Herrn Hauptmann?«

Henny fuhr herum und funkelte sie aus blitzenden Augen an. »Den Herrn Hauptmann? Ich habe dir bereits erklärt, dass ich für ihn nicht geeignet bin, dass ich …«

»Aber du liebst ihn und willst verhindern, dass er auf eine Frau wie Julia hereinfällt ...«

»Ich dachte vielmehr an dich und an Herrn Oberleutnant Philippe Meindorff!«, gab Henny zurück.

»Philippe Meindorff?« Demy stieß ein trockenes Lachen aus. »Jetzt redest du aber Blödsinn. Vor allem, weil es ein *dich und Philippe Meindorff* nicht gibt.« Sie spürte, wie in ihrem Inneren eine Hitzewelle aufstieg. Inständig hoffte sie, dass ihr Gesicht nichts davon verriet.

Die jungen Frauen taxierten sich. Plötzlich zuckte es um Demys Mundwinkel und einen Augenblick später brachen beide in Gelächter aus.

»Meine Güte, was für ein Aufstand. Wir haben doch wirklich schon Schlimmeres durchgestanden!«, lenkte Henny ein und hielt sich, noch immer lachend, an Demys Schultern fest.

»Sie darf also bleiben, zumindest, bis sich ein anderer Weg für sie gefunden hat?«, fragte Demy glucksend.

»Hatte ich jemals eine Chance, dich zu überreden, die Romeike rauszuwerfen?«

»Ich fürchte, nein.«

»Sie fasziniert dich, nicht wahr?«

»Seit unserem ersten Zusammentreffen bei Tillas Hochzeit, als Walter Rathenau, der vermutlich keine Ahnung hatte, wen genau er da begleitete, mit ihr an seiner Seite das Haus betrat.«

»Und sie durchschaute damals schon, dass du nicht die bist, als die deine Schwester, ihre Konkurrentin, dich ausgab. Spätestens, als du mit Lieselotte und den Zwillingen im Scheunenviertel aufgetaucht bist. Sie verwendete ihr Wissen jedoch nie gegen euch beide.«

»Das weiß ich nicht. Immerhin hat sie mit Joseph über uns gesprochen, wie sie mir verriet. Aber Joseph hielt mich für eine Plage und schenkte ihr vielleicht keinen Glauben. Aber stell dir vor, Fräulein Romeike sagte, Tilla habe Joseph wegen ihres Verhältnisses erpresst. Daher kam das Geld für ihre Reisen, die Bälle, die Kleider und den Schmuck.«

»Dann ist es Fräulein Romeike umso höher anzurechnen, dass sie ihr Wissen um dein wahres Alter und deine heimlichen Ausflüge nie gegen euch verwendet hat.«

»Womöglich hatte sie ihren Spaß an diesem Wirrwarr von Intrigen. Sie durchschaute Tillas Schummeleien, was mein Alter betraf, und sie ahnte wohl auch, dass unser Vater zum Zeitpunkt der Eheschließung längst nicht mehr der angesehene Geschäftsmann war, den er den Meindorffs vorgespielt hatte. Sie wusste vermutlich, dass Tilla Joseph erpresste und sich mit ihrem Wissen über das Verhältnis zwischen Joseph und Julia einen finanziellen Vorteil verschaffte. Aber sie schwieg zu alledem, denn immerhin hatte Joseph Tilla und nicht sie geheiratet. Es wird wohl etwas wie Schadenfreude gewesen sein, was sie durch ihr Wissen empfand.«

Henny schürzte die Lippen, nickte nachdenklich und murmelte dann: »Vielleicht müsste ich sie sogar bedauern … Sie gab zwar ihren Körper im Gegensatz zu mir freiwillig her, doch im Grunde wurde sie noch niederträchtiger benutzt als ich!«

Nun war es an Demy, entrüstet den Kopf zu schütteln. »Sag so etwas nicht! Das, was dir widerfahren ist, ist damit absolut nicht zu vergleichen. Du befandest dich in einem Abhängigkeitsverhältnis und wurdest gegen deinen Willen benutzt. Fräulein Romeike hätte das Spiel jederzeit beenden können. Als ich sie kennenlernte, war sie eine wunderschöne, begehrenswerte und wohlhabende Frau. Mit Leichtigkeit hätte sie sich ein eigenes Leben aufbauen oder einen heiratsfähigen Mann finden können.«

»Vielleicht liebte sie Joseph ja wirklich?«

Demy dachte zuerst daran zu widersprechen, schwieg jedoch. Für sie war Tillas Ehemann immer eine Reizfigur gewesen und dies bereits vom ersten Tag an, als sie ihn in Koudekerke kennengelernt hatte. Aber damals war sie noch fast ein Kind gewesen und es hatte ihr gründlich missfallen, dass sich ein wildfremder Mann in ihre Familie drängte. Zudem hatte sie ihm die Schuld daran gegeben, dass sie ihre geliebte Heimat, das gemütliche Gutshaus, die weichen Sanddünen, die Möwen und das Meer hatte verlassen müssen, um in eine beängstigend große, überfüllte, stinkende und fremde Stadt zu ziehen.

Heute wusste sie, dass Tilla ihren Ehemann und die Familie Meindorff getäuscht hatte, um Demy vor ihrem eigenen Vater in Sicherheit zu bringen. Sie hatte Tillas Wesen, ihre Entscheidungen und ihr Handeln viele Jahre lang völlig verkannt. Womöglich täuschte sie sich auch in Joseph – oder übersah die guten Seiten, die er besaß. Vielleicht war all das, was sie so lange bekämpft und bedauert hatte, letztlich ein zielführender Weg gewesen, weil sie hier in Berlin gebraucht wurde?

Ein Klopfen an der Küchentür unterbrach die Stille im Raum. Beide Frauen drehten sich um, als John eintrat und verwundert auf das sich auftürmende schmutzige Geschirr vom Frühstück blickte.

»Wir sind heute nicht sehr fleißig«, gestand Henny schnell, wohl eine Reaktion aus früheren Zeiten, als Maria sie alle noch durch das Haus gescheucht hatte.

»Ich würde Ihnen ja gern meine Hilfe anbieten, aber ...«, erklärte John und hob seinen Arm mit der fehlenden Hand. »Gerade ist Philippe eingetroffen. Er sagte, Fräulein van Campen habe in Schwerin angerufen und ausrichten lassen, er müsse mich abholen.«

Demy ging auf den englischen Captain zu, dessen Deutsch in den vergangenen Monaten fast perfekt geworden war. Im Vorbeigehen drückte sie Hennys Hand. Sie wusste selbst nicht, ob sie damit das Gespräch von zuvor beenden und ihr signalisieren wollte, dass sie sie verstand. Vielleicht aber suchte sie auch nur ein bisschen Halt, bevor sie Philippe gegenübertrat. »Ich fürchte, Sie sind in Gefahr, wenn Sie noch länger bleiben.«

»Und damit auch Sie und die Menschen in diesem Haus.« John nickte ihr zu, hielt ihr die Tür auf und ging gemeinsam mit ihr zum Verbindungsraum zwischen Nebentrakt und Foyer. »Ich werde Ihnen nie genug für alles danken können, was Sie für mich getan und gewagt haben.«

»Wer weiß schon, was noch kommt, Captain Howell? Womöglich benötige ich eines Tages Ihre Hilfe. Die vergangenen Jahre haben mich gelehrt, dass so gut wie nichts ohne Grund geschieht, selbst wenn wir den Sinn hinter den Geschehnissen nicht sofort, vielleicht sogar nie verstehen können. Gott fügt das Puzzle unseres Lebens weise zusammen. Wir sehen dabei immer nur die kleinen Teilchen direkt vor uns, er aber überblickt das Gesamtbild. Er weiß, wo wir hingehören, wo wir gebraucht werden, wo wir unsere Bestimmung finden.«

John lächelte sie an, während er ihr die nächste Tür aufhielt. »Jedenfalls kann ich von Glück reden, Sie, Ihre Schwägerin Edith und natürlich Philippe zu den Puzzleteilchen meines Lebens zählen zu dürfen.«

Demy drehte sich in der Tür nach dem Briten um. Sie sah ihn nicht gern gehen, war er doch ein angenehmer Gesprächspartner und inzwischen auch eine große Hilfe. »Ich wünsche Ihnen eine sichere Heimkehr zu Ihrer Familie und hoffe, Ihre Verletzung entbindet Sie von Ihren militärischen Pflichten.«

John atmete tief durch und ergriff ihre Rechte. »Abschiede sind wie kleine Tode. Wir wissen nie, ob uns ein Wiedersehen geschenkt wird.«

»So theatralisch, mein Freund?«, spottete Philippe aus dem Dämmerlicht des Arbeitsraums.

Demy zuckte zusammen. Sie hatte nicht angenommen, dass Philippe sich in dem kleinen, nur als Durchgangs- und Abstellraum genutzten Zimmer aufhielt, anstatt im Foyer oder in einem der angrenzenden gemütlich eingerichteten Räume zu warten.

Philippe hatte John in den vergangenen Wochen ein paarmal besucht, wobei Demy an diesen Tagen entweder im Haus beschäftigt oder auf der Suche nach Lebensmitteln unterwegs gewesen war. Daher hatten sie sich seit jener Nacht, in der sie John aus Schwerin hergebracht hatten, nicht mehr gesehen.

»Warum eilt es plötzlich so, John loszuwerden?« Philippe trat hinter einem Regal hervor und gesellte sich zu ihnen. Er begrüßte seinen Freund mit einem festen Handschlag und nickte Demy zu.

»Von Loswerden kann keine Rede sein. Wir haben Herrn Howell gern hier.«

»Ja, weil er zuletzt einen guten Feldarbeiter auf Ihrem geheimen Bauernhof abgegeben hat«, spottete Philippe.

»Vielleicht eher, weil er im Gegensatz zu gewissen anderen Offizieren ein höflicher, zuvorkommender Mann ist«, gab Demy nicht minder spöttisch zurück. »Zudem gibt es Menschen, die sich danach sehnen, bei ihrer Familie zu sein. Für Sie ist das natürlich fremd.« Noch während sie es aussprach, wusste Demy, dass sie zu weit gegangen war. Philippe hatte nie eine Familie besessen – abgesehen von den Meindorffs. Und dass diese sich nicht eben dazu eigneten, sich als gern gesehenes Mitglied ihres erlesenen Kreises zu fühlen, hatte sie selbst zu spüren bekommen.

Prompt baute sich Philippe mit vor der Brust verschränkten Armen vor ihr auf. Demy spürte seine Nähe, obwohl er sie nicht berührte, wie tausend prickelnde Nadelstiche. Sie wich zurück, bis sie den Türrahmen berührte, um zumindest einige Zentimeter mehr Abstand zwischen ihnen zu schaffen.

»Und Sie sind die Expertin, was Familienangelegenheiten anbelangt, Demy van Campen?«, donnerte er auf sie hinunter. »Sie mit Ihren Geheimnissen, mit der nach Russland vertriebenen Schwester, der unter Lug und Betrug verheirateten zweiten Schwester und dem kriminellen Vater, der seine Finger nicht mal von minderjährigen Mädchen lassen konnte, der ...«

Demy riss ihre Augen entsetzt auf. Obwohl John seinen Freund am Arm ergriff und von ihr wegzog, hatte sie genug gehört. Philippe wusste es! Er wusste, dass ihr Vater sich an Tilla vergangen hatte! Doch woher? Nannte er ihren Vater deshalb kriminell oder war da noch etwas anderes gewesen? Damals in Afrika, als die zwei Männer aufeinander getroffen sein mussten?

Philippe hatte einmal angedeutet, ihr Vater könne in der Gracht ertrunken sein, weil jemand ein wenig nachgeholfen hatte. Wie recht er damit gehabt hatte, wusste Demy erst seit Tillas Geständnis auf dem Sterbebett. Aber Philippe konnte doch unmöglich wissen, dass ... Oder hatte Tilla sich ihm anvertraut? Aber weshalb hatte ihre Schwester ausgerechnet Philippe ins Vertrauen gezogen? Es sei denn, die beiden ...?

Demy brachte diesen ungeheuren Gedanken nicht zu Ende. Er schmerzte sie zu sehr. Es durfte einfach nicht sein, dass Philippe sich – wie Willmann – mit Tilla eingelassen hatte. Dieser Gedanke trieb Schamesröte in ihr Gesicht; ließ Wut in ihr anwachsen. Einem zornigen Impuls folgend machte sie einen Schritt auf Philippe zu und stieß ihm mit beiden Fäusen vor die Brust. Überrascht wich er nach hinten aus. Demy tauchte zwischen ihm und John hindurch und verschwand durch die Tür ins Foyer. Ihre Absätze klapperten laut auf dem Parkett, als sie durch die Halle fegte. Sie lief an der verdutzten Julia vorbei und warf die Tür zum Treppenhaus krachend hinter sich zu. Selbst die Stufen hinauf verringerte sie ihre Geschwindigkeit nicht, und erst als sie auch ihre Zimmertür hinter sich zugedonnert hatte, blieb sie keuchend stehen.

Ihre Gedanken vollführten die wildesten Kapriolen. Es war weniger Philippes Wissen um einige ihrer gut gehüteten Geheimnisse, das sie aufregte, sondern vielmehr die Tatsache, dass er es von Tilla erfahren haben musste. Und Tilla hatte nur einem einzigen Menschen ihre Geheimnisse anvertraut: ihrem Geliebten. Hatte es neben Willmann einen zweiten Mann in ihrem Leben gegeben? Philippe? Ein Schmerz, scharf und schneidend wie ein Dolch, drohte ihr das Herz zu durchbohren. Die Erkenntnis, was dieser Schmerz bedeutete, traf sie nicht unbedingt unvorbereitet, aber dennoch heftig.

»Ich kann dich nicht ausstehen«, sagte sie in den leeren Raum hinein, doch es half nicht. Sie wusste, dass sie sich selbst belog.

* * *

»Und ich dachte immer, du bist ein vollendeter Charmeur!«, spottete John. Sein Blick war vorwurfsvoll auf Philippe gerichtet.

Dieser biss die Zähne kräftig zusammen und fuhr sich mit den Händen durch das schwarze Haar. »Bei Demy funktioniert mein Charme nicht. Sie ist irgendwie …« Ihm fehlten die Worte, deshalb zog er die Schultern in die Höhe und ließ sie schwer wieder fallen.

»Bezaubernd natürlich?«, schlug John mit einem offenen Grinsen vor.

Philippe kommentierte Johns Aussage nur mit einem Zucken seines linken Mundwinkels. »Ich kann dir nicht einmal sagen, warum ich sie ständig so angehe. Sie ist ein bewundernswerter Tausendsassa, verschenkt Liebe und Brot im gleichen Maße, versteckt auf meine Bitte hin einen britischen Offizier und …« Wieder fehlten ihm die Worte. Oder konnte er einfach nur nicht zugeben, wie aufregend und liebenswert er das Mädchen fand? Dabei war John der Mensch, dem er am ehrlichsten seine Gedanken und Gefühle anvertrauen konnte.

»Soll ich dir eine Antwort darauf geben, weshalb du Demy attackierst wie ein unreifer Sextaner[25]?« Ohne eine Entgegnung abzuwarten fügte John hinzu: »Die Alternative wäre, sie in die Arme zu schließen. Und das wagst du nicht.«

»Können wir bitte das Thema wechseln? Wir müssen überlegen, wie wir dich über die Front und bis ins neutrale Holland schaffen.«

»Du musst dich umgehend bei ihr entschuldigen. Was auch immer du da angedeutet hast, mein Freund, könnte dich in Schwierigkeiten bringen. Den Vater der Frau, die man liebt, als Kriminellen und gar als Kinderschänder zu titulieren …«

»Erinnerst du dich an Überfälle auf die Diamantclaims in Afrika?«

»Sicher.« Der Brite hob fragend die Augenbrauen.

»Auch an den Namen van Campen?«

John runzelte die Stirn. Dann wanderte sein Blick fassungslos zu der Tür, die Demy hinter sich zugeknallt hatte und zu Philippes Gesicht zurück. »*Der* van Campen? Demy ist die Tochter dieses Mannes?!«

»Du warst derjenige, der damals für mich die familiären Zusammenhänge zwischen der Diacamp-Company und der Familie Meindorff recherchiert hat. Erinnerst du dich?«

Der Brite nickte. »Ja, du hast recht. Seitdem ist so viel geschehen, dass ich nicht mehr daran gedacht habe. Kurz darauf reiste ich mit meiner Frau nach London ab, du wurdest verwundet und ich habe die Lösung des Rätsels nie endgültig erfahren.«

Philippe nickte. Es war sein Fall gewesen und er hatte die britische Enklave in der Walfischbay nur am Rande betroffen. Natürlich hatte John die Details vergessen; Philippe nicht. Udako war gestorben, und nun liebte er die Tochter des Mannes, der dafür verantwortlich war. Er presste die Zähne kräftig zusammen und ließ den Gedanken endlich zu. Ja, er liebte Demy, all seinen Vorbehalten dieser Familie gegenüber zum Trotz. Und es half nichts, wenn er ihr wie in den vergangenen Wochen krampfhaft aus dem Weg zu gehen versuchte. Sobald er sie sah, sobald sie auch nur in seine Nähe kam, spürte er eine tiefe Sehnsucht in sich, deren Intensität immer mehr zunahm, als lege man trockenes Holz in ein sanft glimmendes Feuer.

»Gut«, sagte er mit rauer Stimme und hob den Kopf, um seinen Freund anzusehen. »Gehen wir hinauf. Du packst und ich versuche, mich bei der jungen Dame angemessen zu entschuldigen.«

»Und einige Details zu klären?«

Philippe brummte etwas Unverständliches, nickte dann aber: »Ich habe ihr ohnehin beunruhigende Nachrichten aus Russland mitzuteilen. Dort haben die Bolschewiken unter Lenin die Macht übernommen.«

»Das fehlte noch«, knurrte John und Philippe fragte sich, ob der Brite – was nicht von der Hand zu weisen war – den Verlust eines Kriegsverbündeten befürchtete oder ein weiteres Desaster zwischen Demy und Philippe am ohnehin von einem Wetterleuchten heimgesuchten Horizont aufziehen sah. Nach dem, was soeben geschehen war, war er nicht unbedingt der geeignetste Überbringer schlechter Nachrichten.

Hintereinander verließen sie den Raum und trafen in der Halle auf Julia. Philippe musste zweimal hinsehen, bevor er in der Frau die Schönheit von vor einigen Jahren erkannte. Höflich, obwohl über ihre Anwesenheit verwundert, zog er seine Fliegermütze. »Fräulein Romeike, Sie hier?«

Ihr Lächeln brachte eine Erinnerung an die vergangene Schönheit zurück in ihr Gesicht. »Ja, auch ich gehöre zu den Findelkindern dieser hilfsbereiten Demy van Campen. Allerdings frage ich mich, wer oder was sie eben so aufgeregt hat, dass sie bei ihrem Lauf die Treppe hinauf kurz davorstand, sich das Genick zu brechen?« Sie warf erst John, schließlich Philippe einen halb abschätzigen, halb amüsierten Blick zu. John, der Julia bisher vorsichtshalber aus dem Weg gegangen war, legte Philippe kurz die Hand auf die Schulter, verbeugte sich schweigend vor der Dame und trat die Flucht in sein Zimmer an.

Unschlüssig darüber, ob er das anstehende Gespräch mit Demy lieber noch etwas hinauszögern sollte, wandte Philippe sich Julia zu. Die vergangenen Jahre waren keineswegs gnädig mit ihr umgegangen. Noch immer war sie eine schöne Frau, doch die tief eingegrabenen Linien in dem fein geschnittenen Gesicht verrieten nun deutlich, dass sie den Fünfzigern näherstand als den Vierzigern. Das ungewohnt sittsame Kleid mit der weißen Bluse hing viel zu weit um ihre schmalen Schultern, spannte aber über der Brust und Philippe fragte sich, ob es aus Tillas Garderobe stammte.

»Sie hatten einmal ein geschicktes Händchen für junge, schwärmerische und gelangweilte Frauen, Herr Oberleutnant. Doch bei den wirklich interessanten Vertreterinnen meines Geschlechts empfehle ich Ihnen, sich deutlich mehr ins Zeug zu legen. Da genügen ein charmantes Lächeln, eine schmucke Uniform, ein rebellischer Ruf und eine Mischung aus Höflichkeit und Unverschämtheit nicht.«

»Wieder jemand, der glaubt, er kenne mich besser als ich mich selbst«, sagte er gereizt, was auf Julias Gesicht erneut dieses spöttische Lächeln hervorrief.

»Es gibt praktisch nichts, was ich über die Familie Meindorff nicht weiß. Zumindest bis zu dem Zeitpunkt, als Joseph den Krieg interessanter fand als mich.«

Philippe runzelte die Stirn. Er hatte immer geahnt, dass Joseph Affären hatte. Vor der Vermählung mit Tilla und auch noch nachdem er Demys ältere Halbschwester geheiratet hatte. »Heute scheint der Tag zu sein, an dem unangenehme Wahrheiten angesprochen werden«, sagte er, mehr zu sich selbst.

»Dann will ich Sie nicht aufhalten.« Julia deutete zu der unauffällig in der Wandvertäfelung eingelassenen Tür.

Er zögerte jedoch und musterte mit grimmigem Gesicht die so berechnend wirkende Frau. »Sie wohnen jetzt hier?«

»Wie ich schon sagte, ich bin eines von Demys Findelkindern.«

»Falls mir je zu Gehör kommt ...«

»Herr Oberleutnant, ich werde mich hüten, die Hand zu beißen, die mich füttert! Glauben Sie mir, ich habe viele sehr unterschiedliche Personen kennengelernt, und darunter war keine, der ich mehr Bewunderung entgegenbringe als Demy van Campen.«

»Dann wäre das ja geklärt.« Philippe nickte ihr zu und strebte in Richtung Tür.

∗ ∗ ∗

Mit zum Klopfen erhobener Hand stand Philippe reglos vor Demys Zimmertür und fühlte eine ihm unbekannte Nervosität in sich. Für gewöhnlich stellte er sich Herausforderungen einfach und hakte sie anschließend ab. Bei Demy war das anders. Nicht nur die Aussicht, dass er sich den Zorn aller im Haus lebenden Menschen, vermutlich einschließlich seines Ziehvaters, zuziehen würde, wenn er Demy vor den Kopf stieß, ließ ihn innehalten. Was sollte er ihr sagen? Wie viel von dem, was er über ihren Vater wusste, musste er ihr endlich anvertrauen? Und was war mit seinen Gefühlen für sie?

»Meine Güte«, brummte er vor sich hin. Mit Udako war alles so viel einfacher gewesen. Er war noch jünger und leichtfertiger gewesen als heute. Udako hatte keine Familie gehabt, nur ihre Waisenkinder und den alten Missionar. Demy hingegen war in einem Netz aus komplizierten familiären Verstrickungen gefangen, zu dem auch er gehörte.

In der Kolonie hatte es in seinem Ermessen gelegen, wann er seinen Dienst quittierte. Doch nun herrschte Krieg und er war in dieser Maschinerie gefangen. Und Demy, obwohl als Niederländerin ungebunden, hatte die Verantwortung für das Meindorff-Haus und viele Menschen übernommen, deren Schicksal wohl ein trauriges geworden wäre, hätte sie nicht eingegriffen.

Aber genau dieses unerschrockene Handeln war es doch, das ihn noch mehr zu ihr hinzog. Mit den Umständen musste er leben lernen und irgendwann würde der Krieg ja auch ein Ende finden!

Sein Klopfen hallte laut durch den menschenleeren Flur. Er wartete angespannt und fühlte sich wie ein Schuljunge, der zum Rektor beordert worden war. Sein Herz klopfte schnell und wild. Die Sekunden verrannen. Es war so still in diesem Teil des Hauses, als lauschte es auf das, was nun geschah.

Philippes Blick glitt zur Tür des Nachbarzimmers, hinter der er John wusste. Dieser hatte seine Habseligkeiten bestimmt längst gepackt und wartete nun darauf, von ihm abgeholt zu werden. Er könnte jetzt sofort zu ihm gehen und einfach mit ihm das Haus verlassen, um dann – wie er es früher schon einmal getan hatte – viele Jahre lang nicht zurückzukehren …

Philippe schrak zusammen, als sich vor ihm die Tür öffnete. Demy blickte ihn mit großen Augen fragend an. Er war erleichtert, keine Tränen auf ihrem Gesicht zu sehen. Mit Frauen, die weinten, konnte er nicht umgehen. Allerdings wirkte sie durchaus verstört, ihre Nase wies diese verräterischen Querfalten auf und ihre Hände kneteten unruhig ein kleines Zierkissen.

»Darf ich eintreten?«, fragte Philippe leise und sah unbehaglich den Flur entlang. Das, was er zu sagen hatte, war nicht für die neugierigen

Ohren irgendwelcher Kinder gedacht, die das Haus für ihre Spiele nutzten und, ebenso wie er früher, alle Verstecke kannten.

»Das gehört sich eigentlich nicht«, murmelte Demy, gab ihm aber den Weg frei.

Philippe betrat die gemütlich ausgestattete Kammer und wartete, bis Demy die Tür hinter ihnen ins Schloss gezogen hatte.

»Demy«, begann er, stockte aber, als sie an ihm vorbei zur Balkontür ging. Sie drehte ihm den Rücken zu und blickte hinaus auf den Park mit den nun brachliegenden Beeten und den Nebengebäuden. Vielleicht beobachtete sie auch einfach nur die an der Scheibe entlang rollenden und sich farblich dem grauen Himmel anpassenden Regentropfen.

»Ich bin gekommen, um mich für meine unbedachten Worte zu entschuldigen.«

Wieder hielt er inne, da sie die Hand hob und ihm signalisierte, dass sie etwas sagen wollte. »Bitte sagen Sie mir, woher Sie wissen, dass mein Vater seine Töchter missbraucht hat.«

Ihre Frage zog ihm beinahe den Boden unter den Füßen weg. Der schmerzhafte Stich, der durch sein Herz zu gehen schien, verwandelte sich schnell in unbändigen Zorn. Er hatte damals in der Namib mitbekommen, dass van Campen ein auffällig junges Mädchen zu seinem Vergnügen bei sich beherbergte. Das, was Demy da sagte, war ihm nicht bekannt gewesen, erklärte aber so manches: Tillas Flucht vor ihrem Ehemann, Demys auffällige Zurückhaltung gegenüber Männern und Rikas im Gegensatz dazu bedenklich laszives Verhalten.

Anki, die vierte Schwester, kannte er nicht. Nun fragte er sich allerdings, ob sie mit ihrer Anstellung in Russland aus nachvollziehbaren Gründen eine möglichst große räumliche Distanz zwischen sich und ihren Vater gebracht hatte. Nun erklärten sich auch die Heimlichkeiten um das nicht vorhandene Vermögen und um die Schummelei rund um Demys Alter. Demy wollte damals vermutlich einfach nur vor ihrem Vater fliehen!

»Sie wissen es von Tilla, nicht?« Demy sprach gegen die Glasscheibe, an die sie inzwischen ihre Stirn gelehnt hatte. Der Schmerz in ihrer Stimme veranlasste ihn, hinter sie zu treten und sie an den Schultern zu ergreifen. Im verschwommenen, blassen Spiegelbild der Scheibe sah er, wie sie kurz die Augen schloss. Empfand sie Abscheu vor seiner Berührung? Erinnerte diese sie an die abstoßende Nähe ihres Vaters? Ihre Augen suchten das Spiegelbild seines Gesichts.

Offenbar wartete sie auf eine Antwort. Ihre Schultern bebten unter seinen Händen. Wie gern wäre er näher zu ihr getreten, um ihr anzubieten, sich an ihn zu lehnen und bei ihm Halt zu finden. Doch er wagte nicht, sie noch mehr zu bedrängen. Stattdessen rang er sich zu einer Antwort durch.

»Tilla?«, fragte er mit gerunzelter Stirn. Vermutete Demy, er und ihre ältere Schwester hatten ein so vertrauensvolles Verhältnis gehabt, dass sie ihm ein so schwerwiegendes Geheimnis anvertraut hatte?

»Sie hat mir erzählt, dass sie nur mit Martin Willmann darüber gesprochen hat, dem einzigen Mann, dem sie sich nach dem, was Vater ihr angetan hatte, jemals öffnen konnte. Von ihm war auch das Kind …«

Mit fest zusammengepressten Zähnen schüttelte Philippe den Kopf. In was für einem dunklen Sog steckten die Familien van Campen und Meindorff? Und Demy hing seit vielen Jahren darin fest. Wie hatte sie sich nur ihren Humor und ihre Herzlichkeit bewahren können? Die Frage, woher ihr gelegentlicher Sarkasmus stammte, war jedenfalls beantwortet. Es war ihre Art, ihr Innerstes zu schützen. Auch vor ihm? Oder gerade vor ihm?

»Ich sah Ihren Vater in Deutsch-Südwest mit einem auffällig jungen afrikanischen Mädchen. Von Ihren familieninternen Tragödien weiß ich nichts«, stellte er mit rauer Stimme klar. »Tilla und ich haben kaum jemals mehr als höfliche Floskeln miteinander gewechselt.«

»Entschuldigen Sie bitte«, hauchte Demy und wieder sah er, wie sie die Augen schloss. Bedauerte sie, so vorschnell und direkt gewesen zu sein?

»Ihr Vater hat also Tilla, Fräulein Anki, Sie …?«

»Nur Tilla und vielleicht Rika«, sagte sie überraschend offen. Aber vermutlich hielt auch sie den Zeitpunkt für gekommen, endlich einige der bedrückenden Begebenheiten auszusprechen. »Tilla wollte Anki und mich beschützen. Deshalb schickte sie Anki mit der russischen Adelsfamilie nach Petersburg und mich nahm sie mit nach Berlin. Bis kurz vor ihrem Tod wusste ich nicht, weshalb sie mir das angetan hatte. Immerzu machte ich ihr Vorwürfe, weil ich dachte, dass sie mich aus reinem Egoismus heraus entwurzelt hatte.« Ein weiteres Beben durchlief ihren Körper.

Philippe schwieg, bestürzt über die inneren Kämpfe, die Demy auszuhalten hatte.

»Sie fürchtete, bei Rika zu spät gekommen zu sein. Bis heute weiß ich nicht, ob das stimmt. Ich wage Rika nicht darauf anzusprechen, aus Furcht, ich könnte eine schlafende Erinnerung wecken, die sie dann quält.«

»Ihnen ist nichts geschehen?«, fragte Philippe gepresst nach.

Als Antwort schüttelte Demy nur den Kopf. Erleichterung durchflutete ihn und er wagte es, näherzutreten. Tief atmete er den Duft ihres Haars ein und musste sich zwingen, Demy nicht einfach an sich zu ziehen.

»Tilla hat unseren Vater in die Gracht gestoßen«, hörte er sie sagen.

Philippe schluckte. Einmal, ein zweites Mal. Er glaubte, da Demy noch immer mit dem Rücken zu ihm stand, die geflüsterten Worte falsch verstanden zu haben. Schließlich drehte er sie zu sich um und ergriff sie erneut an den Oberarmen, diesmal jedoch kräftiger, als müsse er nach dieser verblüffenden und zugleich schrecklichen Offenbarung Halt suchen. »Tilla?«

Demy nickte, hob den Kopf und sah ihm direkt in die Augen. Unvergossene Tränen drohten aus ihren Augenwinkeln auf ihre Wange zu fließen.

»Ich habe sie vollkommen verkannt. So viele Jahre lang. Sie kämpfte gegen ihre eigenen Verletzungen an und beschützte gleichzeitig ihre Geschwister wie eine Löwin ihre Jungen. Ja, sie suchte ihren Vorteil und genoss den ausschweifenden Lebensstil, den sie mit Josephs Vermögen finanzierte. Sie hat ihn erpresst, da sie um seine langjährige Affäre mit Julia Romeike wusste. Die Androhung, ihn in der Geschäftswelt und im Bekanntenkreis der ehrenwerten Familie Meindorff zu demontieren, war dafür wohl ausreichend. Es war ihre Art, all das Schreckliche zu kompensieren.«

Philippe wagte nicht, etwas zu erwidern. Auch Demy trug seit Jahren all diese Geheimnisse mit sich herum. Nun verstand er ihre Handlungsweise und ihre manches Mal verwirrende Art viel besser und schämte sich, dass er sie mit ihrem Vater in einen Topf geworfen hatte. Er legte seine Hand an ihren Hinterkopf und verleitete sie dazu, ihre Stirn an seine Brust zu legen. Weiterzugehen wagte er nicht, denn schon jetzt zitterte Demy wie ein verängstigtes, in die Enge getriebenes Reh. Seine Gefühle für sie, bisher krampfhaft unterdrückt und wie ein Hund an Ketten gelegt, fluteten sein Herz.

Wie lange sie so verharrten, versunken in die zaghafte Nähe des anderen und in ihren eigenen Gedanken gefangen, wusste er nicht, als es plötzlich kräftig an die Tür klopfte.

Demy hob den Kopf und wich ein Stück zurück, wobei sie mit dem Rücken leicht gegen die Balkontür stieß. Er hoffte inständig, dass sie sich nicht entsetzt für ihre Berührung entschuldigen würde – und sie tat es nicht. Zwar schwankte ihr Blick zwischen Verwirrung und Schuldbewusstsein, doch sie schwieg und eilte an ihm vorbei, um die Tür aufzureißen.

Im dunklen Flur stand die aufgelöste Pauline. Das Mädchen warf Philippe einen fragenden Blick zu, konzentrierte sich dann aber auf die Frau, die ihr das Leben gerettet hatte. »Demy, unten ist ein Mann. Er ist einfach reingekommen, ohne zu läuten. Er sagt, das Haus gehöre ihm und er werde jetzt überprüfen, ob noch alles Inventar vorhanden sei.«

»Willmann!«, stieß Demy entsetzt aus und drehte sich so hastig zu Philippe um, dass ihr dunkler Rock um ihre Beine wirbelte. »Willmann war schon einmal hier! Bereits damals behauptete er, das Haus würde demnächst in seinen Besitz übergehen. Er machte eine Bestandsaufnahme des Inventars und überlegte, wie er es für seine Frau entsprechend umgestalten könnte.«

»Dann gehört es ihm jetzt«, brummte Philippe. Er erahnte Demys Angst, bald das Dach über dem Kopf für sich, ihre Geschwister und alle ihre Gäste zu verlieren. Allerdings war er nicht in der Lage, daran etwas zu ändern. Für Demy konnte er sorgen, auch für ihre Geschwister, bis diese selbstständig waren und ebenso für Nathanael. Doch er sah sich außerstande, für Pauline und Irma, den alten Herrn Müller, Monika mit ihrem Kleinkind und Grete aufzukommen. Luisa und Leni, die Töchter von Edith und Hannes, und auch Julia Romeike würden wohl versorgt sein. Sein Ziehvater allerdings …

Demy riss ihn aus seinen grüblerischen Gedanken, indem sie ihn am Unterarm packte. »Sie müssen John sofort aus dem Haus schaffen!«

Philippe fuhr herum und riss die schmale Verbindungstür zu Johns Zimmer auf. »Schnell, wir müssen verschwinden!«, rief er seinem wartenden Freund zu. Dieser sprang von dem Frisierstuhl auf, auf dem er gesessen hatte, griff nach einer alten, abgeschabten Reisetasche und drängte sich an ihm vorbei zu Demy. Kurzerhand küsste er sie auf die Stirn und wandte sich der Tür zum Flur zu.

Philippe trat zu Demy, die ihn fragend ansah. Es gab noch so viel zu sagen, doch nun blieben ihm nur wenige Augenblicke. »Gestern kam es in Petrograd erneut zu Unruhen. Sie fielen nicht so spektakulär und blutig aus wie die im Februar, aber es scheint, als hätten die Lenintreuen die offiziellen Wahlen nicht mehr abwarten wollen. Sie haben sich an die Regierung geputscht. Was das für die inhaftierte Zarenfamilie und den noch im Land befindlichen Adel bedeutet, wagt niemand zu prognostizieren.«

»Sie wähnen Anki in Gefahr?« Demys Stimme klang ungewöhnlich hoch.

»Denken Sie, dass sie zu der aristokratischen Familie hält?« Er kleidete seine Antwort bewusst in eine Frage. Wenn Anki nur halb so viel Herz und Einsatzfreude wie Demy besaß, war sie für ihn bereits beantwortet.

»Anki liebt die ihr anvertrauten Mädchen und verehrt ihre Arbeitgeber sehr«, bestätigte Demy das, was er ohnehin vermutet hatte.

»Kommst du?«, fragte John erstaunlich gelassen aus dem Flur. »Ich höre Schritte im Treppenhaus.«

»Verschwinde auf die Wendeltreppe in den Nebentrakt«, erwiderte Philippe, der sich noch immer nicht von Demy losreißen konnte.

»Die Mauer hinter den Haselnusssträuchern bröckelt seit Jahren und lässt sich gut überklettern«, sagte Demy und ließ Philippe damit wissen, wie sie als junges Mädchen ungesehen das Grundstück verlassen hatte. »Gehen Sie, retten Sie Ihren Freund ein zweites Mal«, forderte sie Philippe flüsternd auf. »Ich kann Anki von hier aus ohnehin nur mit meinen Gebeten beistehen.«

»Wann sehe ich Sie wieder?« Philippe war es zuwider, sie alleinzulassen. Er wollte ihr helfen, sie trösten …

»Vermutlich dann, wenn Sie wieder hier auftauchen.« Ihr Lächeln versetzte ihm einen Stich und machte ihm deutlich, wie viele Worte unausgesprochen geblieben waren. Gegen eine heiße Welle der Sehnsucht ankämpfend drehte er sich ruckartig um und rannte seinem britischen Freund hinterher, die Wendeltreppe hinab und von dort durch die Hintertür in den Garten.

* * *

Willmann, der dieses Mal auch die bewohnten Privaträume überprüfte, betrat Tillas ehemaliges Zimmer und blieb mit gerunzelter Stirn in der Tür stehen. Demy ließ einen Blick über das von ihr eilends aufgeräumte Zimmer schweifen. Hatte sie etwas übersehen? Konnte eine Kleinigkeit verraten, dass hier vor Kurzem noch ein Mann gelebt hatte?

»Hier riecht es nach Rasierwasser«, waren Willmanns erste Worte an Demy. Diese schluckte schwer und war versucht, das Fenster aufzureißen, vor dem sie mit zitternden Knien stand. Doch dafür war es ohnehin zu spät.

»Männerbesuch?« Tillas ehemaliger Geliebter lachte und warf ihr einen bedeutungsvollen Blick zu. »Dem Kerl gehört wohl auch das Automobil auf der Straße?«

Demy kräuselte die Nase und trat die Flucht nach vorn an. »Herr Oberleutnant Meindorff war zu Besuch.«

»Philippe? Gut, ihn muss ich ohnehin sprechen. Ich hoffe, er ist noch da? Unten traf ich ihn nämlich nicht an.«

»Er wollte schnellstmöglich nach Schwerin zurück«, erklärte Demy wahrheitsgemäß.

Daraufhin warf Willmann nur einen kurzen Blick in Demys Kammer und entschuldigte sich dabei sogar für sein Eindringen, was sie erneut verwunderte. Zudem ließ er die beiden Räume des Hausherrn aus.

Verdutzt sah Demy zu, wie er im Treppenhaus verschwand, und hörte ihn eilig die Stufen nach unten poltern. Scheute er eine Konfrontation mit dem alten Meindorff oder empfand er eine gehörige Portion Respekt seinem früheren Kontrahenten gegenüber?

Vielleicht aber versuchte er einfach nur, Philippe noch vor seiner Abfahrt zu erreichen. Allerdings wusste Demy, dass der Pilot und sein heimlicher Passagier das Grundstück längst verlassen hatten. Willmann hatte schließlich zuerst das Erdgeschoss und den leer stehenden zweiten Stock begutachtet, ehe er die Etage der Familie betreten hatte. Später würde er wohl noch die Wirtschaftsräume und die Zimmer der ehemaligen Angestellten überprüfen, in denen jetzt ihre Gäste lebten.

Demy lehnte ihren Hinterkopf an die Scheibe. Noch waren sie nicht in die Not geraten, irgendwelches Mobiliar, Bilder oder sonstige Einrichtungsgegenstände zu verkaufen oder gar als Brennholz zu benutzen. Noch nicht ... Willmann dürfte demnach nichts vermissen, was möglicherweise in irgendwelchen Inventarlisten stand und in sein Eigentum übergegangen war. Allerdings deutete sie seinen zweiten Besuch dahingehend, dass er allmählich mit seiner Ankündigung Ernst machen könnte, die bisherigen Bewohner vor die Tür zu setzen.

Demy wartete noch einige bange Minuten, ehe sie sich auf den Weg nach unten begab. Erleichtert lächelte sie vor sich hin; John war es gelungen, ungesehen das Haus zu verlassen! Nun lag es an Philippe, seinen Freund sicher aus dem Deutschen Kaiserreich hinauszuschaffen. Sie konnte nicht mehr dazu beitragen, als um Bewahrung für beide zu beten.

Philippes Nähe bei ihrem Gespräch kam ihr in Erinnerung und raubte ihr für einen kurzen Moment den Atem. Sie liebte diesen Mann, das gestand sie sich mittlerweile ein und fühlte dabei ein wohliges Rumoren in ihrem Inneren. Und plötzlich war auch ihre Angst vor diesem starken Gefühl verschwunden, das sie nicht beeinflussen konnte und doch so lange unter Verschluss gehalten hatte. Mochte Philippes Verhältnis zu Frauen vor seinem Aufenthalt in der deutschen Kolonie Südwestafrika auch zweifelhaft gewesen sein, so hatte diese Udako ihn grundlegend verändert. Oder ihr Tod mit allen seinen aufreibenden Folgen? Sie schloss die Augen und verscheuchte all die Erinnerungen an das, was über Philippe gesagt worden war. Ob er sie wohl ebenso lieben konnte wie einst diese afrikanische Frau? Vielleicht war seine Zuneigung ja eher geschwisterlicher Art, wie bei

Hannes? Immerhin hatte Philippe mittlerweile erkannt, dass sie das einzige Zuhause am Leben erhielt, das er je gehabt hatte.

Mitten im Treppenhaus blieb sie stehen. Durch ein kleines Fenster fiel trübes Tageslicht auf die Stufe unter ihr und offenbarte den abgewetzten Zustand des Treppenläufers. Das Chaos, das die Welt ergriffen und in einen zerstörerischen Strudel gerissen hatte, beschädigte und vernichtete so vieles und förderte bei einigen Menschen die schlechtesten Seiten zutage. Aber es erwuchs auch Neues und Gutes daraus: Freundschaft, Vertrauen, Heldenmut, Zuverlässigkeit und ungeahnte Stärke. Diese Entwicklungen galt es zu bewahren und fortzuführen, wenn erst dieser grässliche Krieg beendet war! Demy war bereit, ihren Teil dazu beizutragen – für die Familie und für jeden Einzelnen der Menschen, die Gott ihr anvertraut hatte. Und vielleicht würde ihr Leben eines Tages zur Ruhe kommen und sie fand ihr Glück. An der Seite von Philippe Meindorff …?

Demy schüttelte über sich selbst den Kopf und trat auf die nächste Stufe.

Sie hatte Philippe doch nie ausstehen können! Bereits vom ersten Tag an war er ihr unsympathisch, ja fast unheimlich gewesen. Und nun dies: Sie wünschte sich eine Zukunft mit ihm! Ausgerechnet mit dem Mann, der sie immer verspottet, nicht ernst genommen und häufig in Verlegenheit gebracht hatte. Lag es daran, dass sie in den letzten Jahren gelernt hatte, dass Menschen sich nach außen hin häufig ganz anders gaben, als sie tatsächlich waren?

Demy war von Tilla gezwungen worden, bei einer Scharade mitzuspielen, andere spielten aus eigenem Antrieb eine Rolle oder wurden dazu erzogen, wie Hannes, Joseph, Tilla, Henny, ja auch der alte Rittmeister. Philippe hingegen war einfach nur Philippe. Bereits von Kindesbeinen an hatte er sich dagegen gewehrt, nach der Pfeife des Rittmeisters oder Josephs zu tanzen.

Erleichterung durchflutete Demy, als ihr bewusst wurde, dass Gott durch alle ihre Masken hindurchschaute und sie durch und durch kannte. Wie gut, dass letztendlich er es war, der die sich kreuzenden Pfade ihres durcheinandergeratenen Lebens überblickte. Er konnte sie entwirren und zur richtigen Zeit die passenden Enden miteinander verbinden. Immer mal wieder rüttelte er an der daraus entstehenden Landkarte, um ihre Aufmerksamkeit zu erlangen. Gelegentlich kreuzte er ihre Lebensspur mit der eines anderen Menschen und ließ ihr die unterschiedlichsten Aufgaben und Verantwortungsbereiche zufallen.

Demy ergriff die Türklinke. Ihre jetzige Zuständigkeit waren vor allem ihre Gäste und ihre Familie. Was mit ihr und Philippe in naher oder ferner Zukunft geschehen würde, hatte sie nicht in der Hand. Sie würde es einfach abwarten müssen. Das aufgeregte Prickeln in ihrer Magengegend verriet Demy, dass ihr dieser Entschluss nicht leichtfiel. Doch jetzt galt es zuerst einmal herauszufinden, wann Willmann sie alle vor die Tür setzen würde. Und sie wollte Rika in all die Geheimnisse und die verwirrenden Geschehnisse der vergangenen Jahre einweihen, damit ihre jüngere Schwester endlich ihr eigenes Leben beginnen durfte. Zudem mussten die haltbaren Lebensmittel sinnvoll eingeteilt, die Essensrationen über die Lebensmittelkarten besorgt werden … und wenn ihr dann noch etwas Luft blieb, musste sie sich Gedanken darüber machen, ob und wie sie Henny und Theodor zu ihrem Glück verhelfen konnte.

Demy betrat das Foyer und sah sich prüfend um. Wo hielt Willmann sich inzwischen auf? Drüben im Haushaltstrakt? In diesem Moment öffnete sich die Verbindungstür und der Gesuchte trat aus dem Seitenflügel in das Hauptgebäude. Er sah sie und kam sofort auf sie zu.

»Fräulein van Campen! Ich bewundere Sie für Ihr Organisationstalent. Es gibt Häuser der einst gehobenen Bürgerschicht, in denen kaum noch Holzmöbel verblieben sind, da die Familien sie im vergangenen Winter verheizen mussten.«

Demy verschwieg geflissentlich, wie froh sie darüber war, dass der Mann den Baumbestand im Garten nicht nachgezählt hatte.

»Wann werden Sie uns aus dem Meindorff-Haus werfen, Herr Willmann?«, kam sie direkt auf ihr Anliegen zu sprechen.

Der Mann faltete die Hände hinter seinem Rücken. Groß und breitschultrig stand er vor ihr und sah sie lange Zeit prüfend an. Schließlich wanderte ein kaum wahrnehmbares Lächeln über sein Gesicht.

»Sie haben es nicht verstanden, nicht wahr, Fräulein van Campen? Ich habe Ihre Schwester geliebt. Niemals würde ich Tillas

Geschwister auf die Straße setzen. Sie bleiben, bis der Krieg vorbei ist. Dann aber müssen Sie sich ein neues Heim suchen. Dies dürfte sowohl für eine patente Frau wie Sie als auch für Ihre hübsche und inzwischen fast erwachsene Schwester kein Problem darstellen. Ihr Bruder hat mittlerweile, wie ich erfuhr, eine Anstellung bei Fokker und ist also versorgt.«

Fassungslos starrte Demy den Mann an. Sie erinnerte sich an die gelegentlich knallharten Worte des Geschäftsmanns und an seinen Ruf, seinen Wohlstand nicht immer mit ethisch einwandfreien Methoden erreicht zu haben. Zuletzt hatte er Meindorff-Elektrik gnadenlos den Todesstoß versetzt. Willmann musste Tilla wirklich sehr geliebt haben, dass er Demy gegenüber seinen weichen Kern offenbarte.

»Was ist mit den Meindorffs und mit den Angestellten und Gästen im Haus?«

»Solange Sie hier wohnen, dürfen Sie beherbergen, wen Sie möchten. Die einzige Auflage bleibt, dass ich das Haus samt Inventar übernehme. Vollständig! Wenn Ihnen dies in der jetzigen Konstellation nicht gelingt, müssen Sie die Konsequenzen ziehen.«

Demy nickte. Sie hatten den extrem langen und frostigen letzten Winter mit Mühe überstanden. Zwar war die Ernte vor allem aufgrund der Mithilfe ihrer Gäste gut ausgefallen, doch ob sie damit über den nun erneut vor der Tür stehenden Winter kamen? Und wie viele Kriegswinter standen ihnen noch bevor?

Eine Spur sanfter fuhr Willmann fort: »Glauben Sie mir, Fräulein van Campen, ich habe diesen Krieg nicht herbeigesehnt. Es tut mir leid um all die Kämpfe, die Sie und die anderen Frauen auszufechten gezwungen sind.«

»Ich weiß, wie kritisch Sie dem Krieg gegenüberstanden. Ich erinnere mich gut an Ihre warnenden Worte, lange bevor überhaupt von einem Krieg die Rede war.«

»Sie waren damals noch sehr jung, wie ich von Tilla erfuhr.«

»Aber neugierig und mit den Ohren überall«, schmunzelte Demy.

Willmann ging auf ihren heiteren Ton nicht ein. »Und immer waren Sie umgeben von Heimlichkeiten und Kämpfen, die Sie allein auszutragen hatten. Ich habe Tilla mehrmals gebeten, Ihnen die Wahrheit zu offenbaren. Nicht um Ihretwillen, Fräulein van Campen, sondern für Tilla selbst, die voller Sorgen und Schuldgefühle war. Leider ließ sie sich jedoch nicht von meinen Argumenten beeindrucken.«

Demy war überzeugt davon, dass sie als junges Mädchen ohnehin nicht geglaubt hätte, was Tilla ihr zu sagen gehabt hätte. Daher verstand sie inzwischen Tillas Schweigen und empfand Dankbarkeit, wo früher Frustration, Unverständnis und sogar Wut geherrscht hatten.

Sie zuckte mit den Schultern. Das Gespräch war ihr ein bisschen zu persönlich geworden. Zwar konnte sie inzwischen nachvollziehen, dass Tilla bei Willmann Verständnis und Liebe gefunden haben musste, dennoch blieb er für sie ein nicht unbedingt sympathischer Fremder.

»Ich danke Ihnen für Ihre Großzügigkeit«, stammelte sie.

Willmann nickte und meinte: »Mich wundert ohnehin, dass Joseph Sie nicht längst alle aus dem Haus gescheucht hat.«

»Er ignoriert meine Briefe und hielt es seit seinem Eintritt in die Armee nicht für nötig, außer anlässlich von Tillas Beerdigung zu Hause vorbeizuschauen. Offenbar sagt ihm das Leben an der Front zu. Im Grunde weiß weder sein Vater noch sonst jemand, wie es ihm geht, was er tut ...«

»Das liegt mit daran, dass ihn eine junge Dame seit vielen Jahren erpresst«, mischte sich plötzlich Julia in das Gespräch ein. Sowohl Willmann als auch Demy fuhren erschrocken zu der Sitzecke herum, wo die Frau sich aus einem Sessel erhob und ihnen näherte.

»Und ich spreche dabei nicht von Tilla. Es gab eine zweite Frau, die sich ihr Schweigen bezahlen ließ. Die Erpressung begann einige Wochen nachdem Sie, Fräulein van Campen, das erste Mal im Scheunenviertel aufgetaucht sind. Vermutlich haben Sie Lieselotte gesagt, wer dieser Mann in meinen Armen war?« Julia wartete Demys verlegenes Nicken nicht ab. »Lieselotte und ihre Mutter arbeiteten zu dieser Zeit in Josephs Brauerei. Zu Beginn der erpresserischen Mitteilungen ging es ausschließlich um Geld. Später kam die Anweisung hinzu, dass weder die van Campens noch die Scheffler-Zwillinge aus dem Haus entfernt werden dürften. Möglicherweise ist die Tatsache, dass Joseph sowohl von Tilla als auch von Lieselotte wegen seines Verhältnisses zu mir erpresst wurde, schuld daran, dass er mich letztlich fallen ließ. Sie könnte auch ein Grund dafür sein, dass er die Brauerei an Sie verlor, Herr Willmann, und sich jetzt in seinem Zuhause nicht mehr sehen lässt. Wobei – Tilla lebt nicht mehr und in dem allgemeinen Chaos lockt ein Eklat über eine außereheliche Beziehung keine Katze mehr hinter dem Ofen hervor. Und mit seiner angeschlagenen Gesundheit wird der alte Rittmeister nie etwas über unsere langjährige Affäre erfahren.«

»Joseph weiß über den labilen Gesundheitszustand seines Vaters nicht Bescheid, zumindest denke ich das, da er nie auf meine Mitteilungen reagiert hat«, antwortete Demy schnell. Es gefiel ihr nicht, dass Willmann noch mehr interne Angelegenheiten der Familie Meindorff zugetragen bekam. Außerdem brachte Julias Andeutung, dass Lieselotte, die Schwester von Willi und Peter, seit vielen Jahren Joseph erpresste, sie erheblich durcheinander. Das erklärte allerdings, wie es ihrer Freundin möglich gewesen war, sich so für die Frauenrechte zu engagieren, ohne einer Arbeit nachzugehen. Auch die Herkunft der heimlich an der Hintertür abgelegten Geldspenden und Josephs untypische Nachsicht den van Campens gegenüber erschloss sich ihr nun.

Bruno betrat den Festsaal durch die Verbindungstür. Es kam selten vor, dass Demy beim Anblick des knurrigen Kutschers Erleichterung empfand, doch nun war dies so. Er unterbrach die Unterhaltung und hinderte die gesprächig aufgelegte Julia daran, noch mehr Details um das private Desaster der Meindorffs vor ihrem größten Rivalen auszuplaudern. Dabei war Demy durchaus bewusst, dass Willmann kein Konkurrent mehr war, sondern der Herr über das einstige Familienunternehmen, die Meindorff-Brauerei und über das Anwesen. Und damit waren sie vollkommen auf sein Wohlwollen angewiesen.

Bruno verbeugte sich vor Willmann, warf Julia einen finsteren Blick zu und drehte sich schließlich zu Demy um.

»Der Herr Rittmeister ist tot.«

Kapitel 23

Rigaer Bucht, Russisches Gouvernement Livland, November 1917

Der Wind pfiff in eisigen Böen über die wütende Ostsee hinweg in die Bucht. Die Chabenski-Mädchen drückten sich frierend aneinander.

Nachdem Michail sie an der Küste abgesetzt hatte, waren sie viele Tage zu Fuß unterwegs gewesen, hatten dank Roberts ärztlichen Dienstleistungen in den kleinen Ortschaften und vereinzelten Gehöften Mahlzeiten und Obdach gewährt bekommen, um nun seit drei Tagen nahe der Front auszuharren. Dort war es erstaunlich ruhig; womöglich hatten die russischen Armeen durch die mangelhafte Versorgung, die rund 1,5 Millionen Deserteure und die noch weitaus größere Zahl an Verwundeten, Toten und in Gefangenschaft geratenen Soldaten den Kampf aufgegeben, zumal in Petrograd soeben ein Machtwechsel stattfand. Um das von den Deutschen besetzte Riga wurde nicht mehr gekämpft, dennoch gab es für Robert, Anki und ihre Schützlinge kein Durchkommen. Die Angst, in ihrem kleinen Erdloch, in dem sie seit mehreren Stunden warteten, entdeckt zu werden, zermürbte sie.

Der Weg hinüber in das von den Deutschen kontrollierte Gebiet war ihnen verwehrt, die Überlegung, in dieser Gegend zu bleiben, hingegen müßig. Sie waren mit zwei deutschen Erwachsenen und vier russischen Kindern eine eigentümliche Familie und wurden zumeist misstrauisch behandelt. Zwar würde das auf der anderen Seite der Front nicht unbedingt besser sein, doch dort konnten sie zumindest Kontakt zu Roberts Eltern in Tübingen oder zu Tilla und Demy in Berlin aufnehmen, die ihnen helfen würden.

Wieder riss eine Böe an Ankis Mantel, ließ ihren Rock hochwehen und trieb ihr Sand ins Gesicht. Schnell wandte sie den Kopf ab. Sie beobachtete, wie die Bäume entlang des Sandstrands ihre Kronen neigten und fühlte das Zittern der Mädchen.

Weiße Gischt wirbelte in die Höhe und hüllte sie in eine unangenehme klamme Nässe. Schlimmer als dies war jedoch die Vorstellung, an diesem stürmischen, grauen Tag in einem Fischerboot zwischen der Front an Land und den Kriegsschiffen auf der Ostsee hindurchzuschlüpfen. Doch Karlis, ein junger Lette, der sie für einige Diamanten an der Front vorbeischmuggeln wollte, bestand darauf, dass dieses Wetter für ihr Unterfangen ideal sei. Es erlaube ihnen, bei Tageslicht aufzubrechen, was ihm die Navigation ungemein erleichtern würde.

Mit Schaudern beobachtete Anki, wie der etwa 20-Jährige ein winziges offensichtlich selbst gezimmertes Boot mit einer Welle auf den Strand setzte. Der Kahn war inmitten der Dünung kaum zu sehen, als müsse er sich vor Scham über seine Unscheinbarkeit verstecken. Geschickt sprang Karlis in die ausrollenden Wellen und nahm sich nicht einmal die Zeit, das Boot an Land zu ziehen. Er winkte ihnen hektisch mit einer Hand zu, dass sie schnell einsteigen sollten.

Ängstlich sah Anki sich nach ihrem Mann um. Robert trat zwischen den Bäumen hervor und eilte mit einer Tasche Proviant und ihrer Reisetasche auf sie zu.

»Steigt nur ein«, wies er sie an und wich Ankis Blick aus. Für sie war dies ein deutliches Zeichen, dass auch er das kleine Boot nicht gerade vertrauenerweckend fand. Aber hatten sie eine Wahl?

Die mutige Jelena saß bereits im Boot und drückte Katja an sich, während die blasse Nina dem Burschen Jenja reichte, damit sie ungehindert einsteigen konnte. Schnell nahm sie ihm das Kind wieder ab und setzte sich auf die Sitzfläche im Bug.

»Bete, Anki«, raunte Robert ihr zu und half ihr in das von den Wellen hin und her geworfene Boot. Eilig setzte sie sich ins Heck und ließ sich die Taschen reichen. Dabei sah sie, wie Karlis unwillig das Gesicht verzog. Mit einer Hand hielt er Robert auf, der im Begriff war, ebenfalls das Dollbord zu übersteigen.

»Zu schwer!«, stieß er hervor und schüttelte den Kopf. »Du kannst erst morgen fahren. Und eine der Frauen muss raus. Entweder die«, damit zeigte er auf Anki, »oder eine von den beiden großen Mädchen.«

»Nein!«, begehrte Anki auf! Ihr Herz hämmerte wild in ihrer Brust. Sie wollte sich weder von Robert noch von einem der Kinder trennen. »Wir fahren alle gemeinsam oder gar nicht.«

»Dann nicht!«, bekundete Karlis ohne Zögern und bedeutete ihnen mit der Hand, dass sie wieder aussteigen sollten.

»Das ist unsere einzige Chance, Anki. Fahr mit den Mädchen.«

»Eine muss raus, sonst liegt das Boot zu tief im Wasser!«, wiederholte Karlis und warf Jelena einen auffordernden Blick zu. Das Mädchen erhob sich zögernd, wurde aber von Nina zurückgehalten.

»Nehmen Sie die Kleine«, rief sie Anki gegen die zischend ausrollenden Wellen und den Sturmwind zu.

»Nina!« Anki nahm Jenja, schüttelte aber wild den Kopf und wandte sich dann zu Robert um. Ein grauenhafter Schmerz schien ihr das Herz in Stücke zu reißen. Das war ein Albtraum! Ihr persönlicher Albtraum! Sie durften nicht getrennt werden!

»Wir kommen morgen nach«, brüllte Robert in ihre Richtung, aber der Wind verwehte die Worte. »Falls das Wetter so stürmisch bleibt, gleich tagsüber, ansonsten in der darauffolgenden Nacht.« Entschlossen und äußerlich ruhig winkte Robert Nina zu sich.

Doch damit wollte Anki sich nicht abfinden. Panik stieg in ihr auf. Sie hielt die junge Frau an der Hand zurück, als diese taumelnd an ihr vorbeikletterte. »Nicht, Nina.«

»Bitte, Fräulein Anki. Bringen Sie die Kleinen von hier fort. Ich komme mit Dr. Busch nach.«

»Aber …«, begehrte Anki verzweifelt auf und rieb sich mit der freien Hand feine, salzige Gischt aus dem Gesicht.

Nina richtete sich zu ihrer vollen Größe auf. »Ich bin die Älteste. Ich möchte Verantwortung übernehmen, und dazu gehört auch, dass ich Sie und die Kinder nicht trenne! Also steige ich aus und Sie fahren!«

Als Anki sie noch immer nicht losließ, beugte Nina sich zu ihr und raunte ihr zu: »Und es ist eine Entschuldigung dafür, was ich Ihnen und meiner Familie so lange Zeit zugemutet habe. Erst als Raisa mich angriff und ich Dr. Buschs Bruder von Raisas Verrat erzählen hörte, ist mir bewusst geworden, wie recht Sie mit Ihren warnenden Worten über die Baroness hatten.« Nina richtete sich auf, überlegte es sich jedoch anders und rief gegen den Wind und die laut an den Strand donnernden Wellen an: »Sie hat immer versucht, meine Aufmerksamkeit und Liebe zu erkaufen, ja zu ergaunern. Wie armselig! Nein, wie durch und durch traurig! Aber ich lasse nicht zu, dass schon wieder Ihnen und meinen Schwestern ein Nachteil entsteht, nur weil ich auf meinen Vorteil bedacht bin.« Nina beugte sich ganz dicht an Ankis

Ohr und flehte: »Bitte bringen Sie Jelena, Katja und Jenja in Sicherheit. Sie sind alles, was ich noch habe!«

Anki kämpfte mit den Tränen. Die vergangenen Wochen hatten Nina auf wundersame Weise verändert. Sanft legte sie ihre Stirn an Ninas kalte, gerötete Wange und flüsterte: »Ich liebe dich, Nina Iljichna.«

Die junge Frau nickte und machte Robert Platz, der seine Frau heftig an sich zog, aber viel zu schnell wieder losließ und zurücktrat. Mit einer Handbewegung wies er Karlis an, das Boot in die schäumenden Fluten zu schieben, was dieser sofort tat. Anki drohte es den Magen umzudrehen. Nicht wegen der wilden Schaukelei, sondern weil sie mit ansehen musste, wie Robert am Strand zurückblieb. Er hatte die Hände tief in den Taschen seines Mantels vergraben und sah sie unverwandt an. Verzweiflung war ihm ins Gesicht geschrieben. Angst. Fürchtete er um das Leben seiner Frau und der Kinder? War dies womöglich ein Abschied für immer?

Anki war versucht, sich aus dem Boot zu stürzen. Das ging aber nicht, da Jenja sich an sie drückte. Karlis ließ sich auf das Mittelbrett fallen, griff nach den wild schaukelnden Riemen und begann kräftig zu rudern.

Anki ließ ihren Mann und die zarte Mädchengestalt neben ihm nicht einen Moment aus den Augen, obwohl sie schnell kleiner wurden. Einmal noch hob Nina die Hand und winkte kurz zum Abschied, ehe sie sich wie ein Häuflein Elend in den Sand sinken ließ. Schließlich verwehrten die hohen Wellen und ein eisiger Sprühnebel den Blick auf die beiden Menschen am Strand.

Verzweifelt drehte das Kindermädchen sich um und drückte die bebende Jenja an sich. Weit entfernt sah sie das Aufblitzen von Mündungsfeuer, doch das Tosen der Wellen und das Pfeifen des Windes verschluckten die Geräusche der wieder aufgeflammten Schlacht. Es gab demnach noch immer russische Verbände, die kämpften. Hieß das, dass Lenin und seine Genossen die Macht in Petrograd nicht an sich gerissen hatten? Oder gelang es ihnen nicht so schnell den Krieg zu beenden, wie sie es propagiert hatten? Mussten sie erst ihre Machtpositionen sichern, ehe sie sich an die von ihnen angekündigten Umwälzungen wagten?

Anki gab sich diesen Überlegungen nicht länger hin. Zu groß war ihre Furcht, mit dem winzigen Kahn zu kentern, der von den schäumenden Wellen wie ein Spielzeug umhergeworfen wurde. Zu groß war auch ihre Bestürzung darüber, dass sie in einer völlig übereilten Entscheidung Nina und Robert diesseits von Riga zurückgelassen hatte.

Mittlerweile holte Karlis die Riemen ein. Sofort drehte sich der Kahn wie ein Kreisel und wurde von den Wellen unkontrolliert in Richtung Strand geworfen. Der junge Mann trotzte diesem Gebaren und setzte mit routinierten Bewegungen den Mast samt eines winzig wirkenden, schmutzig-grauen Segels. Der Wind füllte das Segeltuch, das eine Abfolge von beängstigend knatternden Geräuschen von sich gab, ehe es sich bauchig aufblähte. In Windeseile trug das Boot den Steuermann, die drei verängstigten Kinder und ihr Kindermädchen vorwärts – immer weiter fort von dem geliebten Mann und der ältesten Chabenski-Tochter.

Kapitel 24

Bei Riga, Russisches Gouvernement Livland, November 1917

Der Küstenstreifen lag verlassen da und wirkte so still und unberührt, als habe ihn noch nie ein Mensch betreten. Dennoch wartete Karlis ab. Er ließ das Boot auf den Wellen auf und ab tanzen, während er mehrere Minuten lang den Sandstrand mit einem militärisch aussehenden Feldstecher absuchte.

Zitternd vor Nässe und Kälte ließ Anki ihn gewähren. Sie wusste, ihre unentdeckte Landung ging ihrem brennenden Wunsch vor, endlich dieser Nussschale zu entkommen, zumal sie sich keinen Illusionen hingab: Wenn sie erst an Land war, befand sie sich in Begleitung von drei russischen Prinzessinnen in einem von den Deutschen besetzten Gebiet. Sie würden noch eine geraume Zeit frieren, hungern und dursten und aufgrund des soeben einsetzenden

Nieselregens weiterhin die schwer an ihnen klebende, klamme Kleidung tragen.

Besorgt warf sie einen Blick auf Katja, die schlafend zu Karlis Füßen lag. Das Mädchen war nicht besonders widerstandsfähig und kränkelte oft.

»Wir wagen es«, rief Karlis gegen die an die Bordwand klatschenden eisigen Wellen und den Wind an. Er ruderte in gerader Linie auf den grauen Sandstreifen zu, der sich zwischen den schäumenden Wellen und einem mit niedrigem Buschwerk bewachsenen Hinterland erhob. Die Dünung trug den Kahn vorwärts und wenig später knirschte der Sand unter dem Rumpf.

Karlis sprang in das knietiefe Wasser, ergriff den Bug, auf dem Jelena mit tapferer Gelassenheit saß, und zerrte sein Boot an Land.

»Aussteigen«, befahl der junge Mann und schubste Jelena unsanft. Sie erhob sich, als habe ihr das Schaukeln nichts anhaben können, nahm die beiden Taschen auf und sprang geschickt in den Sand, der schmatzend unter ihren Schuhen nachgab.

Anki weckte Katja und bat sie, aus dem Boot zu klettern, während sie mit der schlafenden Jenja im Arm folgte.

»Verstecken Sie sich«, zischte Karlis zum Abschied. Kraftvoll schob er das Boot zurück in die Ostsee, sprang hinein und ließ sich auf die Ruderbank fallen. Innerhalb von Sekunden verschwand der Kahn zwischen Wellenbergen, Regentropfen und auffliegender Gischt aus ihrem Blickfeld.

Anki drehte sich hilflos um sich selbst. Vor ihr lag ein schmaler Sandstreifen und knorriges, vom Wind in Richtung Land gebeugtes Buschwerk. Dahinter glaubte sie nichts als Gestrüpp, verwilderte Wiesen und in der Ferne einen Wald zu erkennen. Ratlos warf sie einen Blick auf das schwer in ihren Armen hängende Kind, dann auf Jelena, die ebenfalls ihre Umgebung musterte und dabei ihre jüngere Schwester, die ihr Gesicht in Jelenas Rock barg, fest an der Hand hielt.

Ihre Haare klebten an ihnen, die Kleidung hing wie nasse Säcke um ihre Körper und in ihren Gesichtern nahm sie dieselbe Mischung aus Müdigkeit und Angst wahr, die auch sie verspürte.

Es war unsinnig, auf das Meer hinauszustarren und zu hoffen, dass

Robert bald nachkommen würde, dennoch tat Anki genau dies. Was sie sah, ließ sie erschaudern: Mächtige schwarze Schatten erhoben sich plötzlich wie urzeitliche Monster aus dem Meer. Sie trotzten Wind und Wellen und schoben sich unaufhörlich näher. Kriegsschiffe. Ob sie und die Mädchen von den Soldaten an Bord gesehen werden konnten?

»Wir gehen da rüber zu den Bäumen und suchen dort Schutz vor dem Wind«, wies sie ihre Schützlinge mit gespielt ruhiger Stimme an.

Jelena ließ Katja los und ergriff die beiden Taschen. Gemeinsam gingen sie, ganz unauffällig, so hoffte Anki, über den flachen Sandstreifen und drückten sich in das teils dornige Gesträuch. Hier riss der Wind nicht mehr so kräftig an ihnen. Obwohl sie patschnass waren und der Regen sogar noch an Intensität zunahm, empfanden sie den Schutz vor den beißenden Böen als eine gewisse Verbesserung.

Anki machte sich nichts vor: Dieser Eindruck würde schnell nachlassen. Immerhin schätzte sie die derzeit herrschende Temperatur auf knapp über null Grad. Aber immerhin waren sie aus dem Sichtfeld etwaiger Beobachter auf den Schiffen, und Anki konnte sich überlegen, wie ihre nächsten Schritte aussehen sollten. Leider musste sie sich eingestehen, dass sie keine Ahnung hatte, was nun zu tun sei. Hilflosigkeit und Einsamkeit überfielen sie mit Macht, ließen sie erzittern und trieben ihr die Tränen in die Augen.

Jenja befreite sich aus ihren Armen. Mit großen, blauen Augen sah sie sich verwundert um, war sie doch auf dem Meer eingeschlafen und erwachte in einer sandigen Kuhle, umgeben von garstigem Grün.

»Ich habe Hunger«, verkündete die Kleine, und auch Ankis Magen erinnerte sie durch ein hörbares Rumoren daran, dass sie seit vielen Stunden nichts mehr zu sich genommen hatten.

Jelena verteilte die letzten Reste eines harten Brotkantens und erhob sich tatendurstig. »Fräulein Anki, wir müssen einen Unterschlupf für die Nacht finden. Zwar fehlt uns Dr. Busch; für seine ärztliche Versorgung hat die Bevölkerung sich meist sehr dankbar gezeigt, aber wir können bei der Kälte unmöglich die Nacht am Strand verbringen.«

»Ich weiß«, stimmte Anki ihr zu und trieb die beiden jüngeren Chabenski-Töchter auf die Beine.

Mit Mühe gelang es ihnen, sich aus dem Gesträuch zu zwängen. In dem unangenehm kalten Regen stapften sie über eine schlammige Wiese, erklommen kleine Wälle und bezwangen dornige Hecken, bis sie den dunklen, bedrohlich wirkenden Waldsaum erreichten.

Anki bemerkte die fragend und dennoch vertrauensvoll auf sie gerichteten Blicke der drei Mädchen und sah sich suchend um. Links von ihnen glaubte sie eine diffuse Rauchsäule auszumachen. Sie nahm Jelena eine der Taschen ab und ergriff mit der andern Hand die Jenjas. So stolperten sie über Wurzelwerk, Erderhebungen und Unterholz am Wald entlang. Bald zeichnete sich tatsächlich ein Gebäude mit einem angrenzenden Stall vor ihnen ab. Allerdings stieg kein Rauch aus dem Kamin auf. Anki tat dies mit einem Schulterzucken ab. Vermutlich hatte sie sich getäuscht. Eine eigentümlich geformte dunkle Wolke konnte hierfür verantwortlich gewesen sein.

Vorsichtig näherten sie sich den Gebäuden und sahen sich unsicher um. Ob hier überhaupt noch jemand wohnte? Immerhin lag der Bauernhof nicht weit vom früheren Frontverlauf entfernt. Die verwahrlosten Felder, die schief in den Angeln hängenden Fensterläden und Türen und das Unkraut auf dem Vorplatz ließen darauf schließen, dass die ehemaligen Eigentümer entweder vor den anrückenden Russen oder den nachfolgenden Deutschen geflohen waren.

»Zumindest wäre es ein Dach über dem Kopf«, flüsterte Anki und sah Jelena nicken, die sie trotz des prasselnden Regens gehört hatte.

Anki trat an die morsche Eingangstür und wagte es, sie mit einem Ruck aufzuziehen. Der einzige Raum der Kate bot einen Anblick der Zerstörung. Einige armselige Möbel lagen umgekippt und teilweise zertrümmert herum. Zerschlagenes Geschirr, verbeulte Kochtöpfe und das leer geräumte Bettgestell zeugten davon, dass hier nach Essbarem, nach Wärmendem und vielleicht auch nach dem wenigen Wertvollen, das die Landwirte besessen haben mochten, gesucht worden war.

Anki verdrängte die Frage, ob die Familie unbeschadet vor den Plünderern hatte fliehen können. Wie überall blieb auch hier die Zivilbevölkerung vor dem Grauen des Krieges nicht verschont.

Jelena, Jenja und Katja drängten ins Trockene und sahen sich betreten um. Einfache Wohnverhältnisse kannten sie seit der Februarrevolution, allerdings hatten sie noch nie ein solches Werk der Zerstörung gesehen.

»Jemand hat uns das Holzhacken abgenommen«, kommentierte Jelena, während sie auf die zertrümmerten Stühle und eine einstmals hübsch bemalte Truhe deutete. Anki lächelte über so viel trockenen Humor und positive Lebenshaltung. Sie schloss Jelena in die Arme und sagte, auch an ihre Schwestern gewandt: »Jelena hat recht. Diese Kate ist ein Geschenk des Himmels. Hier können wir unsere Kleider trocknen und auf Robert und Nina warten. Vielleicht finde ich im Anbau sogar etwas Genießbares!«

Jenja strahlte sie dankbar an und setzte sich auf das harte Bettgestell.

»Wir schaffen notdürftig Ordnung, entfachen ein Feuer und hängen unsere Kleidung auf«, schlug Anki vor.

Jelena deutete zur Tür. »Gehen Sie nach nebenan oder soll ich nachsehen, ob es dort etwas Essbares gibt?«

»Bleib du bitte hier bei deinen Schwestern.«

Die 16-Jährige nickte und übertrug Katja einige einfache Aufgaben, während sie sich den schweren Möbeln zuwandte. In der Tür drehte Anki sich noch einmal um. Ninas Verwandlung kam einem Wunder gleich, aber auch dem Wirbelwind Jelena blieb dieser Tage nichts anderes übrig, als alles Kindliche abzulegen, ihre Jugend zu überspringen und erwachsen zu werden.

Draußen empfing Anki ein fahler Lichtstreifen am Himmel. Er verwandelte die grauen Wolken über der See in eine silbrige Fläche. Der Regen ließ nach und hörte schließlich ganz auf, sodass das Grün des Waldes, das Braun der Felder und Wiesen und sogar ein blauer Streifen am Horizont das triste Grau verdrängten. Noch immer jagte ein böiger Wind die Wolken vor sich her, schüttelte die Bäume und zerrte an Ankis nassem Mantel.

Mit der Vorfreude darauf im Herzen, sich bald an einem knisternden Feuer wärmen zu können, beobachtete Anki fasziniert das Farbenspiel am Himmel und freute sich über einige tröstende Sonnenstrahlen, selbst wenn diese weit draußen auf die Ostsee trafen. Schließlich erinnerte sie sich an ihr Vorhaben und ging zu dem

Anbau. Mit beiden Händen rüttelte sie mehrmals am Holzgriff, ehe das Tor mit lautem Knarren aufschwang. Dunkelheit und ein muffiger Geruch empfingen sie. Es dauerte geraume Zeit, bis ihre Augen sich an das unzureichende Licht gewöhnt hatten und sie die einzelnen Abteilungen im Stall absuchen konnte. Zwar lag noch Dung in den Verschlägen, Tiere gab es aber keine mehr. Entweder hatten die Flüchtenden sie mitgenommen oder sie waren den hungrigen Soldaten zum Opfer gefallen. Auf dem Heuboden entdeckte sie zu ihrer Freude noch gut erhaltenes Stroh und Heu. Beides schaffte sie mithilfe von Katja und zweier Weidenkörbe ins Haus, bis sie das Bettgestell zufriedenstellend ausgepolstert hatten. Anschließend pulten die zwei jüngeren Mädchen Weizenkörner aus den im Stroh verbliebenen Ähren.

Anki begab sich ein weiteres Mal hinaus. Inzwischen war die blaue Fläche am Himmel merklich angewachsen, die Sonnenstrahlen rückten näher. Allerdings würde der Abend bald hereinbrechen und um diese Jahreszeit war von der Sonne nur wenig Wärme zu erwarten. Für Anki bedeutete das Aufklaren des Wetters jedoch zwei Dinge: Durchaus positiv war, dass sie in der Umgebung des Hauses nach Essbarem Ausschau halten konnte; andererseits hieß es auch, dass Karlis Robert und Nina nicht gleich morgen auf die andere Seite der Front schaffen konnte, sondern erst in der darauffolgenden Nacht. Und das barg die Gefahr, bei Dunkelheit auf dem Meer die Orientierung zu verlieren.

Anki atmete laut aus. Womöglich war das Aufklaren des Wetters vorteilhaft, damit sowohl dieser wagemutige Karlis als auch Robert davon abgehalten wurden, gleich am nächsten Tag aufzubrechen. Vielleicht waren die Kriegsschiffe bis dahin an einen anderen Ort verlegt worden.

Wenig später kehrte Anki mit einer Handvoll Samtfußrüblingen, einem Winterpilz, in die Kate zurück. Jelena hatte im Herd ein Feuer entfacht und auf einer Wäscheleine hingen die nassen Kleidungsstücke der Mädchen. Diese kuschelten sich, nur mit Leibchen bekleidet, in das Heu auf dem Bettgestell.

Auch Anki entledigte sich ihrer Kleidung und kochte die wenigen Hafer- und Weizenkeimlinge in Wasser auf. Zuletzt warf sie die Pilze in eine Pfanne, die allerdings wegen des fehlenden Fetts anbrannten. Das Essen, das sie den Kindern reichte, war nicht eben sättigend, aber doch besser als nichts.

»Schlafen wir etwas. Morgen gehe ich an den Strand und warte dort auf die Ankunft von Robert und Nina«, beschloss Anki und kuschelte sich neben Katja in das Heu.

Obwohl der Wind im Ofenrohr heulte und die losen Läden klappern ließ, schliefen sie fast sofort ein.

Kapitel 25

Bei Terneuzen, Zeeland, Niederlande, November 1917

Der Zeekanal Gent-Terneuzen glitzerte silbrig unter ihnen auf. Philippe orientierte sich an der in winterlicher Landschaft liegenden, künstlich ausgebauten Wasserstraße. Weiter als bis hierher wagte er sich nicht ins Landesinnere, denn er wollte den niederländischen Truppen nicht den Eindruck vermitteln, die Deutschen könnten ein zunehmendes Interesse an ihrem Land zeigen. Doch hier waren sie zumindest bereits über den Hochspannungszaun hinweg, der vom deutschen Heer entlang der Grenze zwischen Belgien und den Niederlanden errichtet worden war.

Zu seiner Freude machte Philippe vor sich ein flaches Wiesenstück aus, auf dem, soweit er sehen konnte, keine Gesteinsbrocken oder verunsicherte Grenzschützer lauerten.

Vor ihrem Abflug hatte Philippe seinem britischen Freund einen Fallschirm überreicht, ihm knapp seine Funktion erklärt und ihn mehrmals aus dem stehenden Flugzeug springen lassen. Nun, da der Fahrtwind ihm kräftig entgegenblies, musste John seinen Sprung anders angehen, doch auch darauf hatte Philippe ihn vorbereitet, soweit das in der Theorie möglich war.

Ein zweites Mal flog er über die Wiese hinweg und noch immer lockte er damit keine neugierigen Niederländer aus irgendwelchen

Verschanzungen. Also drehte er sich um und nickte John auffordernd zu. Dieser löste seinen Gurt, arbeitete sich aus seinem Sitz hoch und drückte Philippe zum Abschied die Schulter. In dieser Höhe war es nicht möglich, Wünsche und Hoffnungen auszutauschen, dafür hatten sie die Fahrt von Berlin nach Schwerin-Görries genutzt. Es war alles gesagt. Jetzt musste John nur noch den Sprung wagen, sich an alle Anweisungen halten und hoffentlich sicher am Boden ankommen.

John hatte sich dazu entschieden, nach der Landung strikt bei der Wahrheit zu bleiben. Er würde über seine Verwundung berichten, darüber, dass er seine Bewahrung vor dem Gefangenenlager einer deutschen Rotkreuzschwester und einem deutschen Freund verdankte und dass die Verlobte eben jenes Freundes, eine Niederländerin, ihn mitten in Berlin gesund gepflegt hatte. Lachend hatte John Philippe erklärt, dass die Geschichte sich so unglaubwürdig anhörte, dass die Niederländer sie einfach nur für wahr halten konnten!

Philippe warf einen prüfenden Blick in die Tiefe, dann nickte er dem über dem Sitz kauernden Freund zu. John richtete sich auf, stellte einen Fuß auf den Rahmen und sprang. Der Pilot wendete die Maschine mit aufdröhnendem Motor in einer extrem engen Kurve und sah zu, wie der Brite einige Meter im freien Fall stürzte, sich dann längs legte und den Fallschirm öffnete. Das braune Tuch breitete sich aus und riss den Mann mit einem Ruck nach oben, um ihn dann sanft der grünen Ebene entgegengleiten zu lassen.

Philippe wartete die Landung nicht ab. Sein Freund war jetzt auf sich allein gestellt, aber seine Chancen standen gut, in einigen Tagen auf dem Deck eines Schiffs in Richtung Großbritannien zu stehen und bald seine Schwester Jennifer und seine Frau Mary in die Arme schließen zu dürfen.

Philippe spielte einen Moment mit dem Gedanken, einen kurzen Abstecher in Richtung Nordsee zu wagen und sich das grenznahe Koudekerke aus der Luft anzusehen. Doch er verwarf die unsinnige Idee schnell wieder. Stattdessen beschleunigte er, um das mit einem Eisernen Kreuz gekennzeichnete Flugzeug zügig auf die belgische Seite zu lenken, was ihm innerhalb einiger Minuten gelang.

Die kalte weiße Novembersonne näherte sich bereits dem Horizont, als Philippe den provisorischen Flugplatz einer deutschen Jagdstaffel ansteuerte. Doch plötzlich tauchten wie aus dem Nichts eine Anzahl Flugzeuge vor ihm auf. Der Pilot kniff gegen die blendende Sonne die Augen zu schmalen Schlitzen zusammen. Erst als die vorderste Maschine gelbe Feuerblitze auf ihn abschoss, erkannte er die französischen Bauarten.

Kapitel 26

Bei Riga, Russisches Gouvernement Livland, November 1917

Leise glucksend rollten die von der abendlichen Wintersonne beleuchteten Wellen über den noch nassen Sandstrand aus. Die Ostsee zeigte sich an diesem Tag von ihrer sanften Seite, die nahezu glatte Wasseroberfläche spiegelte die Sonnenstrahlen wider und verwandelte sich unter ihnen in ein funkelndes Diamantenmeer. Möwen eilten am Strand entlang und durchsuchten mit ihren Schnäbeln angeschwemmte Algen und Muscheln nach Essbarem. Als Anki sich näherte, stoben sie kreischend davon, um sich einige hundert Meter weiter auf einem sanft abfallenden Sandstreifen wieder niederzulassen.

Anki war sich uneins darüber, ob sie sich über die sanfte See und die freundlichen Sonnenstrahlen freuen oder sich Sorgen machen sollte, weil Robert und Nina dadurch zu einer nächtlichen Überfahrt gezwungen waren. Im Grunde konnte sie umkehren, war doch vor Sonnenaufgang des nächsten Tages mit keinem Boot zu rechnen.

Gefangen in bittersüße Erinnerungen an ausgedehnte Strandspaziergänge mit Demy schlenderte sie weiter. Wie es Tilla und Demy wohl in Berlin ergehen mochte? Wie viele Kinder umsorgte ihre ältere Schwester inzwischen? Und Demy? Sicher war auch der mittlerweile 22-jährige Wildfang längst verheiratet. Wer Demy wohl zu bändigen gewusst hatte? Diesen Mann musste sie unbedingt kennenlernen! Bestimmt zeichnete er sich durch sehr viel Geduld und

Humor, aber auch Durchsetzungsvermögen aus. Eine quälende Sehnsucht nach ihrer Schwester und den Halbgeschwistern übermannte sie, fast ebenso heftig wie nach Nina und Robert. Sie mussten unbedingt einen längeren Aufenthalt in Berlin einplanen, bevor sie nach Tübingen zu Roberts Eltern weiterreisten.

Während Anki sich auszumalen versuchte, zu welcher Art jungen Menschen Rika und Feddo herangereift waren, schlenderte sie voran. Plötzlich stolperte sie über etwas und konnte sich nur mühsam auf den Beinen halten. Sie hatte das angeschwemmte Treibholz völlig übersehen. Es wirkte noch frisch und konnte demnach nicht lange im Wasser getrieben haben. Selbst die Bruchstellen an seinen Enden waren auffällig hell, als seien sie erst vor Kurzem entstanden.

Anki kümmerte sich nicht weiter um das Strandgut, auch nicht, als sie auf dem Wasser noch mehrere Holzstücke im sanften Takt der Wellen auf und ab wippen sah. Erst als sich ihre Füße in Tauwerk verfingen, senkte sie wieder den Blick und runzelte die Stirn. An einem kurzen, aber dicken Mast hing ein nasses Segeltuch, über das die Wellen ausrollten, als streichelten sie es sanft.

Von einer unguten Ahnung getrieben zog sie das Segel auf den Sand und breitete es aus. Sie erkannte die Form, die Nahtlinien und die derben Nahtstiche wieder, hatte sie es doch mehrere Stunden lang angestarrt und ihre Hoffnung darin gesetzt, dass es sie zügig und sicher an Land brachte. Ensetzt schlug sie ihre nach Meerwasser riechenden Hände vor ihr Gesicht.

Karlis' Boot war zerschellt! War ihr Fluchthelfer zwischen die Kriegsschiffe geraten? Hatten sie ihn entdeckt, und obwohl von dem kleinen Segler erkennbar keine Gefahr für sie ausgehen konnte, auf ihn gefeuert? Lebte Karlis noch oder war er am vergangenen Abend gestorben? Zu genau der Zeit, als sie sich über das Aufklaren des Himmels gefreut hatte – das ihm womöglich zum Verhängnis geworden war?

Gehetzt schaute Anki sich um. Immer mehr Wrackteile tanzten in den ufernahen Wellen. Robert! Nina! Anki blinzelte gegen die Sonnenstrahlen an. Ihre Gedanken schlugen wilde Kapriolen. Die beiden hatten ihren Fluchthelfer in der vergangenen Nacht zurückerwartet. Was taten sie nun, da er nicht zurückgekehrt war? Sie würden beunruhigt sein, aber noch einen Tag und eine Nacht abwarten. Und dann? Sie konnten nicht wissen, dass Anki und die Mädchen es wohlbehalten ans Ziel geschafft hatten! Und wie sollten die beiden nun zu ihnen gelangen? Es war schwierig gewesen, einen wagemutigen Mann wie Karlis zu finden. Er hatte auf einer Bezahlung im Voraus bestanden, was Robert überhaupt nicht zugesagt hatte. Würde er den armen Mann verdächtigen, nur einen Teil der Abmachung ausgeführt zu haben, bevor er mit den Diamanten verschwand?

Voller Grauen und Taurigkeit sank Anki auf die Knie. Ihre größte Angst war eingetreten: Erneut war sie von Robert getrennt.

Der kalte Sand, auf dem sie kniete, ließ sie schaudern, aber dennoch verharrte sie, den Blick auf die glatte See gerichtet. Atemwolken entstanden vor ihrem Gesicht, während ihre Seele zu Gott um Hilfe schrie. Tränen bahnten sich langsam ihren Weg über das junge Gesicht. Sie glitzerten unter den Sonnenstrahlen auf wie die Diamanten, die Karlis als Entlohnung entgegengenommen und sie Robert entrissen hatte.

Kapitel 27

Bei St. Nicolas, Courtrai, Belgien, November 1917

Philippe kippte das Flugzeug nach links weg, sodass ein Flügel in den Himmel, der andere in Richtung Erde zeigte. Gleichzeitig tauchte er in die Tiefe ab und ergriff die Flucht. Im Tiefflug donnerte er über das Flugfeld und die provisorisch errichteten Hallen seiner Kollegen hinweg. Er hoffte, ihnen dadurch die Abendmahlzeit zu verleiden und sie in ihre Maschinen zu zwingen. Knapp vor einem Waldstück zog er sein Flugzeug wieder hoch.

Mehrere Kugeln durchschlugen die Bespannung seines linken Flügels, rissen im Wind flatternde Löcher, die zusehends weiter ausfransten. Philippe umklammerte krampfhaft das Steuer und richtete sein Flugzeug steil nach oben aus. Erleichtert registrierte er, dass es noch tadellos reagierte. Seine Wendigkeit war sein einziger Vorteil.

Links von ihm raste ein Gegner auf ihn zu. Philippe starrte den hinter Mütze, Brille und Schal verborgenen französischen Piloten an und deutete mit einer Hand wütend vor sich. Er wollte den Mann darauf aufmerksam machen, dass er nicht bewaffnet war. Daraufhin tauchten sie voneinander fort.

Philippe sah aus dem Augenwinkel mehrere Fokker und Albatrosse starten. Wieder hörte er das metallische Geräusch, als Kugeln die Spanndrähte und den Rumpf des Flugzeugs trafen, das er einst für einen französischen Pilotenfreund gebaut hatte. Da die Franzosen nun Besuch von den deutschen Jagdfliegern erhielten, beschloss er, eine Landung zu wagen. Der Ehrenkodex, der vorsah, einen getroffenen, notlandenden Piloten gewähren zu lassen, zählte hoffentlich noch.

Für sein Vorhaben suchte er sich die direkt vor ihm auftauchende Waldschneise aus, wenngleich sie unzureichend kurz wirkte. Allerdings stand zu befürchten, dass seine waidwunde Maschine nicht mehr lange in der Luft blieb.

Schweiß stand Philippe auf der Stirn. Seine Fliegermontur war ihm plötzlich viel zu warm. Mit seinen behandschuhten Händen krallte er sich an das Steuer. Er neigte die Nase seines Flugzeugs, als unter ihm noch die Baumkronen vorbeijagten. Es galt, jeden Zentimeter der kurzen Lichtung auszunutzen.

In diesem Moment stieß ein Franzose von vorn auf ihn zu. Der feindliche Flieger entlud sein MG auf ihn. Die dumpfen Einschläge schüttelten das Flugzeug; Holz splitterte. Die linke Flügelbespannung riss.

Philippe verlor die Kontrolle. Die Maschine sackte kopfüber nach unten. Er sah den Wald auf sich zurasen. Seine Gedanken verweilten einen kleinen Augenblick bei Demy. Schmerz bohrte sich in sein Herz. Das Gesicht Udakos erschien vor seinem inneren Auge. Ein ohrenbetäubendes Bersten umgab ihn. Es verleitete ihn dazu, die ersten Worte des *Vaterunser* vor sich hinzumurmeln. Was folgte, war absolute Stille.

Kapitel 28

Bei Riga, Russisches Gouvernement Livland, November 1917

Anki umrundete das Gebüsch zwischen der Wiese und dem kleinen Hof – und schrie entsetzt auf.

Deutsche Soldaten standen breitbeinig mit angelegten Waffen vor der Hauswand, an der Jelena, Katja und Jenja aufgereiht lehnten. Sie hörte, wie Jelena, das mutige Mädchen mit dem ausgeprägten Sprachgefühl, rief: »Hören Sie nicht, wie gut unser Deutsch ist?«

Ungeachtet der Gefahr stürmte Anki vorwärts. Zwei Gewehre richteten sich drohend auf sie. Zwei Männer stellten sich ihr in den Weg.

»Bitte! Das sind doch Kinder!«, schrie sie schrill vor Panik. »Nehmen Sie die Waffen runter. Sehen Sie ihre Angst nicht?«

»Halt's Maul!«, fuhr ein Soldat mit leicht schief sitzendem rundem Helm sie an und stieß ihr den Lauf seiner Waffe derb in die Seite. Anki keuchte vor Schmerz, hielt sich aber aufrecht.

»Sind da noch mehr?«, bellte eine Stimme aus dem Hintergrund. »Feststellen!«

Anki fühlte sich angesprochen, obwohl mehrere Männer sich sofort in die Büsche schlugen. »Wir sind nur zu viert. Die drei Mädchen und ich. Bitte, mit wem kann ich sprechen?«

Aus der Kate trat ein weiterer Uniformierter. Er musterte Anki von oben bis unten, tippte dem Mann, der ihr wehgetan hatte, an den Arm, sodass dieser die Waffe zumindest um einige Zentimeter senkte, und baute sich vor ihr auf. »Leutnant Adalbert Ahlesperg«, stellte der schlanke Deutsche mit der hohen Stirn sich vor. Im Gegensatz zu seinen Untergebenen sah er gepflegt und glatt rasiert aus. Etwas an seiner Haltung und der Art, wie er sie von oben herab ansah, erinnerte sie an russische Adelsherren. Vermutlich besuchten auch im Deutschen Kaiserreich hauptsächlich der Adel und die Reichen Militärschulen und wurden Offiziere.

»Anki Busch. Bitte können Ihre Soldaten die Waffen senken? Sehen Sie nicht, wie sehr die Mädchen sich fürchten?«, bat sie leise.

Leutnant Ahlesperg warf einen Blick auf die noch immer mit

dem Rücken an der Wand Stehenden. Jelenas Kirschaugen funkelten wütend, Jenja schaute vielmehr verwirrt drein und atmete hörbar schnell und Katja, dem Püppchen, rollten große Tränen aus den bezaubernden blauen Augen. Vermutlich war es ihr Anblick, der den Offizier dazu veranlasste, ihrer Bitte nachzukommen. Die Soldaten senkten ihre Gewehre, bildeten aber nach wie vor einen Halbkreis um die Mädchen, sodass diese ängstlich zusammengedrängt verharrten.

»Wer sind Sie? Was tun Sie hier?«, bellte Ahlesperg Anki an, als müsse er plötzlich Härte signalisieren.

»Meine Mutter war Deutsche, mein Vater Niederländer. Vor mehr als zehn Jahren reiste ich mit einer russischen Adelsfamilie nach St. Petersburg, um dort als Kindermädchen zu arbeiten.« Anki deutete auf die drei Chabenski-Kinder. »Ihre Eltern sind verstorben. Sie gaben die Mädchen in meine Obhut.« Anki warf dem Mann einen hilflosen Blick zu. Sie war nicht in der Lage, in wenigen Sätzen zu erklären, was ihnen in den vergangenen Monaten widerfahren war.

Der Leutnant hielt die Arme vor der Brust verschränkt und wirkte erschreckend desinteressiert. Aus dem Augenwinkel sah sie, wie sich ein sehr junger Soldat Jelena näherte, vor ihr aufbaute und mit ihren Haaren zu spielen begann.

Schnell fuhr sie fort: »Ihre Mutter besaß deutsche Vorfahren, weshalb ich sie in der deutschen Sprache unterrichtete.«

Ahlesperg wies den aufdringlichen Soldaten zurecht. Sofort trat dieser einen Schritt zurück, während ein anderer, der ebenfalls ein Rangabzeichen trug, das Anki jedoch nicht deuten konnte, den Leutnant anfuhr: »Was ist los, Ahlesperg? Das sind doch nicht die ersten Russen-, Letten- oder sonstigen Weiber, mit denen wir unseren Spaß haben.«

»Finger weg, Spieß. Solange wir nicht wissen …«

»Das sind bestimmt nicht die Zarenkinder!«, spottete der Jüngere, folgte aber der Anweisung seines Offiziers.

Anki war versucht, die Verwandtschaft der Kinder zum ehemaligen russischen Zarenhaus preiszugeben; da sie aber nicht wusste, ob das wirklich klug war, hielt sie sich lieber zurück.

»Und weiter?«, forderte der Leutnant sie auf fortzufahren.

»Die Revolution zwang uns zur Flucht.«

»Sie und die Mädchen?«

»Mein Mann und eine ältere Schwester der Kinder waren bis gestern bei uns. Während des Sturms passierten wir vier die Front, mein Mann und das vierte Mädchen blieben zurück.«

»Ob sie Informationen von denen drüben hat?«, mischte sich der Feldwebel wieder ein.

Anki wandte sich direkt an ihn. »Wir hörten nur die Gefechte, gesehen haben wir nichts, da wir uns ja verstecken mussten. Wir kamen mit einem kleinen Segelboot hierher. Ich kann Ihnen keinerlei Informationen über Ihre Gegner liefern.«

»Die sind nutzlos«, knurrte der Feldwebel und diesmal war er es, der sich, einen Grunzlaut ausstoßend, Jelena näherte.

»Bitte, Herr Leutnant. Sie müssen mir glauben«, stieß Anki keuchend vor Entsetzen hervor. »Wir wollen auf meinen Mann und Nina warten, dann nach Berlin zu meinen Geschwistern und von dort nach Tübingen zur Familie meines Mannes reisen.«

Mit beständig wachsender Panik beobachtete sie, wie der Feldwebel mit seinem Zeigefinger über Jelenas Wange und ihren Hals strich. Sie sah das Blitzen in den Augen des Mädchens, ahnte, dass sie sich bald zur Wehr setzen würde. Wie der Unteroffizier und andere Soldaten darauf reagieren würden, wollte Anki sich gar nicht vorstellen. Schweiß lief ihr trotz der Kälte über den Rücken, ihre Hände zitterten mit ihren Knien um die Wette.

»Bitte!«, flehte sie Ahlesperg an, der sie noch immer mit dieser Hochnäsigkeit im Blick betrachtete.

»Strom, lass die Finger von dem Kind.«

»Ach, komm schon, Ahlesperg. Du bist doch sonst der Erste, der sich über die Weiber hermacht.«

»Zurücktreten!«, bellte der Leutnant, aber sein Feldwebel reagierte nur zögernd und nicht ohne Jelena zuvor in die Seite zu kneifen.

»Ihre Geschwister wohnen in Berlin?«

Hoffnung flackerte in Anki auf. Der Mann klang interessiert. »Meine älteste Schwester hat einen Berliner Industriellen geheiratet. Vielleicht ist Ihnen der Name vertraut, immerhin gehört der Familie ein großes Elektrounternehmen. Er heißt Joseph Meindorff.«

Verzweifelt suchte Anki in ihrem Gedächtnis nach weiteren Namen, die Demy ihr in ihren unzähligen Briefen genannt hatte. Wenn nur einer darunter wäre, der dem Leutnant etwas sagte, könnte das ihre missliche Situation verbessern. Aber in ihrer Panik fiel ihr lediglich der Name einer früheren Gouvernante des Haushalts Meindorff ein, die Demy zu Beginn ihres Aufenthalts in Berlin als Lehrerin zur Seite gestellt worden war.

»Eine meiner Schwestern schrieb auch von ...«

»Meindorff?«, unterbrach der Leutnant sie und musterte sie mit gerunzelter Stirn.

Anki biss sich auf die Unterlippe. Hatte sie einen Fehler begangen? Demy hatte ihr einmal von der Rivalität unter den einzelnen Unternehmen geschrieben.

»Demnach sind Sie die Schwester von Tilla Meindorff?«

Ankis Pulsschlag, ohnehin erhöht, beschleunigte sich nochmals, diesmal voller Freude. Der Mann kannte Tilla? Aber warum auch nicht, immerhin verkehrte ihre Schwester genau in den elitären Kreisen, die im Kaiserreich die Offiziere hervorbrachten.

»Nun, da Sie es sagen, fällt mir eine gewisse Ähnlichkeit auf.«

»Tilla ist bei Weitem eleganter und hübscher als ich ...«

»Sie dagegen sind noch am Leben.«

Anki riss erschrocken die Augen auf. Was sagte dieser Mann da? »Wie bitte?«, brachte sie krächzend hervor.

»Sie wissen es nicht? Aber wie könnten Sie auch! Vermutlich unterhalten Sie seit Kriegsbeginn keinen Kontakt mehr nach Berlin. Die junge Frau Meindorff verstarb vor zwei Jahren.«

Ungläubig schüttelte Anki den Kopf. Alles in ihr weigerte sich zu verstehen, was er gesagt hatte. Nun spürte sie wieder die Kälte, die unbarmherzig in ihre Kleidung kroch und empfand die bewaffneten Gestalten noch bedrohlicher als zuvor.

Ahlesperg ergriff sie am Ellenbogen und sie ließ sich willenlos von ihm ins Haus führen. Dort setzte sie sich auf den einzigen intakten Stuhl, während der Mann zurück vor das Haus trat. Sie hörte, wie er erneut seine Soldaten anwies, die Mädchen in Ruhe zu lassen und brachte sie herein. Jelena blieb stocksteif neben der Tür stehen, während Katja und Jenja sich in Ankis Arme flüchteten.

»Was ist denn mit Tilla geschehen?«, flüsterte Anki kaum hörbar, als sie sich wieder der Aufmerksamkeit des Leutnants sicher war.

»Es hatte mit einer Schwangerschaft zu tun«, antwortete der Mann ausweichend. Er war dazu erzogen worden, Frauenthemen zu meiden.

Nachdenklich ging Ahlesperg in dem kleinen Raum auf und ab, während Anki lautlos in Katjas Haar weinte. Der Schmerz um Tillas Verlust ließ sie lange Zeit alles vergessen. Doch als der Feldwebel im Türrahmen erschien und der Hütte fast das gesamte Licht raubte, wurde sie sich ihrer prekären Situation neu bewusst.

Sie schob die Mädchen von sich, winkte Jelena, damit diese sich um ihre Schwestern kümmerte, und trat dem Leutnant in den Weg. Erst jetzt sah sie die Qual bittersüßer Erinnerungen in seinem Gesicht und erahnte, dass unter der kalten Maske einmal ein lebensfroher junger Mann gesteckt hatte.

»Sie kennen demnach die Familie Meindorff? Wissen Sie etwas über meine anderen Geschwister?«

»Ich sah nur diese Demy ab und an, und dann gab es noch eine jüngere Schwester und einen Bruder. Joseph nannte sie immer die Anhängsel seiner Frau.«

»Ihren Worten entnehme ich, dass Sie der Familie nahestehen?«

»Mein Vater und der alte Rittmeister waren Geschäftskollegen. Joseph absolvierte mit mir die Militärschule. Ich bin auch mit dem Pflegesohn Philippe und natürlich den jüngeren Brüdern Hannes und Albert bekannt.«

Anki nickte, warf einen ängstlichen Blick auf den Mann mit dem Mannschaftsdienstabzeichen im Türrahmen und sagte, an Ahlesperg gewandt: »Ich bin so froh, dass ich Sie getroffen habe, Herr Leutnant.«

Das raue Gelächter des Feldwebels ließ sie zusammenzucken. Er stieß hervor: »Jetzt schaust du drein wie damals, als du unser Leutnant wurdest. Damals warst du ein Ehrenmann mit hohen Idealen und einer Begeisterung für den Krieg, als wolltest du ihn allein gewinnen.« Strom warf Anki einen anzüglichen Blick zu. »Frau, dieser ehrenwerte Leutnant ist nur noch ein Schatten seiner selbst. Wie wir alle. Hilfe suchen Sie bei ihm vergebens. Und das ist richtig so, denn ich glaube Ihnen kein Wort!«

Ahlespergs Schultern sackten nach unten, wie Anki mit Entsetzen beobachtete. Sie fragte sich, wer in diesem Zug der eigentliche Wortführer war und warf dem Leutnant einen flehenden Blick zu. Sie benötigte dringend seine Hilfe. Ohne ihn waren sie und die Kinder verloren. Wenn er nicht eingriff, könnte die Situation böse für sie enden!

Anki straffte die Schultern. Sie weigerte sich, von ihrer Meinung abzurücken, dass das Zusammentreffen mit diesem Mann ein Lichtstreifen Gottes am düsteren Horizont ihrer Zukunft war.

Ahlesperg musterte sie eindringlich. Seine Augen flackerten unruhig, als habe er einen schweren inneren Kampf auszufechten. Schließlich richtete er seinen Blick auf die drei Mädchen. Ein Ruck ging durch seinen Körper. Er nickte Anki kaum merklich zu, ehe er sich seinem Feldwebel zuwandte.

»Strom, Sie sorgen dafür, dass die Jungs sich ausruhen und essen. In zwei Tagen müssen wir an die Front zurück. Ich geleite Frau Busch zur Etappe.« Er wandte sich an Anki. Dabei sah sie das erste Mal den Anflug eines Lächelns auf seinem Gesicht, selbst seine Stimme klang sanfter, als er sie anwies: »Sie und die Kinder folgen mir bitte. Der Fußmarsch dauert gut zwei Stunden. In der Etappe werde ich mich dafür einsetzen, dass Sie mit Ihren Verwandten in Berlin Kontakt aufnehmen können.«

Anki nickte und wollte mit einer Handbewegung die Mädchen nach draußen schicken. Der Feldwebel gab jedoch die Tür nicht frei, baute sich vielmehr vor Jelena auf und versuchte, sie zurück an die Wand zu drängen. »Du könntest die Kleine hier als Faustpfand behalten, Ahlesperg.«

Ankis Knie drohten nachzugeben. Doch der Offizier ergriff Jelena am Oberarm, brachte seinen Untergebenen mit einem wütenden Blick und den Worten, dass von dieser Frau und den Kindern mit Sicherheit keine Gefahr ausgehe, zur Räson und drängte die vier Flüchtlinge in den fahlen Novembersonnenschein hinaus.

Raues Gelächter folgte ihnen. Der Feldwebel trat in die Tür und rief ihnen nach: »Schaut euch das an! Der Herr Leutnant hat mit einem Mal Anstand und Heldentum wiederentdeckt. Vielleicht sollten wir dem hübschen Fräulein erzählen, wie viele Weiber zwischen hier und Berlin einen kleinen Ahlesperg-Bastard in sich tragen. Wie viele halbwüchsige Jungen er erschossen hat, damit der Gegner keine neue Soldaten mehr hochzüchten kann, wie oft ...«

Anki stieß einen Schrei aus, als Ahlesperg mit seiner Waffe in der Hand herumwirbelte. Mit wenigen Sprüngen war er bei dem verdutzten Feldwebel und stieß ihn zurück in die Hütte. Lautes Poltern und Knirschen drang zu ihnen heraus. Einige der erschöpften Soldaten, die sich auf die feuchte Wiese gelegt oder mit dem Rücken an der Holzwand niedergelassen hatten, sprangen alarmiert auf, andere blieben mit gleichgültigen Mienen, wo sie waren. Ein Schuss beendete den Lärm in der Kate, daraufhin herrschte Stille. Lange Zeit war Katjas Schluchzen außer dem Rauschen der Fichten das einzige Geräusch weit und breit. Jelena drückte sich an die wie erstarrte Anki und raunte: »Was tun wir, wenn dieser Strom den Offizier erschossen hat?«

»Bete, Jelena! Bete!«, stieß Anki keuchend hervor.

Eine dunkle Gestalt erschien im Türrahmen und verharrte dort scheinbar eine kleine Ewigkeit. Schließlich trat Ahlesperg auf den zerstampften Platz vor der Tür. Blutspritzer sprenkelten sein Gesicht. Mit einer fast gelangweilt wirkenden Bewegung steckte er die Walther-Pistole zurück in das Halfter an seinem Gürtel und winkte einen Unteroffizier zu sich. Erleichterung empfand Anki nicht. Vielmehr eine Mischung aus Grauen und Abscheu. Was war nur mit diesen Männern geschehen?

»Beerdigt ihn. Im Bericht steht Widerstand gegen einen Offizier. Du übernimmst bis auf Weiteres seine Position. Ruht euch verdammt noch mal aus, ich will endlich diese verpissten Russen in den Boden stampfen.«

Der Druck von Ankis Arm um Jelenas Schulter verstärkte sich, als sie spürte, wie diese sich verkrampfte. »Bitte, Jelena. Kein Wort!«, flüsterte sie ihr zu.

Der Leutnant warf einen Blick auf die aneinandergedrängten Mädchen und die Frau und kniff die Augen missmutig zusammen. »Ich verspüre große Lust, euch einfach davonzujagen!«, knurrte er, winkte ihnen aber mit der Hand, ihm zu folgen. Auf dem Weg am Brunnenbecken vorbei tauchte Anki ihr weißes Spitzentaschentuch ins Wasser und reichte es Ahlesperg, nachdem sie ihn eingeholt hatte.

»Für Ihr Gesicht, Herr Leutnant«, flüsterte sie.

Der Mann stutzte und musterte erst sie, dann das kleine weiche Tuch in ihrer Hand. Er nahm es, wischte sich das Blut von Gesicht und Hals und betrachtete daraufhin erneut den verunreinigten Stoff. »Es war so … rein. Ich habe schon lange nicht mehr …« Abrupt brach er ab.

»Behalten Sie es«, sagte Anki, ließ sich zurückfallen und nahm Jenja und Katja an der Hand. Die beiden stolperten ständig, da sie bei dem Tempo, das Ahlesperg vorlegte, fast rennen mussten. Erst da fiel ihr ein, dass sie ihre Tasche und den leeren Vorratsbeutel in der Bauernkate zurückgelassen hatte. Doch nichts würde sie dazu bringen, noch einmal an diesen Ort, zu den Soldaten und zu dem toten Mann zurückzukehren.

Schweigend eilte ihnen der Leutnant voraus. Das Einzige, was er auf ihrem Marsch sagte, war: »Für Ihren Mann und das Kind auf der anderen Seite der Front können wir nichts tun. Sie sind auf sich allein gestellt.«

Kapitel 29

Berlin, Deutsches Reich, November 1917

Demy ließ sich auf den Schreibtischstuhl des Rittmeisters fallen, nahm den neben das Skeletttelefon gelegten Hörer auf und presste die Muschel an ihr Ohr. Monika hatte ihr gesagt, die Verbindung sei schlecht, sie habe kaum mehr verstanden, als dass die Frau Demy zu sprechen wünsche und dass es dringend sei.

»Apparat Meindorff, Demy van Campen«, meldete sie sich, darum bemüht, sehr deutlich zu sprechen.

»Demy! Gott sei Dank!«

Die junge Frau runzelte die Stirn. In der Leitung knackte und rauschte es, zudem war im Hintergrund eine Männerstimme zu hören, die Befehle bellte. So konnte sie die verzerrte Frauenstimme niemandem zuordnen.

»Wer spricht denn da?«

»Anki.«

»Anki!« Demy erschrak über ihren eigenen Aufschrei. Ihr Atem beschleunigte sich, Hitzewellen durchliefen ihren Körper. Ihre Schwester war am anderen Ende der Leitung!

»Du musst uns helfen. Ich bin mit drei der Chabenski-Mädchen in Riga. Der Funkoffizier sagt dir nachher, wo genau wir sind.«

»Geht es dir gut?«, schrie Demy in die Sprechmuschel.

»Ich bin von meinem Mann und dem ältesten Mädchen getrennt worden. Sie sind noch jenseits der Front.«

»Dein … Ehemann?«

»Demy, ich kann dir das jetzt nicht erzählen. Ein Leutnant brachte uns hier in dieses … dieses Armeelager in Riga. Wir konnten nichts mitnehmen. Ich weiß nicht, wie ich zu euch nach Berlin gelangen soll. Und wie ich Robert und Nina helfen kann und …«

Demy hörte trotz der schlechten Verbindung und obwohl sie manche Wörter mehr erraten musste, als dass sie sie verstand, wie ihre Schwester verzweifelt aufschluchzte. Aus Furcht, die Leitung könne unterbrochen werden, wies sie ihre Schwester an, dem Funker unverzüglich den Telefonhörer zu reichen, und griff nach Bleistift und Notizpapier. Sie schrieb eine Adresse in Riga auf, unter der Anki und die Kinder zu finden waren. Dann drang erneut Ankis aufgeregte Stimme an ihr Ohr.

»Ich weiß nicht, wie schnell ich Robert und Nina finde. In dieser Zeit …« Der Rest ging in lautem Rauschen unter, schließlich war die Leitung tot. Mehrmals rief Demy Ankis Namen in den Hörer, bis sie ihn schließlich zögernd auf die geschwungene Gabel aufsetzte. Verwirrt zog sie die Nase kraus.

Wie kam Anki unter den Schutz von Oskar von Hutiers 8. Armee nach Riga? Sie hatte drei der Chabenski-Kinder bei sich, aber ihren Ehemann, von dem Demy bis jetzt nichts gewusst hatte, und eines der Fürstenkinder zurücklassen müssen, so viel hatte Demy verstanden. Aber wo waren diese? In Petrograd? Warum waren die Kinder nicht bei ihren Eltern geblieben? Weil diese als Adelige verhaftet oder gar getötet worden waren? Welche Tragödie mochte sich dort abgespielt haben? Wieder wurde Demy von einem heftigen Schauder gepackt. Sie blickte auf den Zettel mit der Adresse und fragte sich, wie sie zu Anki gelangen konnte.

In diesem Moment betraten Henny und Lina mit dem Bestatter das Büro des Verstorbenen. »Das Familiengrab ist vorbereitet«, nuschelte der Mann, wurde aber vom Läuten des Telefons unterbrochen.

Demy nahm das Gespräch entgegen und hatte zu ihrer Verwunderung Anthony Fokker am Apparat. »Gut, dass ich Sie gleich erreiche«, begann er, setzte das Gespräch dann allerdings in ihrer gemeinsamen Muttersprache fort. »Nichts als schlechte Neuigkeiten. Erst das Startverbot meines Dreideckers, nur weil einige Piloten mit dem genialen Fluggerät nicht umzugehen wissen und jetzt der Abschuss von Philippe!«

»Abschuss?«, hauchte Demy in den Hörer.

»Ja, irgendein idiotischer Franzose hat Philippes unbewaffnete Maschine in Belgien vom Himmel geholt.«

»Bitte nicht!«, flüsterte Demy kaum hörbar. Ihr Herz hämmerte, als wolle es aus ihrer Brust springen. Eine eigentümliche Leere ergriff von ihrem Kopf Besitz und breitete sich in ihrem Körper aus.

»Ein Fliegerleutnant, Ernst Würth, rief mich an, nachdem er und seine Fliegerkollegen Philippe aus dem zerschellten Flugzeug in den Bäumen geborgen hatten.«

Zerschellt? Demy wusste nicht einmal, ob sie das Wort nur gedacht oder ausgesprochen hatte. Philippe war abgeschossen worden? Abgestürzt? Eisige Finger griffen nach ihrem Herzen.

»Sind Sie noch dran, Fräulein Demy?«

»Ja«, war alles, was sie über die Lippen brachte. Besorgte Blicke von Henny und Lina trafen sie, trieben erste Tränen in ihre Augen.

»Er liegt im Lazarett sechsundsiebzig.«

»Sechsundsiebzig? Das ist Ediths Lazarett«, entfuhr es ihr.

»Edith?«, fragte Fokker verständnislos.

»Lazarett bedeutet, er ist nicht tot!«, stieß sie hervor.

»Tot?« Anthony räusperte sich verlegen. »Verzeihen Sie bitte, Fräulein Demy. Ich fürchte, ich habe mich unmöglich ausgedrückt. Philippe hat einen fleißigen Schutzengel. Abgesehen von einer gebrochenen Rippe, sowie einigen Schürfwunden und Prellungen geht es ihm gut.«

»Es geht ihm gut?«, wiederholte sie lahm.

»Ja. Er befand sich ohnehin im Landeanflug auf eine Lichtung. Die Baumwipfel milderten den Aufprall, zumal es dem Kerl irgendwie gelungen sein muss, das trudelnde Flugzeug in die Waagrechte zu bringen.«

»Warum reden Sie dann von einem zerschellten Flugzeug?«, ereiferte sie sich und ignorierte erst einmal die erschrockenen Reaktionen von Lina und Henny.

»Weil seine geliebte Lady nur noch ein Haufen zerborstenes Holz und verbogener Stahl ist.«

»Und das ist das Wichtigste an der ganzen Angelegenheit für Sie und für Philippe?«, fuhr sie den Mann an.

»Äh, nein!«

»Weshalb rufen Sie an?«

»Philippe bat mich, Ihnen auszurichten, dass es ihm gut gehe.«

»Vielen Dank!« Demy knallte den schweren Hörer auf die Telefonapparatur und ließ sich gegen die Lehne des Stuhls fallen.

»Ein Absturz?«, fragte Lina.

»Keine Angst. Deinem Anton geht es gut. Er fliegt schließlich nicht mit Philippe!«

»Oberleutnant Meindorff ist abgestürzt? Ich dachte, er ist kein Jagdflieger an der Front?«, mischte sich nun auch noch der Bestatter ein und brachte Demy noch weiter durcheinander.

»Bei Testflügen stürzen genug Piloten ab«, erwiderte sie knapp, verdrängte ihre aufgewühlten Gefühle und sah von Henny zu Lina. »Philippe ist in Belgien von einem Franzosen abgeschossen worden. Er liegt verletzt in Ediths Lazarett. Ich hoffe sehr, sie jagt ihm einige riesige, schmerzhafte Spritzen in seinen ...«

»Demy!«, rügte Lina, konnte aber ein Grinsen nicht unterdrücken.

»Wir wissen doch alle, warum er Belgien überflog«, warf Henny ein. Demy bejahte leise. Vermutlich hatte Philippe John über die Grenze in die neutralen Niederlande gebracht. Eine Spur von schlechtem Gewissen bemächtigte sich ihrer, gepaart mit heftigem Heimweh. Philippe war ihrem Zuhause so nahe gewesen, John befand sich jetzt dort ... Sofort glaubte sie die Schreie der Möwen, das Flüstern des Sandes, der vom Wind über die Dünen getrieben wurde, und das Donnern der Brandung zu hören.

»Die Beerdigung wird demnach ohne den Herrn Oberleutnant stattfinden«, murmelte sie schließlich und erhob sich. »Vielleicht auch ohne mich. Meine Schwester hat aus Riga angerufen und braucht dringend meine Hilfe.«

»Demy?« Henny bedeutete Lina, dass diese sich um die Fragen des Bestatters kümmern sollte, während sie Demy aus dem Arbeitszimmer folgte. »Du kannst unmöglich nach Riga reisen – wo auch immer das liegen mag.«

»Riga?« Rika gesellte sich zu ihnen und reagierte verblüfft, als ihre ältere Schwester sie spontan umarmte.

»Stell dir vor: Anki hat angerufen! Sie befindet sich mit drei der Chabenski-Töchter in Riga. Ihren Mann – ja, sie ist tatsächlich verheiratet – musste sie aber mit einem der Mädchen irgendwo in diesem riesigen russischen Reich zurücklassen.«

»Oh«, war alles, was Rika sagte, und Demy löste sich von ihr. Für einen Moment stutzte sie, dann verstand sie die Zurückhaltung ihrer jüngeren Schwester. Als Anki mit der russischen Fürstenfamilie Koudekerke verlassen hatte, war Rika gerade einmal 11 Jahre alt gewesen. Fast genauso lange war es her, dass sie sich das letzte Mal gesehen und gesprochen hatten – ihr halbes Leben. Das Band zwischen Anki und Rika war aufgrund des Altersunterschieds ohnehin nicht so innig geknüpft gewesen, wie bei den drei älteren Mädchen. Kam es nicht bald zu einem Wiedersehen, drohte es zu reißen. Aber genau dies war jetzt möglich!

Aufregung durchflutete Demy, der Henny jedoch einen Dämpfer versetzte: »Eine Reise nach Riga macht keinen Sinn. Deine Schwester wird wohl kaum ohne ihren Ehemann nach Berlin abreisen, oder? Sie wird dort ausharren, wo er sie am ehesten finden kann. Wer weiß, wie lange das dauert?«

Henny sprach es nicht aus, doch Demy verstand sie auch so: Sie durfte das Haus nicht für einen längeren Zeitraum verlassen. Zwar war ein Ende des Krieges nicht abzusehen, und Willmann hatte versprochen, das Haus bis dahin nicht für sich zu beanspruchen, aber Demy war nach dem Tod des alten Patriarchen die einzige Person, die durch ihren Status als Verlobte eines Meindorffs eine gewisse offizielle Legitimation hatte, für die Familie zu handeln.

Zudem erwarteten sie Joseph, Hannes und Albert zur Beerdigung ihres Vaters. Und zumindest von Josephs Seite waren Konfrontationen zu erwarten, wusste er doch nicht im Geringsten, was in den vergangenen Jahren in diesem Haus vor sich gegangen war. Durch Lieselottes Erpressungen war ihm zwar bekannt, dass Demy die Zwillinge aufgenommen hatte, aber die restlichen fremden Kinder, Frauen und den alten Mann konnten sie schwerlich kurzfristig ausquartieren oder im Angestelltentrakt einsperren.

»Du hast mal wieder recht«, gestand Demy ein und ging mit hängenden Schultern zur Treppenhaustür. Sie musste sich für Anki etwas anderes einfallen lassen.

Eilig huschte sie die Stufen hinauf und betrat nach kurzem Zögern das Zimmer des verstorbenen Hausherrn. Mit wächsernem Gesicht und in seinem besten Anzug lag er auf seinem Bett. Bruno und der Bestatter hatten sich wirklich viel Mühe bei der Herrichtung und Aufbahrung der Leiche gegeben.

Demy schloss die Tür hinter sich und ließ sich auf dem Besucherstuhl nieder. Die einsame Kerze auf dem Nachttisch flackerte unstet.

Kaum jemand kam, um Abschied zu nehmen. Nachmittags war Anton Ahlesperg, ein früherer Geschäftspartner, für wenige Minuten da gewesen, um ihm die letzte Ehre zu erweisen, später noch Margaretes Eltern, die weitläufig mit den Meindorffs verwandt waren. Demy hatte die Enkelinnen des Rittmeisters zu ihm geführt, doch der alte Mann, der die Mädchen und ihre Mutter nie als Familienmitglieder akzeptiert hatte, war ihnen fremd und unheimlich erschienen, sodass Luisa und Leni schnell darum baten, das Zimmer verlassen zu dürfen.

Traurig betrachtete Demy das eingefallene, noch im Tod verbissen wirkende Gesicht des Patriarchen. Er war gestorben, wie er gelebt hatte: einsam. Seit geraumer Zeit hatte Demy keine Angst mehr vor ihm empfunden. Dieses starke Gefühl war vielmehr Mitleid gewichen. Dennoch war es ihr nicht möglich gewesen, ihm zu helfen. Weder bei dem, was seine Fabriken und sein Anwesen anbelangte und schon gar nicht bei seinen Problemen mit seiner Familie. Womöglich hatte Joseph Meindorff sein ganzes Leben lang nie Hilfe gebraucht oder angenommen. Er hatte alles allein zuwege gebracht, und dass ihn das hart und unnahbar, oftmals auch ungerecht hatte werden lassen, war ihm nicht zu vermitteln gewesen. Somit hatte er seiner im Laufe der Jahre wund geriebenen Seele keine Chance auf Heilung gelassen.

Demy bedauerte das zutiefst. Nicht nur für seine Familie, allen voran Hannes, Edith und die beiden entzückenden Mädchen, sondern auch im Hinblick auf die Ewigkeit. Aufseufzend lehnte sie sich zurück und blickte aus dem Fenster. Die Stadt schien sich unter den dichten grauen Wolken zu ducken, als versuche sie, sich unter ihnen zu verstecken. Einen Moment verspürte Demy Erleichterung bei diesem Gedanken, war damit doch auch sie versteckt. Sie spürte deutlich, wie die Unruhe über Ankis Situation an ihr nagte, ebenso tief saß der Schreck über die Nachricht von Philippes Absturz in ihren Gliedern. In beiden Fällen fühlte sie sich verpflichtet zu helfen, aber gleichzeitig auch überfordert. In ihr wuchs eine unbändige Sehnsucht, sowohl Anki als auch Philippe so bald wie möglich wiederzusehen.

Kapitel 30

St. Nicolas, bei Courtier, Belgien, November 1917

»Fahr nach Berlin, Edith. Ich möchte nicht, dass du meinetwegen die Gelegenheit versäumst, deine Mädchen und Hannes zu treffen.«

»Nimm dich nicht so wichtig, Philippe Meindorff! Wer behauptet, dass ich nur deinetwegen nicht zur Beerdigung reise?«

Philippe betrachtete seine Schwägerin, als die er Edith trotz seines nur entfernten Verwandtschaftsgrades zu Hannes betrachtete, und runzelte die Stirn, sodass sich seine ohnehin schmerzende linke Gesichtshälfte unangenehm bemerkbar machte. Seit den Schussverletzungen damals in Deutsch-Südwestafrika hatte er keine so elenden Schmerzen mehr auszuhalten gehabt. Sein Körper fühlte sich an, als sei er von einem Raubtier zerfetzt worden. Nachdem Edith ihm versichert hatte, er sei noch in einem Stück und nicht einmal schwer verletzt, hatte er sich trotz des infernalischen Schmerzes aufgerichtet, um ihre Aussage zu überprüfen. Er spürte Muskeln und Knochen, die 31 Jahre lang seiner Aufmerksamkeit entgangen sein mussten.

Philippe verstand nicht, weshalb Edith standhaft darauf beharrte, nicht nach Berlin zu reisen. Er konnte ihr schwerlich verübeln, dass sie an der Beerdigung des Rittmeisters kein Interesse zeigte; immerhin war sie mit Hannes und ihren Kindern von dem Mann verstoßen worden. Doch die Gelegenheit, ihren Ehemann und die Mädchen zu sehen, war einmalig!

»Fürchtest du dich vor Joseph, der das Verhalten seines Vaters guthieß?«

»Philippe!« Edith steckte seine Krankenakte an das Bettende und wandte sich ihm zu. Sie war dünn geworden, wirkte noch selbstsicherer als damals bei ihrem Kennenlernen in Magdeburg und hatte die ihr unterstellten Schwestern bestens im Griff. Mit der weißen Haube und dem graublauen Schwesternkleid samt der gestärkten Schürze sah sie aus, als habe sie nie etwas anderes getan, als Menschenleben zu retten und den Verletzten Linderung und Trost zu bringen. »Ich habe hier eine Verantwortung, der ich nicht einfach den Rücken kehren kann.«

»Dir steht Urlaub zu. Du hast Hannes Ewigkeiten nicht gesehen.«

Es war nur der Bruchteil eines Augenblicks, in dem Philippe die dunklen Schatten in ihren Augen und die Traurigkeit auf ihrem Gesicht sah, ehe sie sich abwandte, um sich um den Patienten neben ihm zu kümmern.

Philippe biss die Zähne zusammen, was ihm zusätzliche Schmerzen bereitete. Edith hatte Kummer. Wegen Hannes? War zwischen den beiden etwas Schwerwiegendes vorgefallen? »Kann ich etwas tun?«, fragte er, obwohl sie ihm noch immer ihren Rücken zudrehte.

Edith richtete sich kerzengerade auf, allerdings ohne sich ihm zuzuwenden. »Herr Oberleutnant, ich halte es für das Beste, wenn Sie erst einmal gesund werden und dann versuchen, Ihr eigenes Leben in Ordnung zu bringen.«

Das saß! Philippe beobachtete, wie Edith zwischen den dicht an dicht stehenden Betten hindurcheilte und dieses Mal keinem ihrer Patienten einen freundlichen Blick oder ein aufmunterndes Lächeln schenkte. Sie floh förmlich aus dem Raum.

»Das haben Sie prima hinbekommen, Herr Oberleutnant. Und ich darf jetzt auf mein Frühstück verzichten«, brummte ein junger Pilot mit zwei gebrochenen Armen neben ihm.

»Tut mir leid.«

»Übrigens bin ich mit einem *Ihrer* Dreidecker abgeschmiert. Ich kann von Glück sagen, dass ich noch lebe.«

»Was stimmt mit der DR I nicht?«, hakte Philippe nach. Er fragte sich, ob dem Piloten aufgefallen war, dass der Dreidecker langsamer war als die französischen Spads, wobei seine Steiggeschwindigkeit und Manövrierfähigkeit unübertroffen war. Da konnte jeder Pilot mit einem guten Händchen auf einer DR I punkten. Auch die britischen Sophwith Camels waren weitaus schneller, Fokkers Dreidecker aber wendiger. Und das war genau der Punkt, den Richthofen und sein fliegender Zirkus liebten.

»Das fragen Sie mich? Empfindlich ist das Ding, wie eine alte Jungfer.«

»Richthofen fliegt sie mit Begeisterung.«

»Vielleicht kommt er mit seiner rot angemalten Jungfer zurecht, ich tat es nicht.«

»Fokker arbeitet vermutlich mit Hochdruck an dem Problem.«

»Zugegeben, sie ist wendig wie eine Katze.« Der Pilot grinste und fragte dann: »Ob Fokker mir auch mein Frühstück gibt?«

Philippe verzog das Gesicht, da ihm das Lachen übelste Schmerzen bereitete.

»Wo haben Sie Fliegen gelernt?«

»Nicht bei Fokker, wie Richthofen es tat.«

»Fokker meinte, Richthofen habe sich anfangs sehr ungeschickt angestellt.«

Der Junge neben ihm lachte auf. »Danke, das werde ich mir merken! Sie kennen die Krankenschwester?«

»Sie ist meine ... Schwägerin.«

»Was denken Sie? Kommt sie nochmal und gibt mir mein Frühstück?«

»Bestimmt. Sie hat ein gutes Herz.«

»Könnten Sie vielleicht bei ihr für mich um etwas bitten? Da gibt es so eine süße Krankenschwester mit italienischem Akzent.«

»Cecelia?«

»Ich glaube, so heißt sie. Ich habe sie gefragt, ob sie irgendwann später mal mit mir tanzen geht.«

»Und?«

»Sie sagte Nein.«

»Was kann meine Schwägerin da tun?«

»Cecelia hört auf sie.«

»Ja, hier im Lazarett.«

»Ach, sonst sicher auch.«

»Ich werde es erwähnen.«

»Danke, Herr Oberleutnant.«

Philippes Gedanken wanderten unweigerlich zu Demy. Edith hatte recht. Sein Privatleben konnte man nicht unbedingt als geregelt bezeichnen. Sein Herz liebte Demy, aber sein Verstand signalisierte ihm noch immer, vorsichtig zu sein. Irgendwo tief in seinem Kopf saß der alte Vorwurf gegen ihren Vater und das Misstrauen gegen die van Campens im Allgemeinen fest verankert und ließ sich nicht einfach vertreiben. Jetzt hatte er auch noch erfahren müssen, dass Tilla ihren Vater umgebracht hatte. Tilla hatte zwar ihre jüngeren Schwestern vor diesem Mann beschützen wollen, dennoch …

Cecelia zwängte sich durch die Reihen und ließ sich am Bett von Philippes bis über beide Ohren strahlendem Bettnachbarn nieder. Zwei andere Rotkreuzschwestern traten hinter ihr ein und nahmen sich der restlichen hungrigen Patienten an, die nicht selbstständig essen konnten.

Philippe beobachtete sie. Es gab so viele Frauen auf dieser Welt. Musste es denn ausgerechnet Demy sein? Diese von Rätseln und einem Lügenkonstrukt umgebene Frau, die zudem an eine große Zahl von ihr abhängige Menschen gebunden war?

»Herr Oberleutnant, ein Telegramm für Sie!« Aus seinen Überlegungen gerissen betrachtete er irritiert das bezaubernde Gesicht einer jungen Belgierin, die sich auf einem Hocker vor seinem Bett niedergelassen hatte.

Ohne nachzufragen öffnete sie das Kuvert, faltete das Papier auseinander und hielt es ihm in einigem Abstand vor die Augen. Die Nachricht stammte von Albert. Philippe musste angesichts der knappen

Worte mehr erraten, was dieser ihm schrieb, kam aber zu dem Schluss, dass Rikas – und somit auch Demys und Feddos Schwester – in Riga gestrandet war. Unterwegs hatte sie jenseits der Front ihren Ehemann zurücklassen müssen. Albert spielte mit dem Gedanken, nach Riga zu fliegen und hoffte auf seine Begleitung.

»Danke!«, sagte Philippe zu der Schönheit in Schwesterntracht, die das Telegramm zu seinen persönlichen Sachen legte und wieder verschwand.

Hoffte Albert mit seinem Hilfsangebot Rika zu beeindrucken? Noch ein Meindorff, der von diesen van Campen-Schwestern nicht mehr loskam! War dies auch der Grund für Ediths Kummer? Vermutete sie eine zu starke Bindung zwischen Hannes und Demy? Die zwei verstanden sich nach wie vor wunderbar und hatten an ihrem gemeinsamen Weihnachtsfest lange, intensive Gespräche geführt. Philippe war das damals aufgefallen, weil dieser Hauptmann Birk die beiden nicht aus den Augen gelassen hatte – oder vielmehr Demy nicht aus den Augen gelassen hatte.

Philippe stieß laut die Luft aus. Er war es leid, nicht mehr tun zu können, als über irgendwelchen irrsinnigen und verwirrenden Gedanken zu brüten. Er fühlte sich wie ein Gefangener in seinem eigenen Körper, gleichgültig, wie oft Edith beteuerte, er würde sich schnell erholen und bald wieder der Alte sein. Damals in Windhuk war wenigstens Missionar Walther jeden Tag aufgetaucht und hatte ihn mit seinen nervtötenden, aber heilsamen Monologen abgelenkt.

Kapitel 31

Berlin, Deutsches Reich, November 1917

Joseph reagierte gereizt wie ein junger Stier auf die Gäste. Das Fass zum Überlaufen brachte allerdings die ungeplante Begegnung zwischen ihm und seiner ehemaligen Geliebten im Korridor vor der Küche.

Julia hatte sich den ganzen Tag in ihrem Zimmer verkrochen gehabt und wollte sich gegen Abend nur schnell etwas zu essen aus der Küche holen, als ihr ausgerechnet Joseph über den Weg lief.

Demy eilte zur Küchentür, als sie über das Klappern des Geschirrs hinweg laute Stimmen vernahm. Joseph hielt Julia an den Oberarmen gepackt, beschimpfte sie lauthals und schüttelte sie, sodass sich ihre Frisur auflöste und die weichen, hellen Haarsträhnen wild auf und ab flatterten.

»Cousin Joseph, bitte lassen Sie Fräulein Romeike los.«

Unter wütend zusammengezogenen, dichten Brauen blickten Josephs dunkle Augen Demy durchdringend an. »Was soll das alles? Wer sind all diese Leute? Diese Kinder? Was hat *sie* hier zu suchen? Weshalb finde ich keine Unterlagen über Meindorff-Elektrik und meine Brauerei im Arbeitszimmer meines Vaters?«

Demy stemmte die Hände in die Hüfte und zwang sich zur Ruhe, obwohl ihr Herzschlag sich erheblich beschleunigte. »Lassen Sie jetzt bitte Fräulein Romeike los«, wiederholte sie laut, deutlich und mit mehr Autorität, als sie empfand. Umso verwunderter war sie, als Joseph gehorchte. »Bitte, Fräulein Romeike. Begeben Sie sich in die Küche und essen Sie. Wenn ich das richtig sehe, ist das Ihre erste Mahlzeit heute.«

»Falls Sie mit dem Mann Hilfe benötigen, rufen Sie. Ich kenne ihn wohl so gut wie kaum jemand hier!« Herausfordernd blitzte Julia Joseph an, was seine Gesichtsfarbe noch eine Nuance dunkler werden ließ.

»Ich habe Ihnen mindestens drei Briefe an die Front geschrieben, Cousin Joseph. In ihnen schilderte ich Ihnen die Schwierigkeiten, die Ihren Vater und die Unternehmen betrafen.«

»Ich habe Ihre Briefe ungelesen entsorgt, da ich keine Lust darauf verspürte, das Gejammer einer van Campen lesen zu müssen.«

»Hätten Sie sie gelesen, wüssten Sie seit Monaten um den labilen Gesundheitszustand Ihres Vaters. Und Sie hätten von dem Umstand erfahren, dass es Meindorff-Elektrik nicht mehr gibt. Über den Verlust Ihrer Brauerei müssen Sie eigentlich informiert sein – zumindest ging ich davon aus.«

Joseph brummte nur. Demy vermutete, dass er sich vor seinem Vater wegen seines Versagens geschämt hatte und deshalb immer so getan hatte, als bekomme er von dem Geschehen in Berlin nichts mit.

Erklärte sich damit sein praktisch ununterbrochener Aufenthalt an der Front?

»Wer sind alle diese Menschen?«, wiederholte er seine Frage.

»Wie Sie sich vermutlich denken können, sind die beiden Mädchen bei Hannes seine Töchter. Alle anderen Anwesenden sind Opfer des Krieges, der auch vor Städten wie Berlin nicht Halt macht. Sie brauchten ein Dach über dem Kopf und bekamen es hier gewährt.«

»Von meinem Vater?« Joseph lachte ungläubig auf und starrte sie misstrauisch an.

»Nehmen Sie wirklich an, diese Menschen könnten mehrere Jahre lang in diesem Haus gelebt haben, ohne dass der Herr Rittmeister sie bemerkte? Er wusste sogar um die Anwesenheit seiner Enkelinnen und die Besuche von Hannes und Edith.« Demy hielt Josephs Blick stand. Sie wusste, dass sie ihn provozierte, war aber nicht gewillt, ihre Furcht vor ihm zu offenbaren.

»Die Romeike verlässt sofort das Anwesen.«

»Weshalb?« Demy ballte die Hände zu Fäusten. Julia bot die größte Angriffsfläche, dennoch wollte sie sich für die Frau einsetzen. Allerdings lebte Tilla nicht mehr, die Joseph mit ihrem Wissen um sein Verhältnis mit Julia erpresst hatte, und die zweite Erpresserin, Lieselotte, wusste nichts von den sich anbahnenden Zwistigkeiten. Vermutlich würden sie ihr sogar einerlei sein, da ihre Brüder inzwischen bei Fokker untergekommen waren. Die Zwillinge brauchten Demy und den Unterschlupf im Meindorff-Haus nicht mehr.

Womöglich war es Joseph, der einen erschreckend ungepflegten Eindruck machte und mit rot umrandeten Augen und tief hängenden Lidern um Jahre gealtert wirkte, ohnehin gleichgültig, wenn seine alte Affäre herauskam. Immerhin waren die Menschen mit dem Krieg, dem Verlust ihrer Lieben und dem Mangel an allem, was man zum Leben brauchte, genug beschäftigt. Vermutlich schüttelten sie bei dem, was früher einem Skandal gleichgekommen wäre, nur noch müde den Kopf, um dann ihren Überlebenskampf fortzusetzen.

»Entweder sie geht, oder ich jage euch van Campens und den Rest der Bagage aus meinem Haus.«

Plötzlich schlich sich ein Lächeln auf Demys Gesicht. Eine Leichtigkeit, die sie vor wenigen Minuten noch nicht für möglich gehalten hatte, befreite ihr Herz vor der engen Umklammerung, gegen die es hatte anklopfen müssen.

»*Ihr* Haus, Cousin? Dieses Haus gehört Martin Willmann, und er hat mir und allen meinen Gästen ein Wohnrecht bis zum Ende des Krieges gewährt.«

»Du infames Weib«, schrie Joseph sie an und trat drohend auf sie zu. »Steckst du mit Willmann unter einer Decke? Wohl auch unter einer Bettdecke?«

»Zügle dich, Joseph!« Die scharfen Worte hinderten Joseph daran, seine Hand gegen Demy zu erheben. Hannes zog Demy am Ellenbogen beiseite und baute sich vor seinem Bruder auf.

Verwundert blickte sie zwischen den Brüdern hin und her. Die beiden sahen sich in ihren Uniformen verblüffend ähnlich. Obwohl Hannes deutlich jünger und schlanker war, zeigten sich auch an seinen Schläfen die ersten grauen Haare, sein Gesicht war durch tief eingegrabene Linien gezeichnet.

»Geh mir aus den Augen«, fauchte Joseph.

»Du hast dich einer Dame gegenüber anständig zu betragen.«

»Eine *Dame*?« Joseph lachte.

Hannes warf Demy einen entschuldigenden Blick zu und straffte die Schultern. Die Niederländerin ließ die beiden Kontrahenten nicht aus den Augen. Der Krieg hatte aus dem einstmals leichtlebigen Kadetten einen selbstbewussten, unnachgiebigen Kämpfer geformt, der inzwischen zum Oberleutnant aufgestiegen war. Die Verantwortung war ihm gut bekommen. Allerdings lag unverkennbar auch etwas Dunkles auf seinem Gemüt. Sie hatte das schon bei ihren Gesprächen im vergangenen Dezember festgestellt. Hannes war vom Krieg gezeichnet, wie wohl viele derer, die seit Jahren in den Gräben ausharrten, Tod und Leiden erlebten und verursachten.

»Du hast gehört, was Demy gesagt hat. Willmann nennt nicht nur Meindorff-Elektrik, sondern auch dieses Anwesen sein Eigen. Vater ist tot. Du, Philippe, Albert und ich müssen uns nach dem Ende dieses vermaledeiten Krieges eine neue Existenz aufbauen. Jeder für sich. Und glaube mir, ich halte das für eine großartige Lösung.«

»Klar, weil du Schwächling es dir mit Vater ohnehin verdorben hattest und er dich enterbt hat.«

Hannes blieb ruhig, stieß aber ein verächtliches Lachen aus. »Was sollte ich denn erben? Seine Arroganz? Seine Härte? Seine Herzlosigkeit? Ich werde seine Zähigkeit und seinen Unternehmergeist gebrauchen können, sonst nichts.«

»Du bist nicht würdig, überhaupt etwas von ihm zu bekommen«, rief Joseph, stellte sich breitbeinig hin und ballte die Hände zu Fäusten.

»Ich bin es leid zu kämpfen«, entgegnete Hannes. »Du bist nicht mein Feind. Nicht einmal die Briten, Australier, Franzosen oder Amerikaner, die ich erschieße, sind meine Feinde.« Hannes' Stimme klang ruhig, konnte den befehlsgewohnten Offizier jedoch nicht verleugnen. »Aber du machst mich zu deinem Feind, wenn du nicht endlich aufhörst, auf Demy und ihrer Familie herumzuhacken. Ich verlange, dass du die Menschen in diesem Haus in Ruhe lässt!«

Hannes und Joseph taxierten sich schweigend. Demy hatte das Gefühl, die Zeit sei stehen geblieben. Schließlich war es Joseph, der den Kopf senkte, sich umdrehte und mit dröhnenden Stiefelschritten zur Verbindungstür eilte, diese aufriss und dahinter verschwand.

Erleichtert atmete Demy aus. Sie bemerkte erst jetzt, dass es hinter ihr in der Küche absolut still war. Alle Anwesenden, ja sie gewann sogar den Eindruck, das Haus selbst, hatten gespannt die Auseinandersetzung des ungleichen Brüderpaars verfolgt, aus der erstaunlicherweise diesmal der vormals Schwächere als Sieger hervorging.

»Ich hoffe, damit ist ein für alle Mal geklärt, dass er dir dein Leben nicht noch schwerer machen darf«, sagte Hannes an Demy gewandt.

»Ich danke dir, fürchte aber, du hast dir tatsächlich einen Feind geschaffen. Und dieser ist dein Bruder. Es tut mir schrecklich leid. Auch der Verlust deines Vaters.« Tränen schimmerten in Demys Augen. Sie hatte nicht gewollt, dass die Brüder kurz nach der Beerdigung ihres Vaters ihretwegen in Streit gerieten.

Hannes zog sie in seine Arme. »Ist schon gut, Demy. Das Einzige, was ich bedauere, ist, dass ich vor Vaters Tod nicht mehr mit ihm gesprochen habe. Und ich bin mir sicher: Wäre er Zeuge von Josephs und meiner Unterhaltung geworden, er hätte mir beigepflichtet. Er mag unnahbar und herrisch gewesen sein, aber er war nicht dumm. Er wusste von den Gästen und von meinen Kindern in seinem unmittelbaren Umfeld, und ihm war durchaus bewusst, dass *du* ihm die letzten Jahre seines Lebens in seinen eigenen vier Wänden ermöglicht hast, nicht Joseph.«

»Alles bricht auseinander«, seufzte Demy und löste sich aus seinen Armen.

Hannes nickte und wandte sich mit grimmigem Gesicht ab, während Demy den Hinterkopf an die Wand lehnte und die Augen schloss. Auf ihre Frage am Vortag, weshalb Edith nicht gekommen war, hatte er nur ausweichend geantwortet, dass er seit Wochen keine Post mehr von seiner Frau erhalten habe. Der Schmerz in seiner Stimme hatte sich angefühlt, als schlage ihr jemand eine Faust in den Magen. Demys Gedanken wanderten zu Anki, die ohne ihren Mann irgendwo im Osten festsaß. Theodor und Henny kamen ihr in den Sinn. Die beiden liebten sich und konnten doch nicht zueinanderfinden. Zuletzt gestattete sie es sich, an Philippe zu denken, den sie bei Anthonys unbedachtem Anruf bereits tot geglaubt hatte.

In diesem Moment stürmte Nathanael in den Korridor. Er warf Hannes einen abschätzenden Blick zu und wandte sich dann an Demy. »Tante Demy, draußen in der Auffahrt liegt ein Mann. Er ist verletzt.«

Sie schaute ihr Pflegekind einen Augenblick unschlüssig an, ehe sie den Rock raffte und losrannte. Hinter sich hörte sie die raumgreifenden Schritte von Hannes, der ihr folgte, ebenso das deutlich schnellere Tappen des Jungen. Noch während sie ins kleine Foyer lief, fragte sie sich, warum gerade eine Katastrophe die nächste jagte. Sie hoffte, dass sie allen an sie gestellten Herausforderungen gerecht werden durfte und sie sich nicht erneut maßlos überforderte. Denn eine Maria, die sie zuletzt zu regelmäßigen Ruhephasen gezwungen hatte, gab es nicht mehr.

Ohne einen Mantel überzuziehen flog sie förmlich die breiten Stufen der geschwungenen Freitreppe hinunter zu einer zusammengekauerten Gestalt beim offenen Tor und sank neben ihr in die Knie.

Der bärtige, stämmig gebaute Mann mit dem flachsblonden Haar öffnete die Augen und schaute sie, wie es ihr schien, prüfend an. Einen Moment lang überlegte sie, ob sie ihn kannte, verwarf den Gedanken aber.

Aus einer Kopfwunde über dem linken Ohr rann ein kleines Rinnsal Blut, blaue Flecken bedeckten sein Gesicht, sein Anzug war an mehreren Stellen zerrissen.

»Was ist passiert? Haben Sie Schmerzen?«, fragte Demy besorgt.

»Mein Kopf«, stöhnte der Verletzte und schob sich auf die Knie, was ihm nur langsam gelang.

»Wollten Sie zu den Meindorffs?«

»Meindorff?« Der Fremde warf ihr, Hannes und Nathanael einen fragenden Blick zu, richtete dann seine braunen Augen auf das Haus hinter ihr und runzelte die Stirn. Da der Mann einen stark verwirrten Eindruck machte, bat Demy Hannes, ihm aufzuhelfen und ins Haus zu führen. Kurz darauf ließen sie ihn vorsichtig auf die Küchenbank gleiten.

»Ich rufe Dr. Stilz an«, beschloss Demy und machte sich auf den Weg zum Arbeitszimmer, während Henny dem Verletzten ein Glas Wasser reichte und Irma schon einmal das Verbandszeug holte.

Die Frau des Arztes versprach Demy, Dr. Stilz zu den Meindorffs zu schicken, sobald er einen anderen Patientenbesuch beendet hatte. Daraufhin kehrte Demy in die Küche zurück, wo der Mann auf der Bank lag.

Henny winkte sie beiseite und flüsterte, begleitet vom brodelnden Wasser im Kochtopf: »Er weiß nicht, was er hier wollte, und er erinnert sich auch nicht an seinen Namen. Das Einzige, was ihm bisher einfiel, ist, dass er von Jugendlichen angegriffen wurde, die ihm seine Reisetasche stahlen.«

»Er kann sich nicht einmal an seinen Namen erinnern?«, fragte Demy entsetzt.

Ihre Freundin zog die Schultern hoch. »Der Herr Oberleutnant sagte, das käme bei den Soldaten mit Kopfverletzungen des Öfteren vor, meist lege sich das aber sehr schnell. Vermutlich war der Schlag, den er auf den Kopf bekam, ziemlich kräftig.«

»Ob wir ihn einfach hier liegenlassen oder hinauf in eines der Zimmer bringen?«

»Lass ihn. Jede Bewegung bereitet ihm Schmerzen. Wenn Dr. Stilz da war, können wir ihn nach oben bringen.«

Henny verließ die Küche, während Demy allein mit dem Verletzten zurückblieb. Sie setzte sich auf die Bank neben dem blutverkrusteten

Kopf des Mannes und legte besorgt ihren Handrücken auf seine Stirn. Zumindest entwickelte der Verletzte kein Fieber. Hoffentlich blieb es dabei, nachdem er für unbestimmte Zeit auf den kalten Steinen in der Auffahrt gelegen hatte.

Demy musterte das rundliche, bärtige Gesicht und fragte sich erneut, ob sie den Mann nicht irgendwoher kannte.

Er schlug die Augen auf und sah sie ebenso angestrengt an wie sie ihn.

»Danke, Fräulein. Ich fürchtete bereits, ich werde nicht mehr gefunden, ehe die Nacht hereinbricht. Das hätte bei diesen Temperaturen meinen sicheren Tod bedeutet. Sie haben mir das Leben gerettet.«

»Wohl eher der Junge, der Sie fand.«

»Ihm werde ich auch noch danken«, versprach er leise und schloss die Augen wieder.

»Ruhen Sie sich aus. Der Arzt müsste bald hier sein.«

»Sie haben einen Arzt gerufen?« Seine Stimme klang erschrocken. »Das war nicht nötig, zumal ich nicht weiß, womit ich einen Arzt bezahlen sollte. Meine Geldbörse mit allen Papieren befand sich in meiner Tasche.«

»Das lassen Sie vorerst meine Sorge sein.«

»Mir scheint fast, Sie sind ein Engel.«

Demy lachte auf und beobachtete, wie der Mann eine eigentümliche Mundbewegung vollführte. Dabei knackte sein Kiefer laut. Ob dies eine Folge des Schlages auf seinen Kopf war? Besorgt betrachtete sie ihren Patienten und wies ihm in Gedanken ein Zimmer zu. Allmählich hatte sie nicht mehr viele leer stehende Räume zur Verfügung.

* * *

Erneut legte Demy ihre Hand auf seine Stirn und Karl Roth konnte nur hoffen, dass sie nicht bemerkte, wie sein Körper auf ihre Berührung reagierte. Er musste dringend seine Gedanken von ihr ablenken, was ihm allein schon wegen des dröhnenden Kopfschmerzes schwerfiel. Er hatte den abgerissenen Kriegsinvaliden angewiesen, für sein Geld ordentlich zuzuschlagen, und der war seiner Bitte allzu beherzt nachgekommen.

In der vergangenen Woche hatte sich Karl zweimal gefährlich nahe an Demy herangewagt. Das eine Mal beim Anstehen um Lebensmittel, das andere Mal als sie mit ihrer Freundin Margarete und deren Tochter zum Haus der Pfisters unterwegs gewesen war. Dank seines Vollbarts hatte sie ihn nicht wiedererkannt, zumal sie ihn damals in Paris nur kurz gesehen hatte. Dennoch war er ein nicht geringes Risiko eingegangen, als er sich in die Auffahrt gelegt und gewartet hatte, bis eines der Kinder ihn fand. Aber seine Risikobereitschaft war belohnt worden! Er hatte sich offiziellen Zutritt zum Meindorff-Anwesen erschlichen. Jetzt galt es, die Untersuchung des alten Hausarztes zu überstehen, dann konnte er sich hier einnisten. Damit sicherte er sich nicht nur einen kostenlosen warmen und luxuriösen Platz – und dank der Anbauflächen im Garten der Meindorffs halbwegs gesicherte Mahlzeiten –, sondern befand sich endlich in der unmittelbaren Nähe von Philippes Verlobter. Nun konnte er in aller Ruhe seine Fäden spinnen und seine Pläne ausführen. Bald würde er Meindorff leiden sehen! Er bedauerte nur, dass er es nicht gewesen war, der Philippe seines Erbes beraubt hatte. Dies hatte ein anderer übernommen. Das war an sich nicht schlecht, doch damit wäre sein Triumph vollkommen gewesen. Aber auch so weidete er sich an seinem Verlust! Und bald schon würde er Philippe das Liebste nehmen, das er hatte: Demy van Campen!

Kapitel 32

Berlin, Deutsches Reich, Dezember 1917

Demy lächelte, als sie Johns Brief auseinanderfaltete, den er in den Niederlanden aufgegebenen hatte und der unübersehbar von einer deutschen Behörde geöffnet worden war.

Er sprach sie mit *Liebe Cousine* an, erzählte von seinem Besuch in der alten Heimat, davon, wie gut es ihm in Vlissingen und Koudekerke gefiel und dass er am nächsten Tag auf einem Schiff nach

England reisen werde. Unterschrieben war die knappe Mitteilung mit *Dein dankbarer Cousin Johnny.*

Sie ließ das Blatt sinken und warf einen ungeduldigen Blick aus dem Fenster auf den leichten Schneefall, der vor wenigen Minuten eingesetzt hatte. Philippe und Albert hatten sich angekündigt, und Demy war sich nicht ganz im Klaren darüber, weshalb sie untätig am Fenster saß. Freute sie sich darauf, Philippe endlich wiederzusehen? Wollte sie sich davon überzeugen, dass er tatsächlich nur leicht verletzt aus dem Flugzeug gezogen worden war? Oder lag es daran, dass die beiden Piloten angedeutet hatten, mit ihr und Rika über Anki zu sprechen?

Ein Nachsatz in Johns Brief lenkte ihre Aufmerksamkeit zurück auf das knisternde Papier: *PS: Es freut mich sehr, dass dein Verlobter und du inzwischen über eure bewegte Vergangenheit sprechen konntet. Vor allem, weil der Starrkopf sich nun endlich davon befreit hat, bei deinem Anblick immer an deinen Vater zu denken und daran, wie seine Pläne Udako das Leben kosteten. .*

Das Papier entglitt ihrer Hand und schwebte in einer sanften Bewegung unter das massive Holzregal neben ihrer Fensternische. Fassungslos starrte Demy an den langen Bücherregalen entlang in das dämmrige Licht im hinteren Teil der Bibliothek. Philippe verdächtigte ihren Vater, für Udakos Tod verantwortlich zu sein? Sie war in demselben Kugelhagel gestorben, in dem auch Philippe schwer verletzt worden war. Damals war das Kinderheim bei Windhuk, in dem Udako arbeitete, zum Schauplatz einer Auseinandersetzung zwischen dem Leutnant der Kaiserlichen Schutztruppe und einigen Gesetzlosen geworden, die Diamanttransporte überfielen. Demys Vater hatte eine eigene Diamantschürfstelle besessen! Weshalb hätte er, der er selbst fündig wurde, die wertvollen Steine anderer Diamantsucher an sich reißen sollen? Das war absurd! Wie kam Philippe dazu, eine so schwerwiegende Behauptung aufzustellen – und dies auch noch anderen Personen mitzuteilen? Was ging die ganze Geschichte John Howell an? Es wäre doch viel sinnvoller gewesen, mit ihr darüber zu sprechen!

Demy ballte die Hände zu Fäusten. Zumindest erschlossen sich ihr nun die seltsamen Launen von Philippe, die innerhalb von Sekundenbruchteilen kippen konnten, und seine anfängliche Abneigung gegen sie!

Demy durchlitt in schneller Abfolge eisigen Schrecken, Zweifel und Empörung. Während sie zitternd versuchte, ihrer Gefühle Herr zu werden, beobachtete sie, wie auf der Straße ein Automobil vorfuhr. Ihm entstiegen zwei mit ihren fellgefütterten Fliegerjacken unglaublich forsch aussehende Piloten, die dem Schneefall zum Trotz gemächlich in Richtung Freitreppe schlenderten. Philippe hinkte leicht, ansonsten waren die beiden kaum auseinanderzuhalten.

Demy glitt auf die Knie, wobei ihre schwarzen Schnürstiefel und die Strümpfe bis weit hinauf sichtbar wurden. Sie tastete mit den Fingern unter dem Regal nach dem Brief und steckte ihn schnell in die schmale Tasche ihres blaukarierten, taillierten Kostümoberteils.

In diesem Moment öffnete sich die Türe und Philippe trat ein, gefolgt von Albert, an dessen Arm Rika hing.

»Was verstecken Sie denn da vor uns?«, fragte Philippe, humpelte näher und streckte ihr breit grinsend seine Rechte entgegen, um ihr aufzuhelfen.

Demy sortierte schnell ihren Rock, ignorierte seine Hand und stand allein auf.

»Geld, Gold und Diamanten!«, gab sie ohne nachzudenken zurück und beobachtete, wie sich seine Stirn unwillig furchte. Dabei kam ihr der Gedanke, dass John bei zwei Dingen im Unrecht war: Philippe und sie hatten nicht über ihren Vater und Udakos Tod gesprochen, und Philippe hatte mit diesem Jahre zurückliegenden Unglück nicht endgültig abgeschlossen.

»Wie schön, Sie wohlauf zu sehen, Demy«, begrüßte Philippe sie, nahm ihre Hand und drückte sie länger als nötig. Sie entzog sie ihm und begrüßte Albert, der sie kaum eines Blickes würdigte, da Rika bereits zu erzählen begann: »Stell dir vor, Demy! Die beiden bieten uns an, in Riga nach Anki zu sehen und ihren Mann und dieses Mädchen zu finden.«

»Weshalb bieten sie das an?«, fragte Demy und warf Albert einen fragenden Blick zu.

Der runzelte zwar die Stirn, wischte aber in jugendlichem Übermut ihren misstrauischen Einwand beiseite. »Wir Piloten werden bei diesem Wetter selten einmal eingesetzt. Der Schneefall behindert die Sicht und macht Starts und Landungen gefährlich. Aus diesem Grund dachten wir, wir könnten euch beiden eine Freude bereiten, indem wir die Geschwister van Campen endlich vereinen.«

»Ist das nicht ein hervorragender Gedanke?« Rika strahlte Demy an, die ihre Nase in Falten zog.

Albert stand die pure Abenteuerlust ins Gesicht geschrieben, Philippe hingegen wirkte, als ginge ihn das alles nichts an. Also wandte sie sich an ihn. »Weshalb wollen Sie das tun?«

»Ich dachte, es würde Sie freuen, Ihre Schwester wiederzusehen.«

»Und was sagt Anthony dazu?«

Sie sah das kurze Heben seiner Augenbrauen, konnte und wollte es jedoch nicht deuten. »Er scheint wegen des missglückten Telefonats nach meinem Absturz ein schlechtes Gewissen zu haben. Zudem fliegen Albert und ich die neue V.11^{26} im Test. Und da Anthony Sie sehr verehrt, hatte er gegen einen ausgedehnten Testflug nichts einzuwenden.«

Irritiert schaute Demy zu ihm auf, der sie daraufhin am Ellenbogen ergriff. »Anthony hat seine eigenen Erfahrungen mit den Russen gemacht. Er bot ihnen vor dem Krieg sein Flugzeug an, merkte jedoch schnell, dass die Mühlen dort anders, vor allem aber langsamer mahlen und ohne großzügige Zuwendungen reichlich wenig zu erreichen ist. Als Albert ihm ausführlich von der misslichen Lage seiner Landsmännin und ihres Ehemanns berichtete, sah auch er, dass es trotz der Waffenruhe Monate dauern könnte, ehe die beiden sich wiederfinden können.«

»Moment!« Demy hob die Hand und entzog ihm bei dieser Bewegung gleich ihren Arm. Noch immer beschäftigten sie die letzten Zeilen in Johns Brief. Sie ertappte sich dabei, dass sie in Philippes Gesicht nach dem misstrauischen Vorwurf suchte, den sie früher bei ihm gesehen und auch zu spüren bekommen hatte. In ihrem Inneren kämpften ihr Herz und ihr Verstand, der sie zur Vorsicht ermahnen wollte, wild miteinander. Energisch vertrieb sie alle diese Überlegungen. »Wieso ist Albert so genau über Ankis Lage informiert und was hat es mit der Waffenruhe auf sich?«

Philippe rückte ihr den Stuhl zurecht, auf dem sie zuvor schon gesessen hatte, und bat sie mit einer einladenden Handbewegung, Platz zu nehmen. Sie folgte dieser Bitte, zumal auch Rika sich setzte.

Albert trat hinter ihre Schwester und stützte sich mit beiden Händen auf deren Stuhllehne auf. Die Geste wirkte so selbstverständlich und vertraut, dass Demy erneut misstrauisch die Nase in Falten legte.

»An der Ostfront gilt seit gestern eine achtundzwanzigtägige Waffenruhe; es sind Friedensverhandlungen geplant«, erklärte Philippe.

»Das ist …« Demys Gesicht erhellte sich. Würde der Krieg doch eines Tages ein Ende finden? War ein Waffenstillstand mit Russland nicht ein wunderbares Zeichen?

Philippe zog einen dritten Stuhl heran, setzte sich jedoch nicht, sondern stellte lediglich seinen rechten Stiefel auf die Querverstrebung unterhalb der Sitzfläche. Er beugte sich Demy entgegen und stützte die Unterarme auf seinem Oberschenkel ab. Vermutlich schmerzte ihn seine Beinverletzung. Demy biss sich auf die Unterlippe. In ihrer Aufregung hatte sie sich nicht einmal nach seinem Ergehen erkundigt.

»Eine Waffenruhe bedeutet noch lange keinen Friedensschluss. Selbst die Fronten bleiben erhalten. Somit ist der Ehemann Ihrer Schwester keineswegs in einer besseren Situation als zuvor. Womöglich verschlechtert sie sich sogar, da die Soldaten sich langweilen und beginnen, ihr Umfeld zu erkunden. Dabei könnten sie ihn und das Mädchen finden. Und ich denke, sie sind nicht sonderlich gut auf deutsche Männer und russische Adelige zu sprechen.« Die Andeutungen genügten Demy, um ihre Angst um Ankis Ehemann und das ihm anvertraute Mädchen zu schüren. Hatte Anki nicht schon genug erlitten?

Dieser Gedankengang erinnerte sie an den zweiten Einwand, den sie zuvor eingebracht hatte. Sie wandte sich an Rika, die sich auf ihrem Stuhl so weit zurücklehnte, dass ihre Schulterblätter zweifelsohne Alberts Hände auf der Stuhllehne berührten.

»Was …?«, begann Demy, aber Philippes sanfte Berührung an ihrem Unterarm unterbrach sie. Zwar zog er seine Hand schnell wieder zurück, sie spürte jedoch an dieser Stelle eine angenehme Wärme, gepaart mit einem aufgeregten Kribbeln in ihrer Magengegend.

»Ich denke, Ihre erste Frage bedarf ebenfalls einer Antwort«, sagte Philippe und klang dabei sehr sachlich. Demy stellte sich vor, wie er während seiner Dienstzeit als Leutnant in der Kaiserlichen Schutztruppe in diesem Tonfall seinen Vorgesetzten Bericht erstattet hatte.

»Ich bitte darum«, gab sie zurück und fragte sich, was das nervöse Zucken um Alberts Mundwinkel bedeuten mochte.

»Rika und Albert sind seit einigen Wochen verheiratet.«

Demys Mund wurde trocken. Panik ergriff sie. Ihre kleine Schwester hatte geheiratet. Vor ihr? Sie hatte *heimlich* geheiratet – ohne Demy auch nur ein Wort zu sagen? Vertraute sie ihr denn noch immer so wenig, obwohl Demy sie in alle ihre Geheimnisse eingeweiht hatte?

»Ich ... ich gratuliere!«, murmelte sie und erhob sich. Ein tiefer Schmerz bohrte sich in ihr Herz. Sie warf Rika ein abwesendes Lächeln zu, drehte sich um und verließ mit großen Schritten die Bibliothek.

Die Dunkelheit in der Halle empfand sie nahezu tröstlich und so stolperte sie einige Schritte vorwärts, ehe sie stehen blieb.

Sie musste diese Nachricht erst einmal verdauen, redete Demy sich ein, wusste aber, dass es mehr war als nur Überraschung, was sie aufwühlte. Empfand sie etwas wie Demütigung, weil ihre jüngere Schwester vor ihr verheiratet war? Die Angst davor, irgendwann allein dazustehen, entwurzelt, ohne Familie, ohne Zuhause, ohne eine Heimat?

Für einen kurzen Moment erhellte ein schmaler Lichtstreifen den gemusterten Boden. Er verschwand, begleitet vom leisen Klicken einer Tür. Schritte näherten sich ihr, und in der Annahme, Rika komme ihr nach, drehte sie sich um. Vor ihr stand Philippe.

»Geht es Ihnen gut?«, fragte er und wollte erneut ihren Ellenbogen ergreifen.

Demy wich einen Schritt zurück. »Woher wussten Sie davon?«

»Ich habe die beiden dazu ermutigt.«

»Sie taten *was*?« Demys Stimme blieb leise, wenngleich sie ihn am liebsten angeschrien hätte.

»Die beiden können kaum die Finger voneinander lassen. Ich hielt es für die bessere Lösung, bevor die junge Dame womöglich kompromittiert würde.«

»Seit wann plagen Sie denn solche Bedenken?«

Philippe packte sie an den Oberarmen und zog sie näher an sich, sodass sie trotz der Dunkelheit das Aufblitzen in seinen Augen sah. »Um einmal eines klarzustellen, Demy: Ich weiß sehr wohl, was Anstand bedeutet. Ich mag vor Jahren den Drang verspürt haben,

Frauen zu umgarnen, doch ich war mit keiner von ihnen im Bett. Diese jungen Frauen waren gelangweilt, stürzten sich auf mich, weil sie dadurch ihren Freundinnen von amourösen Abenteuern mit dem Enfant terrible Berlins berichten konnten. Denken Sie, ich wäre noch am Leben, wenn einer der Väter oder Brüder geglaubt hätte, dass ich … Nur Udako …«

Er schob sie von sich und verschränkte die Arme vor der Brust. »Warum erzähle ich Ihnen das überhaupt?«, brummte er und fuhr ruhiger fort: »Ich traf Fräulein Rika und Albert in einer leicht … verfänglichen Situation an und fragte sie, ob sie nicht lieber heiraten wollten. Fräulein Rika fürchtete sich jedoch vor Ihrer Reaktion. Inzwischen hat sich das Verhältnis zwischen ihr und Ihnen ja gebessert, aber die Eheschließung konnte Rika Ihnen noch immer nicht eingestehen. Offenbar befürchtete sie genau die Reaktion, die Sie soeben an den Tag gelegt haben.«

»Sie haben Albert *gezwungen*, Rika zu heiraten?«

»Von Zwang kann keine Rede sein. Ist Ihrer unbändigen Neugier bisher wirklich entgangen, dass die beiden sich lieben?«

»Und deshalb musste es eine schnelle heimliche Trauung hinter meinem Rücken sein?«

Philippe trat einen Schritt zurück. Nun sah sie nicht mehr als seine Silhouette. »Aus Rücksicht auf Sie.«

»Aus Rücksicht auf die verschmähte Braut?!« Die Wut in Demys Bauch verschwand ebenso schnell, wie sie in ihr hochgebrodelt war und machte einer traurigen Resignation Platz. »Bin ich denn so schrecklich?«, flüsterte sie, weniger an Philippe gewandt.

Mit zwei schnellen Schritten war er bei ihr und diesmal legte er seine kräftigen Hände um ihre Schultern. »Sie sind stark, Demy. Rika fühlte sich von Ihrer übergroßen Fürsorge erdrückt.«

Demy nickte. Etwas in der Art hatte ihre Schwester bei einem ihrer offenen Gespräche angedeutet.

»Sie haben versucht, ihr und Feddo Mutter und Vater zugleich zu ersetzen. Aber Eltern müssen ihre Kinder eines Tages in die Welt entlassen. Es ist ganz normal, dass Rika irgendwann begonnen hat, sich aus dem schützenden Kokon zu befreien, den Sie um sie gesponnen hatten.«

Demy zog hilflos die Schultern in die Höhe, was Philippe jedoch nicht veranlasste, sie loszulassen, sondern vielmehr seinen Griff zu verstärken.

»Ich habe doch nur noch sie und Feddo«, räumte sie ihm gegenüber ihre Ängste ein. »Und jetzt ist Rika verheiratet und Feddo lebt sein eigenes Leben in Schwerin.« Sie sah auf und versuchte, mehr als Schatten in seinem Gesicht zu erkennen. Gleichzeitig fragte sie sich, ob er ihre Sehnsucht nach Liebe spürte. Schließlich kannte er dieses Bedürfnis, hatte er doch von klein auf nach einer Heimat des Herzens gesucht, oft genug an den falschen Stellen. Und dann, als er sie endlich in Form von Udako gefunden hatte, war sie ihm grausam entrissen worden. Von ihrem Vater?

Demy versteifte sich. Sie trat zurück, worauf Philippe gezwungen war, sie loszulassen. »Sind Sie beide deshalb gewillt, nach Anki, ihrem Ehemann und den russischen Mädchen zu forschen? Weil Sie mir damit wieder eine Familie an die Seite stellen wollen, die mich liebt und für die ich zumindest eine Zeit lang die Verantwortung übernehmen darf?«

»Mädchen, Sie befinden sich hier in einem Haus voller Menschen, für die Sie schon lange die Verantwortung tragen. Ihre Gäste lieben Sie. Ist Ihnen das denn nicht bewusst?«

»Nach Beendigung des Krieges werden sie ihre eigenen Wege gehen, gehen müssen. Nicht, dass mir später jemand vorwirft, ich hätte sie alle mit meiner Fürsorge und meinem Beschützerinstinkt erdrückt«, witzelte Demy, spürte in sich jedoch eine Eiseskälte aufziehen. Was würde mit ihr geschehen, wenn diese Notgemeinschaft auseinanderbrach – und das womöglich schon sehr bald? Sie verdrängte die Furcht vor der drohenden Einsamkeit, straffte die Schultern und wandte sich mit den Worten um: »Dann gehe ich jetzt dem glücklichen Paar meine verspäteten Glückwünsche aussprechen.«

Eine Hand ergriff sie schraubstockartig am Unterarm und wirbelte sie herum. Sie prallte, ob nun beabsichtigt oder nicht, gegen Philippes Oberkörper. Er legte seine Arme um sie, übte dabei allerdings keinen Druck aus.

»Sagte ich soeben, Sie seien stark? Ob ich mich da nicht irre? Sie wirken momentan wie ein verängstigter Hase auf der Flucht.«

»Ein erfolgloser Fluchtversuch«, raunte sie, erschrocken über die Wärme, die sich von seinem Körper auf ihren übertrug.

»Ein weiser Mann sagte mir vor vielen Jahren, dass ich mich meinem Schmerz und meiner Furcht stellen müsse, statt vor ihnen davonzulaufen.«

Sein Atem streifte ihre Stirn, bewegte die feinen Härchen, die sich aus ihrer Haarspange gelöst hatten. Sie roch sein Rasierwasser und den kräftigen, herben Geruch seiner Fliegerjacke. Erst jetzt bemerkte sie die Kälte in dem ungeheizten Raum und ein Zittern durchlief ihren Körper. Philippe schien es zu spüren und verstärkte kaum merklich den Druck seiner Arme. Aufregend deutlich spürte sie seine Hände durch den Stoff ihrer Kostümjacke hindurch.

In diesem Moment sprang die Verbindungstür zum Nebentrakt auf. Ein langer, schmaler Lichtstrahl erhellte den Boden und umspielte die Umrisse eines kräftig gebauten Mannes mit hellem Haar und Vollbart. Philippe ließ Demy los, und sie trat zurück, unschlüssig darüber, ob sie enttäuscht oder erleichtert sein sollte. Der Mann im Lichtschein hob entschuldigend die Hand, zog sich zurück und schloss die Tür ruckartig wieder.

»Wer ist das?«, brummte Philippe.

»Ein Gast. Wir haben ihn vor etwa vier Wochen verletzt in der Auffahrt gefunden. Er wurde zusammengeschlagen und kann sich nicht an seinen Namen erinnern.«

»Ob Ihre Gastfreundschaft nicht auch einmal Grenzen haben sollte?«, warf Philippe leicht gereizt ein.

»Wie kann ich entscheiden, wer unsere Hilfe verdient und wer nicht?«

»Er ist ein erwachsener Mann und offenbar gesund.«

»Sie meinen, ich soll ihn einfach aus dem Haus werfen?«, hakte Demy nach und klang eine Spur zu provozierend.

»Sie können nicht alle retten.« Damit wandte Philippe sich zum Gehen. Vermutlich wollte er den Unbekannten in Augenschein nehmen. Die Tür schlug vernehmlich hinter ihm zu.

Demy war allein und wusste nicht so recht, was in den letzten Minuten überhaupt geschehen war. »Ich werde auf meine alten Tage noch so empfindlich wie ein … wie ein … wie eines dieser Flugzeuge, die er baut«, stieß sie hervor und ärgerte sich darüber, dass sogar ihr ungeschickter Vergleich mit Philippe zusammenhing.

Entschlossen eilte sie zur Bibliothek und riss die Tür auf, um Rika in Alberts Armen vorzufinden. »Na, dann gratuliere ich herzlich und wünsche euch Gottes Segen für euren gemeinsamen Lebensweg«, sagte Demy und lächelte noch immer etwas mühsam. »Und Albert: Falls ich jemals erfahre, dass du meiner kleinen Schwester wehtust, reiße ich dir eigenhändig den Kopf ab!«

Kapitel 33

Riga, Russisches Gouvernement Livland, Dezember 1917

Leise schloss Anki die Tür zum Zimmer der Mädchen, drehte sich um und lehnte sich mit dem Rücken daran. Katja wachte nachts häufig weinend auf, geplagt von Albträumen. Jetzt war sie endlich wieder eingeschlafen und auch Jelena hatte Ruhe gefunden.

Tief durchatmend blickte die junge Frau in das kleine, spärlich möblierte Wohnzimmer. Das Haus, in dem sie zwei Zimmer zugeteilt bekommen hatten und sich mit einer anderen Familie eine Küche teilten, lag in der Altstadt der ehemaligen Hansestadt, die in ihrer Geschichte bereits viele Wechsel ihrer Obrigkeiten erlebt hatte. Als sich die Frontlinie dieser kriegerischen Auseinandersetzung entlang der Stadt aufgebaut hatte, waren rund 200.000 Einwohner nach Zentralrussland verlegt worden, um dort in der Rüstungsindustrie zu arbeiten, andere waren geflohen, sodass kein Mangel an Wohnraum herrschte.

Anki betrachtete die dunklen Quadrate an der grau und braun gemusterten, ausgebleichten Tapete, wo einst Gemälde gehangen hatten. Ihr Blick wanderte zum gusseisernen Ofen. Er war aus Ermangelung an Brennholz erkaltet und konnte erst wieder am folgenden Morgen neu bestückt werden. Seit die Waffenruhe galt, ließ Anki Jelena mit ihren Geschwistern Stunde um Stunde allein in der Wohnung zurück, immer auf der Suche nach jemandem, der ihr helfen konnte, Robert und Nina zu finden. Doch das Militär wies sie ab, Regierungsbeamte fühlten sich nicht zuständig und die verbliebenen Einwohner begegneten ihr mit Misstrauen.

Zweimal noch hatte sie mit Demy telefoniert und beide Male hatte ihre Schwester sie bedrängt, ohne Robert und Nina zu ihr nach Berlin zu reisen. Demy wollte sie endlich in Sicherheit wissen. Sie argumentierte damit, dass Robert ja die Adresse der Meindorffs kenne und sich dorthin wenden würde, sobald er die Grenze überschritt.

Anki schrak auf, als es kräftig an die Wohnungstür klopfte. Verwirrt warf sie einen Blick auf die tickende Wanduhr. Es war nach 21:00 Uhr. Wer mochte zu dieser Stunde Einlass begehren, zumal draußen schon lange die Nacht hereingebrochen war? Sie kannte doch in der Stadt kaum jemanden.

Einen Moment lang überlegte sie, das Klopfen zu ignorieren, aber mit einem Blick auf die zurückgezogenen dunkelgrünen Vorhänge und die auf dem Tisch flackernde Öllampe gab sie sich keiner Illusion hin: Dass jemand zu Hause war, war von draußen deutlich zu erkennen.

Erschöpft stieß sie sich ab, schritt über den knarrenden Holzboden und öffnete die Tür. Im Treppenhaus, nur von der Lichtquelle in ihrem Raum beleuchtet, standen zwei Männer. Beide trugen knappgeschnittene fellgefütterte Lederjacken über ihren Uniformen und zogen fast gleichzeitig ihre kecken Kopfbedeckungen. Zweifellos hatte sie zwei Piloten der deutschen Armee vor sich.

»Anki van Campen?«, fragte der Größere von ihnen selbstbewusst, während sein Blick über sie wanderte und schließlich auf ihrem Gesicht verweilte.

»Busch«, wandte sie verunsichert ein. Der Sprecher verbeugte sich knapp.

»Sie haben unverkennbar Ähnlichkeit mit Tilla. Entschuldigen Sie bitte, Fräulein Demy konnte uns Ihren neuen Nachnamen nicht nennen.«

»Demy schickt Sie? Sie kannten Tilla?« Anki riss die Augen auf und trat sofort zurück, um die beiden einzulassen. Zitternd vor Aufregung schloss sie hinter ihnen die Tür und musterte sie erneut, nun, da der Lichtschein der Lampe sie vollständig erfasste.

Der Sprecher der beiden war nicht nur größer und breiter gebaut, er war auch älter als der andere. Sein Gesicht wies einen dunklen Bartansatz auf und mehrere kleine Narben zeichneten ihn als Kämpfernatur aus. Der zweite Pilot mochte etwas jünger als sie selbst sein. Seine Augen funkelten munter und strahlten eine jugendliche Unbekümmertheit aus. Offenbar freute er sich darüber, sie gefunden zu haben, während seinem Partner keine Gefühlsregung anzusehen war. Anki empfand den groß gewachsenen Offizier als etwas beängstigend.

Leicht benommen erinnerte sie sich ihrer Gastgeberpflichten und bat um die Jacken. Die Männer pellten sich aus den Fliegerjacken. Darunter trug der Ältere nicht den zu erwartenden Uniformrock, sondern einen gestrickten Pullover und einen langen, grauen Schal. Bei dem Jüngeren kam eine teure Jacke zum Vorschein. Beide lockerten sie die Schals, ließen sie aber offen um den Nacken hängen.

»Setzen Sie sich doch bitte. Ich kann Ihnen leider nicht mehr als lauwarmen Tee anbieten«, murmelte sie, noch immer beeindruckt von diesen abenteuerlichen Erscheinungen in ihrem Wohnzimmer.

»Wir benötigen nichts, danke«, lehnte der Ältere ab und setzte sich neben seine jüngere Ausgabe auf das einstmals schmucke geblümte Sofa, das unter seinem Gewicht quietschend protestierte. »Mein Name ist Philippe Meindorff, mein Begleiter ist Albert Meindorff.«

Anki strahlte ihre Besucher an und drückte die Jacken an sich. »Ich kenne Ihre Namen aus den Briefen von Tilla und Demy.«

Albert nickte lächelnd, während über Philippes Gesicht ein leichtes Zucken huschte. Mit einem nervösen Zwinkern legte Anki die Jacken über einen Stuhl an ihrem Esstisch. Sie wusste, dass Demy auf Philippe Meindorff nicht gut zu sprechen war. Als ihre Briefe Anki noch in schöner Regelmäßigkeit erreichten, hatte sie ihn als einen unsympathischen, mit einem schlechten Ruf behafteten Unruhestifter beschrieben. Mit klopfendem Herzen drehte Anki sich um und setzte sich in den einzelnen Sessel den beiden Piloten gegenüber.

»Wir sollen Sie herzlich von Demy und Rika grüßen«, übernahm Albert das Gespräch. Seine Stimme klang freundlich und weich und nicht so erschreckend sachlich und hart wie die seines Ziehbruders. »Meine Frau und Demy haben Ihnen einige Zeilen geschrieben.« Er beugte sich vor und reichte ihr ein gefaltetes, leicht in Mitleidenschaft gezogenes Blatt Papier.

Sie nahm es in die Hand und hörte es in ihrer zitternden Hand rascheln. »Ihre Frau? Rika und Sie sind verheiratet?«

Rikas Ehemann lächelte sie an, was ihr als Antwort genügte. Unwillkürlich presste sie eine Hand auf ihr Herz. Die kleine Rika war bereits verheiratet!

»Und Demy? Ich meine, sie war mit Ihrem Bruder verlobt, nicht?«

Albert warf seinem Sitznachbarn einen auffordernden Blick zu, doch Philippes Augen waren auf die Tür des Nachbarzimmers gerichtet. Er wirkte wachsam, als fürchte er eine Gefahr. »Fräulein Demy ist ledig, Frau Busch«, erwiderte er knapp, aber nicht unhöflich.

Anki reagierte nicht, wenngleich sie sich fragte, ob Demy mit diesem Status glücklich war. Sie war immer sehr eigenwillig und ungebunden gewesen, womöglich bevorzugte sie es, allein zu sein. Der Blickwechsel zwischen den Offizieren beunruhigte sie dennoch, daher faltete sie hastig den Brief auseinander. Dieser enthielt allerdings nur die Bitte, die Hilfe der beiden Männer anzunehmen und schnellstmöglich zu ihnen nach Berlin zu reisen.

»Sie sind gekommen, um mir zu helfen, meinen Mann und Nina Iljichna zu finden und auf diese Seite der Front zu schaffen?«

»Ja, das möchten wir«, bekundete Albert und in seinem Gesicht stand unverkennbar die Abenteuerlust.

Anki hatte schon gehört, dass Piloten wagemutige, ja fast leichtsinnige Burschen sein sollten, und Rikas junger Ehemann bestätigte das vollauf. Dass es auch seinem älteren Pendant nicht an Mut und Draufgängertum mangelte, bezweifelte sie keineswegs.

Die Tür zum Nebenzimmer knackte, als die Klinke gedrückt wurde. Während Albert nicht reagierte, sah Anki, wie Philippe seine Hand an die in seinem Gürtel befestigte Schusswaffe legte. In der Tür erschien Jelena, eingehüllt in einen viel zu weiten Morgenmantel. Die Meindorff-Männer erhoben sich höflich beim Anblick der jungen Dame.

»Ich hörte Stimmen, Fräulein Anki«, sagte Jelena auf Russisch. »Alles in Ordnung?«

»Ja, Jelena«, erwiderte Anki auf Deutsch, da die russischen Worte den älteren Piloten womöglich noch misstrauischer stimmten. »Die beiden Offiziere wurden uns von meinen Schwestern aus Berlin geschickt. Sie möchten helfen, Robert und Nina zu finden.«

Jelenas dunkle Kirschaugen weiteten sich erfreut und sie knickste. Anki lächelte. Tat Jelena das, weil sie aus ihrer Heimat gewohnt war, dass Offiziere allesamt dem Adel angehörten, oder zeigte sie auf diese Weise ihre Dankbarkeit?

»Wie wunderbar. Ich wollte die Hoffnung schon aufgeben«, erwiderte Jelena mit zittriger Stimme. Obwohl Anki verstand, dass das Mädchen nur zu gern mehr erfahren hätte, erhob sie sich und führte Jelena in den Schlafraum zurück.

»Bitte, Jelena. Ich erzähle dir alles später. Wir dürfen die deutschen Offiziere nicht überfordern. Du bist Russin, wenn auch eine harmlose und bezaubernde!«

»Aber ich darf lauschen?«, fragte sie keck, und Anki unterdrückte ein Auflachen. Es war das erste Lachen, das sie in sich aufperlen spürte, seit sie hatte zusehen müssen, wie Robert und Nina am Strand zurückblieben. »Einverstanden!«

Zügig kehrte sie zu den beiden Männern zurück, die sich bei ihrem Eintreten erneut erhoben und sich erst wieder setzten, nachdem sie sich auf ihrem Sessel niedergelassen hatte. Sie musterte Philippe unter halb geschlossenen Augenlidern. Gleichgültig, was Demy für ihn empfand und wie bedrohlich er ihr erschien, er war jedenfalls sehr galant.

Kapitel 34

St. Nicolas bei Courtier, Belgien, Dezember 1917

»Sie werden leben!«, flüsterte Edith dem 19-Jährigen zu, als sie seine beiden Beinstümpfe frisch verband. Eine Reaktion erwartete und erhielt sie nicht. Untypisch langsam, was ihren Erschöpfungszustand verriet, erhob sie sich vom Hocker, streckte ihren Rücken und überließ es der neuen Hilfsschwester, die Spuren des Verbandswechsels zu beseitigen. Mit schweren Schritten verließ sie den Raum, ging durch den ebenfalls mit Betten zugestellten Eingangsbereich und trat auf die notdürftig errichteten Stege vor dem als Lazarett dienenden Haus. Die schwankenden und knarrenden Holzplanken schützten die Ärzte und Schwestern vor dem Schlamm dieses Winters.

Im vergangenen Herbst hatten die Franzosen versucht, an verschiedenen Frontabschnitten Boden zu gewinnen, was ihnen zuerst auch gelungen war, wenn auch unter dem Verlust unsäglich vieler Infanteristen. Die darauffolgenden Initiativen der Deutschen hatten jeglichen Bodengewinn wieder zunichte gemacht. Nun heizte die Aussicht auf ein baldiges Ende des Krieges im Osten und die Chance, viele tausend Soldaten von dort an die Westfront werfen zu können, die Offiziere und wohl so manchen Soldaten an. Sobald die Ostfront wegfiel, würden die Truppen des deutschen Kaisers eine gewaltige Übermacht darstellen, ganz zu schweigen davon, dass sie weitaus mehr Flugzeuge besaßen und noch immer besser ausgerüstet waren als die Franzosen, Briten, Australier und alle anderen Gegner. Aber sie wussten auch: Ein baldiger Sieg musste her, bevor die USA mit frischen Truppen in die Auseinandersetzung eingriffen!

Edith teilte die verhaltene neue Euphorie nicht. Sie sah nur die von der letzten Angriffswelle in die Lazarette geschwemmten Verletzten und Verstümmelten, ahnte noch mehr dieser grässlichen Flutwellen voraus und sah ein Ende des Krieges weiter entfernt als noch 1914. Sie lachte halblaut auf. Damals wollte man das siegreiche Ende des Krieges an Weihnachten im Kreise der Familie feiern. Jetzt lagen die Soldaten den vierten Winter im knietiefen, kalten Schlamm ihrer Schützengräben.

Vorsichtig balancierte Edith über die wankenden, halb im Morast versunkenen Holzbalken auf ein zweites Gebäude zu.

»Edith!«

Die Frau hob verwundert den Kopf – und stand Hannes gegenüber. Er riss sich die Mütze herunter, sodass die hellbraunen Haare nach allen Seiten abstanden. Ein Lächeln breitete sich auf seinem Gesicht aus, das von den durchlittenen Kriegsjahren gezeichnet war.

Edith hielt den Atem an. Lange Zeit war es ihr gelungen, ihrem Ehemann aus dem Weg zu gehen. Sie hatte versucht, mit sich darüber ins Reine zu kommen, wie sie mit ihrem Wissen umgehen sollte, dass er sie mit einer Prostituierten betrogen hatte, ohne zu einer Lösung gelangt zu sein. Und nun stand er unvermittelt vor ihr. Er freute sich sichtlich über ihr Wiedersehen und auch ihr dummes Herz vollführte unerwartete Sprünge.

»Was tust du denn hier?«, fragte sie und klang dabei sehr nüchtern.

Das Lächeln auf seinem Gesicht verblasste. »Dich besuchen«, erwiderte er. In seiner Stimme schwang Unsicherheit mit, seiner gereiften Erscheinung zum Trotz. Sein Auftreten erinnerte Edith an die erste Zeit ihres Kennenlernens. Damals … in einer einfacheren Welt, obwohl sie ihnen furchtbar kompliziert erschienen war. So rasch veränderten sich die Ansichten! »Ich hatte gehofft, dich auf Vaters Beerdigung zu sehen. Die Mädchen fragen jeden Tag nach dir.«

»Ich konnte hier nicht weg«, erklärte sie und fügte gewohnt ehrlich hinzu: »Und ich wollte auch nicht.«

»Dass du keinen Sinn darin sahst, meinen Vater in Ehren zu Grabe zu tragen, verstehe ich. Aber es wäre eine Möglichkeit für uns gewesen, zwei Tage als Familie miteinander zu verbringen.« Seine Stimme klang bitter. »Hast du diese Chance denn nicht erkannt? Du hättest sicher eine Reiseerlaubnis nach Berlin erhalten.«

»Vermutlich«, sagte sie. Noch immer standen sie einige Schritte voneinander entfernt; unfähig, diese zu überbrücken. Edith, weil sie es nicht wollte, Hannes zögerlich, weil er nicht verstand, warum sie nicht wie früher in seine Arme flog.

»Luisa und Leni geht es sehr gut. Demy sorgt bestens für unsere Mädchen.«

»Ich weiß. Ich war kurz nach dem Tod deines Vaters für eine Woche in Berlin.«

»Du warst …? Weshalb hast du denn nichts davon geschrieben. Mir stand trotz der Beerdigung noch Heimaturlaub zu!« Fassungslos starrte Hannes sie an. Edith fragte sich, wie ihr Mann zu dem Ruf gekommen war, ein absolut fähiger, verantwortungsbewusster und respektierter Offizier zu sein. Im Moment wirkte er wie ein verwirrter kleiner Junge.

»Ich werde mich jetzt waschen und umziehen«, lauteten ihre ersten Worte nach einer langen Zeit des Schweigens.

»Ich warte hier draußen«, murmelte Hannes und wich einige Schritte zurück, damit sie nicht in die schlammige Erde treten musste, um an ihm vorbeizugelangen.

Edith floh förmlich in das Zimmer, das sie mit einigen anderen Schwestern teilte, wusch sich hinter einer aus Holzgestellen und Tüchern errichteten Trennwand und zog sich eine frische Schwesterntracht über. Schließlich verharrte sie in dem provisorischen Bad und blickte in einen fast blinden, von Rissen zerteilten Spiegel. Auch ihr Gesicht war mittlerweile von feinen Linien gezeichnet und zeigte, wie verbraucht und zerschlagen sie sich fühlte, obwohl sie erst 34 Jahre alt war. Sie trug ihre Kämpfe aus, Hannes die seinen. Ob sie nun gegeneinander kämpften? Was konnte sie tun, was sagen?

Sie entschied, dass sie Hannes die Chance geben wollte, ihr von seinem Fehltritt zu berichten und sich bei ihr zu entschuldigen. Damit konnte sie vermutlich zurechtkommen und ihm, auch um der Kinder willen, vielleicht eines Tages verzeihen. Sie ging zur Tür, ergriff im Vorbeigehen ihren langen Wintermantel und verließ das Haus.

Ihr Ehemann stand in einiger Entfernung vor einem frisch aufgeworfenen Erdhügel, unter dem sie abgetrennte Gliedmaßen wusste, die gelegentlich von Tieren wieder ausgegraben wurden.

Entschlossen ging sie auf ihn zu. Auch Hannes schien sich mittlerweile gefangen zu haben, denn er trat in den Schlamm und überließ ihr somit den halbwegs trockenen Brettersteg. Er bot ihr seinen Arm und sie nahm ihn, vermied aber zu engen Körperkontakt, wobei ihr der unterschiedlich hohe Untergrund, auf dem sie gingen, sehr entgegenkam.

»Wir finden hier kein ungestörtes Plätzchen, nicht wahr?«, fragte Hannes und Edith hörte seine Enttäuschung, seine Sehnsucht in jedem einzelnen Wort. Es schmerzte sie, zumal sie nicht anders empfand. Aber sie zwang sich, jedes Gefühl zu unterdrücken. Die Erinnerung an die Französin, die sie mit Häme überschüttet hatte und über den liebeshungrigen Leutnant Hannes Meindorff gespottet hatte, stach wie ein spitzer Stachel in ihr Herz.

»Nein, das gibt es hier nicht.«

»Ich habe nicht mehr als zwei Stunden, Edith.«

»Du bist wegen nur zwei Stunden hierher gefahren?«

»Ich wollte dich endlich einmal wiedersehen!«, stieß er hervor und die Heftigkeit in seiner Stimme überraschte sie. Empfand er nach wie vor so viel für sie? Weshalb hatte er sich dann auf diese grässliche Frau eingelassen? »Warum beantwortest du meine Briefe nicht?«, fragte er, blieb stehen und zwang sie, sich zu ihm umzudrehen. Sie befanden sich auf Augenhöhe. Edith wurde von den widersprüchlichsten Gefühlen überwältigt.

»Dorine!«

»Was …?« Hannes starrte sie an, dann kniff er die Augen zu schmalen Schlitzen zusammen. »Du hast Dorine kennengelernt?«

»Sie kam verletzt hierher. Möchtest du wissen, wie …«

Hannes ergriff sie so fest an beiden Handgelenken, dass er ihr wehtat. Noch mehr schmerzte sie, dass er so schnell gewusst hatte, von wem sie sprach. Demnach war Dorine keine Randerscheinung in seinem Soldatenleben gewesen. Seine Gesichtszüge, eben noch sehnsüchtig und hilflos, waren hart. Jetzt sah sie ihn, den rational denkenden, Befehle brüllenden Kommandanten im Schützengraben. »Was hat dieses verdammte Weib dir erzählt?«

»Dass du wie ein ausgehungertes Tier über sie hergefallen seist.« Ediths Worte kamen stoßweise, stießen den Stachel tiefer und tiefer in ihr Herz. Sie hörte, dass jemand nach ihr rief, aber sie war zu beschäftigt damit, Hannes' Reaktion zu beobachten, um darauf zu achten.

Er war wütend, fluchte, wie sie ihn noch nie hatte fluchen hören. »Edith, hör mir zu«, begann er schließlich mit festem Tonfall.

»Schwester Meindorff!« Der Ruf klang harsch, befehlend.

»Ich höre!«, sagte sie zu Hannes, darum bemüht, die Stimme des Oberarztes auszublenden. Sie wollte wissen, was ihr Mann ihr zu sagen hatte. Ob er sich verteidigen und herausreden würde oder ob er seine Schuld einsah und sich entschuldigte.

»Verdammt noch mal, ich rede mit meiner Frau«, fuhr Hannes den Mann an.

Dieser betrachtete auffällig intensiv Hannes' Schulterstücke und spitzte die Lippen. »Und ich mit meiner leitenden Schwester«, erwiderte er nur und wandte sich an Edith, die froh war, dass der Ranghöhere den verbalen Ausrutscher ungestraft ließ. »Schwester Meindorff, ein Transport von der Front ist eingetroffen. Über einhundert Verwundete.«

»Ich komme.«

»Edith!«, Hannes schüttelte sie leicht. »Ich war so einsam, Edith. Sie stand plötzlich vor mir.«

Lähmendes Entsetzen ergriff sie. Er verteidigte sich und seine Tat! Womöglich brauchte er mehr Zeit, um sich ihr zu erklären, aber die hatten sie nicht. Über hundert Verletzte waren zu viel für das ohnehin überbelegte Lazarett. Edith würde die ganze Nacht, vielleicht auch den nächsten Tag durcharbeiten müssen und nicht eine Minute zum Ausruhen haben.

» … und es kommen noch mehr«, fügte der Oberarzt hinzu.

Edith wand sich aus dem Griff ihres Mannes und warf ihm einen hilflosen Blick zu.

Hannes ließ resigniert die Schultern hängen. »Ich schreibe dir«, flüsterte er und sah tief im Schlamm stehend zu, wie sie davoneilte.

Mit gerafftem Rock bemühte sie sich darum, bei jedem ihrer schnellen Schritte das Holzbrett zu treffen. Schließlich erreichte sie die zwischen den besetzten Häusern und den Zelten stehende Wagenkolonne. Die ersten Männer waren bereits ausgeladen worden, unter ihnen erneut viele junge Soldaten, die sie im Sanitätsdienst als *Schüttler* oder *Zitterer* bezeichneten. Äußerlich wiesen sie kaum oder keine Verletzungen auf, doch sie zitterten unkontrolliert am ganzen Leib und waren unfähig, ihre heftig ausfallenden Bewegungen zu kontrollieren oder gar über das Erlebte zu sprechen, das wie eine Granatenexplosion in ihrer Seele gewütet hatte. Verdreckte Infanteristen, die in ihrem Blut lagen, mit zerfetzten Leibern und weggerissenen Gesichtern kamen ihr vor die Augen. Ihre Schmerzensschreie und die von den Ärzten gebellten Befehle erfüllten den Platz, vertrieben jeden Gedanken an Hannes.

Kapitel 35

Bei Riga, Russisches Gouvernement Livland, Dezember 1917

Die dunklen Wolken vom Vortag wichen einem fahlblauen Himmel, ohne eine neue Ladung Schnee abzuwerfen. Die Sonne stand tief und würde auch nicht höher steigen, sondern sich bald hinter dem Horizont verstecken, um einen anderen Ort mit ihren wärmenden Strahlen zu verwöhnen.

Robert duckte sich unter dem niedrigen Türbalken einer baufälligen Hütte hindurch, richtete sich auf dem vom Schnee freigeräumten Platz auf und reckte sich. Er hatte es nicht eilig, diesen Ort zu verlassen, wartete doch nur ein einsames Zimmer in einem ehemals gut besuchten, nun verwaisten Hotel auf ihn. Er spürte die Trennung von Anki deutlicher noch als die Kälte, die nachts unbarmherzig in sein Bett kroch, das groß genug gewesen wäre, um auch seine Frau aufzunehmen. Robert seufzte und schüttelte bekümmert den Kopf. Karlis war nicht zurückgekehrt, und an jedem Tag, der seitdem ins Land gezogen war, fragte er sich, ob seine Frau und die Mädchen noch am Leben waren. Hatte die kalte Ostsee sie verschlungen? Vielleicht aber hatte Karlis sie hinter der Front abgesetzt, dann aber beschlossen, dort mit den Diamanten sein Glück zu versuchen.

Robert bekämpfte seinen Schmerz, seine ungeklärten Fragen und seine Sehnsucht mit Arbeit. Für die Eigentümerin des Hotels hackte er Holz und reparierte das Dach, die Möbel und den Zaun. Er versorgte die Kranken und Verletzten im weiteren Umkreis, sodass er oft stundenlang zu Fuß unterwegs war, meist begleitet von Nina, die ihm bei der Versorgung der Patienten zur Hand ging.

Robert gab das Mädchen als seine Schwester aus und sie sprachen ausschließlich Russisch miteinander. Meist antwortete Nina für ihn, nicht, weil er die Sprache nicht beherrschte, sondern weil sich sein Akzent kaum verbergen ließ. Zudem bewunderten ihre Patienten die sehr korrekte und gehobene Sprechweise der jungen Frau, ohne auch nur im Entferntesten zu ahnen, wer sie war. Das zumindest hofften sie beide.

Weit entfernt von ihrem bisherigen Leben, in dem sie in Watte gepackt worden war, entwickelte Nina eine gehörige Portion Energie, die sie in die Versorgung der Kranken und in ihre flehentlichen Gebete investierte, wieder mit ihren Schwestern vereint zu werden.

In ihren Worten an die Kranken und Trauernden, ja selbst in manchen Gesten erkannte Robert gelegentlich Anki wieder, was ihn einerseits schmerzte, andererseits auch tröstete. Seine Frau hatte jahrelang viel Geduld und Liebe in das Mädchen investiert, ihre schwierigen Phasen ausgehalten und viel von der ihr eigenen, großherzigen, wunderbaren Art in die junge Russin hineingelegt. Hatte er in den ersten Wochen nach ihrer Trennung noch befürchtet, dass Nina, für die immer jemand da gewesen war, um ihr alle Hindernisse aus dem Weg zu räumen, unter all dem Leid und den Entbehrungen zu zerbrechen drohte, so wusste er nun, dass sie durchhalten und an den Herausforderungen reifen würde.

Robert atmete laut aus. Der Schmerz um Anki wütete wie ein wildes Tier in seinem Inneren, aber er wollte sich ihm nicht ergeben. Zu viele aussichtslos erscheinende Situationen hatte er bereits gemeistert, und er gedachte auch diese zu überstehen und weiterzumachen – mit Gottes Hilfe.

»Entschuldigen Sie bitte, können Sie mir helfen?«, sprach ihn so überraschend ein Mann in perfektem Englisch an, dass Robert erschrocken zusammenzuckte. Der Fremde wiederholte seine Frage auf Deutsch, Französisch und dann in einem hörbar mühsamen Russisch.

»Ich kann es versuchen«, erwiderte er vorsichtshalber auf Englisch und musterte den breitschultrigen Mann mit dem schwarzen Vollbart. Er trug eine fellgefütterte Jacke, aus der ein grauer Schal hervorschaute. Seine Hose war nicht neu, allerdings aus teurem Stoff maßgeschneidert. Seine Stiefel hingegen wirkten wie Armeestiefel.

»Ich bin auf der Suche nach einem Arzt.«

»Ich bin Arzt.«

Tiefblaue Augen musterten ihn und schienen abzuwägen, was als Nächstes zu tun sei. »Busch?«, fragte der Mann endlich.

Robert nickte, worauf ein zufriedenes Lächeln über das Gesicht des annähernd gleichaltrigen Mannes glitt. »Gut, dass ich Sie gefunden habe«, sagte sein Gegenüber, nun auf Deutsch, zog seine Handschuhe aus und streckte ihm die Rechte entgegen. »Philippe Meindorff. Ich soll Ihnen Grüße von Ihrer Frau ausrichten.«

Völlig perplex ergriff Robert die Hand und drückte sie so fest, wie er noch nie im Leben die Hand eines Fremden gehalten hatte. Anki lebte! Unbändige Erleichterung wogte in ihm auf und wich ebenso schnell einer schmerzlichen Sehnsucht. »Geht es ihr gut?«, keuchte er und seine Atemlosigkeit ließ den Fremden erneut lächeln.

»Sie ist mit den drei Kindern in Riga. Es wird ihr noch viel besser gehen, sobald wir Sie zu ihr gebracht haben.«

»Wir?«

Philippe drehte sich um und winkte mit einer lässigen Handbewegung. Hinter einem seiner Blätter beraubten Strauch trat eine jüngere Ausgabe seines Gesprächspartners hervor und verstaute dabei sorgfältig eine Pistole in einem Gürtelhalfter.

»Albert Meindorff«, stellte Philippe seinen Begleiter vor.

»Meindorff? Ankis Geschwister leben doch bei einer Familie Meindorff in Berlin.«

Philippe nickte lediglich.

»Wo ist das vierte Kind?«

»Sie versorgt die Wunde eines alten Mannes.« Robert deutete über seine Schulter zu der verwitterten Kate.

»Wir dürfen uns nicht länger als unbedingt nötig diesseits der Front aufhalten. Können wir aufbrechen?«

»Sobald Fräulein Nina Iljichna fertig ist, ja.«

Sein Gesprächspartner entfernte sich einige Schritte, wohl um die von Schlaglöchern übersäte Straße, die kaum diesen Namen verdient hatte, im Auge zu behalten. Derweil berichtete Albert Robert so detailliert, wie es ihm möglich war, von Anki und den Chabenski-Mädchen.

Schließlich trat Nina vor die Tür und schrak beim Anblick der beiden Fremden zurück. Robert eilte zu ihr. Es genügten einige wenige erklärende Worte, um ein glückliches Strahlen auf ihr Gesicht zu zaubern. Die Aussicht, bald mit ihren Schwestern vereint zu sein, brachte Farbe auf ihre blassen Wangen. Der Arzt beobachtete, wie sie Albert zurückhaltend dankte, ehe ihr Blick zu Philippe wanderte. Der drehte sich in diesem Augenblick um, als habe er ihre Aufmerksamkeit gespürt. Seine Augen glitten über die zarte Erscheinung. Verblüffung stand ihm ins sein Gesicht geschrieben, die Robert dahingehend deutete, dass der Pilot mit einem Kind und nicht mit einer jungen Dame gerechnet hatte. Die intensive Musterung vonseiten des Deutschen ließ Nina erröten, und sie senkte schnell den Blick.

Auf ihrem eiligen Marsch entlang brachliegender schneebedeckter Felder und vorbei an zerstörten Gebäuden, demontierten Zäunen und gefällten Bäumen beobachtete Robert, dass Ninas Blick immer wieder auf dem schweigsamen, groß gewachsenen Piloten ruhte.

Nach einer Stunde Fußmarsch, bei der Robert sich fragte, wie in aller Welt die beiden sie da draußen in der Einöde gefunden hatten und seit wie vielen Tagen sie bereits nach ihnen suchten, hielt Philippe an und drehte sich nach ihnen um.

»Ich gehe davon aus, Nina Iljichna, dass Ihr Französisch hervorragend ist?«

Die Angesprochene nickte und errötete erneut. Sie, die es von klein auf gewohnt war, andere Menschen herumzukommandieren, war von diesem Respekt einflößenden Mann sichtlich eingeschüchtert. Philippe bemerkte ihr Erröten nicht oder übersah es geflissentlich. Ohnehin hatte der Mann sich gut unter Kontrolle, und Robert glaubte sich daran zu erinnern, dass er bereits in einem der Kolonialkriege in Afrika gekämpft hatte.

»Wie steht es mit Ihrem Französisch, Dr. Busch?«

»Mager, sehr mager!«, erwiderte er.

»Russisch?«

»Fließend, aber mit Akzent.«

»Falls etwas schiefgeht, überlegen Sie sich beide genau, auf welcher Seite der Front Sie sich befinden und welche Sprache Sie benutzen, um sich zu verständigen.« Nina schenkte dem Mann ein schüchternes Lächeln, während Robert ernst nickte.

»Hinter diesem Hügel stehen zwei Flugzeuge. Dr. Busch, Sie fliegen mit Albert. Er erklärt Ihnen auf dem Weg, wie Sie ihm helfen können, seine Maschine zu starten, nachdem er mir geholfen hat.«

»Flugzeuge?« Ninas Blick wanderte ängstlich von einem Mann zum anderen, bis er an Philippe hängen blieb.

»Die größte Gefahr ist die, dass russische Piloten uns entdecken. Ich möchte den Waffenstillstand nicht wegen dieser Aktion gefährden.«

Nun wurde es auch Robert mulmig zumute. Es war weniger das Fliegen, das ihn beunruhigte, als vielmehr die Möglichkeit, die Russen könnten die Anwesenheit ihrer Flugzeuge für einen militärischen Einsatz halten.

»Sind Sie bereit?«, fragte Philippe mit ungeduldigem Unterton und musterte dabei vor allem die junge Frau, die seine Passagierin werden sollte. Nina nickte tapfer.

Die Piloten zogen ihre Pistolen und sicherten die restliche Wegstrecke nach allen Richtungen ab. Dies ließ in Robert den Verdacht reifen, dass auch Albert eine militärische Ausbildung genossen hatte.

Mit hastigen Schritten erklommen sie den nicht sehr hohen Hügel, der seines Baumbestandes beraubt war. Nur noch Stümpfe ragten aus dem Schnee. Der gesamte Wald war dem Schienenbau, der Errichtung von Unterkünften, der Verstärkung von Schützengräben und Geschützstellungen und als Brennholzlieferant dem vergangenen, kalten Winter zum Opfer gefallen.

Jenseits des Hügels, versteckt unter den überhängenden Zweigen einiger noch verbliebener kleiner Tannen sah er die Fronten und Propeller zweier Flugzeuge. Die weiße Schneeschicht auf der ebenen Wiese war von zwei parallel verlaufenden Landespuren durchzogen. Auf ihnen hatten sich Raben niedergelassen, die in der aufgeworfenen Erde nach Nahrung pickten. Das Tal schützte die Flugzeuge vor neugierigen Blicken. Der Lande- und Startplatz war perfekt gewählt, konnten die Flugzeuge doch erst nach Erreichen einer gewissen Höhe entdeckt werden.

Albert erläuterte Robert den Vorgang des Startens, während sie die Bäume erreichten. Zu viert gelang es ihnen, die leicht in der feuchten Erde eingesunkenen, mit zwei Sitzen ausgestatteten Beobachter-Flugzeuge hinaus auf die verschneite Wiese zu zerren.

Sowohl Nina als auch Robert bekamen Fliegermützen und Brillen, dazu Handschuhe und eine Decke gereicht. Nina nahm die Fellmütze, deren Innenfutter verschwitzt aussah, mit spitzen Fingern entgegen und rümpfte die Nase.

Wieder sah Robert den irritierten Blick des älteren Fliegers, ehe der sich abrupt abwandte. Allerdings nicht, ohne zuvor in beißendem Tonfall angemerkt zu haben, dass Nina die Schutzkleidung in jedem Falle anziehen müsse, wenn sie sich keine Erfrierungen oder gar den Tod holen wolle. Umgehend zog Nina sich die Mütze über ihr zu einem Zopf geflochtenes schwarzes Haar. Sie wirkte eingeschüchtert, was Robert bei der Fürstentochter noch nie erlebt hatte –, aber auch fasziniert. Vermutlich hatte noch nie jemand gewagt, so harsch mit ihr umzugehen.

$$* * *$$

Der Flugplatz mit seinen Hallen und Zelten, den vielen Flugzeugen und den uniformierten Mechanikern und Piloten verwirrte Nina, zumal ihre zwei Retter, kaum dass sie gelandet waren und die Flugzeuge zugedeckt hatten, ihnen voraus über das Gelände eilten. Schließlich erreichten sie zwei etwas abseits stehende Doppeldecker, eindeutig Jagdflieger, in die die Deutschen ihre Fliegermonturen warfen.

Nina wollte ihre geliehenen Sachen ihrem attraktiven Piloten reichen, doch der schüttelte wortlos den Kopf. Gleich darauf stolperten sie und Robert erneut hinter den beiden her. Inzwischen war es dunkel, aber nur manche Zelte und Hallen wurden von kleinen, unzureichenden Lichtquellen erhellt. Eine dieser Hallen, aus Holz und stabilem Planentuch errichtet, steuerten sie an.

Ihr Eintreten veranlasste eine Handvoll Uniformierter, von ihren Sitzplätzen aus Stühlen, Kisten und Fässern aufzuspringen und ihnen entgegenzueilen. Die Piloten wurden freudig begrüßt, vor allem Philippe schien viele der jungen, verwegen aussehenden Männer in ihren deutschen Fliegeruniformen zu kennen. Ein hellhäutiger, nahezu weißhaariger Pilot nahm Nina fast ehrerbietig die schwere Decke, Brille, Mütze und Handschuhe aus der Hand. In der Annahme, es seien seine Sachen, bedankte sie sich leise bei ihm, was ihm ein reichlich schräges Grinsen entlockte.

Kurze Zeit später beobachtete Nina, dass nicht alle der Piloten so gelöst, fast übermütig auf Philippe reagierten. Andere hinzukommende Männer grüßten respektvoll, salutierten und standen stramm, bis er abwinkte. Dabei verstand sie zwei Dinge: Die Fliegertruppen pflegten einen sehr formlosen Umgang miteinander, selbst ihren Vorgesetzten gegenüber, und Philippe war offenbar ranghöher als viele der Anwesenden.

Sie beugte sich zu Robert, der das laute Spektakel ebenfalls aufmerksam beobachtete. »Diese Meindorff-Männer sind Offiziere?«

»Davon gehe ich aus.«

»Was geschieht jetzt mit uns?«

»Ich hoffe, sie bringen uns schnellstmöglich zu Anki und Ihren Geschwistern.«

»Oh, ja!«

»Gerade bedanken sie sich dafür, dass sie die Zweisitzer-Flugzeuge ausleihen durften. Sehen Sie den älteren Piloten, mit dem Philippe Meindorff jetzt spricht?«

Nina nickte, ließ sie ihren Piloten doch eigentlich nie aus den Augen. Seine ruhige, korrekte Art beeindruckte sie, erinnerte sie sie doch an ihren Vater. Zudem war er betörend männlich, wie sie mit heftig pochendem Herzen zugeben musste. Unter seinen Blicken fühlte sie sich wie Eis, das der heißen Sonne ausgesetzt war.

»Er ist ein Hauptmann. Wenn ich es richtig gehört habe, haben er und einige der anderen anwesenden Piloten bei Fokker, wo Philippe arbeitet, und viele sogar bei ihm persönlich das Fliegen erlernt.«

Allmählich flaute die Aufregung um das Kabinettstückchen der Meindorff-Brüder ab, die es gewagt hatten, die Front zu überfliegen und zwei Personen aus Russland herüberzubringen. Die Aufmerksamkeit richtete sich nun auf den geretteten Arzt und vor allem auf seine attraktive Begleitung.

Zum ersten Mal war Nina froh über Ankis Unterweisungen in der deutschen Sprache. Denn als die jungen Männer sich um sie scharten und mit Fragen bedrängten, hörte sie schnell heraus, dass sie vor allem an ihrer Geschichte und ihrem Wohlergehen interessiert waren. Mochten sie in ihrer halb uniformierten, halb privaten Kleidung auch abenteuerlich aussehen, ihre ölverschmierten Finger und schwarzen Fingernägel nicht eben einladend sein, so verhielten sie sich ihr gegenüber doch sehr rücksichtsvoll.

Endlich gesellten sich Philippe und der Hauptmann zu ihr und Robert.

»Es gibt Fragen bezüglich Ihrer Einreise zu klären, Dr. Busch.«

»Das dachte ich mir. Immerhin war ich hier an der Ostfront bis zu meiner Gefangenschaft als Arzt tätig.«

»Begleiten Sie uns«, wies der Hauptmann ihn an und das erste Mal seit Monaten reagierte Robert so, wie es von einem Rangniedrigen erwartet wurde. Nina sah es mit Beunruhigung. Bestand die Gefahr, dass Ankis Ehemann sofort wieder als Feldarzt einberufen wurde? Gestattete man ihnen womöglich gar kein Wiedersehen?

Angst ergriff sie, vor allem um den Mann, der ihr in den vergangenen Wochen ein sicherer Halt gewesen war und den sie liebte wie ein Familienmitglied. Bei dem Gedanken daran, was seine Rückkehr in die frontnahen Lazarette für Anki bedeuten würde, fühlte sie Übelkeit in sich aufsteigen.

Eine sanfte Berührung unter ihrem Kinn ließ sie den Kopf heben. Philippe stand vor ihr und lächelte sie beruhigend an. Sie musterte ihn fasziniert. Wenn der Mann lächelte, verschwanden die harten Züge aus seinem Gesicht und er sah auf einmal wie ein junger Mann aus, der gerade etwas ausgefressen hatte.

»Leutnant Meindorff bleibt hier bei Ihnen. Keine Angst, die Flieger werden sich Ihnen gegenüber von ihrer besten Seite zeigen, auch wenn wir weg sind. Und anschließend bringen wir Sie und Dr. Busch zu Anki und Ihren Geschwistern.«

Er zog seine Hand zurück. Ihr dankbares Lächeln sah er nicht mehr, da er sich bereits abgewandt hatte und mit leicht hinkendem Gang Robert und dem Hauptmann folgte.

Kapitel 36

Berlin, Deutsches Reich, Dezember 1917

Karl verabschiedete sich für die Nacht, verließ die Küche und nahm die Wendeltreppe in Angriff. Auf dem ersten Absatz verharrte er. Rechts führte eine Tür in das Hauptgebäude zu den Zimmern der Familie, links ging es in den Trakt über den Wirtschaftsräumen, in dem einst die im Haus lebenden Bediensteten untergebracht gewesen waren. Nun wurden die Zimmer von den Gästen und den beiden Meindorff-Enkelinnen bewohnt. Nach dem Tod des alten Herrn hatte Demy Luisa und Leni angeboten, hinüber in den Familienflügel zu ziehen. Entweder in das ehemalige Zimmer ihres Vaters oder aber in das von Tilla. Der zweite Stock mit den Gästezimmern stand seit Langem leer, offenbar wollte Demy diesen nicht auch noch beheizen müssen, er blieb also als Option außen vor.

Doch die Mädchen hatten sich dafür ausgesprochen, in ihren bisherigen Räumen nahe bei den anderen Frauen und Kindern wohnen zu bleiben. Karl, sonst mit wenig Verständnis für Kinder ausgestattet, die er als neugierig, laut und störend empfand, konnte es ihnen nicht verdenken.

Obwohl Joseph Meindorff auf dem Friedhof lag, war seine Respekt einflößende Aura noch immer in diesem Haus anwesend, vermutlich umso deutlicher, je mehr man sich seinem privaten Refugium näherte. Karl hatte Philippe zeitlebens um sein luxuriöses Zuhause beneidet, doch würde auch er keinesfalls in eines der besser ausgestatteten Zimmer im anderen Flügel ziehen. Dies lag aber vor allem daran, dass er erst kürzlich einem Zusammentreffen mit Philippe nur um Haaresbreite entgangen war. Nachdem er in das Foyer und in eine innige Umarmung des Oberleutnants und seiner Verlobten geplatzt war, hatte er sich zwar scheinbar ruhig zurückgezogen, in seinem Inneren jedoch heiße Panik verspürt. Er hatte sich gedanklich bereits in den kräftigen Händen dieser verhassten Person gesehen.

Obwohl er für die kalte Jahreszeit nur unzureichend gekleidet gewesen war, war er nicht hinauf in sein Zimmer, sondern ins Freie geflohen. Stundenlang hatte er sich im Geräteschuppen versteckt, war schließlich ins Kutschenhaus gewechselt und hatte die Nacht in einem der unbequemen Gefährte verbracht. Erst am darauffolgenden Tag, als er sich sicher sein konnte, dass die beiden Meindorffs dem Haus den Rücken gekehrt hatten, war er in sein Zimmer geschlichen.

Seit diesem Tag war er ruhelos, hin- und hergerissen zwischen der Wärme und den Mahlzeiten, für die in diesem Haus gesorgt war, und dem unbändigen Wunsch, endlich seine Rache zu bekommen; Philippe endlich all das zu rauben, was ihm selbst all die Jahre vorenthalten worden war.

Seine Mitbewohner hielten seine zunehmende Unruhe für ein Zeichen seines angeschlagenen Gemütszustands. Immerhin spielte er ihnen noch immer vor, dass große Teile seiner Vergangenheit aus seinem Gedächtnis gelöscht seien.

Die Überlegung, ob er Demy mit einem Seil erdrosseln oder für ein unvergessliches Blutbad durch eine Messerattacke sorgen sollte, scheiterte daran, dass die Frau im Grunde nie allein war und sich zu völlig unberechenbaren Zeiten in ihr Zimmer zurückzog. Manches Mal hieß es, sie habe mit einigen der jungen Frauen nachts um 4:00 Uhr das Haus verlassen, um irgendwo für Nahrungsmittel anzustehen, ein andermal kam sie erst weit nach Mitternacht von einem Hilfsdienst oder einer Besorgung nach Hause. Sie war wie ein Wirbelwind, ständig an einem anderen Ort, niemals zu fassen.

Sein zweites Problem war, dass sie ihn faszinierte. Nicht so wie Udako oder Mata Hari, denn diese sinnliche Seite besaß sie nicht. Sie war für seinen Geschmack zu groß und bewegte sich zu selbstsicher, ja fast athletisch. Was aber war es, das ihn an ihr ansprach? War es ihre selbstlose Art, mit der sie alles verschenkte, was sie besaß? Oder ihr Humor, der trotz schwerer Zeiten häufig die Oberhand gewann? Er wusste es nicht und verdrängte die Gedanken einmal mehr.

Vor einer Stunde hatte ein Anruf für Wirbel gesorgt: Philippe und dieser andere Meindorff-Lümmel hatten den Ehemann einer van Campen-Schwester und seine Pflegetochter jenseits der Ostfront gefunden. Sie würden die Familie heute noch vereinen und auf den Weg nach Berlin schicken. Das bedeutete, dass auch Philippe in den folgenden Tagen im Haus auftauchen würde. Sosehr Karl die Annehmlichkeiten hier auch genoss, durfte er nicht noch einmal das Risiko eingehen, ihm über den Weg zu laufen.

Philippe wusste, was Karl in der deutschen Kolonie getan hatte, selbst wenn er es nie endgültig hatte beweisen können. Er kannte gefährliche Details über Karls Spionagetätigkeit in Frankreich und konnte ihn spielend dem Auswärtigen Amt – an deren Abteilung IV, den Nachrichtendienst, für den Philippe in Paris gewesen war, oder an die Abteilung IIIb des militärischen Nachrichtendiensts Preußens – ausliefern, sollte er wider erwarten nicht den Wunsch verspüren, ihn eigenhändig für Udakos Tod zu bestrafen.

Karl öffnete die linke Tür, schaltete das elektrische Licht im Treppenhaus aus und begab sich in sein sauberes, wenn auch spartanisch eingerichtetes Zimmer am Ende des Flurs, weit genug entfernt von den vielen Mädchen und jungen Frauen, die hier lebten.

Sein Unterkiefer knackte hörbar, als er diesen wieder einmal aus der störenden Verhakung löste. Er hatte noch drei Tage, höchstens vier, um auszuführen, weshalb er gekommen war.

Kapitel 37

Riga, Russisches Gouvernement Livland, Dezember 1917

Die schlanken, spitz zulaufenden Kirchtürme Rigas versteckten sich in der Dunkelheit, ebenso wie die gotischen Bauten mit ihren steilen Giebeldächern, den Reliefs und Skulpturen an ihren Fassaden neben eher nüchtern erbauten Häusern. Die Luft war eiskalt, erschwerte das Atmen und roch nach dem Rauch der Holzfeuer in den Häusern.

Drei Männer in Uniform und eine junge Frau eilten durch die gepflasterten Straßen und Plätze. Ihre Schritte durchbrachen die Stille und hallten von den Wänden wider. Robert hörte Nina hinter sich keuchen, doch auch er verlangsamte sein Tempo nicht, schließlich zog es ihn zu Anki.

Der schweigsame Oberleutnant bog in eine Seitengasse ein. Sie passierten zwei Häuserfronten, ehe er stehen blieb und eine unverschlossene Eingangstür aufdrückte. Robert atmete schnell, weniger aufgrund der Anstrengung, immerhin war er die letzten Wochen viele Kilometer zu seinen verstreut wohnenden Patienten gewandert, sondern vor schmerzlicher Vorfreude.

Das Treppenhaus dröhnte von ihren Stiefeltritten und so verwunderte es ihn nicht, dass sich im zweiten Stockwerk eine Tür öffnete. Da war sie, seitlich angeleuchtet von einer einzelnen Lampe im Zimmer, zitternd und wunderschön anzusehen. Nina stieß einen unterdrückten Schrei aus und drängte sich an Robert vorbei, der eingekeilt zwischen den beiden Meindorffs fasziniert seine Frau betrachtete.

Die Chabenski-Tochter warf sich in Ankis Arme. Diese taumelte, hielt jedoch das Gleichgewicht und umarmte das verloren geglaubte Mädchen. Er hörte Jelena jubeln, Katja lachen. Neben ihm forderte jemand durch ein Räuspern seine Aufmerksamkeit ein. Robert zwang sich, den Blick von den wirbelnden Röcken und Ankis vor Glück strahlendem Gesicht abzuwenden.

Ein amüsiertes Schmunzeln lag auf Philippes Gesicht. »Wir klären morgen früh die Weiterreise Ihrer Familie nach Berlin, Dr. Busch. Jetzt wünsche ich Ihnen viel Erfolg beim Erkämpfen einer Umarmung!«

»Ich weiß gar nicht …«, stammelte er. Er wusste, dass er sich bedanken sollte, ohne jemals genug Worte finden zu können, doch der Oberleutnant schlug ihm wohlwollend auf die Schulter.

»Nun gehen Sie endlich zu Ihrer Frau.« Philippe zwinkerte ihm zu und folgte Albert polternd die Stufen hinunter. Kurz darauf fiel die Eingangstür mit einem dumpfen Geräusch ins Schloss.

Robert hob den Kopf. Die Kinder waren verschwunden, nur noch Anki stand in der Tür. Das Licht umspielte ihre schlanke Figur, ließ ihr Haar wie reifen Weizen leuchten.

»Robert«, flüsterte sie mit erstickter Stimme. Sie neigte den Kopf, sodass er die Tränen auf ihrer Wange schimmern sah.

Mit drei raumgreifenden Schritten war er bei ihr. Sie legte ihre weichen Arme um seinen Nacken und lehnte sich mit ihrem ganzen Gewicht an ihn, als bräuchte sie dringend Halt.

Robert zog sie fest an sich. Zufrieden atmete er ihren Duft ein und fühlte, wie die von Anki ausgehende Wärme alle Ängste und den seit ihrer Trennung in seinem Herzen bohrenden, eiskalten Schmerz auflöste. Was blieb, war ein tiefes Gefühl der Dankbarkeit und Liebe.

»Meine Gebete wurden erhört«, raunte Anki an seinem Hals.

Er hob sie hoch, trug sie über die Schwelle und stieß mit dem Fuß die Tür hinter ihnen ins Schloss. Seine Lippen liebkosten ihre Stirn, fanden ihren Mund und er glaubte, dass ihre Küsse nie süßer geschmeckt hatten. Doch plötzlich drückte sie sich von ihm fort. Schnell stellte er sie auf ihre Füße.

»Du trägst eine Uniform!«, hauchte sie, berührte dabei aber mit beiden Händen sein Gesicht, als müsse sie sich vergewissern, ob er nicht nur ein Produkt ihre Fantasie sei.

»Ich bin Armeearzt, das weißt du doch.«

»Wirst du ... musst du ...?«

»Philippe Meindorff hat erreicht, dass ich dich und die Kinder nach Berlin zu deinen Geschwistern begleiten darf. Dort erwarten mich einige Männer vom Auswärtigen Amt, die mir Fragen zur Situation in Russland stellen wollen. Anschließend werde ich einem Lazarett zugeteilt.«

Anki nickte unwillig, weshalb er sie fest in die Arme schloss. Solange Krieg herrschte, gab es für sie kein endgültiges Zusammensein. Sie würden wieder getrennt werden und mussten erneut umeinander bangen. Aber jetzt war er hier und hielt seine wunderbare Frau in seinen Armen. Mehr wünschte er sich im Moment nicht.

Kapitel 38

Berlin, Deutsches Reich, Dezember 1917

Drei Tage waren vergangen, seit Albert die Nachricht gesendet hatte, dass Anki, ihr Mann und alle Chabenksi-Kinder vereint waren. Freudige Aufregung erfasste Demy, denn Anki und ihre Familie befanden sich auf dem Weg nach Berlin. Sie würde ihre Schwester nach mehr als zehn Jahren Trennung endlich wiedersehen, dazu ihren Ehemann und die Mädchen kennenlernen, von denen sie in Ankis Briefen so viel gelesen hatte!

Albert und Philippe hatten ihre nicht ungefährliche Mission unbeschadet und erfolgreich überstanden. Erleichterung und Vorfreude auf das in einigen Tagen bevorstehende Treffen mit ihrer Schwester beflügelten Demy. Leise singend räumte sie die beiden Privaträume des verstorbenen Patriarchen um, da sie die Zimmer für das Ehepaar Busch und die Chabenski-Kinder vorbereiten wollte.

Lina, Margarete und Julia waren in der Stadt unterwegs, da das Beantragen neuer Lebensmittelkarten für zusätzliche sechs Personen zügig vonstattengehen musste. Henny war in der Waschküche beschäftigt, Pauline, Irma, Monika und Grete versuchten mit ihren Bezugsscheinen Web- und Strickwaren sowie Schuhwerk zu ergattern. Seit dem Morgengrauen waren der Kutscher Bruno, der alte Viktor und Nathanael auf der Suche nach Brennmaterial, die jüngeren Kinder – Monikas Sohn Markus und Margaretes Tochter Klara – wurden von Luisa und Leni in der Bibliothek beaufsichtigt. Von dem Mann ohne Gedächtnis, den die Kinder »Herr Carroll« nannten, weil er sie immer so angrinste, wie sie sich das Grinsen der Katze aus *Alice's Abenteuer im Wunderland*[27] vorstellten, wusste sie nicht, was er im Augenblick tat. Er war häufig in der Stadt unterwegs, vermutlich auf der Suche nach Erinnerungen, obwohl sein Deutsch nicht den leisesten Hauch von Berliner Akzent enthielt. Vielmehr klang er gelegentlich wie ein Franzose, was Demy vermuten ließ, er stamme ursprünglich aus dem Grenzgebiet zu Frankreich.

»Herr Carroll« … Demy schmunzelte, weil auch sie inzwischen diesen Namen für den Mann nutzte. Er half, wenn man ihn darum bat, ansonsten verhielt er sich sehr zurückhaltend. Er hatte nie richtig in ihre kleine, eingeschworene Gemeinschaft hineingefunden. Es war offensichtlich, dass er mit Kindern nicht umzugehen wusste und ihnen lieber fernblieb.

Demy schrak zusammen, als plötzlich der Mann, um den sich ihre Gedanken drehten, vor ihr stand. Sie hatte ihn nicht kommen hören, was aber nicht verwunderlich war, immerhin schob und zerrte sie lautstark an den Möbeln im ehemaligen Salon der Hausherrin herum.

»Sie haben mich erschreckt«, erklärte sie und strich mit beiden Händen die aus ihren Spangen gelösten Haarsträhnen aus ihrem Gesicht.

Der Mann starrte sie stumm an und lehnte sich rücklings an den Türrahmen, wobei er eine Hand versteckt hinter seinem Rücken hielt. Demy legte fragend den Kopf schief, während ihr Gegenüber mit dieser eigenartigen Mundbewegung seinen Kiefer zum Knacksen brachte, die Demy inzwischen schon oft bei ihm gesehen hatte. »Kann ich Ihnen helfen?«

»Lieben Sie Meindorff?«

»Wie bitte?« Kleine Falten entstanden auf ihrer Nase, als sie den Mann verwirrt anschaute. Wie kam er dazu, ihr eine so persönliche Frage zu stellen, zumal er Philippe höchstens einmal getroffen hatte, und zwar, nachdem er vor gut vierzehn Tagen etwas ungeschickt in die Halle geplatzt war. Damals hatten sie und Philippe vermutlich den Eindruck vermittelt, ein innig liebendes Paar zu sein.

»Ich kenne Meindorff von früher«, fügte er hinzu.

»Sie …?« Die Rillen auf ihrer Nase vertieften sich, während sie die Information sacken ließ. Dann hellte ein fröhliches Strahlen ihr Gesicht auf.

»Demnach können Sie sich erinnern? Sie haben ihr Gedächtnis wiedererlangt? Das ist ja wunderbar!« Demy trat auf ihn zu und drückte mit beiden Händen kurz seinen linken Arm.

Diesmal war es an ihm, sie erstaunt anzusehen. Offenbar verblüffte ihn ihre Freude darüber, dass er sich wieder an seine Vergangenheit erinnerte.

»Verraten Sie mir Ihren Namen?«, fragte Demy und trat zurück zu dem Sessel, den sie bei seinem Eintreten hatte umstellen wollen. Der Fremde hatte sich immer sehr wortkarg verhalten, aber von jemandem, der wochenlang ohne Identität gewesen war, hätte sie etwas mehr Enthusiasmus erwartet, nun, da er seine Erinnerung und somit sein vorheriges Leben zurückhatte.

Ihr Gesprächspartner beugte sich vor und schloss die Tür, an die er sich wiederum lehnte. Seine rechte Hand versteckte er weiterhin hinter seinem Rücken. »Ich habe viele Namen.«

Demys Lächeln verblasste. Wollte er sie foppen? Selbstverständlich gab es Menschen, meist aus dem Adel stammend, die von ihren stolzen Eltern unzählige Namen mit auf ihren Lebensweg bekommen hatten. Oder verstand sie ihn falsch?

»Mein Geburtsname lautet Calle Deneuve.«

»Sehr erfreut, Herr Deneuve, oder vielmehr: Monsieur Deneuve! Daher wohl auch ihr leichter französischer Akzent«, lachte Demy, die sich gleich besser fühlte. Natürlich war Deneuve nicht sehr beglückt, mitten in Berlin herauszufinden, dass er französischer Abstammung war. Das erklärte auch das Schließen der Tür, vermutlich wollte er dadurch etwaige unliebsame Lauscher ausschließen.

»Als ich nach Deutschland kam, gab man mir den deutschen Namen Karl, dazu den Nachnamen meiner Zieheltern: Roth. Mit diesem landete ich auch in Deutsch-Südwest.«

»Sie kennen den Herrn Oberleutnant aus der Kolonie?« Noch während sie es aussprach, überfielen Demy längst vergrabene Erinnerungen. 1914 war sie mit Philippe in Paris vor dem französischen Geheimdienst geflohen. Ein Mann hatte sie damals gebeten, einen Brief bei seiner Verlobten abzugeben, da er eilig zum Militär müsse. Der Mann hatte sich ihr als Clément Rouge vorgestellt, Philippe hatte ihn Karl Roth genannt.

»Clément Rouge?«, sprach sie den Namen aus und versuchte sich ihren Gesprächspartner ohne den Vollbart vorzustellen.

»Ich sehe schon, wir verstehen uns!« Das Lachen von Roth klang erzwungen und kalt.

Ein Frösteln überfiel Demy und ließ sie mit beiden Händen über ihre Oberarme reiben. Philippe hatte angedeutet, Clément Rouge, oder vielmehr Karl Roth, sei in illegale Machenschaften um Diamanten verstrickt gewesen und habe außerdem seine Verlobte auf dem Gewissen. Ihre Augen weiteten sich. Auch ihr Vater sollte an dem Überfall auf das Waisenheim beteiligt gewesen sein.

»Sie kannten meinen Vater, nicht wahr?«

»Diesen Idioten, ja! Er hatte hochtrabende Pläne, steckte mit dem jungen Joseph Meindorff unter einer Decke und erzielte keinerlei Erfolge. Während andere hochkarätige Diamanten aus dem Sandboden aufhoben, fand er nichts als winzige Splitter und nicht einmal davon genug. Ich nehme an, Meindorff hat die alle eingesackt.«

Oder Tilla, überlegte Demy, vertrieb den Gedanken aber schnell wieder. »Sie haben uns Ihren Gedächtnisverlust nur vorgespielt? Weshalb sind Sie hier?«, erkundigte sie sich, und ihre raue Stimme spiegelte ihren inneren Aufruhr.

»Es gibt einige Kleinigkeiten zu klären und zu beenden.«

Demy suchte Halt an dem Polster des Sessels hinter sich. War der Mann gefährlich? Immerhin hatte er Überfälle verübt, bei denen es mindestens zwei Tote und einen schwerverletzten Offizier – seinen Vorgesetzten – gegeben hatte.

»Sie sind hinter dem Herrn Oberleutnant her? Wegen etwas, das damals in Afrika geschah?«

Karl lachte zynisch auf und ließ erneut seinen Kiefer knacken. Plötzlich wirkte das Geräusch auf Demy bedrohlich. Ihre Hände wurden feucht. In ihrem Magen rumorte es. Sie wollte aus dem Zimmer flüchten, fort von diesem Mann, doch er versperrte ihr den einzigen Ausweg.

»Sie haben mich nicht richtig verstanden«, bellte Roth. »Ich sagte, ich kenne Meindorff *schon lange*. Bereits seit der Zeit in der Provence, als wir beide als Pflegekinder bei Amelie lebten.«

Aufs Äußerste konzentriert begriff Demy schnell, auf was ihr Gegenüber anspielte. »Sie waren der zweite Junge, von dem der Herr Oberleutnant sprach?«

»Der *Herr Oberleutnant!*«, brüllte Roth und ein Speichelregen traf Demy. Gleichzeitig stieß der Mann sich vom Türrahmen ab. Etwas blitzte metallisch auf. Demy unterdrückte nur mühsam einen Schreckensschrei, als sie das Fleischmesser aus der Küche in seiner Hand entdeckte.

»Er wurde natürlich der *Herr Oberleutnant*, ein Meindorff. Eine reiche, angesehene Person, während ich immer nur das kleine, ungeliebte, unbedeutende Nichts blieb! Von einer mittellosen Pflegefamilie zur nächsten geschoben. Ihm stand die Welt offen, mir die Gosse! Er bekam alle Annehmlichkeiten ins Maul gestopft, ich konnte froh sein, wenn ich mal satt wurde. Und dabei ist er ebenfalls ein Deneuve!«

Demys Knie zitterten. Ihr Blick war auf die Waffe in den Händen des Mannes gerichtet. Trotzdem zwang sie sich, das Gespräch aufrecht zu erhalten. Solange Roth redete, würde er ihr nichts tun. Vielleicht kam jemand herauf ... »Sie sind Brüder?«

»Wir haben die gleiche Mutter, eine Verwandte der Meindorffs.«

»Davon wusste der Herr ... Philippe nichts. Ich fragte ihn danach, als er einmal von Amelie und dem zweiten Kind sprach, und er verneinte entschieden.«

»Humbug! Ich erfuhr es doch auch eines Tages.«

»Er aber offensichtlich nicht!«

»Er hat auf mich herabgesehen und mich verspottet.«

Demys Herz arbeitete zunehmend schneller, da Roth sich immer mehr in Rage redete.

»Herr Roth, ich habe Philippe vor rund neun Jahren kennengelernt. Damals war er ein arroganter, von sich selbst eingenommener Kerl – oder zumindest spielte er das seinem Umfeld vor. Das war sein Schutzwall, den er um sich aufgebaut hatte, um in einem kalten, lieblosen Haus wie diesem hier zu überleben.«

Roth schnaubte verächtlich.

»Weshalb haben Sie ihm nie erzählt, dass Sie Brüder sind? Philippe hält trotz aller Schwierigkeiten, die er hier erlebte, zu dieser Familie. Er hätte auch zu Ihnen gestanden, Ihnen unter die Arme gegriffen ...«

»Almosen, ja? Hingeworfen wie für einen Hund?«

»Ich denke, Sie reden sich da etwas ein«, fauchte Demy. Sie war wütend, dass sie vor diesem Mann unbändige Angst verspürte, obwohl er mit seinem Hass nicht sie, sondern Philippe meinte – oder die Mutter der beiden Männer?

Allerdings gab es da noch eine andere, Unheil verkündende Verknüpfung zwischen ihrem und Roths Leben: Erik van Campen!

»Damals, in Windhuk, bekam ich von Ihrem Vater den Auftrag, Meindorff zu töten. Meindorff war dabei, uns auffliegen zu lassen. Vermutlich wären Ihr Vater und ich unter die Räder gekommen, Joseph Meindorff aber verschont geblieben.«

»Wusste Joseph von Ihren Plänen?«

»Er wusste genug, um nach der Verwundung seines *Bruders* zumindest zu ahnen, was passiert ist!«, schrie Roth und ergriff sie am linken Handgelenk. Ihre Angst wurde zur Panik. Hatte er vor, sie zu töten? Mit diesem Messer? Hier und jetzt?

»Dass Udako starb, wollte ich nicht. Ich habe diese Frau begehrt. Aber Meindorff bekam natürlich auch sie!« Seine Stimme wurde beständig heiserer, als schreie er sich die Lunge aus dem Hals, dabei flüsterte er nur noch. »Er hat immer alles bekommen, was er wollte! Alles! Aber diesmal nicht! Ich werde ihm auch seine zweite Frau nehmen. Ich will ihn leiden sehen!«

Stahlblau blitzte das Messer in seiner Hand auf, als er den Arm hob.

Kapitel 39

Bei St. Quentin, Frankreich, Dezember 1917

Die Detonation ließ den Boden erbeben. Nasse Erde und Spuren von Kalk spritzten über Hannes hinweg, der lediglich das Papier in seiner Hand ausschüttelte, um seine eigenen Worte, die er bereits vor Wochen verfasst hatte, zum wiederholten Male zu lesen. Das Briefpapier wies inzwischen verschiedene Brauntöne, Wasserflecken und Schmutzränder auf. Hannes wusste, wenn er die Zeilen jemals an seine Frau schicken wollte, würde er sie zuerst neu schreiben müssen.

Es war nicht so, dass er Edith nicht schrieb. Er liebte sie, wollte sie teilhaben lassen an seinem Leben und von ihr hören. Doch es war ihm bis jetzt nicht möglich gewesen, die in diesem Brief niedergeschriebene Erklärung, wie es zu seinem Fehltritt mit Dorine gekommen war, samt zerknirschten Entschuldigungen über die unpersönliche Feldpost an sie zu senden. Er empfand seine niedergeschriebenen Worte als völlig ungenügend, um ihr kundzutun, wie sehr er unter seinem Versagen litt und wie viel Angst er davor hatte, sie mit diesem Brief noch einmal neu zu verletzen. Ganz abgesehen davon, wie groß seine Furcht war, sie könne ihm niemals vergeben.

Eine zweite Granate schlug einige Meter von ihm entfernt ein, zerbarst mit lautem Getöse und führte neben dem üblichen Dreck auch Metallsplitter mit sich.

»Wird ein langweiliger Tag werden«, rief Adrian Oettinger ihm aus seiner Stellung zu. Der rothaarige, sommersprossige Klassenkasper, der einst gemeinsam mit seiner halben Schulklasse Hannes' Kommando unterstellt worden war, war mittlerweile ein exzellenter Soldat: effektiv und nützlich an der Front, ansonsten noch immer ein lustiger Kerl, den jeder mochte. Dennoch ließ Hannes sich nicht täuschen. Das Entsetzen des Krieges würde niemals wieder aus Adrians Augen verschwinden, gleichgültig, wie viele Späße er trieb. Es war Theater, das er für seine Kameraden und für sich selbst spielte.

Sein Schulfreund Wolfgang Göke schob sich am mit Holz und Kalk befestigten Schützengraben in die Höhe und gab sinnlos ein Dutzend Schüsse ab. Sein Übereifer war bis heute nicht zu bremsen. Hannes ließ ihn meist gewähren, es sei denn, er brachte den Zug in Gefahr. Ein Dutzend verschossene Patronen mehr in dieser Materialschlacht taten niemandem weh.

Bubi, noch immer klein und wendig, allerdings nicht mehr der Jüngste von Hannes' Männern, flitzte herbei. Es war kaum zu glauben, dass er einer der Letzten war, die Hannes von Anfang an befehligt hatte. Viele waren gekommen und irgendwann weggetragen worden. Sie wurden durch neue Soldaten ersetzt, bis auch diese getötet, verwundet, verschüttet oder – weil an der Front nicht mehr brauchbar – ausgetauscht wurden.

»Der Herr Feldwebel hat zwei Verwundete. Eiser und Horn. Eiser fehlt der Hinterkopf, das Gehirn ist aber noch da, Horn hat einen Splitter im Auge.«

»Göke!«, rief Hannes, und Wolfgang lief über die knackenden Lattenroste zu ihm, unter denen sich schon wieder das Wasser sammelte.

»Geh mit Bubi. Der Spieß soll entscheiden, ob du einen Sanitäter suchen sollst oder ob es nicht eilt.«

»Endlich etwas zu tun«, seufzte Wolfgang, hängte sich sein Gewehr um und spurtete hinter dem wendigen Bubi her.

»Dieses Nichtstun macht ihn halb verrückt«, kommentierte Adrian.

Hannes reagierte nicht, sondern griff mit zwei Fingern unter den Gurt seines Stahlhelms, da dieser ihm ins Fleisch schnitt. Die alten Pickelhauben waren ab 1916 durch bessere Helme[28] ersetzt worden.

Bequemer war zumindest seine Ausführung nicht geworden, was wohl vor allem daran lag, dass der Helm seit einem heftigen Bombardement verbeult war.

Wolfgang mochte das Nichtstun anfechten, andere Männer machte der Dauerbeschuss verrückt. Wo war letztendlich der Unterschied? Mürrisch steckte Hannes den Brief in die Tasche seiner Uniformjacke unterhalb des Radmantels, den er als Offizier gegen die Nässe und Kälte tragen durfte.

»Noch zwei Tage«, seufzte Adrian, zog seinen Urlaubsschein aus der Tasche und wedelte damit herum.

Hillgart, wie Bubi ein Mann aus den ersten Tagen des Krieges und nach Lasswitz' Tod zum Unteroffizier befördert, knurrte den Jungen an. Der grinste nur frech zurück und schnupperte an dem beigefarbenen Papier mit dem großen, blau schimmernden Stempel in der Mitte, als habe er ein Stück würzigen Käse in der Hand. Allein bei diesem Gedanken zog sich Hannes' Magen schmerzhaft zusammen.

»Was willst du, Hillgart?«, meinte Adrian. »Du bist doch gerade erst vor zwei Wochen von deiner Süßen zurückgekehrt.«

»Für dich immer noch Herr Unteroffizier«, grunzte Hillgart.

»Du kannst mir das Gepäck tragen, Herr Unteroffizier«, lachte Adrian, zwinkerte den anderen Männern in ihrem Grabenabschnitt zu und erntete wie erwartet feixendes Gelächter.

»Und du schaust nach, wo unser Essen bleibt«, schnauzte Hillgart zurück.

Adrian zog eine Grimasse, verzog sich aber auf der Suche nach den Kameraden, die ihnen ihre magere Portion für heute hinaus in den Schützengraben schleppen sollten.

»Den Jungs ist langweilig«, wandte sich Hillgart mit einem Grinsen an Hannes.

»Das könnte sich ändern, sobald sich die Verhandlungspartner in Brest-Litowsk[29] über einen Friedensvertrag einig werden. Allerdings weiß ich nicht, ob die Russen den an sie gestellten Forderungen einschließlich der massiven Gebietsabtretungen und Reparationszahlungen jemals zustimmen. Falls doch, werden unsere Truppen mit den dann überzähligen Soldaten von der Ostfront aufgestockt und man könnte eine neue Angriffswelle planen.«

»Das dauert mir zu lange. Wir haben acht Mann verloren. Wann kommt der Nachschub?«

»Willst du dich mal wieder mit grünen Jungs frisch von der Schulbank herumschlagen?«

»Oettinger, Göke und einige der anderen von damals sind doch ganz passabel geworden.«

Hannes grinste. Dieser Erfolg war der Verdienst ihres Feldwebels Waldmann, der mit seinem bulligen Körperbau, dem Pferdegebiss und der Gemütsruhe eines Ochsen die Neuzugänge unter seine Fittiche nahm, während Hillgart sich möglichst von ihnen fernhielt.

Wieder gab es mehrere Einschläge, diesmal weiter entfernt. Rauchsäulen folgten dem Aufspritzen der kahlen Erde; Gras, Bäume, oder Büsche suchte man hier kilometerweit vergebens. Dies war tote Erde, Niemandsland, getränkt vom Blut abertausender Soldaten beider Seiten.

»Sag den Tommys da drüben mal, dass wir heute keine Lust haben«, brummte Hillgart.

»Ich schicke nachher Göke rüber, bevor es ihm wieder langweilig wird. Oder Oettinger, dann kann er denen mit seinem Urlaubsschein vor der Nase herumwedeln und ihnen erzählen, wir gingen jetzt kollektiv nach Hause!«

Als wollten die Briten sich nicht verspotten lassen, detonierten in diesem Moment eine Reihe Geschosse um den Schützengraben von Hannes' Zug. Erneut brach das altvertraute, aber noch immer gefürchtete Inferno eines intensiven Artilleriebeschusses aus und rollte Metall und Feuer spuckend über sie hinweg, begleitet von gewaltigen Druckwellen und lautstark gebrüllten Befehlen.

Hillgart und Hannes drückten sich rücklings gegen die Befestigung und zogen die Köpfe ein. »Sind unsere Kanoniere alle im Urlaub?«, schrie Hillgart gegen den Lärm an und bekam dabei Erde und abgesplitterte Holzspäne in den Mund. Er spuckte angewidert aus und fluchte dazu wie ein Droschkenkutscher.

»Hillgart!«, schrie Hannes gegen den infernalischen Lärm an.

»Herr Leutnant?«

»Lauf rüber zu Waldmann. Er weiß, wo Dahn mit dem Funkgerät steckt. Der soll mal unserer Artillerie in den Arsch treten. Höflich natürlich!«

»Den Tommys ist es auch langweilig«, spottete Hillgart, während er sein Gewehr schulterte und auf eine kurze Feuerpause wartete. Doch die Kanonen spuckten ihre pfeifende, dröhnende und vernichtende Last ohne Unterlass auf sie aus.

»Wir könnten ein Fußballspiel austragen«, rief einer der Männer. Hillgart nickte. Die Einschläge wurden weniger, weshalb er sich von der kalten, nassen Holzwand fortdrückte. »Die Sieger dürfen nach Hause, die Verlierer müssen die Sauerei hier aufräumen!«, sagte er noch, ehe er leicht geduckt losspurtete, obwohl er unten im Graben unmöglich gesehen werden konnte.

Hannes zog eine Grimasse und sah ihm nach. Weitere Explosionen rissen eine breite Narbe in den Graben. Holzsplitter, teilweise so groß wie ein Männerbein, jagten wie tödliche Geschosse umher.

Hannes fühlte, wie ihn etwas traf, dann blieb ihm die Luft weg.

Kapitel 40

Berlin, Deutsches Reich, Dezember 1917

»Tante Demy, Klara weint und …«

Das Messer streifte Demys Oberarm, schlitzte Bluse und Haut auf. Die Augen der siebenjährigen Leni weiteten sich erschrocken.

»Tante Demy!«, keuchte das Mädchen und blickte fasziniert und ängstlich zugleich auf den sich ausbreitenden Blutfleck.

Demy ignorierte sowohl den Schmerz als auch den eisernen Griff um ihr Handgelenk, der sie zurückhielt. »Lauf weg!«, stieß sie hervor. Die Angst um Ediths und Hannes' Tochter befähigte sie dazu, dem Mann einen Stoß zu versetzen. Der taumelte, riss sie jedoch mit sich, sodass das Messer in seiner Hand über ihre Wange ritzte. Blut perlte aus dem feinen Schnitt.

Das Kind schrie jetzt aus Leibeskräften, rührte sich aber nicht von der Stelle. »Lauf weg!«, schrie Demy noch einmal. Verzweifelt trat sie nach dem Mann, darum bemüht, dem Messer fernzubleiben. Er hob den Arm, sie den ihren. Sie wartete darauf, dass er ihr bei ihrer Abwehrreaktion die Hand zerschnitt oder durchstach. Roth stolperte über einen Fußschemel und musste sie loslassen, um nicht das Gleichgewicht zu verlieren. Reaktionsschnell duckte Demy sich fort und rannte auf die Tür zu.

»Lauf, Leni, lauf!«, schrie sie das immer noch wie versteinert vor ihr stehende Kind an. Endlich gehorchte Leni. Ihr Rock flatterte um ihre dünnen Beine, als sie in den Flur stürmte.

Demy wollte ihr nach, wurde aber von hinten an ihrer Bluse gepackt. Der Stoff spannte sich an ihrem Hals und schnürte ihr die Kehle zu. Ein Knopf sprang ab und eine Naht riss mit lautem Ratschen. Aber zumindest verschwand Leni in diesem Augenblick im Treppenhaus. Hilfe für Demy würde sie wohl nicht finden, aber wenigstens war die Kleine in Sicherheit.

»Du willst es also langsam und schmerzhaft?«, knurrte ihr Angreifer und drückte ihr den kalten Stahl des Messers an ihre noch unversehrte Wange. »Von mir aus gern«, fügte er hinzu und betrachtete gierig ihre vor der Brust zerrissene Bluse. Er keuchte: »Je schlimmer du zugerichtet bist, umso mehr treffe ich Meindorff!«

»Sie irren sich«, stieß Demy hervor. »Dieser Mann und ich wurden vom alten Rittmeister zu einer Verlobung gedrängt. Wir empfinden nichts füreinander. Nicht mehr als eine oberflächliche Freundschaft.«

»Das habe ich aber anders gesehen!«, lachte er spöttisch und drängte sie mit dem Rücken an die mit rostroten Blüten bedruckte Tapete. Er gab der Tür einen Stoß. Sie schlug gegen den Rahmen, schwang dann aber wieder einen Spaltbreit auf.

»Schade ist nur, dass ich nicht dabei sein kann, wenn er dich findet. Zu gern würde ich in sein Gesicht sehen, wenn er erkennt, was ich alles mit dir gemacht habe, bevor wir miteinander fertig waren.«

»Hören Sie, Herr Roth, Sie irren sich wirklich. Gefühle haben in diesem Haus niemals eine Rolle gespielt. Schon gar nicht bei einer arrangierten Heirat.« Demy sah sich verzweifelt um. Gab es hier nichts, was sich als Waffe eignete?

Der Mann drückte ihr den linken Ellenbogen so fest gegen den Brustkorb, dass ihr das Atmen zunehmend schwerer fiel. Ihr ganzer

Körper schien nur noch aus Schmerz zu bestehen. Aber sie war nicht gewillt aufzugeben. Noch nicht.

Für ihren Angreifer völlig unvorbereitet rammte sie ihm ihr Knie in den Unterleib. Er keuchte und kippte leicht vornüber. Rasend vor Wut hob er den Arm, in dessen Hand er das Messer hielt. Roth holte ein zweites Mal zum Stoß aus.

Kapitel 41

Bei St. Quentin, Frankreich, Dezember 1917

»Na, Junge? Ausgeschlafen?«

Hannes blinzelte. Er fühlte Eiseskälte und seinen vor Hunger knurrenden Magen. Demnach musste er noch am Leben sein. Ein widerliches Leben, voll Selbstzweifel, Zerstörung und Tod.

Über ihm kauerte Feldwebel Waldmann, links von ihm, an eine noch intakte Schutzwand des Grabens gelehnt, entdeckte er Hillgart. Behutsam atmete er ein und aus, schließlich bewegte er seine Gliedmaßen und richtete sich auf.

»Ein kräftiger Schlag gegen die Brust, vermute ich«, erläuterte Waldmann und kickte mit dem Fuß gegen zersplittertes Holz, das den Boden um ihn herum bedeckte, als habe ein Riese eine Schachtel Zahnstocher ausgeschüttet.

Die deutsche Artillerie hatte ihren Gegenbeschuss begonnen. Hillgart duckte sich, als ein feindliches Geschoss in ihrer Nähe einschlug und eine Fontäne Dreck auf sie warf; beigemischt waren Kleiderfetzen, ein Helm und ein blutiger Stiefel.

»Sollen wir dich zu einem Verbandsplatz bringen, Oberleutnant?«, wollte Hillgart wissen, doch Hannes schüttelte den Kopf.

»Sehen wir zu, dass wir einen notdürftigen Schutzwall aufrichten, bis die Wand des Grabens wieder anständig verstärkt ist.«

»Weber, Stern, Baass? Raus mit den Spaten, aber behaltet die Köpfe unten«, brüllte Waldmann über Hannes' schmerzenden Kopf hinweg.

»Jawohl, Spaten raus!«, erreichte sie zwischen zwei Explosionen die Antwort.

»Die Tommys haben unser Essen in die Luft gejagt. Dangers und Hillingmeier sind hinüber, Göke kam mit dem Schrecken davon«, berichtete Waldmann, wurde aber von Stern unterbrochen. Der Jude näherte sich ihnen vorsichtig, da sich zwischen ihnen und ihm der zerstörte Grabenabschnitt befand und er für die britische Infanterie, vor allem für einen von ihren Scharfschützen, keine leichte Beute abgeben wollte.

»Der Treffer hat einen vor Jahren beerdigten Soldaten freigelegt«, meldete er bekümmert. Die Ruhe der toten Kameraden war ihnen allen wichtig, hatten sie doch tapfer gekämpft und sollten zumindest jetzt ihren Frieden haben.

»Lasst ihn liegen«, entgegnete Hannes, dem das Sprechen noch immer etwas schwerfiel. Der Druck auf seiner Brust nahm kaum ab. »Schaufelt ihn einfach wieder zu.«

»Er wurde verschoben. Seine Beine und Füße ragen gut fünfzehn Zentimeter zu uns in den Graben.«

»Dann schaufelt ihn zu, soweit es geht, um den Rest sollen sich die Feldpioniere kümmern, wenn sie den Graben wieder abstützen.«

Stern verzog das Gesicht, hatte aber wohl keinen besseren Vorschlag oder verkniff sich diesen. Er drehte sich um und schlängelte sich wie ein Wurm über den Schutt aus Erde, Kalk und Holz hinweg, zurück zu den anderen Gefreiten, die inzwischen mit ihren Feldspaten den gröbsten Schaden behoben.

»Ein langweiliger Tag, sagt Oettinger«, brummte Hannes. Mit den beiden Soldaten, die ihr Essen holen sollten, waren es fünf Ausfälle, die sie zu verzeichnen hatten und dabei war der Tag noch jung.

»Hm, Oettinger«, knurrte Waldmann und betrachtete einen blutigen Fetzen Papier in seiner Hand, ehe er ihn Hannes überließ. Es handelte sich um Adrians Urlaubsschein.

Mit einem zugekniffenen Auge schaute Hannes zu seinem Feldwebel auf. Er wusste genau, dass er die folgenden Worte im Grunde gar nicht hören wollte.

»Das ist alles, was von ihm übrig geblieben ist.«

Kapitel 42

Berlin, Deutsches Reich, Dezember 1917

Philippe fiel dem Mann in den Arm, der das Messer hielt. Mit der rechten Faust schlug er ihm mit voller Kraft ins Gesicht, wobei er die Nase brechen hörte. Zorn, Schrecken und Erleichterung darüber, dass Demy noch am Leben war, entluden sich in einem zweiten, schließlich einem dritten Schlag.

Sein überraschter Gegner sackte blutend zusammen. Das Messer entglitt seiner Hand und fiel klirrend zu Boden. Mit einem gezielten Fußtritt kickte Philippe die Waffe unter die nächststehende Couch.

»Albert, schaff ihn raus!« Noch während er den Befehl erteilte, umfasste er die leichenblasse Demy um die Hüfte.

»So viel zu deinen hilfsbedürftigen Gästen«, knurrte er und drückte die am ganzen Körper bebende Frau auf einen Stuhl. Er riss den blutdurchtränkten Blusenärmel unterhalb ihrer linken Schulter ab und legte eine tiefe, aber glatte Wunde frei. Mit dem abgetrennten Ärmel wischte er mehrmals das hervorquellende Blut fort, um sich die Verletzung näher anzusehen.

»Das ist nicht weiter schlimm«, kommentierte er, richtete sich auf und ergriff einen der von Demy bereitgelegten Kissenbezüge, den er in Streifen riss und ihr um den blutenden Oberarm wand.

»Dafür schmerzt es aber ziemlich«, flüsterte sie.

Philippe sah Demy an und konnte seine übliche Schroffheit beim Anblick ihrer blauen Augen, in denen Tränen schimmerten, nicht länger aufrechterhalten. Mit einem Ausdruck, der sein bärtiges Gesicht regelrecht wild wirken ließ, riss er sie hoch und presste sie an sich.

Demy klammerte sich mit beiden Händen an seiner Fliegerjacke fest. Es war ihm gleichgültig, ob sie das aus Verzweiflung, aus Erleichterung, aus Zuneigung oder einfach nur deshalb tat, weil sie nach diesem Schrecken Halt suchte. Endlich hielt er sie fest im Arm – da, wo sie seines Erachtens nach hingehörte.

Jedes Zeitgefühls beraubt spürte er irgendwann einen zunehmenden Widerstand gegen seine Umarmung, doch erst als sie leise sagte, dass er ihr wehtäte, ließ er sie los und drückte sie zurück auf den Stuhl.

Erneut versuchte er, alle Gefühle auszuschalten, da er nicht einschätzen konnte, was sonst mit ihm und ihr geschehen würde. Er legte seine Hände an ihr Gesicht, neigte mit sanftem Druck ihren Kopf zur Seite und betrachtete den dünnen blutigen Striemen auf ihrer Wange.

In diesem Moment dröhnte ein Schuss durch das Haus.

»Du rührst dich nicht von der Stelle!«, wies Philippe Demy an. Er wirbelte herum, riss im Laufschritt seine Pistole aus dem Halfter und stürmte über den Flur und die Stufen hinunter.

Die Eingangstür stand offen. Auf der obersten Stufe kauerte Albert und gab gerade zwei weitere Schüsse ab. Philippe sah noch, wie der Flüchtende das Tor passierte und nach rechts lief. Er stürmte an Albert vorbei und die kurze Auffahrt entlang, doch als er die Schlossstraße erreichte, bog vor dem Charlottenburger Schloss lediglich eine Kutsche ab. Die Straße war wie leer gefegt. Von dem fliehenden Mann war nichts zu sehen.

Bohrende Schmerzen in seinem Bein und ein unangenehmes Ziehen seines Brustkorbs aufgrund der gebrochenen Rippe ließ ihn von einer weiteren Hatz auf den Täter absehen. Wütend stapfte Philippe an der Grundstücksmauer entlang, überquerte schließlich die Straße und hinkte auf der gegenüberliegenden Seite zurück, wobei er die Vorplätze nach einer verdächtigen Bewegung absuchte, bis er wieder das Meindorff-Anwesen erreicht hatte. Am Tor erwartete ihn Albert. Wie Philippe hielt auch er noch immer die Waffe in der Hand.

»Was ist passiert?«, blaffte Philippe den Jüngeren an.

»Ich dachte, dieser Kerl sei halb bewusstlos. Plötzlich schlug er mich nieder und floh.«

»Hast du ihn getroffen?«

»Jedenfalls habe ich den Blumentopf im kleinen Foyer zerschossen.«

»Du bist ein lausiger Schütze. Zum Glück bist du als Pilot brauchbarer.«

»Was ist mit Demy?«

»Nichts, was nicht wieder heilt. Es sei denn, sie kann mir keine plausible Erklärung für das Geschehen geben.«

»Sei nicht so hart mit ihr.«

»Sie beherbergt hier wochenlang einen Irren!«

»Sieht man das den Menschen etwa an?«

Philippe warf Albert einen wütenden Blick zu, wies ihn an, das Tor zu schließen und eilte zurück in den ehemaligen Salon seiner Pflegemutter. Entgegen seiner Erwartungen saß Demy noch auf dem Stuhl und wickelte sich gerade einen frischen Verband um den Oberarm, da der vorherige bereits durchgeblutet war.

»Was hat dieser Mann gegen dich?«, fragte er, kniete sich neben sie und half ihr, den Verband zu verknoten.

»Gegen mich?«, fragte sie und kräuselte die Nase. »Nichts. *Sie* waren sein eigentliches Ziel!«

Philippe sah sie durchdringend an, erhob sich dann und zog sich einen Stuhl heran. Schwer ließ er sich auf diesen fallen und griff nach einem Bleistift, der auf dem Tisch lag. Er musste seine Hände beschäftigt halten, damit er Demy nicht berührte.

Diese senkte den Blick und raffte ihre aufgerissene Bluse zusammen, sodass ihre Unterwäsche nicht mehr seinen Blicken preisgegeben war. »Er heißt Deneuve.«

»Das ist der Name meiner Mutter!« Philippe schüttelte verständnislos den Kopf.

»Und seiner Mutter. Sein Vorname lautet Calle.«

Der Offizier starrte Demy fassungslos an. Calle? Das ständig schreiende Kind aus der Provence hatte ihn aufgespürt? Weshalb? Warum wollte er Demy töten? Die Erinnerung an den Anblick, der sich ihm bot, als er in das Zimmer gestürmt war, ließ ihn die Hände zu Fäusten ballen. Der Bleistift brach entzwei.

»Er nannte sich viele Jahre lang Karl Roth und mir gegenüber Clément Rouge.«

Zäh wie Honig und nicht minder klebrig verwoben sich ihre Informationen mit seinem Wissen, seinen Erinnerungen. »Calle ist mein Bruder? Dieser Karl Roth?«

»Ihr Halbbruder, sagte er.«

Bilder von Udako mit ihrem hinreißenden Lachen unter der Sonne Afrikas und von Demy in Paris, wie sie sich gegen ihn wehrte, als er sie bei der Übergabe des Briefs überraschte, bestürmten ihn. Er sah, wie

Udako ihren letzten stummen Schrei ausstieß, während die Kugeln ihren Körper durchschlugen, und Demys angstvoll geschlossene Augen, als das Messer nur wenige Zentimeter von ihrem Hals entfernt war. Sein Halbbruder hatte die beiden einzigen Frauen, denen er jemals Bewunderung, Fürsorge und Liebe entgegengebracht hatte und die die Gabe hatten, die tiefe Sehnsucht in seinem Herzen zu stillen, dazu ausersehen, durch seine Hand zu sterben!?

»Warum?«

»Ich fürchte, er ist sehr verbittert. Er scheint anzunehmen, Ihnen sei es immer gut ergangen, während er Not litt.«

Philippe wunderte sich über ihre ruhige, sanfte Antwort, war ihm doch nicht einmal bewusst, dass er seine Frage laut ausgesprochen hatte.

»Ich erzähle Ihnen später, was er mir erzählt hat. Doch zuerst muss ich nach Leni sehen. Das Mädchen hat sich gehörig erschrocken.«

»Leni hat uns in der Halle getroffen und sofort alarmiert. Sie sagte, sie müsse Luisa, Klara und Markus beschützen.«

Demys Lächeln zerriss ihm beinahe das Herz. Es war voller Zuneigung für Hannes' und Ediths Tochter.

Als sie sich erhob, sprang auch er auf die Füße. »Weißt du, weshalb Roth dich töten wollte?«

Demy nickte und senkte erst die Augen, um ihn dann nahezu trotzig anzuschauen. »Er wollte Ihnen wehtun, indem er Ihre Verlobte umbrachte, so wie damals Udako. Ich versuchte ihm zu erklären, dass er Sie damit längst nicht so tief treffen könne, wie er es sich ausmalte ...«

Philippe nahm erneut ihr Gesicht in seine Hände, darauf bedacht, den Schnitt nicht zu berühren. Er ignorierte die Falten auf ihrer kleinen, geraden Nase ebenso wie das unruhige Flackern in ihren Augen. »Das war gelogen.«

»Wie bitte?« Ihre Stimme war nur ein Flüstern.

»Demy, ich würde nicht weniger leiden, wenn dir etwas zustieße, als damals, als er mir Udako nahm. Ist dir das denn nicht bewusst?«

Als Antwort erhielt er nur ein schwaches Schulterzucken. Täuschte er sich, oder sammelten sich in ihren Augen erneut Tränen? Schmerzte ihre Verletzung sie so sehr?

»Ich weiß, dass mein Vater am Tod Ihrer Verlobten Mitschuld trug. John schrieb es mir, in der Annahme, wir hätten darüber gesprochen.«

Philippe stöhnte innerlich auf. Würde dieses schreckliche Ereignis weiterhin zwischen ihnen stehen?

»Und die ganze Geschichte wird nicht besser, wenn ich Ihnen jetzt sagen muss, dass Herr Roth mir beteuerte, er habe Udakos Tod nicht gewollt. Es war ein Unfall, der auch ihn schwer traf.«

Philippe schluckte, verwischte jedes ihrer Worte doch all das, was er über Jahre angenommen hatte.

»Bedeutet das, die Schuld an Udakos Tod liegt allein bei meinem Vater?«

»Bei ihm vielleicht, nicht aber bei dir«, unterband er jedes weitere Wort.

»Denken Sie wirklich so?«

»Ja, Demy, dank Gottes Hilfe.« Er zögerte, versank förmlich in ihren Augen. Täuschte er sich, oder flehten sie ihn an, ihr endlich Gewissheit zu geben? Und damit eine Zukunft, ein Zuhause und eine Familie?

Er vergrub seine Fingerspitzen in ihren aufgesteckten, schwarzen Locken. »Ich betrachte unsere Verlobung hiermit als aufgelöst«, sagte er mit fester Stimme. Sie zuckte zurück, doch er ließ sie nicht los. Vielmehr glitten seine Finger noch weiter in ihr Haar hinein und er beugte sich tiefer über ihr Gesicht.

»Ich möchte keine Verlobung, die mein Ziehvater erzwungen hat und die zwei Menschen aus zweckdienlichen Gründen aneinander band. Ich verlobe mich mit einer wunderbaren Frau, weil ich sie von ganzem Herzen liebe und mit ihr an meiner Seite alt werden möchte. Außerdem ist es mein Wunsch, ihr so bald wie möglich einen Ring an den Finger zu stecken, damit jeder sehen kann, dass sie mir versprochen ist.« Er zwinkerte ihr zu, ihr, der verschmähten und hingehaltenen Braut.

»Philippe ...« Da war sie wieder, ihre unnachahmliche Art, seinen Namen auszusprechen, wobei sie ihren niederländischen Akzent nicht vollständig verbergen konnte.

»Dein Französisch ist nach wie vor eine Katastrophe«, flüsterte er.

Ihr heiteres Lächeln ließ sein Herz wie ein junges Fohlen galoppieren.

»Möchtest du?« Er blieb bei seiner Muttersprache.

»Möchte ich was?«

»Meine Frau werden?«

»Wann?« Nun blitzte der Schalk aus ihren Augen.

»Das darfst du entscheiden.«

»Nach dem Krieg.«

»Was?« Philippe, der im Laufe ihres Gesprächs mit seinem Gesicht dem ihren immer näher gekommen war, richtete sich perplex auf.

»Ich habe eine Verantwortung in diesem Haus übernommen, und der muss ich weiterhin gerecht werden. Du hingegen arbeitest bei Anthony – und für welche geheimnisvolle Institution auch immer. Was für ein Eheleben würden wir führen?«

»Eines wie andere Ehepaare auch; wie Edith und Hannes oder Lina und Anton.«

»Eben!«

Philippe zog eine Grimasse, was Demy zu einem kurzen Auflachen animierte. Er umfasste ihre Taille.

»Ich muss dringend nach Leni sehen«, fiel Demy nun wieder ein.

»*Du* musst jetzt erst etwas anderes«, raunte er und küsste sie.

Vorsichtig und zaghaft erwiderte sie seinen Kuss. Sie lehnte sich an ihn, erlaubte ihm, sie näher an sich zu ziehen, und doch bemühte er sich darum, sie nicht zu überfordern. Sie war ihm viel zu kostbar, so erschreckend und berauschend unschuldig.

* * *

Bereits früh am Abend setzte die Dämmerung ein, dazu bedeckte ein leichter Schneefall den kalten Boden, die Hecken, Bäume und Mauern und trotzte dem Grau in Grau der Stadt.

Die Piloten verabschiedeten sich und Albert ermahnte sie alle, in Zukunft sämtliche Türen und auch die Fenster im Erdgeschoss verschlossen zu halten.

Demy begleitete die Männer an die Haustür, und während Albert zu Philippes Automobil vorausging, löschte Henny hinter ihnen die ohnehin nur sparsam angeknipsten Lampen im kleinen und großen Foyer.

Philippe ergriff Demy am Ellenbogen und zog sie hinter den geschlossenen Türflügel, wo sie vor Alberts neugierigen Blicken geschützt waren.

»Es gibt noch so viel zu sagen«, lächelte er und dachte dabei belustigt an den Augenblick zurück, als Leni und Luisa zu ihnen in das Zimmer geplatzt waren, wobei Leni ihrer älteren Schwester in aller Ausführlichkeit und voller Stolz berichtete, wie sie die kleineren Kinder beschützt und Demy gerettet hatte.

Demy lächelte, hob den unverletzten Arm und legte ihre Hand an seine mittlerweile glatt rasierte Wange. Auf ihr waren die fast verheilten Schnittwunden von seinem Absturz nun wieder deutlich zu erkennen.

Er drückte für einen Moment sein Gesicht fest an die weiche Innenfläche ihrer Hand, ehe er den Kopf drehte und ihren Handteller küsste. Schließlich nahm er ihre Rechte zwischen seine beiden kräftigen Hände.

»Ich möchte dieses Mal alles richtig machen. Am liebsten wäre mir, ich könnte bei deinem Vater vorsprechen.« Er verstummte, überdachte seine Worte und schüttelte dann lachend den Kopf. Er wäre nicht wirklich erpicht darauf, dem Erik van Campen von damals gegenüberzutreten. »Nein, das stimmt so nicht. Aber ich könnte Feddo fragen.«

»Du willst bei meinem jüngeren Bruder um meine Hand anhalten?« Demy ließ ein Kichern hören, das ihn freute, weil es so erfrischend jugendlich klang. »Er wird dich auslachen.«

Philippe blieb ernst und während er mit seinem Daumen über ihre Finger strich, erwiderte er: »Meinetwegen soll er lachen. Nur Nein sagen darf er nicht.«

Er ließ sie los und wollte ihre Arme ergreifen, unterließ dies aber aus Rücksicht auf ihre Verletzung, die inzwischen von Dr. Stilz genäht worden war. Stattdessen legte er seine Hände an ihre Hüften.

»Vorhin habe ich mit einem Freund aus alten Tagen telefoniert. Er zieht hierher und bringt seine beiden Hunde mit«, erklärte er und wappnete sich gegen ihren Widerstand.

Prompt überzogen diese hinreißenden kleinen Falten ihre Nase.

»Seine Hunde?«

»Romulus und Remus, zwei große Mischlingshunde. Sie sind völlig harmlos, aber sie bellen, wenn sich jemand dem Haus nähert. Und ich weiß von früher, dass Roth großen Respekt vor dem Hofhund von Amelie hatte.«

Demy wollte etwas einwenden, doch Philippe zog kurz die Augenbrauen in die Höhe, was sie schweigend abwarten ließ. »Dietmar Behonek ist ein pensionierter, preußischer Wachtmeister. Gegen Kost und Logis wird er auf euch aufpassen.«

»Ist das wirklich nötig?«

»Roth ist entwischt.« Philippe unterdrückte mühsam einen Anflug von Verzweiflung. Offensichtlich war sein Halbbruder – von dieser verwandtschaftlichen Beziehung hatte er nicht einmal gewusst – ihm äußerst feindselig gesonnen und projizierte seinen Hass auf Demy. »Es soll ihm unmöglich gemacht werden, in deine Nähe zu gelangen. Wenn er etwas mit mir auszufechten hat, soll er gefälligst zu mir kommen!«

Ein ängstlicher Blick von Demy traf ihn, der ihn mehr aufwühlte, als er sich anmerken lassen wollte. Also schenkte er ihr ein beruhigendes Lächeln und zog sie enger an sich. Sie ließ es gern geschehen, drang doch durch die offen stehende Tür eiskalte Luft herein.

»Albert wartet«, flüsterte sie nach einer langen Zeit des Schweigens.

»Lass ihn warten. Er hat vor, Richthofen zu treffen, der gerade Urlaub hat. Vielleicht verhindern wir ein Treffen der beiden, indem wir hier noch einige Tage …«

Ihr entrüsteter Blick brachte ihn zum Lachen. Sanft legte er seine Wange an ihr Haar und atmete genießerisch ihren Duft ein.

»Ist er gut genug für Richthofens Geschwader? Bei ihm fliegen doch nur die Besten der Besten.«

»Albert ist ein ausgezeichneter Pilot. Die Frage ist vielmehr, ob Richthofen nach seiner Verletzung im Frühjahr noch ein sinnvoll agierender Pilot und Vorgesetzter ist.«

»Er ist ein Nationalheld! Wobei ich annehme, dass auch diese Fehler begehen.«

»Richthofen wurde schon einmal für lange Zeit von der Propagandamaschinerie am Fliegen gehindert, weil das Kaiserreich nicht riskieren wollte, dass ihr Nationalheld abgeschossen wird. Sogar die Verwundung wurde geheim gehalten. Es heißt, er habe den Kaiser beleidigt und damit durchgesetzt, wieder fliegen zu dürfen. Edith sagte mir allerdings, sie habe das Loch in seinem Kopf gesehen und bezweifle sehr, dass er jemals wieder der Alte sein wird.«

»Zu fragen, ob er leichtsinnig werden könnte, erübrigt sich bei Jagdpiloten wohl, nicht wahr?«

Philippe nickte und vergrub bei dieser Gelegenheit sein Gesicht noch tiefer in ihrem Haar.

»Ein Grund, weshalb ich mit der Heirat warten möchte«, flüsterte Demy. »Wer weiß, ob sie dich nicht zu einer Jagdstaffel versetzen, falls Not am Mann ist?«

»Dann hättest du ein Fliegerass zum Mann, um das dich alle Frauen beneiden würden«, brummte Philippe unwillig bei der Vorstellung, man könne ihn zwangsweise in ein Flugzeug setzen, mit dem er andere Piloten abschießen sollte.

»Ich wäre eher innerhalb einiger Wochen Witwe. Ich weiß durchaus, wie kurz die Lebenserwartung eines Jagdfliegers ist.«

Er räusperte sich. Zwar war er froh, dass Demy den Wächter und die beiden Hunde klaglos hingenommen hatte, doch die neuerliche Wendung des Gesprächs gefiel ihm nicht. Waren die wenigen Minuten mit ihr nicht zu kostbar, um über das Sterben nachzusinnen? »Demy, ich möchte, dass du einen Ring von mir trägst.«

Sie drückte sich von ihm fort und sah ihn an. Eine Mischung aus Freude und Unsicherheit lag in ihrem Blick. Er verstand sie, immerhin waren sie jahrelang verlobt gewesen, ohne dass sie dieses äußerliche Zeichen getragen hatte. Er kramte in seiner Jackentasche und umschloss den einfachen, schmalen Goldreif, den er nach seiner Rückkehr aus Riga in seinem Zimmer in Schwerin geholt hatte.

»Ich weiß nur nicht, ob du *diesen* Ring tragen möchtest. Ich habe ihn einst für Udako gekauft und wollte ihn ihr bei unserer Trauung an den Finger stecken.«

Forschend sah er sie an, ehe er langsam die Hand aus der Jacke zog, einen Schritt zurücktrat und ihr das vor dem Schnee matt schimmernde Schmuckstück zeigte.

Sie zögerte, und einen Moment lang fühlte Philippe sich wie ein Schuljunge, der seine Hausaufgaben nicht gemacht hatte. Verletzte er Demys Gefühle mit seiner Bitte, einen Ring zu tragen, der für eine andere Frau gekauft worden war?

Demy zog den schmalen Reif zwischen seinem Zeigefinger und Daumen heraus und betrachtete ihn eingehend, ehe sie fest ihre schlanken Finger um ihn schloss. »Ich trage ihn, Philippe. Udako muss eine wunderbare Frau gewesen sein. Ihr verdanke ich, dass du heute der Mann bist, der du bist. Ihr Leben und ihr Sterben haben dich tief geprägt, und ich könnte niemals etwas verachten, was für sie bestimmt war. Vielmehr fühle ich mich geehrt.«

»Demy!«, flüsterte Philippe. Überwältigt riss er sie in seine Arme, lockerte seinen Griff aber sofort wieder, als sie einen spitzen Schmerzensschrei ausstieß.

»Kommst du endlich, Philippe? Fokker wird dich rausschmeißen, wenn du morgen früh nicht hellwach in einer seiner wie Pilze aus dem Boden schießenden Werkshallen auftauchst«, beschwerte sich Albert von draußen.

»Ich komme!«, rief Philippe. Er ließ Demy los, nur um zum Abschied noch einmal ihr Gesicht zwischen seine Hände zu nehmen und sie sanft auf die Stirn zu küssen.

Er drehte sich um, doch sie ergriff seine Hand und hinderte ihn am Gehen. »Wann sehe ich dich wieder?«, wollte sie wissen.

»Das kann ich dir unmöglich sagen. Es kommt wohl auf die weitere Kriegsentwicklung an.«

»Ich verstehe.«

Er ließ sie los und warf einen letzten Blick auf sie, wie sie im Halbdunkel hinter der Tür stand, die Hand noch immer ausgestreckt, als wolle sie ihn festhalten. Entschlossen zog er die wuchtige Eingangstür ins Schloss und wartete, bis er hörte, dass sie den Schlüssel herumdrehte. Erleichterung über ihre Vorsicht mochte sich jedoch nicht einstellen. Als er die Stufen hinuntersprang, verspürte er vielmehr den Wunsch, bei ihr zu bleiben und sie zu beschützen.

Roth war irgendwo da draußen in dieser großen Stadt, voll Hass auf ihn und zusätzlich gedemütigt, weil ausgerechnet er sein Vorhaben hatte scheitern lassen.

Er würde es wieder versuchen, da war Philippe sich sicher. Aber was konnte er mehr tun, als an Demys Vorsicht zu appellieren, die Polizei zu verständigen und ihr Behonek und seine Hunde an die Seite zu stellen?

* * *

Robert öffnete das schwere, gusseiserne Tor und ließ seine Familie passieren, ehe er es wieder hinter sich zuzog. Klappernd fiel es ins Schloss.

Wie üblich war es Jelena, die sich ohne Scheu als Erste auf den Weg machte. Sie schritt auf das im untersten Stockwerk hell erleuchtete Haus zu, das trotz seines bröckelnden Putzes und schief hängender Dachpfannen eine ruhige Eleganz ausstrahlte.

Hinter einigen schlanken Birken und Weiden ragten Baumstümpfe aus der schlammigen Wiese und deuteten darauf hin, wie dringend in diesen kalten Tagen Brennholz benötigt wurde. Aber zumindest war in diesem Haushalt noch ausreichend davon vorhanden, stellte Robert erleichtert fest und verdrängte seinen Kummer darüber, Anki und die Mädchen bald wieder sich selbst überlassen zu müssen.

Er folgte Anki und Nina, die beide jeweils eines der kleineren Mädchen an den Händen hielten. Katja stolperte mehrmals, so müde war sie. Sie hatten die vergangenen Tage in verschiedensten Zügen und Bahnhöfen zugebracht.

An der untersten der breiten Sandsteinstufen hielt Jelena inne und wartete, bis die Nachzügler eintrafen.

»Wird man uns wirklich willkommen heißen?«, flüsterte Nina verunsichert und warf einen abschätzenden Blick auf die geschlossene zweiflügelige Tür.

»Der Herr Oberleutnant hat es uns zugesichert«, versuchte Anki dem Mädchen und wohl auch sich selbst Mut zuzusprechen. »Immerhin sind er und der Herr Leutnant Mitglieder der Familie Meindorff.«

Wildes, bedrohliches Hundegebell ertönte und kam rasch näher.

Katja begann vor Angst zu wimmern und auch Jenja schlang ihre pummeligen Arme um Ankis Beine.

»Wir finden es nicht heraus, wenn wir hier herumstehen«, entschied Jelena und lief leichtfüßig die Stufen hinauf. Obwohl auch sie verschmutzt und fadenscheinig gekleidet war und die Nächte in unruhigen Bahnhöfen oder ruckelnden Zügen verbracht hatte, war ihre Energie ungebrochen. Robert, den das wilde Gebell beunruhigte, schob seine Frau vorwärts und brachte damit die Mädchen dazu, ihrer Schwester zu folgen.

Noch ehe jemand nach der Klingel greifen konnte, wurde die Tür aufgerissen. Breitbeinig baute sich vor ihnen ein Hüne von einem Mann auf, der ein Gewehr in den Händen hielt.

»Wer sind Sie?«, bellte er nicht minder drohend als die Hunde. Diese erreichten gleichzeitig die Freitreppe und sprangen die Stufen hinauf.

»Liegen!«, wies die donnernde Männerstimme die Tiere an, die zu Roberts Erleichterung aufs Wort gehorchten. Die beiden großen Hunde legten sich jeweils auf eine Stufe, behielten die Fremden vor ihrer Haustür jedoch hechelnd und aufmerksam im Blick.

»Entschuldigen Sie bitte unser Eindringen. Mein Name ist Robert Busch, dies ist meine Frau Anki und ...«

Über das faltige Gesicht des Mannes breitete sich ein Strahlen aus und seine wachsamen Augen verzogen sich zu winzigen Schlitzen. »Sie werden sehnsüchtig erwartet!«

Robert hörte Anki, die sich an seinen Arm klammerte, erleichtert aufseufzen. Der Türwächter, Pförtner oder was auch immer dieser Hüne war, drehte sich um und rief ins Haus: »Fräulein Demy, Ihre Schwester samt Anhang ist angekommen!«

Aufgeregte Stimmen drangen zu ihnen nach draußen. Der Mann trat beiseite und öffnete den Türflügel. Robert bemerkte erfreut den angenehmen Luftzug eines durch ein Kaminfeuer erwärmten Raums. Er winkte die Chabenski-Kinder herum, die sich nicht lange mit einer Musterung der vornehmen Halle und deren Einrichtung aufhielten, waren sie doch ein weitaus nobleres Ambiente gewohnt.

Der Klang vieler Stimmen ließ darauf schließen, dass die Hausbewohner, dem Krieg zum Trotz, am Abend dieses 24. Dezember eine fröhliche Weihnachtsfeier abhielten. Oberhalb der drei flachen Stufen, die das Foyer von einer prächtigen Halle trennten, erschien eine schlanke Frau in einem grünen, mit einer grauen Schärpe eng taillierten Festtagskostüm.

Anki ließ Jenja los und trat näher. Während die Frauen sich schweigend musterten, betrachtete Robert fasziniert die Erscheinung, von der er annahm, es handele sich um Demy. Jetzt erschloss sich ihm, weshalb Philippe so eigenartig auf Nina reagiert hatte. Diese junge Frau war zwar nicht so zierlich wie die älteste Chabenski-Tochter und gut einen Kopf größer, doch mit ihrem schwarzen Haar, das sich im Gegensatz zu Ninas kräftig lockte, den blauen Augen unter geschwungenen, schmalen Augenbrauen, dem ovalen Gesicht mit dem spitzen Kinn und der kleinen, geraden Nase wies sie eine unübersehbare Ähnlichkeit mit der russischen Fürstentochter auf.

Da dies Philippe, im Gegensatz zu Albert, aufgefallen war, und seine daraus resultierende Verwirrung, verleitete Robert zu der Annahme, dass Ankis Schwester dem deutschen Offizier nicht gleichgültig war.

Demy formulierte mit den Lippen tonlos Ankis Namen, ehe sie sich förmlich die Stufen hinunterstürzte und in Ankis ausgebreitete Arme fiel. Die Schwestern sanken gemeinsam auf die unterste Stufe. Tränen liefen sowohl der vornehm gekleideten jungen Dame als auch dem verschmutzten und abgemagerten Kindermädchen über die Wangen.

Robert grinste. Er wusste aus Ankis Erzählungen, dass seine Frau und die älteste Schwester, Tilla, zu Damen erzogen worden waren, während Demy als Lausbub gegolten hatte.

Das tränenreiche Wiedersehen lockte Neugierige an, die sich oberhalb der Stufen aufreihten, sodass bald ein gegenseitiges Mustern von oben nach unten und von unten nach oben im Gange war, bei dem Robert sich zunehmend unwohler fühlte.

Schließlich gesellte sich Nina an seine Seite. »Was sollen wir jetzt machen?«, fragte sie auf Russisch. »Ich fühle mich wie ein Eindringling. Ich bin schmutzig, meine Kleidung und mein Mantel sind zerrissen und ich stinke.«

Anki musste die leicht pikierte Bemerkung ihres Schützlings gehört haben, denn sie rückte von Demy ab und flüsterte dieser etwas zu. Prompt erhob sich die große Frau, strich ihren Rock glatt und wandte sich der festlich gekleideten Menge zu.

»Feddo, Rika, dies ist eure Schwester Anki. Ihr Lieben, ich denke, wir sollten meiner Schwester, ihrem Mann und den vier Fürstinnen ihre Zimmer zeigen. Monika, würdest du mit Pauline und Irma für heißes Wasser sorgen? Margarete und Lina, wir suchen Kleidung hervor. Damit verschieben wir unser Festessen …«

»Steckrüben einmal festlich«, spottete der Bursche, in dem Robert Feddo vermutete, den jüngsten Spross der van Campen-Familie. Er erntete Gelächter und einen tadelnden Blick von Demy.

Der Bann war gebrochen. Es wurden Hände geschüttelt und sowohl Jenja als auch Katja bekamen von einem Jungen namens Nathanael eine Scheibe Brot zugesteckt. Der Bursche schien ihnen ihren Hunger anzusehen. Schließlich brachte man sie hinauf in zwei große Räume, die ihnen während ihrer Zeit in Berlin zur Verfügung stehen sollten.

Nachdem Anki Demy zum wiederholten Mal umarmt und ihr beteuert hatte, wie glücklich sie war, sie, Rika und Feddo endlich wiederzusehen, und wie furchtbar nah ihr Tillas Tod ging, schloss sich die Tür zwischen ihrem Privatraum und dem Trubel im Flur und im Zimmer der Chabenski-Kinder.

»Meine Güte!«, stöhnte Robert und ließ sich ungeachtet seiner schmutzigen Hose auf einen Sessel fallen.

»Der Herr Oberleutnant hatte uns doch erzählt, dass Demy eine große Zahl an Gästen im Haus aufgenommen hat, um hier gemeinsam die schwere Kriegszeit zu überstehen.«

»Das hat er wohl, verschwieg dabei aber den Elan und die Geschwindigkeit, mit der deine Schwester alles durcheinanderzuwirbeln versteht.«

Anki lachte so ausgelassen und befreit, wie er es schon lange nicht mehr gehört hatte. In Roberts Innerem stieg eine zufriedene Wärme auf. Allein dieses Lachen zu hören ließ alle erlittenen Strapazen und Schwierigkeiten verschwindend klein werden. Nun war Anki bei ihrer Schwester, die unübersehbar mit beiden Beinen fest im Leben stand und über die ein zuverlässiger und durch kaum etwas zu erschütternder Offizier wachte. Die Aussicht, dass er bald wieder an die Front zurückkehren musste, hatte viel von ihrem Schrecken verloren.

* * *

Heißer Dampf waberte durch die Küche und Demy wischte sich mehrmals mit dem Handrücken die feuchten, ihr in die Stirn fallenden Haarsträhnen zurück.

»Als Nächstes werde ich mir so eine praktische Kurzhaarfrisur anschaffen, wie sie neuerdings modern ist«, brummte sie und zog mit spitzen Fingern den rutschenden Verband an ihrem Oberarm höher.

»Setz du dich lieber hin und schone deinen Arm«, erwiderte Henny vom Spültisch aus.

»Sobald wir fertig sind.«

»Sofort!«, kommandierte Lina unnachgiebig, ergriff Demy um die Hüfte und drückte sie auf die an der Wand entlang verlaufende Holzbank. Plötzlich stutzte sie, ergriff Demys linke Hand und hob sie dicht vor ihre Augen, als sei sie über Nacht kurzsichtig geworden. »Mädchen, was ist denn das?«, stieß sie laut hervor.

»Meine Hand«, konterte Demy. Sie wusste genau, dass Lina auf den im Licht der Deckenlampe funkelnden schmalen Goldreif an ihrem Ringfinger anspielte, den sie seit wenigen Tagen trug. Bis gerade eben war dieser allerdings der Aufmerksamkeit sämtlicher Hausbewohner entgangen.

»Henny! Margarete! Monika! Sie trägt einen Ring!«, verkündete Lina aufgeregt ihre Entdeckung.

Sofort versammelten sich alle drei Frauen am Tisch und bestaunten das schlichte Schmuckstück.

»Was für eine Aufregung«, spottete Demy und fühlte, wie die in ihr aufsteigende Hitze ihr ohnehin gerötetes Gesicht noch mehr verfärbte. »Ich trage einen Ring, ja. Immerhin bin ich seit einigen Jahren verlobt!«

Als hätten sie sich abgesprochen, zogen Margarete und Lina sich

Stühle herbei, Henny quetschte sich neben Demy auf die Bank, und Monika umrundete den Tisch und setzte sich ihr gegenüber.

Nun war es Margarete, die ihre Hand ergriff und den Ring ausgiebig begutachtete. »Liebe Demy, du warst auch mit Hannes verlobt. Damals fiel jedem auf, dass du keinen Ring trugst. Die älteren Damen vermuteten, du hättest Angst um ein Erbstück der Meindorffs. Sie hielten deine Vorsicht, den Ring nicht dauernd zu tragen, gemessen an deinen häufigen Ausritten und deinem etwas wilden Gebaren für angemessen – dein Verhalten dagegen weniger!« Sie prustete bei den letzten Worten amüsiert los. Die brave Margarete war von Demys Freiheitsdrang schon immer fasziniert gewesen.

»Hannes und ich sahen damals keine Veranlassung, uns um einen Ring zu kümmern«, erklärte Demy, was die Frauen am Tisch ohnehin wussten.

»Als 1914 deine Verlobung mit Philippe bekanntgegeben wurde und du wieder keinen Ring am Finger trugst, unkten viele Frauen in unserem Bekanntenkreis, dass auch diese Verlobung nicht zu einer Ehe führen würde.«

»Und damit lagen sie ja auch richtig, nicht wahr?«, sagte Monika.

»Was also hat dies nun zu bedeuten?«, forschte Lina nach.

Demy sah in die Runde neugieriger Frauengesichter. Nur Henny hielt den Kopf gesenkt. Ob sie befürchtete, Demy habe sich doch mit Theodor Birk verlobt?

»Vor einigen Tagen, als dieser Karl Roth mich angriff ...«

» ...rettete Philippe dich, selbst wenn die kleine Leni behauptet, sie sei es gewesen!«, lachte Lina, wandte dabei aber ihren erwartungsvollen Blick nicht von Demy.

Henny hob mit einem erleichterten Lächeln den Kopf, legte ihre Hand auf Demys Arm und drückte ihn voll Zuneigung.

»Ich verdanke mein Leben sowohl Lenis ausgezeichneter und schneller Reaktion als auch dem Eingreifen des Herrn Oberleutnant.«

»Und dann gestand er dir endlich, dass er dich seit Jahren bewundert und liebt?«, drängte Lina seufzend.

Demy lächelte ihr zu. Anton und Lina waren jahrelang ineinander verliebt gewesen, ohne dass der eine es vom anderen wusste, bis ebenfalls ein tragisches Ereignis sie endlich dazu brachte, sich ihre

Liebe einzugestehen. Dagegen waren Demys Gefühle für Philippe von Anfang an sehr zwiespältig gewesen – und das hatte auf Gegenseitigkeit beruht.

»Nein, er hat die Verlobung gelöst.« Demy genoss es, in die fassungslosen, von der Hitze in der Küche verschwitzten Gesichter ihrer Freundinnen zu blicken. Einzig Henny, deren Hand noch immer auf ihrem Arm lag, schien sie zu durchschauen, denn ihr Blick blieb ruhig auf sie gerichtet.

Lina hingegen stand richtiggehend der Mund offen; dennoch war sie es, die sich zuerst wieder fing. »Er hat …? So ein blöder Kerl! Na, jedenfalls öffnete das die Tür für einen anderen Mann. Verrate uns, was du uns offenbar bis jetzt verheimlichen konntest. Sag es schnell, bevor ich mir überlege, ob ich wegen deiner Heimlichkeiten böse auf dich sein muss.«

»Lina, nun lass sie doch. Vielleicht möchte Demy uns gar nicht erzählen, wer ihr den Ring gab«, wandte Margarete sanft ein. »Sie hat bestimmt gute Gründe, uns noch nicht in ihr süßes Geheimnis einzuweihen.«

Demy legte den Kopf schief und schaute fröhlich in die Runde. Sie fühlte sich rundum wohl im Kreise dieser langjährigen treuen Freundinnen. Es war noch nicht lange her, dass sie sich vor dem Tag gefürchtet hatte, an dem sie sich trennen mussten. Schließlich würde jede von ihnen irgendwann ihren eigenen Weg gehen. Zwar würde Demy sie alle schrecklich vermissen, aber sie durfte dann ihre Zukunft an Philippes Seite gestalten und blieb nicht allein zurück. Dieser Gedanke brachte sie zum Lächeln, was Lina einen ungeduldigen Zischlaut entlockte.

Henny drückte nochmals ihren Arm, ehe sie sich aufrichtete und leise in die Runde sagte: »Der Herr Oberleutnant löste die arrangierte Verlobung, weil er aus dir seine richtige Braut machen wollte, nicht wahr?«

Auf Demys Nicken hin redeten Lina, Margarete und Monika gleichzeitig auf sie ein, beglückwünschten und umarmten sie, und lange Zeit blieb das schmutzige Geschirr unbeachtet.

Endlich wandten sie sich wieder der unaufgeräumten Küche zu, wobei sie trotz der vorgerückten Stunde ein Weihnachtslied nach dem anderen anstimmten. Es war spät, als Demy den vier anderen in den

Nebentrakt folgte, wo sie wie jeden Abend noch bei Nathanael und den beiden Meindorff-Mädchen vorbeischauen wollte. Ihr Pflegekind, das sich aufmerksam um die schüchterne Katja Chabenski bemüht hatte, lag in dem frostig kalten Zimmer tief unter zwei Decken vergraben und ließ sich von ihrem Eintreten und dem schmalen, vom Flur auf sein Bett fallenden Lichtstreifen nicht stören.

Leise schloss sie die Tür zu seinem Zimmer und ging in das der Mädchen. Leni blinzelte zwar kurz, als Demy sich auf ihrer Matratze niederließ, schlief dann aber weiter.

Luisa hingegen war wach, und eine matte Tränenspur auf dem Gesicht der 8-Jährigen ließ Demy aufmerken. Sie schob die Bettdecke beiseite und setzte sich zu dem Mädchen, das sich sofort aufrichtete und schluchzend ihren Kopf in Demys Schoß bettete.

»Was ist denn?«, fragte die junge Frau leise.

»Letztes Jahr waren Mama und Papa an Weihnachten hier bei uns. Das war so schön.«

»Sie wären sicher auch heute gern hier gewesen. Aber eure Mutter hatte ja bereits im Spätherbst Urlaub und euer Vater kam zur Beerdigung des Rittmeisters.«

»Ich weiß, sie können nicht einfach weg von der Front, wie sie es gerade möchten. Aber mir tut es weh.«

Demy strich Luisa einige feine, blonde Haarsträhnen von der Wange. »Ich verstehe deinen Kummer gut. Es ist schmerzlich, über eine so lange Zeit von seinen Lieben getrennt zu sein.«

»Du kennst das auch, nicht?« Luisa zog die Nase hoch und blickte interessiert zu Demy auf.

»Ja, wobei ich älter war als du jetzt. In so jungen Jahren sollte man eigentlich nicht von seiner Mutter und auch nicht für einen so langen Zeitraum von seinem Vater getrennt sein. Aber der Krieg …« Demy seufzte und küsste das Mädchen auf die Schläfe. »Er verändert alles. Nichts ist so, wie es sein sollte. Ich hoffe, dass unsere Gäste und ich dir und Leni zumindest ein bisschen das Gefühl geben können, von einer Familie umgeben zu sein.«

Die Kleine schlang die Arme um Demy und drückte ihr tränennasses Gesicht in ihre schmutzige, nach Spülwasser und Rüben riechende Schürze. »Ich hab dich sehr lieb, Tante Demy. Sehr, sehr, sehr!«

»Das ist gut, Luisa. Jeder Mensch muss jemanden haben, den er lieben kann.«

»Haben Papa und Mama jemanden, den sie lieben können?«

»Sicher. Dein Papa ist für viele Männer verantwortlich. Einige von ihnen hat er bestimmt sehr lieb gewonnen. Und deine Mama kann die schwere Arbeit mit den verletzten Soldaten nur so hervorragend tun, weil sie für sie Zuneigung, ja Liebe empfindet. Außerdem unterweist sie andere, meist jüngere Rotkreuzschwestern. Darunter gibt es bestimmt viele liebenswerte Frauen.«

»Das ist gut«, murmelte Luisa schläfrig.

»Und außerdem lieben dein Papa und deine Mama dich und Leni.«

»Aber wir sind nicht beieinander.«

»Das stimmt leider. Aber weißt du, Liebe reicht auch über viele Kilometer hinweg, sogar über Mauern, Grenzen und Schützengräben. Und soll ich dir einmal verraten, wie du mit deinen Eltern ganz eng verbunden sein kannst?«

»Wie, Tante Demy? Wie bist du mit Tante Anki verbunden geblieben?«

»Ich habe jeden Tag für sie gebetet. Und ich wusste, dass auch sie mit Gott über mich spricht.«

»Dann mache ich das jetzt auch«, beschloss Luisa, kuschelte sich an Demy und schlief schnell ein.

Demy blieb noch lange sitzen. Sie lauschte auf die regelmäßigen Atemzüge der Mädchen und fragte sich, weshalb sie es nicht gewagt hatte zu sagen, dass auch Hannes und Edith sich liebten?

War es der Kühle in Ediths Stimme bei ihrem letzten Besuch geschuldet, sobald die Rede auf ihren Ehemann kam? Und die Zurückhaltung, ja Unsicherheit, mit der Hannes nach der Beerdigung Fragen zu Ediths Ergehen beantwortet hatte … Irgendetwas stand zwischen den beiden, die so viele Hürden hatten nehmen müssen, ehe sie einst heimlich hatten heiraten können.

Gab es ihre Liebe nicht mehr? War sie von diesem Krieg zerrissen worden?

TEIL 3

Kapitel 43

Frontlinie zwischen Bapaume und St. Simon, Frankreich, März 1918

Krähen erhoben sich dem blauen Frühlingshimmel entgegen und stießen dabei ihre heiseren, aggressiv klingenden Schreie aus. Singvögel gab es keine mehr, was nicht verwunderlich war, denn der Landstrich glich einer trostlosen Einöde aus zerfetzten Bäumen, tiefen Kraterlöchern, intakten oder vor sich hin verfallenden Schützengräben und kilometerlangen Stacheldrahtverhauen. Dieser Todesstreifen zog sich vom Ärmelkanal bis zur Schweiz.

Das gleichmäßige Stampfen marschierender Soldaten erfüllte die Luft. Als ihnen aufgeprotzte Geschütze folgten, sprangen Hannes und Theodor über den Graben hinweg auf das, was einstmals eine Wiese oder ein Feld gewesen sein musste.

»Drei Jahre und Millionen Tote. Und wozu?«, brummte Hannes bitter und warf seinem Freund einen vorwurfsvollen Blick zu. »Wir sitzen hier fest wie damals die Ratten auf der Titanic, und nun kommt ihr damit, uns genau über das Frontgebiet zu jagen, das wir auf dem Rückzug zur Hindenburglinie vollständig verwüstet haben!«

»Sprich leiser, Hannes!«, warnte der Hauptmann, während er sich auf der aufgeworfenen Erde einen besseren Stand suchte. »Das Königreich Rumänien und die Russen sind aus dem Krieg ausgestiegen. Das heißt, es sind neue Truppenverbände für die Westfront frei geworden«, fügte er hinzu.

»Unsere Ressourcen sind erschöpft, Theodor, und die Männer nicht minder. Wegen des uneingeschränkten U-Boot-Krieges sieht es zwar in England nicht besser aus – soweit ich weiß, hungern auch die Leute auf der Insel –, aber der wiederum hat die USA auf den Plan gerufen. Kannst du dir vorstellen was passiert, wenn dieses riesige Land seine unverbrauchten Truppen in gewaltiger Zahl in das Schlachtgeschehen wirft?«

»Sie mögen unverbraucht sein, aber sie sind auch unerfahren. Zudem ist annähernd ein Jahr vergangen und noch immer tröpfeln die US-Truppen nur langsam ins Land. Sie haben lange für die Aufstellung von Verbänden gebraucht. Unsere U-Boote machen ihnen das Übersetzen schwer. Und genau aus diesem Grund, so meint das Oberkommando, müssen wir die Chance *jetzt* nutzen!«

»Theodor, das ist ein letztes, verzweifeltes Aufbegehren, das Abertausende deutscher Männer das Leben kosten wird. Die neuen Truppen aus den USA und die damit für die Entente erreichte materielle Überlegenheit wird uns das Genick brechen.«

»Ludendorff hat bereits im vergangenen November mit der Planung begonnen. Sein Ziel ist die Einnahme von Paris und der Durchbruch zum Ärmelkanal, um Frankreich zu überrennen, bevor aus Übersee ein unüberschaubarer Nachschub anrollt. Damit könnten die Grundlagen für einen Siegfrieden und entsprechende Verhandlungen entstehen.«

»*Könnten*!«, knurrte Hannes und strich sich müde mit der Rechten über die Augen. Er hatte seine Anweisungen längst erhalten. Sie würden in derselben Weise vorgehen, in der General von Hutier bei der Schlacht um Riga seine Erfolge errungen hatte. Das Oberkommando hatte aus den fähigsten Offizieren und Soldaten Sturmbataillone gebildet. Nach einer Auswertung von Luftbildern und einer kurzen, von Oberst Georg Bruchmüller angeregten Kombination aus Feuerwalze samt Buntschießen[30] anstelle der sonst üblichen stundenlangen Artilleriegefechte, sollten diese Sturmbataillone in die dadurch entstandenen Lücken vorrücken. Dabei lag zum ersten Mal die Koordination der Truppen weniger beim Stab als vielmehr bei den Offizieren an der Front – und somit auch bei Hannes.

Nach und nach würden immer mehr Truppen in die eroberten Gebiete nachrücken. Der Vorteil dieses Vorgehens, das musste Hannes durchaus eingestehen, lag im Überraschungsmoment, in der Umgehung genau der Stellungen, die starken Widerstand leisteten und dem relativ selbstständigen und der Situation angepassten Handeln auf Kompanieebene.

Theodor riss ihn aus seinen Überlegungen. »Ludendorff wollte ursprünglich im Norden mit den geplanten vier Operationen beginnen, doch ich kann ihm bei seiner neuen Entscheidung nur zustimmen: Um diese Jahreszeit versinkt um Ypern alles im Schlamm – wir kennen das ja schon aus leidvoller Erfahrung! Die Picardie ist vom Gelände her günstiger und selbst die letzten Schlammlöcher sind in diesem warmen März ausgetrocknet.«

»Das Wetter begünstigt Aufklärungsflüge der Franzosen und Briten. Fürchtest du nicht, dass sie unsere Truppenverlegungen längst bemerkt und durchschaut haben?«

»Wir haben 730 Flugzeuge an der Westfront zur Verfügung, laut Schätzungen und Luftbildaufklärung weitaus mehr als unsere Gegenseite. Ich denke, unsere Flieger haben die feindlichen Aufklärer ausreichend beschäftigt und oft genug abgedrängt, sodass hierfür keine Gefahr besteht. Man meldete uns, dass von den gegnerischen Beobachtungsflugzeugen wenig Interesse an unseren Stellungen bestanden hat. Der Gegner hält uns vermutlich für mindestens ebenso erschöpft, wie er selbst es ist, und rechnet nicht mit einer Offensive.«

Hannes nickte nur. Albert war nicht in eine der Jagdstaffeln von Richthofens Jagdgeschwader versetzt worden und flog auch keine Bombenangriffe auf England. Er war weiter in einem Beobachterflugzeug eingesetzt. Allerdings hatte Richthofen Philippe angefragt und eine Abfuhr kassiert, unterstützt von Fokker persönlich.

»Kavallerie und leichte Panzer wären zur Unterstützung nicht schlecht«, murmelte Hannes halbherzig und brachte Theodor zum Lächeln.

»Es stehen keine zur Verfügung.«

»Ein Fehler.«

»Wie gut, dass wir noch einen Fehler finden konnten!«, spottete der Freund gutmütig.

»Warst du in den letzten Wochen mal in Berlin?«

»Anfang des Jahres, während der gewaltigen, von dieser Spartakusgruppe[31] ausgerufenen Streiks und Aufmärsche. Allein in Berlin waren fast eine halbe Million Demonstranten auf den Straßen. Die Streiks, vor allem die in den Rüstungs- und Munitionsbetrieben, waren kritisch. Die Regierung befürchtete eine Revolution nach russischem Vorbild und verhängte den verschärften Belagerungszustand über Berlin. Seitdem werden Demonstrationen und Kundgebungen gewaltsam aufgelöst. Es gab Verletzte und Tote.

Auch eine Freundin von Demy, die Schwester der Zwillinge, befand sich unter den Verwundeten. Zuletzt setzte man den Streikenden eine Frist: Falls sie bis zum 4. Februar nicht an ihre Arbeit zurückkehrten, drohten ihnen Verhaftungen und die Einberufung zum Kriegsdienst. Das half. Viele Streikführer und auffällig gewordene Arbeiter nahm man fest. Was bleibt, ist der Eindruck, dass nicht nur in Berlin die Bevölkerung des Krieges, des Hungers und der Entbehrungen müde ist. Es brodelt und kocht nach wie vor, kann ich dir sagen.«

»Sind die Frauen und Kinder im Meindorff-Haus sicher?«

Theodor zuckte leicht mit den breiten Schultern. »Demy und zwei ihrer jüngeren Schützlinge wären bei einer der Demonstrationen beinahe von den Polizisten niedergeschlagen worden. Sie befanden sich in der Innenstadt, um Lebensmittel zu besorgen, als sie in das Gewühl gerieten. Aber sie kamen mit dem Schrecken davon. Wusstest du, dass jetzt auch Demys Schwester Anki und vier russische Prinzessinnen in eurem Haus untergekommen sind?«

»Philippe schrieb es mir und auch Luisa, die jetzt natürlich ebenfalls eine Prinzessin sein möchte.«

»Schöne Kindheit«, seufzte Theodor, was in Hannes erneut Wut entfachte.

»Eine schöne Kindheit ist wohl etwas anderes!«, brauste er auf, woraufhin sein Gesprächspartner beschwichtigend eine Hand hob.

»Deine Töchter vermissen Edith und dich, ja. Aber sie kennen die Angst noch nicht, euch in diesem Krieg zu verlieren. Sie haben dank dieser eigentümlichen Lebensgemeinschaft im Meindorff-Haus eine Ersatzfamilie um sich, dazu eine halbwegs ausreichende Ernährung, von der viele andere Menschen in Berlin nur träumen können, zudem ein Dach über dem Kopf. Sieh dich um. In diesen Ruinen, die einmal Städte und Dörfer waren, lebten einst Kinder. Und was ist mit denen, auf deren Häuser früher die Bomben der Zeppeline fielen und jetzt die der Flugzeuge fallen? Wir müssen diesen Krieg endlich beenden! Mit den geplanten Frühjahrsoffensiven halten wir einen realistischen, zu unseren Gunsten ausfallenden Plan dafür in den Händen.«

»Ich weiß.« Hannes holte tief Atem und richtete sich auf. »Falls du vor mir nach Berlin reist, drück Demy einen Kuss von mir auf die Wange.«

»Ich werde das Meindorff-Haus nicht mehr aufsuchen.«

Hannes hob ob der Traurigkeit in der Stimme seines Freundes den Kopf. »Was ist passiert? Hat Demy dir einen Korb gegeben?«

»Nicht Demy. Henny.«

»Henny? Dieses rothaarige, schüchterne Dienstmädchen?«

»Ja, dieses wunderbare, bezaubernde Dienstmädchen.«

»Sie hat vermutlich Angst vor einem Respekt einflößenden Hauptmann mit Adjutantenschärpe«, lachte Hannes, wurde angesichts der Qual im Gesicht seines Gegenübers aber schnell wieder ernst.

»Sie weiß, dass ich weder aus dem Großbürgertum noch aus dem Adel stamme, sondern meine Laufbahn einem generösen Förderer verdanke.«

Hannes schwieg betroffen. Da Henny offenbar nicht gewillt gewesen war, auf diese einmalig gute Partie einzugehen, schien sie Theodors Gefühle wohl nicht zu erwidern. Dies deutete allerdings auf eine gehörige Portion Selbstbewusstsein hin, die eher zu Demy als zu dem Dienstmädchen passte.

»Es tut mir leid, mein Freund«, sagte er und fühlte das unangenehme Rumoren in sich, das ihn immer dann überkam, sobald er an Edith dachte.

Sein sorgfältig formulierter Brief an sie mit der ausführlichen Erklärung, wie es zu seinem Fehltritt gekommen war, und der Bitte um Vergebung war längst verloren gegangen. Seine anderen Briefe beantwortete Edith schon seit Januar nicht mehr, und sein Urlaubsgesuch, um zu Edith zu reisen und endlich mit ihr zu sprechen, war abgelehnt worden. Schon damals war er zur Führung einer dieser speziellen Stoßtrupps in der ersten Reihe ausersehen worden – verbunden mit einer Beförderung zum Hauptmann –, weshalb er und seine Kompanie in dieser ungewohnten Art der Kampfführung geschult und unterwiesen worden waren.

Wieder einmal regten sich Zweifel in ihm, ob es wirklich von Vorteil war, als absolut fähiger Vorgesetzter zu gelten. Seinem Bruder Joseph war diese Ehre nicht zuteilgeworden, weshalb der ihn bei ihrem letzten Zusammentreffen hinter der Front unflätig beschimpft hatte. Jedenfalls gab es für Hannes auf absehbare Zeit keinen Urlaub, erst wieder nach erfolgreicher Beendigung der unter dem Namen »Operation Michael« geplanten Großoffensive.

Gleichgültig, ob diese in einem Erfolg oder einem Desaster enden würde, sie zerstörte seine ohnehin schlechte Beziehung zu Joseph und trieb den Verfall seiner Ehe voran.

Kapitel 44

Berlin, Deutsches Reich, März 1918

»Warum bleibst du nicht?«, fragte Demy halbherzig, während die ersten Sonnenstrahlen über die Dächer der Stadt glitten und dabei das Glas zahlloser Fenster in blendende Spiegel verwandelte.

»Ich habe in der Spartakusgruppe eine Menge neuer Aufgaben übernommen.«

Traurig schüttelte Demy den Kopf. »Du hast mich nicht einmal begleitet, als ich vor zwei Wochen deine Brüder und Peters Verlobte traf.«

»Da fühlte ich mich noch zu schwach. Immerhin haben diese Polizisten mir übel mitgespielt.«

Demy betrachtete Lieselotte, die mit geballten Fäusten vor dem geöffneten Türflügel stand. Ihr Haar war kurz geschnitten, was neuerdings jedoch nicht mehr auffiel, hatten sich doch viele Frauen, vor allem die, die in Fabriken arbeiteten, ihre Haare schneiden lassen. Selbst modebewusste Damen des Bürgertums gingen inzwischen zu Kurzhaarfrisuren über. Die Tatsache, dass Lieselotte Hosen trug, focht ebenfalls niemand mehr an, schließlich waren die Arbeiterinnen aus Sicherheitsgründen gezwungen gewesen, ihre Röcke gegen Hosen oder Latzhosen auszutauschen. Auch diesbezüglich hatte sich das Bild in den Straßen verändert. Eine weitere Neuerung war jedoch weitaus unangenehmer: Verwahrloste Kinder, gewaltbereite hungrige Bürger und die Invaliden, die nicht nur schrecklich entstellt aussahen, sondern an jeder Straßenecke um Almosen bettelten und von denen einige selbst vor Raubüberfällen nicht zurückschreckten, beherrschten zu Tausenden das Stadtbild.

»Wie bist du in diesen Bund geraten?«, forschte Demy nach.

»Die Frauenbewegung liegt seit Beginn des Krieges darnieder, ebenso wie viele demokratische Bestrebungen. Einzig einige Absplitterungen der SPD, wie die *Gruppe Internationale*, die sich jetzt *Spartakusgruppe* nennt, kämpft noch gegen die Ausbeuter in Regierung und Wirtschaft. Du kennst mich, Demy. Ich bin nicht dafür gemacht, einer tumben, schlecht bezahlten Arbeit in einer Fabrik nachzugehen. Ich möchte Reden halten und Artikel verfassen, die Menschen davon überzeugen, dass sie sich gegen Ungerechtigkeiten und Unterdrückung auflehnen können und sollen. Unter dem Druck der Massenproteste, und um nach dem Kriegseintritt der USA die zermürbte Bevölkerung zu beschwichtigen, versprach der Kaiser ein Überdenken des Dreiklassenwahlrechts. Geschehen ist bis heute nichts.«

»Was erwartest du? Wir haben Krieg.«

»Ja, einen Krieg, den die einfachen Leute gar nicht wollten.«

»Das stimmt so aber nicht! Erinnerst du dich nicht mehr an die Aufmärsche, an den Jubel, an die jungen Männer, die mit Blumen an den Bajonetten in die Züge drängten?«

»Sie wurden von klein auf dumm gehalten, bekamen schon in den Schulen eine widerliche Obrigkeitshörigkeit eingebläut. Ich erinnere mich noch mit Schaudern an meinen Unterricht!«

»Und was ist mit der gebildeten Schicht? Hannes, Albert und ihre Freunde?«

»Zum einen bedeutete dieser Krieg für sie nur ein Abenteuer, bei dem sie ihren verwöhnten Damen den Helden vorzuspielen gedachten, zum anderen stehen die gar nicht an der vordersten Front. Sie sind doch die Offiziere in unserer Armee!«

»Hannes steht sehr wohl an vorderster Front, liebe Lieselotte. Seit mehr als drei Jahren kämpft er gegen Franzosen und Engländer, gegen die Widrigkeiten des Krieges, gegen schlammige Schützengräben, gegen Hunger, gegen die Zerstörung und den Tod um sich her.«

»Er hatte nur das Pech, in der Hierarchie nicht weit genug nach oben gerückt zu sein, als der Kaiser den Krieg ausrief.«

»Du scherst noch immer alles und jeden über einen Kamm.«

»Und du bist mir nach wie vor zu brav und zu einfältig, zu stark eingewoben in diese elitäre Gesellschaft.«

»Mag sein«, räumte Demy ein und seufzte laut auf. »Vermutlich ist es immer so: Wir sehen die Dinge nur aus unserer Perspektive und können die der anderen gar nicht verstehen, da wir nicht das erleben, was sie erleben.«

Lieselotte ergriff ihre Hand und drückte sie fest. »Der Krieg hat nicht nur für uns Frauen einige Fortschritte gebracht. Er zerstört das festgefahrene Gefüge in Preußen, in ganz Deutschland. Wer weiß, wie viele Reiche es nach Beendigung des Krieges noch geben wird und ob die Adelshäuser bestehen können – denk doch nur an das, was das Volk in Russland zuwege brachte.«

»Einen schrecklichen Bürgerkrieg?«

Lieselotte winkte ab. »Leider erreicht man auch das Ziel eines freien, sich selbst regierenden Volkes nur über einen Kampf.«

»Ach, diesen Krieg kannst du befürworten? In ihm kämpfen Brüder gegeneinander; Zarentreue gegen diese roten Truppen Lenins.«

»Ich sehe schon, mit dir lässt sich noch immer nicht über diese Themen diskutieren. Aber ich danke dir dennoch, Demy. Ich stehe in deiner Schuld! Für all das, was du für Willi und Peter getan hast, selbst wenn ich sie nicht gern kriegswichtige Güter wie diese Flugzeuge herstellen sehe. Und danke auch, dass du mich aus diesem Gewimmel um sich schlagender Polizisten gezogen und gesund gepflegt hast. Wir stimmen in vielen Ansichten nicht überein, aber dennoch bist du eine treue Freundin.«

»Gib auf dich acht, Lieselotte. Gott schütze dich.«

Lieselotte lachte abfällig, drückte noch mal ihre Hand und stieg die Stufen hinunter. Sofort trat Dietmar Behonek mit Romulus und Remus an Lieselottes Seite, geleitete sie zum Tor und verschloss es sorgfältig hinter ihr.

Demy beobachtete die Szene widerwillig. Eigentlich fühlte sie sich hier sicher, doch die Anwesenheit des ehemaligen Polizisten und seiner beiden Wachhunde erinnerte sie unangenehm an die unsichtbar lauernde Gefahr. Sie hatte endlich mit vielen Ereignissen und Erinnerungen abgeschlossen, die sie jahrelang gequält hatten und deren

Ursprünge ihr lange Zeit verborgen geblieben waren. Jetzt waren es die entarteten Erinnerungen eines Fremden, die einen Schatten auf ihr Leben warfen.

Ihr Lichtstreif am Firmament war Philippe, den sie seit November vergangenen Jahres allerdings nur einmal kurz bei ihrem Treffen mit den Zwillingen und der bezaubernden Verlobten von Peter getroffen hatte. Er war ihre Zukunft – vorausgesetzt, er überlebte den Krieg und einen möglichen weiteren Angriff seines Halbbruders.

* * *

»Höllenhunde« nannte Karl sie. Obwohl er sich ziemlich sicher war, dass die schwarzen, zotteligen Köter ihm im Grunde nichts tun würden, wagte er es nicht mehr, wie früher – noch bevor er sich als Mann ohne Gedächtnis Zutritt zum Haus verschafft hatte – im Garten oder gar im Haus umherzustreifen.

Er wartete, bis die schlanke Frau in Hosen und mit einem unattraktiven Kurzhaarschnitt in Richtung Charlottenburger Schloss verschwunden war, ehe er aus dem Schutz des breiten Stammes einer alten Kastanie trat. Grimmigen Blickes sah er zu, wie dieser bullige Mann das Tor verschloss, die Hunde von der Leine ließ und gemütlich zurück zum Haus schlenderte.

Karl hörte seinen Magen vernehmlich knurren. Womöglich war es ein Fehler gewesen, Demy an diesem Tag im November anzugreifen! Seitdem vermisste er das zwar einfache, aber warme und saubere Zimmer, vor allem aber die halbwegs sättigenden Mahlzeiten. Doch die Gefahr, eines Tages von Philippe im Haus erwischt zu werden, war ein viel zu unkalkulierbares Risiko gewesen.

Wütend ballte er die Hände zu Fäusten. Philippe hatte seinen Plan durchkreuzt, als er völlig überraschend in dem Zimmer aufgetaucht war und ihn niedergeschlagen hatte. Wieder war dieser Mistkerl als Sieger aus ihrem Zusammentreffen hervorgegangen. Hass stieg wie brodelnde Lava in Karl auf. Er musste sich abwenden und mit beiden Händen gegen den Stamm stützen, um nicht lauthals seine Verwünschungen in die Welt hinauszubrüllen.

Erneut verhakten sich seine Kiefer und er löste sie absichtlich mit einer knappen Bewegung, die ihm Schmerzen bereitete. Doch diesmal gelang es ihm nicht, den bohrenden Hass durch einen selbst zugefügten Schmerz abzukühlen.

»Geht es Ihnen nicht gut? Kann ich Ihnen helfen?«

Karl fuhr herum. Hinter ihm stand eine zierliche Frau Anfang 20, die ihn aus braunen Augen besorgt musterte. Sie trug eine Schwesterntracht und war, wie er mit einem schnellen Blick feststellte, so leichtsinnig, allein unterwegs zu sein.

Er griff an seinen verbundenen Kopf – seine Ausrede dafür, dass er sich in der Stadt aufhielt, statt an der Front zu dienen. »Nur ein kleiner Schwindel, es geht gleich wieder. Vielen Dank, Fräulein«, brachte er mühsam beherrscht über die Lippen.

Die Frau neigte wenig überzeugt den Kopf zur Seite. »Es hilft nicht, den Helden zu spielen, Soldat. Sie müssen sich hinlegen.«

Karl starrte sie an. Der Wunsch, genau dies zu tun, allerdings mit dem zarten Persönchen unter sich, konkurrierte mit seinem Hass auf Philippe. Beides nebeneinander vermengte sich zu einer gefährlichen Kombination – gefährlich vor allem für die Frau.

Sein Blick huschte über ihr Gesicht, hinab zu den Rundungen ihrer Brust und wieder hinauf. Dann sah er sich um. Die Straße lag verlassen da, hinter sich wusste er einen schmalen Durchgang zwischen zwei Häusern, der in einen begrünten, seit dem Krieg verwildernden Hinterhof führte.

In dem Augenblick, als er nach der Frau greifen wollte, bog beim Schloss eine Kutsche in die Straße ein. Seine Beute hatte sein Vorhaben wohl durchschaut oder in ihr erwachte zumindest der Verdacht, dass ihm nicht zu trauen war, denn sie nutzte den Moment der Ablenkung und rannte über die Straße. Mit fliegendem Rock passierte sie den grünen Mittelstreifen, auf dem Gemüse angepflanzt worden war. Ihr Blick war gehetzt, als sie sich kurz umblickte. Wild rüttelte sie am Tor des Meindorff-Anwesens.

Bedrohliches Gebell erhob sich und übertönte das Knirschen der Räder und Klackern der Hufe auf dem Kopfsteinpflaster. Karl fand, es sei an der Zeit zu verschwinden. Er sprang in den dunklen, muffig riechenden Durchgang, duckte sich und huschte um das Haus.

Erst als er das Grundstück in der angrenzenden Straße verließ, wurde ihm bewusst, wie detailliert die Frau ihn beschreiben konnte. Die Bewohner des Meindorff-Hauses würden sofort wissen, wer sie in Panik versetzt hatte. Für einen Moment glomm Furcht in ihm auf, doch dann fand ein anderer Gedanke in ihm Raum, der ihn zu einem zutiefst befriedigten Grinsen bewog. Demy und Philippe durften ruhig wissen, dass er wie ein ständiger Schatten der Niederländerin war. Ihre Angst würde ihm Genugtuung sein. Vielleicht war es gut, sich ab und an sehen zu lassen, und dann schnell wieder zu verschwinden, bis ein durchführbarer Plan in ihm herangereift war. Demy und Philippe sollten morgens mit Angst im Herzen erwachen und mit Sorgen zu Bett gehen; selbst in ihren Träumen, so hoffte er, würde er sie verfolgen.

In der Zwischenzeit konnte er sich etwas ausdenken, um an Demy heranzukommen. Am besten über einen ihrer Gäste. Am Vielversprechendsten erschien ihm da diese Monika. Sie war, wie er erfahren hatte, mit einem Säugling im Arm von Henny gefunden worden, und Karl war sich sicher: Die Schönheit mit der rauchigen Stimme verschwieg den Menschen im Meindorff-Haus die Wahrheit über ihr Schicksal.

Sie nannte sich Lisrep. Karl lachte höhnisch auf. Vielleicht hatte Monika, nach ihrem Namen befragt, sich schnell einen ausdenken müssen, um nicht die Wahrheit über ihre Herkunft preiszugeben. Dabei hatte sie vermutlich eine Waschmittelwerbung vor Augen gehabt und diese schlichtweg rückwärts gelesen.

»Petersilie«, spottete er, während er mit großen Schritten in Richtung Stadtmitte eilte. Ob die deutschen Frauen wussten, dass sie ihre Wäsche mit einem Mittel wuschen, das die französische Bezeichnung für Petersilie trug?

Es konnte nicht schaden, Nachforschungen zu ihrer Person anzustellen, was ihm nicht schwerfallen würde. Immerhin unterhielt er weiterhin Kontakte zum militärischen Geheimdienst. Er musste nur achtgeben, von diesem nicht erneut für einen Doppelagentenauftrag nach Frankreich geschickt zu werden. Denn im Moment war das Einzige, was ihn antrieb wie noch nie etwas in seinem Leben, seine Rache an Philippe Meindorff. Notfalls könnte er das Gerücht streuen, Meindorff habe die Seiten gewechselt, arbeite nun für die Franzosen und gebe mehr als nur die Baupläne von Fokkers genialen Flugzeugen an den Feind weiter. In dem Fall betraute man ihn vielleicht sogar mit der Bespitzelung Meindorffs.

Die Überlegung, ob er das Gerücht so oder so streuen sollte, um den Mann in gehörige Schwierigkeiten zu stürzen, schob er von sich. Die Militärs reagierten übersensibel auf Spionageverdächtige. Wenn sie Meindorff in irgendein Loch steckten, wurde es schwierig für Karl, an ihn heranzukommen. Aber die Option konnte er sich in jedem Fall offenhalten.

Kapitel 45

Frontlinie zwischen Bapaume und St. Simon, Frankreich, März 1918

Bubi knabberte an den Fingernägeln seiner linken Hand, während seine Rechte die neue Waffe umklammerte, eine Maschinenpistole MP 18/1 mit 32 Schuss im Trommelmagazin und luftgekühltem Rohr, die ausschließlich an die Sturmtruppen ausgegeben wurden. Die Bezeichnung »Pistole« war jedoch leicht irreführend, wirkte die Waffe optisch doch wie ein Gewehr. Neben Bubi kauerte Unzer, ein unauffälliger Kerl, der wie Bubi einer der Ersten in Hannes' Zug gewesen war. Der Mann starrte mit leerem Blick vor sich hin, und Hannes wünschte sich, Adrian wäre hier. Er hätte die angespannte Situation durch einen lockeren Spruch zu entschärfen gewusst. Aber der Klassenkasper war tot.

Göke lehnte an der Grabenwand und betastete unablässig die Maschinenpistole und den Beutel mit Stielhandgranaten an seinem Gürtel, als könne er es nicht erwarten, beides einzusetzen. Hillgart, hinter Göke, warf Hannes einen nervösen Blick zu. Der Mann, der eigentlich durch nichts aus der Ruhe zu bringen war, sah nicht weniger aufgeregt als Göke ihrem neuen Auftrag entgegen.

Die Aufklärer meldeten, dass die Briten, die den Frontabschnitt erst vor Kurzem von den Franzosen übernommen hatten, damit beschäftigt waren, die Stellungen auszubauen. Offenbar verschwendeten sie keinen Gedanken an einen Angriff. Dennoch war Hannes und seinen Männern klar, dass sie für die Schützen drüben leichte Beute waren, wenn sie erst einmal aus ihren Deckungen herauskrochen.

Hinter Hillgart kauerten die restlichen Männer seiner zwei Züge, verstärkt durch Neuzugänge von der ehemaligen Ostfront, die, so hatte Waldmann erfreut berichtet, alle zumindest ein oder zwei Jahre Fronterfahrung mitbrachten.

Hannes hob den Kopf. Leichter Bodennebel lag über der aufgeworfenen Erde und verhüllte erfreulicherweise die in die Stacheldrahtverhaue geschnittenen Lücken. Seine Männer waren in der vergangenen Nacht mit ihren Drahtscheren zugange gewesen. Der Himmel wies eine graublaue Farbe auf, die im Osten allmählich einen helleren Schimmer annahm. Vollkommene Stille lag über dem Landstrich. Nur das gelegentliche Scharren von Füßen, das Klappern irgendwelcher Ausrüstungsgegenstände oder ein halb unterdrücktes Husten durchbrach die fast friedlich anmutende Atmosphäre.

Der Offizier schaute zurück, dorthin, wo er die Artillerie wusste. Sie hatten anhand von Luftfotografien ihre Ziele berechnet und würden an diesem Tag ihre Geschütze nicht erst nach sinnlosen, manchmal für die eigenen Truppen gefährlichen Bombardements ausrichten, sondern gezielt die ausgemachten Verteidigungsstellungen ausschalten.

Erste Sonnenstrahlen brachen sich Bahn, tauchten den Nebel in ein geisterhaftes Licht und konnten dem Land jedoch keinen einzigen Farbtupfer entlocken. Es gab keinen mehr. Braun und Grau waren die vorherrschenden Farben.

Als ein sanftes, dann schnell lauter werdendes Jaulen die Luft durchschnitt, zog Hannes unwillkürlich den Kopf ein, wandte seine Aufmerksamkeit aber der gegenüberliegenden Seite zu. Die Mörser und Minenwerfer erwachten zum Leben. Einschläge in so rasanter Abfolge, dass ihre Detonationen kaum auseinanderzuhalten waren, erschütterten die feindlichen Stellungen. Blitze, Feuer und Rauch stiegen dem frischen Morgenhimmel entgegen.

Hannes richtete sich auf. Er spürte ein unangenehmes Rumoren in seiner Magengegend, das es zu verdrängen galt. Ebenso die Gesichter von Edith und seinen Kindern, die sich vor sein inneres Auge schoben.

Sein Blick glitt an den neben ihm kauernden Soldaten vorbei zu Dahn mit dem mobilen Funkgerät. Es konnte nicht viel Zeit vergangen sein, als der den Kopf hob und anschließend seine linke Hand.

Hannes atmete tief ein. »Auf die Beine, ihr Grabenratten!«, rief er mit sich überschlagender Stimme. »Vorwärts!« Sein Befehl wurde weitergegeben.

Göke war der Erste auf dem Grabenrand, weitere graue Schatten folgten. Einige von den Männern brüllten lauthals, als sie auf die noch immer unter deutschem Artilleriebeschuss liegenden gegnerischen Stellungen zustürmten.

Die vordersten Barrikaden waren schnell überwunden. Tiefe Krater wurden zu Hindernissen, mussten umrundet oder umständlich durchklettert werden. Der Vorstoß links und rechts von Hannes' Zügen rollte ebenfalls voran. Als sich französische Drahtverhaue vor ihnen erhoben, brüllte Hannes nach Göke. Rechts von ihm explodierte eine Handgranate, sprengte dem anderen Zug den Weg frei. Göke warf seine Stielhandgranate, die ein gewaltiges Loch in das Bollwerk riss und ihnen Steine und Erdklumpen um die Ohren schleuderte.

»Vorwärts«, schrie Hannes, wohl wissend, dass seine Befehle, obwohl sie alle dicht beieinander waren, nicht bis zum äußersten Glied der Kompanie ankamen. Doch der Leutnant des 2. Zugs und Waldmann, Eisenburg, Dahn und Hillgart gaben sie lautstark weiter.

Dann erreichten sie plötzlich, fast überraschend, die erste Grabenstellung der Engländer. Zerfetzte Tote neben schreienden und sich windenden Verletzten bedeckten den Boden. Die Feuerwalze der Artillerie hatte ganze Arbeit geleistet und schob sich nun unaufhörlich vor ihnen her, tiefer ins Feindesland hinein.

Göke wollte sich auf einen knienden Verletzten stürzen, doch Hannes pfiff ihn mit einem deftigen Fluch zurück. »Weiter!«, brüllte er gegen das Tosen der schweren Waffen an und setzte die Gasmaske auf. Auf gegnerischer Seite versuchte die Artillerie ihren überrumpelten Infanteristen zu Hilfe zu kommen.

Hannes verließ den vordersten britischen Graben. Aus dem nächsten schlug ihnen Gegenwehr entgegen. Bubi und Göke feuerten während des Rennens, das feindliche Mündungsfeuer erstarb. Wieder hatten sie einige Meter gutgemacht.

Hannes drehte sich um. Noch hielten sich ihre Verluste in Grenzen. Die Briten wirkten so überrascht, wie die deutsche Miliärführung es sich erhofft hatte, und die ersten Einheiten schienen den Rückzug anzutreten oder flohen unkontrolliert. Hannes entdeckte einige verwaiste MGs, wusste aber, dass die reguläre Infanterie nachrückte, um die gewonnenen Stellungen einzunehmen und zu sichern. Ihre Aufgabe war es, die restlichen Widerstandsnester auszulöschen und verbliebene mobile Artilleriestellungen auszuschalten, ehe sie den Sturmtruppen in die nächsten überrannten Gräben folgten. Sie würden sich auch um die Verletzten und die erbeuteten Waffen kümmern.

Jagdflugzeuge und Bomber donnerten über Hannes hinweg, doch er würdigte sie keines Blickes.

Ein Läufer gesellte sich keuchend an seine Seite. »Der Zug zu Eisenburgs linker Seite hat Schwierigkeiten beim Durchbruch. Von dort könnte man uns in den Rücken fallen.«

»Er soll mit seinen Männern aushelfen, wir drosseln so lange das Tempo«, rief Hannes gegen das anhaltende Bombardement zurück.

Der Mann verschwand flink und Hannes bedeutete Waldmann, vorerst in einem Granattrichter zu verharren. Missmutig sah er sich um. Seine Männer waren wie eine Lawine über die feindlichen Stellungen hinweggerollt. Durch diese Verzögerung bekamen sie womöglich Zeit zum Nachdenken und begannen, sich ihre zugezogenen Wunden zu lecken. Das könnte ihren Eifer empfindlich eindämmen.

Wenig später war der Läufer zurück. »Eisenburg ist wieder bereit«, brüllte er gegen mehrere Explosionen an.

»Dann los. Jagen wir die Tommys zurück auf ihre Insel!«

Brüllend stürmte Göke an ihm vorbei in eine Lücke, die die Artillerie ihnen freigebombt hatte. Bubi und Unzer folgten.

Hannes blickte nach rechts. Auch Waldmann und seine Jungs rückten vor. Leicht gebückt, die Waffen in den Händen, die Stahlhelme tief in die Stirn gezogen, wirkten sie im Rauch, umgeben von Brandherden, Leichen und zerschossenen, skelettartig in die Höhe ragenden Feldwaffen wie graue Fabelwesen im Vorhof zur Hölle.

Kapitel 46

Die Landschaft sah hier nicht anders aus als um die vorherigen Schützengräben. Im Grunde langweilig, wenngleich Hannes die Zerstörung jeglichen pflanzlichen und tierischen Lebens so nicht betiteln wollte.

Er überquerte einen träge fließenden und sich mit seiner braunen Farbe perfekt in die Umgebung einfügenden Fluss auf einer Pontonbrücke, die unter seinen Schritten schwankte. Auf der anderen Seite setzte er seinen Weg zwischen den knorrigen Überresten zerfetzter Bäume grübelnd fort.

Sie hatten einen gewaltigen Marsch hinter sich; durch einen Teil des Gebiets, das der Feind in den 140 Tagen der Somme-Offensive von 1916 von ihnen zurückerobert und das die Deutschen ihm nun in nur sechs Tagen wieder abgenommen hatten. Während der Michael-Offensive war es ihnen auf einer Frontbreite von 80 Kilometern gelungen, 65 Kilometer weit durch die Reihen der Gegner hindurch vorzurücken.

Inzwischen kamen sie aber kaum mehr voran. Die Truppen ihrer Gegner waren verstärkt worden, ihnen selbst fehlte der Nachschub. Sie waren nach sechs Tagen ständigem schnellen Vormarsches, immer in der Gefahr, von der eigenen Artillerie oder einem tapfer standhaltenden Widerstandsnest niedergemäht zu werden, restlos erschöpft. Einige Offiziere hatten gegen Übergriffe innerhalb ihrer Truppen anzukämpfen. Neben Waffen hatten die Stoßtrupps auch Nahrungsmittel gefunden, die eilig verzehrt worden waren, ohne Rücksicht darauf, dass die Mägen der Soldaten nicht mehr an solche Mengen gewöhnt waren. Zudem waren manche Einheiten auf Alkohol gestoßen und hatten diesem nicht widerstehen können – mit ähnlichen Ergebnissen wie bei den allzu üppig genossenen Nahrungsmitteln.

Die Hannes unterstellte Stoßtruppe hatte weder das eine noch das andere vorgefunden, wohl aber hatten sie einige der über 500 feindlichen Geschütze erbeutet, die den Deutschen in die Arme fielen. Allerdings waren der findige Feldwebel Waldmann und Bubi in jeder ruhigeren Minute unterwegs, um Lebensmittel, Schuhe und schließlich auch vier Flaschen Wein zu requirieren.

Hannes hielt inne, als unweit von ihm einige Geschosse detonierten. Feuerblitze schossen umher, Erde spritzte hoch, schmale Rauchwolken zogen mit dem leichten Wind davon. Kaum war dieses für ihn inzwischen nur noch ermüdende Schauspiel vorbei, setzte er seinen Weg fort.

Die Michael-Offensive hatte die Briten zwar phasenweise von den Franzosen getrennt, aber nicht endgültig. Obwohl sie die zerstörte Stadt Albert an der Ancre und einen Tag später Montdidier eingenommen hatten, hatten sie das eigentliche Ziel nicht erreicht, nämlich Amiens zu besetzen, um dann nach Norden zu schwenken. Nun wurde aus ihren Reihen die 4. und 6. Armee bei Lys in Flandern für die dort beginnende Offensive verstärkt. Hannes und die ihm verbleibenden Infanteristen seines Stoßtrupps durften sich mal wieder eingraben.

Vor Hannes knallte ein einzelner Schuss. Der Schütze konnte sich nicht mehr als 100 Meter von ihm entfernt aufhalten. Reaktionsschnell kauerte Hannes sich hin. Er zog seine Waffe und schob seine Schirmmütze nach hinten, die nach all den Jahren, in denen sie der Witterung ausgesetzt gewesen war, ebenso unförmig aussah wie die der Flieger, die ihre Kopfbedeckungen gern absichtlich aus der Form brachten.

Stimmen wurden laut. Hannes huschte vorsichtig näher, bis er Waldmanns Bass erkannte. »Noch einmal, Baass, und ich durchlöchere nicht nur den Dreck vor deinen Füßen, sondern deinen Waffenrock, und zwar in Höhe deines Herzens.«

Hannes richtete sich auf und blickte auf seine Männer, die sich in einer Senke um Waldmann, Baass und Stern scharten. Der Spieß hielt seine Pistole zwar locker in der Rechten, den Lauf auf den Boden gerichtet, packte sie aber auch nicht weg. Ein Militärmesser blitzte in seiner Linken auf. Baass kauerte vor ihm auf der Erde. Das Gesicht des Infanteristen wies eine unnatürlich rote Farbe auf, während Stern, der ebenfalls in das für Hannes noch undurchschaubare

Geschehen involviert sein musste, betreten von einem Fuß auf den anderen trat.

»Was ist hier los?«, fragte Hannes. Eine ganze Reihe erschrockener Augenpaare richteten sich auf ihn. Offenbar war ihnen allen seine Ankunft entgangen, was Hannes erzürnte. Immerhin befanden sie sich nach wie vor an vorderster Front! Ihnen gegenüber lagen unzählige, von ihnen in den vergangenen Tagen gejagte und dadurch gedemütigte Briten. Derlei Unaufmerksamkeiten konnten sie sich nicht erlauben.

»Herr Hauptmann«, brummte Waldmann, steckte seine Schusswaffe ein und gab Baass das Messer zurück. Schließlich polterte er: »Da euch offensichtlich langweilig ist, freut es euch sicher zu hören, was der Herr Hauptmann euch mitzuteilen hat. Vermutlich könnt ihr wieder Schaufelkönige spielen! Und ich will hier nicht noch einmal hören, dass ein Jude minderwertiger sei als ihr anderen Burschen! Stern kämpft wie ihr, pisst wie ihr, schnarcht wie ihr und blutet wie ihr. Haben Sie das verstanden, Gefreiter Baass?«

»Jawohl, Herr Feldwebel!«, gab dieser prompt zurück, sprang auf die Füße und salutierte. Hillgart in seinem Rücken grinste zwar, stieß aber Stern mit der Stiefelspitze gegen das Schienbein. Dieser stand ebenfalls stramm und schaute Waldmann abwartend an.

»Hast du Baass' Feldflasche an dich genommen?«

»Nein, Herr Feldwebel.«

»Hat jemand von euch eine Ahnung, wo Baass' Feldflasche ist?«

Köpfe wurden geschüttelt, schließlich meinte Dahn mit ruhiger Stimme: »Er kann sie beim letzten Sturmangriff verloren haben. Wir mussten durch einige enge verschüttete Hauseingänge kriechen. Dabei nahmen wir gelegentlich den Tornister ab und zogen ihn hinter uns her. Sie könnte sich gelöst haben.«

Waldmann nickte, griff nach seiner ovalen, mit graubraunem Filz überzogenen Flasche, schraubte den Aluminiumdeckel auf, nahm einen großen Schluck, schraubte sie wieder zu und warf sie Baass zu, der sie geschickt auffing.

Hannes wandte sich an Dahn und Eisenburg. »Eure Männer können die Schaufeln schwingen, orientiert euch nach links und rechts, wo die anderen buddeln. Hillgart, du und deine Jungs, ihr sammelt alles ein, was zum Befestigen des Grabens benutzt werden kann. Waldmann!«

Der Feldwebel nickte und folgte Hannes abseits zu einem halb zerschossenen Gebäude, das früher wohl als Scheune gedient hatte. »Was war los?«, wollte er von dem älteren Mann wissen.

Dieser bleckte mürrisch sein Pferdegebiss. »Baass vermisste seine Feldflasche und verdächtigte Stern, sie ihm gestohlen zu haben. Als dieser es abstritt und Baass einen Lügner nannte, attackierte der Stern mit dem Messer«, berichtete Waldmann ruhig und fügte dann hinzu: »Diese Juden stiften nur Unruhe!«

»Eine allgemein verbreitete Meinung«, entgegnete Hannes und ließ sich müde auf einen modrig riechenden, schwarzen Heuballen sinken. »Baass ist nicht der Erste, der allmählich durchdreht. Soweit ich weiß, sind er und Stern gemeinsam zur Schule gegangen.«

»Was heißt das schon?«, erwiderte Waldmann.

»Stimmt«, murmelte Hannes und dachte dabei an Hermann Göring, der 1909 von Karlsruhe in die Oberstufe der Hauptkadettenanstalt Groß-Lichterfelde gewechselt war und somit einige Klassen über ihm die Militärschule besucht hatte. Göring war für ihn wie ein rotes Tuch gewesen, der vor allem mit Sprüchen und Witzen weit unter der Gürtellinie aufgefallen war. Inzwischen gehörte er zu den umjubelten Jagdfliegern.

»Was hast du herausgefunden, außer dass wir wieder zu Grabenratten werden?«, wollte Waldmann wissen.

»Stellungen halten.«

»Das dürfte deine knappe Zusammenfassung einer langen Besprechung sein.«

Hannes grinste schief, legte den Kopf zurück auf einen zweiten Heuballen und schloss die Augen. »Gib mir einige Minuten, Waldmann.«

»Einige Stunden, Junge.«

»Pass nur auf, dass ihr euch von den Briten nicht so überraschen lasst wie von mir gerade! Ich will nicht in einem britischen Gefangenenlager aufwachen.«

»Ich lasse vorgezogene Wachen aufstellen.«

»Stehen die nicht ohnehin?«

»Ich fürchte, mein Schuss war dahingehend nicht sehr produktiv. Obwohl sie lausig erschöpft und sich der Gefahr durchaus bewusst sind, sind manche von ihnen neugierig wie alte Waschweiber.«

»Dann halte deinen Harem besser unter Kontrolle!«

»Willst du mich beleidigen?«

»Nein«, gähnte Hannes und blinzelte nochmals zu dem besorgt dreinblickenden Mann auf. »Deinen Qualitäten nach müsstest du weit mehr sein als ein Feldwebel.«

»Blödsinn. Dann wäre ich niemals in deinem Zug gelandet. Und wer würde dann über deinen Schönheitsschlaf wachen? Außerdem genieße ich es, die Hühner wie eine Glucke zu umsorgen.«

Hannes grinste, wusste er doch, mit welcher Begeisterung der inzwischen 43-Jährige alle möglichen und unmöglichen Gebrauchsgegenstände, Nahrung und sogar Luxusgüter für seine Jungs herbeischaffte. Vielleicht war Waldmann vor dem Krieg ein genialer Dieb gewesen?

Waldmann legte ihm etwas auf die Brust und verschwand. Wieder blinzelte Hannes und entdeckte ein großes Stück Schokolade, das seinen mit Stoff überzogenen Uniformknopf schmückte. Er verdrängte alle Fragen und Unsicherheiten darüber, wie er mit dem Vorfall umgehen sollte, genoss die Schokolade und schlief schließlich ein, wobei seine Träume alles andere als süß waren. In ihnen sah er Edith in ihrer Rotkreuzschwestern-Uniform. Sie hielt in jeder Hand eine Maschinenpistole. Mit vollem Marschgepäck auf dem Rücken irrte sie über ein Schlachtfeld voller Toter, bis ein Treffer sie förmlich auseinanderriss, sodass nichts mehr von ihr übrig blieb.

Er erwachte, als zwei seiner Männer seine Arme und Beine festhielten und Dahn ihm die erdverkrusteten, starken Hände auf den Mund presste, um seine Schreie zu unterdrücken.

Kapitel 47

Bei Arras, Frankreich, April 1918

Die Albträume blieben selbst dann noch, als Hannes einen zweiten erklärenden Brief mit seiner Bitte um Verzeihung an Edith schrieb und ihn diesmal sogar Weber mitgab, damit der ihn zur Feldpoststelle brachte.

Erschöpft, wie er war, setzten ihm die schrecklichen Träume zu. Waldmann versicherte ihm mehrmals, sein Leben sei weitaus gefährdeter als das einer Rotkreuzschwester, dennoch ließ ihn die Angst, Edith könne etwas zugestoßen sein, nicht mehr los.

An einem trüben Tag im April kauerte Hannes vor dem Unterschlupf seiner Züge, einem noch halbwegs intakten Bauernhaus einige Kilometer vom neuen Frontabschnitt entfernt, und beobachtete den Vorbeimarsch französischer und britischer Kriegsgefangener. Plötzlich fiel ihm zwischen den Soldaten eine Gruppe erstaunlich jung aussehender Männer auf. Anders als die anderen Dahinschlurfenden setzten sie ihre Schritte kraftvoll, hielten die Köpfe erhoben und blickten sich neugierig um. Es waren die ersten US-Amerikaner, die Hannes zu sehen bekam. Sie waren im Schnitt nicht jünger als ihre Verbündeten, aber deutlich unverbrauchter. Bei ihnen hatte sich das galoppierende Altern, die Zermürbung durch die ständige Gegenwart von Tod und Grauen noch nicht in die Gesichter und in die Haltung gegraben, wie bei den Veteranen.

Doch plötzlich kam einer von ihnen ins Straucheln. Der Mann in der Reihe neben ihm wollte ihn stützen, kam aber zu spät und der semmelblonde Infanterist fiel vor Hannes' Füße.

Ein Deutscher, der die Gefangenen bewachte, lachte laut auf. »Was für eine Huldigung, Herr Hauptmann.« Er stieß dem Gestürzten den Stiefel derb in die Seite, worauf dieser sich vor Schmerzen krümmte.

»Lassen Sie das!«, schnauzte Hannes den Soldaten an, der sofort strammstand und dann machte, dass er davonkam. Dabei trieb er die anderen US-Jungen vorwärts, die allesamt gezögert hatten und ihren Kameraden nicht zurücklassen wollten.

Mühsam schob sich der Blonde auf die Knie und hielt sich, als er es geschafft hatte, mit beiden Händen seinen offenbar schmerzenden Kopf.

Hannes kramte hinter sich nach seiner Feldflasche, schraubte sie auf und hielt sie dem Amerikaner hin. »Trinken Sie, das tut Ihnen gut, Soldat«, sagte er auf Englisch und erntete ein verzerrtes Lächeln. Schweiß stand dem Burschen in kleinen Perlen auf der Stirn. Hannes vermutete, dass er nicht nur einen heftigen Schlag auf den Kopf bekommen hatte, sondern Angst davor hatte, was in der Gefangenschaft mit ihm geschehen würde.

»Woher stammen Sie?«, fragte Hannes, während der Junge gierig trank, wobei ihm ein schmales Rinnsal Wasser aus dem Mundwinkel über das glatt rasierte Kinn lief.

»Aus Hill City, bei den Smoky Hills in Kansas, Sir«, erwiderte er, wischte sich mit dem Ärmel über Mund und Kinn und reichte Hannes die Flasche zurück. »Meine Eltern bewirtschaften dort eine kleine Farm.«

»Sie sind weit weg von daheim.«

»Ja, Sir.«

»Können Sie weitermarschieren?«

»Ich denke schon. Es bleibt mir ja nichts anderes übrig.«

Hannes legte seine Feldflasche beiseite, erhob sich und half dem Jungen auf die Beine. Dieser schwankte leicht und musste sich schwer auf Hannes stützen.

In diesem Moment trat ein deutscher Offizier zu ihnen. »Was machst du mit meinem Gefangenen?«, herrschte Joseph ihn an.

»Der Mann hat vermutlich eine schwere Gehirnerschütterung. Er gehört in ein Lazarett«, blaffte Hannes zurück. Für einen Moment überlegte er, ob er vor seinem Bruder – vor allem aber vor seinen Männern, die neugierig die Köpfe hoben – klarstellen sollte, dass er sich von einem Rangniedrigeren nicht anschnauzen ließ.

»Ein Gefangener weniger, den wir durchfüttern müssen, könnte nicht schaden«, entgegnete Joseph kalt und stieß den Amerikaner in die marschierende, Staub aufwirbelnde Kolonne. Zwei ältere Franzosen fingen den taumelnden Soldaten auf und nahmen ihn fürsorglich in die Mitte.

»Herr Hauptmann?« Waldmann trat neben Hannes, salutierte vor ihm und strafte Joseph mit Nichtbeachtung. Es war seine Art, dem Oberleutnant klarzumachen, dass er sich einem Ranghöheren gegenüber anständig zu verhalten hatte. Vielleicht wollte er Hannes damit aber auch auffordern, sich zu behaupten?

»Feldwebel Waldmann, darf ich vorstellen: Mein älterer Bruder, Oberleutnant Joseph Meindorff.«

»Herr Oberleutnant«, grüßte Waldmann nun den zweiten Offizier, nickte Hannes zu und gesellte sich wieder zu seinen Männern, denen er vermutlich die verwandtschaftlichen Verhältnisse darlegte.

»Glaubst du, nur weil du jetzt der gefeierte Held eines Stoßtrupps bist, könntest du dich über mich erheben? Du kannst froh sein, dass Vater dir nicht den Namen Meindorff absprechen konnte.«

»Offenbar hast du nicht kapiert, dass es *die* Meindorffs nicht mehr gibt. Deine Brauerei hast du schon vor Jahren verspielt, Meindorff-Elektrik und sogar das Haus gehören jetzt Willmann.«

»Der ganze Verfall begann mit der Ankunft der vermaledeiten van Campen-Weiber in Berlin!«, brüllte Joseph ihn an.

Hannes lachte bitter. »Du sprichst allen Frauen kategorisch jeden Intellekt, jede geschäftlichen Fähigkeiten ab, behauptest aber, zwei ihrer Vertreterinnen hätten eine jahrhundertealte Familiendynastie zerstört? Was für ein Irrsinn, zumal deine verstorbene Frau und die kleine Demy keinen Grund dafür hatten. Ganz zu schweigen davon, dass sie von den Meindorffs abhängig waren und bestimmt nicht ihre eigene Lebensgrundlage vernichtet hätten.«

»Du hast keine Ahnung, wie durchtrieben diese Weiber sind!«

»Nein, sicher nicht! Denn ich habe eine ehrliche, offenherzige, liebevolle und treue Frau geheiratet, die aber nie den Ansprüchen der Meindorffs genügte. Ihre Liebe ist bei Weitem mehr wert als Ansehen, Macht und Besitz.« Hannes stockte und ballte die Hände zu Fäusten. Schmerzlich kam ihm in Erinnerung, wie scheußlich er sich verhalten hatte, wie sehr er Edith verletzt haben musste. Sie erhielt nun endlich seinen Brief! Aber das reichte nicht. Sobald es ihm möglich war, musste er zu ihr reisen, persönlich mit ihr sprechen und sie endlich wieder in den Armen halten!

Joseph betrachtete ihn von oben herab, als habe er ein hässliches

Insekt vor sich, drehte sich um und marschierte mit großen Schritten davon. Neben ihm, deutlich langsamer, trotteten die entwaffneten feindlichen Soldaten den Pfad entlang.

Weiter vorn schwenkte plötzlich ein Soldat aus der unordentlichen Reihe aus. Die Gestalt taumelte ins Gebüsch und brach dort zusammen. Trotz der Entfernung erkannte Hannes in ihm den blonden Amerikaner aus Kansas. Mit wenigen Schritten war Joseph bei ihm, zog seine Pistole und gab zwei Schüsse auf den im Schmutz der Straße Liegenden ab. Der Getroffene bäumte sich auf, bevor er in sich zusammensackte.

Hannes stieß einen Fluch aus und wollte loslaufen, wurde aber von vier Händen energisch zurückgehalten. Waldmann und Hillgart zerrten ihn zu ihrem Unterstand. »Das hat keinen Sinn, Meindorff. Der Bursche ist tot.«

»Ich werde meinen Bruder ...«

»Er wird es als Fluchtversuch auslegen und die Untergebenen seines Zuges werden dies bestätigen.« Waldmann deutete mit der Hand auf einen der Bewacher, der ein einfältiges Grinsen auf den Lippen trug und einem Gefangenen sein Gewehr unsanft auf die Schulter schlug, um ihn anzutreiben.

Zutiefst schockiert über die Kaltblütigkeit seines Bruders atmete Hannes mehrmals tief ein und aus. Schließlich winkte er Bubi zu sich.

»Herr Hauptmann?«

»Die Amerikaner tragen Erkennungsmarken um den Hals. Hol dir die von dem armen Teufel und lauf zu seinen Kameraden nach vorn. Überreiche sie einem von ihnen und sag ihm, man soll seinen Eltern ausrichten, ihr Sohn sei in Gefangenschaft geraten und habe einen tapferen Fluchtversuch unternommen. Sie sollen wenigstens einen Helden betrauern können. Hillgart?« Der Unteroffizier hob fragend die Augenbrauen. »Du begleitest Bubi und sicherst ihn gegen den Oberleutnant ab. Wenn es Schwierigkeiten gibt: Ich werde nicht für meinen Bruder eintreten!«

Hillgart nickte dem grimmig dreinblickenden Hannes zu, griff nach seiner modernen Maschinenpistole und scheuchte mit einer Handbewegung Bubi vor sich her.

Hannes drehte sich um und sah die Blicke seiner Soldaten auf sich gerichtet. In einigen las er Unverständnis, in anderen Mitgefühl, wieder andere wirkten desinteressiert. Er seufzte, begab sich hinter das Bauernhaus, setzte sich dort auf einen Steinquader, der aus der Hauswand gebombt worden war, und stützte den Kopf schwer in seine Hände. Einmal mehr hatte der Krieg seine hässliche Fratze gezeigt – das, was er aus einstmals zu Gentlemen erzogenen Männern machte. Kaltblütige Mörder. Machtbesessene Kreaturen.

Tiefer Schmerz wühlte sein Innerstes auf und er hatte nur einen Wunsch: Er wollte endlich in Ediths Armen alles vergessen.

Kapitel 48

Berlin, Deutsches Reich, Mai 1918

»Ich finde das fast unheimlich geheimnisvoll!«, sagte Demy und warf ihrem Chauffeur Dietmar Behonek einen fragenden Blick zu.

Dieser umfasste mit seinen kräftigen Händen das schmale Lenkrad des Automobils und lächelte vor sich hin. »So ängstlich sind Sie nicht, Fräulein van Campen.«

»Stimmt, ich bin nicht unbedingt ängstlicher Natur, aber das, was Sie tun, kommt einer Entführung gleich!«

»Wie gesagt: Ich entführe Sie im Auftrag Ihres Verlobten.«

»Das mag für Sie eine Rechtfertigung sein. Ich muss mir allerdings überlegen, ob ich mir von einem Mann, selbst wenn er mein Verlobter ist, einfach so meine Pläne durcheinanderwirbeln lassen möchte.«

Dietmars Lachen erfüllte die überdachte Fahrgastzelle. »Glauben Sie mir: Ein Mann an Ihrer Seite wird Ihr Leben gewaltig auf den Kopf stellen – vor allem ein Mann wie Philippe.«

Demy musterte den ehemaligen Polizisten interessiert. Er klang, als kenne er Philippe nicht nur flüchtig. Oder glaubte auch er den Gerüchten, die seit Jahren in Berlin über Philippe kursierten? »Woher kennen Sie Philippe?«

Dietmar brummte und konzentrierte sich auf einige tiefe Löcher in der Straße, die er sorgfältig und langsam umfuhr. »Da der Herr Oberleutnant Sie ohne Ihr Einverständnis einfach durch die Landschaft kutschieren lässt, stehen Ihnen vielleicht kleine Anekdoten unserer früheren Zusammentreffen zu.«

»Bestimmt!«, pflichtete Demy bei, lehnte sich im Sitz zurück und lächelte spitzbübisch vor sich hin.

»Das erste Mal bekam ich den Jungen in die Finger, da war er zehn Jahre alt. Damals prügelte er sich mit zwei älteren Burschen, weil diese ein junges Kätzchen gequält hatten.«

Demy runzelte die Stirn. »Philippe prügelte sich wegen einer Katze?«

»Die Katze gehörte einem kleinen Mädchen.«

»Das klingt wiederum passend.«

Dietmar lachte erneut und winkte dem Fahrer eines entgegenkommenden Automobils zu. Über Land war selten ein motorisiertes Fahrzeug unterwegs, ganz im Gegensatz zum Verkehr in den Straßen von Berlin.

»Ich brachte den Burschen mit blutiger Nase und zerfetzter Sonntagskleidung – wobei, vermutlich war das für die Meindorffs eine angemessene Alltagskleidung – nach Hause. Dort wurde ich Zeuge einer gehörigen Abreibung, die der Pflegevater ihm zuteilwerden ließ. Er schalt den Jungen einen liederlichen Gassenschläger.«

Demy zog es das Herz zusammen. Auch ihr Zuhause hatte sich im Nachhinein als nicht so harmonisch und friedlich herausgestellt, wie sie es als Kind empfunden hatte, dennoch waren ihre Erinnerungen von vielen schönen Erlebnissen und einem Gefühl der Sicherheit geprägt. War Philippes Mutter nicht in der Lage gewesen zu erahnen, wie es ihrem Sohn bei den Meindorffs ergehen würde? Wie selbstsüchtig – oder verzweifelt – musste die Frau gewesen sein, dass sie den einen Sohn bei der entfernten Verwandtschaft, den zweiten bei irgendwelchen anderen Leuten abgegeben hatte? Zumindest Philippe hatte seine Mutter seit dem Tag nicht mehr gesehen, an dem sie ihre Söhne von Amelie fort in ihre neuen Pflegefamilien gebracht hatte. Ob sie überhaupt noch am Leben war? Vielleicht war sie gestorben, kurz nachdem sie die Kinder untergebracht hatte?

Dietmar fuhr fort, wobei seine Stimme belustigt klang: »Seit diesem Tag fragte Philippe auf der Wache immer nach mir. Offenbar dachte er, er hätte bei mir einen Stein im Brett, weil er dem Mädchen hatte helfen wollen. Aber ich kann nur raten, bei wie vielen seiner Aktionen, die ihn mit dem Gesetz in Konflikt brachten, er sich schützend vor seinen nicht minder leichtsinnigen jüngeren Bruder Hans stellte. Er hatte einen gehörigen Beschützerinstinkt für den unreifen, verwöhnten Hans entwickelt.«

Ein Lächeln huschte über Demys Gesicht, bis ihre Gedanken zu Karl Roth wanderten. Im Grunde hätte er es sein sollen, vor den Philippe sich schützend stellte, schließlich war er sein Halbbruder, während er mit Hannes nur weitläufig verwandt war. Doch wirkliches Mitleid wollte in Demy nicht aufkeimen. Zu sehr plagten sie die fortlaufend eintreffenden Hinweise und Warnungen von Dietmar, der Roth immer wieder in der Nähe des Meindorff-Hauses gesehen hatte. Eine unterschwellige Angst vor einem neuerlichen Angriff des Mannes war ihr täglicher Begleiter geworden und zerrte an ihren Nerven wie ein Hund an seiner Kette. Immer wenn Dietmar Philippes Halbbruder wieder einmal gesehen, aber nicht zu fassen bekommen hatte, fühlte sie sich wie ein von Jägern in die Enge getriebenes Wild. Sie vergrub sich in Arbeit, hängte nach dem Unterricht für die jüngeren Kinder noch zwei Extrastunden für Nathanael an, sobald dieser aus der Schule zurück war, und versuchte gemeinsam mit Lina des Papierkrams Herr zu werden. Obwohl sie diesen Teil ihrer Aufgaben nicht mochte, waren die Zeiten mit ihrer fröhlichen, unkonventionellen Freundin eine Wohltat. Nicht selten verließ sie das Arbeitszimmer mit einem Lächeln auf den Lippen.

»Ich erinnere mich«, fuhr Dietmar fort, »an einen dieser Tage. Genau rekonstruieren ließ sich die Angelegenheit nie, weil Philippe zu viel verschleierte und die Schuld auf sich nahm. Jedenfalls waren sie beide noch nicht volljährig, auch Philippe nicht, als man sie bei einem Einbruch erwischte. Ich vermute, Sie kennen die Familie Boehmer?«

Demy nickte. Die jüngste Tochter der Boehmers, Adele, war Mitglied des Lesekreises gewesen, in dem Demy auch Margarete und Lina kennengelernt hatte. Adele hatte irgendwann einen Mann aus Hamburg geheiratet und Berlin den Rücken gekehrt.

»Das Ehepaar hatte vier Töchter, alle nicht unbedingt mit einem vorteilhaften Äußeren gesegnet. Das hielt – so vermute ich – Hannes jedoch nicht davon ab, eines der Mädchen in kindlicher Zuneigung zu bewundern und heimlich ihre Nähe aufzusuchen. Damals lebte die Familie noch nicht am Viktoria-Luise-Platz, sondern in einer großzügigen Parterrewohnung nahe der Meindorffs. Er kletterte nach Einbruch der Dunkelheit über ein geöffnetes Fenster in die Wohnung und wollte wohl eines der Mädchen besuchen, landete allerdings im Schlafzimmer von Frau Boehmer. Ihr Mann war in seinem Arbeitszimmer und kam auf die Schreie seiner Frau hin herbeigeeilt. Er schnappte sich Hans und schickte einen Laufburschen zur Polizei. Plötzlich tauchte ein zweiter Einbrecher auf. Als Frau Boehmer sich Tage später wieder beruhigt hatte, sagte sie, sie habe den Eindruck gehabt, dass auch Hans erstaunt über die Anwesenheit seines Ziehbruders gewesen sei. Jedenfalls riss Philippe das Geschehen an sich. Ich vermute, er ist damals Hans gefolgt, um zu sehen, wohin es ihn trieb. Er aber behauptete, Hans sei nur die Wache gewesen, während er sich mit einem der Boehmer-Mädchen treffen wollte. Er verriet nie mit welchem, und die Mädchen stritten ein geheimes Rendezvous kategorisch ab. Verliebt waren damals ja alle diese kleinen Schäfchen in den wilden Burschen. Doch offiziell durfte das natürlich nicht sein, schließlich galt es den Ruf zu wahren!« Dietmar grinste sie an und konzentrierte sich dann wieder auf die Straße.

»Wie ging die Geschichte aus?«

»Wie derlei Sachen in diesen Kreisen meist ausgingen. Eine Anzeige wurde nicht erstattet. Hans kam ungeschoren davon, Philippe sah ich in den darauffolgenden Wochen oft auf dem Grundstück der Boehmers. Er hackte Brennholz, strich die Fensterläden und reinigte die Dachrinne. Und das alles unter den interessierten Blicken der vier Boehmer-Mädchen, was den Verdacht zulässt, die Boehmers hatten sich mit dieser Art der Bestrafung vielmehr selbst geschadet.«

Demy, die inzwischen wusste, dass ein Großteil von Philippes angeblichen Frauengeschichten der romantischen Fantasie unreifer Mädchen entstammte, lachte leise auf.

»Meine verstorbene Frau und ich mochten Philippe, obwohl er in der Stadt als Weiberheld verschrien war. Ab und zu lud meine Frau ihn zum Essen ein. Ich zog sie damit auf, sie könne die Nächste sein, der ein Verhältnis mit Philippe angedichtet werde. Aber meine Rosa war eine großartige Frau. Sie scherte sich nicht um Gerüchte. Wir hatten nie eigene Kinder und ich denke, Rosa sah in Philippe eine Art Ersatzsohn, dem dringend etwas liebevolle Führung angedeihen sollte. Natürlich waren seine Manieren tadellos, dafür hatte Frau Cronbergs Erziehung gesorgt. Doch Rosa sagte oft, dass er unter einer großen Leere litte, die man nur mit viel Liebe und Aufmerksamkeit auffüllen könne, gepaart mit der richtigen Dosis Freiheit.«

Dietmar räusperte sich und warf Demy erneut einen Seitenblick zu, ehe er so leise hinzufügte, dass Demy es kaum verstehen konnte: »Nach Rosas Tod versuchte der Junge die Lücke, die meine Frau hinterließ, mit oberflächlichen Liebeleien aufzufüllen. Später gab es dann wohl dieses afrikanische Mädchen. Und jetzt sind Sie an der Reihe, Liebe, Aufmerksamkeit und Freiheit zu verschenken, Fräulein van Campen.« Es lag keine Aufforderung in seiner Stimme, nicht einmal eine Bitte. Vielmehr die Gewissheit, dass es ihr gelingen würde, Philippe genau das zu geben, was er benötigte.

»Wir sind gleich am Ziel!«, informierte Dietmar wenig später die tief in Gedanken versunkene Demy. Sie hob den Kopf. Unter einem wolkenlosen Maihimmel tauchten einige Häuser, größere Hallen und dahinter ein Flugfeld auf.

»Wo sind wir?«

»Döberitz«.

»In der Lehr- und Versuchsanstalt für Militärflugwesen?«

»Ebenda!«

»Philippe ist hierhergeflogen«, vermutete Demy mit wild klopfendem Herzen. Sie wartete, bis Dietmar ihr die Tür geöffnet hatte und ihr beim Aussteigen behilflich war.

Eine jugendlich klingende Stimme rief: »Ich fasse es nicht! Demy van Campen lässt sich wie eine Dame aus einem Automobil helfen!«

Die Gefoppte drehte sich um und sah sich Linas Ehemann Anton Daul gegenüber. »Anton! Hätte ich gewusst, dass wir hierherfahren, hätte ich natürlich Lina mitgebracht.«

»Lina und ich wussten natürlich davon. Ich bin das Begrüßungskomitee und muss gleich wieder an meine Arbeit zurück.«

»Lina wusste davon?« Demy zog die Nase in Falten, während sie darüber nachsann, ob sie ihrer Freundin böse sein sollte, weil sie hinter ihrem Rücken Pläne mit Philippe geschmiedet hatte.

Zu ihrer Verwunderung nahm Anton sie sanft in den Arm und flüsterte, während sein Schnurrbart an ihrer Wange kitzelte: »Herzlichen Glückwunsch zum Geburtstag, meine liebe Freundin.«

»Woher …?«

»Ach, komm. Natürlich ist dir klar, weshalb Philippe diesen Aufwand betreibt.«

»Von den Meindorffs hat sich noch nie jemand um meinen Geburtstag geschert.«

»Traurig genug. Aber vielleicht darfst du Philippe nicht mit den anderen Meindorffs in einen Topf werfen?«

»Sicher nicht«, flüsterte Demy und beobachtete, wie Dietmar Anton ein Bündel in den Arm drückte, ihr zuzwinkerte, zurück in den Wagen stieg und eine kleine Staubwolke aufwirbelnd davonfuhr.

»Verlässt Herr Behonek uns so schnell, um meine Flucht zu verhindern?«

»Willst du denn flüchten?«

»Wer weiß?«

»Ich freue mich übrigens ebenso sehr wie Lina über deine jetzt richtige Verlobung, und das nicht nur, weil wir beide unser erstes Zusammentreffen der kleinen freiheitsliebenden Demy zu verdanken haben. Du verdienst diesen großartigen Mann!« Mit einer einladenden Geste forderte der schlanke Uniformierte sie auf, ihm zu folgen.

Demy stolperte hinter dem zügig ausschreitenden Physiker her und ärgerte sich darüber, dass sie sich für ihren besten roséfarbenen Rock entschieden hatte, der sie in ihrer Beinfreiheit stark einengte.

Sie verließen den Platz zwischen den Baracken und Hallen und betraten das Flugfeld, auf dem soeben mehrere Einsitzer laut knatternd starteten. Etwas abseits der festgewalzten Sandpiste stand ein zweisitziges Flugzeug, hinter dem Philippe in voller Fliegermontur hervortrat. Die Fliegerbrille saß oberhalb der Stirn auf der fellgefütterten Mütze. Als der Pilot Anton und Demy bemerkte, eilte er auf sie zu.

Demy presste die Lippen zusammen. Ihr Herzschlag beschleunigte sich, als sie den breitschultrigen Mann auf sich zukommen sah. Sein

Lächeln brachte ihr Innerstes in Aufruhr, und sie konnte den Wunsch, sich in seine Arme zu werfen, kaum unterdrücken.

»Guten Morgen, Demy«, begrüßte Philippe sie gut gelaunt. Er ergriff ihre Rechte und küsste ihren Handrücken, verbunden mit einer leichten Verbeugung. Dann wandte er sich an Anton. »Du hattest doch den Auftrag, die Dame gleich zum Umziehen zu schicken.«

»Vorhin rief Lina an und drohte mir alle möglichen Strafen an, falls ich Demy zuerst in diese unmögliche Fliegermontur stecken würde, bevor du sie ausgiebig in ihrer hübschen Aufmachung bewundern konntest.«

»Sag deiner Lina, ich weiß sehr gut, wie wunderschön Demy ist. Sogar in einer *unmöglichen* Fliegermontur.«

Demy hatte genug davon, von den Männern ignoriert zu werden. Sie zog Anton das Bündel aus der Hand und fand darin den Schal und die Handschuhe, die sie einst bei einer Wette mit einigen Piloten gewonnen hatte, dazu ihre Fliegerjacke und -mütze und ihren Reitdress.

Prüfend betrachtete sie die Ausrüstung. Es war lange her, seit sie geflogen war. Damals, im Jahr 1914, während die Völker begannen, die Klingen zu kreuzen, hatte Philippe sie mit seinem Flugzeug von Paris nach Schwerin gebracht. Sie erinnerte sich an ihre anfängliche Angst, die sich bald in Staunen und schließlich in Begeisterung verwandelt hatte – und in Bewunderung für ihren Piloten, wie sie heute wusste.

»Wo kann ich mich umkleiden?«, fragte sie und entlockte den leise diskutierenden Männern ein Auflachen.

»Ich bringe dich hin«, bot Anton an, schüttelte Philippe die Hand und führte sie in eine Kammer, in der Linsen, Kameragehäuse und allerhand mehr Gegenstände aufbewahrt wurden, von denen Demy nicht wusste, zu was sie von Nutzen waren.

»Ich bleibe vor der Tür stehen«, sagte Linas Ehemann.

Eilig kleidete Demy sich um, rollte ihren Rock sorgfältig zusammen, ergriff die warme Fliegerjacke und verließ den Lagerraum. Anton wünschte ihr einen schönen Tag und verschwand in einer angrenzenden Werkstatt. Demy fand sich wieder bei Philippe und dem Flugzeug ein.

»Bereit?«, fragte er, während er ihr in die Felljacke half.

»Ich vermute es.«

»Gut!« Philippe, der hinter ihr stand, behielt seine Hände auf ihren Schultern und zwang sie, sich mit ihrem Rücken an ihn zu lehnen. »Herzlichen Glückwunsch zum Geburtstag, schwarzes Schäfchen«, raunte er ihr ins Ohr.

Lächelnd wandte Demy den Kopf, was er ausnutzte, um sie flüchtig auf den Mund zu küssen. Das reichte aus, um ein Beben durch ihren ganzen Körper zu jagen.

Wie sie in das Flugzeug gelangt war, wusste sie später nicht mehr. Sie merkte erst wieder auf, als der Motor laut zu knattern begann und sie mit wilden Hopsern über die Sandpiste zur Startbahn rollten. Anders als in Philippes früherem Eigenbau saß sie nun vorn.

»Das ist übrigens eine Albatros CV mit einem 240 PS starken Mercedes-Motor«, rief er ihr zu, ehe er die Brille über die Augen zog und beschleunigte.

Demy riss hinter ihrer Fliegerbrille die Augen auf. Der Unterschied zu ihrem ersten Start damals bei Paris war überwältigend. Die Weiterentwicklung der Flugzeuge ging rasant voran, und obwohl sie hier nicht einmal in einem auf Schnelligkeit und Wendigkeit getrimmten Jagdflieger saß, raubte ihr die Startgeschwindigkeit und das Tempo, mit der die Maschine dem blauen Maihimmel entgegenschoss, den Atem.

Kapitel 49

Cambrai, Frankreich, Mai 1918

Hannes schlug die Augen auf und drehte den Kopf nach links, wo jemand laut stöhnte. Eine Reihe verwundeter Soldaten lag dort, betreut von Ärzten und Schwestern. Irritiert kniff er gegen das grelle Sonnenlicht die Augen zu Schlitzen zusammen, das ungehindert vom wolkenlosen Himmel auf sein Gesicht fiel, ehe er die Fassaden um sich her musterte. Wie kam er hierher? Wo war er? Hatte er einen Treffer abbekommen? Er wusste, dass sie wieder in die provisorisch errichteten Schützengräben eingezogen waren und sich den Angriffen der Briten entgegengestellt hatten.

Unklar, als habe jemand seine Erinnerungen verwischt wie ein noch nicht getrocknetes Gemälde, erinnerte er sich an die Nacht im Schützengraben, in der ihm barbarisch kalt gewesen war. Kopf- und Gliederschmerzen waren hinzugekommen, gegen Mitternacht hatte er sich fiebrig gefühlt. Er erinnerte sich an Waldmanns besorgte Blicke im Morgengrauen und seine eigene Weigerung, die Stellung und seine Kompanie zu verlassen, um einen Arzt auf- zusuchen. Er hatte sich Gedanken um Weber gemacht, der nicht zurückgekommen war und vermutlich irgendwo verletzt oder tot lag und niemals gefunden werden würde – und mit ihm der Brief an Edith. Das Letzte, an das er sich erinnerte, war der einsetzende Regen gewesen, der den Graben innerhalb von Minuten mit Wasser gefüllt hatte.

Nun lag er auf einem Verbandsplatz und die Sonne verbrannte ihn. Oder war es die Hitze in seinem Körper?

»Herr Hauptmann?«

Hannes wandte den Kopf langsam in die andere Richtung. Allein diese Bewegung bereitete ihm üble Schmerzen, vor allem in der Brust. Ihm war, als liege ein zentnerschweres Gewicht auf seinem Brustkorb, das ihm nur flach zu atmen gestattete.

»Was ...?«, brachte er mühsam heraus. Sein Hals schmerzte nicht weniger, war ausgetrocknet und rau wie ein Reibeisen.

Vor ihm stand eine pummelige kleine Rotkreuzschwester, die nun einen Feldarzt herbeirief. Dieser kam prompt und hockte sich neben ihn. »Mein Name ist Robert Busch, ich kenne Ihre Brüder Albert und Philippe. Wir hätten nicht gedacht, dass Sie noch mal die Augen öff- nen, Herr Hauptmann. Aber vielleicht haben Sie doch eine Chance zu überleben, obgleich Sie seit zwei Tagen die typische bläuliche Haut- verfärbung zeigen. Kämpfen Sie weiter!«

»Was ...?«, wiederholte Hannes und fühlte, wie ihm das Bewusst- sein entglitt. Der Druck auf seiner Brust nahm zu, dagegen fühlte sich sein Kopf erstaunlich leicht an.

»Sie haben, wie einige andere Soldaten auch, die Symptome eines Influenzavirus. Grippe.«

Hannes zwang sich, wach zu bleiben. Eine Grippe konnte ihn doch nicht dermaßen umhauen?!

»Leider führt diese Form der Grippe[32] bei vielen Patienten sehr schnell zu einer Lungenentzündung, der sie nichts mehr entgegenzusetzen haben. Wenn Sie also den Wunsch verspüren, Ihren Frieden mit Gott zu machen, rufe ich Ihnen einen Feldgeistlichen.«

Hannes nickte, dann fielen ihm die Augen zu. Er dachte an seine Mädchen, Luisa und Leni. Und an Edith.

Kapitel 50

Bei Prenzlau, Deutsches Reich, Mai 1918

Weite Felder in dunklem Braun, leuchtendem Grün und lichtem Gelb, dazu tiefgrüne Auen, baumgeschmückte, sanfte Hügel und ein Netz aus blau und silber schimmernden Flüssen und Seen breiteten sich unter ihnen aus. Dazwischen entdeckte Demy kleine Ansiedlungen und einzelne Höfe, die wie Bauklötzchen auf einem bunten Flickenteppich verteilt lagen.

Am Horizont, gleichgültig, in welche Richtung sie auch blickte, stand grauweißer Dunst, der die weitere Landschaft vor ihren Blicken verhüllte wie ein Schleier. Ein kalter Wind zerrte an ihrer Felljacke und ließ die Ohrenklappen ihrer Mütze vibrieren, obwohl sie unter dem Kinn zugebunden waren. Das Flattern ließ das Brausen in ihren Ohren noch unruhiger werden, während das laute An- und Abschwellen des Flugzeugmotors alle anderen Geräusche überlagerte.

Schließlich senkte sich die Schnauze des Beobachterflugzeugs der Erde entgegen, und ein flaues Gefühl machte sich in ihrem Magen breit. Noch vor wenigen Jahren waren die meisten Abstürze bei Start oder Landung geschehen. Ob dies heute trotz der verbesserten Maschinen noch immer so war?

Philippe gelang es, das Flugzeug auf einer abgemähten Wiese sanft aufzusetzen. Die Scheibenräder holperten über kleine Unebenheiten, ehe das Fluggerät zum Stehen kam und der dröhnende Motorenlärm erstarb. Angenehme Stille breitete sich aus, durchbrochen von fröhlichem Kinderlachen. Eine Schar Jungen und Mädchen in kurzen Hosen und wippenden Röcken lief herbei und bestaunte gebührend den Vogel aus Stahl und Holz.

Philippe winkte Demy zu, die sich erhob und sich aus der Aussparung mit dem Sitz für den Luftfotografen helfen ließ. Als sie wieder Boden unter den Füßen hatte, ließ Philippe sie los und hob ein Kind nach dem anderen in die Maschine, bis die Schar sich zufrieden trollte.

»Das ist die sicherste Methode, die Neugier der Kinder zu stillen und damit zu gewährleisten, dass sie die Finger von dem Flugzeug lassen«, erklärte Philippe mit einem leichten Augenverdrehen. Demy ließ sich nicht darüber hinwegtäuschen, wie sehr er die Begeisterung der Kinder genossen hatte.

Sie zog sich Brille und Mütze vom Kopf und pellte sich eilig aus der hier am Boden viel zu warmen Lederjacke. Ihr Verlobter nahm ihr alles ab und warf es zu seiner Fliegermontur auf den Pilotensitz.

Langsam, beinahe genüsslich wanderten seine Augen über ihr Reitkostüm aus dunkelblauem Tweed, bei dem die Rockbahnen zu einer Art Hose zu knöpfen waren, und über die eng anliegende weiße Bluse wieder hinab zu den hohen schwarzen Stiefeln, die wie Männerschuhe aussahen. Demy spürte, wie unter seinen Blicken Hitze in ihr Gesicht stieg, wandte sich halb ab und versuchte mit mäßigem Erfolg, die aus ihrem Zopf gelösten schwarzen Haarsträhnen zurückzuschieben.

»Weißt du eigentlich, wie schön du bist, Demy van Campen?«, fragte Philippe mit belegter Stimme.

Verlegen schüttelte Demy den Kopf, was zur Folge hatte, dass sich die widerspenstigen Haarsträhnen erneut um ihr Gesicht ringelten. »Tilla war schön!«, widersprach sie unsicher.

»Ja, Tilla war schön. Aber du bist eine Schönheit. Denn im Gegensatz zu ihren Augen strahlen die deinen mal unternehmungslustig, mal voll Liebe für die Menschen um dich herum. Und erst diese bezaubernde Nase, die, je nachdem wie du sie rümpfst, mehr über dich verrät als jedes Wort. Dein Wesen macht dich schön, schöner noch, als du ohnehin bist.«

Mit dem Eindruck, ihr Herz könne unmöglich noch schneller

schlagen, drehte Demy sich zu Philippe um. Er lächelte und schloss sie sanft in die Arme. Zögernd legte sie ihre Hände an seinen breiten Rücken und barg schließlich ihr Gesicht an seiner Brust. Sie spürte seinen Herzschlag, ebenso wie jeden einzelnen seiner Atemzüge.

»Entschuldige«, murmelte er in ihr Haar.

»Wie bitte?« Demy hob den Kopf und blickte zu ihm auf.

Seine blauen Augen schauten sie bekümmert an. »Behonek hält Kontakt mit mir. Von ihm weiß ich, wie oft Roth sich in deiner Nähe herumtreibt. Ich hatte nicht vor, dich damit zu quälen, als ich ihn bat, dir jedes Mal mitzuteilen, sobald er ihn gesehen hat. Das sollte nur deiner Wachsamkeit dienen.«

»Ich verstehe.«

»Aber heute, mein schwarzes Schäfchen, darfst du dich ganz sicher fühlen. Du kannst dich von der ständigen Angst ausruhen und ich hoffe, ich kann dir einen unvergesslichen Tag bereiten.«

»Allein der Flug und das Zusammensein mit dir entschädigt mich für vieles«, gab sie leise zu.

Er küsste sie sanft auf die Stirn und entließ sie aus seinen Armen, was sie bedauerte. Dieses Gefühl des Geborgenseins, das sie empfunden hatte, war einfach zu schön.

»Wir haben dich auch nicht umsonst in ein Reitkostüm gesteckt«, verkündete er munter, ergriff ihre Hand und zog sie förmlich hinter sich her, um ein aus dunklem Holz erbautes Gebäude herum. Sie betraten den Innenhof eines Bauernhofs. Zwischen den Pflastersteinen auf dem Boden wuchsen Gras, Löwenzahn und Gänseblümchen wie ein im Schachbrettmuster angelegter grüner Teppich, und vor einem Fenster, vermutlich dem der Küche, standen im tiefen Sims mehrere Holzkästen, bestückt mit unterschiedlichen Kräutern. Gegenüber vom Haupthaus und dem Stall, aus dem das Muhen von Kühen, Hühnergackern und das Grunzen von Schweinen drang, entdeckte sie in einem Heuschober einige Pferdeverschläge.

Vor den Holztoren waren zwei langbeinige Stuten angebunden, die ein junger Bursche gerade sattelte. Demy riss sich von Philippe los und eilte auf die herrlichen Tiere zu, die neugierig die Ohren, schließlich die Köpfe nach ihr drehten.

»Sind die schön!«, entfuhr es ihr, was dem Burschen ein breites

Grinsen entlockte, ehe er sich seiner Erziehung erinnerte. Er riss sich die Schildmütze vom Kopf und verbeugte sich vor ihr.

»Es freut mich, dass Ihnen unsere Zuchtstuten gefallen, Fräulein. Mein Vater und ich sind sehr stolz auf sie.«

»Das könnt ihr auch sein!«, erwiderte Demy. Sie strich dem braunen Tier über die Nüstern und griff dann in die gut gepflegte schwarze Mähne.

»Es sind Ostpreußische Warmblüter mit Trakehner Abstammung.«

»Grüß dich, Fritz«, brachte Philippe sich lächelnd in Erinnerung.

»Herr Oberleutnant!« Über das Gesicht des Burschen breitete sich ein vergnügtes Strahlen aus, als er salutierte. »Heute sind Sie aber nicht mit einem Jagdflugzeug von Fokker gekommen!«

»Nein, mit einem Beobachter der Albatros-Werke. Ich konnte die Maschine für einen Ausflug mit meiner Verlobten ausleihen.«

»Sie sind sehr mutig, Fräulein, dass Sie in so eine Himmelsmaschine steigen.«

Demy lächelte, während der Bursche sich die Mütze wieder auf die roten Locken setzte und die letzte Schnalle des Sattelgurts schloss. »Ich soll Sie von Vater grüßen, Herr Oberleutnant. Er ist auf den Feldern und erwartet die Stuten am Spätnachmittag zurück. Morgen kommen sie zum Militär.«

»Ist gut.« Philippe schob dem Jungen einen Geldschein in die ausgebeulte Hemdtasche. »Passt du ein bisschen auf das Flugzeug auf?«

»Mache ich. Ich muss da draußen ohnehin das Heu wenden.«

Philippe bot Demy sein Knie zum Aufsteigen, doch diese war viel zu erschüttert von der Vorstellung, dass diese prachtvollen Rassepferde demnächst auf einem Schlachtfeld landen würden.

»Komm, Demy. Gönn den beiden noch einen wunderschönen Ausritt in ihrer Heimat«, flüsterte Philippe ihr zu.

Demy schloss zwei Knöpfe der taillierten Reitjacke und ließ sich von ihrem Begleiter in den Männersattel heben. Nebeneinander verließen sie mit lautem Hufgeklapper den gepflasterten Hof, und Philippe leitete sie über eine Pappelallee zu einer überdachten Holzbrücke, die sich über einen sanft plätschernden Flusslauf spannte. Hohl und dumpf klangen die Tritte der Pferde auf den Holzplanken. Demy zügelte ihre Stute in der Mitte, um den Blick auf den anschließenden

See mit seinen Schwänen und Stockenten und den sich im Wind wiegenden Weiden und Birken am Ufer zu genießen. Graugänse flogen in steiler V-Formation über sie hinweg und wurden schnell vom dunstigen Horizont verschluckt, während zwei Zitronenfalter über dem silbrig blitzenden Wasser einen wirbelnden Tanz aufführten.

»Ich habe lange nicht mehr etwas so Bezauberndes gesehen!«, hauchte Demy. Sie wandte sich Philippe zu, der ihre Begeisterung mit einem Lächeln belohnte. Sie blickten sich lange in die Augen und spürten eine tiefe Verbundenheit in sich aufkeimen. Schließlich beugte Philippe sich weit zu ihr herüber und stützte sich mit der linken Hand auf den Hinterzwiesel ihres Sattels, während er seine Rechte in ihren Nacken legte und sie zärtlich küsste.

Demy gewann den Eindruck, als wären die Schmetterlinge, deren Tanz sie eben bewundert hatte, in ihr Inneres geflattert. Der Druck von Philippes Hand in ihrem Nacken verstärkte sich, sein Kuss wurde fordernder. Doch dann verlagerte ihre Stute ihr Gewicht und Philippe musste einen Moment um sein Gleichgewicht kämpfen, ehe er wieder aufrecht im Sattel saß.

Während sie versuchte, ihr aufgewühltes Inneres zur Ruhe zu bringen, atmete er mehrmals bewusst langsam ein und aus, ehe er sie schief angrinste. »Ich muss das bleiben lassen, falls wir wirklich noch die von mir geplante Strecke reiten wollen.«

»Du glaubst doch nicht, dass ich endlich einmal wieder auf einem Pferd sitze, nur um in dieser Zeit ausschließlich geküsst zu werden?«, lachte Demy. Sie lenkte die Stute von der Brücke und kaum, dass sie die dahinter beginnende Pappelallee erreicht hatte, jagte sie in raumgreifendem Galopp davon.

Vor Freude über dieses dem Fliegen sehr ähnliche Gefühl hätte sie am liebsten laut gejubelt. Stattdessen legte sie die Zügel auf den Hals des Pferdes, breitete die Arme aus und ließ sich den Gegenwind kräftig ins Gesicht wehen – bis Philippe an ihr vorbeidonnerte und ihr in die Zügel griff.

»Willst du dich umbringen?«, schrie er aufgebracht, während er die Geschwindigkeit beider Pferde drosselte.

Irritiert sah Demy zu Philippe, bis ihr bewusst wurde, dass ihr Reitstil einer jungen Dame aus gutem Hause nicht angemessen war.

»Ich habe von deinen Reiteskapaden gehört, junge Frau. Auch davon, wie du potenzielle Heiratskandidaten in Grund und Boden geritten und sie dabei mit Schlamm bespritzt hast. Aber dieses Pferd ist dir vollkommen fremd. Woher willst du wissen, wie es reagiert?«

Die Tiere kamen zum Stehen. Die Sonne warf zwischen den flatternden Blättern unruhige Schatten auf Philippes wütendes Gesicht. In den vergangenen Jahren hatte Demy diesen Ausdruck oft an ihm gesehen und sich gefragt, was sie falsch gemacht hatte. Aber heute erkannte sie in seinem verbissenen Gesicht und den Falten auf der Stirn seine große Sorge um sie.

»Entschuldige bitte. Ich wollte dich nicht erschrecken. Ich bin einfach nur überglücklich und begeistert. Ich kann mich an keinen schöneren Geburtstag erinnern!«

Philippe fuhr sich über das Gesicht, schüttelte den Kopf und ergriff ihre Hand, nachdem er ihr die Zügel zurückgereicht hatte. »Zumindest was die letzten Jahre betrifft, ist das nicht verwunderlich. Ich denke, keiner der Meindorffs hat je daran gedacht, dass du auch mal Geburtstag haben könntest. Aber tu mir einen Gefallen, reite dieses dir unbekannte Pferd mit etwas weniger Leidenschaft.«

»So wie du neue Flugzeuge ausprobierst?«

Ihr Begleiter verzog das Gesicht und ließ sein Pferd weitergehen. Als Demy sich neben ihn gesellte, gestand er: »Ich bin vor etwa einem Jahr auf dieses Gestüt gestoßen, weil ich ganz in der Nähe mit einem Prototyp abgeschmiert bin.«

»So viel zum Thema leidenschaftlicher Leichtsinn, nicht wahr?«, foppte Demy ihn, konnte eine nagende Unruhe über die Gefährlichkeit seiner Arbeit jedoch nicht gänzlich unterdrücken. Ihr war nur allzu präsent, dass selbst das in Deutschland als Held verehrte und vom Feind gefürchtete Fliegerass Manfred von Richthofen vor einigen Tagen den Tod gefunden hatte. Aber vermutlich war es zu viel verlangt, den begeisterten Piloten in Philippe darum zu bitten, ihretwegen auf Testflüge zu verzichten. War das die Freiheit, die sie Philippe einräumen musste, von der Dietmar auf der Fahrt gesprochen hatte?

Da sie ein unverfänglicheres Thema anschneiden wollte, sagte sie:

»Übrigens erzählte Herr Behonek auf der Fahrt nach Döberitz interessante Geschichten von einem jungen Philippe Meindorff!«

Philippe seufzte theatralisch und bedeutete ihr, dass sie nach links in den Waldpfad einbiegen solle. »Hat er etwa ausgeplaudert, wie Hannes und ich einmal ein Fenster im Rathaus eingeworfen haben, weil wir dringend an Baupläne gelangen wollten? Wir hatten gehört, Bismarck habe 1870 irgendwo in der Nähe des Stadtschlosses seine Reichtümer versteckt, da zu befürchten stand, dass der Norddeutsche Bund den Krieg gegen Frankreich verlieren würde. Abend für Abend waren wir auf der Suche, doch da in Berlin ja ununterbrochen gebaut wurde, konnten wir nie sicher sein, welches Areal als Nächstes aufgegraben, zugeschüttet oder bebaut werden würde. Wir wollten damals einfach Planungssicherheit haben.«

Ungläubig blickte Demy ihren Begleiter an, der lediglich mit den Schultern zuckte. »Natürlich erwischte man uns. Wir wurden für eine Nacht eingesperrt und, nachdem Behonek den alten Rittmeister informiert hatte, nach Hause entlassen, wo uns eine gehörige Tracht Prügel erwartete.«

»Was ist aus dem Schatz geworden?«

»Den gab es selbstverständlich nicht. Als wir später herausfanden, dass Adalbert Ahlesperg – du erinnerst dich bestimmt an den Spross eines Geschäftsfreundes vom Rittmeister – sich einen Spaß mit uns erlaubt hatte, schlugen Hannes und ich gnadenlos zurück.«

»So?«

»Wir erfuhren die Wahrheit erst, als ich bereits Kadett in Groß-Lichterfelde war. Adalbert besuchte die Schule gemeinsam mit Joseph einige Jahrgänge über mir. Mit einigen befreundeten Kadetten holten der eigens für diesen Einsatz eingeschleuste Hannes und ich Adalbert eines Nachts aus dem Bett. Wir fesselten und knebelten ihn und trugen ihn in einen Unterrichtsraum. Dort durfte er lediglich seine Unterhose anbehalten, bevor wir ihn teerten und federten.«

»Ihr habt … wie grässlich!« Ungläubig starrte Demy Philippe an.

Er beugte sich zu ihr und strich ihr mit dem Zeigefinger liebkosend von der Schläfe über die erhitzte Wange bis zu ihrem Kinn, das er spielerisch antippte, ehe er sich wieder aufrichtete. Demy schluckte etwas mühsam. »Wir waren gnädig, rieben nur sein blondes Haar und seinen üppigen Schnurrbart, auf den er so stolz war, mit Teer ein und federten sie. Er musste beides am nächsten Tag abrasieren lassen, nachdem der Lehroffizier ihn im Schulzimmer gefunden hatte.«

Bei der Vorstellung, wie der eitle Luftikus ausgesehen haben mochte, konnte Demy ein Auflachen nicht unterdrücken.

»Weder die Offiziere noch Adalbert erfuhren je, wer ihm das antat. Lediglich auf einem Zettel, den wir ihm um den Hals gehängt hatten, war vermerkt, dass Männer, die anderen falsche Tatsachen vorgaukelten, im Grunde nicht besser als alberne Hühner seien.«

»Meine Güte«, murmelte Demy. »Hat Anki dir von ihrem Zusammentreffen mit Adalbert Ahlesperg berichtet? Sie traf ihn bei Riga, nachdem sie von ihrem Mann getrennt worden war!«

Philippe sah sie verblüfft an.

»Sie sagte, die Begegnung sei sehr eigenartig verlaufen. Offenbar verspottete ein Untergebener Adalbert, dass der sich plötzlich wieder zum Guten bekehren wolle, als er Anki und den russischen Fürstinnen half, anstatt sie den Männern unter seinem Kommando zu überlassen.«

Als wolle Philippe an diesem Tag alle Themen aussparen, die das Lachen aus Demys Gesicht fortwischen konnten, ging er auf ihre Bemerkung nicht ein. Vielmehr erzählte er ihr von anderen lustigen Streichen, bis er auf ihre Bitte hin von seiner Zeit in Deutsch-Südwestafrika berichtete. Auch hier streifte er die kriegerische Auseinandersetzung gegen die Herero- und Namakrieger zu Beginn seiner Dienstzeit nur knapp, vielmehr schwärmte er von dem faszinierenden Land und seiner Pflanzen- und Tierwelt. Zuletzt kam die Sprache auf seinen Freund John und dessen Schwester Jennifer und schließlich auf Udako. Dabei wurde seine Stimme hörbar rauer.

Die Zeit schritt – wie ihre Reittiere – in zügigem Tempo voran und bald sahen sie sich gezwungen, die Pferde zurück zum Hof zu lenken.

Dort angekommen ließ sich Demy ohne Hilfe aus dem Sattel gleiten und als sie mit leicht zitternden Knien auf dem Pflaster gelandet war, rieb sie sich ihr Gesäß. Zu dem lachenden Philippe sagte sie: »Ich werde morgen keinen Schritt gehen können!«

»Das macht nichts. Dann bleibt dir unser Ausflug zumindest noch einige Tage in Erinnerung!«

Sie aßen mit der Familie zu Abend, der das Gestüt und die Landwirtschaft gehörte, und schließlich flog Philippe sie nach Döberitz zurück.

Entgegen ihrer Erwartung, von Dietmar nach Berlin gefahren zu werden, wollte Philippe sie persönlich chauffieren. Sie reagierte so begeistert, weil sie sich nicht sofort von ihm trennen musste, dass er sie trotz der in der Nähe stehenden Piloten, Mechaniker und Soldaten in den Arm nahm. Dieser Tag, das wusste Demy mit Gewissheit, würde sich für immer als einer ihrer schönsten in ihrem Gedächtnis einbrennen.

Kapitel 51

Berlin, Deutsches Reich, Mai 1918

Die Nacht hatte sich über Berlin gesenkt, als Philippe den Mercedes durch die breiten Straßen der Stadt lenkte. Hinter vielen Fenstern brannten Lichter, weshalb die Stadt wie unter einer hellen Glocke steckte, was allerdings zur Folge hatte, dass die Sterne ihren strahlenden Glanz verloren.

Selbst in den Vierteln mit den großen, ehrwürdigen Sandsteinbauten, den freistehenden Villen und säulengeschmückten Hauseingängen tummelten sich fragwürdige Gestalten. Demy erkannte Invaliden, blutjunge Mädchen und ältere Frauen, die sich prostituierten, beim Anblick des Automobils aber im Schatten von Mauervorsprüngen verschwanden. Dazwischen flanierten Soldaten im Heimaturlaub mit Frauen am Arm, die nicht immer die ihren waren, und selbst einige verwahrloste Straßenkinder konnte sie entdecken.

Ein kleines Mädchen, kaum älter als sechs, zog Demys Aufmerksamkeit auf sich. Entsetzt sah sie mit an, wie das Kind einer Prostituierten die nachlässig umgehängte Handtasche von der Schulter riss und mit der Beute zwischen den Passanten untertauchte.

Demy beobachtete die Flucht des Kindes, zwiespältig in ihrem Wunsch, das arme Ding möge entkommen, und dem Schrecken darüber, wie routiniert der Diebstahl ausgesehen hatte. Die Kleine entkam über eine Brücke auf die andere Seite des Landwehrkanals und verschwand aus Demys Blick.

Betroffen drehte sie sich wieder nach vorn und fragte sich, wie die Welt nach diesem Krieg, der mittlerweile die ganze Erdkugel in Brand gesteckt hatte, jemals wieder ins Lot geraten sollte. War Frieden überhaupt noch möglich? Konnte all das, was zerstört worden war, wieder aufgebaut werden? Würde die Menschheit aus den Fehlern dieser Zeit lernen, damit es nie wieder zu einem solchen Desaster kam?

»Du kannst sie nicht alle retten«, sagte Philippe und signalisierte ihr damit, dass er das Mädchen ebenfalls gesehen hatte.

Das Automobil bog in die Schlossstraße ein, und Philippe hielt kurz darauf vor dem in den nächtlichen Himmel ragenden Tor am Straßenrand. Der Motor erstarb.

»Ich begleite dich hinein.« Philippes Hand lag bereits am Türgriff.

»Ich danke dir für diesen wunderschönen Tag.«

»Sobald dieser elende Krieg vorbei ist …« Philippe sprach nicht weiter, als fürchte er sich, zu weit in eine ungewisse Zukunft zu schauen. Stattdessen beugte er sich zu ihr und küsste sie zart auf den Mund.

Demy jedoch wollte über die Zukunft sprechen. Sie wollte nicht gelten lassen, dass ihr Glück womöglich bald schon auf grausame Art und Weise enden könnte. »Dir ist doch klar, dass ich später in den Niederlanden leben möchte, oder?«

»Darüber sprechen wir noch!«, erwiderte Philippe. Erst meinte Demy, er wollte tatsächlich jedes Gespräch hinsichtlich ihrer gemeinsamen Zukunft rigoros unterbinden, doch dann sah sie im Schein der Straßenlaterne sein Grinsen.

»Nicht Frankreich, Philippe. Mein Französisch ist grauenhaft.«

»Ich weiß«, schmunzelte Philippe.

»Du wolltest doch mit Udako nach Kanada ziehen. Das wäre ganz praktisch, denn dort weiß niemand um deinen zweifelhaften Ruf.«

»Und niemand kennt dich dort als aufmüpfiges, geheimnisumwittertes und alle Regeln brechendes schwarzes Schäfchen.«

»Ich finde, wir haben uns jetzt genug Komplimente gemacht und können hineingehen.«

Philippe lachte, stieg aus und öffnete ihr die Beifahrertür. Fürsorglich nahm er ihre Hand, um ihr beim Aussteigen behilflich zu sein und ließ diese nicht mehr los. Er griff mit der anderen nach ihrer Fliegerausrüstung und kurz darauf ließ Dietmar sie ein.

Kaum im Haus angelangt wurde Demy von allen Bewohnern des Hauses begrüßt, umarmt und beglückwünscht. Selbst Luisa und Leni waren noch auf, wie auch Margaretes kleine Tochter Klara und Monikas Sohn Markus.

Nachdem sich der größte Trubel gelegt hatte, trat Anki zu Demy und zog sie in eine der Fensternischen des Foyers, die durch einen Vorhang vom Raum abgetrennt waren.

»Ich bekam heute einen Brief von Roberts Mutter aus Tübingen. Roberts Vater hat einen Schlaganfall erlitten. Mathilde bat mich, mit den Kindern zu ihr zu reisen. Sie haben Platz genug für uns alle.«

»Und du willst dem Wunsch deiner Schwiegermutter nachkommen?«

»Ich will dich und Rika ungern schon wieder verlassen. Allerdings sehe ich auch, wie viel du zu tun hast und welche Herausforderung es bedeutet, alle diese Menschen zu versorgen. Rika ist verheiratet, du verlobt und Feddo geht einer guten Arbeit nach. Die große Schwester wird gar nicht so dringend gebraucht.«

»Sag das nicht. Ich bin so glücklich, dich hier zu haben!«

Anki zog Demy in die Arme. In diesem Moment hallten die tiefen Töne der Hausglocke durch den Raum.

»Mit Frau Daul und Frau Groß hast du zwei großartige Helferinnen an deiner Seite. Und Henny ist sehr besorgt um dich, obwohl ich spüre, dass sie momentan häufig mit sich selbst beschäftigt ist.«

»Das liegt daran, weil dieses dumme Kind den Hauptmann fortgeschickt hat«, mischte sich Julia plötzlich in das Gespräch ein, und Anki entließ Demy aus ihren Armen.

»Da haben Sie leider recht, Frau Romeike«, wandte sich Demy kurz an Julia, ehe sie sich wieder ihrer Schwester widmete. »Ich überlege mir, wie wir das Geld für eine Zugfahrt auftreiben können. Natürlich sollst du zu deinen Schwiegereltern reisen. Dort bist du auch Robert näher, nun, da er an der Westfront als Arzt stationiert ist.«

»Da ihr gerade von Dr. Busch sprecht: soeben kam ein Telegramm von ihm an.« Margarete, die Klara an der Hand hielt, streckte Anki das Telegramm hin.

Diese nahm es an sich und öffnete es, um dann innezuhalten. »Dieses Telegramm ist nicht für mich«, sagte sie. »Es ist an die Familie Meindorff gerichtet.«

Sie drückte das raschelnde Papier Demy in die Hand, die es unschlüssig betrachtete. Ihr Blick wanderte über Pauline, Irma, Monika und Grete zu Lina und dem alten Viktor, bis er schließlich an Philippe hängenblieb, der sich angeregt mit Nathanael unterhielt und von der plötzlich angespannten Stimmung nichts mitbekam. Offenbar ließ die Tatsache, dass Robert ein Telegramm an die Meindorffs schickte, nicht nur in Demy Unbehagen aufziehen. Die ausgelassene Stimmung war wie fortgeblasen.

Demy ging auf die dunklen Sessel zu, die halb versteckt hinter riesigen Kübelpflanzen standen. Auf das Verebben der Gespräche aufmerksam geworden nahm Philippe die in seinem Nacken verschränkten Hände herunter, bückte sich unter einem grünen Palmwedel hindurch und kam Demy entgegen. In einer unguten Vorahnung streckte Demy ihm das Telegramm mit zitternden Fingern entgegen.

Philippe nahm es ihr aus der Hand, ohne den Blick von ihrem Gesicht zu wenden. Seine Augen blitzten dunkel, nahezu bedrohlich.

Er hob auffordernd das Kinn, damit sie ihm erzählte, was in der Kurzmitteilung stand. Demy schüttelte den Kopf, immerhin kannte sie den Inhalt nicht.

Zögernd hob er das Papier an und las. Seine Finger umfassten das minderwertige, bräunliche Papier immer fester, zerknitterten die Ränder, bis er es schließlich losließ. Nach einem sanften, seinen Flugzeugen ähnlichen Dahingleiten landete es auf dem Boden.

»Entschuldigt mich«, brachte Philippe mühsam hervor. Er drehte sich ruckartig um und eilte mit knallenden Stiefelschritten über die Stufen in den Eingangsbereich. Fluchtartig verließ er das Haus, ohne den geschwungenen Türflügel hinter sich zu schließen. Demy sah ihm nach, bis er von der Dunkelheit verschluckt wurde. Schließlich ging sie in die Knie, hob das Telegramm auf und las es.

Hptm. Meindorff, Hans, gestorben an Lungenentzündung
nach Grippe im Hauptverbandplatz Cambrai.
Mein Beileid.
Dr. Busch, Robert, Stabsarzt

Eine eisige Kälte ließ Demy erschauern. Langsam, als läge ein Zentnergewicht auf ihren Lidern, hob sie den Blick.

Klara weinte von ihrer Mutter unbeachtet leise vor sich hin. Pauline und Irma hielten sich an den Händen. Der alte Viktor saß auf einem Stuhl in der nächsten Sitzgruppe, hielt den schlafenden Markus im Arm und blickte zu Boden. Grete kauerte in einem Sessel neben ihm und hielt die Hände gefaltet, den Kopf tief gesenkt. Ob sie betete? Anki scharte ihre vier Mädchen um sich, und Lina gesellte sich zu Julia. Auch in ihren Gesichtern spiegelte sich die Ahnung, dass das Telegramm eine schlimme Nachricht enthielt.

»Hannes«, sagte Demy mit krächzender Stimme. Ihre Augen suchten Leni und Luisa. Die Geschwister saßen neben Margarete und versuchten deren völlig übermüdete, quengelnde Tochter aufzumuntern.

»Hannes ist tot«, brachte Demy endlich über die Lippen, da es keinen schonenden Weg gab, um die schreckliche Tatsache in Worte zu fassen. »Er starb an dieser Grippe, von der wir hörten, dass sie viele Soldaten und auch Zivilpersonen befallen hat.«

»Papa?« Luisa reagierte erstaunlich schnell. Die braunen Augen, die denen ihres Vaters so ähnlich waren, starrten Demy erst fragend, dann wütend an. »Du redest Blödsinn«, fauchte sie und stampfte mit dem Fuß auf.

Demy hatte das Gefühl, jemand steche ihr ein Messer ins Herz. Sie wollte zu der Kleinen, doch ihr Blick wanderte unwillkürlich zu der offen stehenden Eingangstür. Henny kniete sich zu den Mädchen und verdeutlichte Demy mit einem Handzeichen, dass sie Philippe nachgehen solle.

Die junge Niederländerin drückte dem betroffenen Nathanael das

Telegramm in die Hand und lief so schnell, dass der Reitrock um ihre Beine wirbelte, durch die Halle in das kleine Foyer und stürmte in die Nacht hinaus.

Ein halbrunder, beinahe greller Mond beschien den Platz vor dem Haus. Zu ihrer Erleichterung entdeckte Demy das Automobil am Straßenrand, demnach befand Philippe sich in der Nähe. Schließlich sah sie ihn, als er aus dem Schatten einer Kiefer auf den Weg trat, nur um gleich wieder in den nächsten Schatten zu verschwinden.

Demy lief über die Sandsteinplatten und tauchte ebenfalls in das Dunkel unter den Bäumen ein. Da sie hier nichts mehr sehen konnte, prallte sie förmlich gegen den Mann. Philippe fuhr zurück, als habe er einen elektrischen Schlag erhalten. »Geh ins Haus«, zischte er sie an.

»Aber ...«

»Verschwinde!«

»Philippe, ich möchte doch ...«

»Hier draußen ist es zu gefährlich für dich«, erklärte er, jetzt freundlicher.

»Aber Roth ist jetzt nicht hier. Die Hunde hätten angeschlagen und ...«

Seine Stimme wurde befehlend: »Demy, geh zurück ins Haus!«

Sie stemmte die Hände in die Hüften und funkelte ihn wütend an. »Wie kannst du es wagen, so mit mir zu reden? Ich möchte doch nur für dich da sein ...«

»Genau, das ist ja das Problem!«, stieß er hervor, ergriff sie und wirbelte sie herum. Sein Griff an ihren Oberarmen schmerzte, als er sie mit dem Rücken an den Stamm einer Buche drückte. Er presste sich an sie, während seine Lippen über ihr Gesicht wanderten, bis sie ihren Mund fanden.

Für einen Moment wusste Demy nicht, wie ihr geschah. Seine fordernde, nahezu bedrohliche Leidenschaft erschreckte sie, andererseits hatte sie sich noch nie zuvor so sehr als Frau gefühlt wie in diesem Augenblick. Etwas in ihr wollte seine Küsse und seine Berührungen genießen, während eine warnende Stimme ihr zurief, dass da etwas vollkommen falsch lief. Sie wollte nicht der Blitzableiter für seine Ängste, seine Wut und seine lange unterdrückten Emotionen sein.

Da er ihre Oberarme inzwischen losgelassen hatte, hob sie die

Hände und trommelte ihm zunehmend fester auf den Rücken, bis er schließlich von ihr abließ. Er wich vor ihr zurück. Im hellen Schein des Mondlichts sah sie das Flackern seiner Augen, das kräftige Heben und Senken seiner Brust und das Mahlen seiner Kiefer.

»Entschuldige, Demy«, stammelte er, sichtlich betroffen. »Mein Gott, das wollte ich nicht.«

»Du hattest mich immerhin gewarnt«, erwiderte Demy und versuchte unauffällig, ihre Garderobe in Ordnung zu bringen. Ein schiefes Grinsen huschte über sein Gesicht. Er nahm ihre linke Hand und zog sie auf den Weg in das Mondlicht. »Hier ist es besser«, murmelte er.

»Das mit Hannes tut mir so leid«, flüsterte Demy. Ihre Augen füllten sich mit Tränen. Philippe hatte schon wieder ein Familienmitglied verloren, Edith ihren Ehemann und die beiden Mädchen ihren Vater. Und sie selbst? Ein Schluchzen brach sich tief in ihrem Inneren Bahn. Hannes war lange Zeit ihr einziger Verbündeter in der Familie Meindorff gewesen. Und nun würde er nicht mehr zurückkommen. Er war an einer heimtückischen Krankheit gestorben. Nicht, wie sie immer befürchtet hatte, zerfetzt von einer Granate, sondern dahingerafft von einem Virus. Aber das Ergebnis blieb dasselbe: Hannes war tot. Niemals wieder würde sie sein freches Grinsen sehen, seinen liebevollen Spott hören. Nie wieder konnte er sie aufmuntern oder ermahnen, sie in den Arm nehmen oder mit Schalk in den Augen wegen irgendetwas aufziehen. Sie hatte ihn geliebt wie einen Bruder. Er war randvoll gewesen mit Plänen, was er nach dem Krieg alles mit Edith und seinen Töchtern unternehmen wollte. Alles dahin! Hannes würde nicht zurückkehren. Weder zu ihr und seinem früheren Beschützer und Freund Philippe, noch zu Edith oder seinen beiden kleinen Mädchen, die ihn herzlich liebten, obwohl er so viel fort gewesen war.

»Oh mein Gott«, stieß Demy mit zittriger Stimme hervor. Tränen flossen über ihr Gesicht, und sie folgte der Einladung Philippes sofort, als er die Arme ausbreitete.

Halt suchend klammerte sie sich an ihn, durchnässte seinen Pullover mit ihren Tränen, während er sie, ebenfalls zitternd, festhielt und sein verzerrtes Gesicht in ihrem Haar barg.

Kapitel 52

Berlin, Deutsches Reich, Oktober 1918

Neben den Meldungen von zunehmend mehr Hungertoten und durch mangelnde Hygiene um sich greifenden Krankheiten erreichten Demy und ihre Gäste nach und nach auch Nachrichten von den Niederlagen der deutschen Verbündeten.

Bulgariens Ernte im Jahr 1918 stellte sich als verheerend schlecht heraus, was das Land, dessen Interessen seit dem Friedensvertrag von Brest-Litowsk ohnehin nicht mehr zu verwirklichen waren, in die Knie zwang. Das Osmanische Reich gab einen Monat später auf. Die türkische Armee wies nur noch einen Sechstel ihrer vorherigen Stärke auf, die Fahnenflucht war massiv. Österreich-Ungarn hatte niemals mit so vielen Truppen und Geschützen wie sein größerer und industriell stärkerer Bruderstaat aufwarten können.

Während Hungeraufstände und Streiks für Unruhen sorgten, die wie in Deutschland gewaltsam niedergeschlagen wurden, und die sozialistischen Parteien immer mehr Zuspruch fanden, hofften die ethnischen Minderheiten auf ihre Befreiung von der Habsburger Herrschaft, wenn die Alliierten siegen sollten.

Aber auch im Deutschen Kaiserreich kam es nach dem Streik im Januar, bei dem rund eine Million Menschen die Arbeit niedergelegt hatten und auf die Straße gegangen waren, zunehmend zu innerpolitische Querelen. Zudem desertierten seit Ende August unzählige Soldaten; Plünderungen von Heeres-Lebensmittellagern nahmen zu. Das Gerücht, die Bolschewiki hätten die gesamte Zarenfamilie getötet, machte die Runde. Schließlich forderte die Oberste Heeresleitung sofortige Waffenstillstandsverhandlungen und den Rücktritt des Reichskanzlers, der wenig später von dem als liberal geltenden Prinz Max von Baden ersetzt wurde.

Zwar bekamen Demy, Henny, Margarete, Lina und Julia keine offiziellen Nachrichten von der Front, zumal Edith sich nach Hannes' Tod in ein Lazarett abseits der Westfront hatte versetzen lassen, doch Philippe war immer gut informiert. In seinen Briefen teilte er sein

Wissen mit Demy. Sehen konnten sie sich nicht; Fokker beschäftigte seinen Ingenieur ununterbrochen.

Aufgrund dessen traf sie die Nachricht von der desolaten Lage an der Westfront nicht so überraschend wie wohl einen Großteil der Berliner Bürger, die vollkommen verblüfft waren, als endlich durchsickerte, wie es um ihre Armee und um ihr Land bestellt war.

Die Züge, die lange Zeit die Stadt mit Verwundeten und Kriegsgefangenen überschwemmt hatten, brachten plötzlich nur noch Verwundete – und dies in immer größerer Zahl. Viele deutsche Soldaten wanderten nun ihrerseits in Kriegsgefangenschaft.

Demy seufzte zum wiederholten Mal an diesem Tag und warf die aus faserverstärktem Papier gefertigte Bluse auf den Tisch. Näh- und Flickarbeiten gingen ihr ohnehin schwer von der Hand, und mit dieser Ersatztextilie, die hergestellt worden war, da es kaum noch Baumwolle gab, war in ihren Augen nichts anzufangen.

Henny hob den Kopf, legte den fadenscheinigen Ersatzstoff für einen Rock beiseite und griff über den Tisch nach Demys Hand. »Es ist bald vorbei.«

»Ja, der Krieg wird bald ein Ende finden. Gott sei Dank! Aber was dann? Sieh dich um. So vieles ist zerstört. Der Winter steht vor der Tür und ich kann mir nicht vorstellen, dass die Alliierten sonderlich gnädig mit den Verlierern umgehen werden.«

»Wir überstehen auch das.«

»Ja, mithilfe weiterer Ersatzstoffe. Rund zehntausend Produkte stehen auf der Liste. Ich vermute, die wenigsten dieser Lebensmittel sind nahrhaft, bei einigen fürchte ich sogar, dass sie eher schaden als nutzen. Unser sogenanntes Fleisch besteht aus Pflanzenfasern, Graupen und Pilzen. Wir essen massenweise Sauerampfer und Kastanien. Und natürlich Steckrüben!« Demy konnte ein Grinsen nicht unterdrücken. Henny war inzwischen eine Meisterin darin, Kohlrüben in möglichst vielen Varianten zuzubereiten. Abwechslungsreicher und gesünder machte dies ihre Mahlzeiten aber leider auch nicht.

»Ich bin sehr froh über unsere wenn auch magere Ausbeute an Karotten, Kartoffeln und Kohlrabi.«

»Die Hunde haben wieder mehrmals nachts angeschlagen. Ich vermute, Herr Behoneks Lieblinge haben uns nicht nur Roth vom Hals gehalten, sondern uns zudem vor Dieben auf unseren kleinen Feldern bewahrt!«, sagte Henny.

Ein Poltern im Flur ließ die Freundinnen zur Küchentür schauen. Zuerst tauchte Margarete in der Tür auf. Ihr weißes Kleid und die hellen Stiefel wiesen Schmutzflecken auf. Sie trug einen Stofffetzen, vermutlich ein Teil ihres Unterrocks, über Mund und Nase. Ganz offensichtlich hatte sie sich damit vor der Ansteckung mit dieser grässlichen Spanischen Grippe schützen wollen. Hinter Margarete erkannten sie Lina, die ein Bündel im Arm trug. Ihr Kostüm war in einem ebenso abenteuerlichen Zustand wie das von Margarete.

»Wir haben dieses Mädchen auf der Straße gefunden. Ich fürchte, es wurde dort zum Sterben abgelegt«, berichtete Margarete atemlos.

Demy erhob sich und sah an Margarete vorbei auf das unbekleidete Kind. Sein Kopf sah unnatürlich groß aus, ganz im Gegensatz zu seinen Armen und Beinen, die so dürr wie verkrüppelte Äste anmuteten. Der ausgehungerte Leib, an dem jede Rippe hervorstand, zitterte heftig. Aus riesigen, tief eingesunkenen Augen schaute das Mädchen sie apathisch an. Einzelne Haarsträhnen standen ihr zerzaust vom Kopf ab, der größte Teil ihres Schädels war aber kahl, wahrscheinlich hatte der ausgezehrte Körper die einstmals blonden Haare abgeworfen.

Die Kleine, die sie vor einigen Wochen beim Diebstahl der Handtasche beobachtet hatte und für die sie seitdem täglich betete, kam Demy in den Sinn. Handelte es sich womöglich um das gleiche Kind?

»Bleib von ihr weg, Demy«, fuhr Lina sie an, als sie näher trat. »Wir wissen nicht, ob sie Tuberkulose, eine ansteckende Lungenentzündung oder die Grippe hat. Ich kümmere mich allein um sie.«

»Also gut. Trag sie schon mal nach oben. Henny stellt dir einen Waschzuber und Eimer mit heißem Wasser vor die Tür. Margarete, am besten wird sein, du ziehst dich um, bringst dieses Kleid in die Waschküche und weichst es ein. Danach wäschst du dich gründlich, ehe du nach Klara schaust. Luisa, Leni und Nathanael können sich noch eine halbe Stunde länger um sie kümmern.«

»Jawohl, Frau Feldwebel!«, erwiderte Margarete, was Demy ein Schmunzeln entlockte.

Sie blieb allein zurück und verharrte reglos im Türrahmen.

Vergeblich versuchte sie, das Bild des fast verhungerten Mädchens aus ihrem Gedächtnis zu verbannen.

Julia riss sie aus ihrer Erstarrung. »Ich habe draußen Frau Groß und Frau Daul mit diesem bemitleidenswerten Kind getroffen. Ist das nicht schrecklich? Die Ärmsten und die Schwächsten leiden immer am meisten!«

»Da haben Sie leider recht«, erwiderte Demy traurig.

»Ich fühle mich nutzlos, Fräulein van Campen. Und das seit langer Zeit.«

Julia hatte ihre Tage stets zurückgezogen in ihrem Zimmer verbracht. Sie war nur selten einmal in Erscheinung getreten, und falls doch, dann meist auf provozierend direkte Art. Dies mochte einer der Gründe sein, weshalb sogar die gutmütige Henny der Frau noch immer mit einer Spur von Misstrauen begegnete.

»Geben Sie mir bitte eine Aufgabe, besser gleich mehrere«, flehte Julia.

»Wo liegen denn Ihre Stärken?«

»Ich fürchte, meine Fähigkeiten werden Ihnen in einem Haus voll Frauen, Kinder und alter Männer wenig von Nutzen sein. Es sei denn, Sie möchten, dass ich Ihnen erkläre, wie Sie Ihren schmucken Piloten im Bett glücklich machen können und ...«

»Schon gut, Frau Romeike!«, unterbrach Demy die Frau mit heißem Kopf, was diese zu einem belustigten Auflachen reizte.

»Ich kann nicht sonderlich gut kochen. Nähen und Flicken ist auch nicht gerade meine Lieblingsbeschäftigung. Bei den Gemüsebeeten gibt es momentan keine Arbeit. Was also kann ich tun?«

Ratlos zog Demy die Schultern nach oben.

»Also gut, ich werde das Haus von oben bis unten putzen, dem alten Viktor beim Holzhacken und Kohle besorgen helfen und ...?«

Demy schmunzelte, wurde aber schnell wieder ernst. Bruno war nicht mehr da, seit die Pferde von der Armee eingezogen worden waren. Das Haus zu putzen war zwar kein schlechter Gedanke, zumal durch die fehlenden Türklinken, die irgendwann als kriegswichtiges Rohmaterial abgegeben werden mussten, und die damit offen stehenden Türen viel Staub herumflog. Beim Besorgen der ihnen zugeteilten immer kleineren Portionen an Nahrungsmitteln beteiligte Julia sich bereits; was also gab es sonst zu tun? »Ich finde schon eine Aufgabe.« Mit diesen Worten holte Julia sie aus ihren Überlegungen zurück. »Als Erstes muss ich Sie fragen, ob Sie zufällig die postalische Adresse von Hauptmann Theodor Birk kennen.«

»Sie benötigen die Adresse des Herrn Hauptmann?« Verwirrt musterte Demy die einstmalige Schönheit. Hinter dem Rücken ihres einfachen naturfarbenen Rocks ballte sie die Hände zu Fäusten. Was wollte Julia von Theodor? Sie kannte ihn doch kaum! War der erfolgreiche Offizier der nächste Mann, an den sie sich nach dem Krieg zu klammern gedachte?

Julia trat näher und raunte ihr zu: »Mein Zimmer liegt neben dem von Fräulein Henny. Ich höre jeden Abend, wie das Mädchen sich in den Schlaf weint. Denken Sie nicht, es ist an der Zeit, etwas gegen ihren Kummer zu unternehmen?«

»Indem man den Herrn Hauptmann anschreibt?« Demy schüttelte über diese impertinente Idee den Kopf.

»*Sie* können ihm nicht schreiben, das ist mir bewusst! Sie bekommen ja bereits rote Ohren, wenn ich den Herrn Oberleutnant nur erwähne.«

»Meine Ohren werden nicht rot«, wehrte Demy sich, ohne zu wissen, weshalb.

Julia ging nicht darauf ein. »Aber ich bin nicht so zurückhaltend, wie Sie wissen. Ich habe keine Skrupel, dem Mann in aller Deutlichkeit zu schreiben, dass seine geliebte Henny vom Rittmeister jahrelang missbraucht wurde und sie den Hauptmann aus Scham und Angst von sich gestoßen hat. Dann liegt es an ihm. Entweder wir hören nie mehr etwas von diesem Mann, oder er setzt sich mit mir, mit Ihnen oder gleich mit Henny in Verbindung. Wenn er ein anständiger Kerl ist, was ich vermute, wird er die Kleine ganz behutsam und sanft dahin leiten, dass sie das körperliche Zusammensein mit einem Mann eines Tages genießen kann.« Julia grinste Demy an. »Sie haben übrigens recht, bei Ihnen verfärben sich vor Scham nicht die Ohren, vielmehr entstehen diese bezaubernden Falten auf Ihrer hübschen Nase.«

»Henny hat mich gebeten, keinen Kontakt mit dem Herrn Hauptmann aufzunehmen.«

»Etwas in dieser Art habe ich vermutet, Sie naives Dummchen.

Deshalb übernehme ich diesen Part!« Auffordernd blickte Julia Demy an. Diese betrachtete ihr Gegenüber zweifelnd, nickte aber.

Josephs ehemalige Geliebte hatte völlig recht. Für Henny und auch für den gepeinigten, aber stets korrekten Theodor musste dringend etwas unternommen werden. Da ihr selbst die Hände gebunden waren und sie niemals gewagt hätte, mit dem stattlichen Offizier über das Fehlverhalten des Rittmeisters und die schrecklichen Folgen für Henny zu sprechen, kam ihr der Vorschlag Julias durchaus gelegen.

»Ich besitze eine Feldpost-Adresse. Ob er unter dieser noch zu erreichen ist, entzieht sich meiner Kenntnis.«

»Einem Hauptmann im Stabsdienst wird die Post zugestellt, selbst dann, wenn sich die Feldadresse geändert haben sollte. Wagen wir es?«

Demy nickte. »Ich schiebe Ihnen den Zettel mit der Adresse unter der Tür durch.«

»Aber vergessen Sie es nicht! Um Sie herum ist immer so viel los, da geraten derlei Kleinigkeiten gern in Vergessenheit.«

»Dazu ist mir Henny zu wichtig!«

»Das merkt man«, flüsterte Julia, strich ihr in einer liebevollen Geste über den Arm und verließ den Seitenflügel in Richtung Foyer.

Einige Zeit später gesellte sich Henny zu Demy, die weiterhin in der Küche beschäftigt war. »Lina sollte mich das Mädchen pflegen lassen. Sie ist verheiratet und darf sich diese schreckliche Grippe nicht einfangen. Bei mir ist das doch gleichgültig …«

»Ich möchte nicht noch einmal hören, dass du so etwas sagst, Henny!«, protestierte Demy aufgebracht. »Du bist mir und allen Gästen sehr wichtig. Wir lieben dich! Ganz abgesehen davon hatte Lina ohnehin bereits den engsten Kontakt mit dem armen Geschöpf. Ihr Entschluss, das Kind allein zu pflegen und sich dabei von uns anderen fernzuhalten, ist deshalb nur folgerichtig.«

»Ja«, murmelte Henny und lächelte tapfer. Dennoch war ihr eine tiefe Traurigkeit anzusehen.

Dankbarkeit für Julias Engagement erfüllte Demy wie die wärmenden Strahlen der Sonne an einem kalten, nebeligen Herbsttag. Mochten viele der Anwesenden ihre Entscheidung, diese Frau im Haus der Meindorffs aufzunehmen, nie verstanden haben und auch sie selbst manchmal gezweifelt haben – jetzt freute sie sich darüber.

Kapitel 53

»Was für ein arroganter Spinner! Aufgeblasene Witzfigur!«, polterte Cecelia, wobei sie temperamentvoll ihre zu einem Knäuel aufgewickelte, verschmutzte Schürze von sich schleuderte.

Edith hob bei diesem Ausbruch der jungen Hilfsschwester, die sie von St. Nicolas nach Pasewalk, rund 130 Kilometer von Berlin entfernt, begleitet hatte, nicht einmal den Kopf. Sie wusste auch ohne nachzufragen, von wem sie sprach. Konzentriert schrieb sie an ihrer Medikamenten- und Verbandsmaterialbestellung weiter und reichte die Listen dann dem Stabsarzt. Der nickte, warf Cecelia über die Brille hinweg einen warnenden Blick zu und verließ den winzigen Raum, der als Schreibstube diente.

»Sein Eisernes Kreuz kann er sich meinetwegen an die Nase stecken. Da passt es hin, über seinen struppigen Schnurrbart und diese schmalen Lippen, die nichts als Unfreundlichkeiten ausspucken«, polterte das Mädchen erneut und warf hinter dem Stabsarzt die Tür ins Schloss. »Kein Wunder, dass die Ärzte die Probleme nicht verstehen, die wir mit dem Gefreiten haben. Vor übergeordneten Rängen kuscht er ja.«

»Cecelia, man sagte mir, er sei ein Außenseiter. Womöglich verhält er sich oft einfach nur ungeschickt, vielleicht auf der Suche nach Aufmerksamkeit und Anerkennung«, wandte Edith ein, stützte die Ellenbogen auf die zerkratzte Tischplatte und ihr Kinn in ihre Hände. Müde schloss sie die Augen.

Wie alle Lazarette war auch dieses maßlos überfüllt und tagtäglich trafen neue Verwundete ein. Doch Edith war als Arbeitstier verschrien, ihr machten die vielfältigen, nicht enden wollenden Aufgaben nichts aus. Was sie plagte, war der Schmerz in ihrem Herzen.

Hannes war gestorben, ohne dass sie ein klärendes Gespräch geführt hatten. Der angekündigte Brief, in dem er ihr genau erklären wollte, welche Umstände zu der Begegnung mit der Prostituierten geführt hatten, war nie bei ihr eingetroffen. Gedemütigt und wütend hatte sie auf das Ausbleiben dieser Erklärung und eine Entschuldigung seinerseits mit Schweigen reagiert. Nun plagte sie all das Unausgesprochene, das niemals mehr aus dem Weg geräumt werden konnte.

Hannes war gegangen, ohne dass sie erfahren würde, was ihren einst so treuen und ehrlichen Mann dazu bewogen haben mochte, Zerstreuung bei dieser Dorine zu suchen. Nie würde sie aus seinem Mund hören, wie leid ihm dieser Fehltritt tat. Sie konnte ihm ihre Vergebung nicht mehr zusprechen – und die Beteuerung, dass sie ihn dennoch liebte.

Wieder stieg heißer Zorn auf Hannes in ihr hoch, der ihr half, mit dem Schmerz, dem Verlust und der Tatsache zurechtzukommen, dass sie nun allein mit zwei kleinen Kindern dastand. Er trieb sie an, schärfte ihre Sinne, pumpte Energie in jede Faser ihres Körpers … und würde sie vermutlich letztlich umbringen.

Energisch schob sie diesen warnenden Gedanken beiseite, erhob sich und griff nach zwei frischen Schürzen. Eine warf sie Cecelia zu, die andere band sie sich um. »Er kam nach der Abwehrschlacht in Flandern mit einer Senfgasvergiftung und nach Verschüttung hier an, oder?«

»Vor drei Tagen, ja.«

»Und ist er erblindet?«

»Der Arzt meint, es sei nur vorübergehend. Ich vermute ja, dass er sich die Syphilis zugezogen hat.«

»Hast du einen Verbandswechsel vorgenommen?«

»Ich habe es versucht, Schwester Meindorff.«

Edith nickte und verließ gefolgt von Cecelia die Schreibstube. Sie betrat den großen, durch offene Wand- und Deckenbalken rustikal wirkenden Raum mit den links und rechts aufgereihten Metallbetten.

Prüfend sah Edith sich um. Sie hatte drei Tage in Berlin bei ihren Kindern verbracht, seitdem waren Patienten verlegt worden oder gestorben und neue waren hinzugekommen. Langsam schritt sie die Reihen ab, bemüht, sich an jedes Gesicht und die dazugehörende Geschichte zu erinnern, oder überflog die Karten der Neuankömmlinge.

Apathisch an die Decke gerichtete Blicke verharrten dort, selbst wenn sie an ein Bett trat. Die Männer schienen in einer eigenen Welt zu leben, in der es weder sie noch die anderen Schwestern, Pfleger oder Ärzte gab. Einige Schüttler schlossen sich den teilnahmslos daliegenden Männern an. Abgesehen von Schürfwunden, Prellungen und anderen ungefährlichen Verletzungen fehlte diesen Männern körperlich nichts. Doch ihre Seelen waren zutiefst erschüttert, was sich durch ihr nie endendes Schütteln und Zittern zeigte. Dazwischen lagen Männer, die wild um sich schlugen und lauthals ihre seelische Pein hinausschrien. Diese wurden von den Ärzten sediert, was sie zwar beruhigte, aber nicht heilte.

Schließlich gelangte Edith an das Bett des Mannes, über den Cecelia sich bei ihr beklagte, seit sie am Vorabend zurückgekehrt war. Seine Decke lag tadellos glatt gezogen über seinen Beinen. Er saß an zwei Extrakissen gelehnt aufrecht da, hatte den gestreiften Bademantel eng über seinem pyknischen Oberkörper zugebunden und fingerte mit zitternden Händen an seinem Augenverband herum. Zwei Eiserne Kreuze, eines der I. und eines der II. Klasse, baumelten in Brusthöhe auf der wenig ehrwürdigen Lazarett-Bekleidung.

Edith neigte den Kopf zur Seite und betrachtete die kaum in Mitleidenschaft gezogene Gesichtshaut des Verletzten, soweit sie unter dem weißen Verband und über dem gewaltigen Schnauzbart zu sehen war. Da sie keine der typischen verheerenden Spuren des Senfgases sah, nahm sie an, dass sein Kontakt mit der Chemikalie nur oberflächlich ausgefallen war, was die Frage aufwarf, weshalb er von Flandern hierher nach Vorpommern verlegt worden war.

Sie griff nach der Krankenakte am Ende des Bettes, überflog die vermerkten Einträge und steckte sie zurück, ehe sie sich neben dem Bett auf einem Hocker niederließ. »Mein Name ist Schwester Meindorff, Herr Gefreiter«, sprach sie ihn an. »Ich schaue mir jetzt-«

»Ich möchte mir die Hände waschen!«, unterbrach er sie barsch, zupfte aber weiter fahrig am Verband herum.

»Schwester Klein bringt Ihnen eine Waschschüssel.«

»Ich kann nicht sehen, ob das Wasser sauber ist.«

»Glauben Sie mir, wir verwenden im Lazarett ausschließlich sauberes Wasser.«

»Das ist das siebte Mal heute«, maulte Cecelia, verschwand auf Ediths auffordernden Blick jedoch, um das Gewünschte herbeizuschaffen.

»Herr Gefreiter, ich werde jetzt den Verband über Ihren Augen wechseln.«

»Das ist sehr gut«, seufzte der Mann, ließ sich in die Kissen zurücksinken und hielt tadellos still.

Edith wickelte den Verband ab, nahm auch die Gaze von den Augen und betrachtete kritisch die geschlossenen, kaum Spuren einer Verätzung aufweisenden Lider. »Das sieht sehr gut aus. Sie werden keine bleibenden Schäden zurückbehalten und können vermutlich bereits in einigen Tagen wieder sehen.«

Ihr Patient reagierte nicht, ließ sich die Augen aber anstandslos neu verbinden und wusch sich anschließend mit dem von Cecelia gebrachten Wasser die Hände. Befriedigt nickte er, während die Schwestern um ihn herum aufräumten und ihn schließlich allein ließen.

Nachdem die restlichen Patienten versorgt waren, verließen die beiden Frauen das niedrige, lang gezogene Gebäude und betraten die Werner-Kroll-Straße, um sich von der milden Oktobersonne ein bisschen wärmen zu lassen.

»Ein komischer Kauz, dieser Adolf Hitler, nicht wahr?«, meinte Cecelia mit geschlossenen Augen, während sie ihr Gesicht der Sonne entgegenreckte.

»Vielleicht leidet er einfach unter einer anderen eher psychischen Reaktion auf die Kriegserlebnisse, als sie unsere Schreier und Schüttler zeigen …«

»Meinst du? Ich denke, der war schon von Kindheit an verklemmt, humorlos und irgendwie … unheimlich.«

»Die zwei Eisernen Kreuze weisen aber doch auf eine gewisse Tapferkeit hin. Ich glaube, es gibt nicht viele Gefreite, die so ausgezeichnet wurden.«

»Vielleicht hat irgendwer die ihm zugesteckt, damit er endlich aufhört …«

Cecelia wurde von einem lauten Rumpeln am Ende der Straße daran gehindert, ihre kaum ernst zu nehmende Vermutung zu Ende zu führen. Eine Reihe Motorlastwagen rollten an, und sobald das Klappern und Knattern verstummt war, erhoben sich die Stimmen unzähliger Verletzter zu einem Chor des Stöhnens und Wehklagens.

Die folgenden Stunden waren geprägt von schwerer körperlicher Arbeit, dem Anblick von Blut, eiternden Wunden, entstellten Gesichtern, Körpern und Gliedmaßen, Schreien, Beschimpfungen und dem Wissen, dass manche dieser Männer die nächsten Tage nicht überleben würden, während die meisten anderen für den Rest ihres Lebens körperlich oder seelisch versehrt sein würden – oder beides.

»Wir benötigen eine größere Menge Natriumhypochlorid für unseren Vorrat«, rief Edith dem Stabsarzt zu, als dieser einmal wieder an ihr vorbeihastete. Unter seinen Augen hatten sich dunkle Ringe gebildet, auf seinen Wangen prangten hektische rote Flecken.

Der Arzt blieb stehen und musterte sie einen Augenblick, ehe er sagte: »Warum habe ich nur den Eindruck, dass Ihnen diese Hektik geradezu guttut?«

Edith zuckte mit den Schultern. Sie hatte harte, konzentrierte Arbeit nie gescheut. Seit sie als Krankenschwester arbeitete, war sie ihr fast zu einer Droge geworden, die sie daran hinderte, allzu detailliert über die Geschehnisse nachzudenken. Sie funktionierte, rettete Leben, sprach Trost zu und fühlte sich dabei gebraucht. Ihre Tätigkeit gab ihrem Leben einen Sinn.

»Natriumhypochlorid?«, fragte sie als Entgegnung nochmals und der Stabsarzt nickte. Er würde größere Mengen als die auf ihrer Bestellliste vom frühen Morgen ordern.

»Schwester Meindorff?«

Die Stimme gehörte zu einem Boten, der ihr ein Telegramm entgegenstreckte. Edith zuckte unwillkürlich zurück. Noch mehr schlechte Nachrichten konnte sie nicht ertragen. Schweiß lief ihr über den Rücken und einen Moment spielte sie mit dem Gedanken, einfach die Flucht zu ergreifen. Doch es gab keinen Ausweg ... Mit zitternden Händen und einem gemurmelten Dank nahm sie das Papier und faltete es auseinander. Erstaunt stellte sie fest, dass die Nachricht von Julia Romeike stammte.

Brauche Ihre Hilfe. Hptm. Theodor Birk schwer verletzt ...

Kapitel 54

Berlin, Deutsches Reich, Oktober 1918

Nachrichten von mehreren Waffenstillstandsgesuchen der deutschen Seite, die Westfront betreffend, schwappten über die Berliner Bürger hinweg. Sie reagierten wie erstarrt auf die nun plötzlich offenbarte Niederlage, standen ihre Armeen doch noch tief in Frankreich, Luxemburg und Belgien. Sie waren nicht geschlagen worden!

Allerdings reagierte Hindenburg auf US-Präsident Wilsons Forderung, militärisch ganz zu kapitulieren, mit einem Armeebefehl, der zum *Widerstand mit äußersten Kräften* aufforderte. Ludendorff hingegen kritisierte Wilhelm II wegen dessen Regierungspolitik. Der Kaiser wies darauf hin, dass sie lediglich eine Folge des Waffenstillstandsersuchens der Obersten Heeresleitung sei, woraufhin Ludendorff zornbebend seine eigene Entlassung forderte. Sein Nachfolger wurde Wilhelm Groener.

Das deutsche Volk bekam viele dieser Veränderungen erst Tage später mitgeteilt. Die Verfassungsänderung, die aus der konstitutionellen eine parlamentarische Monarchie gemacht hatte – so erhoffte man sich günstigere Friedensbedingungen vonseiten der Alliierten –, ging in der Schockwelle über die Niederlage des stolzen deutschen Heeres nahezu gänzlich unter.

Von einem Gang zu den mageren Lebensmittelausgaben zurückgekehrt betraten Margarete und Henny frierend und beunruhigt ihr Zuhause. Die Stadt war in eine eigentümliche Stille gehüllt, als warte sie entweder auf die Erlösung oder einen gewaltigen Knall. Dabei war nicht klar auszumachen, ob Frieden oder die Fortsetzung des zum Alltag gewordenen Krieges das eine oder das andere auslösen konnte.

»Was sagte dein Vater zu der Situation?«, wollte Demy von Margarete wissen. Diese streifte ihre gestrickten Handschuhe ab und legte sie zu ihrem Hut auf die Ablage im kleinen Foyer.

»Er empfindet das momentane Geschehen als äußerst bedrohlich. Die Noten[33] Präsident Wilsons werden von der Militärführung abgelehnt.«

»Die Soldaten müssen weiterkämpfen?« Henny schaute Margarete fassungslos an.

»Ich kann mir nicht vorstellen, dass die Männer dazu zu bewegen sind. Nicht, nachdem ihnen der Frieden, die Heimkehr zu ihren Familien und der Ausweg aus diesen grässlichen, eiskalten und verschlammten Schützengräben so nahe war«, vermutete Demy. Sie nahm die Holzkiste mit den wenigen Kanten Brot und den lächerlich leichten Milchkannen auf und begab sich auf den Weg in Richtung Seitentrakt.

Margarete und Henny folgten ihr mit ihren fast leeren Einkaufskörben. »Vater stimmt mit dir überein, Demy. Er sprach von zunehmender Desertion.«

Sie erreichten die Küche, räumten die ergatterten Lebensmittel in die angrenzende Vorratskammer und setzten sich anschließend zu einer Tasse dünnen Himbeerblättertees an den Küchentisch.

»Wisst ihr, was geschieht, sobald der Krieg tatsächlich vorüber ist?«, fragte Demy.

»Ja, wir bekommen Frieden«, meinte Henny und blies in das heiße Getränk. Eine kleine Dampfspirale drehte sich zwischen ihren Händen hervor, der Decke entgegen.

Demy betrachtete die blank gescheuerten Pfannen und Töpfe, die entlang des Kaminabzugs an der Wand hingen. Eine Reihe großer Schöpflöffel und Rührbesen, natürlich aus Holz – alles, was zur Herstellung kriegswichtiger Güter taugte, war längst abgegeben worden –, löste sie ab.

»Willmann wird uns das Haus wegnehmen«, sprach sie endlich aus, was ihr so schwer auf dem Herzen lag.

Schweigen senkte sich über die kleine Gruppe, unterbrochen nur vom Ticken einer Uhr und Julias verhaltenen Schritten im Raum über der Küche.

Es war Margarete, die schließlich das Wort ergriff: »So schnell, wie du es befürchtest, kann er das nicht durchführen. Zum einen muss er seine Fabriken auf die Produktion von Gütern umstellen, die nicht dem Kriegswesen dienen. Zum anderen wird er sich, wenn er weiterhin politisch aktiv sein will, mit neuen Machtverhältnissen auseinandersetzen müssen. Seine Gattin Brigitte und er besitzen ein wunderschönes Haus am Kurfürstendamm, nennen zudem ein Feriendomizil in der Lausitz ihr Eigen.«

»Womöglich ist er gezwungen, das Meindorff-Anwesen zu verkaufen, um Investitionen zu tätigen. Dann werden wir hier noch viel schneller vertrieben als befürchtet«, warf Henny ein.

»Wer denkt denn in diesen Zeiten an einen Hauskauf, wer hat überhaupt die finanziellen Möglichkeiten dafür?«, wandte Margarete ein.

»Schau dir Fokker an«, murmelte Demy. »Er hat in diesem Krieg Unmengen an Geld verdient. Glaub mir, es gibt noch mehr Leute wie ihn oder Willmann, denen es gelungen ist, die letzten Jahre nicht nur unbeschadet, sondern gewinnbringend zu überstehen.«

»All unsere Vermutungen und Sorgen führen doch zu nichts«, mischte Margarete sich wieder ein. »Du könntest Herrn Willmann offen fragen. Oder wir warten ab, was passiert, und legen unser Schicksal einmal mehr in Gottes Hände.«

Henny nickte auf Margaretes Worte hin, während Demy sich aufseufzend zurücklehnte. Geduld war noch nie ihre Stärke gewesen.

Monika erschien in der Tür. Sie führte ihren Sohn Markus an der Hand, der beim Anblick von Margarete aufstrahlte und zu der Mutter seiner Spielkameradin lief. Sie hob den dünnen Jungen auf ihren Schoss und umschlang ihn mit ihren Armen, so wie sie es bei Klara immer tat.

»Ich muss mit euch reden«, begann Monika und senkte verunsichert den Blick.

»Ich verlasse euch heute«, brach es schließlich unvermittelt aus Monika heraus. Margarete ließ einen erschrockenen Ausruf hören, Henny runzelte die Stirn und in Demy stieg ein Gefühl der Trauer auf.

»Aber weshalb?«, wagte die Niederländerin nach einer langen Pause nachzufragen.

»Dieser widerliche Herr Carroll, ich meine Herr Roth, erpresst mich seit geraumer Zeit. Er zwingt mich, ihm Informationen über Demy und ihren Piloten preiszugeben und jetzt fordert er, dass ich ihm Demy ausliefere.«

»Was?«, rief Henny erschrocken aus und griff nach Demys Hand.

Diese starrte Monika verwirrt an. Angst züngelte schlangengleich in ihr auf, wob sich von ihrem Bauch über ihr Herz bis in ihren Hals und schien ihr die Luft abzuschnüren. Seit einigen Wochen hatte Herr Behonek Karl Roth nicht mehr gesehen und die Hunde hatten lange nicht mehr warnend angeschlagen. Zuletzt hatte Demy gehofft, der Mann sei endlich von seiner Obsession geheilt oder aber wenigstens zum Kriegsdienst abkommandiert worden. Beinahe sicher hatte sie sich in den letzten Tagen gefühlt. Und nun dies! Roth versuchte über einen ihrer Gäste an sie heranzukommen!

Sie verdrängte, wenn auch mühsam, die Fantasiebilder aus ihrem Kopf, der dumpfe Schmerz in ihrem Herzen jedoch blieb.

»Wie sollen wir das verstehen?«, brauste Henny auf. Ihr Ausbruch ließ sogar Margarete und Demy erschrocken zusammenzucken.

»Er fand heraus, wer ich wirklich bin, und drohte, er könne mich, vor allem aber meine Eltern, in gehörige Schwierigkeiten bringen.«

»Deine Eltern? Ich dachte, du hast nur noch eine Mutter und die wollte dein Neugeborenes in die Spree werfen.«

»Das ist die Geschichte, die ich euch aufgetischt habe«, gab Monika zu.

»Du hast uns die ganze Zeit über belogen?« Henny schüttelte entsetzt den Kopf, schwieg aber, als Demy kräftig ihre Hand drückte.

»Vielleicht könntest du uns erzählen, was geschehen ist und was dich erpressbar macht?«, fragte Margarete und lächelte der zitternden jungen Frau aufmunternd zu.

Diese nickte, holte tief Atem und begann zu berichten. Ihre Worte kamen fast gehetzt über ihre Lippen, als hoffe sie, somit einer Verurteilung durch die Freundinnen zu entkommen. »Mein Name ist nicht Monika Lisrep. Den habe ich mir kurzerhand ausgedacht, als Henny mich nach meinem Namen fragte. Meine Eltern sind in Preußen hochangesehene, bekannte Persönlichkeiten. Bitte entschuldigt, aber ich möchte euch ihre Namen nicht nennen!«

Henny stieß einen missbilligenden Laut aus, doch Monika ignorierte sie.

»Als ich mit fünfzehn Jahren schwanger wurde, und das von einem Bediensteten, war das für meine Eltern skandalös und unvorstellbar. Sie schickten mich zu einer Frau außerhalb Berlins, wo ich das Kind heimlich austragen sollte. Im Bekanntenkreis erzählten sie, ich wäre für eine längere Zeit bei Verwandten in Schweden. Es war geplant, dass ich anschließend, selbstverständlich ohne meinen Sohn, nach Hause zurückkehren sollte. Dort hätte ich so tun sollen, als sei nichts geschehen, als gebe es Markus nicht!« Tränen der Verzweiflung füllten ihre Augen, die mit all der Liebe, die sie für ihren Sohn empfand, auf ihm ruhten.

»Das konntest du natürlich nicht! Niemals!«, flüsterte Margarete in Markus' weiches, dunkles Haar.

»Nein! Niemals! Ich entband das Kind, und in einem unbeobachteten Augenblick floh ich mit Markus durch ein Fenster. Die Frau, die mein Kind bekommen sollte, wartete schon im Nebenzimmer! Ich schlug mich durch bis in die Stadt, weil ich dachte, dort kenne ich mich aus, dort werde ich Unterschlupf finden. Doch ich wagte nicht, Kontakt zu irgendwelchen Bekannten oder Verwandten aufzunehmen. Dieses halbe Jahr auf der Straße war grässlich! Ich lernte am eigenen Leib kennen, was ich bisher nur gehört, aber nicht geglaubt hatte. Die Armut, die Unterdrückung, die Ungerechtigkeiten. Dann kam ich in dieses Haus. Natürlich war mir der Name Meindorff ein Begriff, selbst wenn sie nicht mit meiner Familie verkehrten. Ihr und euer Zusammenhalt schienen mir wie ein Paradies, deshalb blieb ich weitaus länger, als ich geplant hatte.«

»Und womit erpresst Roth dich?«, wollte Henny wissen.

»Ich habe keine Ahnung, über welche Kontakte dieser Mann verfügt«, brach es aus Monika hervor und diesmal ruhte ihr Blick bittend auf Henny.

Demy ahnte es sehr wohl und sagte leise: »Roth gehörte früher dem französischen Geheimdienst an. Philippe vermutet, dass er als Doppelagent auch für einen deutschen Zweig des Geheimdienstes tätig war. Er könnte Quellen und Kontakte in einem Milieu haben, das uns völlig fremd ist.«

»Französischer und deutscher Geheimdienst? Doppelagent?« Margarete starrte Demy mit großen Augen an.

Demy schüttelte in einer winzigen Bewegung den Kopf, da sie Margarete bewegen wollte, ihre Vermutung, Philippe könne von diesen Kontakten nur wissen, wenn er selbst darin involviert sei, besser für sich zu behalten.

»Das erklärt vieles«, murmelte Monika mit bebenden Lippen.

»Meine Eltern können sich auch heute noch keinen Skandal leisten, wie ich ihn ihnen zugemutet habe.«

»Ich weiß nicht, Monika, oder wie immer du auch heißen magst«, begann Henny, und jeder im Raum spürte deutlich, wie sehr sie sich um eine ruhige und emotionslose Stimmlage bemühte. »Der Krieg hat die gesellschaftlichen Normen verändert. Was früher unmöglich war, ist heute alltäglich. Siehst du die eng umschlungenen Paare auf den Straßen flanieren? Frauen in Hosen und mit kurzem Haar sind erfolgreich in früheren Männerberufen. Ich kann mir nicht vorstellen, dass in diesen unruhigen Zeiten ein Hahn danach kräht, ob die Tochter einer angesehenen Berliner Familie aus ihrem Auslandsaufenthalt in Schweden mit einem Kind zurückkehrt.«

»Da hast du vielleicht zum Teil recht«, gestand Monika ein und nahm Markus, der auf sie zugelaufen kam, auf den Schoß. »Zuerst dachte ich, ich könne diesen Roth mit harmlosen, teilweise auch falschen Informationen abspeisen. Aber er bemerkte es. Als er schließlich forderte, ich solle Demy zu einem von ihm arrangierten Treffen locken, bekam ich es mit der Angst zu tun.« Monika wandte sich zu Demy um. »Ich würde nie zulassen, dass dir etwas zustößt!« Nun liefen die Tränen über das ebenmäßige Gesicht der Frau, und ihre ohnehin rauchig klingende Stimme wurde noch tiefer, als sie weitersprach: »Also wagte ich es gestern, meine Eltern aufzusuchen. Ich weiß nicht, ob ihr euch meine Angst vor diesem Wiedersehen auch nur annähernd vorstellen könnt … Was wäre gewesen, wenn sie mich verachteten? Was, wenn sie mich abwiesen, gar verleugneten?« Monikas Stimme brach, was Demy veranlasste, den Arm um das zitternde Mädchen zu legen und sie an sich zu ziehen.

Ein Schluchzen entrang sich Monikas Kehle, ehe sie hastig mit ihrem Bericht fortfuhr. »Ihre Erleichterung und Freude darüber, mich wiederzusehen, überwog bei Weitem die Tatsache, dass ich das Kind behalten hatte. Um es kurz zu machen: Ich darf mit Markus zu ihnen zurückkehren. Wir werden dem Deutschen Kaiserreich vorerst den Rücken kehren.«

»Es wird bald kein Deutsches Kaiserreich mehr geben«, warf eine Stimme in der Tür ein. Alle Augen richteten sich auf Edith. »Um endlich Frieden zu ermöglichen, hat Scheidemann mit Zustimmung der Mehrheitsparteien im Reichstag Reichskanzler Max von Baden ein Schreiben überreicht. In ihm wird der Kaiser zum Thronverzicht aufgefordert. Wilhelm II kehrte daraufhin Berlin den Rücken und reiste nach Spa ins *Große Hauptquartier seiner Majestät des Kaisers und Königs*. Es gibt Stimmen, die sagen, dass der Mann besser an der Front einen Heldentod gestorben wäre.«

»Edith!«, stieß Demy hervor, wobei sie sich nicht im Klaren darüber war, was sie mehr verwirrte: Die sich überschlagenden politischen und militärischen Entwicklungen oder die überraschend schnelle und unangekündigte Rückkehr von Edith nach Berlin.

»Ich bringe euch einen neuen Gast, vielmehr einen verletzten Soldaten zur Pflege.«

»Du bringst uns einen Soldaten?«, fragte Demy.

»Einen Hauptmann und alten Bekannten. Ich habe draußen zwei Freiwillige, die ihn auf deine Erlaubnis hin hereintragen.«

»Mit meiner Erlaubnis? Du bist eine Meindorff, Edith! Und von welchem Bekannten …« Die fahle Gesichtsfarbe von Henny ließ Demy innehalten. »Theodor Birk?«

Die Rotkreuzschwester nickte und richtete ihre Aufmerksamkeit auf das ehemalige Dienstmädchen. »Henny, du gehst und zeigst den Trägern den Weg in das Zimmer meines verstorbenen Mannes. Du hast gemeinsam mit Demy den englischen Captain gesund gepflegt, also bist du bestens für die Pflege des Herrn Hauptmann qualifiziert.«

Henny gehorchte widerstandslos, was Edith ein wissendes Lächeln entlockte, Demy hingegen kräuselte verwirrt die Nase. Noch ehe sie auf die neue Situation reagieren konnte, hängte Edith sich bei ihr ein und führte sie an die sorgfältig verschlossene Hintertür. »Ich vermute, der Herr Hauptmann wird schneller genesen, wenn Henny ihn pflegt. Und andersherum.«

»Woher weißt du …?«

»Ich bekam ein Telegramm von Julia Romeike. Sie hatte Kontakt zu Theodor aufgenommen und als Antwort eine Nachricht aus meinem ehemaligen Lazarett in Belgien erhalten, dass er schwer verwundet dort liegt. Daraufhin bat sie mich, ob ich nicht dafür Sorge tragen könne, dass Theodor entweder nach Pasewalk oder besser noch hierher ins Meindorff-Haus verlegt wird. Sie und ich haben alle Hebel in Bewegung gesetzt, um unserem Freund in dieser Weise zu helfen. Auf der Fahrt hierher gab Theodor mir Julias Brief an ihn. Dieser ist überraschend schauderhaft und wunderbar ehrlich zugleich. Dieser gestandene, kräftige Hauptmann war der erste Mann, den ich weinen sah, es sei denn vor Schmerz oder unter einer vom Krieg verursachten psychischen Störung leidend! Er liebt Henny abgöttisch. Und in meinen Augen gehört dieser Romeike für ihren Einfall und ihre Bemühungen ein Orden um den Hals gehängt.«

»Und wie geht es dir?«

»Frag nicht, frag bitte nicht!«, sagte Edith laut, fuhr dann aber beherrschter fort: »Nicht alles geht gut aus, so wie wir es uns für Henny und den Herrn Hauptmann wünschen!«

»Es tut mir so leid ...«

»Bitte, Demy. Ich weiß, du liebtest Hannes wie einen Bruder. Aber meine Gefühle für ihn sind schon lange zwiespältig gewesen. Den Grund hierfür brauchst du nicht zu kennen und auf dein zartes Seelchen drücken lassen. Behalte Hannes in Erinnerung, wie du ihn kanntest und liebtest. Das wünsche ich mir auch für Leni und Luisa. Ich werde die beiden jetzt fest umarmen und muss dann sofort nach Pasewalk zurück.« Edith zog Demy an sich und drehte sich zum Gehen um, kam aber noch einmal zu ihr zurück. »Und du, liebe Demy, hast gefälligst so viel anderes zu tun, dass dir für die Pflege eures neuen Schützlings keine Zeit bleibt. Hast du mich verstanden?«

Demy nickte, beeindruckt von dem freundlichen, aber Respekt einflößenden Tonfall der leitenden Krankenschwester.

»Henny muss sich mit dem Herrn Hauptmann beschäftigen. Auch mit ihm als Mann! Seine Wunde liegt dicht an einer etwas delikaten Stelle. Ihn dort zu verbinden mag anfangs schwer für sie sein, aber es könnte ihrer Heilung von alledem nützlich sein, was ihr innerlich so schrecklich zusetzt.«

»Lernt man derlei in einem Lazarett?«

»Meine süße Demy, ich habe Männer gesehen, die für den Rest ihres Daseins lebensunfähig sind. Nicht, weil ihr Körper zerschmettert wurde, sondern ihre Seele. Niemals wieder wird mir jemand einreden können, ein Mensch sei ohne eine gesunde Seele in der Lage, sein Leben in aller Fülle zu genießen.« Edith kniff kurz die Augen zusammen, ehe sie fortfuhr: »Ich wage nicht zu sagen, dass Gott diese Verletzung bei Theodor zugelassen hat, um letztlich Henny und ihm das Glück zu bescheren, das sie verdienen. So vermessen bin ich nicht. Vor allem nicht, wenn ich an die schrecklichen Schmerzen des Herrn Hauptmanns denke. Wobei die in seinem Herzen nach Hennys Abfuhr womöglich weitaus schlimmer waren! Nein, ich wage es nicht, aber ich lache niemanden aus, der eine dahingehende Vermutung in Erwägung ziehen würde.«

Auf Demys Nicken hin ergriff Edith ihre Hand. »Gib auf dich acht! Da draußen in den Straßen lauert ein schlafendes Tier, das fortwährend gestupst und getreten wird und schon ab und an sein unwilliges Brummen ausgestoßen hat. Ich denke, deine ältere Schwester und ihre Schützlinge könnten dir mehr darüber berichten. Es nennt sich Revolution!«

Voll übersprudelnder Energie eilte die junge Witwe die Wendeltreppe hinauf. Demy sah ihr nach, bis die Schwesterntracht und die derben schwarzen Schuhe aus ihrem Blick verschwunden waren. Nachdenklich ging sie in die Küche zurück.

Margarete und Monika, mit Markus auf dem Schoß, saßen noch dort und unterhielten sich leise.

»Ich denke, es ist in deinem Sinne, wenn Herr Behonek uns die Hunde dalässt, während er Monika und Markus bis dorthin bringt, wo sie gern von ihm hinbegleitet werden möchte, ohne dass sie ihm ihre Identität verraten muss. Schließlich müssen wir verhindern, dass dieser Herr Roth sie abfängt, nicht?«, schlug Margarete vor.

»Das ist ein guter Gedanke, wenngleich es mich schmerzt, euch beide ziehen zu lassen. Vermutlich werden wir uns nie mehr wiedersehen?«

»Vermutlich nicht«, stimmte Monika zu, schob Markus von ihrem Schoß auf die Bank und ließ sich von Demy in die Arme schließen. »Verzeih mir bitte«, schluchzte das Mädchen.

»Natürlich. Du hast doch nur versucht, die zu schützen, die du liebst. Jetzt zum Schluss sogar mich, was mich ein wenig stolz macht, immerhin vermute ich in deiner Familie ranghohe Militärs oder dem Königshaus nahe Adelige.«

»Ich werde dir, Margarete, Lina und auch Henny nie genug für alles danken können, was ihr für mich und Markus getan habt.«

»Du hast deinen Anteil beigetragen. Kaum jemand stellte sich anfangs beim Bearbeiten der Beete oder in der Küche ungeschickter an als du, doch kaum eine hat so verbissen, ehrgeizig und fleißig genau dort gearbeitet.«

Monika klammerte sich noch fester an die weitaus größere Demy. Tränen liefen über ihre Wangen und sie zitterte wie zuvor, als sie nicht gewusst hatte, wie sie ihre Notlüge beichten sollte.

»Ich liebe dich, Demy«, flüsterte sie schließlich, löste sich von Demy und umarmte Margarete nicht weniger hingebungsvoll. Dann ließ sie einen letzten Blick durch die geräumige Küche wandern, ehe sie Markus an die Hand nahm und aus Demys und Margaretes Blick entschwand.

»Meine Güte«, seufzte Margarete, fasste sich ans Herz und ließ sich trotz ihres aufgewühlten Zustands grazil wie immer auf ihren Stuhl zurücksinken.

»Für uns wird es in absehbarer Zeit viele dieser schmerzlichen Abschiede geben«, vermutete Demy. Sie sprach ihren Verdacht nur leise aus, als fürchtete sie, ihre Gäste könnten ihn hören und sofort in die Tat umsetzen.

»Womöglich löst sich deine wunderbare Notgemeinschaft auf, bevor Herr Willmann auch nur einen Fuß in dieses Gebäude setzt. Ich kehre mit Klara zu meinen Eltern zurück. Lina hat ihren Anton, vermutlich wird sie die kleine Lotta, die sich wirklich erstaunlich gut erholt und keine Spanische Grippe hat, mit sich nehmen. Rika hat ihren Albert, und der Krieg wird ihn ihr nicht mehr nehmen können, da bin ich mir sicher. Henny und der Herr Hauptmann … beten wir für das, was diese mir plötzlich so sympathische Julia mit ihrem Brief und nicht zuletzt auch Edith angestoßen haben. Edith wird ihre Kinder zu sich nehmen. Und du – du hast Philippe!«

»Und Nathanael.«

Margarete lächelte. »Und Nathanael.«

»Was aber wird aus Herrn Müller, aus Pauline und Irma und aus Grete? Sie ist erst zwölf.«

»Für Pauline und Irma müsste man eine Arbeit finden, sodass sie, wie die Zwillinge und dein Bruder Feddo, ein geregeltes Einkommen haben. Und Grete? Könnte es sein, dass dein wilder Pilot einen starken Beschützerinstinkt für sein Findelkind entwickelt hat?«

»Möglich«, gestand Demy ein und schob die Unsicherheit beiseite, ob sie Nathanael und Grete überhaupt gerecht werden könnte. Sie hatte es drei Jahre lang unter widrigsten Bedingungen geschafft. Was sollte sie daran hindern, es in Zukunft zu tun?

»Und Herr Müller versteht sich bestens mit Herrn Behonek. Wer weiß, ob sie auf ihre alten Tage hin nicht noch eine für beide vorteilhafte Zweckgemeinschaft gründen?«

Demy atmete laut aus. »Fein, dann können Philippe und ich ja sofort heiraten und in die Niederlande ziehen.«

»Du vermisst ihn sehr, nicht?«

»Vielleicht muss ich meinem Landsmann einmal ...«

»Demy, Herr Fokker hat im vergangenen Jahr deinem Philippe sehr viele Freiheiten eingeräumt, denkst du nicht auch?«

»Natürlich. Ich möchte mich wirklich nicht beklagen. Immerhin geht es den meisten Frauen nicht besser als mir. Und viele von ihnen dürfen ihre Männer niemals mehr in die Arme schließen.«

Margarete nickte und senkte den Blick, woraufhin Demy der Witwe tröstend, aber hilflos über den Rücken streichelte. »Hoffen wir, dass wir die kommenden Wochen, bis es endlich Frieden gibt und allmählich wieder Normalität eintritt, ruhig und sicher überstehen«, flüsterte Margarete.

Demy stimmte ihr zu. Dennoch blieben ihr Ediths warnende Worte über das schlafende Tier in den Straßen der Stadt eindrücklich in Erinnerung.

Kapitel 55

Berlin, Deutsches Reich, November 1918

Die Nachricht von der Befehlsverweigerung einiger Schiffsbesatzungen, deren Kriegsschiffe vor Wilhelmshaven lagen, verbreitete sich wie ein Lauffeuer durch das Land. Die Matrosen hatten sich geweigert, während der laufenden Friedensverhandlungen einen letzten Angriff auf die britische Flotte zu starten. Es war teilweise zur offenen Meuterei und zu Sabotageakten gekommen. Am letzten Oktobertag hatten Torpedoboote ihre Geschütze auf die Schiffe gerichtet, woraufhin die Meuterer sich widerstandslos abführen ließen.

»Aber sie haben ihr Ziel erreicht«, frohlockte Lina und streckte der noch immer erschreckend dünnen Lotta einen Brotkanten zu. Henny werkelte an dem riesigen schwarzen Herd und versuchte, aus ihren kärglichen Zutaten eine nahrhafte Mahlzeit zuzubereiten.

»Das stimmt. Weshalb sollten sie sich für einen mittlerweile verlorenen Krieg opfern?«

»Vor allem aber frage ich mich, ob sie nicht letztendlich den Frieden retten. Wie konnte die Marineleitung unter Admiral von Hipper nur einen dermaßen irrwitzigen Flottenbefehl gegen die Royal Navy aussprechen? Hat er nicht die Zeichen der Zeit erkannt? Jeder sehnt sich nach Frieden und die enttäuschte Bevölkerung beginnt endlich zu begreifen, dass der Krieg verloren ist.«

Demy, die in einer Zeitung blätterte, die Dietmar für sie besorgt hatte, und dem Gespräch nur unkonzentriert gefolgt war, forderte durch ein Räuspern die Aufmerksamkeit der beiden ein.

»Hier steht, die Matrosen und Heizer versuchten, ihre inhaftierten Kameraden freizubekommen. Sie fanden bei den Offizieren kein Gehör und schalteten Gewerkschaften, USPD und die MSPD ein. Die Polizei sperrte daraufhin das Gewerkschaftshaus, also versammelten sich mehrere tausend Matrosen und Vertreter der Arbeiter auf dem Großen Exerzierplatz in Kiel. Sie forderten Frieden und Brot, marschierten zur Arrestanstalt, wo ihr Vordringen erst durch Warnschüsse, später durch gezielte Schüsse gestoppt wurde.« Demy hob kurz den Kopf. Die tiefen Querfalten auf ihrer Nase verdeutlichten ohne Worte ihre Missbilligung. »Die Zeitung schreibt von sieben getöteten und fast dreißig schwer verletzten Personen.«

»Das kann nicht gut gehen«, prophezeite Lina. Sie hatte vor dem Krieg mit der gemäßigten Frauenbewegung sympathisiert und wusste um so manche Übergriffe der Staatsmacht auf Demonstranten.

»Es wurde ein Soldatenrat[34] organisiert. Schließlich kam es am vierten November zum großen Aufstand.«

»Wusste ich es doch.«

Demy fuhr fort, den Inhalt der Zeitung zusammenzufassen: »Letztendlich verbrüderten sich die zur Niederschlagung herbeibeorderten Truppen mit den Aufständischen und Kiel ist seither in der Hand von etwa vierzigtausend Matrosen, Soldaten und Arbeitern.«

Schweigen kehrte ein, nur unterbrochen durch die Bewegungen des Kindes und das Prasseln der Flammen im Ofen.

»Und nun?«

»Andere Küstenstädte, außerdem Stuttgart, München, Frankfurt am Main und weitere größere Metropolen sind ebenfalls von der Revolution erfasst worden.«

»Und was passiert hier? In Berlin?«, hauchte Henny ängstlich.

»Was denkst du denn? Wir leben im Machtzentrum des Reiches! Das russische Vorbild ist hinlänglich bekannt. Vermutlich wird man versuchen, radikale Elemente wie diese Spartakusgruppe, der Lieselotte sich angeschlossen hat, auf die Machtebene zu hieven.«

»Heißt das, die Monarchie, das Kaiserreich gibt es nicht mehr?«, hakte Henny nach und wirkte beunruhigt.

»Der Kaiser hat noch nicht abgedankt. Aber ich nehme an, das ist nur noch eine Frage der Zeit. Verschiedene Fürsten der Einzelstaaten sind schon zurückgetreten oder wurden abgesetzt«, sagte Demy, deren Augen wieder über die Zeilen der Zeitung huschten, die in ihren Händen laut raschelte.

»Was geschieht mit den Soldaten und Offizieren?«, lautete die nächste Frage des ehemaligen Dienstmädchens, was Demy und Lina ein wissendes Lächeln entlockte.

»Das entscheiden wohl vielmehr die Alliierten. Ich vermute, es laufen bereits Waffenstillstandsverhandlungen. Die Sieger werden

Deutschland deftige Reparationszahlungen aufbürden und vertraglich festlegen, wie es mit den militärischen Einrichtungen weitergeht«, vermutete Lina.

Henny nickte und verschwand gedankenverloren in den Flur. Nachdem ihre Schritte verklungen waren, wandte sich Lina grinsend an Demy. »Sie macht sich Sorgen um die Zukunft ihres Hauptmanns.«

»Er kommt schon wieder auf die Beine«, erwiderte Demy unkonzentriert. Auch sie freute sich über die sanfte Annäherung von Henny und Theodor, doch die Frage nach der Zukunft der Offiziere verleitete sie zu der Vermutung, dass Fokker – und somit auch Philippe, Feddo, Willi und Peter – demnächst ohne Arbeit dastehen würde.

»Er wird gesund, das weiß ich auch«, neckte Lina sie. »Ich sprach vielmehr von ihrer gemeinsamen Zukunft.«

Demy zwang sich, ihrer Freundin mehr Aufmerksamkeit zu schenken. »Falls Henny ein Ja zu Theodor findet, wird es ihr gleichgültig sein, womit er den Lebensunterhalt verdient. Die beiden werden dann *alles* überstehen, glaub mir.«

»Aufs Wort! Bei Anton und mir hat es lange gedauert, bis wir zusammenkamen, aber wir mussten keine so schmerzlichen Hürden überwinden wie der Herr Hauptmann und Henny.«

Die Freundinnen verfielen in anhaltendes Schweigen, in dem sie ihren eigenen Gedanken nachhingen. Lotta rannte auf ihren dünnen Beinen in erstaunlichem Tempo durch die Küche. Demy knetete ihre Hände. Sie fühlte eine ständig wachsende Unruhe in sich, als wolle ihr Körper aus der momentanen Untätigkeit ausbrechen. Sie betrachtete das rennende und springende Kind und wünschte sich, sie könnte es Lotta gleichtun.

Als Lina aufsprang, zuckte Demy nicht einmal zusammen. Es war, als habe die Freundin lediglich schneller reagiert als sie. Linas Wangen hatten eine Farbe, die Demy an einen roten Apfel erinnerte. »Das ist eine aufregende Zeit«, stieß Lina hervor. »So aufregend wie 1914, als sie vor dem Schloss den Krieg verkündeten. Damals war ich voller Enthusiasmus, bis ich erfuhr, dass Margaretes Mann bereits gefallen war.«

»Ich war zu dieser Zeit in Frankreich und sah den Gefühlsüberschwang der französischen Truppen, die durch Paris zogen.«

»Ich hoffe, dass meine Begeisterung diesmal gerechtfertigt ist,

Demy, und dass mit diesem Umbruch etwas Gutes für das deutsche Volk geschaffen wird.«

»Liebe Lina, ich hoffe das ebenfalls. Aber ich verspüre auch Angst. Du hast von Anki, Nina und Jelena gehört, was sie von der Revolution in St. Petersburg erzählten. Dort herrscht noch immer Bürgerkrieg. Ich möchte nicht, dass die falschen Gruppierungen an die Macht gelangen.«

Lina sah Demy durchdringend an. »Was tun wir?«

»Uns Informationen beschaffen.«

»Wo?«

»Vielleicht finden wir Lieselotte. Sie wird uns genau erklären können, was momentan geschieht.«

»Denkst du, sie ist bei dieser Mina Cauer oder bei Hedwig Dohm? Den Frauenrechtlerinnen war sie doch sehr verbunden! Aber ob das immer noch so ist, nun, da sie sich einer sozialistischen Gruppierung angeschlossen hat?«

»Frau Dohm wohnt in der Tiergartenstraße«, überlegte Demy laut. »Bei ihr oder bei Frau Cauer haben die Zwillinge und ich mehrmals Nachrichten für Lieselotte hinterlegt. Die alte Dame kann uns vielleicht sagen, wo wir Lieselotte finden.«

Linas Lebenslust und der Wunsch, Aufregendes zu erleben und Teil einer großartigen Veränderung zu sein, erfüllten sie mit dem Drang, sofort loszustürmen. Demy, von jeher ebenso abenteuerlustig, ließ sich nur zu gern anstecken. »Du holst unsere Mäntel, ich bringe Lotta zu Margarete und Klara«, beschloss Lina.

Die Freundinnen lächelten sich an und stürmten in unterschiedliche Richtungen davon, um sich kurze Zeit später auf der Freitreppe wiederzutreffen, wo Dietmar und seine Hunde sie aufhielten.

»Die Stadt ist von Menschen überschwemmt, meine Damen. Es ist besser, Sie verschieben Ihren Ausflug um einige Tage, bis die Lage sich beruhigt hat.«

»Wir brauchen Informationen«, wandte Demy ein.

»Die können Sie morgen der Zeitung entnehmen. Ich besorge Ihnen gern wieder eine neue.«

»Herr Behonek, Sie wissen so gut wie ich, was im letzten November und im Frühjahr in Russland geschah«, widersprach Lina. »Was, wenn uns ein ähnliches Unheil droht? Die Besetzung aller Behörden, die Beschlagnahmung von Eigentum und ein wütender Mob, der es auf diejenigen abgesehen hat, die bisher auf der Sonnenseite des Lebens standen … Margaretes Vater erzählte, dass die Telefon- und Telegrafenverbindungen unterbrochen sind, der Eisenbahnverkehr nach Berlin darniederliegt sowie öffentliche Gebäude und Rüstungsbetriebe vom Militär besetzt wurden. Eine Vorsichtsmaßnahme?«

»Wenn wir davon in der Zeitung lesen, ist es zu spät. Da könnten die Leute schon ins Haus eingedrungen sein!«, argumentierte Demy.

»Wir gehen, Herr Behonek«, rief Lina so laut, als müsse die ganze Nachbarschaft ihren unumstößlichen Entschluss erfahren. »Aber Sie dürfen uns gern begleiten.«

Demy beobachtete, wie Dietmar nickte, seinen Mantel zurückschob und seine Pistole kontrollierte. Während sie durch das Tor schlüpften, hörte sie ihn etwas murmeln, das sich anhörte wie: »Philippe wird mich umbringen.«

Kapitel 56

Schwerin-Görries, Deutsches Reich, November 1918

»Dann kündige ich!«, fuhr Philippe Anthony an und stapfte in Richtung Flugfeld davon.

»Aufgeblasener Preuße!«

Philippe drehte sich um und kam zu seinem jungen Chef zurück. »Das vierte Jägerregiment ist nach Berlin verlegt worden. Sie genießen einen Ruf, dass sie sich bei etwaigen größeren Aufmärschen, vor allem aber bei gewaltsamen Übergriffen, nicht zurücknehmen.«

»Fräulein Demy gehört wohl kaum zu denjenigen, die sich gewaltsamen Übergriffen anschließen.«

»Du kennst Demy schlecht«, knurrte Philippe, winkte ab und fuhr fort: »Die Meindorffs sind am Boden. Das wissen aber weder Soldaten noch Arbeiter, die sie nach wie vor als den Feind betrachten könnten.«

Ergeben hob Anthony beide Hände. »Also gut. Du fliegst nach Berlin, rettest deine Demy und besorgst mir Informationen. Irgendjemand im Kriegsministerium muss doch zumindest ahnen, was die USA, England und Frankreich planen.«

»Ich höre mich um.«

»Ich kürze dir deinen Lohn.«

»Ich könnte den Deutschen, besser noch den Alliierten, zuflüstern, was du gerade so tust. Wie du weißt, unterhalte ich ausgezeichnete Kontakte nach Frankreich.«

»Aufgeblasener Preuße!«

»Du wiederholst dich.«

»Verschwinde endlich. Und bring mir mein Flugzeug heil zurück.«

»Wir werden sehen.«

»Ich hätte dich Rumpler oder Albatros überlassen sollen.«

»Dein Fehler.«

»Aufgeblasener …«

Philippe zog sich im Laufen die Fliegermütze und die Brille über, erkletterte die Fokker und fegte mit rund 200 Stundenkilometern über den Wolken nach Döberitz, wo er die D VII unterstellte und mit einem geliehenen Wagen nach Berlin raste. Dort hielt ihn sehr bald eine unüberschaubare Menschenmenge auf. Unter die Zivilisten mischten sich Soldaten und Lastwagen mit bewaffneten Privatpersonen, die – wie damals in Russland – rote Armbinden trugen.

Besorgt parkte er den Wagen am Straßenrand, stieg aus und lauschte den Parolen der Massen, die den Rücktritt des Kaisers und die Abschaffung der Monarchie forderten. Philippe blinzelte gegen fahle, sich mühsam durch die dicke Wolkendecke kämpfende Sonnenstrahlen an. Neben der von seinem Standpunkt aus noch weit entfernten Quadriga auf dem Triumphbogen flatterte eine rote Flagge. Beunruhigt lief er los.

Er musste sich um Demy und ihre Gäste kümmern! Zwar sah der Aufmarsch friedlich aus und die Massen strömten in die Straße Unter den Linden und in Richtung Stadtschloss oder Reichstagsgebäude, doch wie schnell konnte die Stimmung in einer aufgewühlten Menge kippen! Es brauchte nur einen winzigen Funken, um einen Flächenbrand auszulösen. Der zuerst regional begrenzte Aufstand auf dem Schiff *Thüringen*, der sich inzwischen über das gesamte Deutsche Reich ausgebreitet hatte, bewies dies eindrucksvoll.

Philippe hoffte, dass Demy ihre Neugier hatte bezwingen können und im sicheren Haus geblieben war. Vor allem, weil in dieser aufgepeitschten Menge Karl Roth leichtes Spiel haben würde, sich ihr unbemerkt zu nähern!

Kapitel 57

Berlin, Deutsches Reich, November 1918

»Ist das dort vorn nicht Lieselotte?« Lina hängte sich bei Demy ein, drehte sie halb um ihre eigene Achse und deutete auf eine forsch ausschreitende Frau in schlackernder Männerhose. Sie trug eine grauweiß gestreifte, hochgeschlossene Bluse, über die sie einen Mantel geworfen hatte, der wild hinter ihr her flatterte. Eine rote Armbinde zierte ihren rechten Oberarm und der Wind fuhr durch ihr burschikos kurz geschnittenes Haar.

»Doch, du hast recht!« Demy stellte sich auf die Zehenspitzen und winkte, bis Lieselotte auf sie aufmerksam wurde, von ihrer eingeschlagenen Richtung abwich und sich zu ihnen gesellte.

Sie begrüßte Demy freundlich, Lina dagegen zurückhaltend und hängte sich an Demys freiem Arm ein. »Ich komme gerade von Mina Cauer«, berichtete sie. »Sie war zu Beginn des Krieges sehr patriotisch eingestellt, was sie beinahe mit Frau Dohm entzweite, erkannte aber schnell, dass ihr ein Fehler unterlaufen war. Jetzt freut sie sich über den Wandel und hofft, dass mit diesem endlich das Wahlrecht für Frauen durchgesetzt wird.«

Demy zwinkerte Lina verschwörerisch zu. Lieselotte schien ebenso euphorisiert wie sie selbst und wie so oft teilte sie unaufgefordert ihr

Wissen jedem mit, der es hören wollte. Gemeinsam näherten sie sich dem Stadtkern und wurden Teil eines immer größeren Menschenstroms.

»Was geschieht hier?«, hakte Demy nach.

Lieselotte betrachtete sie mit einem vorwurfsvollen Blick. Sie konnte es nicht ausstehen, wenn sich Frauen weder für Politik interessierten noch zumindest ihre eigenen Rechte durchzusetzen versuchten. Ebenso wenig mochte sie Gesprächspartner, die nur unzureichend über das aktuelle Zeitgeschehen informiert waren.

Demy wusste das und fügte hinzu: »Die Ereignisse überschlagen sich ja nur so, und ich möchte gern die aktuellsten Informationen hören.«

»Karl Liebknecht wurde vor Kurzem durch eine Generalamnesie für politische Häftlinge aus dem Gefängnis entlassen. Er reiste sofort hierher nach Berlin und hat gestern den Spartakusbund[35] als parteiunabhängige, deutschlandweite Organisation wiedergegründet.«

»Aber genügt es denn nicht, wenn die MSPD und andere politische Parteien die Regierung übernehmen? Weshalb dieser Eingriff …«

Lieselotte unterbrach Linas Einwand barsch. »Weil es nicht genug ist! Der Spartakusbund will die Macht für die Soldaten- und Arbeiterräte; für das Volk. Die MSPD mit diesem Ebert liebäugelt doch nur mit einer Demokratie unter Einbeziehung der alten Mächte und mit einem Kaiser als Oberhaupt.«

»Aber vorhin sagte uns jemand, die Räte setzten sich zum größten Teil aus Anhängern der MSPD und USPD zusammen«, warf Demy verwirrt ein.

»Da siehst du es! Sie sind zwar demokratisch, antimilitärisch und pazifistisch und entmachten die Fürsten und die viel zu mächtigen militärischen Generalkommandos. Aber zivile Behörden und Amtsträger wie die Polizei, die Stadtverwaltung und Gerichte lassen sie unangetastet. Sie nehmen keine Beschlagnahmungen von Eigentum oder Betriebsbesetzungen vor, wohl, weil sie die Revolution bereits als vollendet ansehen und sie das der künftigen Regierung überlassen wollen. Ich stehe diesen Halbheiten kritisch gegenüber!«

Eine Gruppe Männer mit Strohhüten und hellen Hosen samt passender Hemden, über die sie trotz der Kälte keine Mäntel gezogen hatten, drängte auf die vorwärtshastenden Frauen zu. Sie grölten lauthals und stießen sich gegenseitig an.

Dietmar ergriff Demy am linken und Lina am rechten Oberarm und schob sie unsanft von den Zivilisten fort, nur um sie gleich darauf vor einer Gruppe bewaffneter, sich zügig durch die Menge drängender Soldaten abzuschirmen.

»Meine Damen, ich halte das für keine gute Idee«, protestierte er, wurde jedoch von Lina mit einem kecken Lächeln gebremst.

»Es geht doch alles friedlich zu. Lassen Sie uns sehen, was geschieht, ja?«

»Das kann ich euch sagen«, lachte Lieselotte. »Liebknecht will in wenigen Minuten im Lustgarten eine Rede halten und die Freie Sozialistische Republik Deutschland proklamieren.«

»Warum laufen wir dann in Richtung Reichstagsgebäude?«, begehrte Lina auf und blieb stehen. Einem Soldaten gelang es nicht rechtzeitig, ihr auszuweichen, und er rempelte sie derb an. Ohne sich zu entschuldigen verschwand er im Gewühl.

»Ich muss beobachten, was sich dort tut«, erwiderte Lieselotte.

Demy sah sich fragend nach Dietmar um, der nur mit der linken Schulter zuckte und sie mit einer knappen Kopfbewegung aufforderte, zum Meindorff-Haus zurückzukehren. Beruhigend lächelte sie ihm zu. Sie empfand keine Angst. In dieser Menschenmenge würde Karl Roth sie niemals finden, zumal er nun keinen Informanten mehr im Haus hatte. Monika und Markus befanden sich mit ihrer Familie vermutlich längst in Schweden. Dort waren sie vor etwaigen Übergriffen radikaler Revolutionäre sicher.

Wieder brandete Jubel auf, diesmal deutlich näher. Die Menschen streckten fragend die Köpfe zusammen. Schließlich sprang ein Mann in schäbiger Arbeitshose und verschmutztem Kittel auf die Sandsteinstufen des nächststehenden Gebäudes, stützte sich mit beiden Händen an eine Säule und rief mit sich überschlagender Stimme: »Scheidemann hat vom Balkon des Reichstagsgebäudes verkündet, der Kaiser habe abgedankt[36]!«

Wer im August 1914 an gleicher Stelle gestanden hatte, fühlte sich in der Zeit zurückversetzt. Der Arbeiter auf den Stufen winkte mit einer Hand ab. Offenbar wusste er noch mehr Neuigkeiten zu berichten.

»Max von Baden übergab das Reichskanzleramt an den Abgeordneten Ebert. Der wird eine Arbeiterregierung bilden, der alle sozialistischen Parteien angehören. Sie sagen, dass niemand die neue Regierung bei ihrer Arbeit für den Frieden und um Arbeit und Brot stören darf. Alles für das Volk, alles durch das Volk!«

Wieder brandete Jubel auf. Jemand stieß Demy derb in die Seite, und sie schnappte erschrocken nach Luft. Im Hintergrund hörte sie einen anderen Redner, der die Worte des Arbeiters für die weiter hinten Stehenden wiederholte. Dennoch vernahm sie die abschließenden Worte ihres Informanten: »Einig, treu und pflichtbewusst sollen wir sein. Die alte und morsche Monarchie ist zusammengebrochen. Es lebe das Neue! Es lebe die deutsche Republik!«

Tausende Stimmen gellten in Demys Ohren. Lina ließ sie los und riss begeistert beide Arme in die Höhe, um in den Jubel einzustimmen.

Erneut bekam Demy einen Stoß. Sie taumelte gegen zwei Frauen mit großen, schwarzen Hüten. Diese ignorierten Demy, versperrten ihr aber den Weg zurück zu Lina und Dietmar. Lieselotte hatte sie schon längst aus den Augen verloren.

Demy drängte sich an den enthusiastisch winkenden Menschen vorbei, die ihre Begeisterung laut hinausriefen. Sie ging nach links, in Richtung der Stufen, von welchen der Redner inzwischen wieder in der Menge untergetaucht war. Von dieser erhöhten Position erhoffte sie sich, dass Dietmar sie sah und zu ihr durchkam. Ansonsten musste sie den Rückweg eben allein antreten. Offenbar gingen sowohl der Machtwechsel als auch die Demonstration friedlich ab, eine Gefahr für Leib und Leben sah sie nicht.

Während sie auf die erste Stufe trat und mit einer Hand nach der kalten, mit Riefen versehenen Sandsteinsäule griff, wurde ihr bewusst, dass mit dem Ende des Krieges auch die Voraussetzung erreicht war, die sie Philippe genannt hatte. Bald konnten sie heiraten! Ein freudiges Kribbeln erfasste sie.

Doch das Lächeln auf ihren Lippen erstarb, als sie unter sich, nur durch zwei Frauen und einen Soldaten von ihr getrennt, das Gesicht von Karl Roth entdeckte.

Kapitel 58

Pasewalk, Deutsches Reich, November 1918

»Es heißt, der Kaiser habe abgedankt!«, rief eine junge Stimme in den Raum, ehe die Tür hinter der Person zuschlug.

Edith, die mit einem ihrer Patienten beschäftigt war, hob den Kopf. Alles im Lazarettraum kam zum Stillstand. Eine Schwester verharrte, eine Blechschüssel mit verschmutztem Wasser in der Hand, reglos unweit des Ausgangs, die Ärzte hielten in ihren Bewegungen inne. Kartenspiele wurden unterbrochen, Gespräche verebbten.

Edith hatte von der Staatsgründung der Tschechoslowakei gehört, wie auch von Serbien, Kroatien und Slowenien. Galizien schloss sich dem wiederentstehenden Polen an. Aber das betraf alles die Ostfront, wo Österreich-Ungarn zerbrach und das Kampfgeschehen gegen Rumänen und Russen längst eingestellt war. Verwirrung machte sich auf den Gesichtern der Soldaten breit. Ihre Truppen besetzten doch noch große Teile von Frankreich, Luxemburg und Belgien. Noch waren sie nicht besiegt!?

Edith kniff die Augen zusammen. Das Ende des Kriegs war da und selbst wenn die Menschen es nicht verstanden: Sie waren die Besiegten! Doch was veranlasste den Kaiser zu einem so drastischen Schritt? Für Edith gab es nur eine Erklärung: In Preußen und in den übrigen deutschen Ländern hatte sich das Volk erhoben!

»Ist eine Revolution im Gange?«, fragte sie in die Stille hinein.

Der Oberarzt trat aus der Schreibstube, suchte ihren Blick und zuckte leicht mit den Schultern. »Die Grundlagen für eine Demokratie sind schon vor einiger Zeit gelegt worden. Für eine parlamentarische Demokratie, die in einer Wahl zu einer Volksversammlung gefestigt werden kann. Die Nachricht von der Abdankung Ihrer Majestät muss nicht bedeuten, dass es gewaltsame Übergriffe gibt.«

»Und falls doch?«

»Rufen Sie bei Ihrer Familie in Berlin an. Die müssten es wissen.«

»Danke«, sagte Edith, legte Verbandsmull und Schere auf das Tablett und wandte sich dem Flur zu. Das Klirren von Geschirr, aufgebrachte Stimmen und ein hysterischer Schrei aus dem angrenzenden Raum ließ sie zuerst dorthin rennen.

Cecelia, zerzaust und den Tränen nahe, lief auf sie zu. »Dieser Hitler ist übergeschnappt, seit er das vom Kaiser gehört hat. Er schlug mir die Verbandsmaterialien aus der Hand und wollte aufspringen, dabei stürzte er auf den Nachttisch seines Bettnachbarn. Erst schrie er, jetzt murmelt er immerfort, er könne erneut nichts mehr sehen, er habe einen Rückfall erlitten.«

»Seine Augen sind in Ordnung.«

»Das versuchte ich ihm klarzumachen, da beschimpfte er mich. Nun kauert er wie ein Häuflein Elend auf seinem Bett und zittert wieder wie Espenlaub. Wenn du mich fragst, gehört der ...«

»Am besten lässt man ihn in Ruhe, bis er sich erholt hat«, schlug Edith vor und warf einen Blick zur Bettreihe an der Innenwand des Raums. Die traumatisierten, immer etwas abwesend wirkenden Patienten ließen sich von der erstaunlichen Nachricht nicht stören. Doch die Soldaten mit Kopfverbänden, Augenklappen, verbundenen oder fehlenden Gliedmaßen steckten die Köpfe zusammen, flüsterten und stellten Spekulationen an. »Stimmt das mit dem Kaiser?«, fragte Cecelia.

»Ich bin auf dem Weg, um in Berlin anzurufen und nachzufragen.«

»Dann machen Sie schnell!«, trieb das Mädchen sie respektlos an und wedelte dabei mit beiden Händen, als wolle sie eine Katze vom Fenstersims verscheuchen.

Edith folgte der Aufforderung mit schweren Schritten. Noch vor einigen Monaten hätte sie über Cecelias Geste gelacht und über die Veränderungen im Land gejubelt. Doch ihr Herz fühlte sich vollkommen vertrocknet an. Es hatte zu welken begonnen, seit sie Dorine begegnet war. Und in ihren Zweifeln, dem Schmerz und der Bitterkeit war es schließlich eingegangen. Sie liebte ihre Kinder und wollte nur das Beste für Demy, Philippe oder Henny, doch für sich selbst erwartete sie nichts mehr.

Edith eilte zur Unterkunft der Ärzte. Doch dort sagte man ihr, dass keine telefonischen Verbindungen nach Berlin zustandekämen. Innere Bilder von gewaltsamen Aufständen, Plündereien und Übergriffen auf die Häuser des Adels und des Großbürgertums ließen sie erzittern. Die Angst, die in ihr aufstieg, nahm sie verwundert wahr. Konnte ein Herz, das um ihre Kinder und ihre Freundinnen fürchtete, wirklich tot sein? Vielleicht gab es ja noch Hoffnung für sie.

Kapitel 59

Berlin, zwischen Deutschem Reich
und Weimarer Republik, November 1918

Das Grinsen auf Roths Gesicht zeigte Demy, dass er sie längst gesehen hatte. Angst traf sie wie ein eiskalter Regenguss. Ihr Magen fühlte sich an, als habe ihr jemand kräftig hineingeboxt.

Roth schob die Frau vor sich unsanft beiseite und ließ dabei seine Beute nicht aus den Augen.

Der erschrockene Aufschrei einer Frau, dessen Ursprung Demy nicht ausmachen konnte, löste die Erstarrung in ihr. Sie wirbelte herum und verschwand hinter der gut einen Meter breiten Säule. Eilig zwängte sie sich durch die hier auf den Stufen lichtere Menschenmenge zur nächsten Sandsteinsäule. In ihrer Hektik prallte sie gegen diese. Ängstlich warf sie einen Blick zurück.

Er war ihr auf den Fersen. Fluchend kämpfte er sich durch die Menschen unterhalb der Stufen, wo er deutlich langsamer vorankam als Demy. Die junge Frau zögerte nicht länger. Sie ließ die Säule hinter sich und rannte mit fliegenden Rockschößen und flatterndem Mantel an zwei weiteren Säulen vorbei. Danach stolperte sie die in die Seitenstraße führenden Stufen hinab. Ohne Rücksicht auf die Passanten drängte sie sich zwischen ihnen hindurch. Dabei erntete sie entrüstete Ausrufe, auf die sie nicht reagierte. Ihre gesamte Konzentration war darauf ausgerichtet, dem ihr folgenden Mann zu entkommen. Sie musste in dem unüberschaubaren Getümmel untertauchen!

Demys Herz hämmerte wild, ihr Atem ging stoßweise. Heiße Wellen der Furcht jagten durch ihren Körper und bildeten Schweißperlen auf ihrer Stirn.

Überdeutlich sah sie Roth vor sich, wie er sie damals mit dem Messer bedroht hatte. Dieser Mann wurde vollkommen von seinem Hass beherrscht. Er würde nicht zögern, sie zu töten.

Demys Atem ging keuchend, als sie unter den ersten Durchlass des Brandenburger Tors taumelte. Unter den Linden drängten sich die Menschen dicht an dicht. Niemanden schien es an diesem Tag im Haus zu halten.

Entschlossen, fast wütend, raffte sie Mantelsaum und Rock und lief weiter. Dabei rempelte sie mehrere Matrosen an, stellte sich aber nicht die Frage, wo diese auf einmal herkamen. Sie ließ die Springbrunnen hinter sich und duckte sich atemlos hinter einem geparkten Automobil. Frauen und Männer, Soldaten und Invaliden drängten an dem Hindernis vorbei, ohne die nach Atem ringende Frau zu beachten. Schließlich richtete sie sich auf und warf über das geschlossene Dach des Wagens einen Blick zurück. Rote Fahnen flatterten auf dem Brandenburger Tor und wurden durch die Straßen getragen. Damenhüte, Männerhüte und die Schirmmützen der Soldaten bildeten ein Meer aus dunklen und hellen Farbpunkten und hoben das revolutionäre Rot deutlich hervor.

Dann sah sie ihn! Keine hundert Meter von ihr entfernt schob er sich durch die Menge und erblickte sie fast im selben Augenblick wie sie ihn.

Demy rannte weiter. Sie passierte das Ministerium für Inneres und wechselte erneut die Straßenseite. Trotz des gewaltigen Geräuschpegels hörte sie hinter sich einen entrüsteten Aufruf und wandte im Rennen den Kopf.

Roth folgte ihr rücksichtslos. Er hatte seinen Hut verloren und dank seines auffällig semmelblonden Haars fiel es Demy nun leichter, ihn in der Menge auszumachen. Sie lief noch schneller, obwohl ihre Lunge wie Feuer brannte. Sie wusste, Karls Konstitution war nicht geeignet, lange durchzuhalten. Aber auch sie hatte in den vergangenen Jahren ihre Ausdauer von früher eingebüßt.

Sie drehte sich wieder um – und prallte gegen einen Uniformierten.

Ihre Zähne schlugen derb aufeinander und sandten einen ekelhaften Schmerz in ihren Kopf aus. Der Soldat packte sie mit unerbittlichem Griff an den Oberarmen und schüttelte sie leicht.

»Bitte entschuldigen Sie«, rief sie aus und wollte sich losreißen.

»Nicht so schnell, Fräulein.« Er hielt sie eisern fest.

»Bitte lassen Sie mich los«, stieß sie hervor und sah sich gehetzt um. Sie sah helle Herrenstrohhüte, braune Männerkappen, kecke kleine Kopfputze und ausladende, mit allerlei Tand verzierte Damenhüte.

»Wovor laufen Sie denn davon?«

»Ich werde verfolgt. Der Mann will mir etwas antun!«, keuchte sie. Ihr Brustkorb hob und senkte sich rasend schnell, ihre Beine zitterten.

»Weshalb verfolgt er Sie?«

Demy drehte erneut den Kopf. Sie rechnete jeden Augenblick damit, dass ihr ein Messer in den Rücken gerammt wurde. Zwischen zwei dunkelblauen Damenhüten sah sie einen semmelblonden Haarschopf. Roth hatte ihr den Rücken zugewandt und sah sich hektisch um.

»Können Sie ihn aufhalten? Den blonden Mann dort?«

»Haben Sie ihn bestohlen?«

»Was? Nein, natürlich nicht!«, rief sie fassungslos. Er runzelte die Stirn und lockerte seinen Griff, was Demy sofort ausnutzte. Sie riss sich los, duckte sich und tauchte blitzschnell zwischen den Umstehenden unter.

Während sie weiterhastete, löste sie ihre Hutnadeln. Ihr leises Klirren, als sie auf den gepflasterten Boden fielen, ging im Trubel der Menge unter. Demy riss sich den beigen Hut mit dem roten Satinband vom Kopf, um ihn achtlos fallen zu lassen.

Sie drängte weiter, vermied es aber nun, durch hastige Bewegungen aufzufallen. Vor dem Stadtschloss nahm das Getümmel zu. Hier schoben und drückten die Neugierigen sich wie ein Mahlstrom aneinander. Demy hatte Mühe, ihre Flucht fortzusetzen. Endlich gelang es ihr, in den Teil des Scheunenviertels einzubiegen, der vor dem Krieg neu bebaut worden war. Im Schatten der Bauten huschte sie immer tiefer in das Labyrinth der noch verbliebenen heruntergekommenen Häuser mit ihren verwinkelten Ecken und ineinander verschachtelten Hinterhöfen.

In der Nähe des Gebäudes, in dem einst Lieselotte, Peter und Willi mit ihren Eltern und der längst verstorbenen Helene in einer unwirtlichen Kellerwohnung gehaust hatten, lehnte sie sich mit dem Rücken an eine feuchte Hausmauer.

Sie litt unter heftigem Seitenstechen. Das Gefühl, jemand ziehe ein Reibeisen durch ihre Lungenflügel, ließ sie oberflächlich und mit eigentümlichen Zischlauten atmen. Ihr Kehlkopf brannte wie Feuer, doch ihr galoppierender Herzschlag beruhigte sich allmählich.

Sie nahm das sanfte Quietschen eines Ladenschildes im Wind wahr, zudem leise Stimmen aus einem nicht ganz schließenden Fenster über ihr. Eine zerzauste getigerte Katze streunte an der jenseitigen Hauswand entlang und verschwand durch einen Spalt in einer kaputten Holztür. Über den Hausdächern gurrten Tauben, ansonsten war es in der Straße überraschend still.

Ihre Beine gaben nach, sodass sie an der rauen Hauswand zu Boden rutschte, die Arme um die Knie schlang und den Kopf darauf bettete. Sie spürte die kalte Feuchtigkeit in ihre Kleidung kriechen, hörte das Nahen von Schritten. Die Person hastete an ihr vorüber, ohne sie zu beachten.

Plötzlich kamen die Schritte zurück, verharrten direkt vor ihr. Interessierte sich tatsächlich jemand für die zusammengekauerte, einsame Gestalt? Verwundert hob Demy den Kopf – und blickte in das Gesicht ihres sardonisch grinsenden Verfolgers.

* * *

Nach einem kurzen Abstecher ins Meindorff-Haus hatte es Philippe in die überfüllten Berliner Straßen getrieben. Schüsse hallten zwischen den Gebäuden wider; man schleppte Verletzte davon, während die Furchtsamen die Reihen der Demonstrierenden oder Feiernden verließen, um in den vermeintlichen Schutz ihrer Häuser zurückzukehren. Doch die meisten der Abertausenden von Berliner Bürgern, Soldaten und Menschen aus dem näheren Umkreis der Stadt hatten von dem örtlich begrenzten Zwischenfall nichts mitbekommen.

Philippe war in die Richtung geeilt, aus der die Schüsse gekommen waren. Er hatte vor seinem inneren Auge bereits Demy oder Behonek in ihrem Blut liegen sehen. Doch letztlich waren revolutionär gestimmte Bürger mit einer Handvoll Königstreuer aneinandergeraten. Inzwischen war klar, dass selbst das kaisertreue 4. Jägerregiment nicht in Erwägung zog, gegen das eigene Volk vorzugehen. Allerdings boten die Bürger größtenteils ohnehin keinen Grund hierfür. Der Machtwechsel ging erstaunlich friedlich vonstatten. Doch Philippe ließ sich davon nicht täuschen. Auch die russische Revolution im Vorjahr war überraschend und zumeist ohne Blutvergießen über die herrschende Klasse Petrograds hereingebrochen. Umso erbitterter kämpfte nun die Rote Armee gegen die Weiße Armee der Zarentreuen. Das Schlimmste an dem russischen Bruderkrieg war der Hunger in dem während des Krieges ohnehin schon ausgebluteten Land. Er fuhr nun seine grausige, millionenfache Ernte ein.

Philippe eilte weiter und erreichte Plätze, auf denen es deutlich ruhiger zuging. Automobile fuhren ordnungsgemäß auf den Straßen und die Passanten wichen ihnen gesittet aus. Elektrische Bahnen schaukelten mit zischenden Oberleitungen vorbei. Aus ihnen winkten Soldaten heraus. Sie alle hatten sich die schwarz-weiß-roten Kokarden von den Uniformen oder Kopfbedeckungen gerissen. Offiziere entledigten sich ihrer Achselstücke und zeigten damit ihr Einverständnis zu dem Machtwechsel.

Der Pilot fuhr herum, als hinter ihm ein offenes Lastautomobil auf eine Menschenansammlung zufuhr, die ruhig ausgeharrt hatte. Bewaffnete Soldaten drängten sich wie Heringe in einer Dose auf der Ladefläche; offenbar sollten sie die Straßen absichern. Für wen? Für das Deutsche Kaiserreich oder die neu ausgerufene Republik? Wer unterstützte wen, wer sympathisierte mit der einen oder mit der anderen Seite und wer ließ sich einfach nur blindlings in einem Taumel der Zeitenwende treiben? Entnervt atmete Philippe aus. Er hasste es, dermaßen im Ungewissen zu sein, und machte sich zunehmend Sorgen um Demy und die anderen. Einige durch die Luft wirbelnde Flugblätter erregten seine Aufmerksamkeit, zumal sich die vielen jungen Burschen in der Straße regelrecht um sie schlugen. Männer in vornehmen Anzügen kauften sie anschließend den Jungen ab.

Philippe entzog einem jungen Kerl von vielleicht 15 Jahren kurzerhand einen dieser Zettel. Auf seinen entrüsteten Ausruf hin blickte Philippe ihn mit hochgezogenen Augenbrauen so drohend an, dass der Junge ungelenk salutierte und sich eilig trollte.

Wir und die Bolschewiken!, lautete die Überschrift des Traktats, in dem man darauf hinwies, dass man Ordnung und Ruhe für ein freies Deutschland wünsche und der Bolschewismus – wie in Russland – zum Bürgerkrieg führen würde.

Philippe steckte den Zettel ein und schüttelte den Kopf. Offenbar war bereits eingetreten, was er befürchtet hatte: Zwei unterschiedliche Richtungen kämpften um dasselbe Ziel. Die Leute um den wiedererstarkten Spartakusbund unter der Führung von Liebknecht und Luxemburg auf der einen, Ebert und weitere Verfechter der parlamentarischen Demokratie auf der anderen Seite.

Jemand riss ihm im Gewühl seine graue Schirmmütze vom Kopf. Blitzschnell griff Philippe zu und erwischte einen Jungen am Unterarm. Er trug eine rote Armbinde über dem Mantelärmel und einen Besenstil in der Hand, an dem ein roter Frauenrock als Flagge flatterte. Als der Junge das Fliegerabzeichen auf seinem Beutestück entdeckte, wurden seine Augen groß. Er hob den Kopf und blickte Philippe bewundernd an. Schließlich reichte er ihm fast demütig die Kopfbedeckung zurück.

»Du kannst sie behalten«, brummte Philippe, was dem Jungen ein strahlendes Lächeln entlockte. Er riss das Fliegerabzeichen ab, steckte es in die Tasche seiner Hose, aus der er seit einer Weile herausgewachsen war, warf die Mütze in den Straßenstaub und machte sich auf und davon.

Wenig später näherte Philippe sich dem Stadtschloss. Dort war die Menschenmenge nahezu undurchdringlich, glich einem brodelnden Linseneintopf, und das Graubraun der vielen Uniformen verstärkte den Eindruck noch.

Ein Redner, den Philippe von seinem Standort aus nicht sehen konnte, schwor die Menschenmenge auf die Freie Sozialistische Republik Deutschland ein. Seine Forderungen nach einer Umgestaltung der Wirtschaft, des Militärs und der Justiz und der Abschaffung der Todesstrafe stießen auf an- und abschwellenden Beifall und Jubelrufe.

Philippe wandte sich an einen älteren Herrn in einem altmodischen Gehrock samt Zylinder und wollte von ihm wissen, wer der Redner sei.

»Liebknecht, Karl Liebknecht. Er hat heute Nachmittag im Lustgarten die Sozialistische Republik ausgerufen, im Grunde gleichzeitig wie Herr Scheidemann im Reichstagsgebäude die Deutsche Republik. Übrigens, Herr ...« Die wachen grünen Augen in dem zerfurchten Gesicht richteten sich fragend auf die über seinem Uniformrock geschlossene Lederjacke. »... Herr Flieger, war weder die vorzeitige Verkündigung des Thronverzichts Seiner Majestät noch die Kanzleramtsübergabe an den werten Herrn Ebert verfassungsrechtlich gedeckt, ebenso wenig wie die Ausrufung der Republik durch Herrn Scheidemann. Gleichgültig, wie revolutionär die Worte Liebknechts und seiner Genossen klingen – und in Zukunft klingen werden –, die Handlungen Max von Badens sind es ebenso.«

»Zwei Revolutionen zur selben Stunde«, resümierte Philippe.

»Max von Baden, Ebert und Scheidemann nahmen an, so handeln zu müssen, um einer Eskalation zuvorzukommen, wie sie in Russland geschah. Zudem fürchteten sie, dass eine politisch unerfahrene Gruppierung an der Spitze dieses Landes nicht in der Lage sein würde, dieses nach dem Krieg neu zu organisieren. Sie sahen das Wohlergehen des deutschen Volkes, allein was die instabile Versorgungssituation mit wichtigen Gebrauchsgütern und Lebensmitteln betrifft, als gefährdet.«

»Die Hungertoten in Russland dürften für ihre Befürchtung sprechen.«

»Sie sind exquisit informiert, Herr Flieger. Übrigens vertreten beide Parteien fast identische politische Ziele. Wobei Sie bitte das *fast* nicht überhören dürfen.« Der Mann lächelte ihn an, ehe er fortfuhr: »Die SPD hat sich geschickt die Unterstützung der Soldaten, allen voran die des vierten Jägerregiments, gesichert. Damit erreichten sie die militärische Kontrolle über die Hauptstadt und haben eine Revolution in die Wege geleitet, die letztendlich niemand von ihnen wollte. Leider hat Seine Majestät sich nicht anders zu helfen gewusst, als die Stadt in Richtung Spa zu verlassen. Das kostet ihn wohl nicht nur die Sympathien hochrangiger Militärs, sondern auch die des kleinen Mannes.« Mit seiner in einem weißen Handschuh steckenden Hand tippte der ältere Herr sich grüßend an den Zylinder, drehte sich um und zwängte sich schwer auf seinen Gehstock gestützt durch den noch immer wachsenden Zustrom an Menschen.

Philippe sah ihm nach, bis er von der Menge verschluckt wurde. Der Alte wirkte wie ein Relikt aus längst vergangenen Zeiten. Dabei vermutete Philippe, dass er bis zu diesem Tag ein hochrangiger Beamter der bisherigen Regierung gewesen war, womöglich ein enger Berater des Kaisers.

Nur wenige Minuten nach dem alten Mann kehrte auch Philippe dem Schauspiel den Rücken. Nach den beiden Frauen und Behonek zu suchen machte in den überfüllten Straßen der Innenstadt keinen Sinn. Daher eilte er in Richtung Tiergarten, und sobald er sich aus dem Machtzentrum entfernte, wirkten die Plätze Berlins beinahe ausgestorben, sodass er rasch das Grundstück seines verstorbenen Ziehvaters erreichte, wo er von dem sichtlich nervösen Behonek vor den Stufen abgepasst wurde.

»Wie gut, dass du hier bist. Henny sagte mir, du wolltest uns suchen. Ich habe Demy Unter den Linden aus den Augen verloren.«

Philippe zog das Tor so fest hinter sich ins Schloss, dass die filigranen Stäbe ein eigentümliches Surren von sich gaben. Ein Sturm begann in seinem Inneren zu wüten. Seine Besorgnis von zuvor steigerte sich schnell zu quälender Angst um seine Verlobte. Er ballte die Hände zu Fäusten.

»Philippe ...«

»Ist schon gut, Dietmar«, stieß er mühsam beherrscht hervor. »Ich kenne Demy. Sie ist ein unkontrollierbarer Ausbund an Eigensinn.« Er konnte dem Mann keinen Vorwurf machen; Demy war erwachsen und wusste um die Gefahr, in der sie schwebte. Jedes Mal, wenn sie das Haus verlassen hatte, war ihr bewusst gewesen, dass sie auf seinen Halbbruder treffen könnte. Seit einem Jahr lebte sie mit dieser Angst, und soweit er wusste, hatte sie sich bisher vorgesehen. Entweder hatte sie sich heute sicher gefühlt, oder ihr Wissensdurst, begleitet von dem Leichtsinn, der ihr schon immer zu eigen gewesen war, hatte sie zu ihrem Ausflug getrieben.

»Roth wird sie in dem Gedränge nicht finden«, vermutete Dietmar.

»Außer, er ist euch von hier aus gefolgt.«

»Davor bewahre uns Gott!«, stieß der Mann entsetzt hervor und raufte sich seine kurz geschnittenen grauen Haare.

»Ob wir die Polizei ...«

»Ausgeschlossen! In diesem Chaos können sie sich unmöglich auf die Suche nach einer einzelnen Frau begeben. Aber was ist mit deinen Kontakten zum Auswärtigen Amt?«

»Ich habe meinem Kontaktmann von der Sache erzählt und ihn gebeten, mich zu informieren, falls Roth bei ihnen auftauchen und nach Informationen oder einem Job Ausschau halten würde. Aber ich habe nie etwas gehört, wobei Roth vermutlich über mehr Kontakte in die Militärebene hinein verfügt als ich.«

»Was tun wir jetzt?«

»Versuchen wir, ruhig zu bleiben«, murmelte Philippe und spürte, wie eine Welle der Hilflosigkeit, gepaart mit einer Spur Zorn auf Demy, in ihm aufstieg. Er wusste, dass er ruhig bleiben musste, um überlegt zu handeln, also straffte er die Schultern und hob den Kopf, wobei er tief Luft holte. »Vorerst bleiben wir hier. Sie könnte jeden Moment zurückkommen.«

»Einverstanden«, erwiderte Dietmar übellaunig.

Philippe ahnte, dass der Mann mehr tun wollte, als nur abzuwarten, aber momentan gab es hierfür keine Veranlassung.

»Bitte beobachte du die Straße. Nicht, dass Roth in der Nähe lauert und Demy bei ihrer Rückkehr abfängt.« Gern hätte er Dietmar versichert, Demy würde bestimmt innerhalb der nächsten Stunde auftauchen. Doch das unbestimmte Gefühl eines drohenden Unglücks ließ ihn schweigen. Er nahm die ausladenden Stufen im Laufschritt und traf in der Tür auf Lina und Margarete.

»Es tut mir so leid. Sie war plötzlich verschwunden. Von einer Sekunde auf die nächste.« Linas sonst so sonniges Wesen war einem besorgten Ausdruck gewichen. »Wir wollten uns über die Lage informieren, wussten wir doch von den Zuständen während der Aufstände in Russland.« Sie argumentierte mit hysterisch klingender Stimme und unterstrich jedes ihrer Worte durch eine wilde Armbewegung. Ihre verquollenen Augen verrieten, dass sie zuvor geweint hatte. In Philippes Gegenwart riss sie sich aber halbwegs zusammen, worüber er sehr dankbar war.

»Was können wir tun?«, fragte Margarete mit gepresster Stimme. Nervös spielten ihre Finger mit einer Brosche an ihrer Bluse.

»Rufen Sie bitte Ihre Eltern an und alle Bekannten, die Demy aufgesucht haben könnte, um von der Straße zu kommen.«

»Ich hoffe, die Verbindungen werden wieder hergestellt.« Margarete nickte, hob ihren enggeschnittenen schwarzen Rock an und schritt scheinbar gelassen ins Foyer hinauf.

Lina starrte Philippe furchtsam an, drehte sich dann um und stürmte ihrer Freundin nach. Dabei rief sie: »Ich glaube, die Cauer und die Dohm besitzen auch ein Telefon. Und vergessen wir nicht die Ahlespergs und Ehnsteins und Adele Boehmers Eltern. Wir könnten auch die Willmanns anrufen, obwohl ich mir kaum vorstellen kann, dass Demy bei Brigitte und ihrem Mann Unterschlupf suchen würde. Das Kinderheim, in dem Nathanael damals lebte und …« Ihre aufgeregte Stimme verklang, als sie die Tür des Arbeitszimmers hinter sich zuschmetterte.

Philippe blieb allein zurück. Die Stille in dem großen, kalten Raum lastete schwer auf ihm und verdeutlichte, wie verlassen er sich fühlen würde, falls er Demy verlieren sollte. Nach Udakos Tod hatte ihn sein Schmerz und Zorn in ähnlicher Weise verbrannt wie die heiße Sonne den roten Wüstenboden. Philippe ahnte, dass es in seinem Herzen düster und kalt werden würde, falls Demy …

* * *

Dunkelheit hatte sich über Berlins Straßen gesenkt, ohne dass Demy nach Hause gekommen war. Grübelnd marschierte Philippe durch die Halle und ersann immer wildere Pläne, nur um sie sofort wieder als nicht realisierbar über den Haufen zu werfen. Er fühlte einen Schmerz in seiner Brust, als presste jemand sein Herz mit beiden Händen gewaltsam zusammen. Mehrmals war er schon halb aus der Tür gewesen, um Demy zu suchen, nur um wieder kehrtzumachen. Es war vollkommen aussichtslos, eine einzelne Frau inmitten der Menschenmassen in einer Stadt mit mehr als 3,5 Millionen Einwohnern aufspüren zu wollen.

Plötzlich sprang hinter ihm die Eingangstür auf und knallte

donnernd gegen die rückwärtige Wand. Mit der Hand an der Waffe wirbelte Philippe herum. Sein Gesicht wurde aschfahl, als er eine blutüberströmte Frauengestalt in Dietmars Armen erblickte. Dietmar taumelte mit seiner Last über das nur spärlich angeleuchtete Parkett und stürzte dann auf die Knie.

Philippe rief nach Lina und übersprang dabei die Stufen in einem Satz. Er half Dietmar, die Frau mit dem zerzausten, braunen Haar ins große Foyer zu einem Sessel zu schleppen.

»Mein Gott, es ist Lieselotte!«, rief Margarete in diesem Moment aus.

Philippe hatte Lieselotte nie persönlich kennengelernt, wusste von Demy jedoch, dass ihre Freundin sich erst den militanten Frauenrechtlerinnen, später auch aufrührerischen politischen Gruppen angeschlossen hatte.

»Wird vermehrt geschossen?«, drängte es Philippe, zu erfahren.

»Nein«, rief die Frau, die sich vor Schmerzen wand und dabei auf den Boden glitt. Sie blutete aus einer Kopfverletzung und mehreren weiteren Wunden.

»Dr. Stilz wird wohl kaum herkommen können«, vermutete Lina und lief davon, um den Arzt dennoch anzurufen und Verbandszeug zu holen.

»Demy …«, keuchte die Verletzte. Die Panik in der Stimme der Frau ließ Philippe das Blut in den Adern gefrieren.

»Wo ist sie?«, herrschte er die Fremde an. Diese hob ihre flatternden Lider und musterte ihn einen Augenblick. Ahnte sie, wer er war? Hatte Demy ihr von ihm erzählt?

»Dieser Mann …«

»Roth?«

Lieselotte schloss die Augen, was Philippe veranlasste, vor ihr in die Hocke zu gehen und sie fest an den mageren Schultern zu ergreifen. Sie durfte jetzt nicht die Besinnung verlieren. Entsetzt bemerkte er die Blutlache, die sich unter ihr ausbreitete.

»Wo bleibt Lina mit dem Verbandszeug?«, herrschte er Dietmar an. Gleichzeitig zog er sein Messer und schlitzte mit schnellen Bewegungen die Kleidung der Frau auf. Was er zu sehen bekam, schnürte ihm die Atemluft ab. Der Körper von Lieselotte war mit Messerstichen übersät.

»Wo ist Demy?«, fragte er die Frau mit drohendem Unterton in der Stimme. Sie gab ein klägliches Wimmern von sich. Dann riss sie ihre Augen weit auf, als habe sie einen letzten, verzweifelten Kampf auszufechten.

»Er … er hat sie im Scheunenviertel erwischt«, keuchte sie.

Hinter ihm stieß Lina einen Schrei aus. Verbandsmaterial, Salbentiegel, Pinzetten und Scheren fielen klappernd zu Boden. »Lina, kümmere dich um sie. Behonek?«

Dietmar rannte noch vor Philippe in Richtung Tür.

»Ich helfe Ihnen!«, rief eine wütende männliche Stimme hinter ihnen und ließ Philippe herumwirbeln. Theodor humpelte auf ihn zu.

»Sie sind verletzt, Herr Hauptmann«, wandte Philippe ein.

»Denken Sie, das hält mich von der Suche nach Demy ab?«, herrschte der Mann ihn an und stolperte an ihm vorbei über die Stufen ins kleine Foyer.

»Henny hat mich ohnehin gebeten zu gehen!«, hörte Philippe noch, ehe der Mann nach seinem Mantel an der Garderobe griff und ihm seine Fliegerjacke zuwarf.

»Sie suchen am besten nach einem Arzt«, wies Philippe, obwohl rangniedriger, Theodor an, und verließ hinter ihm das Haus. Dieser drehte sich auf der obersten Stufe nach ihm um und schaute ihn fest an. »Es genügt, dass mein Herz heute gebrochen wurde. Ihres werden wir retten, Herr Oberleutnant! Wir finden Demy!«

Während sie die Treppe hinunter und über die Platten zum Tor hasteten, betete Philippe, dass Theodor recht behielt. Sie mussten Demy finden! Lebend!

* * *

Trotz der nächtlichen Stunde und eines kalten, kräftigen Ostwinds, der wütend durch die Häuserschluchten peitschte und dabei Laub, verlorene Hüte und Flugblätter aufwirbelte, waren noch immer vereinzelt Menschen unterwegs. Hier und da traf Philippe auf bewaffnete Posten, doch das Ausbleiben einer harten Linie gegen die doppelte Republikgründung von beiden Seiten, ganz zu schweigen von der des

Kaisers und seiner Getreuen, hatte die meisten Männer offensichtlich müde und milde gestimmt.

Philippe interessierte sich ohnehin nicht dafür. Eine gefährliche Gleichgültigkeit, was seine eigene Sicherheit anging, hatte von ihm Besitz ergriffen. Seit nunmehr sieben Stunden suchte er vergeblich nach Demy. Er hatte das Scheunenviertel, die umliegenden Straßen und Plätze und schließlich den Bereich um Schloss, Reichstag und Unter den Linden abgesucht. Dreimal hatte er sich, obwohl es längst tiefste Nacht war, Zutritt zum Auswärtigen Amt verschafft, um telefonisch im Haus der Meindorffs nachzufragen, ob Demy zurückgekehrt war. Nach jedem Anruf – der eigens für ihn durchgestellt worden war –, bei dem eine verzweifelte Margarete seine Frage weinend verneint hatte, riss es sein Herz mehr in Stücke, zog ihn ein Strudel in die Tiefe einer schwarzen, bodenlosen Verzweiflung.

Mitten im Kolonnadenhof vor der Nationalgalerie blieb er stehen. Die gusseisernen verschnörkelten Straßenlampen waren erloschen, die Bäume rauschten im Wind, von irgendwo drangen Gelächter und eilige Schritte zu ihm. Die Sinnlosigkeit seines Tuns war ihm schmerzlich bewusst.

Wenn er Lieselotte richtig verstanden hatte, war Roth über sie und Demy hergefallen. Die eine Frau konnte entkommen, die andere nicht. Falls sie Demy jemals fanden, dann vermutlich verblutet in irgendeinem Loch oder leer stehenden Keller dieser riesigen Stadt – oder wenn sie von einem der Flüsse und Kanäle an Land gespült wurde.

Es war vorbei!

Fast ruckartig drehte er sich um, verließ den von einem Säulengang umgebenen Platz und schlug auf der Bodestraße den Weg in Richtung Spree ein. Seine Schritte waren schwer. Langsam. Nichts drängte ihn, in die Schlossstraße zurückzukehren. Demy war nicht dort, warum also sollte er zurückkehren?

Seinem eigenen Halbbruder war es zweimal gelungen, kurz vor der Hochzeit die Frau zu töten, die Philippe liebte. Erst Udako, damals, als Philippe die ersten Vorzeichen einer drohenden kriegerischen Auseinandersetzung gesehen hatte, ohne zu ahnen, dass einmal rund 40 Staaten in diesen Krieg verwickelt sein würden – und nun Demy, an einem Tag, an dem der Frieden bereits greifbar nahe war.

Roth würde keinen Frieden mehr erleben! Nicht einen Tag mehr! Dafür würde Philippe sorgen!

Der klagende Ruf eines Kauzes riss Philippe aus seinen düsteren Grübeleien und seiner Spirale aus Hass, von der er wusste, dass sie erst der Anfang war. Der Anfang einer Hatz, einer Treibjagd, die ihn alles kosten würde. Vermutlich sogar das eigene Leben.

Plötzlich wünschte er sich Bernhard Walther an seine Seite. Nach Udakos Tod hatte der Missionar fast ununterbrochen an seinem Lazarettbett in Windhuk gesessen. Letztendlich verdankte Philippe diesem etwas schrulligen, aber mutigen Mann, dass er sich nach Udakos Tod nicht aufgegeben hatte. Denn schon damals hatte dieser Hass, der Wunsch nach gnadenloser Rache, heiß und zerstörerisch in seinem Inneren getobt. Doch die eindrücklichen Worte des Missionars hatten seinem Leben eine neue Richtung gegeben. Er hatte beschlossen, das Angebot Gottes anzunehmen und sich gegen den Hass und für die Liebe zu entscheiden.

Philippe lachte bitter auf. Was hatte diese Entscheidung ihm letztlich gebracht, außer eine neue Verletzbarkeit? Wenn Demy wirklich tot war …

Philippe brachte den Gedanken nicht zu Ende. Er betrat die Friedrichsbrücke, die sich in drei mächtigen Steinbögen über die Spree spannte. Zitternd lehnte er sich an die niedrige Steinmauer, einem kleineren Abbild des Säulengangs um die Nationalgalerie. Die Statuen auf den Brückenpfeilern verschwammen in der Dunkelheit, und Philippes Gestalt verschmolz mit dem ersten Obelisken, auf dem er einen Adler mit ausgebreiteten Flügeln wusste. Feuchtkalte Luft stieg von dem gegen die Brückenpfeiler schwappenden Wasser auf und trug den Geruch von Moder mit sich.

Der kräftige Wind trieb dunkle Wolken vor sich her, dennoch war hin und wieder der fast volle Mond zu erahnen. Minutenlang starrte er auf das schwarze Wasser und lauschte dem Brausen des Windes und dem Plätschern der Wellen gegen die Steinmauern.

Die Lichter der Stadt waren fast gänzlich erloschen. Um ihn her herrschte dieselbe Dunkelheit, die auch sein Inneres ergriffen hatte. Philippe wusste, er befand sich an einem Scheitelpunkt. Verzweifelt rief er sich die mal ernsten, mal herausfordernden Gespräche mit dem deutschen Missionar in Erinnerung, da er im Grunde nicht zulassen wollte, dass sein Herz, seine Seele und sein ganzes Leben nur noch von Hass und Rache bestimmt wurden. Schließlich beugte er sich weit vor, stützte die Ellenbogen auf die Brüstung, vergrub sein Gesicht in seinen Händen und rief in die Dunkelheit hinein: »Lass es nicht zu!«

Ob er damit Demys Tod, seine eigene Verlorenheit oder die Wut meinte, die ihn zu übermannen versuchte, wusste er selbst nicht. Aber er kam nicht dazu, seine Gedanken zu sortieren. Aus dem Augenwinkel nahm er am anderen Ende der Brücke eine Gestalt wahr. Als er sich aufrichtete, huschte sie davon und verschwand im Dämmerlicht.

Eine nur spärlich beleuchtete Kutsche näherte sich von der Börse kommend dem Fluss. Philippe behielt die Stelle im Blick, an der er noch immer die Gestalt vermutete. Doch die Kutsche passierte die Brücke zu schnell, als dass er im schwachen Schein ihrer Lampe etwas erkennen konnte.

Das Klappern der beschlagenen Hufe und das Knirschen der ummantelten Holzräder zerrissen die Stille beinahe schmerzhaft. Noch lange hallten die Hufschläge von den Wänden der Gebäude wider, obwohl das Fahrzeug längst in Richtung Kupfergraben verschwunden war.

Philippes Augen blieben auf das Ende der in einem leichten Bogen verlaufenden Steinbrücke gerichtet. Wieder glaubte er dort eine Bewegung auszumachen. Der Wind trieb die dunkleren Wolkenberge davon. Im matten Schein des Mondes sah Philippe eine Silhouette. Provozierend langsam näherte sie sich ihm.

Die Gestalt trug einen Mantel, der vom Wind wild aufgebläht wurde. Somit konnte er nicht feststellen, ob es sich um eine Frau oder einen Mann handelte. Alle seine Muskeln spannten sich an. Er prüfte mit der Hand den Sitz seiner Pistole, ehe er sich mit dem Rücken gegen den quadratischen Obelisken lehnte.

Für einen kurzen Augenblick wurde die Stadt erneut in Dunkelheit getaucht, ehe der Wind ein gewaltiges Loch in die Wolkenmassen riss. Hell und klar beschien der Mond die Brücke und zauberte auf das eben noch schwarze Wasser Millionen von funkelnden Lichtreflexen.

Und dann erkannte er sie.

Philippes Herz schien für einen Schlag auszusetzen, nur um sofort rasend schnell gegen seine Brust zu hämmern. Offene, zerzauste Locken, die ihr bis zur Taille reichten, flogen mit dem aufgeblähten Mantel um die Wette. Sie ging zögernd vorwärts, blickte immer wieder zurück, als überlege sie, wieder umzudrehen und erneut in den Schatten unterzutauchen. Aus lauter Angst, dies könne geschehen, stieß Philippe sich von dem Quader ab und trat auf die vom Mond erhellte Brücke. Er sah sie zusammenzucken. Ruckartig blieb sie stehen. Sie drehte sich halb um, bereit zur Flucht, ehe sie doch zögerte.

»Demy!« Es war nicht mehr als ein Flüstern, das über seine Lippen kam und vom Wind ungehört davongetragen wurde.

Sie standen sich reglos gegenüber. Rund fünfzig Meter trennten sie voneinander, beide wurden sie vom Mondschein angestrahlt wie von den Lichtern auf einer Bühne. Ihr heller Rock leuchtete gespenstisch unter dem schwarzen Mantel hervor.

Plötzlich raffte sie ihr Kleid und lief auf ihn zu. Auch er begann zu rennen und so prallten sie oberhalb des mittleren Brückenbogens ungestüm aufeinander.

Demy schlang ihre Arme um seinen Nacken und klammerte sich wie eine Ertrinkende an ihn.

Er löste behutsam die Umarmung, legte die Hände um ihr Gesicht und zwang sie so, ihn anzusehen. Seine Augen huschten über ihre weit aufgerissenen Augen, zu der geraden Nase und dem leicht geöffneten Mund. Ihr Brustkorb hob und senkte sich heftig. Sie schien trotz der Flecken auf dem naturfarbenen Rock unverletzt zu sein.

Philippe hob sie hoch und drehte sich halb um seine Achse, damit das Himmelslicht ihr Gesicht besser ausleuchtete. Daraufhin trat er zurück, ließ seine Hände an ihrem Hals entlang auf ihre Schultern und schließlich bis zu ihren Oberarmen gleiten. Er musterte sie erneut, fand zu seiner Erleichterung nicht einen Tropfen Blut an ihr.

»Du lebst«, stieß er hervor, unfähig zu erfassen, was in der letzten Minute geschehen war.

Bevor sie etwas erwidern konnte, riss er sie ungestüm wieder an sich. Er bedeckte ihre Stirn, ihre Augen, die Wangen und die Nasenspitze mit Küssen, ehe er sich ihrem Mund zuwandte, wobei sich irgendwo tief in seinem Inneren ein erleichtertes Seufzen Bahn brach.

Sie erwiderte seinen Kuss voller Hingabe, nahezu verzweifelt, als fürchte sie, es wäre ihr letzter.

Währenddessen zerrte der Wind an ihrer Kleidung, durchwühlte gemeinsam mit Demys Händen sein Haar. In dem Augenblick, als sie gegen eine Brückensäule taumelten, eroberten die Wolken ihren Platz vor dem Mond zurück und schenkten ihnen schützende Dunkelheit.

* * *

Mit fest ineinander verschlungenen Fingern hasteten Demy und Philippe durch den menschenleeren dunklen Tiergarten. Der Wind schüttelte wild die Bäume und fegte braune Blätter vor ihnen her, die wie kleine, unscheinbare Schmetterlinge umherwirbelten.

Nach langem Schweigen, in dem sie einfach nur ihre Zweisamkeit genossen, ergriff Philippe schließlich das Wort. »Du wirst mich morgen heiraten, Demy. Und ich nehme dich mit nach Schwerin. Das hätte ich schon längst tun sollen.«

»Aber was wird dann aus den Menschen im Meindorff-Haus?«

Demy wurde etwas derb am Arm um ihre eigene Achse gewirbelt, als Philippe ohne Vorwarnung stehen blieb. »Zum Donnerwetter! Ist dir eigentlich klar, dass ich dich für tot gehalten habe?«, herrschte Philippe sie an und zog sie erneut an sich. Er umfing sie mit seinen starken Armen, als fürchte er, jemand könne sie ihm wieder entreißen.

»Es tut mir leid …«

»Es tut dir leid?« Sie spürte, wie eine eigentümliche Welle durch seinen Körper lief.

Ob er etwas ahnte? Würde sie ihre schreckliche Begegnung mit Roth nicht herunterspielen können?

»Lieselotte sagte etwas von dir und Roth, weshalb ich …«

»Lieselotte?« Verwirrt stemmte Demy ihre Hände gegen seine Brust und bog ihren Oberkörper nach hinten, um sein Gesicht sehen zu können, was ihr im schwachen Mondlicht schwerfiel.

Philippe begriff. »War Lieselotte denn nicht bei dir?«

»Nein! Wie kommst du nur auf die Idee? Wo hast du sie getroffen?«

»Das ergibt keinen Sinn. Du musst mir sofort erzählen, was geschehen ist!«

»Zuerst sagst du mir, was es mit Lieselotte auf sich hat«, forderte sie und erschrak, als er sie ruckartig freigab.

»Sie kam blutüberströmt im Meindorff-Haus an und sagte etwas von dir und Roth.«

»Lieselotte? Mein Gott …!« Demys Augen weiteten sich. Tiefe Falten bildeten sich auf ihrer Nase, als sie den Zusammenhang begriff. Philippe umfasste ihre Oberarme und sie erwartete fast, dass er sie leicht schütteln würde, damit er endlich an die gewünschten Informationen gelangte. »Ich wurde von Herrn Behonek und Lina getrennt und fand mich plötzlich deinem … diesem Herrn Roth gegenüber. Ich floh, aber er verfolgte mich hartnäckig. Schließlich tauchte ich im Scheunenviertel unter und glaubte, ihn abgeschüttelt zu haben, immerhin kenne ich mich dort gut aus.«

Philippe brummte unwillig und der Griff um ihre Arme verstärkte sich.

»Plötzlich stand er wieder vor mir und packte mich. Ich trat nach ihm, schrie laut um Hilfe und es gelang mir irgendwie, ihm zu entwischen. Er folgte mir. Erstaunlicherweise konnte ich ihn irgendwo zwischen der Neuen Synagoge und dem Spreeufer abschütteln. Ich sah ihn nicht mehr, versteckte mich aber in einem Mietshaus, statt direkt nach Hause zu gehen. Meine Angst, er könnte mich in der Nähe des Charlottenburger Schlosses abfangen, war einfach zu groß. In meinem Versteck muss ich dann eingeschlafen sein, denn als ich erwachte, war es bereits Nacht. Ich schlich mich aus dem Gebäude und wollte nach Hause zurückkehren. Bei der Brücke dachte ich, ich hätte jemanden im Dunkeln lauern sehen, doch die Kutsche vor mir beleuchtete keine Gestalt, also wagte ich es, sie zu passieren. Aber nun sag, was ist mit Lieselotte?« Demys Knie fühlten sich weich an, ihre Stimme zitterte. Weshalb war Lieselotte blutend zum Haus der Meindorffs gelaufen? »Ist sie im Zuge der Revolution mit jemandem aneinandergeraten? Schon bei den Januardemonstrationen wurde sie verletzt und …«

Philippe schloss sie erneut in die Arme, diesmal so sanft, als befürchte er, sie könne zerbrechen. »Deine Freundin erzählte etwas von Roth und von dir und war mit Messerstichen übersät. Mehr weiß ich nicht. Behonek, Birk und ich sind seit Stunden auf der Suche nach dir.«

»Sie machen sich alle Sorgen um mich, nicht wahr? Und Lieselotte ... Lass uns schnell nach Hause gehen!«, rief Demy.

»Das tun wir«, stimmte Philippe zu und nahm wieder ihre Hand. Gemeinsam eilten sie durch den Park, vorbei am Zoologischen Garten, und Demy keuchte heftig, als sie das Charlottenburger Schloss erreichten.

Philippe ermahnte sie zu erhöhter Aufmerksamkeit und zog seine Waffe. Er sicherte nach allen Seiten ab, näherte sich jedem Schatten, Mauervorsprung, Baum oder Strauchwerk mit äußerster Wachsamkeit. Erst wenn er sich überzeugt hatte, dass dort keine Gefahr lauerte, winkte er Demy zu sich. Sie empfand seine Vorsicht zwar als berechtigt, dennoch drängte es sie, schneller voranzukommen.

Endlich erreichten sie das Tor vor dem Haus der Meindorffs. Wildes Hundegebell empfing sie, als sie den Vorplatz betraten. Dietmar kam ihnen mit einem Gewehr in der Hand entgegen. Auf der Treppe, im Lichtkreis der Außenlampe, sah Demy den ebenfalls mit einer Pistole bewaffneten Theodor die Stufen hinunterhumpeln.

»Es tut mir so leid!«, flüsterte Demy in Dietmars Richtung, da sie ahnte, welche Vorwürfe der Mann sich gemacht haben musste. Sein Mienenspiel und der zwischen ihm und Philippe stattfindende Blickwechsel ließen Demy die Nase kräuseln. War ihr etwas Wichtiges entgangen?

Als Lina, Margarete, Henny und Julia aus der Tür drängten, raffte Demy ihren Rock und eilte mit fliegendem Haar die Stufen hinauf. Oben angekommen ließ sie sich von allen, sogar von Julia, umarmen.

»Wo ist Lieselotte?«, fragte Demy schließlich. Sie hielt den Atem an, als die vier Frauen betroffen schwiegen.

Margarete schossen Tränen in die Augen. Sie flüchtete ins Haus, gefolgt von Lina. Henny biss sich auf die Lippe und schüttelte sachte den Kopf.

Es war Julia, die eine Erklärung abgab. »Das arme Mädchen ist vor einigen Stunden gestorben.«

Demy presste beide Hände auf ihren Mund und erstickte damit einen entsetzten Aufschrei. Ihre Augen flehten Julia an, sie solle ihr die tausend Fragen beantworten, die durch ihren Kopf jagten.

»Dr Stilz sagte, es sei ein Wunder gewesen, dass sie es mit ihren Verletzungen überhaupt bis hierher geschafft habe, um uns zu warnen.«

»Warnen?«

Julia warf den Männern, die in diesem Augenblick die Treppe betraten, einen irritierten Blick zu, hakte sich bei Demy unter und führte sie in die erleuchtete Halle. Dabei erklärte sie leise, in beinahe ehrfürchtigem Tonfall: »Liesl sagte nicht mehr viel, doch wir verstanden sie so, dass sie dich und Roth im Scheunenviertel angetroffen hatte. Sie kam dir zu Hilfe. Allerdings waren ihre Worte nur schwer zu verstehen. Sie hatte schon so viel Blut verloren …« Julia hielt einen Moment inne. Auch sie kannte Lieselotte schon lange, da sie im Scheunenviertel benachbarte Zimmer bewohnt hatten. »Dass sie den Kerl verfolgte, können wir nur vermuten. Jedenfalls murmelte sie etwas, das sich anhörte, als habe *sie* ihn mit dem Messer angegriffen. Zuletzt flüsterte sie etwas wie, dass sie froh sei, dass er dir nichts mehr tun könne.«

»Ich habe Lieselotte nicht mehr gesehen, seit wir uns vor dem Schloss aus den Augen verloren haben. Weder in den Gassen noch später. Sie ist mir und Roth also die ganze Zeit über gefolgt?« In diesem Moment wurde Demy klar, von welchen Voraussetzungen die Frauen, Dietmar, Theodor und Philippe ausgegangen sein mussten: Hatte Roth Lieselotte schon so schrecklich zugerichtet, was musste er dann erst Demy angetan haben, auf die er seinen Hass eigentlich projiziert hatte?

Demys Blick wanderte zu Philippe. Er trug einmal mehr seine düstere, bedrohliche Miene zur Schau, und die dunklen Bartstoppeln unterstrichen den Furcht einflößenden Eindruck.

»Deshalb sagte Philippe, er habe mich für tot gehalten«, flüsterte sie halblaut und griff Halt suchend nach Julias Hand.

»Und dabei hat er nur einen Teil von Liesls Worten gehört«, gab die Frau sanft zurück und trat beiseite, als Dr. Stilz auf sie zukam.

»Mir geht es gut, Herr Doktor. Vielen Dank, dass Sie gewartet haben«, sagte Demy.

»An diesem Tag könnte ich überall und nirgends gewesen sein, Fräulein van Campen«, sagte er unbestimmt und hob mit der Hand ihr Kinn an, obwohl sie ein Stückchen größer war als er. Sein weißer

Spitzbart zitterte kaum merklich, als seine wachen Augen ihr Gesicht betrachteten. »Geht es Ihnen gut, Fräuleinchen?«

»Ja.«

»Das freut mich außerordentlich zu hören.«

»Wo ist Lieselotte?«

»Herr Behonek hat sie in den Blauen Salon gebracht. Ich veranlasse, dass sie morgen abgeholt wird.«

»Ob man sie bei ihrer kleinen Schwester beerdigen kann? Wo ihre Mutter liegt, weiß ich gar nicht.«

»Wir werden sehen. Jetzt gehen Sie zu ihr und verabschieden Sie sich von ihr. Falls die Damen Fräulein Scheffler richtig verstanden haben, verdanken Sie ihr Ihr Leben!«

Demy nickte und warf erneut einen Blick zu Philippe. Er sprach mit Theodor und Dietmar und wandte ihr dabei den Rücken zu.

Sie ging mit zögernden Schritten durch das Foyer und öffnete die Tür zum Blauen Salon. Die erlesenen Kirschholzmöbel wurden von drei Kerzen eines silbernen Kandelabers schemenhaft beleuchtet, deren Lichtschein erbarmungslos das wächserne Gesicht von Lieselotte erhellte.

Demy blieb neben der jungen Frau stehen, die ihre erste Freundin in Berlin gewesen war, und betrachtete mit hilfloser Trauer deren leblosen Körper. Er war fest in ein Leintuch eingewickelt worden, das schonungslos ihre abgemagerte Gestalt offenbarte.

Langsam, als habe alle Kraft sie verlassen, zog Demy einen Stuhl an die Chaiselongue und nahm darauf Platz. Sie stützte ihre Ellenbogen auf die Knie unter dem verschmutzten Rock aus hellem Ersatzstoff und faltete die Hände. Lange betrachtete sie das bleiche Gesicht, die geschlossenen Lider und überlegte, welche Augenfarbe Lieselotte gehabt hatte. »Grau«, sagte sie schließlich halblaut und erschrak über ihre eigene Stimme.

Tränen hinterließen ihre Spuren auf Demys schmutzigen Wangen. Liselottes und ihre Wege hatten sich schon lange getrennt, trotzdem waren sie miteinander verbunden geblieben.

Lieselotte hatte gewusst, dass Demy auf ihre Zwillingsbrüder Peter und Willi achten würde, als sie sie Jahre zuvor kurzerhand ins Meindorff-Haus gebracht hatte. Ein Teil des Geldes, das sie vom jüngeren

Joseph Meindorff erpresste, hatte sie ihr zukommen lassen. Und erst im Januar war es Demy gelungen, Lieselotte aus den Reihen streikender Arbeiter zu zerren, die von Polizisten mit Schlagstöcken traktiert worden waren. Sie hatte die verletzte Frau mitgenommen und gesund gepflegt. Hatte Lieselotte ihr das heute vergolten? Indem sie ihr Leben für sie riskiert hatte?

»Du hast immer so hart, zielstrebig und unnachgiebig gewirkt«, flüsterte Demy leise. »Damit hast du uns alle getäuscht. Tief in deinem Herzen empfandest du tiefe Liebe, nicht wahr?«

Demy erinnerte sich an Lieselottes Verzweiflung, nachdem ihre dreijährige Schwester Helene in der modrigen, winzigen Kellerwohnung gestorben war, in der ihre Familie gehaust hatte. Lieselotte war mehr als einmal von ihrem Vater verprügelt worden. Ihre Mutter – abgearbeitet und ausgezehrt – war verstorben, wenige Wochen nachdem der Vater im Krieg gefallen war. Zudem hatte Anton, der ehemalige Schlafbursche der Schefflers, Lina geheiratet, die Tochter eines angesehenen Berliner Physikprofessors, und nicht Lieselotte, die ihn ebenfalls geliebt hatte. Sie war gegen den Krieg gewesen und hatte trotz ihrer Proteste diesen Kampf verloren. Nun durfte sie nicht einmal mehr den sich anbahnenden politischen Wandel im Land erleben und würde nie erfahren, ob es in absehbarer Zeit mehr Rechte für Frauen, vielleicht sogar das Wahlrecht für sie geben würde. Lieselottes Leben schien ein einziger Kampf gewesen zu sein, und scheinbar hatte sie immer nur verloren.

»Bis auf deinen letzten Kampf ...«, sagte Demy und blickte liebevoll auf das vom unruhigen Kerzenschein erhellte, fahle Gesicht, in dem sich winzige Falten um die Augen und ein herrischer Zug um den Mund zeigten. »Diesmal hast du den Sieg davongetragen!«

Demys Gedanken flogen davon, brachten Erinnerungen an hitzige Diskussionen zwischen ihr und Lieselotte zutage. Sie erinnerte sich an schöne Sommertage im Tiergarten, an denen sie heimlich die Geschwister von Lieselotte und die jüngere Schwester von Henny unterrichtet hatte, und an so manchen verbotenen Ausflug in und rund um das Scheunenviertel.

»Wo ist die Zeit hin? Wo unsere Unbekümmertheit?«, fragte

Demy und lachte leise auf. »Damals empfanden wir die Umstände als schrecklich schwer, nicht wahr? Hätten wir damals schon gewusst, was wir heute wissen – wer weiß, vielleicht hätten wir fröhlicher und intensiver gelebt, hätten unseren kleinen Alltagssorgen nicht so viel Platz in unseren Gedanken eingeräumt.«

Demy schüttelte über sich selbst den Kopf. Das mochte auf sie zutreffen, nicht aber auf Lieselotte. Deren Leben war niemals einfach, glatt und schön verlaufen. Ob Lieselotte zumindest in der Lage gewesen war, kleine Triumphe zu feiern; schöne Momente zwischen all ihren Kämpfen zu erkennen und sich an ihnen zu erfreuen?

»Ich werde gut auf Willi und Peter achten«, versprach Demy mit versagender, zittriger Stimme. Die beiden Jungen waren jetzt allein. Sie hatten in den letzten zehn Jahren ihre gesamte Familie verloren!

Demy ließ sich nach vorn sinken, bis ihre Stirn ihre Knie berührte, und ließ ihren Tränen freien Lauf.

* * *

Demy ignorierte das Klopfen an der Tür, allerdings verriet das Flackern der Kerzen einen Luftzug und somit das Eintreten einer Person. Sie hob den Kopf, konnte aber gegen das Licht im Foyer nur einen großen Schatten im Türrahmen ausmachen. Dennoch wusste sie, dass es sich um Philippe handelte.

»Demy?«

Hastig wischte sie sich die Tränen ab, was ihn zu einem flüchtigen Lächeln veranlasste. Er zog ein frisches Taschentuch aus seinem Uniformrock und reichte es ihr. »Hauptmann Birk möchte sich von dir verabschieden.«

»Er kehrt an die Front zurück?«, fragte sie fassungslos.

»Nein, aber er will diesem Haus den Rücken kehren oder vielmehr Henny.«

»Nein!«, stieß Demy aufgebracht hervor. Philippe hielt sie auf, als sie an ihm vorbeistürmen wollte. Mit dem Fuß stieß er die Tür zu und sperrte somit das künstliche Licht und die Stimmen aus dem Foyer aus.

»Hör mir zu, Mädchen: Ich erfuhr erst heute von Julia und

Theodor, was Henny viele Jahre lang von meinem Ziehvater erleiden musste. Glaub mir, ich fühle mich furchtbar, wenn ich daran denke, dass ich es nicht bemerkt habe. Wie oft habe ich sie für meine eigenen Spielchen missbraucht, um den Frauenhelden herauszuhängen, wenn auch nur durch Gesten und Berührungen. Für Henny muss mein gedankenloses Tun wie Schläge ins Gesicht gewesen sein.« Philippe klang aufgewühlt und wütend.

Demy schwächte seine harten Worte nicht ab, sondern hoffte vielmehr, dass seine nachfolgende, tief empfundene Bitte um Vergebung bei Henny ein Stück Heilung ermöglichen würde. Aber für Theodor kam dies offenbar zu spät.

»Er darf nicht gehen, Philippe! Ich hoffe so sehr, dass dieser geduldige Mann ...«

Philippe zog sie näher zu sich. »Sie haben es versucht. Theodor spricht nicht offen darüber, ich ahne nur, dass heute etwas schrecklich schiefgegangen sein muss. Henny flüchtete vor ihm und ließ ihm dann von Irma zutragen, er solle das Haus verlassen und sich nicht weiter um sie bemühen.«

»Sie ist verstört, verletzt und ...«

»Demy, ich weiß nicht viel über das Gefühlsleben von euch Frauen. Deshalb kann ich nur erahnen, was die Vergehen des alten Rittmeisters in ihr zerstört haben, unterstützt unter anderem auch durch mein fahrlässiges Verhalten! Aber ich weiß, dass Theodor neben seiner Geduld, seinem Einfühlungsvermögen und seiner Großmut auch ein Mann ist. Er liebt diese Frau! Doch eines Tages möchte er mehr für sie sein als nur ein guter Freund. Und diese Möglichkeit sieht er als nicht gegeben.« Philippe blähte die Wangen auf und zuckte in einer für Demy ganz neuen Hilflosigkeit mit den breiten Schultern. »Verstehst du, was ich dir sagen will?«

»Ich denke, Julia hätte sich deutlicher artikuliert, aber ja, ich verstehe.«

»Mir geht es im Augenblick nicht viel besser!«, hörte sie ihn raunen und runzelte die Stirn.

»Wie bitte?«

»Du weißt sehr gut, wovon ich spreche! Wie soll das gehen, dass du mich morgen heiratest, nun, da Henny und Theodor unglücklich sind und Lieselotte verstorben ist? Ich möchte eine fröhliche Braut an meiner Seite haben, keine weinende!«

»Es tut mir leid!«

»Mir auch, schwarzes Schäfchen!«, brummte Philippe und legte sein Kinn auf ihr Haar. »Dieser Krieg hat uns allen neben Freunden und Familienmitgliedern noch so viel mehr geraubt.«

Demy schmiegte sich in Philippes Arme, bis er sie sanft von sich schob. Er trat kurz an Lieselottes Totenlager, verbrachte einige stumme Augenblicke bei ihr, ehe er die Tür öffnete und das Zimmer nach Demy verließ.

Theodor, angetan mit Uniform und der roten Adjutantenschärpe, humpelte eilig auf sie zu. »Verzeih mir, kleine Demy!«, murmelte er und sie sah Tränen in seinen Augen schwimmen.

»Da gibt es nichts zu verzeihen. Wir haben getan, was wir konnten. Jetzt kann nur noch Gott Heilung schenken.«

»Ich verspreche dir nicht, Henny nicht aus den Augen zu verlieren. Es könnte zu sehr schmerzen.«

Demy seufzte; sie wollte die Hoffnung auf eine gemeinsame Zukunft für diese beiden großartigen Menschen noch nicht aufgeben.

»Und du wirst also diesen leichtsinnigen, wortkargen Piloten heiraten?«

Diesmal wagte Demy ein Lächeln. Es war noch gar nicht lange her, da hatte sie in Erwägung gezogen, Theodors Ehefrau zu werden. Die Erkenntnis, dass Theodor sich vielmehr zu Henny hingezogen fühlte, war ihrem Vorhaben zuvorgekommen.

»Ich wünsche dir alles Glück dieser Erde, kleine Demy. Du hast es verdient.«

»Bleiben wir in Kontakt?«

»Wir werden sehen«, erwiderte Theodor ausweichend und dabei spiegelte sich erneut der Schmerz auf seinen Gesichtszügen. Er nahm Demys Hand, drückte sie fest und wandte sich dann ruckartig ab.

Sie folgte den beiden Uniformierten zur Eingangstür. Im Türrahmen blieb sie stehen und sah zu, wie Philippe das Tor hinter sich ins Schloss zog. Kurz darauf hörte sie das Automobil starten und sah, wie es davonknatterte.

Eine Windbö strich durch die Zweige und ließ das Laub über den

Vorplatz tanzen. In dem Augenblick, als ein erster heller Schimmer über den Häusern zu erahnen war, wurde Demy bewusst, dass Philippe ihr keinen neuen Termin für eine Hochzeit, nicht einmal für ihr nächstes Wiedersehen genannt hatte.

Aber dieses schmerzliche Versäumnis passte zu ihrer Gefühlslage, einer Mischung aus Trauer, Verletzlichkeit und – in Anbetracht des heraufziehenden Tages – einem Funken Hoffnung und Aufbruchsstimmung.

Kapitel 60

Pasewalk, zwischen Deutschem Reich
und Weimarer Republik, Dezember 1918

Der unruhige November wich einem von Umbruch und Neuanfängen bestimmten Dezember. Der deutsche Kaiser flüchtete in die Niederlande ins Exil, Deutschland musste die besetzten Gebiete in Frankreich, Belgien und Luxemburg sowie Elsass-Lothringen innerhalb weniger Tage räumen. Die Verträge von Brest-Litowsk und Bukarest wurden annulliert, alle kriegsrelevanten Gerätschaften waren abzuliefern.

Schließlich verkündete der Rat der Volksbeauftragten[37] ein Regierungsprogramm, in dem unter anderem die Abschaffung des Dreiklassenwahlrechts und die Einführung des Frauenwahlrechts festgelegt wurde. Ende November unterzeichnete Wilhelm II seinen Thronverzicht. Die Soldaten, die das über vier Jahre andauernde Grauen überlebt hatten, kehrten in die Ursprungsländer ihrer Regimenter zurück; diejenigen in den Lazaretten und Krankenhäusern litten und starben weiter.

»Sie haben Besuch, Schwester Meindorff«, informierte Cecelia Edith. Die Hilfsschwester war seit der Verlegung des Gefreiten Hitler nach Bayern wieder so ausgeglichen wie eh und je.

»Besuch?« Edith schaute ihre Kollegin verwirrt an. Wer beim Sanitätspersonal erhielt schon Besuch? Ein kalter, schwerer Stein schien sich auf ihr Herz zu legen. Hannes hatte sie gelegentlich besucht, als sie noch in seiner Nähe stationiert gewesen war. Als er noch am Leben gewesen war ...

»Wo?«, gab Edith gereizt zurück. Cecelias Schweigen ließ sie erschrocken innehalten. Wie oft hatte sie in der letzten Zeit unwillig und harsch reagiert? Ihre unterdrückte Wut tötete ihre Liebe zu ihren Patienten, verschleierte ihr den Blick für deren Nöte, für die sie bisher immer ein Auge gehabt hatte, und verwandelte ihre Sanftmut in Bitterkeit. Diese Veränderderung war ihr bewusst, und das nicht nur, weil Cecelia sie kürzlich mutig darauf angesprochen hatte, sondern weil ihr ihre Aufgabe immer weniger Befriedigung gab.

»Er wartet draußen an der Straße. Er sagte, er habe in seinem Leben zu viele zerschmetterte Körper gesehen, um freiwillig ein Lazarett zu betreten.«

»Übernimmst du hier bitte?«

»Natürlich.«

Edith zwang sich, Cecelia dankbar anzulächeln und dem Patienten einen letzten freundlichen Blick zu schenken. Sie entledigte sich ihrer Schürze, wusch sich neben der Eingangstür Hände und Arme und ergriff ihren alten, abgetragenen Mantel, bevor sie das Gebäude verließ.

Graue Nebelschwaden hingen tief und dicht in den Straßen der kleinen Ortschaft. Vereinzelte kümmerliche Überreste vergangener Schneefälle ergaben vor den kahlen Bäumen und dem tristen Himmel ein trauriges Bild.

Unter einem der Bäume, gegenüber dem Reservelazarett entdeckte sie einen stämmigen Mann in der Uniform der Infanterie. Seine Schulterstücke wiesen ihn als Feldwebel derselben Einheit aus, in der Hannes gedient hatte.

Der Mann sah sie, warf seine Zigarette fort und kam ihr einige Schritte entgegen. Edith vermutete, dass er vor dem Krieg etwas korpulenter Statur gewesen war, doch Hunger und Entbehrungen hatten ihn ausgezehrt.

»Frau Oberleutnant Meindorff?« In Edith zog sich bei der Anrede alles zusammen. »Nur Frau Meindorff, bitte«, gab sie zurück, darum bemüht, einen freundlichen Tonfall anzuschlagen.

»Otto Waldmann.«

Edith drückte kurz die dargebotene Hand und signalisierte ihm durch ein Nicken, dass sie seinen Namen kannte. »Weshalb kommen Sie zu mir?«

»Die Jungs baten mich darum.«

»Die Jungs?«

»Die restlichen Männer aus Hannes' Zug. Die Unteroffiziere Eisenburg, Dahn und Hillgart. Die Hauptgefreiten Göke, Unzer und Bubi.« Der Feldwebel zog entschuldigend einen Mundwinkel nach oben. »Bubi heißt eigentlich August Butzmann, gnädige Frau.«

»Mein Güte, ich bin keine *gnädige Frau*«, fuhr sie den Mann an, der die Rüge gelassen über sich ergehen ließ.

»Ihr Mann nannte Sie immer *meine wunderbare gnädige Frau*«, erwiderte er.

Seine Worte brachten Edith gehörig aus dem Gleichgewicht. Sofort schoss ihr die Frage in den Kopf, wann Hannes damit wohl aufgehört hatte.

»Die Jungs wollten sich alle bei Ihnen bedanken, weil sie es beim Herrn Hauptmann nicht mehr können. Er war ein herausragender Offizier, ein guter Mann, ein fürsorglicher Vorgesetzter. Das soll ich Ihnen ausrichten. Und wie leid es uns allen tut, dass wir ihn Ihnen nicht zurückgeben können, dass er bei uns an dieser elenden Krankheit verreckt ist.«

Eine Flut von Tränen stieg in ihr auf. Endlich! Die Treue und Liebe dieser Männer, ausgedrückt durch die geradlinigen Worte eines Fremden, machte ihr bewusst, was sie verloren hatte!

Unbehaglich trat Waldmann auf der Stelle, blickte hierhin und dorthin und wollte offensichtlich gern die Flucht antreten.

»Ich wartete immer auf einen Brief ...«, sagte sie und überraschte sich damit selbst.

Waldmann runzelte die Stirn, sah sie nun aber direkt an. »Der Herr Hauptmann trug über Wochen einen Brief mit sich herum, bis er ihn bei irgendeiner Schlacht verlor. Den zweiten Brief gab er einem Soldaten mit, der ihn aufgeben sollte. Der ist mit dem Brief in seiner Tasche ... ich meine ... Der Brief war nicht zu retten. Ich fürchte, keiner von beiden hat je sein Ziel erreicht.«

»Warum?«, stieß sie hervor und hielt sich an der rauen, kalten Rinde einer Buche fest, um nicht in die Knie zu gehen. Weshalb musste sie ausgerechnet vor diesem Soldaten ihre Beherrschung verlieren?

»Warum was?«

»Diese Frau …«

Der Feldwebel biss mit geöffneten Lippen die Zähne zusammen und ließ dabei einen eigenartigen Zischlaut hören. Ob er ahnte, welche Gefühle und Gedanken in ihr tobten? »Ach, darum geht es! Er hat es Ihnen also erzählt? Der Junge war vollkommen fertig deswegen. Schon an dem Morgen danach war er nicht mehr derselbe.«

Edith runzelte überrascht die Stirn und hoffte, er würde ihre stumme Bitte verstehen und mehr erzählen.

»Erstaunlicherweise übernahm er von da an für seine Männer die uneingeschränkte Verantwortung. Er war wie verwandelt, als habe er begriffen, dass jeder noch so kleine Fehler von ihm andere ins Unglück reißen konnte. Wissen Sie, Frau Meindorff, davor stand er unter Anspannung wie eine Lokomotive unter Volldampf. Er kam mit dem Krieg nicht gut zurecht. Er litt unter der Trennung von Ihnen und seinen kleinen Mädchen und bekam eine Menge Druck von oben. Nach dieser Nacht – entschuldigen Sie bitte, aber es war so – setzte er sich häufiger durch, manchmal sogar gegen Ranghöhere. Aber tief in sich drin litt er wie ein waidwundes Tier. Jedes Mal, wenn er an Sie dachte, zerriss es ihm fast das Herz, das können Sie mir glauben. Immerhin hockten wir da draußen sehr eng aufeinander, schliefen im Mief des anderen. Da bleibt einem nicht viel verborgen!«

»Weshalb schickte er den Brief nicht ab?«, brach es aus Edith hervor.

»Vielleicht hat er befürchtet, Sie nur noch mehr zu verletzen? Ich denke, er hoffte, alles würde sich mit der Zeit beruhigen.«

Edith lehnte sich mit dem Rücken an den Stamm und vergrub ihr Gesicht in ihren Händen. Hannes hatte nicht weniger unter der ungeklärten Situation gelitten als sie. Die Möglichkeit, sich auszusprechen, hatten sie beide vertan, gefangen in Schuldgefühlen und Schuldzuweisungen. Aber dieser unbarmherzige Krieg hatte ihnen keine zweite Chance gelassen.

»Jetzt habe ich mehr gesagt, als ich eigentlich sagen wollte«, brachte der Mann sich irgendwann wieder in Erinnerung.

Edith ließ die Hände sinken. »Ich danke Ihnen, dass Sie eigens gekommen sind, um mir das mitzuteilen, Herr Feldwebel.«

»Nachdem wir unter allen Ehren in Berlin einmarschiert sind, hatten die Burschen es eilig, nach Hause zu kommen. Wir fühlten uns gar nicht besiegt; immerhin war noch nicht durchgesickert, unter welchen Bedingungen wir den Krieg beendet haben. Außerdem steht Weihnachten vor der Tür. Ich brauchte ein paar Tage, bis ich Sie fand«, erklärte Waldmann und schüttelte den Kopf. Offenbar empfand er seine Worte selbst als zusammenhanglos. Vielleicht versuchte er auch nur, sich seine eigene Verlorenheit von der Seele zu reden.

Edith lächelte schwach, wusste nicht, was sie erwidern sollte. Dieser Feldwebel wirkte so verloren wie ein heimatloser Straßenköter. Aber vermutlich ging es ihm nicht besser als vielen anderen Heimkehrern. Sie durften nach der Unterschrift unter das Waffenstillstandsabkommen von Compiègne keine Soldaten mehr sein, waren aber jahrelang nichts anderes gewesen. Viele der jungen Männer hatten niemals einen Beruf erlernt. Was gab es für sie jetzt zu tun, zumal die Frauen in ihre Arbeitswelt vorgestoßen und viele Familienangehörige an Hunger und Krankheiten verstorben waren? Viele Berufszweige lagen nutzlos darnieder, denn die Alliierten regelten die Produktion deutscher Wirtschaftsunternehmen, und die geforderte Reparationszahlung, so hatte Edith gehört, war gigantisch. Gebietsabtretungen würden folgen.

Doch all dies hatte sie momentan nicht zu beschäftigen, beschloss sie und straffte die Schultern. Sie wünschte sich, dass es ihr endlich gelang, Hannes zu vergeben und seinen Tod zu betrauern. Sie wollte endlich den Schmerz seines Verlusts spüren und weinen. Nur wenn ihr das gelang, konnte sie weiterleben.

Ein Sonnenstrahl brach durch die Wolkendecke und schien zwischen den blattlosen Zweigen hindurch auf ihr Gesicht. Edith schloss die Augen und fühlte sich von den Strahlen tröstlich eingehüllt, als habe Gott sie liebevoll in den Arm genommen. Die ersten Tränen rollten, von der Sonne golden beschienen, über ihr Gesicht und wuschen Schmerz, Unverständnis und Groll aus ihrem Herzen.

Als sie lange Zeit später die Augen öffnete und gegen die Dezembersonne anblinzelte, war sie allein.

TEIL 4

Kapitel 61

Die Nachrichten aus Deutschland trafen tröpfchenweise bei Philippe ein und waren nicht eben erbaulich. Beim Januaraufstand, bei dem es bis zum offenen Kampf zwischen den Aufständischen und den Regierungstruppen gekommen war, waren 165 Menschen ums Leben gekommen. Mit Rosa Luxemburg und Karl Liebknecht wurden die beiden bekanntesten Führer der Spartakisten durch Angehörige der Garde-Schützen-Kavallerie-Division gefangen genommen und getötet, die späteren Prozesse gegen ihre Mörder wurden niemals ernsthaft betrieben.

83 Prozent der Wahlberechtigten beteiligten sich an der Wahl zur verfassunggebenden Nationalversammlung, unter ihnen erstmals Frauen. Sieger der Wahl wurden die Sozialdemokraten mit 165 Mandaten. Im Februar richtete Hindenburg einen Appell an die Bevölkerung, in dem er Freiwillige für den Ostschutz suchte. Die Männer sollten in Schlesien und Westpreußen gegen polnische Verbände kämpfen, die diese umstrittenen Gebiete für sich beanspruchten. Doch die Verlängerung des am 11. November 1918 geschlossenen *Waffenstillstands auf unbestimmte Zeit* verpflichtete Deutschland, auf jedwede Auseinandersetzungen an der Grenze zu Polen zu verzichten.

Am 17. Februar wurden endgültig alle kriegerischen Handlungen eingestellt. Die neu gegründete Reichswehr wurde auf 100.000 Mann reduziert; viele der entlassenen Frontsoldaten schlossen sich daraufhin paramilitärischen rechtsradikalen Organisationen an. Im März kam es zu neuen Generalstreiks und Aufständen. Bei ihrer Niederschlagung verloren 1.200 Menschen ihr Leben. Bereits im April folgten weitere Streiks. Vor allem in München, wo sich eine Räterepublik *zur Diktatur der Roten Garde* an die Macht putschte, kam die Bevölkerung nicht zur Ruhe. Rechtsgerichtete Freikorps griffen in die Kämpfe zwischen der Räterepublik und der gewählten Regierung ein. Auf beiden Seiten starben Menschen.

Schließlich kam es im Mai zur Übergabe des Entwurfs für den Versailler Friedensvertrag. Die Bedingungen wurden in Deutschland als niederschmetternd empfunden. Die Alliierten forderten die Anerkennung der alleinigen Kriegsschuld, die Aufgabe der Kolonien und weitere Gebietsabtretungen, zudem den Einzug des deutschen Auslandsvermögens. Sie forderten die Auslieferung von Kriegsverbrechern sowie des Ex-Kaisers und untersagten den Anschluss von Deutsch-Österreich an Deutschland.

Die Alliierten besetzten das linke Rheinufer, die geforderten Reparationszahlungen überstiegen alle Befürchtungen. In dieser Zeit erlebte Mannheim einen gewaltsamen Protest wegen der Überteuerung der Lebensmittel; elf Demonstranten wurden getötet.

Ende Juni schließlich erklärte die neue Reichsregierung die Billigung des Versailler-Vertrags, nachdem klar wurde, dass es eine militärische Intervention zur Folge haben könnte, wenn man weiterhin die Anerkennung der alleinigen Kriegsschuld verweigerte. Damit endeten die Bestrebungen mancher deutscher Militärstellen, die die Aussichten eines bewaffneten Kampfs gegen die Alliierten prüften.

Mitte Juli wurde endlich die See-Hunger-Blockade aufgehoben, der allein in Deutschland etwa 750.000 Zivilisten zum Opfer gefallen waren; die grausige Ernte des Krieges. Die Zahl derer, die direkt in die Kriegshandlungen verwickelt gewesen waren und dort den Tod gefunden hatten, wurde auf etwa 9 Millionen geschätzt.

Philippe versuchte, die Nachrichten zwar zu hören, jedoch nicht bis in sein Innerstes sacken zu lassen. Nicht immer wollte ihm das gelingen. An diesem schönen Julitag allerdings grinste er beim Anblick des wütenden Anthony breit.

Der Flugzeugbauer hatte die Verwirrung während der Revolution und die mangelnde Kontrolle durch Regierung, Heeresverwaltung und Alliierte auszunutzen gewusst: Es war ihm gelungen, zumindest einen Teil seines Vermögens, Flugzeuge, Motoren und weitere Materialien in die Niederlande zu schaffen. Der Gedanke, dies zu tun, war an sich völlig irrwitzig gewesen. Natürlich wurde die Grenze von niederländischen Zöllnern sowie deutschen und auch alliierten Patrouillen überwacht, und Anthony hatte nicht nur ein Automobil gefüllt mit Geld hinüberschaffen wollen, sondern gleich einen völlig überladenen Güterzug auf einer offiziellen Eisenbahnstrecke!

Heinrich Mahn hatte während der Kriegsjahre Fokkers Logistik organisiert und dafür gesorgt, dass seine Flugzeuge sicher bei den Jagdstaffeln ankamen. Er war es, der die verzwickten Verhandlungen geführt und die Verschiebung von Fokkers Werk in den Nachbarstaat organisiert hatte. Ihm war es gelungen, 60 Eisenbahnwaggons zu organisieren, die auf einem toten Gleis bei Schwerin von den vertrauenswürdigsten Mitarbeitern heimlich bis unter das Dach beladen worden waren.

Die Alliierten untersagten eine Ausfuhr von Kriegsgütern und die Deutschen wollten verhindern, dass Fokker seine Gewinne ins Ausland verfrachtete. So hatte es sich als eine taktische Meisterleistung Mahns erwiesen, diverse innerdeutsche Knotenpunkte und schließlich auch die Grenze zwischen Salzbergen und Hengelo zu passieren, obwohl sie vor der Grenze die deutsche Lok mit einer niederländischen hatten austauschen müssen. Dass die wenigsten der deutschen Beamten etwas dagegen einzuwenden hatten, Güter an den Alliierten vorbeizuschmuggeln, die laut Vertrag eigentlich vernichtet werden sollten, hatte ihnen dabei in die Hände gespielt.

Ein von Mahn auf einer anderen Schienenverbindung inszenierter Schmugglerzug hatte die Aufmerksamkeit der Zöllner auf sich gezogen, und bald schon konnte Fokker die Ankunft seines gigantischen Güterzuges in Amsterdam gemeldet werden. Doch dabei beließen Fokker und vor allem Mahn es nicht. Insgesamt waren sechs solcher Züge über die Grenze gerollt, wobei der letzte Transport zum größten Teil aus offenen Wagen bestanden hatte. Auf ihnen hatten die Flugzeuge unter Planen gethront, auf denen unübersehbar zu lesen stand: *Fokker Flugzeugwerke Schwerin*. Zwar waren einige Wagen verloren gegangen und manches gestohlen worden, doch der Erfolg dieses eigentlich unmöglichen Unternehmens war dennoch fantastisch. Innerhalb von sechs Wochen war eine der größten Flugzeugfabriken von Deutschland in die Niederlande umgezogen. Heimlich!

Fokker hatte alle seine Kriegssteuern bezahlt und daraufhin die

Erlaubnis erhalten, das Land verlassen zu dürfen. Prompt tauchten in den Zeitungen Karikaturen auf, die Fokker in einem Flugzeug zeigen, unter dem ein Geldsack mit der Aufschrift »100.000.000 Mark« hing.

Tatsächlich hatte er vorgehabt, gemeinsam mit seiner Verlobten Elisabeth, der Tochter General Kurt Ernst von Morgens, mit einem Flugzeug die Grenze zu überqueren, doch er wurde zu gut bewacht. Letztendlich war auch er mit dem Zug gereist.

Zuvor hatte er mit Grundstücken spekuliert, die immer mehr an Wert verlierende Mark in alle möglichen und unmöglichen Währungen eingetauscht und war auf zwei Bankdirektoren hereingefallen, die ihm angeboten hatten, sein Geld auf angeblich legalem Wege in die Niederlande zu bringen. Diese zwei Millionen Mark sah er niemals wieder.

Nebenbei hatte er sich in Travemünde, wo er eine winzige Wasserflugzeugfabrik unterhalten hatte, eine Yacht gekauft, in diese mehrere Millionen Mark gepackt und auch noch andere Wege aufgetan, sein Geld außer Landes zu schaffen, wobei nicht alle unbedingt erfolgreich verliefen.

In einer schwachen Stunde verriet Fokker Philippe, dass er wohl nur etwa 25 Prozent seines Vermögens hatte retten können. Dafür hatte er aber 150 deutsche Arbeiter mitgenommen, denen er allen eine Anstellung in seinem neuen Werk in Amsterdam gab.

»Du willst schon wieder Urlaub haben?«, fuhr Anthony ihn an. »Ich habe den Eindruck, du hattest während der vergangenen Jahre ständig frei!«

»Womöglich hast du recht. Allerdings habe ich seit November letzten Jahres Tag und Nacht durchgearbeitet, deine illegalen Züge begleitet und falsche Fährten für Zöllner gelegt. Nein, warte! Vor zwei Tagen hatte ich tatsächlich frei, und wenn ich den Niederländisch sprechenden Geistlichen richtig verstanden habe, hat er mich an dem Tag mit einer bezaubernden Landsmännin von dir verheiratet!«

Anthony lachte leise in sich hinein. Er selbst hatte gehörige Schwierigkeiten aus dem Weg zu räumen gehabt, bevor er Elisabeth endlich hatte heiraten dürfen, denn die Behörden seines Heimatlandes wollten seine niederländische Staatsbürgerschaft nicht anerkennen.

Zudem wusste Fokker, dass er nicht ganz unschuldig daran war, dass Philippe und Demy so lange auf ihren großen Tag hatten warten müssen. Und …

»Drei Stunden nach der Trauung hast du mich vom Fest weggezerrt, weil dir die geniale Idee für einen neuen Flugzeugtyp eingefallen ist. Weißt du, was passiert ist?«

»Du hast die Nacht durchgearbeitet«, meinte Anthony lapidar.

»Richtig! Du hast mich um meine Hochzeitsnacht gebracht! Und die frischgebackene Frau Meindorff ist ohne mich nach Koudekerke abgefahren.«

»In deinem Automobil!«, feixte sein Chef. »Ich frage mich: Was stehst du dann noch hier herum, Meindorff, und versuchst dich mit mir zu streiten?«

Fokker nickte jemandem hinter Philippe zu, was diesen veranlasste, sich umzudrehen. Dort stand Rheinhold Platz mit zwei Fliegermonturen im Arm. »Auf geht's, Meindorff. Fokker hat ein Hochzeitsgeschenk für dich. Ich übernehme die Leitung des Werks in Veere, und dich darf ich mitnehmen.«

»Aber …« Alarmiert hob Philippe beide Hände und drehte sich zu Fokker um.

Dieser meinte: »Veere ist nur fünfzehn Kilometer von Koudekerke entfernt. Deine Demy wird also nicht nur die Flitterwochen in ihrer geliebten Heimat verbringen, sondern ihr könnt gleich dortbleiben.«

»Und ich werde nicht gefragt?«

»Meindorff, steig endlich in das Flugzeug, bevor ich es mir anders überlege!«, brummte Fokker, zwinkerte Platz zu und stapfte vom Flugfeld.

* * *

Unter Philippe breitete sich das Blau der Nordsee scheinbar endlos aus. Die Sonne ließ das Wasser silbern glitzern, hier und da war ein weißes Segel zu sehen. Schließlich verfärbte sich die See in Grün- und Grautöne, helle Sandbänke, von weißer Gischt umspielt, schummelten sich darunter, dazu einige kleine Inseln. Fasziniert betrachtete Philippe die Dünenlandschaft, den breiten Sandstrand, die knorrigen

Wälder, vereinzelte, kleine Ortschaften und Gehöfte. Nun konnte er Demys Sehnsucht nach ihrer Heimat besser verstehen als je zuvor. So wie er die violetten Lavendelfelder vor Augen hatte, wenn er an Heimat dachte, waren es bei ihr die mit Strandhafer bewachsenen Sanddünen und die gischtgeschmückten Wellen der Nordsee.

Der Wind zerrte an seiner Jacke, das Dröhnen des Flugzeugs überlagerte alle anderen Geräusche, dennoch meinte er, schon jetzt das Rauschen der Wellen zu hören.

Demy war ihm mit Nathanael und Grete vor zwei Wochen in die Niederlande nachgereist. So lange hatte es gedauert, bis sie sich endlich in der noch immer unruhigen Deutschen Republik von ihrem alten, einstmals so verhassten Leben hatte trennen können – oder vielmehr von den ihr lieb gewordenen Menschen. In Amsterdam hatten sie sich endlich das Jawort gegeben, bevor sie – ohne ihn – nach Koudekerke aufgebrochen war.

Edith war mit ihren Kindern in das kleine Pförtnerhäuschen zurückgekehrt, sie arbeitete inzwischen als leitende Schwester in der Berliner *Charité*. Willmann hatte ihr die Stelle besorgt. Der Industrielle würde nie mit seiner Frau Brigitte in das Meindorff-Haus einziehen, denn er hatte es verkaufen müssen.

Rika und Albert waren zu Anki und Robert nach Tübingen gezogen; Albert wollte ebenfalls Medizin studieren. Margarete und Klara lebten bei Margaretes Eltern, Lina und Anton, der Physik unterrichtete, mit der kleinen Lotta ganz in ihrer Nähe. Pauline, Irma und Henny teilten sich eine Wohnung am Rande Berlins, alle drei arbeiteten bei AEG.

Der alte Viktor war Anfang des Jahres verstorben; Dietmar war mit seinen Hunden in sein Haus zurückgekehrt und Philippe unterstützte ihn weiterhin durch kleinere Geldbeträge. Feddo arbeitete im Amsterdamer Werk von Fokker und war Philippes Trauzeuge gewesen, sein Kumpan Peter hatte seine Verlobte Elsbeth geheiratet. Das Paar wohnte gemeinsam mit Willi in Freiburg im Breisgau, wo sie bei dem Klavierbauer Welte untergekommen waren. Ein gewisser Richard Martin, der mit seiner irischen Frau während des Krieges in Weltes US-amerikanischer Niederlassung gearbeitet hatte, hatte die Zwillinge unter seine Fittiche genommen. Er lobte ihre Fertigkeiten im Umgang mit Holz.

Über Julias Verbleib wussten sie nicht viel. Demy hatte Philippe erzählt, dass sie sich eines Morgens verabschiedet hatte und ohne eine Erklärung mit ihrer alten Reisetasche in der Hand davongegangen war.

Entweder wollte sie einfach nicht die Letzte sein, die den Zufluchtsort verließ, oder aber sie hatte einen Mann kennengelernt – so vermutete zumindest die romantisch veranlagte Margarete. Von Joseph fehlte ebenfalls jede konkrete Spur. Es hieß, er habe sich einer rechtsgerichteten paramilitärischen Einheit angeschlossen. Philippe fürchtete, dass der älteste Meindorff-Sohn wieder jemanden brauchte, dem er bedingungslos gehorchen konnte.

Claude, Philippes französischer Freund, war einer von vielen Jagdpiloten, die den Krieg nicht überlebt hatten. John hingegen hatte Philippe erst kürzlich von der Geburt seines ersten Sohns benachrichtigt und berichtet, dass seine Schwester Jennifer einen Belgier geheiratet hatte.

Platz überholte ihn und machte ihn auf einen ins Landesinnere führenden Flussarm aufmerksam. Diesem folgten die Piloten, bis sie knapp nacheinander auf einem holprigen Wiesenstück nahe der Stadt Veere landeten.

Kaum waren sie ausgestiegen, nahm Platz Philippe seine Fliegermontur ab und deutete mit dem Kopf auf ein neben einer frisch errichteten Flugzeughalle abgestelltes Automobil. »Lass dich nicht aufhalten!«, sagte er grinsend, drückte Philippe die Hand und machte sich an seiner Maschine zu schaffen.

»Das habe ich nicht vor!«, murmelte Philippe, während er auf das Fahrzeug zu eilte. In etwa einer halben Stunde durfte er Demy wiedersehen! Vorfreude und Sehnsucht jagten Hitzewellen durch seinen Körper und veranlassten ihn, in den Wagen zu springen, ohne die Tür zu öffnen.

Kapitel 62

Ein kräftiger Seewind zerrte an Demys weißem Kleid und wollte ihr den ebenfalls weißen Hut mit dem blauen, flatternden Hutband vom Kopf reißen. Viele gelöste Haarsträhnen spickten bereits unter diesem hervor. Die Gischt der sich am Ufer brechenden Wellen flockte über den Sand.

Kreischende Möwen wirbelten über den breiten, menschenleeren Strand und weiße Strandläufer mit grauen Flügeln eilten auf ihren dünnen langen Beinen in die nasse Spur einer Welle, um dann schnell vor dem nächsten Brecher zu flüchten. Mit ihren schlanken Schnäbeln suchten sie im Schlick nach Futter.

Im Westen ballten sich weiße Wolkentürme zusammen, doch noch schien die Sonne vom blauen Himmel, wenngleich wegen des starken Windes nicht viel von ihrer Wärme zu spüren war.

Seit über drei Stunden schlenderte Demy nun schon am Strand entlang. Längst hatte sie sich ihrer Schuhe entledigt und ihr Rocksaum war schwer vor Nässe.

Elf Jahre waren vergangen, seit sie zuletzt hier gestanden und sich der geballten Kraft des Windes und dem Tosen der Wellen ausgesetzt hatte. Damals war sie so zornig auf ihre Schwester Tilla gewesen, die unbedingt diesen Joseph Meindorff aus Berlin heiraten wollte und ihren Vater davon überzeugt hatte, dass Demy sie begleiten müsse.

Wie viel war seitdem geschehen; an Schrecklichem, an Schönem!

Die Frage, wie Demys Leben verlaufen wäre, wenn sie hiergeblieben wäre, war müßig. Das Rad der Zeit ließ sich nicht zurückdrehen. Bei all dem, was sie lieber ungeschehen gemacht hätte, gab es doch auch viele Begegnungen, die sie tief geprägt hatten und Erlebnisse, die sie nicht missen mochte. Und nun würde sie an Philippes Seite in die Zukunft blicken.

Demy seufzte. Wenn er denn je von diesem Anthony in seine Flitterwochen entlassen wurde!

Sie sehnte sich nach Philippes Nähe; nach seinen Worten, seinen

464

Berührungen und seinen Küssen, die ihr so viel versprachen. Entschlossen raffte sie ihren Rock und watete in die brodelnden Wellen. Diese schlugen kräftig gegen ihre Knie und Oberschenkel und die Gischt spritzte ihr ins Gesicht. Sie genoss das Gefühl, von dem schäumenden und im Licht der Sonne glitzernden Nass umspült zu werden. Das eigentümliche Gefühl, nicht allein zu sein, ließ sie schließlich den Kopf wenden.

Am Ufer stand Philippe. Vor freudigem Schrecken ließ sie ihr Kleid los. Dieses sog sich sofort mit Wasser voll und strich wie Seetang um ihre Beine.

»Ob ich diese wunderschöne Wassernixe einfangen kann?«, rief er gegen das Brausen des Windes an, doch es war mehr das aufgeregte Hämmern ihres Herzschlags in ihren Ohren, das beinahe verhinderte, dass sie seine Worte verstand.

Sie legte beide Hände um ihren Mund, während er sich seiner Schuhe und der Jacke entledigte, und rief: »Ich laufe nicht weg!«

Philippe kam so schnell zu ihr, dass er nach wenigen Schritten mindestens ebenso nass war wie sie. Er legte seine Arme um ihre Taille und musterte sie grinsend. »Wer ist nur diese eigensinnige, jeder guten Erziehung trotzende, mitsamt der Kleidung im Meer badende, wunderschöne Frau?«

»Und wer ist dieser raubeinige, nicht rasierte, wild anmutende Mann, der offenbar vom Himmel gefallen ist?«, fragte sie zurück und fing die beiden wild um seinen Hals flatternden Enden seines hellgrauen Schals ein.

Er zwinkerte ihr zu, beugte sich über sie und küsste sie hingebungsvoll. Dabei zog er sie immer näher zu sich, bis die Wellen, die sich spritzend an ihrem Körper brachen, sie mit jedem Mal kräftig gegen ihn drückten.

»Ich werde Anthony persönlich teeren und federn«, erklärte sie.

»Das wirst du nicht, wenn du erst erfährst, dass er mir hier in Veere eine Anstellung angeboten hat.«

»Wirklich?«, jubelte Demy und warf sich voll Begeisterung in seine Arme. Sie spürte, wie er im weichen Sand den Halt verlor, und schnappte geistesgegenwärtig nach Luft, ehe sie beide eng umschlungen in den Wellen untertauchten.

»Alles in Ordnung, Demy?«, fragte Philippe, als sie sich wieder aufgerappelt hatten.

»Bestens!«, gab sie lachend zurück, ergriff seine Hand und zog ihn hinter sich her an den Strand.

»Dir ist sicher kalt«, meinte er bedauernd und konnte den Blick nicht von ihrer Gestalt wenden, an die sich das nasse Kleid eng und durchscheinend schmiegte.

»Du vergisst, dass ich hier aufgewachsen bin«, erwiderte Demy und setzte sich neben seinen Schuhen auf den Boden. Abgeschirmt durch eine kleine Bodenwelle, war sie hier halbwegs vom Wind geschützt.

»Was ist das für ein trauriges Gebilde auf deinem Haar?«, fragte er, und Demy freute sich an seinem frechen Grinsen, das sie früher so abstoßend gefunden hatte. Sie zog sich die Hutnadeln und schließlich den nassen Hut vom Kopf, dabei löste sich auch gleich der Rest ihrer Frisur auf.

»Wo sind die Kinder?«

»Bei der Pensionswirtin. Sie lieben sie jetzt schon heiß und innig!«

»Ich habe zwei Briefe mitgebracht.«

Demy fuhr in die Höhe. »Von wem?«

»Edith und Anki«, erwiderte er kurz angebunden, als würde jedes Wort zu viel ihn davon abhalten, sie mit seinen Blicken förmlich zu verschlingen.

»Hast du sie gelesen?«

»Aber sicher. Sie waren an ›Herrn und Frau Meindorff‹ adressiert.«

»Ja«, gab Demy gedehnt zurück und drehte ihr Gesicht dem Meer zu. Es irritierte sie, dass sie nicht mehr die kleine Demy van Campen von damals war, die wild über die Dünen rannte, sich kopfüber in die Wellen stürzte und mit Feddo und ihren Schulkameraden allerlei Unsinn anstellte. Hier am Meer, bei den geliebten Dünen und ganz in der Nähe ihres früheren Zuhauses fühlte sie sich auf herrliche, aber auch eigentümliche Weise in ihre Kindheit zurückversetzt.

»Habe ich auch noch Platz in deinen Gedanken?« Philippe unterbrach ihre Überlegungen mit belustigter Stimme.

Demy lachte befreit auf und wackelte vergnügt mit ihren nackten Zehen.

Philippe war damals nicht Teil ihres Lebens gewesen, aber nun war er es, und es fühlte sich großartig an.

»Verrätst du mir den Inhalt der Briefe?«, fragte sie und legte sich zurück, die Hände hinter dem Kopf verschränkt.

»Anki schreibt von den schulischen Fortschritten der Mädchen und dass Nina sich in einen Studienkollegen von Albert verliebt hat. Ihrem Schwiegervater geht es besser, aber er ist noch immer auf Hilfe angewiesen. Und sie hat Post von einer langjährigen Freundin bekommen. Sagt dir der Name Ljudmila etwas?«

Ihre Schwester hatte ihr von dem adligen Mädchen geschrieben – und später erzählt, was dieser Rasputin ihr angetan hatte. Wie der Brief Ljudmilas wohl den sicher nicht einfachen Weg nach Tübingen gefunden hatte?

»Ihr ist die Flucht aus Russland geglückt. Sie lebt jetzt in England.«

»Diese Nachricht wird Anki sehr erleichtert haben! Und was schreibt Edith?«

»Ihre Kinder mögen Otto Waldmann.«

Demy runzelte die Stirn, bis ihr klar wurde, von wem Philippe sprach. Schlagartig riss sie die Augen auf.

»Er macht Edith den Hof?«

»Sieht ganz danach aus.«

»Davon hat sie mir gar nichts erzählt.«

»Sie ist noch nicht so lange Witwe, als dass man dies einer neugierigen Demy auf die Nase binden müsste.«

»Also, weißt du …« Sie wollte sich aufrichten, aber Philippe kam ihr zuvor. Er schob sich neben sie, stützte sich auf den rechten Ellenbogen und legte seinen linken Arm fest um sie.

»Du kennst dich doch hier aus, nicht?«, flüsterte er und küsste sie.

»Ziemlich gut«, erwiderte sie, als sie dazu wieder in der Lage war.

»Denkst du, hier kommen heute Abend noch Spaziergänger vorbei?« Demy blickte auf die Sonne, die fast schon mit dem Horizont und somit mit der Wasseroberfläche verschmolz. Der zweite Blick galt den vom Wind inzwischen nahe herbei getriebenen Wolkenmassen.

»Das kann ich mir nicht vorstellen«, sagte Demy schließlich.

»Wunderbar!«, rief er aus, griff nach seiner Fliegerjacke und sprang auf. Er zog Demy erst auf die Füße und dann hinter sich her auf die Dünen zu.

»Philippe!«, rief sie, halb belustigt, halb erschrocken über seine offensichtlichen Pläne.

»Gibt es etwas auszusetzen, *Frau* Meindorff?«

»Nur, dass die Flut sich deine Schuhe holen wird.«

»Ich Idiot habe mich von meinem Chef von meiner Hochzeitsnacht abhalten lassen. Ein zweites Mal passiert mir das nicht, schon gar nicht wegen irgendwelcher Schuhe!«

Demy lächelte zu ihm auf. Als sie die ersten Dünen am Ende des Sandstrands und somit Philippes Ziel erreichten, tauchte die untergehende Sonne den Himmel und das Meer in einen Farbenrausch aus Grau, Gelb und zartem Rosa.

Nun aber bleibt Glaube, Hoffnung, Liebe, diese drei;
aber die Liebe ist die größte unter ihnen.

1. Korinther 13, 13

Hinweise der Autorin

Liebe Leserinnen und Leser,

für etwaige Unstimmigkeiten, Fehler und Ungenauigkeien sollte wohl wieder jemand den Kopf hinhalten. Wie schon in *Himmel über fremdem Land* und *Sturmwolken am Horizont* übernehme ich das und bitte für die von mir verbrochenen Schnitzer um Entschuldigung.

Bitte wundern Sie sich nicht, dass Demy und Philippe sich noch lange siezen, obwohl sie bereits verlobt sind. Das war damals nicht ungewöhnlich, vor allem in Beziehungen, die arrangiert wurden und in denen eine »körperliche Distanz« herrschte.

Herzlichen Dank

… für die Vermittlung und Hilfe bei den russischen Bezeichnungen, Übersetzungen und (Vaters-)Namen: Natalia Hille, Anita Illin und Angela Reitenbach

… für die Idee eines Mehrteilers rund um den Ersten Weltkrieg und das Lektorat: Nicole Schol und Karoline Kuhn

… für alle Unterstützung, auch bei den Lesungen, im Haushalt und vieles mehr: Christoph Büchle und die Büchle-Kids

… für die investierte Zeit beim Testlesen, alle Anregungen und konstruktive Kritik: Annette Reif und Birgit Petersen.

Historische Personen

Baden von, Max (Maximilian): (1867–1929) Prinz Max von Baden war der letzte Thronfolger des Großherzogtums Baden. Im Oktober und November 1918 war er für kurze Zeit Reichskanzler. Er verkündigte eigenmächtig die Abdankung Kaiser Wilhelms II. und übergab Friedrich Ebert sein Amt.

Bethmann-Hollweg, Theobald (1856–1921): Reichskanzler von 1909–1917.

Bismarck-Schönhausen von, Otto Eduard Leopold (1815–1898): von 1871–1890 erster Reichskanzler des dt. Reiches, dessen Gründung er maßgeblich vorantrieb. Auf ihn zurück geht auch unser heutiges Sozialversicherungssystem.

Bruchmüller, Georg (1863–1948): Oberst. Gilt als Begründer des modernen und systematischen Schießens der Artillerie.

Botkin, Jevgenj Sergejewitsch (1865–1918): Botkin war einer der Leibärzte der Zarenfamilie, hatte den Rang eines Generals inne und führte den Titel »Exzellenz«. Er war als sehr mitfühlender, verschwiegener Arzt bekannt und seine Treue kostete ihn im Jahr 1918 gemeinsam mit der Zarenfamilie das Leben.

Cauer, Minna (1841–1922): Frauenrechtlerin, Mitbegründerin des Vereins *Frauenwohl*, Gründerin der Zeitschrift *Die Frauenbewegung* und des *Verbandes der weiblichen Angestellten.*

Carroll, Lewis (1832–1898): Britischer Schriftsteller.

Dohm, Hedwig (1831–1919): wie Minna Cauer eine der radikaleren Frauenrechtlerinnen. Deutsche Schriftstellerin, Mitbegründerin zahlreicher Vereine. Zu Beginn des Ersten Weltkrieges war sie eine der wenigen Intellektuellen, die sich von vornherein gegen den Krieg aussprachen.

Ebert, Friedrich (1871–1925) dt. Politiker (SPD): ab 1913 Vorsitzender seiner Partei, von 1919 bis zu seinem Tod 1. Reichspräsident der Weimarer Republik.

Fokker, Anton »Anthony« (1890–1939): Als gebürtiger Niederländer besuchte er die Ingenieurschule Bingen in Deutschland. Seine Flugzeuge wurden von vielen der damaligen Jagdflieger geliebt, am bekanntesten wurde mit ihnen »Der rote Baron«. (Ich empfehle Fokkers Biografie: *Der fliegende Holländer*, A.H.G. Fokker, wund-kammer-verlag) Nach dem Ersten Weltkrieg verlegte Fokker sein Flugzeugwerk von Schwerin in die Niederlande, gründete 1922 in den USA die *Fokker Aircraft Corporation*. Er starb an Komplikationen nach einer Operation.

Groener, Wilhelm (1867–1939): Nachfolger Ludendorfs als Erster Generalquartiermeister und damit Chef der OHL. Er leitete den Rückmarsch der Truppen von der Westfront in ihre Heimatstandorte und die Demobilisierung der dt. Truppen.

Hari, Mata (1876–1917): Künstlername der niederländischen Skandal-Tänzerin und Prostituierten Margaretha Geertruida Zella. Als Spionin für die Deutschen und wegen Hochverrats (evtl. auch als Bauernopfer) am 15.10.1917 in Frankreich hingerichtet. Wie weit ihre Spionagetätigkeit als Doppelagentin wirklich ging, ist umstritten; ihre Tätigkeit für den deutschen Geheimdienst (Deckname H21) gilt dagegen als gesichert.

Hertling von, Georg Graf (1843–1919): Von Hertling war zwischen dem 01.11.1917 und 30.09.1918 deutscher Reichskanzler.

Hindenburg von (von Beneckendorff und von Hindenburg), Paul (1847–1934): Als Generalfeldmarschall im Ersten Weltkrieg übte er die Regierungsgewalt über die Oberste Heeresleitung praktisch wie ein Diktator aus. Am 30.01.1933 wurde er von Hitler zum Reichskanzler ernannt.

Hipper, Ritter von, Franz (1863–1932): Hipper war Admiral der Kaiserlichen Marine. Während der Meuterei in Kiel appellierte er vergeblich an die Seeleute, den Aufstand zu beenden.

Hitler, Adolf (1889–1945): Hitler meldete sich, begeistert vom Krieg, als Freiwilliger in der Bayrischen Armee, obwohl er Österreicher war. Die Gründe für die Verleihung seiner Auszeichnungen sind umstritten. Im Oktober 1918 wurde Hitler in Flandern bei einem Senfgasangriff getroffen und erblindete vorübergehend. Seine Verlegung ins Lazarett Pasewalk wird heute mit einer psychosomatischen Erkrankung begründet, einer sogenannten Kriegshysterie. Das Kriegsende und der Zerfall des Kaiserreichs trafen ihn hart. Im Hitlerputsch im November 1923 versuchte er den Sturz der Weimarer Republik herbeizuführen. Von 1933–1945 war er Diktator des Deutschen Reichs.

Hutier von, Oskar (1857–1934): Hutier galt als einer der erfolgreichsten und ideenreichsten deutschen Generäle im Ersten Weltkrieg.

Immelmann, Max (1890 – 1916): deutsches Flieger-Ass. Der »Adler von Lille« kehrte 25-jährig von einem Flug nicht mehr zurück. Wer ihn abschoss, ist unbekannt. Ihm wurden 15 Abschüsse zuerkannt.

Jussupow, Felix Felixowitsch (1887–1967): russischer Fürst, Drahtzieher der Ermordung Rasputins im Jahr 1916, starb im Exil in Paris.

Kerenski, Aleksander Fjodorwitsch (1881–1970): zeitweise Vorsitzender der Übergangsregierung zwischen Februar- und Oktoberrevolution 1917. Er starb in New York.

»Lenin« Uljanow, Wladimir Iljitsch (1870–1924): Kommunistischer Politiker, marxistischer Theoretiker, Begründer der Sowjetunion.

Liebknecht, Karl (1871–1919): Deutscher Sozialist und Antimilitarist, 1912–1916 Abgeordneter im Reichstag (linksrevolutionärer Flügel der SPD). 1916 wegen Ablehnung der Burgfriedenspolitik aus der SPD-Fraktion ausgeschlossen, blieb er bis fast zum Ende des Ersten Weltkrieges inhaftiert. Liebknecht organisierte nach Ende des Krieges den Spartakusbund und war einer der Anführer der Novemberrevolution sowie Mitbegründer der KPD. Nach Niederschlagung des Spartakusaufstandes (05.–12. 01. 1919) wurde er, wie auch Rosa Luxemburg, misshandelt und getötet.

Ludendorf, Erich (1865–1937): Stellvertreter Paul von Hindenburgs, hatte damit Einfluss auf die deutsche Kriegsführung und Politik während des Ersten Weltkriegs.

Luxemburg, Rosa (1871–1919): bedeutende Vertreterin der europäischen Arbeiterbewegung, marxistische Theoretikerin und Antimilitaristin. Zu Beginn des Ersten Weltkrieges gründete Luxemburg, aus Protest gegen die Kriegsunterstützung der SPD, die *Gruppe Internationale*, aus der später der *Spartakusbund* hervorging, den sie gemeinsam mit Liebknecht leitete. Sie war während der Novemberrevolution die Herausgeberin der Zeitung *Die Rote Fahne*, zudem war sie ein Gründungsmitglied der KPD. Nach Niederschlagung des Spartakusaufstandes wurde sie, wie Liebknecht, misshandelt und erschossen.

Mahn, Heinrich: (1880–1951): Mahn wird in Fokkers Biografie als sein Logistik-Chef und »Tausendsassa« während des heimlichen Umzugs der Flugzeugfabrik in die Niederlande geführt. Auch später erwies er sich als sehr geschäftstüchtig; unter anderem stellte er nach dem Krieg aus den Überresten der Fokker-Werke in Schwerin eiserne Bettgestelle her und verkaufte sie.

Michaelis, Georg (1857–1936) war vom 14. Juli bis 31. Oktober 1917 Reichskanzler und Ministerpräsident.

Morgen von, Elisabeth: Tochter von General Kurt Ernst von **Morgen.** Zur Eheschließung zwischen Elisabeth von Morgen und A. Fokker: zum Datum der Trauung widersprechen sich die Jahresangaben. (1919 oder 1923). Fest steht, dass die Ehe nach nur vier Jahren wieder geschieden wurde.

Morgen, Kurt Ernst von, General: (1858–1928), ehemaliger Forschungsreisender in Kamerun, 1904 in den preußischen Adelsstand erhoben, blieb bis zuletzt treuer Anhänger des Kaisers.

Platz, Reinhold (1886–1966) war einer der ersten Deutschen, der das Autogenschweißen erlernte. Er begann als Schweißer bei Fokker. Als Fokker 1913 nach Schwerin umzog, übernahm Platz die Leitung der Schlosserei und Schweißerei und lernte die Arbeiter (auch Frauen!) an. Nach Kreutzers Absturz, mit dem er auch in der Versuchsabteilung gearbeitet hatte, übernahm Platz seinen Posten als Leitender Ingenieur. Unter Platz entstanden bis 1920 über 40 verschiedene Flugzeugtypen, darunter auch Richthofens Dr 1-Dreidecker (1917). Bis 1931 arbeitete Platz in den Fokker-Werken in Holland.

Preußen von, Wilhelm II (1859–1941): Deutscher Kaiser und König von Preußen, bis am 09.11.1918, nach dem Kieler Matrosenaufstand und der Novemberrevolution, Reichskanzler Max von Baden seine Abdankung verkündete.

Rasputin, Grigori Jefimowitsch (1869–1916): russischer Wanderprediger, dem Heilungskräfte nachgesagt werden. Vermutet wird, dass er sich, vor allem bei der Schmerzlinderung des Zarensohns, eines Bluters, der Hypnose bediente. Ab 1903 bis zu seiner Ermordung 1916 wurde er in St. Petersburg von allen Bevölkerungsschichten bis hin zur russischen Zarenfamilie gleichermaßen geliebt und gehasst. Sein Lebenswandel, zuletzt seine ausschweifenden Alkohol- und

Sexexzesse, vor allem aber auch sein Einfluss auf die Zariza, wurden ihm zum Verhängnis.

Rathenau, Walther (1867–1922): deutscher Industrieller (als Sohn des AEG-Gründers Emil Rathenau war Rathenau später Aufsichtsratsvorsitzender der AEG), Schriftsteller und liberaler Politiker. 1922, als Reichsaußenminister, fiel Rathenau dem im Grunde ersten auch antisemitisch begründeten Fememord der Weimarer Republik zum Opfer.

Richthofen von, Lothar (1894–1922): Jagdflieger mit 40 bestätigten Abschüssen (somit effizienter als sein berühmter Bruder Manfred, rechnet man die wesentlich kürzere Einsatzzeit), starb als Postflieger bei einem Absturz.

Richthofen von, Manfred (1892–1918): erzielte im Ersten Weltkrieg die meisten Luftsiege eines einzelnen Piloten. Er benötigte zwar drei Anläufe, bis er seine Pilotenlizenz bekam, entwickelte sich dann aber zu einem genialen Jagdflieger. Wegen der roten Farbe seiner Flugzeuge wurde er bald »Der kleine Rote«, der »Rote Teufel« oder »Der rote Baron« genannt (»Freiherr« gibt es im Englischen nicht, daher der »Baron«!). Er formte aus seiner *Jasta 11* (Jagdstaffel unter seinem Kommando) eine Eliteeinheit und entwickelte eine Kampftechnik, die von den Gegnern »Flying Circus« genannt wurde. Seine Elitepiloten verzichteten auf Tarnfarben und malten ihre Maschinen bunt an (darunter auch Zebrastreifendesign usw.). Durch ihre fliegerische Präzision wirkten ihre Manöver selbst im Luftkampf wie akrobatische Kunststücke, der Himmel war ihre Zirkuskuppel. Richthofen starb bei einem Flug mit seinem damaligen Fokker Dr 1-Dreidecker; wer ihn abgeschossen hat, ist umstritten. Der Tod des Nationalhelden war für die Propagandamaschinerie und die Moral der Soldaten und an der Heimatfront ein schwerer Schlag.

Romanow, Alexandra Fjodorowna (1872–1918): letzte Zarin von Russland. Aus dem deutschen Hause *von Hessen und bei Rhein* stammend, zudem die Enkelin der britischen Königin Victoria war die Zarin ein typisches Kind ihrer (Adels-)Zeit. Ihr Ehemann Nikolaj war ihr Cousin zweiten Grades, Kaiser Wilhelm II. ihr Cousin. »Alix« musste, um den Zarewitsch heiraten zu dürfen, vom lutherischen zum russisch-orthodoxen Glauben übertreten, was ihr anfangs sehr schwer fiel. Sie war weder bei Hof noch beim Volk sonderlich beliebt und zog sich gern auch vor der weitläufigen Familie Romanow zurück. Als ihr Mann 1915 an die Front reiste, übergab er ihr die Regierungsgeschäfte, für die sie allerdings kein Talent hatte. Sie starb, wie ihre ganze Familie, nach mehrmonatiger Gefangenschaft in Jekaterinenburg im Kugelhagel der Bolschewiki.

Romanow, Alexej Nikolajewitsch (1904–1918): der letzte Zarewitsch. Seine Bluterkrankheit wurde zunächst wie ein Staatsgeheimnis gehütet, bis Kaiser Wilhelm II, in dessen Familie die Krankheit ebenfalls vorkam, einen verdächtigen blauen Fleck als Symptom erkannte. Alexej starb wie seine ganze Familie in Jekaterinenburg.

Romanow, Anastasia Nikolajewna (1901–1918): Um Anastasia, die jüngste Zarentochter, rankte sich lange das Gerücht, sie habe das Massaker von Jekaterinenburg überlebt. Verschiedene Frauen gaben sich als Anastasia aus, am bekanntesten ist dabei wohl Anna Anderson geworden. Erst im Juli 2007 wurde per Gen-Test endgültig bewiesen, dass damals ausnahmslos alle Mitglieder der Romanows ermordet und verscharrt worden waren.

Romanow, Marija Nikolajewna (1899–1918): Das dritte Kind des Zarenehepaars war eine künstlerisch begabte, anfangs pummelige, später jedoch auffällig schöne junge Frau. Zu jung, um während des Krieges in einem Krankenhaus zu arbeiten, wurde sie Patronin eines solchen. Sie wurde 19 Jahre alt. Ihre Gebeine (nicht die Anastasias!) und die des Zarewitsch wurden erst 2007 im Bergwerksschacht Ganina Jama gefunden und per DNA-Test identifiziert.

Romanow, Nikolaj II Alexandrowitsch (1868–1918): der letzte russische Zar musste nach der Februarrevolution 1917 abdanken. Als Mitglied des Hauses Romanow-Holstein-Gottrop war er Teil des europäischen Hochadels und somit auch mit dem englischen Königshaus (Cousin von König George V.) und dem deutschen Kaiserhaus (angeheirateter Cousin von Wilhelm II.) verwandt. Gegen die Vorbehalte seiner Eltern und der Königin von England verlobte er sich mit seiner Jugendliebe Alix. Somit mag diese Ehe eine der wenigen Adelsehen der damaligen Zeit gewesen sein, die tatsächlich auf Liebe gründete.

Romanow, Tatjana Nikolajewna: (1897–1918): Tatjana war die zweite Tochter des Zarenpaares. Der als zukünftiger Ehemann gehandelte Dimitri Malama starb bereits in den ersten Kriegstagen. Sie arbeitete daraufhin als Rotkreuzschwester in Krankenhäusern und versorgte dort die verletzten Soldaten. Bei ihrer Ermordung war sie 21 Jahre alt.

Romanow, Olga Nikolajewna (1895–1918): Olga war die Älteste der Zarentöchter. Sie arbeitete während des Ersten Weltkrieges als Krankenschwester für das russische Rote Kreuz. Zusammen mit ihrer Familie wurde sie 22-jährig in Jekaterinenburg erschossen.

Scheidemann, Philipp (1865–1939): Sozialdemokratischer Politiker. Er verkündete am 09.11.1918 von einem Balkon des Reichstagsgebäudes aus den Zusammenbruch des Deutschen Kaiserreichs und proklamierte die »Deutsche Republik«.

Trotzki, Lew, eigentlich Lew Dawidowitsch Bronstein (1879–1940): Russischer Revolutionär und marxistischer Theoretiker.

Wilson, Thomas Woodrow (1856–1924): demokratischer Präsident der USA (1913–1921), 1919 erhielt er den Friedensnobelpreis.

(Windsor) Sachsen-Coburg-Gothar, **Georg V** (1965–1936) (Windsor ist der heute gebräuchliche Name der britischen Royals. Dieser wurde aber erst während des Ersten Weltkrieges eingeführt, da Georg V seinen deutschen Nachnamen nicht mochte): König der Vereinigten Königreiche von Großbritannien und Irland, Cousin von Kaiser Wilhelm II und Zar Nikolaj II.

Wyrubowa, Anna Alexandrowna (1884–1964): Hofdame und engste Vertraute der Zariza, war als Kind Spielgefährtin von Fürst Jussupow, einem der Drahtzieher der Ermordung Rasputins, für den die Wyrubowa mit Hingabe schwärmte. Nach der Revolution wurde sie mehrmals verhaftet, konnte 1920 jedoch nach Finnland fliehen.

Anmerkungen

1 Weil die russische Hauptstadt St. Petersburg einen deutschen Namen trug, nannte Zar Nikolaj II. sie kurz nach Kriegsbeginn in Petrograd um.

2 Heute: Namibia. Von 1884–1915 deutsche Kolonie.

3 In Groß-Lichterfelde war von 1878 bis 1920 die Königliche Preußische Hauptkadettenanstalt.

4 Heute: Blagoweschtschenski-Brücke

5 Stadtteil, Bezirk

6 Das »Zarendorf«, seit 1937 Puschkin (nach Alexander Puschkin, russ. Dichter), entstand Mitte des 18. Jahrhunderts, 26 Kilometer südlich von St. Petersburg und war die erste Wahl der russischen Zaren/Zarinnen Katharina I und II, Alexander I und Nikolaj II. Die besten Architekten errichteten dort glanzvolle Residenzen.

7 Der 1. Weltfrauentag geht auf den 08.03.1908 zurück. Arbeiterinnen in der Textilfabrik »Cotton« in New York traten für bessere Lebens- und Arbeitsbedingugen in den Streik. Die Frauen wurden in der Fabrik eingeschlossen, plötzlich brach Feuer aus. 129 Arbeiterinnen starben in den Flammen. Die Festlegung auf den 8. März erfolgte jedoch erst 1921, damit sollte an den Textilarbeiterinnen-Streik in St. Petersburg erinnert werden, der eine große Arbeiterinnendemonstration auslöste und damit den Beginn der Februarrevolution.

8 Kindermädchen, vielmehr: Kinderschwester

9 Geheimpolizei des Ministeriums für Innere Angelegenheiten/Staatssicherheit

10 Fräulein

11 Trockenwüste an der Westküste Afrikas (Namibia und Angola). Übersetzt: Leerer Platz bzw. Ort, wo nichts ist.

12 In Döberitz entstand die Preußische Versuchs- und Lehranstalt für das Flugwesen und somit der Geburtsort der militärischen Luftfahrt in Deutschland.

13 Freund, Genosse

14 Die Wähler besaßen ein nach ihrer Steuerleistung in drei »Klassenstufen« unterteiltes Stimmgewicht. (1849–1918)

15 Herrenstrohhut

16 Ab 1916 zuerst von den Briten eingesetzte »Panzer«. Die irreführende Bezeichnung wurde eingeführt, da die gepanzerten, bewaffneten Fahrzeuge bewegliche Wasserbehälter vortäuschen sollten.

17 Spitzname für die Beobachter in den zweisitzigen Beobachterflugzeugen

18 Name der Testversion für die DR 1, Dreidecker-Jagdflugzeug

19 Walvis Bay: Heute noch bedeutendster Seehafen Namibias. Ab 1884 britische Enklave im damals rundum liegenden Schutzgebiet des Deutschen Reiches.

20 Größter britischer Bomber im Ersten Weltkrieg und eines der größten Flugzeuge der Welt.

21 Bei der USPD (Unabhängige Sozialdemokratische Partei Deutschlands) handelte es sich um eine zwischen 1917 und 1931 aktive, sozialistische Partei. Vor allem bis 1920 löste sie in Ballungszentren wie Berlin die SPD als Mehrheitspartei der Arbeiterbewegung ab. Eine ihrer Entstehungsursachen lag in den Beschlüssen der Vorkriegs-SPD (Burgfriedenspolitik im August 1914) begründet. Vertreter dieser Partei spielten während der Massenstreiks im April 1917 und Januar 1918 eine wichtige Rolle.

22 Nach der Abspaltung der USPD (Unabhängigen Sozialdemokratischen Partei) von der Mutterpartei SPD wollte diese sich namentlich deutlicher abgrenzen. Die SPD nannte sich deshalb in MSPD (Mehrheitssozialdemokratische Partei) um.

23 Eines von drei baltischen Ostseegouvernements des Russischen Reichs.

24 Koseform für Großvater

25 Schüler der fünften Klasse eines Gymnasiums. Assoziiert: Unreife.

26 Später Fokker D VII. Gilt als das beste Jagdflugzeug des Ersten Weltkrieges. Es war das einzige Flugzeug, das im Friedensvertrag von Versailles namentlich genannt wurde, so sehr fürchteten es die Gegner. Viele der auch von Albatros in Lizenz erbauten D VII (da Fokker den Bestellungen der Luftwaffe in so hoher Stückzahl nicht nachkommen konnte) gingen nach dem Krieg in die USA, einige in die Schweiz, der Rest wurde vernichtet.

27 Titel der ersten Übersetzung von Alice im Wunderland.

28 Stahlhelm M1916; gilt als bester Universalhelm seiner Zeit. Heute noch wird er, modernisiert, von nahezu allen Armeen der Welt genutzt.

29 Von Dezember 1917 bis März 1918 stattfindende Friedensverhandlungen zwischen den Mittelmächten und Russland. Somit schied Russland am 3. März 1918 als Kriegsteilnehmer aus.

30 Kombination verschiedener, giftiger Kampfstoffe, die den Gegner zwangen, die Gasmasken abzunehmen, um somit erst recht einer entsprechenden Wirkung der Lungengase ausgesetzt zu sein.

31 Ab August 1914 marxistisch, sozialistische Gruppierung innerhalb der SPD (Gruppe Internationale), ab 1916, nach Veröffentlichung der illegalen »Spartakusbriefe«, nannte sie sich Spartakusgruppe, in der Novemberrevolution 1918 gründete sich der alte Bund neu (Spartakusbund). Dieser ging im Januar 1919 in die neu gegründete KPD auf. Spartakus = Anführer des Sklavenaufstandes im antiken Römischen Reich.

32 Die Spanische Grippe forderte zwischen 1918 und 1920 schätzungsweise zwischen 50 bis 70 Millionen Todesopfer. Der Ursprung wird in Kansas, USA vermutet; der Virus konnte sich aufgrund der Truppenbewegungen schnell verbreiten. Die Spanische Grippe überrollte die Welt in drei Wellen, ihr Verlauf war bei einigen Patienten heftig und oft tödlich, während andere kaum Beschwerden aufwiesen. Tödlich war letztendlich eine Lungenentzündung als zusätzliche Komplikation.

33 Es gab drei »Noten« mit Voraussetzungen zum Waffenstillstand von Woodrow Wilson. Die darin enthaltenen Bedingungen wurden von Politkern, Militärs etc. sehr unterschiedlich aufgenommen.

34 Nach dem russischen Vorbild der Sowjets (= Räte) während der Novemberrevolution in Deutschland gegründete Arbeiter- und Soldatenräte, die in den von den Demonstrierenden eingenommenen Städten die Selbstverwaltung übernahmen.

35 Spartakus»bund«, siehe Nr. 31.

36 Das war zu diesem Zeitpunkt noch nicht der Fall, doch Max von Baden, der einer Revolution zuvorkommen wollte, hatte auf eigene Faust die Abdankung des Kaisers erklärt. Scheidemann, der von der geplanten Rede Liebknechts erfuhr, wollte dem Spartakisten keinesfalls die Initiative überlassen und rief ohne vorherige Rücksprache vor dem Reichstagsgebäude die Republik aus.

37 Während revolutionäre Gruppen um den linken Flügel der USPD am 10. November 1918 Wahlen zu »Arbeiter- und Soldatenräten« durchsetzten, versuchte Ebert durch den direkten Kontakt zur USPD dem zuvorzukommen. Die USPD und MSPD beschlossen einen »Rat der Volksbeauftragten« zu gründen, der aus je drei Mitgliedern der MSPD und der USPD zusammengesetzt war. Die Versammlung der »Arbeiter- und Soldatenräte« begrüßte die Maßnahme und bestätigte den »Rat der Volksbeauftragte« als provisorische Reichsregierung. Noch am 10. November schloss er den Ebert-Groener-Pakt mit General Wilhelm Groener, der der neuen Regierung im Namen der OHL die Loyalität des Militärs zusicherte.

© 2014 Gerth Medien
in der SCM Verlagsgruppe GmbH
Dillerberg 1, 35614 Asslar

2. Paperbackauflage 2021
Bestell-Nr. 817682
ISBN 978-3-95734-682-7

Umschlaggestaltung: Hanni Plato unter Verwendung von Shutterstock
Satz: Vornehm Mediengestaltung GmbH, München
Druck und Verarbeitung: GGP Media GmbH, Pößneck
Printed in Germany

www.gerth.de